D0661229

Maurice G. Dantec

Les racines du mal

Gallimard

Né en 1959 à Grenoble, Maurice G. Dantec se consacre à l'écriture depuis 1990 et vit actuellement au Canada

Le lien entre la littérature noire et la méta-physique réside dans le fait que l'expérience humaine jugée primordiale par l'une et l'autre est la place de la mort dans la vie.

ROBIN COOK

Le Diable est froid.

HEINRICH HEINE

REMERCIEMENTS
BIBLIOGRAPHIQUES
ET DIVERS

— Les «Cartea neagra»: Jean-Paul de Longchamp, pour *La garde de fer*, éditions SEFA, 1975.
— Isaïe Tishby, pour «La Kabbale», in *Encyclopédie de la mystique juive*, éditions BERG International.
— Benjamin Gross, pour «Messianisme et eschatologie», *idem*.
— Colin Wilson, pour *Être assassin*, éditions Alain Moreau 1977 (*Oder of assassins, the psychology of murder*, Rupert Hart-Davis, Londres 1972).
— Timothy Leary, pour *Mémoires acides*, éditions Robert Laffont, 1984 (*Flashbacks*, J. P. Tarcher Inc, Los Angeles, 1983).
— Stéphane Bourgoin, pour *Serial killers*, éditions Grasset 1993.
— Ann Rule, pour *Un tueur si proche*, biographie de Ted Bundy, éditions J'ai Lu, 1993 (*The stranger beside me*, New American Library, New York 1980).
— Raoul Vaneigem, pour son *Traité de savoir-vivre à l'usage des jeunes générations*, Folio/Actuel, éditions Gallimard, 1992.
— Wilhelm Reich pour *La psychologie de masse du fascisme* et *La révolution sexuelle*, Petite Bibliothèque Payot 1977, et Union Générale d'Éditions 10/18, 1970.

- Fausto Antonini, pour *L'homme furieux*, *l'agressivité collective*, éditions Hachette 1970.
- Daniel Keyes, pour *Billy Milligan, l'homme aux 24 personnalités*, étude romancée du cas de personnalité multiple Billy Milligan (*The minds of Billy Milligan*, Random House, New York, 1981).
- Yves Coppens, pour *Le singe, l'Afrique et l'homme*, éditions Fayard, 1983.
- Marceau Felden, pour *Le songe de Minerve, le cerveau et les sciences de l'artificiel*, éditions Lieu Commun, 1987.
- Illya Prigogine et Isabelle Stengers, pour *La nouvelle alliance*, éditions Gallimard, 1979, et *Entre le temps et l'éternité*, éditions Flammarion, 1992.
- Gilles Deleuze et Felix Guattari, pour l'ensemble de leurs travaux.
- Jean Baudrillard, *idem*.
- Stephen Hawking pour *Une brève histoire du temps*, éditions Flammarion, 1989.
- Trinh Xuan Thuan, pour *La mélodie secrète*, éditions Fayard, 1988.
- Gerard K. O'Neill, du Space Studies Institute, pour ses travaux sur l'expansion humaine dans l'espace, in *Les planètes artificielles*, de Wim Dannau, Encyclopédie Bordas.
- L'équipe de Biosphère II, pour Biosphère II.
- Nietzsche, pour *Généalogie de la morale* et *Par-delà le bien et le mal*, Union Générale d'Éditions 10/18, 1970 et 1974.
- Charles Baudelaire, pour *Les fleurs du mal*.
- Billy Idol, pour les albums *Whiplash smile* et *Charmed life*, Iggy Pop pour *The idiot* et *American Caesar*, U2 pour *Achtung baby* et *Zooropa*.
- Mahomet, pour *Le Coran*.
- Saint Jean, pour son *Évangile*.
- *Le livre des splendeurs*.
- Apple Corp, pour *Macintosh*, et MicroSoft, pour *Word*.
- Djalâl-ud-Dîn Rûmî, pour *Fîhi-mâ-fîhî* (*Le livre*

du dedans), Bibliothèque Persane, éditions Sind-
bad, 1976.
— *Le livre de l'échelle de Mahomet*, Lettres Gothiques,
Le Livre de Poche, 1991.
— Émir Abd-Al-Qâdir l'Algérien, *Poèmes métaphy-
siques*, Les éditions de l'Œuvre, 1983.
— Le Tout-Puissant, pour le *Delta-tetrahydrocanna-
binol*.

Et Sylvie, pour son amour, et son soutien actif à
mes délires.

PREMIÈRE PARTIE

LE DERNIER HOMME

*Peut-être qu'à tuer on gagne en sainteté.
C'est peut-être un moyen de découvrir le mystère de Dieu.*

JAMES CRUMLEY,
in Un pour marquer la cadence

*Did you hear about the midnight rambler
Everybody got to go
Yeah, I'm talkin'bout the midnight gambler
The one you've never seen before.*

JAGGER/RICHARDS,
Midnight rambler

1

Andreas Schaltzmann s'est mis à tuer parce que son estomac pourrissait.

Le phénomène n'était pas isolé, tant s'en faut : cela faisait déjà longtemps que les ondes cosmiques émises par les Aliens faisaient changer ses organes de place. Son cerveau était soumis à un tir de barrage de radiations destinées à le transformer, lui aussi, *comme tous les autres*, en un robot sans conscience au service de l'inhumaine machinerie.

Depuis des années les nazis et les habitants de Vega s'étaient installés dans son quartier, et il était certain qu'ils ne s'en tenaient pas là. Partout, et jusqu'aux plus hautes arcanes de l'État, le complot des Créatures de l'Espace étendait ses ramifications destructrices. Andreas pouvait s'en rendre compte chaque jour, en regardant les émissions de télévision. Il y avait cet animateur de jeu qui complotait contre le Pape, et le Premier ministre Balladur dont tout laissait croire qu'il transformait les gens en poupées.

Il s'était déjà rasé la tête, à cette époque, pour «surveiller les os de son crâne qui changeaient de forme», mais depuis quelque temps il portait une casquette de base-ball afin de se protéger des rayonnements psychiques.

Ce matin-là, Andreas s'était aperçu que son estomac pourrissait quand le tube de dentifrice s'était mis à briller, avant de se transformer en viande morte. Une boue sanguinolente à l'odeur de poubelle s'était écoulée entre ses doigts, tourbillonnant autour de la bonde dans un bruit de succion géant. Il avait regardé son image dans le miroir et il y avait vu le spectacle d'un tas de chair écorchée qui s'était brisé en plusieurs morceaux, avant de se répandre sur le sol.

Il ne dormait plus sans sa casquette depuis des mois, et il avait trifouillé le tissu sans couleur et imprégné de crasse en répétant la «formule de protection» plusieurs fois de suite, avant de s'enfuir de chez lui. Il avait alors roulé toute la journée dans le département, et la nuit tombait lorsqu'il sortit de l'A86 pour rattraper la nationale 305, à la frontière de Choisy-le-Roi et de Vitry. Dans le coin la nationale s'appelait avenue Rouget-de-Lisle, mais plus loin il savait qu'il entrait dans une zone contrôlée par les créatures de Vega.

Il y avait des camps de concentration par ici. Déguisés en cités de transit et autres grands ensembles HLM (dont les initiales signifiaient réellement Horizontaux Logements Mortels, selon la nomenclature secrète des ministères aliens). Les grandes barres de la cité Balzac, des Marronniers, de la cité Couzy et de la Commune de Paris. Schaltzmann savait pertinemment qu'il s'agissait de camps de la mort lente, où l'on pourrissait sur place et il lui arrivait de se demander quand les détenus se révolteraient pour de bon, comme à Mauthausen ou à Sobibor.

Ce soir-là, lorsque madame Dussoulier ouvrit son parapluie, elle sortait de chez elle, sur le boulevard de Stalingrad. Une petite averse, typique de cette fin septembre, commençait à asperger l'univers.

Andreas roulait doucement, un peu assommé par les barbituriques, mais l'œil aux aguets, lorsqu'il la vit nettement déployer son antenne. Toute cette avenue était infestée de nazis, d'Aliens et de leurs nombreuses créatures déguisées en humains pour mieux pouvoir l'espionner. Les nazis avaient dévoré beaucoup de monde à Stalingrad et ils y avaient perdu beaucoup des leurs. Cela avait toujours été une de leurs places fortes.

Cette femme était en train de communiquer avec les satellites, l'armada de satellites lancée chaque année par la conspiration des étoiles. Cette salope d'espionne nazie l'avait localisé et elle transmettait les informations aux escadrons chargés de le capturer, vivant si possible, afin de l'envoyer directement dans l'enfer orbital où sa chair servirait de viande aux Aliens anthropophages.

Andreas a braqué le volant sur sa droite et il a appuyé fermement sur l'accélérateur. La vieille guimbarde s'est cabrée et a émis un crissement de douleur lorsqu'elle s'est propulsée sur le trottoir. L'espionne a eu à peine le temps de se retourner et d'ouvrir la bouche.

Son corps a fait un bruit de sac de patates quand il l'a percutée. Elle est venue à la rencontre du pare-brise, tête la première, alors que son corps accomplissait un saut carpé vers le haut. Son visage exprimait l'incrédulité la plus totale lorsqu'il a fusé vers la barrière de Plexiglas.

Ça a fait splash et le corps s'est aplati sur le toit, danse éphémère de deux grosses jambes pleines de varices, boudinées dans des collants marron sous une robe à fleurs couverte de sang. Un bruit sourd au-dessus de sa tête. Une masse informe tombant sur la chaussée, dans l'écran du rétroviseur.

Le pare-brise était partiellement fissuré autour du point d'impact, couvert d'une matière rouge et noirâtre. Ça se mélangeait à la pluie chassée par les essuie-glaces. Mais déjà la voiture percutait l'étalage d'une petite épicerie arabe. Un bruit de bois mouillé, énorme. Un déluge de fruits et légumes s'abattit sur le pare-brise et le capot, carottes, poireaux, laitues, pommes, raisins, pêches et bananes, comme les trésors d'une corne d'abondance sanctifiant son geste.

Andreas s'éjecta du trottoir vingt mètres plus loin et il appuya à fond sur le champignon, grillant un feu orange bien mûr, et laissant un sillage végétal derrière lui.

L'épicier arabe n'eut que le temps d'accourir du fond de son magasin pour constater les dégâts et voir disparaître une «voiture verte, ou marron, genre break» tout au bout de la longue ligne droite qui longe les entrepôts orange et bleus de la Foir'Fouille. Le feu y était vert. La voiture a obliqué vers l'est en direction de la patinoire.

Geneviève Dussoulier mourut dès son arrivée à l'hôpital, le 22 septembre 1993, à vingt heures et quinze minutes.

Le dossier fut finalement classé comme l'acte d'un «chauffard ayant accompli un délit de fuite caractérisé». Les flics recherchèrent vaguement les véhicules portant des traces suspectes, dans les cités environnantes, Balzac, Couzy, Commune de Paris. Ils interrogèrent quelques suspects qu'ils relâchèrent les uns après les autres. Le dossier s'éteignit lentement dans un classeur métallique.

Andreas Schaltzmann rentra chez lui dans un état d'hébétude totale. Il se jeta sur les médicaments prescrits par le programme de l'hôpital de Villejuif et avala un bon litre d'alcool. Il s'endormit d'un sommeil de plomb et lorsqu'il se réveilla douze heures plus tard, il poursuivit sur le même rythme. D'après son témoignage il oubliait complètement toute notion du temps dans ces moments-là et finissait par ne plus savoir si ses actes passés étaient réels ou s'ils étaient la conséquence d'implants mémoriels que les Aliens lui programmaient pendant son sommeil.

Cette nuit-là, lorsqu'il pénétra dans son petit pavillon grisâtre, sur les quais de Vitry, aux limites de cette ville et de sa voisine septentrionale, Ivry-sur-Seine, il lança un coup d'œil sur cette zone en sursis, promise à la démolition dans un avenir proche, il jeta un regard haineux au panneau publicitaire de l'entreprise Bouygues.

Bouygues contrôlait TF1 et aussi la plus grande compagnie mondiale de travaux publics. C'était sur cette chaîne de télévision qu'opérait l'animateur qui conspirait contre le Pape. Bouygues était un des rouages clés du Complot des créatures de Vega. Il voulait raser son quartier, sa maison, pour l'obliger à fuir, seul et à découvert, dans un univers conquis par les nazis, les radiations et les pseudo-humains. Mais Bouygues lui-même n'était qu'un pion sur un échiquier bien plus vaste et bien plus inquiétant.

Ses poumons étaient troués, ça ne faisait aucun doute, sa rate devenait un bloc de calcaire qui voyageait à travers son corps. Son estomac pourrissait, comme un morceau de viande mort.

Au bout de plusieurs jours de sommeil neuroleptique, Andreas Schaltzmann reprit pied peu à peu dans la vague structure qui lui servait de réel.

Il passa la journée à regarder la télévision, en mangeant des biscuits apéritifs trempés dans du lait chaud, des pâtes et des cornichons, seules nourritures qui n'étaient pas infectées par les virus extraterrestres.

Dans la soirée, il prit soudainement conscience que son cœur était en train de rapetisser : la guerre incessante que lui menaient les Aliens passait à un stade supérieur. Devant l'inévitable, il prit une résolution.

Il lui fallait du sang.

Seul le sang pourrait injecter la vie au cœur de son organisme et combattre la guerre micro-biologique lancée pour le détruire. Le sang était sacré, il était ce qui nous unissait au Seigneur Jésus-Christ, seul son pouvoir divin pourrait inter-rompre l'odieuse transformation que subissait son corps.

Il lui semblait à présent que son organisme dégageait des relents pestilentiels de l'intérieur, des odeurs semblables à celles ᴜes chats crevés que Tante Berthe faisait pourᵣir, comme base de ses décoctions de sorcière.

Il décida de porter un masque antipollution en permanence et pas uniquement quand il décidait de sortir à pied (la vieille 504 le protégeait des gaz et radiations que propageaient les Aliens), mais aussi dans l'appartement qu'il ne voulait pas empester. À partir de ce jour, il porta le masque jour et nuit après l'avoir passé aux rayons que dégageait le tube de la télévision. Il lui fabriqua une «formule de protection».

Andreas Schaltzmann sortit de son pavillon vers deux heures quarante-cinq. Il était armé de sa petite carabine 22 long rifle, enveloppée dans un sac-poubelle noir, réfractaire aux radiations ennemies.

Il tua deux chats qu'il dépeça dans sa cuisine, avant de les enfourner dans le mixeur. Il avala plusieurs verres de mélasse sanguinolente devant la fenêtre qui donnait sur la Seine. Puis il alla regarder la télévision.

Dans la nuit le téléphone sonna. Andreas se demanda qui cela pouvait être car cela faisait des mois qu'il n'avait pas reçu d'appel. Il pensa un bref instant que c'était son père puis souleva le combiné.

C'était sa mère qui lui parlait dans l'écouteur.

Sa mère qui était morte depuis près de trois ans maintenant.

Elle lui parla dans une langue incompréhensible puis lui intima l'ordre de boire tout le sang contenu dans la baignoire.

La nuit suivante, Andreas Schaltzmann s'introduisit dans le cimetière de Choisy-le-Roi, près des quais. Le cimetière était parfaitement obscur. Le ciel était couvert et totalement noir.

Il se rendit sur la tombe de sa mère et s'allongea sur la pierre humide.

Il pouvait percevoir les vibrations sous l'épaisse pierre tombale. Le cœur de sa mère y battait et sa voix finit par retentir dans son crâne :

— Le Sang du Saint-Graal... Le Sang du Christ ! Il faut que tu boives tout le Sang du Christ...

Lorsqu'il revint chez lui, l'aube pointait. Il ne reprit vraiment conscience qu'assis au volant de la 504. Le feu venait de passer au vert. On klaxonnait dans son dos. Un type dans une petite Fiat, pressé de se rendre à son boulot d'esclave des Aliens ; Andreas lui envoya une volée d'ondes psychiques négatives avant de démarrer.

Il tua un chat et un chien sur le chemin, avec la 22 qui ne le quittait plus. Il jeta leurs cadavres à l'arrière du break, puis arrivé chez lui, il les dépeça comme la fois précédente et les broya dans le mixeur.

Il passa la matinée à boire des gobelets de sang.

Le lendemain, Andreas Schaltzmann acheta des lapins en quantité industrielle, chez tous les bouchers de la ville. Il se mit à en broyer plusieurs par jour, se confectionnant progressivement un cocktail à base de viscères, de sang et de Coca-Cola.

Il passa son temps devant la télévision à boire des bols entiers de sa mixture.

Début octobre 1993, il se rendit compte que l'attaque dont il était l'objet venait de passer à un stade supérieur.

Les ondes cosmiques employées par les Aliens attaquaient désormais son cerveau qu'il devinait rongé par une moisissure couleur lichen.

Il passa des jours entiers sur le lit, la tête entourée d'oranges et de citrons afin que les vitamines C filtrent sous son crâne pour combattre le mal.

Il tua de nombreux chats et chiens, la nuit venue, dans tous les environs. Sa dose journalière de sang animal frôlait les deux litres. La cuisine avait été transformée en abattoir et de nombreux cadavres pendaient, accrochés à un câble tendu au travers de la pièce, attendant d'être dépecés et broyés à leur tour.

Vers mi-octobre, Schaltzmann fut pris d'une diarrhée absolument épouvantable et au bout de quelques heures de lutte il dut se rendre à l'évidence. Il était en train de perdre la bataille contre les virus extraterrestres.

Le lendemain, il acheta de nombreuses boîtes de munitions et décida de ne plus sortir que la nuit, pour ses ravitaillements en chair animale.

Quelques jours plus tard, deux événements se succédèrent à quelques secondes d'intervalle, sur l'écran de télévision d'Andreas. Deux événements mineurs, aux conséquences imprévisibles.

À vingt heures, il zappa sur la Deux (il ne regardait jamais TF1, chaîne du groupe Bouygues, car il savait que les Aliens s'en servaient comme programme de rééducation psychologique, par l'emploi d'images subliminales et de rayons cosmiques invisibles). À vingt heures dix-neuf, après les informations internationales, où tout montrait que le gouvernement néo-zélandais et la nouvelle firme Renault-Volvo rejoignaient le camp de la croisade hérétique contre le Pape, on mentionna un événement apparemment anodin qui s'était produit dans la banlieue proche.

À l'endroit où la Marne rejoignait la Seine, un peu plus haut sur le fleuve, une usine pharmaceutique avait malencontreusement relâché des tonnes d'eaux usées non traitées. Un liquide verdâtre et mousseux se mit à descendre le cours du fleuve, jusque devant chez lui, une immense nappe qui s'étendit finalement du Port-à-l'Anglais au Pont de Bercy. La faune locale fut exterminée et la flore fut victime d'une mutation, engendrant la prolifération d'une algue gris-bleu, extrêmement tenace, qui résista des mois durant aux équipes antipollution.

À vingt heures vingt et une, quelques secondes avant la fin du reportage, l'antenne de télévision placée sur le toit de son pavillon fut la cible d'une attaque des Aliens, preuve qu'ils ne voulaient pas qu'il en sache plus. L'image se brouilla par intermittences, puis continuellement.

Andreas entra presque aussitôt dans une rage désespérée.

Il tournait en rond autour du poste défectueux en priant le Seigneur Jésus-Christ et en maudissant les péniches d'intervention, dont il devinait parfaitement la manœuvre : ce n'était pas du dispersant qu'elles projetaient ainsi à la surface de l'eau. Il s'agissait en fait d'une opération commanditée par le laboratoire pharmaceutique, pour créer une mutation génétique. Lorsqu'on découvrit l'épidémie d'algue tropicale quelques jours plus tard, il y vit la preuve éclatante que toutes ses intuitions étaient fondées.

Il s'était rendu compte que seul le canal de France 2 était en dérangement et il continua de regarder la télévision, en avalant des litres de viscères et de sang mixés. Le 22 octobre, dans l'après-midi, le canal de France 3 tomba en panne à son tour.

Schaltzmann était à cette époque dans un état repoussant et l'appartement dégageait une odeur pestilentielle, mais il était convaincu que cela provenait de la pourriture qui infectait son estomac, son cœur et son cerveau. Persuadé d'être face à une conspiration qui cherchait à lui couper les canaux de télévision les uns après les autres, pour ne plus lui laisser que celui de la «rééducation psychologique», il détruisit son poste et une partie du salon.

En début de soirée, il se rendit en voiture sur les quais, à la frontière de Vitry-sur-Seine et de Choisy-le-Roi, où il commit un délit qu'il n'avait pas accompli depuis plusieurs années. Dans la zone industrielle déserte qui bordait les quais et l'usine responsable de l'attaque biologique, il trouva un endroit désolé où s'élevait une vieille guérite de bois. Elle jouxtait un hangar aux vitres brisées par lesquelles il aperçut des barils de différentes tailles. Il versa un jerrican entier sur les murs délabrés et il y jeta un cocktail Molotov. L'usine pharmaceutique se trouvait juste derrière ce hangar. Peut-être que les puissances du Feu qu'il avait tant priées durant son enfance pourraient interrompre l'agression ?

Des flammes orange léchèrent la cabane et se

dressèrent dans la nuit, en crachant une fumée noire et huileuse.

Andreas reprit la voiture et dans un éclair de conscience traversa la Seine sur le pont du Port-à-l'Anglais avant d'obliquer à droite, pour remonter le cours du fleuve et revenir face à l'incendie qui étincelait sauvagement de l'autre côté des eaux souillées.

Il s'absorba longtemps du spectacle magique du Feu, comme lorsqu'il était encore enfant, quand il cherchait dans le spectacle hallucinant de cette force mystérieuse l'énergie nécessaire à la construction de ses univers mentaux.

Les pompiers arrivèrent rapidement et ils maîtrisèrent le feu avec aisance. Alors qu'ils repartaient dans la nuit, leurs gyrophares comme des sirènes de fin du monde, Andreas s'était relevé de son banc public pour retourner à sa voiture.

C'est à ce moment-là qu'il sursauta brusquement, attiré par un bruit derrière lui. Un homme avec un chien en laisse marchait dans sa direction. Il n'était qu'à quelques mètres de la voiture.

Pour Schaltzmann il ne faisait aucun doute que ce type travaillait pour la conspiration qui envoyait de l'acide dans son foie.

Ses souvenirs deviennent passablement flous à partir de là, mais il semblerait qu'une angoisse absolue et à l'impact terrifiant l'ait pour ainsi dire happé.

Les témoignages recueillis lors de ses divers interrogatoires divergent à chaque fois.

— «Écoutez, ils étaient en train de m'envoyer des ondes radio dans le cerveau et quelqu'un m'avait volé mon artère pulmonaire, je n'avais plus de sang et son chien représentait une menace...» (extrait des premiers interrogatoires, le 16 décembre 1993).

— «Tout le monde sait que cette ville est aux mains des nazis et de tous ces toxicos, les vrais, ceux drogués aux substances aliens. Ils travaillent tous avec les Vegans, et contre le Pape… Le chien s'est transformé en Lupoïde de combat, une arme des Vegans… Et de plus je savais qu'on cherchait à m'affamer, avec tout cet acide qu'on m'envoyait dans le foie…» (cité au premier procès, 10 décembre 1994).

Visiblement, Schaltzmann a ouvert le coffre de sa voiture et s'est saisi du sac-poubelle troué contenant la carabine 22 long rifle.

Il s'est dirigé droit vers Antoine Simonin et lui tiré une balle en pleine poitrine, puis deux ou trois autres au jugé. L'homme s'est écroulé en râlant doucement contre la calandre de la 504.

Le chien s'est mis à aboyer furieusement, soudainement libéré de sa laisse.

Schaltzmann lui a tiré une balle en pleine tête. Le chien s'est affaissé comme un sac de chiffons. Puis, pris d'une frénésie hallucinatoire il a vidé le reste de son chargeur dans le crâne de l'Alien, parce qu'il était persuadé que son cerveau allait attaquer le sien d'un instant à l'autre. Il est resté prostré quelques secondes puis Schaltzmann a empoigné le chien et l'a envoyé bouler dans le coffre. Il est monté au volant de sa voiture et il a roulé des heures, sans savoir où il allait.

À un moment donné il a mis la main à la poche de sa veste et il y a senti un objet dur qu'il ne connaissait pas.

Il en a retiré une carte de crédit au nom d'Antoine Simonin. Les mêmes initiales que les siennes. Avec la carte de crédit il y avait un petit morceau de papier sur lequel était écrit un numéro. Il s'est dit que ce devait être un signe de reconnaissance des Aliens, ou l'ordre codé signifiant son exécution mais il l'a parfaitement mémorisé. Quelque part, dans une ville inconnue de la grande banlieue, il s'est garé sur le parking d'un hypermarché Auchan où il a acheté des dizaines de boîtes de pâtes Barilla, des pots de cornichons, des biscuits apéritifs, du Coca-Cola et du lait par packs de douze. Il a payé avec la carte de crédit Simonin, fait un plein de super et rempli le jerrican aux pompes de l'hypermarché avant de reprendre la route. À la caisse du magasin la fille l'avait regardé d'un air bizarre et il s'était dit que l'endroit devait être un des centres de triage où les nazis et les Aliens faisaient transiter leurs cargaisons de chair humaine. La fille lui avait demandé s'il payait en carte ou en espèces et Andreas a compris qu'on lui demandait s'il comptait payer avec de la chair vivante. Comme il n'en avait pas sur lui, il a tendu la carte. La fille lui a jeté un regard dégoûté en fronçant les narines. Puis, agacée, elle lui a retendu la carte et un appareil étrange, avec plein de boutons.

Andreas a hésité à le prendre mais il était impératif de ne pas se faire remarquer. Il s'en est saisi gauchement et est resté à se dandiner devant la caissière, ne sachant que faire de la machine alien.

— Tapez le code, a fait la fille d'une voix sèche et énervée.

Andreas a compris qu'il s'agissait du code de reconnaissance trouvé avec la carte de crédit et il a tapé le numéro.

— Validez, a fait la fille.

Andreas a trouvé les lettres VAL sur un bouton et a appuyé dessus.

La fille se pinçait le nez lorsqu'il poussa son caddie hors de la caisse. Il se demanda la signification de cet étrange signe de reconnaissance alien.

D'après lui, plusieurs jours se seraient écoulés

avant qu'il ne se retrouve à nouveau sur les quais, en direction de chez lui.

Le chien mort est allé rejoindre les autres dans la cuisine. Il agrémenta ses cocktails du lait qui avait caillé durant son périple partiellement amnésique.

Il ne sait absolument pas ce qu'il a fait de la carte de crédit.

La police d'Alfortville conclut à un crime crapuleux, même si elle ne s'expliquait pas très bien la disparition du chien. On s'aperçut que la carte de crédit manquait mais pas les billets contenus dans le portefeuille.

La scène avait dû se dérouler extrêmement rapidement. Étrangement, de nombreuses personnes étaient à leurs fenêtres quelques secondes plus tôt, pour observer l'incendie. Focalisées par le spectacle qui se déroulait de l'autre côté du fleuve, elles n'avaient pas remarqué Andreas et sa voiture, garée au pied de leur immeuble.

Les pompiers à peine partis, la pluie s'était mise à tomber. Tout le monde était rentré et avait fermé les fenêtres avant de remonter le son du poste.

Un seul témoin, habitant un pavillon voisin, avait entendu les coups de feu et les avait identifiés comme tels. Arthritique, il lui avait fallu un bon moment avant d'arriver à sa fenêtre. Il n'avait vu que les quais déserts, à part une voiture genre break qui roulait à bonne vitesse, là-bas, vers le « Quartier de la Folie », au nom prédestiné. De là où il était, monsieur Kazapourian ne pouvait voir le corps qui avait roulé un peu en contrebas, sur la berge.

Il était retourné difficilement s'asseoir dans son fauteuil et avait conclu à une pétarade de moteur.

C'est un passant qui découvrit le corps une bonne heure plus tard.

Lorsque Schaltzmann prit violemment conscience de son geste, plusieurs jours s'étaient écoulés, durant son voyage erratique au sud de Paris. Il finit par se dire que ces événements, comme beaucoup d'autres, résultaient des implants mémoriels que tentaient de lui programmer les Aliens et il réussit à en détruire le souvenir en se concentrant sur l'image de l'incendie.

Cette image du Feu venait danser dans sa tête, comme la résurrection d'un lointain passé enfoui sous les ténèbres.

Les ténèbres de sa vie.

2

Deux jours plus tard, la banque de monsieur Simonin prévint la police qu'une somme de trois cent quatre-vingt-huit francs avait été prélevée sur la carte de la victime, un peu moins de deux heures après le crime, dans un hypermarché de la Queue-en-Brie. Plus cent quatre-vingt-quinze francs de diesel.

Un flic de la brigade des homicides de Créteil fut mis sur l'affaire et il se rendit à la grande surface, afin d'interroger la caissière qui avait servi le type.

La fille s'en souvenait fort bien. On ne pouvait pas l'oublier, et surtout pas son odeur.

Le portrait d'un type portant une casquette crasseuse à l'effigie des Chicago Bulls, d'un masque antipollution repoussant, d'un blue-jean large, sans forme et aux couleurs suspectes, d'un blouson marron très sale et d'un polo camionneur vert absolument noir de crasse, fut patiemment détaillé par la fille de la caisse 18.

L'inspecteur Mancini interrogea tout le personnel de l'hypermarché afin de voir si personne n'avait aperçu son véhicule.

Une des filles en patins à roulettes se rappelait l'avoir croisé alors qu'elle fonçait dans une allée pour vérifier à toute vitesse le prix d'un produit. Un type assez grand. Avec une casquette noire. Un drôle de truc sur le nez et la bouche. Et un caddie rempli de paquets de pâtes, de lait et de biscuits apéritifs. Mais elle l'a ensuite perdu de vue quand la caisse 10 a sonné.

L'hypermarché était pourvu de deux sorties. L'une d'elles se trouvait près des pompes. Une guérite où l'on payait l'essence permettait d'y accéder. Le flic interrogea la fille qui faisait le service mais elle ne travaillait pas ce soir-là, deux jours plus tôt, il fallait interroger Chantal ou Corinne, avec qui elle faisait le roulement. L'inspecteur obtint du service du personnel le nom et l'adresse de celle qui travaillait ici l'avant-veille, Corinne Maussand, et passa la voir chez elle, en fin d'après-midi. Elle vivait dans une petite zone pavillonnaire de la Queue-en-Brie, aux maisonnettes parfaitement identiques.

La fille se souvenait tout à fait de ce type bizarre, avec son break au pare-brise fissuré. Une Peugeot, elle en était sûre, elle avait vu le lion sur la calandre, de couleur indéfinissable, une sorte de vert sale tirant sur le beige, elle était recouverte de poussière et de toutes sortes de choses indistinctes...

Les flics d'Alfortville et des villes avoisinantes reçurent la description du suspect et de sa voiture le lendemain. Lorsque Schaltzmann revint chez lui après ses deux ou trois jours de dérive, ce fut un véritable miracle qu'il traverse ainsi le département sans se faire repérer.

Les journées qui suivirent son retour se déroulèrent dans un cauchemar infernal. Les chiens et les chats de la cuisine se mirent à lui parler et il ne faisait plus de doute qu'une énorme moisissure spongieuse avait pris la place de son cerveau. Le soir du 27 octobre, la télévision détruite accoucha de nombreux œufs sanguinolents qui dégageaient une terrible odeur de poubelle. Andreas se réfugia à l'étage mais dans la nuit il fut pris d'une crise de furie religieuse. Un Christ de feu lui ordonna de tuer, avec la voix de sa mère.

Vers une heure du matin, Andreas Schaltzmann sortit de chez lui, au volant de sa Peugeot 504. La carabine 22 long rifle, enroulée dans le sac-poubelle, était posée sur la banquette passager.

Les souvenirs d'Andreas Schaltzmann sont extrêmement flous et contradictoires à partir de ce moment-là.

— Pourquoi êtes-vous sorti de chez vous?

— « La maison était en train de m'avaler... Et ça faisait des jours que quelqu'un m'appelait pour me dire que ma mère était en train de m'empoisonner... Je me suis échappé du camp de concentration et j'ai traversé le fleuve. » (cité lors de son procès, 10 décembre 1994).

— « C'est le feu qui me l'a commandé... Je ne pouvais absolument rien faire, c'était le seul moyen de lutter contre l'algue qui me dévorait le cerveau... » (témoignage ultérieur, recueilli par le docteur Gombrowicz en juillet 1996).

Andreas Schaltzmann prit les quais jusqu'au pont du Port-à-l'Anglais. Le parking du centre Leclerc était désert, le centre commercial était entièrement plongé dans l'obscurité. L'énorme usine EDF dressait ses deux cheminées géantes à l'assaut de la nuit, comme des canons jumeaux pointés vers les étoiles.

La centrale EDF était aux mains des Aliens depuis longtemps. Bouygues et les nazis n'étaient pas étrangers à l'affaire évidemment, et il était clair que ses entrailles dissimulaient une fantastique machinerie destinée à générer des radiations mortelles, à émettre des signaux en direction de Vega, ainsi qu'à produire des pseudo-humains, à partir des otages prélevés quotidiennement dans la population.

Entre le centre Leclerc et la colossale usine des Aliens s'étendaient une zone d'entrepôts et le centre de triage de la SNCF.

Andreas Schaltzmann s'est retrouvé dans le réseau de rues tracées au cordeau. L'usine émettait une menace constante, «comme un bourdonnement assourdissant», dirait-il plus tard.

C'est sans doute ce qui valut à Élisabeth Mandel de mourir, ce soir-là.

Andreas vit la fille sortir de cet entrepôt dont elle éteignit les lumières avant de refermer la porte. Elle se dirigeait vers sa voiture alors qu'il arrivait à sa portée. Il la vit très nettement le détailler, figée à deux mètres de sa portière.

D'après lui, l'angoisse aurait été si insupportable que seule l'image du Christ en flammes a pu la chasser momentanément. Il a freiné et s'est arrêté à côté de la voiture. La femme était juste là, entre les deux véhicules, et elle le regardait avec cet œil de serpent qui était la marque des Aliens. Elle rayonnait d'un halo blanc bleu, comme toutes les femelles.

Les souvenirs d'Andreas sont très vagues à partir de ce moment-là. Il se souvient juste avoir regardé la carabine enveloppée de plastique noir. Le Christ en feu occupait toutes ses pensées. Il lui hurlait de tuer cette femme et de boire son sang.

Ensuite, le rapport du médecin légiste est bien plus explicite que les souvenirs fantasmatiques de Schaltzmann.

« *La première balle a pénétré à cinq millimètres au-dessus du sternum. Elle a dévié sa course pour s'arrêter dans le poumon gauche, occasionnant de graves lésions. La seconde a pénétré dans l'abdomen, perforant l'estomac. La troisième a pénétré dans l'avant-bras de la victime, qui cherchait sans doute à se protéger, la balle a glissé sur l'os et a perforé le haut de l'épaule avant de se perdre dans la nature. La quatrième a été tirée en pleine tête, un centimètre au-dessus de l'arcade sourcilière droite, détruisant une bonne partie du pariétal droit. La suivante a fracassé la mâchoire supérieure à la hauteur des molaires avant de zigzaguer dans les os du crâne, en suivant une diagonale erratique jusqu'au pariétal gauche.* »

Les actes que Schaltzmann a commis ensuite n'ont jamais pu être mis au jour dans les cryptes de sa mémoire. Il semblerait que son système nerveux soit réellement parvenu à détruire ainsi une bonne partie de ses expériences les plus extrêmes.

Là encore les explications du médecin légiste sont claires. Dans son résumé présenté à la Cour, voici ce que dit le docteur Weiss :

— « Nous avons constaté de nombreuses mutilations sur le corps de la victime. L'œil droit a été énucléé. L'abdomen a été ouvert, avec une lame assez longue et les intestins en ont été dégagés, puis posés à côté de la victime. Le foie a été poignardé à plusieurs reprises. Nous avons également constaté que plusieurs organes manquaient, le cœur, un poumon, les reins, ainsi que l'œil droit mentionné plus haut. La gorge a été ouverte et la carotide sectionnée, avant d'être tordue vers l'extérieur avec du fil de fer, retrouvé entortillé autour de l'artère. »

Il y avait une tentative, sans doute frénétique, d'inscrire une sorte de marque sur la poitrine de la victime. Les opinions divergeaient quant à la signification de ces marques.

Le corps fut retrouvé au petit matin par un ouvrier de l'usine qui se rendait à son travail. Le médecin légiste conclut que la mort «remontait à quelques heures, entre minuit et deux heures du matin».

Il semblerait que Schaltzmann soit resté en état de prostration de longues minutes devant le corps avant de s'enfuir. Un bon paquet de ses empreintes ont été retrouvées sur le sol barbouillé de sang, ainsi que sur les vêtements lacérés de la victime.

L'horreur et la violence du crime secouèrent considérablement l'opinion et les autorités. Le crime était l'acte d'un maniaque psycho-sexuel très dangereux. De nombreuses forces de police furent engagées sur l'enquête.

Le crime avait eu lieu dans la zone industrielle et le personnel des entrepôts et de la centrale EDF fut interrogé par une escouade d'inspecteurs en civil. On ne détecta rien dans la vie professionnelle de la victime qui puisse expliquer le crime. On n'avait aucun témoin. Il semblait évident que le type avait rencontré sa victime par hasard. Il pouvait habiter à l'autre bout de la région parisienne.

Néanmoins, au bout de quelques jours, les tests balistiques et l'analyse des empreintes prouvèrent que les meurtres du 22 et du 28 octobre étaient l'œuvre du même homme. Des informations parurent dans la presse et un appel à témoin fut lancé dans toute la région parisienne. La loupe des flics se concentra sur les villes qui bordaient la Seine dans le coin, Vitry, Alfortville, Ivry, Choisy...

Ils commencèrent à faire le tour des violeurs et

autres maniaques sexuels connus de leurs services. Andreas n'en savait rien évidemment. Sa télévision était hors d'usage et de surcroît les œufs d'Aliens s'étaient transformés en une énorme masse de pourriture qui envahissait le plancher et les murs. Andreas s'enferma chez lui, dans sa chambre de l'étage, s'assommant de barbituriques et de cocktails à base de sang qu'il descendait régulièrement se préparer dans la cuisine. Il avait réussi à récupérer près d'un litre de sang sur l'Alien de l'usine, en introduisant sa carotide dans un bidon de plastique. En mélangeant le sang de la créature avec le bouillon de sang animal il pourrait se confectionner pour plusieurs jours d'élixir de vie.

Les flics interrogèrent de nombreux déviants fichés dans leurs registres, pendant que d'autres visitaient les hôpitaux psychiatriques du coin, Charenton, Villejuif.

Andreas n'avait jamais été interné en France, et le programme de l'hôpital de Villejuif le considérait comme un «maniaco-dépressif à légère tendance paranoïde, à garder sous contrôle parental et hospitalier, mais sans manifestation aucune de comportements agressifs ou socialement dangereux». L'hôpital de Villejuif l'obligeait à venir faire des contrôles réguliers et, tous les six mois, quelqu'un se rendait chez lui.

La dernière fois qu'un type de l'hôpital était venu, en mai 1993, il s'était déplacé à l'adresse officielle d'Andreas, chez son père, à Maisons-Alfort.

Son père l'avait appelé chez lui pour lui dire qu'un type de l'hôpital était là. Andreas s'était rendu au domicile familial et, à son arrivée, son père l'avait attiré dans un coin tranquille avant de lui souffler :

— J'lui ai dit que t'étais chez un copain, officiellement t'habites toujours ici, évidemment..

À cette époque, Andreas gardait encore ses délires sous un relatif contrôle et il avait su tenir un rôle à peu près présentable devant l'inspecteur de l'hôpital psychiatrique.

Le type était un nazi évidemment, tout le monde sait que les nazis se servent de l'hypnose et que tous les psychiatres sont allemands. Andreas sut parfaitement lui faire croire qu'il le considérait comme un humain normal. Il ne voulait pas que les ordinateurs aliens de l'hôpital décryptent la moindre irrégularité dans son comportement.

Désormais, il disait aux médecins nazis ce qu'ils voulaient entendre, c'était aussi simple que ça.

Lorsque les flics passèrent en revue la liste des malades mentaux sous contrôle médical, ils le firent en compagnie de médecins des établissements concernés.

À Villejuif la fiche d'Andreas fut écartée car le «patient pouvait avoir des comportements parfois agressifs, surtout contre lui-même, mais n'avait jamais commis d'actes violents sanctionnés pénalement».

En fait, les médecins de Villejuif ignoraient tout des antécédents pénaux et psychiatriques d'Andreas Schaltzmann en Allemagne.

3

Lorsque l'hôpital psychiatrique de Düsseldorf accueillit pour la première fois Andreas Schaltz-mann, il était âgé de dix-neuf ans et il présentait des troubles pathologiques d'importance. C'était le 11 mai 1984 et ils s'en souviennent encore.

Andreas émit des explications embrouillées aux médecins.

Quelqu'un le menaçait au téléphone de venir lui voler son sang et, depuis, sa circulation sanguine était interrompue. Les analyses biologiques montrèrent qu'il s'était injecté du sang de lapin dans les veines.

On le plaça immédiatement dans un service spécialisé dans les comportements paranoïdes. Avant d'être interné dans le service du docteur Hutter, Andreas vivait dans un studio que son père louait pour lui, dans la ville. À la fin d'une scolarité extrêmement difficile il gagnait laborieusement sa vie en effectuant de petits boulots, irrégulièrement, longue série de jobs transitoires dénichés par son père.

Un peu avant que celui-ci ne se décide à l'emmener à l'hôpital, il avait cloué la porte de son appartement et n'en sortait que par un trou, aménagé spécialement. Il se croyait la victime d'un complot ou prétendait être en mission pour les services secrets du Vatican. Un peu plus tard, il prétendit être la réincarnation de Gengis Khãn, puis celle de Youri Gagarine.

L'unité psychiatrique de Düsseldorf était formée d'une équipe compétente et motivée qui réussit à stopper le chaos galopant que devenait sa conscience, puis à rétablir un équilibre psychique approximatif, et enfin à faire régresser la psychose.

Mais fin 1988, la mère d'Andreas décida de revenir en France, et pas en Alsace cette fois-là. Sa propre mère et sa sœur Berthe venaient de décéder à quelques mois d'intervalle et elles lui laissaient une splendide maison bourgeoise datant du XIXe siècle, dans la région parisienne, aux limites de Thiais et de Choisy-le-Roi.

En janvier 1989, le couple Schaltzmann emménagea dans le pavillon de Choisy. Devant les progrès effectués par Andreas en quelque quatre ans, les médecins de Düsseldorf consentirent à le laisser sortir à la condition que son père l'emmène à l'hôpital psychiatrique le plus proche de leur nouveau lieu de résidence, et qu'ils y décident de son sort. Les médecins allemands rédigèrent une note de synthèse à leurs homologues français, lettre que le père d'Andreas égara dans le déménagement et dont les psychiatres de Villejuif n'entendirent bien sûr jamais parler.

Le 4 avril 1989, Andreas Schaltzmann emménagea dans sa nouvelle demeure.

Il tremblait rien qu'à l'idée d'affronter sa mère à nouveau, après des années de répit.

Andreas Schaltzmann était né le 18 juin 1965 à Colmar, de Mathias Schaltzmann, un Allemand de mère alsacienne, donc bilingue, qui dirigeait le

service commercial d'une entreprise à la frontière, et d'Evelyne Tauber, une jeune fille dont la
famille paternelle était alsacienne. Evelyne Tauber vivait dans la région parisienne avec sa mère
et sa sœur, Berthe, à l'époque, mais elle rendait
visite fréquemment à ses oncles, tantes et grands-
parents paternels qui ne se remettaient pas de la
disparition précoce de Charles Tauber, son père,
mort dans un accident de la route en 1960. Sa
propre mère avait toujours été considérée comme
une étrangère par ce rameau paternel, et elle voyait
d'un mauvais œil les fréquents voyages d'Evelyne
en Alsace. En retour, pendant le Noël 1963 les
grands-parents Tauber présentèrent à Evelyne
Mathias Schaltzmann un ami de lointains cousins qui passait ses vacances dans la région. Le
mariage eut lieu le 15 juillet 1964 et le couple se
fixa dans la région. Moins d'un an plus tard,
Andreas naissait dans une clinique privée des environs de Colmar.

Andreas Charles Schaltzmann avait quatre ans
lorsque ses parents quittèrent l'Alsace pour se
rendre à Düsseldorf où une nouvelle compagnie
avait engagé son père, pour une carrière et un
salaire plus prometteurs. En 1970, sa tante Berthe,
sœur jumelle de sa mère, vint les rejoindre, ce qui
n'allait pas tarder à entraîner des conséquences
désagréables sur le psychisme d'Andreas.

Quand il eut huit ans, sa mère, qui ne se faisait
pas à la *mentalité protestante* des Allemands, obli-
gea la famille à déménager et à s'implanter de
nouveau à Colmar. Son père réussit *in extremis* à
négocier une mutation à la frontière.

Dès cet âge la scolarité et le comportement de
l'enfant sont chaotiques et annonciateurs d'un
dérèglement durable. Comme il le dira lui-même
plus tard : « Je n'ai jamais été qu'un faux bilingue.

42

Je parlais mal le français et encore plus mal l'allemand. »

Son comportement est parfois agressif et il s'enferme dans un univers connu de lui seul. Il est fortement attiré par le feu et cette fascination lui vaut plusieurs punitions. Il connaît, comme beaucoup de garçons à cet âge-là, une certaine passion pour la destruction et la violence, et on détecte à plusieurs reprises des actes de cruauté envers les animaux. Une chose le différencie des autres garçons de son âge : ses expériences cruelles sur les autres êtres vivants, Andreas Schaltzmann les mène en solitaire, et non en groupe. Devenu le maître d'un univers purement mental, il échappe ainsi à l'angoissante matérialité de la vie.

La vie qui possède le visage terrible de sa mère.

À l'âge de douze ans, alors qu'il s'apprête à passer difficilement en sixième, son père est obligé de suivre l'implantation d'une nouvelle usine dans la région de Stuttgart. La famille Schaltzmann emménage provisoirement à Esslingen le 11 juillet 1977, sous un soleil de plomb. Puis l'année suivante la famille se fixe à Ulm.

Trimballé d'une ville à l'autre, solitaire et sans racines, Andreas Schaltzmann passe une adolescence catastrophique dans diverses institutions scolaires dont il est rejeté, l'une après l'autre. Instabilité et agressivité sont les mots qui reviennent le plus souvent dans son dossier scolaire de l'époque. À l'âge de quinze ans, Andreas Schaltzmann est envoyé dans une pension à Munich, il en est exclu au bout de trois mois, avec un premier antécédent pénal. Il venait d'agresser un jeune camarade de classe en le traitant de nazi et en lui plantant la lame de son canif en pleine main, sur la table de classe. Le jeune garçon s'appelait

Hoeppner, nomonyme d'un général SS ayant officié sur le front russe.

En 1981, son père doit suivre l'expansion de son entreprise qui l'envoie à nouveau dans la région de Düsseldorf dont il est natif.

La mère refuse d'abord de partir et le couple, déjà passablement ébréché, passe plusieurs mois à s'engueuler violemment avant que le père ne se résigne à partir, seul. À cette date Mathias Schaltzmann est déjà devenu alcoolique. La mère d'Andreas refuse de quitter le sud de l'Allemagne, où les catholiques sont nombreux et ne veut pour rien au monde remonter chez les hérétiques de Westphalie. Elle traite volontiers son mari de pédale protestante, de minable demi-youpin et de soûlographe pervers.

Andreas multiplie les antécédents pénaux: ivresse sur la voie publique, possession de stupéfiants, excès de vitesse. Devant l'adversité, le couple, qui n'a pas divorcé, se reforme provisoirement. La mère d'Andreas, affolée par la réputation que le comportement de son fils engendre autour de son nom, se décide à rejoindre le père à Düsseldorf.

Le 16 juin 1982, deux jours avant son dix-septième anniversaire, sa mère lui annonce le déménagement imminent.

Au printemps suivant, son père lui trouve le petit studio, au centre de la ville. Andreas Schaltzmann y emménage le 10 mai 1983.

Un an plus tard il est admis à l'hôpital psychiatrique dans un état déjà avancé.

Lorsqu'ils relâchèrent Andreas Schaltzmann en 1989, il avait vingt-quatre ans et les médecins allemands ne le considéraient pas comme «guéri». Mais ils pensaient avoir mis la psychose galopante sous contrôle grâce à des drogues chimiques et une bonne psychothérapie. Ils ignoraient tout, néanmoins, de l'origine pathogène de sa psychose et demandèrent à Mathias Schaltzmann de veiller à ce que le suivi psychiatrique d'Andreas soit assuré.

Comme d'habitude, son père répondit : *bien sûr, bien sûr c'est évident, pensez donc, comme à chaque fois qu'il disait quelque chose qu'il n'allait pas faire* (interview menée par les docteurs Gombrowicz et Terekhovna — février 1997).

Bourré de neuroleptiques, pour supporter l'idée de sa sortie imminente de l'hôpital et de son entrée future dans la maison maternelle, Andreas n'avait offert qu'un sourire tristement ébahi tout au long du trajet.

Lorsqu'il était arrivé à Choisy-le-Roi, sa mère l'attendait dans la cuisine :

— Alors ? avait-elle fait, j'espère que tu es content de tout ça... petite poubelle... Ça t'a plu, hein, que tout le monde sache que j'avais engendré un pauvre dément... Hein ? j'ai toujours su que tu étais l'enfant du Diable... Ton sang pourrira et tu regretteras d'avoir fait mourir ta vieille mère...

Sa mère brandit le crucifix droit devant elle, les yeux exorbités de sa propre folie mystique.

— Enfant de Satan, hurla-t-elle... Tu as de la chance de ne plus avoir six ans et de ne plus devoir avaler les potions de Berthe en guise de châtiment... mais bourre-toi donc de toutes ces drogues, elles te détruiront le cerveau et tu ne sauras même plus distinguer le Bien du Mal...

À ce moment-là, son père revenait en bougonnant de la voiture, en portant une lourde valise à la main :

— Qu'est-ce qu'y a ici, demanda-t-il en ahanant, on s'engueule déjà ?

Sa mère avait regardé Andreas droit dans les yeux et elle lui avait sifflé :

— Tu ne perds rien pour attendre enfant-poubelle...

Puis elle s'était retournée vers son mari qui entrait dans la pièce, mouillé par l'averse.

— Ce n'est rien, Mathias, une petite explication entre notre fils et moi.

Elle fit un clin d'œil sardonique et atrocement angoissant en direction d'Andreas.

— Bon, fit son père, qu'est-ce qu'y a à la télé ?

En quelques mois la situation se détériora à un point tel entre madame Schaltzmann et son fils que le père choisit de le faire emménager « provisoirement » dans une maisonnette triste et sans attrait, mais qu'il avait obtenue pour pas cher quelques mois auparavant. La bicoque se trouvait sur les quais de Vitry, rue d'Algésiras. Andreas s'y établit en juillet 1989. La solitude et le programme de l'hôpital de Villejuif, commencé en avril, lui firent tout d'abord le plus grand bien. Il recommença à lire des livres. Il réussit à intégrer de larges pans de français qui lui étaient restés obscurs jusque-là. Le programme de Villejuif faisait fructifier les graines plantées à Düsseldorf.

Lorsqu'il rendait visite à ses parents à quelques kilomètres de là, sa mère n'arrêtait pas de se moquer de ses prétendus progrès.

— Alors, disait-elle, comme ça y'paraît que ta folie recule ? Tu deviendrais raisonnable ? Tu aurais enfin cessé de te laisser aller à tes attouchements nocturnes et à tes pensées obscènes ?

Dans la plupart des cas, Andreas ne réagissait pas, la glotte bloquée par l'angoisse et le désespoir. Mais il ne pouvait s'empêcher de penser, terrifié, qu'il voulait qu'elle meure, là tout de suite, et ces éclairs de colère rentrée engendraient une anxiété qui mettait parfois des jours à s'estomper.

Durant l'année 1990, la folie religieuse de sa mère franchit de nouveaux sommets et il espaça progressivement ses visites. Sa mère l'accusa de trahison familiale et d'ingratitude obscène, digne de la poubelle vivante qu'il était.

Son père, qui était au chevet de sa mère, en plein cyclone dépressif ce jour-là, hocha simplement la tête.

— Ho, là tu exagères vraiment Evelyne, tu ne crois pas?...

Mais en décembre 1990, madame Schaltzmann tomba brusquement malade pour de bon.

Les médecins diagnostiquèrent une tumeur au cerveau, à l'expansion foudroyante.

Elle accusa son fils de lui avoir jeté un sort et elle le maudit tout en lui promettant qu'elle et sa sœur, morte deux ans auparavant suicidée, viendraient lui rappeler le bon vieux temps.

Lorsqu'elle mourut, sept mois plus tard, elle avait dépassé d'un bon mois les plus optimistes pronostics des médecins.

Elle s'éteignit le 19 juin 1991, le lendemain de son anniversaire. La mort de sa mère le plongea dans un état d'anxiété atroce.

Son père, quant à lui, replongea dans l'alcool, comme au temps de son enfance et le laissa de plus en plus livré à lui-même. Mis au chômage en octobre 1991, il revendit la grande maison de Choisy-le-Roi pour s'installer dans un minable pavillon de Maisons-Alfort. Il montait sans véritable succès de petites entreprises commerciales qui lui permettaient tout juste de vivoter.

Persuadé d'être responsable de la mort de sa mère, Andreas se renferma dans son univers intime et sortit de moins en moins souvent de chez lui. Son comportement ne tarda pas à se détériorer.

Les couches profondes de la personnalité et de la mémoire d'Andreas Schaltzmann n'ont été mises au jour que plusieurs années après le procès. L'obstination et la compétence du docteur Gombrowicz ont permis de tracer peu à peu l'obscure trajectoire de sa vie. Enfoui sous des souvenirs factices, emboîtés dans des fictions successives dont il avait perdu la clé, subsistait le cœur indélébile de son expérience. Des souvenirs si profondément ensevelis que l'hypnose du professeur Terekhovna, assistante de Gombrowicz, ne put les réveiller que très partiellement.

C'est en utilisant, à partir de 1998, des hallucinogènes de nouvelle génération, dits «pseudoneuroniques», que le docteur Stefan Gombrowicz a pu déterrer ces cryptes enfouies au plus profond de la mémoire d'Andreas Schaltzmann.

Mais dans la soirée du 6 novembre 1993 Andreas Schaltzmann n'avait qu'une perception horriblement fragmentaire de son expérience.

Il était en pleine ascension psychotique. Une expérience à côté de laquelle le plus mauvais des *bad trips* à l'acide ressemble à une fantaisie disneyenne.

Sa conscience se fractura pour de bon vers minuit.

Seuls les «accélérateurs neuroniques», commercialisés à partir de décembre 1997, ont permis d'accéder à cette expérience qui avait résisté à l'hypnose :

— «*Je conduis. C'est la nuit. Il pleu et il fait froid. Je roule sur les quais en direction de Paris, j'arrive en vue du pont de Conflans. Il y a cet homme, là, près de l'arrêt de bus. Il y a une lumière rouge, très brillante au sommet de sa tête et à cet instant je ressens que mes organes génitaux sont en train de se dessécher et de moisir comme du bois pourri... C'est un Alien en pleine action, il essaye de contrôler mon cerveau. Je m'arrête très brutalement devant l'arrêt de bus et je vide le chargeur de la carabine automatique sur l'homme à la lumière rouge, par la vitre de la portière. Ensuite je continue de rouler jusqu'à l'embranchement avec le périphérique, près de la fourrière de la police et je roule devant les vieilles usines qu'on va détruire sous peu, pour la Grande Bibliothèque. Le logo* BOUYGUES *éveille en moi une vague de haine.*

Je prends la rue Watt et j'arrive en vue du tunnel formé par les lignes de chemin de fer qui passent au-dessus. Il y a plein de piliers métalliques et sur le plafond c'est grillagé. Dans la nuit il y a une belle lumière.

Mais il y a un type qui promène son chien et son chien pisse sur un des réverbères. Je ne sais pas... la menace est terrible, je sens une énorme menace en provenance de cet homme et de son chien. Au même moment je sais qu'il faut que je les tue parce qu'ils vident mon sang par leurs pouvoirs psychiques, et qu'il faut donc que je boive le leur... » (enregistrement réalisé par le docteur Gombrowicz le 8 avril 1998, dans le cadre de son programme de recherches).

Les actes commis par Andreas Schaltzmann sur la personne de Michel Geoffroy sont proprement abominables et sont analogues en bien des points à ceux perpétrés sur la personne d'Élisabeth Mandel, et c'est ce qui conduisit les flics à y détecter une «série».

Énucléation, mutilations diverses, organes manquants, dont les organes génitaux, égorgement, fil de fer autour de la carotide, disparition du chien.

Tous les éléments montraient qu'on avait affaire au même homme que pour les agressions précédentes. Les balles de 22 long rifle trouvées dans le corps des victimes correspondaient à celles des journées d'octobre.

Une véritable chasse à l'homme s'organisa.

4

Andreas Schaltzmann s'est tellement goinfré de barbituriques et d'alcool qu'il est tombé dans un coma narco-éthylique. Il s'est réveillé beaucoup plus tard, dans une flaque de vomi.

Ce jour-là, ou le lendemain, ou bien encore plus tard, il ne s'en souvient plus exactement, le téléphone a sonné. Il était dans une de ces phases d'hébétude assez calme qui succédait à ses crimes. Il a réussi à comprendre ce que son père lui disait. C'était le jour de la visite du mec de l'hôpital. Ils avaient appelé et le type serait là en début d'après-midi. Ce serait bien qu'il fasse comme l'autre fois, qu'il prenne une douche avant de venir.

C'est pour ça qu'Andreas s'est résigné à prendre un bain et à se changer. Il dut s'y prendre à plusieurs reprises, baignoire, douche, bidet pour vraiment tout décoller. Il a jeté son masque anti-pollution, bien décidé à en racheter un autre le plus vite possible et il a lavé sa casquette. Comme celle-ci ne pourrait être sèche à temps pour le rendez-vous, il a déniché un vieux bonnet orange et vert dans un tiroir de sa chambre et il l'a passé devant le tube craquelé de la télévision, en sachant très bien que cela ne serait d'aucune utilité, puisque l'écran était mort. Ça l'a angoissé pendant quelques minutes, puis il s'est dit qu'il irait s'acheter un nouveau poste après le rendez-vous.

Il s'est confectionné une «ceinture de protection cérébrale» avec deux lampes noircies récupérées dans l'épave cathodique et un morceau de bretelle et il l'a fixée à son bonnet. Ça pourrait faire l'affaire provisoirement.

Il y avait un petit soleil vif et blanc dans le ciel. Schaltzmann s'est rendu chez son père en prenant le bus.

Le type de l'hôpital a eu l'air étonné devant le bizarre appareil dont Andreas s'était accoutré, comme tous les Aliens de l'autobus. À la question amusée du toubib stagiaire il répondit froidement :

— C'est pour me protéger.

— Te protéger de quoi, Andreas ?

— Me protéger la nuit, affirma-t-il simplement.

Le type conduisit son questionnaire avec sa petite mimique amusée. Ensuite ils avaient discuté tous les deux, le toubib et son père, pendant qu'Andreas allait faire un tour dans le jardin.

Plus tard, son père lui avoua que le type lui avait lâché, à un moment donné de leur discussion :

— Dites-lui simplement que s'il veut être vu la nuit sur son vélo, il vaudrait mieux porter ces petits trucs fluos...

Andreas Schaltzmann n'avait pas de vélo, mais son père en amassait tout un arsenal dans la cave et contre le muret du jardin. Le vélo avait toujours été une de ses rares passions.

Le quiproquo amusa Andreas. Cela faisait longtemps qu'il n'avait pas ri. Il l'avait bien baisé, ce putain de toubib nazi.

Plus tard, quand le type fut parti, dans l'après-midi, Andreas demanda de l'argent à son père pour s'acheter une nouvelle télé. Il retourna chez lui, prit la 504 et se rendit au Carrefour d'Ivry, à quelques centaines de mètres de sa maison. Il y fit l'acquisition d'une petite télévision couleur, coins carrés, écran plat, d'une marque coréenne qui faisait des promotions. Dans la foulée, il s'acheta une autre casquette de base-ball. Il ne fallait pas lésiner, c'était une belle journée. La casquette était verte et à l'effigie des New York Giants.

Arrivé chez lui, il colla à l'Araldite les débris de l'ancienne télé un peu partout sur les murs du salon, puis il brancha le nouveau poste.

Les couleurs étaient belles. Le grain fin, net et lumineux. Il passa sa nouvelle casquette aux rayons protecteurs et la vissa solidement sur sa tête.

La Deux était toujours en panne, mais les autres chaînes étaient visibles, à part la Une, qui n'offrait plus qu'un gribouillis électronique. C'était parfait.

D'une certaine manière, ça prouvait qu'il était sur la bonne voie, il avait réussi à détruire momentanément le canal de reprogrammation psychique utilisé par les Aliens.

Il passa le reste de la journée et la nuit suivante à regarder la télévision.

Lorsque les corps de la rue Watt et des quais d'Ivry furent découverts à quelques minutes d'intervalle, dans la nuit du 6 au 7 novembre, il s'ensuivit immédiatement une mobilisation générale des forces de police. Constatant que les meurtres se produisaient sur les bords du fleuve, on détermina un secteur s'étendant du pont de Tolbiac, dans Paris, jusqu'au port fluvial de Choisy. On décida de questionner dès l'aurore tous les riverains habitant dans le secteur délimité. Une colonie d'inspecteurs en civil commença de s'égailler sur les quais, dans les bars, les hôtels minables, les cités et les pavillons des bords de Seine.

Vingt-quatre heures après qu'Andreas eut acheté sa télévision, un inspecteur du commissariat de Vitry se pointa dans le secteur où se trouvait son pavillon. L'homme était déjà passé la veille dans l'après-midi, mais Andreas se trouvait chez son père à cette heure-là.

Vers onze heures du matin, on sonna au portail de l'entrée. Le carillon finit par réveiller Andreas qui dormait dans sa chambre, enroulé dans un drap fait de sacs-poubelle agrafés les uns aux autres.

Il se leva, très irrité et alla s'installer précautionneusement derrière les volets métalliques de sa chambre, hermétiquement clos. Par les étroites rainures il put observer ce qui ressemblait à un type de la Gestapo, devant le muret de l'entrée, le doigt sur le carillon du portail. Un imperméable mastic. Pas de chapeau, mais son aura indiquait parfaitement qu'il agissait pour le compte de l'administration nazie au service des Aliens.

Son portail était toujours fermé à double tour. Andreas décida de ne pas répondre.

La visite de la Gestapo le plongea néanmoins dans une angoisse indicible.

L'angoisse ne cessa de monter, tout au long de la journée.

D'abord il y eut les informations régionales de la Trois, à douze heures quarante-cinq, où l'on reparla de l'horrible affaire des quais, dans un crépitement d'interférences. Ayant momentanément oublié qu'il en était l'auteur, Andreas mit cette vague de crimes sur le compte des nazis.

Mais il resta tétanisé pendant de longues minutes lorsque son portrait-robot se dessina sur l'écran hachuré de parasites. Casquette noire, masque antipollution, 504 verte, beige ou marron. Mais c'était lui, là, dans l'écran!

Il fut persuadé qu'une conspiration visait à le faire passer pour l'auteur des crimes. Cette conspiration permettrait aux Aliens de l'envoyer en camp de concentration, où il servirait de viande pour les extraterrestres cannibales.

D'une certaine manière, c'est son mouvement de panique qui lui a assuré un sursis. Dans un de ses derniers éclairs de «lucidité» il a compris qu'il fallait se débarrasser de ses vieux vêtements dégueulasses ainsi que de sa voiture. Nul doute que les Aliens avaient déjà tout prévu pour lui coller les assassinats sur le dos.

Il a enfourné le tas de vêtements crasseux dans un sac-poubelle et l'a porté dans la lessiveuse, au bas des marches de l'entrée, près du portail. Il la sortirait plus tard.

Il s'est habillé, casquette verte, parka militaire et pantalon gris puis il a sorti la voiture du garage.

Il s'est dirigé droit vers la nationale 7, jusqu'à la casse-auto où son père lui avait acheté la 504 quelques années auparavant.

Il l'a revendue pour trois mille francs en liquide Le type ayant baissé de mille balles le prix initial pour le pare-brise et les quelques bugnes à l'avant.

En échange, le type de la casse lui a fait un petit prix sur une vieille Golf pourrie, de couleur gris métallisé.

Vers six heures ce soir-là, il est rentré chez lui, au volant de sa nouvelle voiture dont la deuxième passait atrocement mal. Il a rentré la Golf au garage, sorti la poubelle, avalé quelques comprimés et s'est affalé devant la télévision.

Il restait persuadé que la Gestapo finirait par l'avoir, un jour ou l'autre.

5

Il s'est avéré impossible de reconstituer pleinement le fil des journées d'Andreas Schaltzmann à partir de cette date. Même les outils d'«investigation neurotropique» du docteur Gombrowicz se sont révélés impuissants à démêler la jungle chaotique et proliférante qu'était devenue l'identité d'Andreas à cette période.

Après de multiples recoupements, une théorie probable s'est finalement dégagée.

L'angoisse est devenue telle que les voix lui ordonnant de tuer ont émané de partout, de chaque objet, à chaque minute.

Le 12 novembre, à l'aube, Andreas est sorti de chez lui avec l'intention d'en finir une bonne fois pour toutes. Si le monde était devenu une énorme machine destinée à le broyer inexorablement, il lui faudrait mourir en combattant. C'est la seule pensée à peu près consciente dont il se souvienne. Le reste est une fantasmagorie cauchemardesque, née des hallucinations qui envahissaient son cerveau en continu.

Le Grand Œuf allait l'avaler. Toutes les ampoules de la maison pissaient le sang, menstrues de sa mère dont elle voulait qu'il se nourrisse. Les chiens et les chats morts gesticulaient sur les cordes à linge où ils étaient suspendus, en chantant des cantiques et des comptines «aux couleurs de barbelés». Dehors, les routes étaient parsemées de têtes coupées qui brûlaient au soleil. Les feux de signalisation hurlaient des ordres gutturaux dans des langues qu'il ne connaissait pas.

Finalement, la seule image protectrice, face à cette désagrégation psychotique sans rémission, fut à nouveau celle du Feu.

Feu rapide, consume-moi, voici la flamme secrète
Sauve-moi des chambres à gaz et des extermina-
*   teurs de bébés*
Feu rapide, montre-moi comment brûler
Sans que jamais la vie ne s'éteigne
Sans que jamais le Mal ne m'atteigne.

> Feu rapide,
> poésie d'Andreas Schaltzmann,
> mars 1998, in «Les mille danses
> de la sirène d'alarme»

Il ne s'en souvient que très vaguement, mais Andreas s'est arrêté au centre commercial de Belle Épine, où il a rempli un jerrican et plusieurs bouteilles d'essence à la station-service.

Quelque part dans la zone commerciale de Rungis, sur un parking désert, Andreas a confectionné plusieurs cocktails Molotov. En fait, il a fait mieux : il a fabriqué plusieurs petites bombes au napalm artisanales, en mélangeant simplement du détergent à l'essence. Cet acte aggravant est ce qui lui a valu le verdict implacable de la justice, plus tard.

Il semblerait que quelques informations glanées ici et là dans des feuilletons ou des films de guerre aient été utilisées par la «conscience» psychotique de Schaltzmann. Le cas n'est pas rare. Ça ne prouve pas que l'auteur de l'acte savait ce qu'il faisait, au sens psychiatrique du terme.

— « Le monde entier était mort, il était sous le contrôle de ma mère. Je savais qu'elle étendait ses tentacules à partir de sa tombe. Ma maison, mon quartier, toute la ville, la planète, bientôt l'univers entier serait sous sa domination. Je n'avais que le Feu pour ami. Ça a toujours été mon seul ami. Il fallait que je fasse disparaître tout cela par le Feu, et je me comptais dedans évidemment » (interview après expérience d'investigation neurotropique numéro huit, par le Dr Gombrowicz, 8 décembre 1998).

Lorsque Louis Alducci est sorti de l'entrepôt, il portait une grosse télévision couleur. Louis Alducci était un boucher des halles de Rungis qui avait passé un petit arrangement avec un employé de l'entrepôt de la chaîne d'électronique Nasa. En échange de pièces de bonne viande charolaise il recevait de temps à autre un petit cadeau, sous forme de matériel hi-fi ou vidéo dernier cri.

Ce jour-là, Louis Alducci sortait de l'entrepôt avec un énorme poste de télé au format 16/9 dans les bras. Louis Alducci ne peinait pas sous la charge. Il s'agissait en effet d'une solide armoire à glace d'un mètre quatre-vingt-cinq, pesant ses cent kilos, avec une grosse tête rougeaude ornée d'une imposante moustache frisée qui rejoignait ses rouflaquettes. Le poste géant ressemblait à un mini-écran japonais dans ses pattes d'ours.

Louis Alducci n'a pas eu le temps de comprendre ce qui lui arrivait.

Il était en train d'appuyer d'une main sur le bouton d'ouverture du capot de sa Mercedes, lorsqu'il avait entendu la voiture piler brutalement à ses côtés.

Il s'était retourné pour voir une drôle de bouteille, avec un bout de chiffon enflammé autour du goulot, lui arriver droit dessus.

La bouteille s'est fracassée contre le tube de l'écran de télévision. À la détonation incendiaire du «napalm» s'est ajoutée l'implosion du tube.

Louis Alducci s'est transformé instantanément en une torche hurlante et disloquée.

Par la portière de la voiture un tube serti de polyéthylène noir s'est mis à cracher de la fumée et de petits éclairs.

Les cris, puis les détonations ont alerté les employés de l'entrepôt. Quand ils sont arrivés sur les lieux, une voiture grise fonçait à l'autre bout de l'allée et s'enfuyait sur l'autoroute.

Le corps sans vie de Louis Alducci gisait sur le béton, dans une mare de flammes dégageant une odeur de plastique, de chair brûlée et d'essence.

Jean-Jacques de Chavoisy et Pierre Garland achevaient leur jogging dans le parc de Sceaux, ce matin-là. Les deux hommes, des quadragénaires qui dirigeaient une entreprise immobilière en pleine expansion, couraient ainsi chaque jour depuis des mois. La première partie de la course, dans le parc, se faisait en silence, chacun branché dans l'univers particulier de son walkman.

Quand ils sortirent du parc, dans leurs splendides survêtements aux motifs fluos, ils descendirent en direction de l'autoroute. Au bout de quelques dizaines de mètres, Jean-Jacques de Chavoisy mit la main à l'arceau de son walkman pour le descendre sur sa nuque et entamer une discussion avec Pierre Garland. Ils étaient à trois ou quatre cents mètres de leur voiture.

Jean-Jacques de Chavoisy était en train d'écouter *Cosi fan tutte*. Pierre préférait Monteverdi, ou *à l'inverse*, Richard Wagner. Ce jour-là il était dans le *Tannhäuser*.

C'est pour ça qu'il n'a pas du tout entendu la voiture, ni ce qui s'est passé après.

Jean-Jacques de Chavoisy a stoppé sa cassette et rabattu son walkman autour du cou. À ce moment-là, dans le spectre sonore neuf et étrange de l'univers naturel un bruit de moteur a gonflé.

Jean-Jacques s'est retourné machinalement et a vu que la voiture était toute proche, elle descendait, comme eux, mais de l'autre côté de la chaussée.

Ce qui l'a fait ralentir et finalement se figer, laissant Pierre continuer sa route sans que celui-ci ne se rende compte de rien, c'est que la voiture s'est brutalement déportée, traversant la route à leur rencontre.

Jean-Jacques de Chavoisy a vu la Golf piler à ses côtés et un tube noir s'est profilé par la portière, où il eut le temps d'apercevoir un visage jeune sous une casquette.

Le tube noir a projeté des éclairs et de la fumée et, abasourdi, Jean-Jacques de Chavoisy a constaté que son jogging était couvert de sang, sur sa poitrine et son abdomen.

Il commençait juste à réaliser ce qui se passait lorsque de la vitre ouverte de la portière un cylindre de verre a tournoyé à sa rencontre. Il s'est brisé à ses pieds et il y a eu un grand Whouf !

C'est à ce moment-là qu'il s'est mis à hurler.

Sous l'assaut phénoménal des vagues wagnériennes, pris dans la tempête des cuivres et des cordes, Pierre Garland n'entendit strictement rien de ce qui se passait.

C'est l'absence de Jean-Jacques à ses côtés qui l'a fait se retourner, en baissant la cadence.

Il y avait cette voiture qui fonçait vers lui, là, à moins de vingt mètres. Et le corps de Jean-Jacques qui... *brûlait sur la chaussée*?

Pierre Garland s'est jeté en arrière pour éviter la voiture mais celle-ci ne cherchait pas à le renverser. Elle frôla le trottoir et pila juste à ses côtés, avant qu'il ait pu commencer à réagir. Il allait s'enfuir à toutes jambes, devant l'espèce de spectre aux yeux injectés de sang qui le regardait, sous sa casquette, lorsqu'il a discerné le tube de plastique noir.

Sa bouche s'est écartée pour hurler, mais ça n'a fait qu'ouvrir grand la porte de son larynx à la balle à tête creuse, qui s'est engouffrée entre les mâchoires. Il était presque mort lorsque les deux autres balles ont fracassé sa cage thoracique.

Il n'a jamais vu venir vers lui la bouteille de napalm, ni senti le feu dévorer sa chair.

La spirale sanglante d'Andreas Schaltzmann ne s'est pas arrêtée là.

Vingt minutes après son agression sur les joggers du parc de Sceaux, sa course folle a croisé la voiture de Virginie Danzotti, sur l'autoroute qui menait à Créteil. Virginie Danzotti conduisait une Fiat Uno noire et elle était en retard pour se rendre à la préfecture de police, où elle travaillait.

À la bretelle de sortie, elle s'est retrouvée derrière une Golf grise qui roulait bizarrement au milieu de la chaussée.

Elle a klaxonné, mais la voiture n'a pas changé de place. La bretelle s'est enroulée vers l'avenue qui menait à la préfecture. Virginie Danzotti s'est mise à râler et a arrosé la Golf de plusieurs appels de phares.

Tout de suite après la bretelle, il y avait un feu

et Virginie s'est faufilée sur le côté de la Golf. Elle s'est rangée sur la voie de gauche. L'avenue était déserte dans ce sens, à part elle et la petite voiture grise. En face, un camion dégageait d'impressionnants volumes de fumée bleue.

Virginie a tourné la tête en direction du conducteur de la Golf. Sûrement un mec bourré, dès dix heures du matin. Elle a fait face à un masque de désespoir, livide, aux yeux étrangement brillants, et injectés de sang. Tétanisée par une appréhension dont elle ne s'expliqua pas l'origine, elle vit le visage lui dire quelque chose qu'elle n'entendit pas, derrière ses vitres fermées. Elle eut pendant une microseconde le réflexe de baisser la glace mais l'aspect inquiétant de l'homme l'en dissuada. L'homme sortait déjà quelque chose à travers sa vitre ouverte. Une espèce de machin dans un sac-poubelle noir et brillant.

Elle eut une sorte d'intuition. Mais déjà la balle faisait exploser la vitre pour se loger dans son épaule. La douleur s'étoila avec la nova de givre, giclant jusqu'à son cerveau. Virginie hurla, plus de peur encore que de l'effet foudroyant de la balle qui déchirait sa chair. Un deuxième claquement.

Virginie ne sentit rien tout de suite.

Elle passa frénétiquement la première et fonça droit devant elle, à travers le carrefour.

Un crissement de freins. Un choc, énorme, dans un fracas de tonnerre métallique. La voiture tournoya comme une toupie au centre du carrefour. Un Renault Espace venait de la percuter à l'arrière. Une brûlure à la gorge, comme une piqûre d'abeille.

Virginie mit la main à son cou, dans un geste réflexe. Un liquide gras et tiède englua ses doigts. Elle jeta un coup d'œil horrifié à sa main ensanglantée et tendit la tête vers le rétroviseur. L'énorme trou qui noircissait sa chair la fit instantanément s'évanouir.

Elle ne vit pas le conducteur du Renault Espace s'approcher de sa voiture en rouspétant après les poufiasses incapables de conduire correctement. Derrière lui, le feu passa au vert et la Golf grise tourna au carrefour sans qu'il ne la remarque.

L'homme se figea devant le spectacle de la jeune femme sans connaissance sur son fauteuil, les vêtements couverts de sang. Il se mit aussitôt à gesticuler dans tous les sens pour arrêter les véhicules qui tentaient de contourner l'accident.

Schaltzmann revint vers Vitry par Choisy-le-Roi et Alfortville, sur la rive droite de la Seine. Il traversa le fleuve au niveau de la centrale EDF et prit les quais, droit sur son domicile.

Avant d'arriver à la bifurcation qui conduisait à la rue Charles Fourier puis vers son pavillon, deux hommes en uniforme de l'EDF descendaient de leur camionnette, pour une tournée d'inspection dans les canalisations souterraines situées en bord de Seine.

Schaltzmann pila net derrière eux, alors qu'ils ouvraient la porte du Transit.

Ils se sont retournés en même temps pour voir la portière s'ouvrir et le conducteur en jaillir, en tendant un truc de plastique noir devant lui. Le type portait un blouson informe et des bouteilles graisseuses dépassaient de ses poches.

L'homme leur a dit quelque chose qu'ils n'ont pas compris.

Puis les claquements les ont surpris.

Antoine Marquet, qui était à un an de la retraite, a porté la main à son visage en hurlant et Frédéric

Lagrange, un jeune stagiaire qui l'accompagnait dans sa tournée, a ressenti une violente douleur au côté droit.

Les détonations ont continué et Frédéric Lagrange a ressenti une autre douleur à la jambe, puis quelque part un peu partout dans le ventre et la poitrine.

Il s'est affaissé en tombant dans les pommes. Il avait reçu une balle dans le haut de la cuisse, une autre dans l'aine droite et la troisième s'était logée dans le haut de la cage thoracique sans perforer d'organes vitaux, miraculeusement.

À ses côtés, Antoine Marquet succombait déjà à ses blessures.

Ni l'un ni l'autre n'ont vu l'homme à la casquette s'emparer d'une de ses bouteilles et y mettre le feu, avec son briquet. Ni jeter le cocktail Molotov dans la gueule béante du Transit, dont l'habitacle s'est aussitôt transformé en brasier.

Une petite minute après le drame, quelques voitures se sont arrêtées devant l'incendie et les corps, donnant l'alerte presque instantanément.

Aucun des conducteurs n'avait vu quoi que ce soit.

C'est la sonnerie insistante du téléphone qui finit par extirper Andreas de son sommeil chimique. Ça sonnait, en bas. Ça n'arrêtait pas de sonner.

Andreas repoussa d'un geste flasque sa « couverture réfractaire » et se redressa lentement, prenant appui contre le mur dans son dos.

Le téléphone.

Le téléphone sonnait toujours.

Il avait l'impression que cela faisait des heures que ça sonnait.

Il se mit debout dans un état brumeux et vacilla

un bon moment sur ses jambes, avant de se lancer dans l'escalier raide qui menait au rez-de-chaussée.

Il arrivait au combiné lorsque la sonnerie s'arrêta.

Son geste était encore en suspension lorsque le carillon de l'entrée se mit à tintinnabuler, à son tour.

Andreas hésita quelques instants avant de remonter sur la pointe des pieds dans sa chambre.

Il se tapit derrière les volets clos et vit le même homme que l'autre fois devant le portail. Le Gestapiste avait relevé le col de son imper sous la pluie qui tombait à grosses gouttes, et ses cheveux dégoulinaient.

Andreas ne put s'empêcher de penser que c'était bien fait pour lui et qu'il n'avait qu'à rester là, tiens, sous cette flotte froide pendant des heures, que ça lui apprendrait à persécuter ainsi les gens.

L'homme a insisté plusieurs fois, puis il est reparti.

Quelques secondes à peine après son départ, le téléphone s'est remis à sonner.

Andreas s'est surpris à pester contre cette journée qui commençait si mal, puis s'est décidé à redescendre dans l'entrée.

Cette fois le téléphone sonnait toujours quand il s'en est saisi.

Il décrocha et, comme d'habitude, ne dit rien dans le combiné, laissant à son interlocuteur le soin de s'annoncer.

C'était son père au téléphone.

En quelques phrases, celui-ci fit sauter les ultimes résistances du cerveau de son fils. La police venait de passer chez lui. Elle l'avait interrogé à son sujet et à propos de la maison de la rue d'Algésiras.

Cela ne pouvait signifier qu'une chose : la Gestapo l'avait repéré.

Il ne lui restait plus qu'une unique solution.

6

En fait, c'est un jeune inspecteur de police du commissariat de Vitry qui mit le feu aux poudres, au sens strict.

J'ai rencontré Tristan Le Goff à une ou deux reprises pas plus, à l'époque, mais c'est bien après, beaucoup plus tard, lorsque j'ai rencontré certains des acteurs de cette histoire en vue d'écrire ce livre, qu'il m'a confié comment il avait vécu la chose de son côté.

Ça faisait des semaines que Le Goff bossait sur cette affaire du tueur des quais, détaché des tâches de routine du commissariat pour appuyer la « cellule de coordination » qui menait l'enquête.

Il rameutait tous ses indics sur le coup, battait la semelle sur les quais et fouinait un peu partout, maison par maison, immeuble par immeuble, pâté par pâté, laborieusement, sans émotion.

Et ça faisait donc deux ou trois jours qu'un dernier carré de résidents introuvables résistait à toutes ses démarches. Dont un, logeant dans un pavillon miteux, rue d'Algésiras, tout près des quais. En consultant l'annuaire, Le Goff avait pu mettre un nom sur cette adresse, un certain Mathias Schaltzmann. Ce matin-là, il décida d'appeler les hôpitaux psychiatriques du coin pour voir si un tel individu y était fiché. À l'hôpital de Villejuif, on lui apprit qu'un homme répondant au nom de Schaltzmann était en effet suivi par le service du docteur Carbonnel, mais qu'il s'agissait d'Andreas Schaltzmann, fils de Mathias. Celui-ci vivait avec son fils à Alfortville, et non rue d'Algésiras.

Juste bizarre.

Vers neuf heures trente du matin, ce jour-là, Le Goff se rendit au domicile de Mathias Schaltzmann. Il y effectua un interrogatoire de routine, grâce auquel il recueillit un certain nombre d'informations.

Un, la maison de la rue d'Algésiras abritait autrefois les locaux d'une des sociétés de Mathias Schaltzmann.

Deux, Andreas y vivait la plupart du temps.

Trois, Andreas ne possédait pas de Golf grise mais il était bien propriétaire d'une 504 break de couleur beige.

Le Goff rentra immédiatement au commissariat pour boucler son rapport, mettre ses supérieurs au courant et préparer la suite des événements. Il était déjà intimement persuadé d'avoir affaire au tueur des quais.

Il grimpait l'escalier qui menait à l'étage lorsqu'il entendit le car de secours mettre en route sa sirène sur le parking, avant de s'ébrouer violemment. En arrivant à l'entresol, il croisa Saugères, un type de la BT.

— Qu'est-ce qui s'passe?

— Hein? Ah, salut Le Goff... Oh, ça? j'sais pas exactement, un incendie sur les quais j'crois.. Les pompiers sont déjà en route...

Le Goff tendit instinctivement l'oreille à l'évocation de l'incendie. Il soupçonnait depuis les premiers jours l'agression du 22 octobre à Alfortville et l'incendie criminel de l'usine pharmaceu-

68

tique d'être l'œuvre du même individu. Les deux délits s'étaient déroulés chacun sur une rive du fleuve, l'un en face de l'autre, et à une petite heure d'intervalle. Les psychopathes ont souvent plus d'une corde à leur arc. La pyromanie s'accordait bien avec le profil psychologique du meurtrier.

— Où ça sur les quais? demanda-t-il à Saugères qui s'allumait une Peter Stuyvesant.

— Hein? Ah ça j'sais pas, j'ai pas entendu l'appel, t'as qu'à demander à Vautrin.

Saugères montrait du menton la salle de réception de l'autre côté de la baie vitrée. Le long comptoir recouvert de Formica vaguement bleuté derrière lequel un jeune flic tapait un rapport.

Le Goff redescendit dans le hall, ouvrit la porte vitrée et passa la tête dans l'entrebâillement:

— Vautrin? où ça se passe l'incendie sur les quais?

Le jeune type sursauta vaguement, le doigt en l'air prêt à fuser vers une touche de l'antique IBM à boule.

— Hein?... Excusez-moi, inspecteur... L'incendie?

— Ouais, laissa tomber Le Goff, l'incendie.

Le jeune flic consulta rapidement une fiche et, relevant les yeux vers Le Goff, lui donna l'adresse où s'était dépêché le car de secours. Le Goff eut une ou deux secondes de latence avant de réagir, fixant Vautrin d'un œil vague.

— Putain, laissa-t-il simplement tomber.

Il fonçait déjà à l'extérieur.

La colonne de fumée noire se voyait d'où que l'on soit, sur l'une ou l'autre des rives du fleuve. Comme un signal menaçant aperçu derrière une mesa de western suburbain.

Quand Le Goff gara sa voiture près de l'incendie, les pompiers étaient au plus fort de la tâche. La maison était littéralement dévorée par les flammes qui se dressaient au-dessus du toit, comme un étage chaud et destructeur.

Toute la rue d'Algésiras était chapeautée par cette colonne de flammes et de scories incandescentes qui se dispersaient au vent, vers les maisons avoisinantes.

Le feu ronronnait dangereusement, avec des craquements de tremblement de terre, des hurlements ténébreux et comme un rire lointain et diabolique. Les lances étaient déjà en action et des groupes de pompiers s'aventuraient dans le garage, maîtrisant peu à peu cette partie de l'incendie.

Le Goff traversa la ligne de sécurité avec son air des mauvais jours. Les flics en tenue le laissèrent passer sans qu'il ait à montrer sa carte. Tout le monde le connaissait évidemment, et personne n'allait se risquer à le titiller quand il tirait cette tronche.

Le Goff alla se poster près du P. C. tenu par le capitaine Susak, un quinquagénaire au visage de vulcanologue, qui avait passé plus de vingt ans à combattre les incendies dans les hôtels borgnes et les HLM pourris des quais et des grandes cités du coin. Pour lui, ce petit pavillon à un étage ne représentait pas plus qu'un petit entraînement en conditions réelles.

Le Goff observa la progression des pompiers vers la maison inondée d'eau et de neige carbonique.

Il remarqua tout de suite que le garage, où les pompiers éteignaient un ultime rideau de flammes, était vide de toute voiture. Il n'y avait pas une seule 504 break et pas plus de Golf grise dans les parages.

Il constata que l'incendie était en passe d'être maîtrisé et décida qu'il pouvait aller se brancher avec Susak. Celui-ci essuyait son épais visage, aux sourcils broussailleux et grisonnants.

Le Goff l'apostropha carrément.

— Salut, Susak, tu peux me dire si le locataire est là-dedans?

— Tiens, Le Goff, tu t'intéresses aux incendies criminels maintenant?

— Criminel? C'est un incendie criminel?

— Et pas qu'un p'tit peu... On a déversé des jerricans d'essence dans toute la baraque avant d'y balancer l'allumette, ça tu peux me croire.

Le Goff ne répondit rien, les yeux fixés sur un objet improbable, perdu dans l'espace intersidéral, entre le capitaine Susak et les flammes qui mouraient en chuintant sous le déluge artificiel.

Le Goff savait que l'intervention des pompiers, plus le fait qu'il s'agissait certainement d'un acte criminel, lui permettaient d'entrer dans la maison, sans mettre en péril la suite de l'investigation judiciaire.

S'il trouvait des preuves dans les débris de l'incendie elles seraient acceptables sur le plan légal. C'était l'essentiel.

Il demanda à pénétrer avec une poignée de flics.

— On a des extincteurs, on sera prudent et on ne jette qu'un coup d'œil, rapide.

Il s'élançait déjà vers la façade noircie, fumante et détrempée d'une eau mousseuse.

Les pompiers arrosaient maintenant des murs souillés et des charpentes calcinées, des tapis et du lino transformés en boue noirâtre.

L'escalier de bois menant à l'étage avait été presque entièrement carbonisé. Il faudrait utiliser l'échelle pour fouiller au-dessus, si le plancher pouvait tenir, ce qui était loin de paraître sûr, au vu des trous béants et noircis qui ornaient le plafond, dégoulinant de mousse.

Le Goff décida qu'on se contenterait de visiter le rez-de-chaussée.

C'est le brigadier Fourcade qui trouva le premier truc bizarre.

— Hé! cria-t-il du fond de la cuisine qui avait à peu près survécu aux flammes, inspecteur, venez voir... Putain, c'est pas Dieu possible!

Quand Le Goff pénétra dans la cuisine, ce qui le frappa tout de suite, ce fut l'odeur. Une odeur de viande carbonisée.

Fourcade désignait faiblement du doigt une masse informe qui noircissait le sol de la cuisine, dégageant une odeur épouvantable. C'était recouvert de débris de toutes sortes, de flaques de mousse et ça serpentait sur toute l'étendue de la pièce.

Fourcade fronçait les narines devant l'agression olfactive.

— Putain, j'ai jamais vu ça, nom de Dieu...

Le Goff mit plusieurs secondes avant de commencer à discerner de quoi il s'agissait. Des cadavres d'animaux morts. Par dizaines, presque tous calcinés entièrement, mais dont certaines parties avaient bizarrement échappé aux flammes.

L'amas de viande brûlée souleva le cœur de Le Goff, qui en avait pourtant vu sa part sur la face sordide et obscure du crime.

Il sortit prendre l'air à l'extérieur de la pièce. Mais il lui semblait maintenant que l'odeur abominable avait envahi toute la maison en ruines, comme si elle ne voulait pas, en fait, quitter ses muqueuses.

Fourcade devait posséder un odorat moins sensible car il resta une petite minute supplémentaire.

Lorsqu'il ressortit à son tour il était franchement livide.

— Le Goff, putain, faut que vous veniez voir, c'est pas Dieu possible…

— Ça va comme ça, répondit Le Goff, je voudrais déjeuner tranquille tout à l'heure…

— Non… non, écoutez, y'a aut'chose, putain, dans le frigo, faut que vous alliez voir…

— Dans le frigo?

Le Goff entra précautionneusement dans la cuisine, en se pinçant les narines.

Le frigo, couvert de traces noirâtres, comme l'ensemble des murs et du mobilier de la pièce, était grand ouvert, sa lourde porte béant sur ses gonds. Il n'y avait pas prêté attention tout à l'heure, hypnotisé par le spectacle morbide et infernal de la cuisine.

Il s'approcha et ne vit rien d'autre que des bocaux dont certains avaient explosé, libérant diverses mélasses et pâtés sans couleur. Les bouteilles de Coca et les packs de lait qui s'étaient éventrés et avaient répandu un liquide noirâtre. Les quelques magnums d'un litre et demi rescapés, alignés à l'horizontale au-dessus du casier à légumes.

— Qu'est-ce qu'y a, merde, Fourcade? Qu'est-ce qu'y a dans le frigo? hurla-t-il par-dessus son épaule.

Le brigadier se ramenait par l'entrebâillement de la porte.

— Regardez, Le Goff, lui fit-il proprement terrorisé, regardez, putain, dans les bouteilles, c'est pas du Coca, bordel… Voyez pas?

Le Goff, stupéfait, se pencha vers une des bouteilles éventrées, puis attrapa une des bouteilles intactes.

Il jeta un regard froncé et interrogateur à Fourcade.

— Qu'est-ce que c'est?

Il ouvrit la bouteille, tournant le bouchon d'un coup sec, un liquide noir aux reflets vermeils s'écoula sur le goulot de plastique et entre ses doigts. Il versa un filet du liquide sur le bout de son index. Un serpent gras s'enroula autour de sa phalange.

Il regarda Fourcade qui ne le quittait pas des yeux, une expression indescriptible sur le visage.

— Merde, se contenta-t-il d'énoncer.

Le Goff regardait les entrelacs vermeils se diffuser le long de son doigt, par cette grise matinée d'octobre, dans une maison dévastée par le feu.

Il refusait de le croire. C'était vraiment en train de lui arriver.

— Putain c'est pas Dieu possible, répétait faiblement Fourcade, c'est pas Dieu possible.

De «tueur à la 22», Schaltzmann était déjà devenu l'Éventreur des Quais, pour nombre de gazettes qui suivaient avidement l'affaire depuis le début. Pour d'autres, plus imaginatives, il était l'Ange de Napalm.

Ce jour-là, le 14 novembre, Schaltzmann devint le «Vampire de Vitry-sur-Seine». Son nom allait remplir les colonnes des journaux pendant plusieurs jours d'affilée.

Il y avait plus grave. Le loup-garou était en liberté.

Pendant que des barrages se mettaient en place dans tout le département, puis dans toute l'Île-de-France, que la description d'Andreas était diffusée dans tout le pays, aux frontières, aux aéroports, dans les gares et les ports, la cellule de coordination décida de rassembler une équipe de psy-

74

chiatres, détachés à plein temps sur le cas. La demande fut étudiée par les hauts fonctionnaires du ministère de l'Intérieur, puis par ceux du Budget. Pendant ce temps-là, dans tous les commissariats de la région parisienne, on ne pensait plus qu'à une chose. Arrêter le Vampire de Vitry.

C'est dans cette atmosphère particulière que le docteur Gombrowicz rendit visite à l'équipe de psychiatres qui suivait Andreas à l'hôpital de Villejuif.

C'était le 24 novembre 1993. Je m'en souviens parfaitement.

Il faisait gris et c'était la première fois que j'accompagnais Stefan Gombrowicz dans une de ses recherches.

Nous roulions dans une Safrane noire, conduite par un agent en civil. Le docteur Gombrowicz s'est retourné vers moi et m'a dit :

— Dites-vous une seule chose pour commencer : vous ne savez, *nous ne savons* absolument pas à quoi nous avons affaire.

J'ai acquiescé, humblement, mais avec un léger sourire qui laissait entendre que j'en avais parfaitement conscience, évidemment.

Je me trompais.

Ni le docteur Gombrowicz, ni moi ne savions à quel point c'était vrai.

7

Lorsque Andreas Schaltzmann reprit vaguement conscience, il se trouvait quelque part dans la campagne française. Il s'éveilla au cœur d'une forêt dense et verdoyante. Un pâle soleil rayonnait derrière un voile gris argent, lui-même morcelé par le vert sombre des feuillages.

Andreas Schaltzmann fit le tour de la voiture plusieurs fois en essayant de remettre ses idées en ordre.

Les flammes.

Sa maison en flammes.

Oui, Seigneur, il avait fait cramer toute la baraque, il se le rappelait maintenant. Avec des jerricans d'essence. Il en avait déversé jusqu'au premier étage, dans l'escalier de bois.

Nom de Dieu... mais pourquoi avait-il donc fait ça?

Son père.

Son père avait appelé.

Il lui avait dit que la Gestapo était passée (son père avait dit « les flics », bien entendu, car il savait que leur téléphone était sur écoute et qu'il fallait rester discrets) et qu'on le soupçonnait pour l'« affaire » des quais.

Oh Seigneur il se souvenait maintenant du film

de panique fulgurant qui s'était déroulé au centre de son crâne.

La stratégie de la terre brûlée, comme les Russes en 1941 et 1942, ne rien laisser à l'ennemi et faire retraite jusqu'en...

Seigneur.

Mais où était-il? Et quand était-on, nom de Dieu?

S'était-il vraiment écoulé plusieurs millénaires, comme l'informait un message de son cerveau? Oui, il avait été cryogénisé et venait de quitter un module d'hibernation.

Ou tout cela faisait-il partie d'un des programmes mentaux des Aliens, destinés à brouiller sa mémoire, donc son identité?

Andreas Schaltzmann s'affaissa le long de la calandre de sa voiture et se mit à pleurer. Il se vida de larmes pendant près d'une heure. Il finit par avaler une poignée de neuroleptiques et s'endormit profondément.

Lorsqu'il s'éveilla de nouveau, il faisait nuit.

Il se sentait vaseux, mais les neuroleptiques avaient momentanément calmé la tempête qui grondait sous son crâne.

Il fouilla un peu machinalement dans les poches de son costume froissé par les longues heures de sommeil passées sur la banquette. Il finit par trouver l'argent liquide dans la poche intérieure de son veston, une enveloppe blanche pliée au centre du portefeuille. Les images des jours précédents se remirent lentement en place dans son esprit.

Il essaya de réfléchir.

Il avait passé au moins une nuit et toute une journée au cœur de cette forêt. Personne ne l'avait dérangé.

C'était donc un endroit tranquille.

Mais il ne fallait pas non plus abuser de la Providence.

Un jour ou l'autre, quelqu'un finirait bien par passer. Il se rendormit avec une poignée de cachets.

Il passa toute la journée suivante à se déplacer régulièrement sur les routes et chemins de la forêt. Il trouva un autre coin désert où passer la nuit.

Il décida de tenter sa chance à l'aube.

Plus de trois jours auparavant, alors qu'il quittait sa maison en feu, Andreas Schaltzmann s'était dirigé vers sa banque, le Crédit Lyonnais qui faisait le coin entre l'avenue Paul Vaillant-Couturier et la place du Marché.

Dans sa crise de panique, Andreas avait su réagir avec un minimum d'efficacité, grâce à ce qui subsistait de sa pulsion de survie.

Avant d'asperger les murs d'essence, il avait rapidement réuni des affaires dans un grand sac de sport et n'avait pas oublié de prendre les diverses décharges que son père avait signées d'avance.

À la banque, Andreas fut malin. Pour ne pas éveiller les soupçons, il ne demanda que les trois quarts du contenu de son compte courant, en liquide, et fit transférer une bonne partie du reste sur le compte de son père. Il avait absolument toutes les décharges qu'il fallait.

Mais l'agence n'était pas autorisée à accepter des retraits de plus de dix mille francs en liquide. Il y avait un délai de vingt-quatre heures. Le temps de faire la demande et d'acheminer les fonds. C'était une mesure destinée à conserver le minimum possible de liquide dans les petites agences de quartier, afin de conjurer les tentations.

Schaltzmann conçut son plan à toute vitesse.

C'est ce moment de relative «lucidité» qui lui a valu plus tard les rigueurs de la justice. Ce qu'on n'a pas voulu comprendre, évidemment, c'est que cette apparente logique n'était que «fonctionnelle», qu'elle était littéralement enclavée dans un délire si net et si précis qu'il pouvait commander un tel *feed-back* dans l'esprit d'Andreas Schaltzmann. Il lui fallait se dépatouiller dans un univers entièrement piégé, truqué et criminel. Il prit les dix mille francs et sortit immédiatement.

Il possédait une carte Visa. S'il prenait au distributeur le maximum autorisé sur sa carte, soit trois mille huit cents francs, il pourrait gruger le système inhumain qui gérait les destinées du monde et voulait l'empêcher de financer sa fuite.

Le distributeur marchait. Miracle Annonciateur...

À dix heures vingt-cinq, alors que l'inspecteur Le Goff arrivait en vue de la maison en flammes, Andreas Schaltzmann prenait la route de sa destinée : il prit en direction de l'église, puis de la mairie de Vitry. Obliqua à gauche sur le boulevard de Stalingrad et fonça vers l'embranchement de l'A86. Il passa devant le commissariat, puis devant le poste de gendarmerie. Il s'engagea instinctivement sur la bretelle qui menait vers Rungis, Orly, il passa l'échangeur du centre commercial Belle Épine et fonça en direction du faisceau d'autoroutes qui s'étoilait vers le centre et le sud-ouest de la France.

Alors qu'il conduisait, Andreas se mit à réfléchir.

On allait le rechercher d'un bout à l'autre du pays.

Il ne faisait aucun doute que Le Monde Tel Qu'Il Était Présenté À La Télé était une fiction produite par les industries audiovisuelles secrètes de l'Empire de Vega... Cette fiction n'avait d'autre but que de masquer l'atroce réalité de la dictature alienazie.

La vue d'un gyrophare tournoyant sur l'autre voie de l'autoroute fit résonner un signal d'alarme menaçant au centre de son esprit.

Il fallait quitter l'autoroute.

Oui, quitter l'autoroute avant le péage.

Les autoroutes étaient aux mains de la police nazie. C'était les nazis qui avaient conçu les premières autostrades pour leur matériel militaire lourd, dans les années trente.

Les péages étaient sous surveillance et l'affaire Tapie/Mellick, pendant l'été, avait montré que même des personnages haut placés de l'Empire des Aliens ne pouvaient échapper aux conspirations que tramait continuellement la Gestapo. On pouvait repérer vos heures de passage avec les systèmes de cartes magnétiques. Les péages d'autoroute étaient certainement gardés par des patrouilles d'androïdes de la police, ou sous surveillance vidéosatellite.

Andreas Schaltzmann prit la première bretelle de sortie qu'il trouva.

Il se mit à rouler à travers les banlieues du sud de Paris.

Andreas n'avait pas de plan précis. Il fit un plein dans une station d'Antony où il paya en liquide. Son imperméable crème, son costume propre et son pull-over noir ne correspondaient pas du tout à la description donnée dans la presse.

Il avait décidé de ne plus porter de casquette et il avait passé une paire de lunettes fumées aux rayons protecteurs du tube cathodique, juste avant d'enflammer la torche de vieux journaux, dans le salon de la maison. La paire de lunettes antiradiations lui permettrait de surcroît de détecter les Aliens la nuit.

Il acheta des journaux dans un tabac-maison de la presse un peu plus loin et continua de rouler.

Vers midi, il se gara au fond d'une rue déserte, derrière une cité grise et anonyme, dans une ville inconnue et il feuilleta les quotidiens.

Deux d'entre eux contenaient des articles sur le «massacre du 12 novembre». Tout cela faisait partie de la Grande Machination évidemment, mais ce qui était important, c'est qu'on donnait le signalement de sa nouvelle voiture, la Golf grise.

Un plan efficace surgit comme un éclair au milieu des ténèbres de son esprit.

Il trouva une poste, dans une ville avoisinante et consulta les annuaires du coin. Il tomba rapidement sur ce qu'il cherchait dans le gros volume jaune du département de l'Essonne.

Il rangea la Golf grise dans un coin discret, une impasse donnant sur une rue très calme et se rendit en bus à la casse-autos dénichée dans le Bottin.

Il y acheta une vieille Ford bleue, pour six mille francs. Le bilan technique était tout juste satisfaisant, mais la voiture roulait bien. Elle n'excédait pas le cent cinquante, et à cette vitesse les vibrations devenaient *un peu gênantes*, mais le moteur était en bon état, elle n'avait pas énormément de kilomètres pour son âge et l'essentiel, direction, châssis, boîte de vitesses, tout marchait bien, lui assura le vendeur. Il y avait même un petit autoradio japonais en état de marche. En fait elle valait plus, mais c'était la crise, il le savait bien, il était obligé de la *sacrifier* à ce prix.

Schaltzmann paya en liquide, ce qui eut l'air de satisfaire le vendeur, qui lui offrit un pneu presque neuf. Cela fit naître aussitôt des soupçons dans la tête d'Andreas. Pourquoi un simple vendeur de voitures d'occasion se fendait-il d'un pneumatique neuf, alors qu'il venait de constater avec gravité l'ampleur de la crise économique?

Andreas fit semblant d'accepter le cadeau et partit au plus vite. Il était un peu plus de quatorze heures. L'alerte médiatique générale et le plan d'urgence «Dragon» venaient d'être lancés sur tout le territoire national.

Il se rendit jusqu'à la Golf au volant de sa nouvelle voiture, s'empara de ses affaires dans le hayon de la voiture grise, les jeta à l'arrière de la Ford.

Il prit le pneumatique qui contenait sûrement un microémetteur microscopique et le fourra à l'arrière de la Golf.

Il abandonna la petite Volkswagen sur place, reprenant sa course vers le sud.

Il alluma la radio avec une satisfaction intense. Il chercha une fréquence sur la bande, dans un univers braillard de disco et d'animateurs sous amphétamines. Il trouva la BBC, finalement, et il écouta la radio de Londres, dans le vague espoir qu'un message codé lui parvienne et lui dise quoi faire.

En milieu d'après-midi, il décida de risquer le tout pour le tout et de reprendre une autoroute. Il fallait maintenant s'éloigner le plus vite possible du Bassin parisien.

Il devait se montrer à la hauteur de la tâche, survivre le plus longtemps possible sous sa fausse identité, avec la nouvelle Ford bleue.

Si, comme il le pensait, Le Monde Tel Qu'Il Était Présenté À La Télé projetait une image complètement fausse de l'humanité, faisant croire à une constellation chaotique de nations, alors que le globe subissait égalitairement le joug de fer des Aliens esclavagistes et de leurs complices terriens, alors cela signifiait qu'il n'existait en fait plus aucune frontière. Le monde n'était plus qu'un vaste territoire, unifié par l'obscurité.

Les ténèbres avaient sûrement envahi toute la planète aux alentours de 1945, et les nazis et les créatures de Vega avaient décidé de faire croire le contraire à toutes leurs populations sujettes ! Propagation de l'illusion, masquant un règne de cauchemar.

Seulement... peut-être existait-il un petit halo de lumière dans cet univers voué au Mal, au Mensonge et à la Destruction ? Une petite enclave libre, ou un réseau secret de résistance ?

Il lui faudrait à tout prix trouver un moyen d'entrer en contact avec les Résistants, où qu'ils soient.

Il prit l'autoroute un peu au nord de Chartres et fonça vers le centre de la France. Il régla les péages en liquide. Il vit souvent les flics ou les gendarmes arrêter et fouiller des Golf grises à la sortie des petites guérites de paiement.

Il roula sans discontinuer. Il lui faudrait d'abord passer en Espagne, puis à Gibraltar, et essayer de rejoindre l'Angleterre, comme on le faisait cinquante ans plus tôt.

Peut-être les Résistants se cachaient-ils en Islande, dans les fjords volcaniques de l'Hyperborée ?

Les Hyperboréens, comme les Atlantes, avaient toujours lutté contre les races stellaires exterminatrices. Sans doute œuvraient-ils déjà en secret contre le Complot des Ténèbres.

Oui, oui... se répétait-il sans discontinuer Il subsistait un espoir.

8

C'est Jules Majorel qui découvrit les corps.

Jules Majorel était un cultivateur à la retraite qui vivait à Saint-Laurent-d'Olt, un petit village perché sur un pic rocheux dominant un des méandres de la sinueuse petite rivière.

Ce coin-là, c'est la frontière entre l'Aveyron et la Lozère. On passe assez brutalement des buttes calcaires boisées et verdoyantes de l'un aux épines arides et rocheuses de l'autre.

Jules Majorel possédait un lopin de terre plus haut dans l'Aubrac, un plateau désolé où la végétation avait l'habitude millénaire de se courber sous le vent, jusqu'à épouser la terre. Ce soir-là, le 20 novembre 1993, il fit rentrer sa poignée de chèvres et de brebis dans la bergerie et décida d'aller s'offrir un petit aligot, plus haut encore, sur l'étendue désolée du vaste sommet, au restaurant *Le Relais du lac*.

Il était un peu plus de vingt heures lorsqu'il s'assit dans l'arrière-salle pour commander une assiette de charcuterie et l'aligot maison. Il y avait du monde pour un soir de semaine, la salle du bar était pleine de jeunes et il reconnut aussi quelques têtes paysannes du coin.

À la fin du dîner, il s'offrit une liqueur de

genièvre comme pousse-café et il discuta le coup avec François Jaulme et sa femme, venus dîner avec leurs trois enfants.

Il ressortit vers vingt et une heures quarante-cinq, un peu après les Jaulme et un dernier genépi pour la route. Il reprit possession de sa 505 break en frissonnant dans le froid vif et chargé d'humidité. La nuit était tombée depuis longtemps. Le ciel était d'un noir d'encre. Une obscurité totale plombait le plateau. Les phares balayaient mécaniquement la petite route sinueuse qui redescendait vers la nationale, saisissant des morceaux de lande grisâtre à chaque virage.

Il décida de s'arrêter au passage à la petite bergerie, de vérifier que tout allait bien avant de rentrer se coucher à Saint-Laurent. Il allait sûrement pleuvoir cette nuit. Et les inondations se succédaient dans le sud de la France depuis septembre, comme l'année précédente, avec la catastrophe de Vaison...

Il quitta la petite route pour le chemin qui traversait la lande, jusqu'à la bergerie.

La 505 break de Jules Majorel était dotée de deux jeux supplémentaires de phares à iode, un dispositif qu'avait installé son fils des années auparavant, quand il se servait de la voiture avant qu'il ne monte à Clermont-Ferrand, puis à Paris. Le jeu de phares éclairait puissamment et largement sur les côtés, même en position «feux de croisement».

C'est pour ça que la lumière illumina une chose bizarre dans le paysage de bruyère, d'herbe rase et d'arbres rabougris, pas loin de la bergerie. Un peu au-delà du virage qui s'amorçait.

Ça ressemblait à des animaux couchés sur la lande.

Jules Majorel tressaillit en pensant que quelque chose était arrivé à ses bêtes.

Il a ralenti et a enclenché les pleins phares. Une nuée blanche a écrasé l'univers.

Il ne put détacher les yeux de ce qu'il apercevait par le pare-brise.

Un antique mécanisme instinctif, vieux de plusieurs décennies, se remettait étrangement en marche, là, à cette minute. Des sensations rouillées, des images d'archives mentales, un pont au-dessus du Rhin, des rizières.

Nom de Dieu... Il stoppa, ouvrit la portière et fit le tour de la voiture pour aller voir de quoi il s'agissait *vraiment*.

Il fut vite fixé.

C'était là, à une dizaine de mètres du chemin, au milieu d'un petit massif épineux et râblé, qui ne dissimulait en fait presque rien, sous le soleil artificiel.

Deux corps. Deux corps nus, chair blafarde sous la lumière des projecteurs. Vestiges de vêtements souillés enroulés autour des hanches, ou du buste. Taches de couleurs criardes dans le monochrome blême.

Il marcha lentement, hypnotisé, le souffle suspendu, jusqu'au petit massif.

Des femmes. Non, des jeunes filles. Très jeunes.

De simples poupées disloquées, aux postures étranges, aux angles parfois impossibles.

Leurs poignets et leurs chevilles étaient entravés par un genre de corde blanche, d'une brillance laiteuse. Il y avait des marques un peu partout sur les corps. Des meurtrissures noirâtres, des contusions, des plaies béantes. Les cheveux étaient calcinés. Les visages étaient atrocement défigurés.

Ça ne lui rappela rien de ce qu'il avait connu, même pendant les deux guerres qu'il avait faites.

Jules Majorel était bien plus près du restaurant que de chez lui. Il remonta illico sur le plateau et pénétra dans la salle de bar avec une expression indicible sur le visage. Les conversations s'arrêtèrent et le vieux paysan demanda le téléphone, le souffle court. Il fit taire tout le monde en agitant la main et fit baisser la musique par la fille du bar. Il composa le numéro du poste de gendarmerie le plus proche, à La Canourgue, où il connaissait un brigadier, un copain de son frère.

Quand il expliqua d'une voix blanche ce qu'il avait trouvé sur le chemin de sa bergerie, un silence de mort s'abattit sur la pièce. Peu à peu le silence gagna par contagion l'arrière-salle, sans que personne n'ait pourtant pu entendre distinctement sa conversation.

Il décida de retourner sur les lieux avec une équipe de volontaires.

— Les gendarmes m'ont dit de ne surtout rien toucher et de rester à distance des corps, martela-t-il gravement alors que le groupe s'élançait dans la nuit froide. On va juste veiller à ce qu'ils soient pas bouffés par les bêtes sauvages...

Jules Majorel sut parfaitement tenir son groupe. Les deux véhicules, dont le sien, s'arrêtèrent sur le bord du chemin, les phares braqués vers les chairs livides sur la lande. Les six hommes s'alignèrent sur le bas-côté. Six ombres silencieuses découpées par le halo blanc, se tenant toutes droites, mal à l'aise, comme gênées devant l'intimité de ces jeunes filles, dévoilée par la lumière électrique, implacable et crue.

L'inexplicable vision de cette chair meurtrie sur la lande, comme larguée d'un avion, ou tombée des étoiles derrière le ciel opaque...

Des bruits furtifs se firent entendre en provenance du buisson et tout le monde put apercevoir des silhouettes furtives détaler en tous sens, ainsi qu'un bruissement d'ailes et une forme grise aux yeux brillants qui disparut en un battement de cœur du faisceau de lumière.

— Nom de Dieu, fit Gérard Reynoux. Les bestioles avaient déjà commencé leur festin...

Un des hommes jeta des pierres en direction des corps pour faire fuir d'éventuels animaux récalcitrants mais aucun mouvement suspect ne survint, et Jules Majorel lui ordonna d'arrêter. Fallait rien changer à la disposition des lieux. C'était important pour la suite de l'enquête.

D'où qu'y sortait ça? Tout le monde savait ça, merde, aujourd'hui. C'est comme ça que travaillaient les flics. La Police Scientifique. Bon Dieu, même le plus nul des feuilletons à la télé était obligé d'en tenir compte.

Le type qui jetait des pierres le rabroua pour la forme mais arrêta illico son manège. D'ailleurs, la lumière bleue d'un gyrophare tournoyait dans le lointain, là-bas au plus profond des ténèbres, accompagné du hululement de la sirène qui résonnait dans la montagne. Et pis, tiens justement, y s'mettait à pleuvoir. De grosses gouttes, bien froides et bien lourdes encore espacées, mais qui donnaient déjà une idée de ce qui allait s'abattre dans le coin d'un instant à l'autre.

Un roulement de tonnerre a grondé, au loin.

L'escadron de La Canourgue, dirigé par le commandant Lapierre, prit l'affaire en charge.

Ça s'est mis à tomber.

Toute l'eau du ciel s'est mise à tomber.

Voici une synthèse du long rapport d'autopsie que le docteur Montcenac, de l'institut médico-légal de Clermont-Ferrand, a consigné le 21 novembre. Ce dossier de synthèse fait partie des documents qui ont été rendus publics après les procès d'Andreas Schaltzmann :

— «*Nous avons constaté qu'il s'agissait de deux jeunes adolescentes, âgées de seize ou dix-sept ans, pas plus. On s'était acharné à les rendre méconnaissables en martelant leurs visages avec une batte de base-ball dont nous avons retrouvé quelques escarres dans le cuir chevelu et un peu partout sur la surface faciale. Mes collaborateurs et moi avons décidé d'appeler la première "Inconnue 1 — Guns and Roses", à cause d'un tatouage de ce groupe de rock que la fille portait sur l'omoplate gauche. Son unique vêtement était une robe rouge déchirée et un slip de marque Scandale tailladé en de multiples endroits. La seconde fut surnommée "Inconnue 2 — Dance-Or-Die", à cause de son tee-shirt à l'effigie de New York City, ultime vêtement qui lui restait, et qui avait pris pour nous une sonorité particulière et sarcastique (ainsi que pour l'assassin, nous en étions sûrs, il avait semblé laisser volontairement l'inscription intacte et lisible autour des nombreuses entailles, en soulignant de sang le mot "Die"). Ces surnoms, repris par la presse, pouvaient selon nous accélérer l'identification.*

Les corps étaient couverts de boue et de croûtes séchées de diverses origines, sang, matières fécales, nourriture vomie...

Nous avons relevé une liste impressionnante de blessures au couteau, de contusions, de brûlures, et de fractures sur les deux corps. On les avait frappées de manière répétée avec divers objets lourds, genre matraque, ou batte de base-ball. On les avait meurtries avec une lame tranchante assez large, sans doute un poignard de plongée, ou de chasse, ou d'un modèle militaire, avec une série de micro-

dentelures dans le milieu. C'était si net que nous avons pensé à un de ces nouveaux alliages en acier-carbone, plus coupants que le diamant.

On avait brûlé de nombreux points sur toute la surface du corps, et en particulier les cheveux et les organes génitaux, sans doute avec un briquet et des projections d'essence. Elles avaient été longuement suspendues par les mains, puis par les pieds. Bâillonnées avec des lanières de cuir et des chiffons, dont nous avons retrouvé des fibres entre les dents, sur les gencives et les parois de la glotte.

Nous avons par la suite constaté qu'il y avait eu viol, de manière répétée, par plusieurs objets de différentes natures et formats. Nous avons fait les prélèvements vaginaux, pour tacher d'identifier le sperme de l'agresseur. Nous n'en avons pas trouvé.

En revanche, nous avons trouvé de nombreux corps et substances étrangères, des cigarettes, une fourchette en inox, pour l'une, du verre cassé, dans l'autre, ainsi que des traces de nourritures diverses et d'alcool.

Les tests histaminiques nous apprirent que la mort avait été longue, douloureuse et avec une angoisse démesurée. Nous avons retrouvé des traces de plastique incrustées à la base du cou. On retrouvait les mêmes traces, en quantités encore plus infimes, dans la bouche des victimes, aux côtés des fibres de cuir et de chiffon qui montraient à l'évidence la nature du bâillon employé.

Nos analyses révélèrent qu'il s'agissait d'une molécule de polyuréthane fabriqué par Rhône-Poulenc pour l'industrie du sac d'emballage. On avait enfilé le sac autour de leur tête, en colmatant l'ouverture à la base du cou. Avec un simple élastique, bien serré. Le procédé est d'une simplicité effroyable : l'asphyxie est inévitable. Nous avons finalement situé les décès dans une fourchette comprise entre

minuit et cinq heures du matin, la nuit précédente,
c'est-à-dire celle du 19 au 20, pour Guns and Roses
et un peu avant, sans doute la soirée du 19 pour
Dance-Or-Die. »

Pour finir, la synthèse du docteur Montcenac
apporte la précision suivante :
 « Il est probable que les deux filles ont été tuées
l'une à la suite de l'autre, c'est-à-dire l'une devant
les yeux de l'autre. »
Cela se passait évidemment de tout commen-
taire.

9

Le 18 novembre au matin, Andreas s'est prudemment extrait de cette vaste forêt sarthoise. Il s'est repéré après avoir fait le plein et acheté des cartes Michelin à la station-service de La-Chartre-sur-le-Loir. Le témoignage recueilli ultérieurement auprès de l'employé de la station a permis d'établir la date avec certitude.

Puis Schaltzmann a pris la direction du sud.

Il s'est programmé un itinéraire qui éviterait à nouveau les autoroutes et les grands axes, après avoir entendu à la radio que le plan Dragon était renforcé sur tout le territoire.

Sa description, une énième fois détaillée, était toujours aussi peu avantageuse : vêtements crasseux, casquette de base-ball maculée de graisse, état général repoussant, le même portrait-robot que celui capté sur FR3 quelques jours auparavant. Ce portrait malmenait le peu d'amour-propre qu'il lui restait, mais il offrait un avantage : plus on le martèlerait, plus il passerait inaperçu, sous son présent camouflage.

Il roula à une vitesse constamment légale, sur des départementales et des portions de nationales, priant à chaque instant pour ne pas tomber sur un des barrages de l'opération «Dragon».

Dans l'après-midi, il arriva sans encombre en vue de Clermont-Ferrand.

Dans les journées qui suivirent sa fuite kamikaze, la « cellule de coordination » interrogea longuement le père d'Andreas, le docteur Carbonnel et l'ensemble des personnes, généralement des employés de services sociaux ou médicaux, qui avaient eu de près ou de loin affaire au « suspect ».

Aux alentours du 18 novembre, le commissaire Saulnier finit par se faire une vague idée du personnage.

Quelque chose lui disait qu'Andreas serait peut-être tenté de rejoindre l'Alsace, ou l'Allemagne. Une sorte d'intuition, liée aux origines germaniques du jeune homme. Il fit concentrer le filet de l'opération sur la frontière germano-française et entama une collaboration avec la police allemande. Saulnier n'en savait pas assez sur la psychologie dérangée d'Andreas pour deviner qu'il s'agissait du dernier endroit vers lequel il se dirigerait. Le cœur du Reich alienazi.

Aucun type portant une casquette ou conduisant une Golf grise ne fut épargné par la police dans les régions en question, à partir de cette date.

Cet après-midi-là, Andreas avait repéré un ralentissement sur la nationale vers laquelle sa route convergeait. Dieu soit loué, il y avait un petit carrefour juste là, à deux ou trois cents mètres, avec une petite communale qui obliquait vers l'est. Il pourrait récupérer une autre départementale à trente bornes d'ici et reprendre sa course vers le sud.

Andreas évita ainsi de justesse un barrage surprise de la gendarmerie du coin qui filtrait toutes les voitures un tant soit peu « suspectes ». Il n'aurait peut-être pas échappé à la fouille, surtout avec sa vieille Ford passée d'âge.

Un peu après midi, dans les environs de Moulins, dans l'Allier, Schaltzmann s'approvisionna en carburant et en nourritures parfaitement invariables.

Il se dirigea d'instinct vers une des vastes forêts qui se déployaient dans les environs lorsqu'il aperçut plusieurs estafettes de gendarmerie rouler sur une piste, en bordure du grand massif végétal.

Il resta sur la route, les doigts raidis sur le volant. Une angoisse sourde et tenace lui tenaillait le ventre.

Il fallait à tout prix rejoindre l'Espagne, nom d'un chien. Qu'est-ce qu'il foutait encore en France ? Avec toute la Gestapo à ses trousses.

Un profond désespoir l'envahit. Plusieurs jours s'étaient écoulés et il n'était même pas en vue des Pyrénées, alors que dire de Gibraltar...

Son désespoir augmenta au fil des nouvelles captées le long de sa course sans but, vers le Limousin, puis à nouveau vers le Massif central, à cause d'un barrage qu'il évita de justesse une fois encore, et d'un délire paranoïaque né de la vision d'hélicoptères de la gendarmerie qui s'occupaient, eux, d'un sauvetage de spéléologues, dans un gouffre voisin.

Il s'arrêta vers six ou sept heures du soir, quelque part dans le Cantal. Il avait été forcé de dévier sa route, à l'entrée d'Aurillac. Un barrage de C.R.S. qu'il repéra de loin. Il tournait comme un insecte affolé dans une cage, coincé au milieu de la souricière.

La nuit tombait lorsqu'il franchit les limites de la Haute-Loire, par La Chaise-Dieu, des mots sacrés qu'il illumina de ses phares sur un panneau indicateur planté au coin d'un carrefour de campagne.

Quelque chose le poussa à rester dans le coin pour la nuit, il y avait de vastes étendues désertes par ici, entre la Loire et l'Allier. Et la présence divine le protégerait.

Il trouva un vaste plateau désolé, et parfaitement désert dans la région du Puy, au bout d'une vague piste qu'il avait suivie tous feux éteints, au pas.

Il y passa la nuit et une fraction de la matinée. Il était environ neuf heures lorsqu'il reprit la route.

Il ne fit pas dix kilomètres, en fait. Du haut de la route qui longeait le massif il discerna une animation aux couleurs bleues fort suspectes dans la vallée, près du fleuve, en contrebas. Des uniformes, des estafettes, des gyrophares. On bloquait la nationale pour un contrôle, juste en dessous de lui !

Il fit discrètement demi-tour et reprit la petite route dans l'autre sens. Plein nord.

Ce n'était pas du tout le bon sens.

Il passa la journée et la nuit au plus profond d'un bois de conifères, sur le flanc d'un des antiques volcans éteints. Les neuroleptiques le précipitèrent dans un sommeil chimique.

Le 20 novembre, lorsqu'il s'éveilla au petit matin, il faisait extrêmement froid, un coup de vent venu du nord arctique, déjà annonciateur des frimas de l'hiver.

Il resta toute la journée dans la forêt. Il mangea, écouta la radio et devant la véritable chasse à courre médiatico-policière qui s'amplifiait chaque jour, il ressentit une profonde vague de haine, teintée d'une angoisse virulente. Seuls les comprimés qu'il avalait régulièrement maintenaient dans des proportions raisonnables le feu qui couvait sous son crâne.

C'est ce jour-là que l'information sur les «bouteilles de sang humain» filtrèrent des dossiers de l'instruction. En quelques heures le scoop de l'équipe de TF1 fut repris par toutes les salles de rédaction.

Tapi au fond de sa voiture, enfoncé au creux de son siège, grelottant dans le froid, Schaltzmann avait fini par hurler dans l'habitacle :

— Ce n'est pas moi, fils de putes, salopards, vous le savez bien que ce n'est pas moi !

Dans la soirée, toujours pétrifié au même endroit, Andreas Schaltzmann avait entendu sur une station périphérique des policiers expliquer que l'étau se resserrait sur le criminel, homme traqué, sans la moindre chance de s'échapper et à qui on demandait simplement de se rendre. Aucun mal ne lui serait fait, il avait simplement besoin d'un traitement psychiatrique adapté.

Schaltzmann avait ricané sur son fauteuil.

— Vieux pingouin! hurla-t-il à l'encontre de l'autoradio, vous voulez me lobotomiser, c'est ça hein, comme les nazis rouges de la Lubianka... JE VOUS HAIS TOUS BANDE DE CANCRELATS, PIÉTAILLE DE L'ENVAHISSEUR...

Il avala des cachets de neuroleptiques et finit par s'endormir, dans un bain de sueur glacée, en s'enroulant dans son sac de couchage.

Lorsqu'il s'éveilla le lendemain matin dans un état semi-comateux, la première chose qu'il fit, ce fut d'avaler des litres de lait, achetés la veille à l'Hyper de Moulins. Il repoussa son sac de couchage sur le siège passager, ouvrit la portière et l'air frais chassa les odeurs fétides de la nuit.

Il posa le pied sur l'herbe trempée de rosée, puis se redressa péniblement à l'extérieur.

Il se détendit les jambes dix minutes à proximité de la voiture, pissa un bon coup. Il se lava avec une bouteille d'eau minérale. Se rasa. Mangea quelques conserves froides.

Il alluma l'autoradio et tomba sur le journal de neuf heures d'Europe 1.

Sa situation s'était considérablement détériorée pendant la nuit.

Seigneur Jésus, on l'accusait maintenant d'un double crime atroce, perpétré pas loin, évidemment. Une petite centaine de kilomètres. Peut-être était-il pisté par un satellite qui ne pouvait repérer sa trace sans cette relative imprécision...

Les victimes avaient été retrouvées dans la soirée du 20 par un agriculteur de l'Aveyron.

Deux jeunes filles, martyrisées, violées, mutilées et exécutées.

Seigneur.

La machination nazie s'amplifiait encore d'un cran, resserrant son étau, comme l'avait promis l'officier gestapiste à la radio, la veille. On pouvait aisément s'assurer de la collaboration des populations locales avec de telles abominations. On ne se contentait plus de faire passer ses assassinats d'Aliens, en état de légitime défense, pour les crimes d'un *fou* commis à l'encontre de vrais humains, on osait inventer de toutes pièces un tel mensonge scabreux. Seigneur, on n'essayait même plus de lui implanter de faux souvenirs ayant trait aux divers attentats dont il était l'objet, une simple farce, un grossier théâtre suffisaient. Une illusion obscène digne des esprits pervers de la Gestapo et de l'état-major alien, plus le mensonge est gros, plus il a de chances de passer, qui prouvait encore une fois l'origine de la vaste conspiration qui s'était emparée du monde. Nul doute en effet que la Gestapo s'était servie de véritables victimes, ce n'était certes pas ce qu'il lui manquait. Des victimes de séances de torture préalables, ou tout simplement désignées exprès pour la «mise en scène», comme à la frontière polonaise en septembre 39. Les nazis étaient coutumiers de la méthode. Nul doute, non, vraiment aucun doute pour que les filles aient réellement subi ce qu'en racontaient les médias.

Il fallait que ce soit *réel*. C'était le but recherché.

Andreas passa fébrilement d'une station à l'autre, à la recherche de renseignements. Les journalistes affirmaient qu'il «*pourrait s'agir de l'œuvre du Vampire de Vitry-sur-Seine, toujours en fuite, encore caché sans doute quelque part en France*». Mais ce conditionnel était un de ces fameux «codages» aliens, qui faisait croire à la population que la chose était avérée, sans l'air d'y toucher. Une technologie qui avait fait ses preuves depuis 1945, puisqu'on pouvait camoufler un camp de concentration géant en un puzzle artificiel de sociétés de consommation vivant toutes à l'intérieur d'un parfait simulacre !

Il comprit instinctivement que le coin allait être sévèrement ratissé. Il mit en marche le moteur et redescendit les flancs du Puy Mary.

Il fonça droit vers l'ouest, le plus loin possible du Massif central, sur la première départementale qu'il rencontra.

Sur la route il croisa une colonne d'estafettes bleues et il faillit s'en évanouir de terreur. Mais l'escadron continua son chemin sans lui prêter la moindre attention.

Il ne sait trop comment mais il a passé Brive-la-Gaillarde, puis Limoges.

En début d'après-midi, il a dû contourner Poitiers, puis Châteauroux mais il réussit à s'échapper du piège en direction de Tours.

Il a aussitôt obliqué en direction de la Bretagne.

L'Espagne, c'était foutu maintenant.

La seule chose qu'il pouvait tenter, c'était une traversée clandestine sur un bateau en partance pour l'Angleterre ou l'Amérique.

Il avait toujours rêvé de voir l'extrême bout de l'Europe, face à l'Atlantique, la pointe du Raz, par exemple.

Le jour déclinait lorsqu'il franchit les limites de la Bretagne. Le blason d'hermine de la région imprima durablement ses armoiries sur sa rétine, et dans sa mémoire, après le bref éclat des phares sur le rectangle de métal.

Il en avait plus qu'assez de dormir dans la voiture. Ça puait, c'était inconfortable, il y faisait froid.

Il décida d'éviter les hôtels et dénicha une chambre d'hôte, aux environs de Vannes, chez une vieille grand-mère austère, au costume noir et gris traditionnel.

La vieille dame accepta volontiers le paiement en liquide, d'avance, pour plusieurs jours.

Louise Le Houerrou avait toujours placé une confiance limitée dans les chèques, carte bleue et autres monnaies de singe plus ou moins électroniques. Du bon pascal bien craquant, voilà qui suscite plus facilement hospitalité et rapports de bon voisinage.

Schaltzmann prit possession de sa chambre le 21 novembre 1993, à vingt heures tapantes. Il s'allongea sur le lit et s'enfonça rapidement dans un puits de sommeil.

L'affaire des «suppliciées de l'Aubrac» secoua profondément l'opinion. Les habituelles meutes de partisans de la peine de mort appelèrent à la création de comités de vigilance dans la région. Les flics du coin ne virent pas ça d'un mauvais œil. Ils étaient dans le cirage. Aucun élément ne leur permettait de comprendre ce qu'il s'était réellement passé. Qui, où, pourquoi? On avait bien le «quand» et le «comment», mais le mystère abominable qui entourait le crime restait entier.

Les 21 et 22 novembre, les journalistes de la presse locale et nationale convergèrent par colonies entières vers ces causses perdues au sud du Massif central. On ne parla plus que de ça dans tous les départements voisins, des rumeurs folles enflammèrent les esprits. Le 23 novembre, devant la pression de journalistes particulièrement voraces, la cellule de coordination parisienne chargée du cas Schaltzmann admit publiquement qu'elle suspectait fortement Andreas d'être responsable des agressions de l'Aubrac. Le jour même, le ministre de l'Intérieur déclara lors d'une session de l'assemblée que l'«*auteur de ces actes barbares ne pourrait compter sur aucune indulgence de la part de la Justice française*», préjugeant ainsi d'un verdict futur. Cela eut le don d'énerver bon nombre de magistrats, comme lors de l'affaire des «Évêques» et de l'«évangélisation des banlieues», un ou deux mois auparavant. Tout ça fut prononcé sans aucune preuve de la culpabilité de Schaltzmann. Cela ne tarda pas à avoir des conséquences incalculables, comme nous allons le voir.

10

L'écoute de la BBC, programmée rituellement chaque soir avant le coucher, ne lui apprit rien de plus. Il ne repéra aucun message codé en français, du type «les sanglots longs de l'automne», en provenance de l'émetteur britannique. Il ne comprenait pas l'anglais et au bout de quelques jours une certitude fatale le submergea.

Il y avait sûrement longtemps qu'on n'émettait plus vers la France. Il était livré à lui-même. Pire, sans doute l'Angleterre, mais aussi l'Amérique elle-même, l'Antarctique, jusqu'à la Lune et les espaces du système solaire, la galaxie elle-même, l'univers tout entier était désormais sous la botte du régime nazi et de ses maîtres aliens.

Il n'existait probablement aucun réseau de résistance, nulle part.

Les ténèbres avaient uniformément recouvert le monde, comme la chape mortelle qui avait assombri le ciel des Grands Reptiles de l'ère secondaire.

Il ne subsistait aucune lueur d'espoir.

Mais imperceptiblement, une idée s'élabora dans les cornues fantaisistes de son cerveau.

Cela changeait notablement la perception qu'il avait de son propre destin.

Et s'il était cette lueur, cette lumière falote, trem-

blotante, vacillant faiblement dans les ténèbres ?
Oui. Voilà quel était son véritable rôle au sein de
cette humanité réduite à l'esclavage, un esclavage
d'autant plus diabolique qu'il était parfaitement
invisible.

Il avait failli le dire à madame Le Houerrou,
alors qu'elle regardait un jeu télévisé sur TF1 :
« Vous ne regarderiez plus ces émissions si vous
saviez ce qu'elles cachent en fait : les gagnants
jouent le nombre des victimes d'une ville que les
nazis vont exterminer pour le compte de l'industrie
nécrophage des créatures de Vega. Ils gagnent
effectivement la somme engagée mais cela correspond aussi à la population-otage de la cité qui
sera détruite et remplacée par des créatures de
l'Empire. C'est un sens du raffinement que partagent les races reptiles de l'espace et les nazis. »
Mais il s'était retenu, en fin de compte. Il ne devait
sous aucun prétexte briser son incognito, dévoiler
sa véritable identité et son rôle de premier ordre
dans l'émergence de la Résistance.

Le hasard, la Providence, le Destin, quel que soit
le nom qu'on lui donne, ce mécanisme mystérieux
venait de pointer son aiguille sur lui, comme l'en-
coche qui arrêtait cette roue de la chance sur la
somme de 600 000 francs.

— Six cent mille, avait-il hurlé malgré lui, vous
vous rendez compte ! SIX CENT MILLE !

Madame Le Houerrou lui avait lancé un regard
légèrement amusé :

— Oui, avait-elle fait, ce garçon allait se marier...
Sa future a tiré le bon numéro, y a pas à dire...

Il ne sut quoi répondre. La glotte bloquée, il
avait senti une vague d'émotion le submerger.
Des larmes pointèrent au coin de ses paupières et
il se renfonça dans son fauteuil pour que madame
Le Houerrou ne les voie pas.

Ce couple allait fonder son bonheur sur une somme rondelette, correspondant au nombre des victimes entassées dans les garde-manger orbitaux de la race maudite.

Lorsqu'il monta se coucher ce soir-là, il se demandait si l'humanité valait bien la peine qu'on souffre autant pour essayer de la sauver.

Il s'enfuit le soir même, en ayant pris soin de laisser le prix de sa chambre en évidence, quelques pascals bien craquants glissés sous un cendrier.

Il s'enfonça au cœur des terres bretonnes, vers Pontivy, en continuant d'éviter les grands axes, sûrement surveillés. Il obliqua ensuite vers le Finistère, et il erra toute la journée qui suivit au petit bonheur, le long des côtes découpées autour de la pointe du Raz. En début de soirée, il trouva une petite pension de famille dans les environs de Morgat, pratiquement à l'extrémité de la péninsule. Il y avait là quelques couples de retraités, ainsi qu'un VRP, démarchant des ceintures et des bretelles dans tout le département, un gros type rougeaud qui étalait sa collection sur une table près du comptoir, et vantait les mérites de ses marchandises aux vieux qui terminaient leur dîner, en regardant d'un œil morne le poste de télévision installé dans la salle à manger.

On lui donna une chambre au bout d'un couloir, au premier étage. Les repas se prenaient entre huit heures et dix heures et demie, le matin, entre midi et demie et une heure et demie, pour le déjeuner, et entre sept heures et demie et huit heures et demie pour le dîner.

Le service de la pension des Goélands s'avéra d'une précision absolue, digne d'une montre suisse.

La première nuit, il ne se passa rien.

Il était treize heures et quelques minutes lorsque Djamel Farsi s'accrocha à son bloc de rocher et se retourna vers Quentin Dorcel, qui le suivait à cinq ou six mètres :

— Oh merde, lâcha-t-il abruptement, j'crois bien qu'y a un corps, là, juste en bas.

Son doigt pointait quelque chose en dessous de lui.

Ils dominaient une profonde ravine, au-delà de laquelle surgissait une haute cathédrale de roche, en tout point analogue à celle dont ils franchissaient le sommet.

Lorsque Quentin put se pencher comme lui au-dessus du vide, il jeta son chewing-gum au loin et cracha par terre.

— Putain... L'a fait une sacrée chute... Y a pas loin de quatre-vingts mètres ici...

Ils surplombaient exactement l'endroit où le corps était venu s'écraser, au bord de l'étroit ruisseau de montagne qui serpentait au fond du canyon.

Ils arrivaient à discerner des détails. Des détails étranges qui ne collaient pas avec la première image qui les avait assaillis, celle d'un jeune alpiniste qui aurait dessoudé sur l'une ou l'autre des falaises de rocs.

D'abord on aurait bien dit qu'il s'agissait d'une fille, avec ses cheveux longs et ce truc qui ressemblait à une jupe. Le corps semblait échoué dans une flaque rouge sang. Et justement, elle n'était pas du tout habillée comme on pouvait s'y attendre de la part d'une adepte de l'escalade. Dans ce cas, ça ne pouvait signifier qu'une chose. Ils étaient au sommet de la pente nord, dans un paysage de rocailles qu'ils avaient atteint après une bonne heure de grimpette sur l'autre versant de la butte, désormais derrière eux. En face d'eux, de l'autre côté du ravin, l'autre élévation était pourvue d'une sorte de chemin forestier à son sommet. Il n'était pas rare que des touristes inexpérimentés, voire des jeunes du coin en mal d'aventures viennent jusque-là pour leurs balades en montagne. Certains y grimpant même en bagnole. La fille s'était sans doute aventurée imprudemment au-delà de la petite barrière de sécurité et avait dérapé sur la roche friable du bord.

Les deux jeunes alpinistes, alors en randonnée de reconnaissance pour de futures escalades, se partagèrent le boulot. Quentin, plus expérimenté, descendrait au fond du ravin pour éventuellement assister la victime et préparer la venue des secours. Djamel ferait demi-tour pour redescendre au plus vite jusqu'au village et appeler illico gendarmes et pompiers.

Il était quinze heures cinquante-cinq lorsque l'hélicoptère de la gendarmerie treuilla le cadavre qu'un secouriste venait d'envelopper dans un linceul de plastique vert.

Les légistes de Tarbes consignèrent une longue liste de lésions et de blessures. Ils furent vite surpris de constater que la plupart d'entre elles ne pouvaient pas avoir été occasionnées par la chute.

La liste des dégâts ressemblait en tout point à celle répertoriée sur les filles de l'Aubrac. La mort remontait à quelques jours, aux alentours du 25.

Une nuée d'uniformes s'abattit sur les Pyrénées.

Il fallait coûte que coûte stopper le monstre. À n'importe quel prix. Par n'importe quel moyen. On intensifia la collaboration avec la police espagnole.

La capture du «*criminel le plus monstrueux depuis Thierry Paulin*» devint le «*problème prioritaire, toutes affaires cessantes de toutes les forces de police du territoire*», comme l'avertit le ministre de l'Intérieur lui-même, lors d'une interview au Journal de Vingt Heures de France 2.

À cette heure-là, l'homme en question regardait la télévision dans le vaste salon de la pension, en compagnie de quelques petits vieux.

Il réalisa avec stupéfaction que le piège était d'une simplicité diabolique.

Andreas n'utilisait que du liquide depuis le premier jour de sa fuite. Il n'aurait donc aucun moyen de prouver qu'il s'était trouvé ici, et non là aux dates des crimes. La Gestapo ferait facilement perdre la mémoire aux rares témoins qui l'avaient croisé durant ces deux semaines de traque. Généralement, la visite d'un ou deux impers de cuir noir en pleine nuit suffisait à éveiller ou endormir des souvenirs redoutablement précis, dans la tête des citoyens lambda.

La foule, fanatisée par les organes de presse collaborationnistes, appellerait à son exécution immédiate, verdict que s'empresserait d'officialiser le tribunal de la Section Spéciale. Il finirait certainement décapité à la hache dans la cour blafarde d'une obscure prison de province.

Évidemment, il serait passé au préalable entre les mains expertes d'un Barbie, d'un Touvier ou d'un Heydrich Alien, cherchant à remonter une filière inexistante.

Il s'éteindrait, comme la toute dernière bougie sur un gâteau d'anniversaire terrifiant.

Le lendemain les choses s'amplifièrent notablement.

La presse eut vent de l'information soigneusement occultée par la cellule de coordination depuis plusieurs jours.

L'homme ne roulait pas dans une Golf grise immatriculée dans le Val-de-Marne. Depuis près d'une semaine, la police recherchait en fait le conducteur d'une Ford bleue, immatriculée dans l'Essonne. La piste de Schaltzmann semblait mener de Paris au Massif central, puis aux Pyrénées. On recentrait le plan Dragon sur la partie méridionale de la France et de nombreuses opérations furent menées à la frontière espagnole par les services des deux pays.

Mais après la découverte de la fille des Pyrénées, la pression monta largement d'un cran. Le Vampire de Vitry narguait ouvertement la police. Il assassinait en toute impunité. À un rythme sans cesse croissant, franchissant à chaque fois les limites de l'abomination.

Une émission spéciale fut programmée en catastrophe par TF1, sur le thème « meurtriers en série : la police désarmée ? ». Des journalistes fouineurs de la même chaîne venaient d'apprendre le truc de la Ford bleue. Le commissaire Saulnier et le juge Vanderdonck durent se rendre à l'évidence et capituler. L'étanchéité des dossiers d'instruction n'était définitivement plus qu'un rêve lointain. Il faudrait sans doute se préparer à mener les enquêtes de police avec une équipe complète de la CNN sur les talons, dorénavant.

La spéciale du « Droit de savoir » fit un carton. On était le 30 novembre au soir.

À la pension des Goélands une polémique éclata entre partisans de cette émission et ceux d'un téléfilm sur une chaîne concurrente.

Andreas ne s'en mêla surtout pas. Il savait pertinemment que, quel que soit le camp qu'il choisirait, cela pourrait être interprété à son encontre, plus tard, par les magistrats collabos.

Il termina son dîner et monta s'isoler dans sa chambre.

Il alluma sa petite radio et écouta une station FM quelconque, avec laquelle il espéra se distraire un petit moment.

Mais la station l'ennuya rapidement et il se mit à la recherche de quelque chose qui l'accroche.

Il tomba sur une drôle d'émission quelque part sur la bande. Une émission de musique rock entrecoupée de gags divers, dont des interventions répétées du «Laboratoire d'Observation de la Planète Télévision», qui permettait à l'émission de prétendre être la seule à «vous informer périodiquement de ce qui se passait en même temps sur les écrans, vous évitant ainsi la tâche fastidieuse de vous le coltiner vous-même».

L'écoute de l'émission réussit à le dérider légèrement, et Andreas se demanda s'il ne s'agissait pas d'une forme de résistance, peut-être moins violente mais presque aussi efficace que la sienne. N'avait-il pas lu quelque part que les films de Chaplin et des Marx Brothers avaient été interdits par le régime nazi ?

Oui, sans doute existait-il des failles dans l'administration de cette lointaine marche de l'empire stellaire des Reptiles de Vega ?

À un moment donné, le Laboratoire d'Observation de la Planète TV intervint après deux titres de punk-rock qui avaient de prime abord un peu effrayé Andreas, mais avec lesquels il s'était prudemment familiarisé, tapant même légèrement du pied sur le vieux lino, à un rythme approximatif.

— Très chers auditeurs, nous venons de zapper sur TF1 où l'émission «Le Droit de savoir» semble remporter un franc succès. L'émission vient en effet de faire passer à l'antenne un nouveau portrait-robot du Vampire de Vitry-sur-Seine, Andreas Schaltzmann, réalisé par les services informatiques de la police, après une synthèse de nombreux témoignages. L'homme serait nettement

moins gros que sur la photo d'identité et le por
trait-robot présentés aux téléspectateurs ces deux
dernières semaines. Il ne porterait plus de casquette. De plus l'homme conduirait certainement
une Ford bleue immatriculée dans le 91 et non
une Golf grise portant le numéro 94... Nous rap-
pelons à nos auditeurs qu'Andreas Schaltzmann
avait été précédemment décrit comme conduisant une Peugeot 504 break et qu'il pourrait tout
aussi bien être au volant d'une... Twingo, non il
faudrait être vraiment cinglé pour... Après tout
oui, pourquoi pas, au volant d'une Twingo...

Andreas tourna le bouton de la radio d'un coup
sec. Une sueur froide le recouvrait des pieds à la
tête.

Une faille?

Il avait éclaté d'un rire désespéré.

Une faille? À peine une entaille, oui.

Le système diabolique qui dominait l'humanité
était proprement invincible. Le temps jouait pour
lui. Comme une pièce mortellement truquée,
dont les murs se rapprochent inexorablement les
uns des autres pour vous broyer. Andreas finit
par réaliser qu'il lui fallait impérativement quitter la pension. Il avait entendu la sanction du
vote au moment où il se levait de table, au sujet
de l'émission à regarder. En bas, dans le salon,
une demi-douzaine de personnes venait de voir
s'afficher la tête et la description de la voiture du
locataire du premier.

On téléphonait sans doute déjà à la Gestapo...
Il ne lui restait plus qu'une seule chose à faire.

Il ne fallait pas perdre une seule seconde...

La bouteille luisante et grasse était déjà dans
sa main, le briquet dans l'autre.

D'après ce que l'enquête conclut, Schaltzmann réussit à couper les fils du téléphone, à la pension des Goélands, ce qui retarda d'autant l'arrivée des secours.

Alors que les pompiers combattaient les flammes, les gendarmes du coin commencèrent à interroger les résidents.

C'est à ce moment-là que les choses s'accélérèrent.

Jacqueline Leguen, la tenancière de la pension, expliqua au lieutenant Brigonnec que le résident de la chambre incendiée avait été invisible après le dîner, et que sa voiture n'était plus là, qu'il avait sans doute fui juste après avoir mis le feu à sa chambre. Elle travaillait dans sa cuisine, l'homme avait pu quitter la pension sans que personne s'en aperçoive. Elle avait même retrouvé la clé de la chambre 11 sur le comptoir. Le lieutenant demanda une description de la voiture à Jacqueline Leguen mais elle ne se souvenait que de sa couleur, bleue.

Néanmoins, en recoupant deux ou trois témoignages, Brigonnec put se faire une idée assez précise du véhicule en cause. Marque Ford. Plus de dix ans d'âge. Immatriculée dans l'Essonne.

C'était la voiture du Vampire de Vitry.

*

Le globe de feu gonfla brutalement dans la nuit, projetant son souffle vers les étoiles et sur son visage. La vieille baraque s'embrasa dans un énorme craquement, comme une boîte d'allumettes géante et Schaltzmann sourit devant la créature orange. La chaleur rayonnait et caressait sa peau. La lumière des flammes dansait sur l'univers d'herbes folles et d'arbres trapus. Une

110

trombe de fumée noire s'entortillait au-dessus du toit qui crépitait comme une simple feuille de carton jetée au brasier. L'odeur du napalm, essence et plastique brûlé, emplissait ses narines d'un parfum lourd et enivrant. Le parfum de la délivrance. Le baiser de l'enfer.

Il tendit ses mains vers la gerbe de flammes et contempla le jeu de la lumière entre ses doigts. Du ciel la lumière des astres tombait droit sur l'incendie, indiquant la parfaite adéquation de son geste avec le sens de sa quête : indiquer aux humains que la résistance était non seulement possible, mais qu'elle était d'une nécessité absolue. Il marquerait son ultime course d'un certain nombre d'indices, destinés aux générations futures. Cette vieille baraque lui avait servi de test.

Le cimetière allemand qu'il avait repéré sur la carte serait le prochain objectif.

Il reprit sa route, l'incendie comme un phare mystérieux dansant dans le rectangle noir du rétroviseur. Il roula d'une traite et se gara comme dans un rêve devant l'esplanade du cimetière de Mont-de-Huisnes, pas très loin du Mont-Saint-Michel.

Ici, de nombreux soldats allemands défendant le Mur de l'Atlantique étaient tombés lors de l'attaque ratée du 6 juin. S'il détruisait l'enceinte diabolique qui protégeait la crypte où survivaient leurs esprits malins, peut-être quelques hommes *décrypteraient* à temps son geste. C'est en détruisant l'esprit des morts qu'on obtient ce qu'on veut des vivants. C'est en s'attaquant aux racines du mal que l'humanité aurait peut-être un jour la possibilité de se libérer de ses chaînes.

Il attrapa la 22 automatique, le sac contenant les cocktails au napalm et sortit de la voiture. Il se dirigea droit vers l'entrée du petit bâtiment circulaire, en haut de quelques marches. Une porte vitrée.

Il fit feu instinctivement. Le verre s'étoila. Il l'éclata avec la crosse, d'un coup en avant. Le verre se répandit dans un vacarme cristallin.

Il enjambait les tenants d'aluminium lorsqu'il entendit un bruit de pas à l'intérieur du bâtiment et des sortes de jurons. Une silhouette déboula à sa gauche, d'un corridor plongé dans l'obscurité et Schaltzmann fit feu au jugé. Une seule balle, c'était l'ultime chargeur.

Il entendit l'homme pousser un râle en mettant la main à son ventre, lâchant un petit objet métallique qui tinta sur le plancher. Schaltzmann s'approcha de l'homme qui titubait en s'adossant à un mur et lui envoya la crosse de la carabine en pleine face. L'homme poussa un cri étouffé et glissa contre le mur. Pour faire bonne mesure, il voulait économiser ses dernières balles, il lui asséna un coup violent sur le sommet du crâne. Puis un troisième, dans la mâchoire. L'homme s'affaissa sans un bruit, comme un sac rempli de chiffons.

En marchant vers la porte vitrée intérieure qui menait au funérarium, il ramassa l'arme du veilleur de nuit, un petit automatique luisant qu'il fourra dans sa poche. Puis il arracha les fils du téléphone.

Il fracassa l'autre porte d'un coup de crosse et sortit sous l'arcade circulaire qui faisait le tour du mémorial. En suivant l'arcade on passait devant les cryptes où les petites boîtes s'amoncelaient. Schaltzmann commença à marcher le long des voûtes carrées en passant sa carabine en bandoulière, puis en faisant glisser le sac de sport le long de son bras. Il s'arrêta et posa le sac à terre. Il fit machinalement un tour sur lui-même, pour découvrir l'ensemble de la vue. Le terrain gazonné que ceinturait la rocade funéraire, les marches qui menaient vers un point de vue, de l'autre côté. Il fourailla dans le sac et en sortit une lampe torche, puis une bouteille de napalm qu'il posa à terre.

De sa poche il extirpa le Zippo et il rabaissa le capot, prêt à l'enflammer d'un coup sur la molette.

Devant lui la torche électrique lui montrait l'empilement de casiers funéraires, luisant sous une fausse lune dansante. Des noms aux consonances allemandes ou autrichiennes pour la plupart. Kupta. Streicher. Bauer. Baumann. Dreiser. Flick. Von Hauersenberg. Molke. Stransky. Schmidt. Wölner. Kohlmann.

Il ne sut ce qui le fit agir. Une force venue du plus profond de lui-même lui fit ployer les jambes.

Il s'agenouilla devant ces noms qui ressemblaient tant au sien, à tous ces types broyés par la machine qui s'était servie de leur chair pour étendre son emprise sur le monde. À toutes ces cendres.

Il fut agité d'un sanglot très ancien qui remontait aux sources de son existence, il se retrouva prostré comme un fœtus, la torche roulant devant lui pour immobiliser son faisceau sur un des casiers du bas. Une petite couronne mortuaire, desséchée par le temps. Dietrich Meyer. Un nom banal. Il fit rouler son pouce sur la molette du Zippo et le briquet s'alluma, une couronne bleue comme le gaz d'une cuisinière, qu'il fit danser devant son visage. Les larmes roulaient sur ses joues. Il comprit qu'un élan mystérieux venait de l'empêcher de commettre un acte sacrilège. Que toutes ses tentatives désespérées pour mettre fin au cauchemar procédaient d'un complot plus souterrain encore.

Il se releva ce qu'il lui sembla des heures plus

tard. Il replaça la bouteille et la torche dans son sac, ajusta sa carabine sur son épaule et ressortit sans même jeter un coup d'œil à la forme prostrée qui gémissait doucement, dans un coin du hall.

11

Lorsqu'il reprit conscience, il roulait sur une route plongée dans les ténèbres.

La vue d'une enseigne Mobil, sur cette nationale déserte, lui fit baisser les yeux sur la jauge qui flirtait avec le zéro, depuis un bon bout de temps sans doute. Les souvenirs des heures précédentes ressemblaient à un rideau de flammes, ne masquant que l'obscurité la plus noire. Il rangea la voiture près d'une pompe de super, constata que c'était un self-service, et qu'il y avait quelqu'un à la caisse, là-bas, derrière les vitres couvertes d'autocollants criards. Il enclencha fermement le verseur métallique dans la bouche du réservoir et se mit à réfléchir en observant le ballet numérique des leds orange. Des bribes de mémoire remontèrent alors à la surface à la faveur de l'odeur d'essence. Les flammes. Le feu. Le parfum de pétrole. Le bruit du verre qui explose...

La chambre. Une chambre quelque part, dans un hôtel. Il avait mis le feu à cette chambre...

Il se souvint de quelques détails, étrangement nets dans le puzzle criard et trépidant. Juste avant de mettre le feu à la bouteille de napalm dans la chambrette de la pension, Andreas s'était demandé un instant s'il valait bien la peine d'exterminer toute la population de l'immeuble. Il y avait finalement renoncé devant la maigre poignée de munitions qu'il lui restait. Il en aurait sûrement besoin au moment de défendre chèrement sa vie, contre l'assaut final de la Gestapo. Les résidents de la pension ne formaient malheureusement qu'un triste échantillon de cette masse sur laquelle s'appuyait la politique collaborationniste. Comme la plupart des gens, manipulés par la machine médiatique alienazie, ils ne savaient pas vraiment ce qu'ils faisaient, persuadés d'aider la police d'un État démocratique à traquer un criminel de droit commun...

Il était en train de saisir son enveloppe de liquide dans la boîte à gants et il regarda la petite horloge de bord avec appréhension. Seigneur, quand donc cela s'était-il déroulé ? La police SS était sans doute déjà à ses trousses et...

Et où était-il, bon sang, où était-il ?

La station était tenue par un sexagénaire à demi endormi, qui détacha difficilement son attention du vieil écran de télé pour lui jeter un coup d'œil inintéressé, quand Andreas paya pour son plein et son jerrican.

Il reprit la route aussitôt. Il ne savait absolument pas où aller. Le plan Dragon, intensifié sur les Pyrénées et le Massif central, lui barrait l'accès à une bonne moitié sud du territoire, et donc aussi aux Alpes, dernière chaîne montagneuse vaguement épargnée, où il aurait été, disons, *un peu moins* impossible de se planquer quelque temps.

Il n'y avait pas trente-six solutions. Rouler plein est, en tournant fermement le dos à la Bretagne. C'est-à-dire droit sur Paris, en plein dans la gueule du monstre. Il quitta la nationale un peu plus loin.

Il ne devrait plus commettre une seule erreur, dorénavant.

Moins d'une heure après son départ de la station-service, une patrouille motorisée de la gendarmerie rangea son trio de BMW noires et bleues près des pompes. Ils pénétrèrent dans la cage de verre avec une délicatesse de rhinocéros. Les hommes quadrillaient le secteur et ils recherchaient un «véhicule suspect» dont ils donnèrent la description ainsi que celle de son conducteur au pépé de la caisse.

Mais le pépé ne se souvenait que très vaguement de la douzaine de clients qui étaient passés dans la soirée. De là où il était, on ne voyait pas bien les voitures (en fait il ne cessait de regarder son antique poste portable noir et blanc) et il ne se rappelait pas d'une Ford bleue immatriculée dans le 91, non.

La vue du portrait-robot ne lui réveilla d'abord aucun souvenir. Mais alors que les gendarmes se dirigeaient vers la sortie, il les rappela :

— Attendez voir deux s'condes, refaites-moi voir un peu cette tête...

Le vieil homme prit la photocopie entre ses mains et ajusta un peu plus précisément ses lunettes. Il marmonna quelque chose d'indistinct puis regardant les hommes casqués un peu par en dessous, il hocha légèrement la tête :

— Ouais... C'est sûr il est passé dans la soirée, mais j'sais pas exactement quand... attendez voir... Ouais, y a pas longtemps, j'crois bien, ouais c'est ça, juste après y a eu le convoi de poids lourds...

— Quand ? demanda impatiemment le chef des hommes casqués.

— Heu... disons une petite heure... ouais, quelque chose comme ça...

— Putain... lâcha simplement le chef de la patrouille.

Puis, aboyant presque :

— Où ça ? Quelle direction ?

— Heu, attendez voir que je m'rappelle... La voiture a démarré... Par là-bas, ouais, c'est ça, elle venait de l'ouest et elle est partie vers Rennes... J'suis situé à droite dans ce sens-là, normal... Dites c'est *vraiment* le Vampire de Vitry ?

— Putain de merde, lâcha en guise de toute réponse le chef des motards avant de précipiter toute la troupe à l'extérieur.

Il se saisit aussitôt de son émetteur radio et sa voix tonnante éclata dans l'espace bétonné de la station.

Les motos pétaradaient déjà, prêtes à foncer sur le ruban noir de la route dans la nuit qui plombait l'univers, au-delà de l'éclairage blême du néon.

Elles ne furent bientôt plus là, et les volutes bleues de leurs gaz d'échappement s'évanouissaient déjà, fantômes brièvement toxiques autour des pompes.

Il ne sait trop comment, mais à l'aube, Andreas s'est retrouvé au bord de la mer. Les quelques panneaux indicateurs qui se figeaient fugitivement dans la lumière des phares et dans sa mémoire lui apprenaient qu'il était dans la presqu'île du Cotentin et qu'il roulait vers Cherbourg. Sans doute la totalité de l'univers était-elle truquée. Les signalisations fausses, les routes de simples illusions d'optique, les villes des décors de cinéma habités par un simulacre d'humanité. En fait, finit-il par se dire, peut-être était-il tout simplement le Dernier Véritable Humain Sur Cette Planète, le reste de la population ayant été depuis longtemps liquidé et remplacé par des androïdes de l'Empire.

C'était ça.

Le Dernier Homme. Il était le Dernier Homme.

L'Ultime Survivant de la race, condamnée de toute façon à s'éteindre...

La nuit qu'il traversait était bien plus opaque qu'elle ne le laissait croire. Les ténèbres allaient l'engloutir, irrémédiablement, comme elles l'avaient fait depuis bien longtemps pour le reste de l'humanité.

Épuisé, Andreas a trouvé un petit chemin qui quittait la départementale et s'enfonçait vers la côte, en serpentant entre les dunes.

Le chemin le conduisit à quelques mètres de la plage. Il s'emmitoufla dans ses couvertures et avala une poignée de cachets.

La radio jouait en sourdine un air qu'il ne connaissait pas.

Il comprenait peu à peu qu'il atteignait le bout de la route, que le piège était en train de refermer ses mâchoires sur lui. Un mélange étrange de désespoir et de sérénité l'envahit insidieusement alors qu'il sombrait dans les abysses de son sommeil chimique.

Quand il s'est vaguement réveillé pour la première fois, le jour s'était levé. Ses yeux fixèrent quelques secondes l'horloge de bord qui affichait un chiffre affligeant. Pas loin de dix heures. Le ciel était gris.

Il s'enroula dans les couvertures en émettant un râle de désespoir.

Il ne sortirait jamais vivant du piège... putain... autant se livrer tout de suite...

Le sommeil le happa plusieurs heures encore et lorsqu'il reprit conscience le journal d'Europe 1 venait de commencer.

On ouvrait sur la «Chasse au Vampire», qui avait commis une série de nouveaux délits la nuit dernière, pour une raison totalement inexpliquée, et sans doute, vu son cas, inexplicable. La Bretagne et les départements limitrophes étaient soumis depuis la nuit à un bouclage policier impressionnant, digne d'un véritable coup d'État. On ne comptait plus les compagnies de CRS, les escadrons de gardes mobiles et les escouades de flics et de gendarmes qui convergeaient depuis quelques heures vers le nord-ouest de la France. On n'expliquait pas très bien la présence de Schaltzmann en Bretagne alors qu'il venait de tuer dans le sud de la France, mais un responsable de l'opération policière expliqua aux journalistes qu'il avait eu largement le temps nécessaire pour accomplir un tel voyage, et ce «en dépit du plan Dragon, oui» convenait-il, un peu gêné et passé au gril par le spécialiste du direct.

D'après les reporters et les flics, le quart nord-ouest du territoire était soumis à un véritable état de siège : aucune route, même secondaire, n'échappait au crible, aucune ville n'était épargnée, pas même le plus isolé des villages. On répéta les appels à la reddition de l'*ennemi public numéro un*. Les flics affirmèrent qu'il ne lui serait fait aucun mal *s'il se rendait sans résistance* et du coup certains journalistes se demandèrent ouvertement si la police n'anticipait pas déjà sur un règlement de l'affaire à la Mesrine. Certains invités de l'antenne affirmèrent d'un ton docte et glacial que la capture de Schaltzmann dans les quarante-huit heures, vivant si possible, était l'objectif officiellement annoncé des autorités, et qu'il s'agissait désormais d'un objectif «raisonnable».

Andreas tressaillait déjà de froid, sous ses couvertures. Ce premier jour de décembre était glacial et lorsqu'il était sorti pour pisser dans les dunes, un peu auparavant, une bise venue du nord, implacable, avait lacéré sa peau. Mais l'écoute de la radio, et la vision qu'elle engendrait dans son esprit, celle d'une machine tentaculaire déjà prête à le dévorer, augmentèrent la cadence de ses tremblements frénétiques, irrépressibles, accompagnés d'un atroce claquement de dents, castagnettes douloureuses, au bruit agaçant.

Il fit rapidement le point de sa situation. Il savait que le temps n'incitait pas trop aux bains de mer et aux balades en bord de plage. Pas trop de touristes en décembre par ici. Et puis, les dunes et les bosquets formaient un rempart naturel à tout curieux qui longerait la départementale. Le chemin était à peine praticable.

Il avait effectivement ça, se dit-il. À peu près quarante-huit heures d'assurées, sans doute moins.

Il ne prit pas tout de suite sa décision.

Il s'était écoulé environ six heures entre l'identification d'Andreas à la pension des Goélands et le recueil du témoignage à la station-service. Les forces de police de la région, déjà au courant de l'affaire de Morgat et de Mont-de-Huisnes, convergèrent aussitôt vers Vitré, où le pompiste l'avait aperçu.

On put assez vite établir un cordon infranchissable ; un cercle s'enroulant à cent kilomètres environ autour de son dernier lieu de passage. Au cours de la nuit et de la matinée les renforts affluèrent et le système se mit totalement en place. Il couvrait trois régions entières, Bretagne, Basse-Normandie et Pays de Loire. Un bon millier d'hommes étaient engagés dans l'opération, et un second filet, à peine moins concentré, était tendu dans les régions adjacentes. Puisque sa piste menait de la pension à cette cabane incendiée, puis au funérarium allemand et pour finir à la station Mobil de Vitré, il était clair qu'il suivait une trajectoire erratique, guidée par la boussole devenue folle de sa conscience.

Peu après la fin du journal, Andreas a fait deux choses : il a armé la carabine, engageant la dernière balle de son ultime chargeur dans le canon. Puis il a avalé une poignée de cachets. Le vent soufflait déjà en rafales brutales et la pluie s'est mise à tomber, fouettant les vitres et percutant le capot, berçant son entrée dans le coma chimique qui lui tenait lieu de sommeil.

La tempête a duré tout l'après-midi et la nuit qui suivit, gênant les opérations de recherche, clouant au sol les hélicos et faisant patauger des centaines d'hommes dans la boue sous des paquets de flotte, à travers routes et champs inondés. C'est sans doute cela qui lui donna vingt-quatre heures de sursis.

Le lendemain, Andreas s'est réveillé un peu après l'aube. Une lueur sale rampait dans le ciel. Il avait faim et il ne lui restait plus qu'un ou deux paquets de biscuits apéritifs qu'il a avalés avec le fond d'une vieille bouteille d'eau minérale, retrouvée sous le siège.

Un crachin presque invisible se vaporisait sur l'univers et, en ouvrant la vitre pour aérer, Andreas s'est rendu compte que la température était tout aussi glaciale que la veille. Ce n'était pas du crachin mais le mélange des embruns soufflés de la mer par le vent avec les nappes de brume qui s'entortillaient autour des dunes et de la grande falaise du Hoc, là-bas.

Il a passé un vieux manteau sur son blouson et est sorti pisser un coup.

En errant dans les dunes alentour, Andreas est tombé sur un antique bunker en ruines, vestige du Mur de l'Atlantique.

Le blockhaus était presque totalement ensablé. Seuls dépassaient de la gangue de silice un bloc d'aération, quelques arêtes granuleuses et le haut de plusieurs meurtrières.

Andreas savait pertinemment que les bunkers du coin avaient transformé la mer en un enfer de flammes et d'acier une cinquantaine d'années auparavant. Évidemment, l'opération Overlord s'était soldée par une énorme boucherie et les troupes du débarquement avaient été broyées par les fortifications de la Todt. Plus tard, lorsque les forces de l'Axe s'étaient partagé le monde, avec l'appui des soucoupes venues de Vega, le mythe du 6 juin avait été forgé de toutes pièces par les propagandistes du Reich. Les bunkers du Mur de l'Atlantique, désormais inutiles, servaient de musées et de décors aux mystifications répétées du ministère secret de l'Information.

Tout cela était tellement parfait.

Cela faisait plusieurs générations que le mensonge se déployait dans les cerveaux, atteignant là un sommet dans l'art de la désinformation, désormais prise en charge par les populations elles-mêmes, persuadées de colporter la vérité, vivant dans le plus perfectionné des simulacres, un simulacre qu'elles créaient elles-mêmes, et transmettaient tranquillement à leurs descendants.

Tout cela le dépassait, de très loin. Comme cet océan majestueux aux vagues encore furieuses. Comme cette falaise, là-bas, à la pointe du Hoc, cette falaise millénaire, qui avait vu les Rangers du général Rudder se faire hacher menu par le bunker géant perché à son sommet. Pas très loin de là où il se trouvait, la petite route de sable qui l'avait conduit ici portait le nom d'un sous-officier du génie de l'armée américaine, le sergent Rowe, du 531st Engineer Shore Regiment, qui avait tracé ici le premier sillon de la «victoire» (en fait, l'unique percée de la défaite) à travers les lignes allemandes, au prix de sa vie.

On commençait des travaux tout autour, le début d'un chantier, avec ses bornes bicolores et son ballet de camions et de bulldozers. Dans quelques mois, lors du cinquantenaire du «Débarquement», le 6 juin 1994, un show colossal viendrait commémorer l'illusion, avec cette technicité parfaite, cette exigence de minutie qu'impose le mensonge, le trucage des consciences.

Utah Beach. L'endroit semblait tout exprès désigné.

Il n'y avait sûrement rien d'autre à faire, après tout.

Il n'était pas neuf heures lorsque Andreas a essayé pour la première fois. Mais quelque chose s'est cristallisé en lui, l'empêchant d'aller jusqu'au bout de son geste. Il a soupiré et des larmes ont perlé aux coins de ses paupières.

Il est sorti de la voiture et s'est assis à l'abri du vent, dans un creux entre deux dunes, pas très loin du bunker. Il a longuement regardé l'océan et les vagues écumantes qui venaient se briser sur les plages du débarquement raté. Il a terminé la dernière boîte de biscuits, a bu un coup et s'est soulagé derrière les dunes.

Non, pensait-il en revenant vers la voiture. Il n'y avait réellement rien d'autre à faire.

La boîte de tranquillisants était presque vide et Andreas s'est résigné à avaler l'ultime poignée de cachets. Ce n'était pas honteux d'avoir peur et de s'aider un peu…

Il a allumé la radio et cherché une station qui lui convienne sur la bande FM. Son éducation chaotique ne lui avait jamais permis d'écouter beaucoup de musique, sauf les derniers temps à Düsseldorf, grâce à la musicothérapie de madame Kuryakine. De cette époque il avait gardé une attirance pour les musiques orientales et à un moment donné, il est tombé sur un drôle de truc, avec des sonorités arabes et un rythme moderne. C'était chanté en arabe, ou en persan, ou une tout autre langue orientale dont il ne connaissait de toute manière pas une bribe. Il y avait de drôles de sons qui s'entremêlaient avec les violons évoquant les disques d'Oum Kalsoum, ces disques aux pochettes colorées que madame Kuryakine lui avait fait découvrir. Des sons qui ressemblaient à ceux qu'il avait entendus sur la radio rock à la pension, le soir de sa fuite.

C'était tout bonnement parfait.

La suite a été plus difficile.

Une boule d'angoisse se formait dans son estomac.

Que découvrirait-il derrière ?

Se retrouverait-il face à sa mère ?

Pour un nouveau cauchemar de toute une vie ?

Ses assassinats l'enverraient-ils directement au cœur du dernier cercle de l'enfer ? Se réveillerait-il dans la peau d'un gamin juif du ghetto de Varsovie, à la descente du train, dans la gare de Treblinka résonnant des hurlements, des ordres gutturaux et des aboiements des chiens tenus en laisse par les gardes ukrainiens et lettons ? Ou bien juste à l'instant où les nuages de Zyklon-B tombaient des pommeaux de douche ?

Il ne souhaitait qu'un néant total et éternel.

Que jamais, surtout, que plus jamais ne renaisse dans cet univers quelque chose ressemblant, même vaguement, à cette identité nommée Andreas Schaltzmann.

Les arabesques sonores du Raï de Cheb Khaled s'entortillaient dans l'habitacle et venaient se mouvoir au centre de son cerveau, bercé par les premiers effets des drogues et le contrepoint de la pluie, qui se remettait à tomber. Il perçut un drôle d'instrument, qui semblait venir de l'extérieur du véhicule, comme un bruit d'insecte. Il mit plusieurs secondes pour discerner la chose mobile qui survolait les flots, devant la Pointe, et qui traçait un large cercle, dont il était le centre. L'hélico disparut derrière lui et le bourdonnement d'insecte s'évanouit progressivement, le laissant seul avec le bruit du vent par la fenêtre entrouverte, et le rythme qui pulsait du transistor.

L'horloge de bord indiquait neuf heures cinquante-sept.

Il a attendu trois minutes. Le temps de partir sur un chiffre rond.

Puis il a placé le canon froid de la carabine entre ses dents.

DEUXIÈME PARTIE

MACHINE
CONTRE MACHINE

Le demandeur a besoin de se figurer deux conditions.

D'abord qu'il s'avoue: «Je me trompe. En dehors de ce que je dis, il y a d'autres choses.»

Ensuite qu'il pense: «Il y a une autre parole et une autre sagesse, meilleures et supérieures que je ne connais pas.»

Donc, nous savons que la question est la moitié de la science.

DJALÂL-UD-DÎN RÛMÎ,
FÎHI-MÂ-FÎHI
(Le livre du dedans)

Nous ne savons rien, nous devinons.

KARL POPPER

12

La pluie s'est mise à battre plus fort sur les vitres et je me suis dit que la journée était irrémédiablement foutue. La brutalité des rafales venait de m'extirper de cette torpeur hébétée qui m'avait insidieusement envahi. Le coup de beau temps avait été de courte durée. Au rythme auquel baissaient les températures de jour en jour, la prochaine fois, ce serait un blizzard sibérien qui viendrait souffler sur Paris… Les premières neiges étaient tombées dès le mois d'octobre, cette année.

Le docteur Stefan Gombrowicz a légèrement monté le volume de sa chaîne. Le violon aérien de David Oistrakh est venu survoler le rythme crépitant de l'eau tombant du ciel nocturne. Le docteur s'est assis en face de moi et a lentement tourné sa cuillère d'argent dans sa tasse.

La bibliothèque du docteur Gombrowicz sentait le darjeeling, le papier et un mélange de parfums fleuris, provenant des bacs Riviera débordant d'iris, de roses, d'orchidées et d'une bonne dizaine d'espèces tropicales rarissimes, disposés un peu partout dans la pièce. Nous étions au centre du «second cerveau» du docteur, selon le nom qu'il lui donnait. Un vaste parallélépipède de murs blancs, avec poutres apparentes, et recouvert de

rayonnages aux teintes fauves, chaudes et sécuri-
santes. Des milliers de livres nous cernaient, formant une barrière protectrice érigée entre nous et
l'univers. Seul un petit halogène aux lignes spar-
tiates diffusait une nuée de lumière ambrée. Le
chatoiement soyeux de cette lumière sur les corolles
de fleurs contrastait avec la monochromie affirmée des livres aux teintes austères, fauve, blanc,
noir, brun qui se répétait tout autour de nous.
D'après Stefan Gombrowicz, seuls les fleurs et les
livres mériteraient de survivre à l'espèce humaine,
comme contribution au développement de la vie
dans ce petit coin de l'univers.

Le docteur a soulevé sa tasse de thé et m'a fait
un petit sourire fataliste en la portant à ses lèvres.

— Désolé Arthur... je dois avouer que ça aura
été l'expérience la plus courte de ma carrière.

J'ai lâché un vague soupir en reposant ma
tasse sur la table d'acajou qui nous séparait. Sur
l'échiquier d'ivoire qui y était encastré patien-
taient les pièces d'une partie commencée depuis
des jours.

Selon moi les blancs devaient jouer le fou en
D-5.

— Où l'ont-ils retrouvé exactement?

— À Utah Beach, je crois...

— Dans quel état?

— Il est encore dans le coma. Il s'est quand
même tiré une balle dans la bouche... Et il a perdu
beaucoup de sang.

— Il survivra, à votre avis?

— D'après ce que je sais, les toubibs réservent
encore leur jugement mais je pense que oui...

J'ai poussé un autre soupir avant d'attraper
l'anse de ma tasse.

— Vous avez prévenu le docteur Terekhovna?

Je ne sais pourquoi j'ai posé cette question stupide. Sans doute pour masquer mon désarroi et ma frustration, et rompre le silence.

Le docteur Gombrowicz a émis ce petit hoquet caractéristique qui lui faisait office de rire, puis il a posé sa tasse à son tour. Notre petit ballet, je pose, il prend, je prends, il pose, durait depuis que le thé avait été servi par Thérèse, la gouvernante de la maison.

— Ne vous inquiétez pas, je l'ai appelée juste avant vous, elle ne devrait plus tarder maintenant.

Il a à peine consulté des yeux son horloge Arts Déco, trônant près de la porte.

Je me suis renfrogné, pestant en silence contre mon manque de tact et d'à-propos.

Stefan Gombrowicz est selon moi un parfait exemple de ce que les métissages culturels accomplissent de plus impressionnant.

Polonais par son père, balte par sa mère, juif par les deux ascendances, il est né en Pologne en 1933, très mauvaise année, et ses parents ont émigré en France dès 1935, pressentant judicieusement la tournure qu'allaient prendre les choses dans le coin. Plus tard, il a échappé à la Gestapo grâce au courage d'un couple de paysans du Roussillon qui l'ont caché pendant toute la durée de la guerre, alors que ses parents disparaissaient à leur sortie du convoi numéro 16, parti de Drancy pour Auschwitz le 7 août 1942. Il a ensuite poursuivi de brillantes études à Paris et il a rapidement acquis la nationalité française. Neuropsychiatre d'exception, à la fin des années soixante-dix il a entamé un parcours remarqué aux États-Unis. Titulaire de plusieurs doctorats dans trois ou quatre universités américaines prestigieuses, il parle cinq langues couramment, dont l'hébreu, plus une poignée d'autres dont il affirme ne connaître que les rudiments, mais qui suffiraient largement à la moyenne des touristes français voyageant à l'étranger. Il est un musicologue averti et un spécialiste mondialement reconnu des psychopathologies criminelles. Avant de revenir en France, il a collaboré au programme VICAP du FBI durant les années quatre-vingt. Il a assisté la police fédérale US à plusieurs reprises pour des enquêtes relatives à des meurtres en série. Il y a rencontré Robert Ressler, le flic qui mit au point le programme en question, et tous ceux qui depuis se sont donné pour tâche de combattre cette nouvelle forme de barbarie privée.

Il est à mon sens ce qui se fait de mieux en matière de scientifique, alliant rigueur et imagination, objectivité et ouverture, à la fois têtu et d'une souplesse d'esprit impressionnante, il est suffisamment compétent pour ne pas croire aux premières charlataneries médiumniques venues, et suffisamment allumé pour détecter l'innovation quand elle se présente.

Je crois que c'est pour cela qu'il a fait appel à moi pour cette enquête.

Nous ne nous étions rencontrés qu'à deux ou trois reprises, lors de séminaires transdisciplinaires où nous étions conviés, avant qu'il ne m'appelle, le soir du 23 novembre. Je savais qu'il connaissait mes travaux, car nous en avions parlé lors de ces quelques conférences où nous nous étions croisés.

Peu avant l'affaire Schaltzmann, j'avais fait paraître un article dans *La recherche*, intitulé « Vers une approche quantique des neurosciences », dans lequel je présentais une synthèse de mes études sur le chaos et la nature quantique des phénomènes inconscients.

Stefan Gombrowicz était assisté dans ses travaux par une étudiante d'origine russe, parfaitement francophone et anglophone, elle aussi, nommée Svetlana Terekhovna. Elle était issue de cette mystérieuse «école» de psychologues-hypnotiseurs russes qui avait tant fasciné l'Occident, à l'époque de la guerre froide. Le dégel gorbatchevien lui avait permis d'obtenir une bourse pour faire un stage aux États-Unis, où elle avait rencontré le docteur Gombrowicz, avant de le suivre pour Paris. C'est elle, je crois, qui a soufflé au docteur que ma participation pourrait être intéressante lors de cette enquête. Stefan Gombrowicz avait une petite liste de postulants en tête, dont la plupart étaient bien plus prestigieux que moi, mais je ne sais pourquoi, il m'a finalement sélectionné.

J'ai avalé une gorgée de darjeeling avant de reposer ma tasse. Le docteur Gombrowicz me regardait sans vraiment me voir, perdu dans l'univers radieux et complexe du violoniste russe. J'ai essayé de me concentrer sur la partie d'échecs inachevée. L'autre solution, ce pouvait être l'attaque du cavalier sur le pion en E-5. De toute façon les blancs étaient mal engagés. Gombrowicz jouait cette partie depuis bientôt une semaine et la veille, les noirs avaient repris vaillamment l'offensive. D'après ce que je savais, il s'agissait d'une reconstitution «analytique» de la 17e partie du match Kortchnoï/Karpov, à Baguio, Philippines, 1978.

Le docteur se servait de ces reconstitutions pour analyser les différentes alternatives qui s'étaient offertes aux joueurs, lors des phases stratégiques. Il explorait parfois jusqu'au bout de la partie un de ces embranchements du jeu.

Pour l'heure, ne restait aux blancs que des bagarres d'arrière-garde. Ralentir l'inéluctable et sauver l'honneur...

Je n'aurais même pas cette chance.

Il ne s'était pas écoulé dix jours avant que le tueur soit capturé.

Nous avions à peine eu le temps de nous y mettre et je me sentais horriblement frustré.

Je ne pourrais pas mettre son système à l'épreuve.

— Quand pensez-vous que nous pourrons le voir, docteur?

Svetlana Terekhovna se tenait debout devant un des rayonnages, et elle venait d'attraper négligemment un gros ouvrage relié cuir, avant de le feuilleter. Elle était arrivée une petite minute auparavant et le docteur lui avait donné les quelques détails en sa possession, comme avec moi un peu plus tôt.

Je me suis efforcé de détacher les yeux de la poitrine qui s'était gonflée à ces mots, et d'oublier à quel point les consonances slaves de cette voix menaçaient à chaque fois l'«équilibre thermodynamique de mon système nerveux».

— Ça, ma chère enfant, a répondu le docteur, ça ne dépend pas de la même branche de la médecine que la nôtre... Les médecins de Cherbourg semblent encore très circonspects... La balle a endommagé des organes vitaux, y compris le système nerveux central et si ça se trouve, il ne pourra même plus parler, ou souffrira d'aphasie, en plus de sa schizo-paranoïa...

J'ai vu Svetlana accuser le coup, à son tour. Ça, ça signifiait une menace sérieuse pour son propre travail...

Depuis 1988, Svetlana assistait le docteur Gombrowicz sur un point essentiel. D'une certaine manière on peut dire que si Gombrowicz s'occupait de l'*avant*, elle se chargeait de l'*après*. L'investigation psychiatrique des meurtriers, une fois arrêtés. Svetlana Terekhovna, si elle a été formée par l'école soviétique de psychiatrie, n'en est pas moins une représentante de cette nouvelle génération qui accède peu à peu aux commandes de la société, là-bas. Pragmatique et imaginative, elle mêle sans complexe ses connaissances en hypnose avec les pratiques psychiatriques occidentales les plus avancées, et ne dédaigne pas se servir des modèles psychanalytiques des bons vieux docteurs viennois, autrefois interdits...

D'après elle, chaque individu est un cas spécifique plus ou moins réceptif à l'une ou l'autre des techniques, ou aux multiples variations qu'engendrent leurs mélanges. Entre mars 1988 et septembre 1990, date à laquelle elle a suivi le docteur à Paris, elle a participé à trois investigations menées par Gombrowicz et le VICAP. Elle s'est surtout occupée de mener interviews psychanalytiques et séances d'hypnose sur les personnes de John Wayne Gacy, Robert Doyle et David Kurren, le dernier ayant été arrêté en novembre 89 grâce à la coopération du FBI et de Stefan Gombrowicz.

Deux raisons ont poussé le docteur Gombrowicz à revenir en France, après une brillante décennie américaine. Primo, il avait toujours prévu de finir ses jours ici et si jamais il se décidait à prendre une retraite, ce serait sans discussion possible quelque part en Roussillon. Même les plus beaux paysages de Californie n'ont pu le retenir.

La deuxième raison était plus indicible, avait-il eu l'occasion de me dire. Plus obscure, encore floue et confuse, elle l'avait accompagné des mois durant, avant son retour. On frôlait déjà les trente cas annuels de meurtriers en série aux USA à l'époque et le FBI estimait à deux ou trois cents individus la population active de ce «nouveau» type de délinquants. Une bonne partie des milliers d'assassinats et de disparitions suspectes survenant chaque année aux États-Unis était déjà attribuée aux *serial killers*. D'après lui, le chiffre était « raisonnable » quoique sans doute un peu en dessous de la vérité. Néanmoins, progressivement, au cours des années quatre-vingt, le FBI et le VICAP avaient réussi à mettre en place un système fédéral relativement efficace et qui créait une première « phase » d'expérimentation, essentielle. Ce système arrivait, bon an, mal an, à arrêter environ dix pour cent des tueurs en série, et il s'affinait continuellement.

Mais quelque chose rendait le docteur Gombrowicz pessimiste et engendrait ce sentiment confus et difficilement descriptible.

D'abord, m'avait-il expliqué, c'est l'éternel combat de l'obus et de la cuirasse. Plus le système devient performant, plus les individus en question vont devoir s'adapter, et du coup, la bonne vieille loi darwinienne pourra s'appliquer dans toute sa plénitude. Peu à peu, ils deviendront à leur tour plus intelligents, car une forme de « sélection » naturelle permettra aux « plus forts » d'entre eux de passer au travers des mailles du filet, de plus en plus étroites. Il y aurait sans doute une étape d'équilibre instable provisoire, alors que le système fédéral progresserait, et probablement verrait-on les statistiques dériver de façon positive. Mais ce ne serait que transitoire. La seule issue, m'avait-il dit, résidait donc dans la création d'un système en constante transformation, qui non seulement s'adapte aux nouveaux comportements induits par nos progrès, mais les devance.

C'est pour ça que mes travaux l'intéressaient, m'avait-il avoué. J'en avais ressenti une formidable explosion d'orgueil.

Ensuite, avait-il concédé, presque à contrecœur, son pessimisme «lucide» lui faisait entrevoir une chose et il se demandait même si ce n'était pas l'unique raison qui l'avait poussé à revenir en France.

Comme il me l'expliqua, pendant très longtemps, des décennies au moins, les tueurs plus ou moins nomades ont profité de l'inadaptation des forces de police américaines, divisées en juridictions étanches et souvent rivales. Un type pouvait se balader d'un bout à l'autre du continent américain et tuer deux ou trois personnes dans chaque État visité, sans que jamais la série de crimes ne soit détectée, ou alors bien trop tard. Mais depuis le début des années quatre-vingt, grâce au VICAP et à d'autres programmes fédéraux, la coordination entre les différents services de police s'est considérablement améliorée. Du coup Gombrowicz était de ceux qui pensaient que l'apparente explosion statistique constatée aux USA (un ou deux cas annuels du début du siècle jusqu'en 1960, ça progresse doucement dans les années soixante, cinq à dix cas annuels dans les années soixante-dix, jusqu'à vingt-cinq durant les *Golden eighties*, et désormais trente-six en 1993), cette explosion de cas, donc, était d'abord due à l'amélioration progressive des performances du système d'investigation fédéral (il ne niait pas un accroissement «naturel» du phénomène, mais le relativisait).

Mais lorsqu'il se décida à rentrer en Europe, il était en fait persuadé que l'apparente «stagnation» des chiffres sur le vieux continent ne trahissait qu'une chose : les États de la Communauté et de l'espace économique européen se trouvaient dans les conditions des États-Unis vingt ou trente ans plus tôt. À l'inverse de certains, il ne voyait pas dans le *serial killer* un phénomène typiquement américain, mais pensait comme moi (et comme Colin Wilson[1], par exemple) que le tueur en série est un produit de la civilisation «industrielle», en tant que telle. Les USA n'étant que la «première» d'entre elles.

Les nombreux cas décelés depuis plusieurs décennies en Europe vont d'ailleurs dans le sens de cette thèse. Les «Tueurs des Moors», par exemple, ayant officié en Angleterre dans les années 63-65 correspondent trait pour trait au signalement du *serial killer* prétendument «américain». Depuis le début du siècle, des Allemands, des Français, des Italiens, des Russes se sont brillamment illustrés dans ce domaine. En 1993-1994, l'affaire de l'écrivain autrichien montra que le phénomène ne connaissait aucune frontière, sociale, ou nationale.

Il ne faisait aucun doute, selon lui, moi, et quelques autres, que les cas détectés en France ou ailleurs sur le continent (et jusqu'en Russie) cachaient une activité bien plus importante qu'on ne voulait se l'imaginer. Il y avait de fortes chances pour que ne soient stoppés que les plus faibles d'entre eux, les plus instables, les moins planificateurs, les moins intelligents, et sans doute leur nombre croissait-il tranquillement, dans une «niche» relativement peu menacée.

D'après lui, l'absence d'un système analogue au VICAP en Europe n'allait pas tarder à se faire durement ressentir.

On ne prêta d'abord aucune oreille attentive à ces élucubrations, en haut lieu. Sa réputation internationale n'impressionna personne dans les ministères concernés, pas plus qu'à Bruxelles...

1. Essayiste britannique, spécialiste de la psychologie criminelle et auteur de nombreux ouvrages sur la question, publiés entre les années cinquante et soixante-dix (*L'homme en dehors, Les encyclopédies du meurtre, Être assassin*, etc.).

Mais je ne sais quelle sorte de miracle a voulu qu'un fonctionnaire un peu moins borné que les autres se surprenne à réfléchir et fasse appel à lui pour l'affaire Schaltzmann.

C'est ce qui déclencha le second «miracle», si je puis dire, celui qui fit sonner mon téléphone, dans la nuit du 23 au 24 novembre...

Après réflexion, et longtemps après toute cette histoire, c'est-à-dire à l'instant où j'écris ces lignes, je me dis que de nombreux facteurs ont joué, pour que du simple hasard surgisse cette combinaison, inattendue entre toutes, qui rassembla Gombrowicz, Terekhovna et moi-même. D'une certaine manière cela rejoignait ma conception de la nature «quantique» de l'activité humaine, et en particulier celle de son système nerveux central. L'homme est à la fois une machine à contrôler le chaos, et un propagateur de désordre. Comme tout phénomène chaotique «sous contrôle relatif» il oscille sans cesse entre des états imprévisibles, alors que son comportement statistique général reste à peu près stable, comme un volume d'eau qui bout. C'est la règle du mouvement brownien qui agite les molécules d'eau à cent degrés : vous pouvez prévoir le comportement statistique général du volume d'eau (si vous n'alimentez pas la casserole constamment en énergie, jusqu'à ce que toute l'eau s'évapore et que la casserole commence à fondre, ce qui ne forme pas un système sous «contrôle relatif», mais un système chaotique de grande intensité). Mais vous ne pouvez absolument pas prévoir le comportement individuel de chaque molécule d'eau. C'est la même chose pour cette drôle d'expérience appelée humanité.

Vous pouvez à peu près prévoir l'évolution statistique générale d'une société, mais alors de ce *point de vue*-là, en tant qu'observateur soumis à l'inflexible principe d'incertitude, vous ne pourrez déterminer tous les microcomportements individuels de cet espace-temps spécifique.

Même chose pour un individu : vous pouvez à peu près prévoir son comportement statistique général, selon les conditions psycho-socio-culturelles dans lesquelles il évolue, mais alors de ce *point de vue*-là, et pour la même raison que plus haut, vous ne pourrez évaluer toutes les possibilités d'action de ce même individu et prévoir son comportement amoureux, par exemple... La zone d'incertitude persiste quel que soit le niveau où se place l'observateur (ceci est vrai jusqu'au niveau des particules élémentaires).

Or, pour certains individus, le contrôle relatif disparaît et du coup le chaos prend toute son ampleur, c'est-à-dire devient un système prodigieusement dynamique, dans lequel se réalise la parabole chinoise du « battement d'ailes de papillon, qui, sur les rives du Yang-Tseu provoque un ouragan à l'autre bout du monde ».

Dans ce type de système, comme l'expliquent fort bien Mandelbrot et Prigogine, une toute petite variation dans les conditions de départ engendre de formidables changements d'échelle dans les conditions d'arrivée. Pour ma part, je ne connais pas de « systèmes » plus représentatifs de ce phénomène que les êtres humains en général, et certains d'entre eux en particulier.

Ceux-là sont ceux dont je parlais plus haut, ceux qui ont « perdu » leur système de contrôle relatif.

Andreas Schaltzmann, par exemple.

— Qu'est-ce que nous pouvons faire d'autre qu'attendre, mes enfants ? a demandé, avec un geste fataliste, le docteur Gombrowicz.

Svetlana et moi avons soupiré simultanément
J'ai reposé ma tasse vide.

Elle a reposé le livre.

Le docteur Gombrowicz s'est abîmé dans la
contemplation stoïque de la pluie qui frappait les
vitres, et du silence relatif qui s'abattait dans la
pièce, après un ultime looping du Stradivarius
piloté par ce diable de virtuose russe.

Le fou en D-5, ai-je pensé machinalement.

C'était la seule solution potable.

13

La pluie tombait comme un film sale et crépitant sur le pare-brise. La bouillasse habituelle, tombée déjà salie des strates de pollution, empilées au-dessus de la capitale en une coupole de cendres. L'hiver s'annonçait maussade. Cela faisait des jours qu'il pleuvait sans discontinuer et on était à peine à la mi-décembre.

La météo pesait sur mon humeur ce matin-là, et je me maudissais d'avoir pris la voiture. La présence de Svetlana à mes côtés, après l'avoir prise à son domicile de la porte de Versailles, a heureusement ensoleillé cette matinée aux couleurs de coron.

Nous avons abordé d'emblée le problème central, alors que je roulais prudemment vers Denfert-Rochereau.

— Les flics ont pu l'interroger hier soir, juste avant son transfert, m'a-t-elle dit. D'après Gombrowicz ça n'a malheureusement pas l'air d'être très cohérent…

— Le contraire m'aurait étonné de la part d'un type qui remplissait ses bouteilles de Coca avec le sang de ses victimes, ai-je fait.

Svetlana n'a rien répondu et j'ai compris que j'avais gaffé. Ou tout du moins que j'avais réussi à briser la délicate harmonie qui s'était installée entre nous, après qu'elle fut montée dans ma voiture.

Ça n'a certes pas arrangé mon humeur, et le silence qui s'est abattu dans l'habitacle a encore empiré les choses. J'ai machinalement enclenché la radio.

Il a fallu que je coure à la recherche d'une fréquence fréquentable, les bataillons d'animateurs gueulards et cocaïnés à mort amplifiant le bourdon qui m'assaillait. Je crois que je me suis arrêté sur Radio Nova, un truc d'Arrested Development m'a empêché *in extremis* de balancer l'autoradio par la fenêtre. J'arrivais à Glacière lorsque Svetlana a rompu le rythme afroïde qui pulsait dans notre abri roulant.

— Je crois que le docteur Carbonnel sera là aussi.

Je n'ai pu réprimer une grimace. Le souvenir de notre entrevue avec le docteur Carbonnel, à l'hôpital de Villejuif, était encore vivace dans mon esprit.

Le matin du 24 novembre, une quinzaine de jours auparavant, le docteur Gombrowicz et moi avions rejoint Svetlana sur place, dans un véhicule mis à notre disposition par la «cellule de coordination» policière qui nous avait engagés.

Nous avions été pris en charge dès notre arrivée par une infirmière au visage fermé, qui nous avait accompagnés sans un seul mot jusqu'au bureau du psychiatre qui s'était occupé d'Andreas Schaltzmann.

J'ai tout de suite compris que le docteur Carbonnel voyait notre arrivée dans l'enquête d'un très mauvais œil.

— Veuillez vous asseoir, avait dit l'homme à notre entrée.

Il lisait un rapport visiblement complexe, car ses sourcils étaient froncés et son regard ne s'est même pas porté sur nous, durant ces longues secondes.

Un coup vieux comme le monde, en tout cas aussi ancien que les bureaucrates, et ça commence malheureusement à faire quelques millénaires...

À mes côtés, Gombrowicz s'est doucement approché d'un des fauteuils qui faisait face au bureau et s'est délicatement posé dessus.

— Nous vous remercions, a-t-il fait avec son sourire d'enfant ingénu.

Svetlana et moi l'avons encadré, prenant place à notre tour.

L'homme a tranquillement achevé son rapport. Son attitude frisait l'indélicatesse et je crois bien que je l'ai détesté à la minute même.

Pendant qu'il faisait semblant de terminer son foutu dossier, j'ai pu le détailler en toute sérénité et j'ai aperçu du coin de l'œil Svetlana qui en faisait autant.

Je me suis dit que ce connard ferait bien de ne pas sous-estimer la jeune femme blonde aux allures inoffensives qui le passait au scanner, sans avoir l'air d'y toucher.

Le docteur a refermé son dossier et l'a doucement reposé sur son bureau.

Il a murmuré vaguement un truc comme : bien, bien... Puis il a dramatiquement relevé les yeux vers nous.

Petit acteur, ai-je pensé automatiquement.

— Bien, bien, a-t-il repris de façon audible. Excusez-moi mais je terminais justement un rapport que j'ai demandé hier à mes services, quand vous avez demandé à me voir, docteur Gombrowicz...

Il y avait eu une nuance sensible de déférence sur les tout derniers mots.

J'ai vu Gombrowicz hausser un sourcil en signe d'incompréhension.

— Ne m'en veuillez pas docteur, mais je voulais savoir de quoi il retournait, on voit arriver tellement de charlatans avec ce genre d'affaires.

J'ai aussitôt décelé qu'il ne s'adressait qu'à Gombrowicz, nous ignorant ostensiblement, Svetlana et moi. Je me suis rappelé qu'il ne nous avait même pas dit bonjour et je l'ai imaginé un instant à la place d'une des victimes de Schaltzmann. J'ai laissé courir... Qu'il en profite. Ça ne durerait que le temps d'une illusion.

— Charlatans ? a demandé Gombrowicz, un peu choqué, quand même.

— Ne m'en veuillez pas, docteur, l'affaire est suffisamment grave pour que je prenne toutes les précautions nécessaires...

J'ai eu envie de lui dire qu'il aurait mieux fait de les prendre avant, les précautions nécessaires, avant qu'un dingue dangereux ne bousille une bonne douzaine de personnes, mais je me suis abstenu.

J'aurais mieux fait d'attaquer bille en tête, pourtant, je m'en suis aperçu juste après. L'offensive est venue de l'ennemi, sans aucun signe avant-coureur.

— Écoutez, a repris le psychiatre d'un ton froid, j'ai demandé à ce qu'on m'envoie un rapport sur vos... (je l'ai vu hésiter, chercher ses mots)... Disons une synthèse de vos activités et compétences (il s'est repris aussitôt)... Excusez-moi, je veux dire, votre réputation est évidemment mondialement connue, docteur Gombrowicz mais je ne connaissais pas celle de vos collaborateurs.

Cette fois-ci son regard s'est détaché de Gombrowicz pour se poser sur Svetlana qui n'a absolument pas cillé.

— Heu... votre cursus semble très intéressant, mademoiselle, a-t-il fait en feuilletant le dossier ouvert sur son bureau. Brillant, devrais-je dire (le ton devenait mielleux, le charme slave de Svetlana aurait dégelé un mammouth sibérien pris dans les glaces). Bien... bien, mais c'est là qu'il y a un petit problème...

Ses yeux se reposaient sur son dossier, m'évitant à tout prix.

— Un problème? a demandé, interloqué, le docteur Gombrowicz.

Carbonnel a feuilleté quelques pages en hochant bizarrement la tête et en murmurant une sorte de dénégation continue.

Lorsqu'il a relevé la tête, il ne m'a même pas adressé un coup d'œil.

Il a fixé de ses petits yeux de belette le docteur Gombrowicz et s'est éclairci la gorge.

— Écoutez, a-t-il dit avec un sourire qui se voulait confraternel et complice, très franchement, est-ce que vous pouvez m'expliquer la présence d'un... *cogniticien* dans cette enquête?

Il avait prononcé le mot comme s'il s'agissait d'une sorte d'animal bizarre, sale et parfaitement infréquentable.

Le docteur Gombrowicz est d'abord resté coi devant cette agression verbale, à laquelle il ne s'attendait pas. Stefan Gombrowicz est l'homme le plus pacifique que je connaisse. Les dix années passées à étudier et à pourchasser les meurtriers les plus obscènes de la planète n'ont, étrangement, en rien entaché cette forme de zen toute personnelle qui est devenue sa philosophie.

De toute façon, maintenant ce n'était plus de son ressort.

J'étais mis en cause, c'était à moi de réagir.

J'ai essayé de me détendre, en allongeant quelque peu mes jambes, en me calant bien au fond du fauteuil et en arquant le sourire le plus publicitaire que j'ai en catalogue.

— Dites-moi docteur, ai-je lâché, si je comprends bien, à votre avis la connaissance est faite de domaines clos et étanches qui ne doivent en aucun cas communiquer entre eux...

— Ne me faites pas ce coup-là, jeune homme, je vous en prie...

— De quoi est-ce que vous parlez ?

— Du coup de l'interdisciplinarité. Ça n'a jamais rien fait d'autre que camoufler certaines incompétences ou tout au moins...

— Si vous voulez que nous parlions d'incompétence, docteur, l'ai-je coupé, je peux vous raconter une histoire, l'histoire d'un soi-disant spécialiste qui laisse s'épanouir, puis s'évanouir un criminel de masse dans la nature...

— Vous feriez mieux de ne pas continuer sur cette voie, jeune homme.

Son doigt me pointait et son visage s'était empourpré.

Gombrowicz remuait sur sa chaise, mal à l'aise. Svetlana refrénait un sourire.

Le mien ne lâchait pas mes lèvres.

— Écoutez-moi bien, ai-je fait, la liste de mes diplômes et de mes publications est sûrement sous vos yeux. Si vous savez encore lire, vous constaterez que les lettres y forment les mots «Université de Paris VII», «Université» et «Laboratoire européen de biologie moléculaire de Grenoble», «Unité de recherches neurologiques de l'hôpital d'Aberdeen», «Stanford» et pour finir «MediaLab

M. I. T.». D'autre part je vous rappelle que mon nom est Arthur Darquandier, et pas Jeunome ou je ne sais quoi d'approchant.

Il y a eu une pause d'une fraction de seconde. Gombrowicz a essayé d'intervenir mais il est resté la bouche ouverte alors que l'autre reprenait, sur un ton sec et cassant :

— Écoutez, monsieur Darquandier, je ne mets pas en cause vos compétences dans le domaine qui est le vôtre, je mets en doute l'opportunité de vous confier une mission qui touche aux profondeurs de l'esprit humain...

— Vous voulez dire par là, je présume, que tout ce qui concerne l'étude des architectures fonctionnelles à l'œuvre dans un réseau de neurones n'a rien à voir avec les mystères insondâââbles de l'esprit humain...

— J'en ai peur, oui... Votre objet d'étude, ce sont des machines programmables. Le mien, c'est le cerveau humain, et plus encore sa partie immatérielle...

— Moi aussi, ne vous en déplaise...

— Je ne crois pas.

— Dans ce cas permettez-moi de vous dire deux choses, docteur, avant que nous en restions là sur le sujet : un, votre vision des choses date du XIX\ :sup:`e` siècle, et je veux dire par là d'avant messieurs Freud, Jung, Planck, Einstein et j'en oublie une dizaine d'autres ; deux, ce que vous pensez ne me fait strictement ni chaud ni froid. Je suis officiellement mandaté par le docteur Gombrowicz pour l'assister dans cette investigation... dans laquelle, je vous le rappelle, vous ne serez qu'un de nos consultants. Alors maintenant, vous rangez votre dossier. Vous sortez celui de Schaltzmann et on s'occupe de ce pour quoi nous sommes venus jusqu'ici.

Mon sourire ne m'avait pas quitté. Je ne savais même pas comment je faisais.

Le docteur Gombrowicz nous attendait au service de neurologie du professeur Queyroux.

J'avais aperçu plusieurs véhicules de police dans la cour de l'hôpital mais je n'avais vu aucun uniforme dans le hall.

Mais nous avions à peine fait un pas hors de l'ascenseur que nous étions cernés par deux flics en tenue qui nous demandèrent sévèrement nos cartes d'accréditation.

Toute cette aile de l'étage était isolée. Deux flics en civil stationnaient devant une porte, là-bas au fond.

Les flics en uniforme ont détaillé nos cartes d'accès puis l'un d'entre eux a tourné les talons et nous a devancés.

— Suivez-nous, a dit l'autre en l'imitant après nous avoir rendu nos cartes que nous avons agrafées sur le revers de nos cols.

La chambre était en fait formée de deux pièces séparées par une paroi de verre. Dans l'une nous avons trouvé un groupe d'hommes en blouse blanche et deux autres en civil que nous avons immédiatement identifiés. L'un s'est retourné et nous a fait un petit signe pour nous dire de les rejoindre. C'était Gombrowicz. L'autre ne s'est même pas fendu d'un regard, à part un bref coup d'œil vers Svetlana à son approche. C'était Carbonnel, évidemment. Le docteur Queyroux faisait face à la paroi de verre.

Derrière moi, j'ai senti le rayonnement d'ondes négatives en provenance de Carbonnel s'intensifier.

Je me suis concentré sur ce que je voyais derrière la cloison de verre. Il y avait un lit au centre de la petite pièce, éclairée chichement par un simple tube de néon blafard. Le lit était entouré de systèmes de survie et placé sous une tente à oxygène.

Sous la bulle de plastique nous apercevions une forme allongée. Un petit signal régulier écrêtait une sinusoïde calme sur un oscilloscope.

À mes pieds, sur la paroi transparente, était collée une petite étiquette jaune. *Securit*, ai-je lu sur l'étiquette. Ce n'était pas du verre, évidemment. Un matériau incassable et à l'épreuve des balles.

— Il est toujours dans le coma ? a fait Svetlana... Mais je croyais que la police l'avait interrogé il y a trois ou quatre jours...

— Nous avons un petit problème, Svetlana.

J'ai froncé instinctivement les sourcils. Je n'aimais pas le mot « problème » dans la bouche de ce stoïcien de Gombrowicz.

— Un problème ? a demandé Svetlana...

— J'en ai peur, a repris Gombrowicz, Schaltzmann est sorti du coma quarante-huit heures avant son transfert, à Cherbourg. Au niveau purement physiologique les séquelles sont en fait insignifiantes... Mais depuis son réveil, il est soumis à des phases irrégulières de « conscience », qui s'avèrent toutes délirantes et se terminent par des crises plus ou moins violentes, et des phases de sommeil narcoleptique, son cerveau envoyant visiblement une dose substantielle de morphine, dans le but d'extirper cette « conscience » du cauchemar dans laquelle elle vit, quand ça devient trop intolérable. Un peu comme lorsqu'on se réveille sous la pression d'un très mauvais rêve, sauf que dans le cas de Schaltzmann, lui c'est de la réalité qu'il doit se réveiller, et donc s'endormir à notre *point de vue*.

Il y avait eu un petit éclair malicieux et complice dans l'œil du docteur, à l'évocation de ce principe d'incertitude sur lequel j'avais basé mes théories.

— Il est en phase narcoleptique, là? ai-je demandé stupidement.

J'ai entendu une sorte de pouffement derrière moi, un signal en fait complexe qui signifiait un truc du genre «non, il est en train de jouer à la Game Boy, là».

J'ai failli éclater de rire à mon tour. Ma question était complètement conne et hors de propos. Mais l'image du docteur Carbonnel m'était renvoyée dans la paroi de Plexiglas. Et cette image me fit perdre tout sens de l'humour. Son air fat et sûr de lui...

— Combien de temps les phases? ai-je demandé d'une voix sourde.

— Variables, a répondu Queyroux. À Cherbourg comme ici on a constaté des amplitudes aléatoires. Là, cela fait environ trois heures qu'il a plongé dans le sommeil. Ça peut durer quatre, huit, quinze heures... ça dépend... Comme les phases de conscience, disons de réveil... À Cherbourg elles ont duré de deux à dix heures. Et ici, il est arrivé inconscient, s'est réveillé vers minuit et son état s'est dégradé en continu jusqu'à une crise sévère ce matin, vers six heures trente, où il a essayé de détruire ses installations de survie... Mais quand les infirmiers sont arrivés à le maîtriser, il est tombé en narcolepsie avant même qu'ils aient pu préparer la piqûre...

Je notai les chiffres en continu sur le clavier de mon Notebook, engendrant une vibration sarcastique derrière moi et dans le reflet de Carbonnel sur le Plexiglas.

Le silence n'était rompu que par le bruissement électrique des lampes au néon et le bip intangible des appareils médicaux au-dessus du corps inconscient de Schaltzmann.

Ce n'était pas un bon jour, décidément, me disais-je.

Pas un bon jour du tout.

*

Les quais de la Seine étaient soumis à une circulation pâteuse, à l'image de la pluie grasse qui inondait l'asphalte. Nous avons laissé le docteur Gombrowicz sur le pont Saint-Michel et il nous a fait un petit signe avant de traverser l'avenue vers les véhicules de flics alignés face au fleuve.

J'ai traversé l'île de la Cité et pris Sébastopol, vers la gare de l'Est.

— Vous croyez qu'il va s'en sortir, ai-je fait au bout d'un moment. Je veux dire face à un requin comme Carbonnel?

— Ne vous inquiétez pas, m'a répondu Svetlana. Gombrowicz n'est pas aussi naïf qu'il veut bien le laisser croire. Carbonnel n'est pas au bout de ses surprises.

Ça ne m'a que vaguement réconforté.

J'ai rallumé l'autoradio.

La Villa Kronstadt est une ruelle pittoresque donnant sur l'ancien Hôpital Éphémère, haut lieu des activités *underground* parisiennes à la fin des années quatre-vingt. Ce n'est évidemment pas pour cette raison que le docteur Gombrowicz a élu domicile dans la maison du numéro 19.

À vrai dire, je crois que c'est un pur hasard.

Thérèse Roussier était une bonne femme de cinquante ans, cuisinière d'élite, originaire du Sud Ouest et d'un tempérament à peu près aussi aimable qu'un adjudant de la Légion étrangère. Elle vouait néanmoins une sorte d'admiration religieuse au docteur Gombrowicz et à tous ceux qui l'approchaient de près ou de loin.

C'est pour cela que cette espèce de cerbère s'est muée en une hôtesse attentionnée à notre arrivée, comme à chaque fois. Thérèse Roussier est à mon sens une femme épatante et, sans elle, le docteur serait submergé de problèmes quotidiens, ce qui nuirait fortement à la qualité de son travail. Elle n'est jalouse ni de moi, ni de Svetlana, et ça aide grandement à l'instauration d'un climat de confiance, ce genre de petits détails... Le docteur Carbonnel me donnait l'occasion de m'en rendre compte chaque fois que je le voyais.

Nous nous sommes installés dans la bibliothèque et Svetlana s'est mise à parcourir un traité très pointu sur les psychoses paranoïdes.

Quant à moi, je me suis concentré de nouveau sur le problème posé par la confrontation en cours sur l'échiquier.

Après que le fou blanc eut été déplacé en D-5, les noirs devraient faire machine arrière momentanément, en ramenant la dame devant le roi. Mais l'offensive reprendrait rapidement, par exemple avec le cavalier droit, déjà en bonne posture pour attaquer le carré central. Ou alors pire, si les noirs décidaient de roquer, avec une large autoroute ouverte pour la tour... Après tout, l'idée d'attaquer le pion en E-5 avait ses mérites... Ça menacerait le cavalier ennemi...

— Dites-moi, vous avez continué à travailler sur votre système depuis son hospitalisation à Cherbourg ?

La voix venait de loin, très loin, bien au-delà de l'échiquier-monde où s'animaient les différents résultats de mes stratégies guerrières. J'ai repris pied dans le monde réel.

La jeune femme blonde, enfoncée au plus profond d'un des fauteuils de cuir fauve du docteur, son livre grand ouvert sur les genoux. Ses jambes gainées de soie. Son petit tailleur gris perle, strict et anodin, quoique élégant. Ce sourire infernal qui devait bien atteindre les mille degrés centigrades.

Je me suis demandé quelle était la force qui me retenait de lui sauter dessus dans la seconde. Sans doute une strate de morale résiduelle, ou pire encore, de *timidité*, me suis-je dit avec un sourire involontaire.

J'ai vu le sien s'accentuer.

— Arthur?

— Comment? ai-je fait, stupidement.

— Je vous demandais si vous aviez relancé votre programme...

J'ai intégré avec peine le sens exact de sa question.

— Ah oui, excusez-moi, ai-je bafouillé. Je l'ai fait tourner deux-trois fois mais je n'avais pas de données supplémentaires alors... Mais hier soir je lui ai programmé une autre interpolation... Il doit toujours être en train de calculer à cette heure-ci...

Ma montre indiquait quatorze heures et des poussières. J'avais lancé le truc vers deux heures du matin, après que Gombrowicz m'eut appelé pour m'annoncer le transfert de Schaltzmann à Paris et notre visite programmée dans la matinée. Le silicium en avait pour deux bonnes heures encore...

— Dites-moi, a repris Svetlana d'un air songeur, votre système n'avait pas prévu ces crises de narcolepsie?

J'ai fait semblant de réfléchir quelques instants mais je connaissais la réponse, bien sûr.

— Non, ai-je concédé. D'ailleurs il n'avait pas prévu grand-chose... J'espère que ma nouvelle série de programmations sera plus brillante, même si ça ne sert plus à rien...

Svetlana n'a rien répondu,

Mon amertume était sensible. J'ai fait semblant de me concentrer à nouveau sur la partie en cours.

Le docteur Gombrowicz est revenu un peu après quinze heures.

Son visage trahissait le fait qu'il n'avait obtenu qu'une demi-victoire.

— Schaltzmann reste provisoirement en observation dans le service du professeur Queyroux, nous a-t-il expliqué. Et l'investigation psychiatrique nous reste confiée, mais le docteur Carbonnel va être habilité à poursuivre sa thérapie et ses propres recherches lorsque Schaltzmann sera placé dans une institution de haute sécurité...

— Quand ça ? ai-je demandé.

— Rapidement. La Salpêtrière n'est pas équipée pour ça...

— Et merde, ai-je lâché involontairement. On va devoir se le farcir ?

— Non. Carbonnel et son équipe dépendront de la Santé. Nous, nous resterons sous la coupe de la Justice...

— Compliqués, hein, les arcanes de la bureaucratie française ? ai-je laissé tomber, sarcastique. Ça a permis à un bon millier de gosses hémophiles de vivre une expérience médicale tout à fait passionnante dernièrement.

— Ne vous emballez pas comme ça, a fait Gombrowicz. Nous ne le verrons pratiquement jamais, sauf moi pour quelques réunions de travail... Nous formerons deux structures autonomes.

— Seigneur, ai-je lâché, avec une note de désespoir authentique. Dire que les contribuables vont devoir payer cette ineptie...

— Et maintenant, docteur, a jeté Svetlana pour

couper court à mes ronchonnements, qu'est-ce qu'on fait ?

Le docteur a exécuté son éternelle mimique.

— Que voulez-vous que nous fassions, mes enfants ? Nous allons attendre le réveil de Schaltz-mann...

J'ai regardé Svetlana et elle m'a lancé un petit sourire complice, à la vue de mon œil noir.

Putain, ça non, ce n'était pas un bon jour.

14

La nuit est tombée à la vitesse d'un avion en piqué.

Lorsque nous avons quitté la maison de la Villa Kronstadt, il subsistait encore une pâle lueur derrière les nuages bleu-gris qui recouvraient la ville.

J'ai pris le périph à la porte des Lilas et à peine arrivé à la porte de Bagnolet l'éclairage public s'est mis en route, le crépuscule automatique de la ville a pris le relais des éléments.

Le ciel virait déjà au noir. Il se mettait enfin au diapason de mon humeur.

Nous avions attendu une bonne partie de l'après-midi avant que la Salpêtrière n'appelle Gombrowicz.

Les nouvelles n'étaient franchement pas bonnes. Schaltzmann s'était réveillé à peine une demi-heure auparavant mais il avait aussitôt plongé dans une crise psychotique aiguë et on avait dû lui injecter une forte dose de sédatifs. Cette fois-ci, la chimie avait devancé sa narcolepsie « neuro-programmée ». Il ne serait pas visible avant des jours, au moins. Gombrowicz nous avait relâchés avec l'éternelle mimique fataliste.

J'ai jeté un bref coup d'œil à Svetlana, perdue

dans ses pensées, la tempe posée contre la vitre. La lumière orange du sodium teintait sa peau et sa chevelure dans les rayons d'un crépuscule électrique. Je me suis lancé :

— Écoutez, l'ordinateur doit avoir fini de calculer et j'ai quand même hâte de voir ça. Je vous propose quelque chose : je monte voir de quoi il retourne et je vous invite à dîner... si la bouffe chinoise ne vous fait pas horreur. Ensuite je vous ramènerai à la porte de Versailles.

Svetlana m'a lancé un petit sourire. J'ai compris que ça équivalait à un assentiment.

J'ai attrapé la bretelle de sortie de la porte d'Ivry et obliqué à droite, vers les Maréchaux.

Je me suis garé dans le parking de mon immeuble, la tour Puccini, avenue de Choisy.

Le chuintement de l'ascenseur n'arrivait pas à briser le silence pesant qui nous accompagnait.

— Installez-vous, Svetlana, ai-je lancé alors que je la devançais dans le vaste salon dominant Paris. Mettez-vous à l'aise. Je lance une dernière procédure et je nous sers quelque chose.

Svetlana s'est plantée devant la baie vitrée qui dominait le sud-ouest de la capitale. L'univers était piqueté de petites lumières. La tour Montparnasse et, plus près de nous, la tour Antoine et Cléopâtre de la place d'Italie, dressaient leurs étages de béton à la rencontre de la coupole noir et pourpre qui faisait office de ciel. Le nouveau complexe cinéma Gaumont, au bout de l'avenue d'Italie, brillait de tous ses feux, réfléchis sur sa façade de vitres géantes, entre des dinosaures de carton-pâte claironnant l'invasion des créatures échappées du Jurassic Park.

J'ai jeté mon blouson sur le dos d'un fauteuil et me suis précipité jusqu'à l'antique secrétaire, où

l'ordinateur trônait au milieu d'un chaos de pape-
rasses diverses.

L'écran était noir, avec une série de messages
clignotant au milieu.

RUN TIME COMPUTING ENDED AT 15.05.

(new programmation succeeded)

SCHIZO-ANALYSIS READY.

J'ai lancé l'ultime opération et me suis précipité dans la cuisine. J'avais une ou deux minutes
avant de voir apparaître les premiers résultats.

J'ai préparé deux Bloody Mary, avec une
Zubrowka à l'herbe de bison, mais l'alcool n'a
pas suffi à calmer ma nervosité.

Svetlana s'est mise à siroter son cocktail devant
la baie, dans un mutisme total.

J'ai attrapé un joint d'afghan qui traînait dans
une de mes petites boîtes.

Svetlana me tournait le dos mais les senteurs
opiacées ont rapidement attiré son attention. Elle
s'est retournée dans ma direction alors que l'écran
affichait les premières animations de fractales.

— Cannabis ? a-t-elle simplement demandé en
venant se placer près de moi. (Bien trop près,
selon moi.)

Toute dénégation aurait été inutile.

— Attrapez le fauteuil, là, et asseyez-vous, ça a
commencé, ai-je répondu.

Je lui ai tendu le cône de papier à l'odeur
envoûtante.

— En provenance directe du pays Pachtoun,
ai-je fait. Sceau à la feuille d'or avec armoiries
royales et tout et tout...

Elle a décliné l'offre d'un simple hochement de
tête et a fait un geste vers l'écran où tournoyaient
des formes étranges.

— Qu'est-ce que c'est ?

— Pour le moment rien encore, le programme rassemble toutes les fractales... Ah voilà...

J'ai empoigné la souris et j'ai commencé à cliquer sur les icônes qui venaient d'apparaître. Une série de graphiques s'est animée sur le tube. Des listings de mots couraient sur l'écran.

— Putain! ai-je lâché au bout d'un moment.

— Qu'est-ce qu'il y a? Qu'est-ce que c'est?

Je ne détachais pas mes yeux de l'écran et ma main agitait la souris en tous sens, cliquant sur des icônes en cascade.

— Nom d'un chien...

— Bon sang, Dark, qu'est-ce qu'il y a?

— Attendez un instant...

Je déroulais menus sur menus et les messages se succédaient sur l'écran, parfaitement sibyllins j'en convenais, pour quelqu'un ne connaissant pas le jargon que j'employais.

Je me suis mis à opiner du chef, machinalement, en bougonnant quelque chose, comme un vieillard mal luné.

J'ai avalé une large goulée de haschisch et repoussé le fauteuil sur ses roulettes.

Devant moi l'écran déroulait deux graphiques séparés qui divergeaient rapidement.

Des messages apparaissaient à chaque éloignement des deux courbes.

DIVERGENCE COMPORTEMENTALE SUR EVENTS CRITIQUES (CLIQUEZ LOOP SAMPLE ET ZOOM)

NON INTÉGRATION DE FACTEURS DÉCISIFS (CLIQUEZ « OUTILS » POUR LISTE)

DIVERGENCE NON EXPLICABLE PAR RHIZOME SCHIZO-ANALYTIQUE (UN-SPECIFIC CHAOS MATRIX)

NOUVELLE CARTE COGNITIVE À JOUR (CLIQUEZ MAP).

Des chiffres accompagnaient de leur musique numérique le ballet des courbes et des messages.

J'ai cliqué sur MAP.

J'ai tout de suite compris de quoi il s'agissait. Putain de Dieu, il y avait bien là deux « entités » distinctes...

J'ai entendu un soupir à mes côtés.

— C'est du chinois pour moi, Dark, vous m'expliquez ?

J'ai poussé un soupir à mon tour.

— Svetlana ? Vous vous rappelez ce qu'on s'était dit il y a une quinzaine de jours ?

— Une quinzaine de jours ? Vous ne voulez pas parler de Carbonnel et de ses tentatives pour...

— Non, non, l'ai-je coupée, je vous parle de ces détails bizarres que les flics n'expliquaient pas. Au sujet de la fille des Pyrénées...

Svetlana a fait une petite moue.

— Les légistes de Tarbes ont dit que leur diagnostic sur la date de sa mort pouvait être légèrement modifié...

— De combien, Svetlana ? Deux ou trois jours maxi... ça nous emmène au 22, disons... Et le 21 au soir Schaltzmann prenait sa chambre chez madame Le Houerrou, en Bretagne...

— Gombrowicz nous a dit que les flics estimaient que les légistes pouvaient se tromper un poil plus que ce qu'ils voulaient bien reconnaître. Peut-être encore un ou deux jours... Le corps était dans un sale état... Ça pourrait nous ramener au 20, ou au 21... il aurait eu le temps de remonter...

— Okay, ai-je fait, je n'y crois pas, mais admettons que les légistes cèdent à la pression... maintenant, comment vous expliquez qu'on ne retrouve aucune trace microscopique des trois victimes dans aucune de ses voitures ? Et aucun indice concordant, genre cordage de marine, à son domicile.

— Son domicile a brûlé et ça aussi, Gombrowicz nous l'a expliqué... Les flics pensent...

J'ai levé la main.

— Les flics ne pensent pas.

— Que... qu'est-ce que vous voulez dire? (Un petit éclat de rire, comme si nous partagions une vérité complice.)

— Je veux dire qu'en l'occurrence ils ne veulent pas penser, ils ont leur coupable et tout le monde, même nous, semble s'en contenter...

— Qu'est-ce que vous racontez?

— Écoutez, Svetlana, Gombrowicz lui-même a trouvé que les assassinats des trois filles ne cadraient pas vraiment avec le *modus operandi* habituel... Ça vous avait semblé bizarre à vous aussi...

— Vous savez aussi bien que moi qu'on a abandonné cette idée après les témoignages indiquant que Schaltzmann avait été vu dans le Massif central aux bonnes dates...

— Putain, ai-je fait, il était peut-être dans le coin aux bonnes dates mais ce n'est pas une preuve suffisante...

— Personne ne dit que c'est une preuve... Disons que ça fait un élément de plus dans le «faisceau» de présomptions... Et n'oubliez pas l'usage du feu sur les victimes... Même Carbonnel pense que Schaltzmann a pu commettre ces crimes dans un état de psychose aiguë et...

— Ne me parlez pas de ce crétin, Svetlana... De toute façon je crois que j'ai la preuve de ce que j'avance...

— C'est-à-dire?

— C'est-à-dire qu'il y a un deuxième tueur, Svetlana... Je ne crois pas que Schaltzmann ait commis les meurtres des filles de l'Aubrac et des Pyrénées...

— Vous ne *croyez* pas ?

- Non, ai-je fait, et lui non plus il ne le croit pas.

Je montrai l'écran du Compaq où clignotait une sentence que le programme expert avait puisée dans le dictionnaire de citations, numérisé sur le CD-ROM.

Deux demi-vérités ne font pas une vérité.
Multatuli.

*

— Absurde ! Totalement absurde...

La voix de Carbonnel avait éclaté dans l'espace alors qu'il se dressait hors de sa chaise.

Même Saulnier et les autres flics en ont sursauté. Le bureau de la «cellule de coordination» donnait sur la Seine et jusque-là, le commissaire avait patiemment écouté mes explications en regardant la lente et grasse coulée du fleuve dans la lumière de ce matin grisâtre.

Il s'est retourné, surpris par la vivacité du ton employé par Carbonnel qui me coupait net au beau milieu de mon exposé.

Gombrowicz n'a rien dit et Svetlana m'a jeté un clin d'œil d'encouragement.

— Écoutez, Carbonnel, je commence à en avoir assez de vos interventions intempestives, me suis-je lancé.

— Ce sont vos interventions qui sont intempestives, Darquandier, m'a-t-il répondu froidement. Vos précédentes «computations» frisaient déjà le ridicule, là nous sommes en plein numéro de cirque...

Je me suis retenu à grand-peine de l'envoyer direct par la fenêtre.

— Vous ne savez pas de quoi vous parlez, *docteur*...

— Je vous retourne le compliment, *docteur*. Nous sommes face à un cas complexe, pratiquement unique dans les annales de la psychiatrie et vous vous ramenez avec un diagnostic établi par un vulgaire logiciel...

— Ce vulgaire logiciel, comme vous dites, simule le fonctionnement de quelque chose dont vous n'avez pas la moindre idée, docteur, je parle du cerveau humain...

— Foutaises... Je doute que le docteur Gombrowicz puisse souscrire à ce genre d'absurdités.

Il venait de commettre une erreur, là.

— Demandez-le-lui vous-même, ai-je fait, m'effaçant pour que le docteur puisse prendre la parole.

Carbonnel n'a pas relevé l'argument.

Il s'est retourné vers Saulnier et s'est mis à marteler :

— Commissaire, le sérieux de cette enquête nécessite que vous preniez des mesures draconiennes. Pour ma part je référerai de tout cela au ministère de la Santé, cela va sans dire. Je ne crois pas que ce genre de charlataneries pseudo-scientifiques sera apprécié par vos supérieurs...

Là, j'ai vu que Saulnier n'appréciait pas du tout ce genre de pression, en premier lieu.

— Vous auriez tort de présumer à l'avance ce que pensent nos supérieurs, docteur Carbonnel...

Carbonnel allait répondre quelque chose lorsque la voix de Gombrowicz s'est doucement élevée :

— Je crois que vous êtes allé trop loin, docteur, cette fois-ci.

Carbonnel s'est retourné, mal à l'aise.

— Je ne tolérerai pas une seconde de plus que vous vous en preniez ainsi à l'un ou l'autre de mes collaborateurs, a repris Gombrowicz, toujours aussi calme. Si j'ai choisi Darquandier pour m'assister dans cette enquête, c'est parce que ses travaux ouvrent des perspectives très intéressantes. Son système expert est basé sur les théories les plus avancées du MediaLab, qui est une référence dans le domaine... Alors maintenant, vous vous asseyez et vous laissez le docteur Darquandier continuer son exposé, sans quoi c'est moi qui informerai de votre attitude vos propres supérieurs...

Je n'avais jamais entendu Gombrowicz employer un ton aussi glacial.

Je crois que Carbonnel commençait sérieusement à lui casser les pieds, pour ne pas dire plus (ce que Gombrowicz n'aurait certes pas fait).

Carbonnel était un coriace. Il ne s'est pas rendu sans livrer une ultime bataille.

— Docteur Gombrowicz... tout ce que je sais, c'est que les précédentes «expériences» du docteur Darquandier n'ont mené à rien, sinon à refaire en moins bien un diagnostic que vous et moi avions déjà établi...

Le fumier, il essayait de s'enfoncer comme un coin entre Gombrowicz et moi.

Je devais avouer à mon corps défendant que son argument pesait un certain poids.

À chaque fois que j'avais précédemment demandé une «simulation» au système il n'avait pu produire que des comportements déjà prévus par Carbonnel et Gombrowicz. Les actes de pyromanie, par exemple. L'ordinateur les avait détectés évidemment et il avait promis la récidive, qui s'était effectivement produite, à la pension des Goélands. Cette fois-là, déjà, Carbonnel s'était moqué de mon «logiciel La Palisse», comme il l'avait surnommé.

Mais cette fois-ci, c'était différent...

— J'ai entièrement repensé mon mode de programmation entre-temps, ai-je lâché, et je vais
essayer de faire appel à vos ressources en matière
de savoir-vivre, s'il vous en reste. Vous allez vous
asseoir, comme vient de le demander Gombrowicz, je vais terminer mon exposé et vous le criti-
querez ensuite...

— Ce ne sera pas utile, a sifflé Carbonnel.

À ma grande surprise, il s'est dirigé droit vers
la porte et l'a sèchement ouverte.

— Je ne souhaite pas participer plus longtemps à cette mascarade. Messieurs... le ministère de la Santé sera informé de mon opinion
officielle sur les agissements de certains membres
de cette «cellule de coordination» psycho-poli-
cière... Bonsoir.

Et la porte s'est refermée sur lui, avant que
quelqu'un ait eu le temps de dire ou faire quoi
que ce soit.

Ça nous fera des vacances, ai-je pensé.

Évidemment, je me trompais.

Saulnier m'a regardé et a jeté un bref coup
d'œil aux deux autres flics. Je venais de terminer
mon exposé. Ça n'avait pas duré plus de cinq
minutes. Le docteur Carbonnel aurait pu avoir la
patience d'attendre.

Une moue dubitative tordait ses lèvres alors
que Saulnier mâchonnait un crayon de papier.

— Très franchement, a-t-il fini par lâcher, j'ai
peur de vous décevoir, mais moi non plus je ne
crois pas à votre théorie.

Il a levé la main pour parer à toute tentative de
contradiction.

— Attention... je ne dis pas vos théories en
général, je ne suis pas compétent pour juger et je

ne veux pas entrer dans votre querelle de scientifiques, Carbonnel et vous... Je parle de cette théo-
rie-là. Votre histoire de deuxième type... Je crois
que vous faites fausse route. Votre programme
interprète mal les événements, croyez-moi...

— Non, ai-je fait, je ne crois pas. Ça explique
plein de choses...

— Ça en explique trop si vous voulez mon
avis... Nous savons que Schaltzmann était dans
la région du Puy-de-Dôme aux alentours du 20...

— Mais il ne pouvait pas être dans les Pyrénées le 25. Il était en Bretagne le 21 au soir...

— La date du 25 semble sujette à caution pour
ce crime-là...

— De plus de quatre jours? Ce n'est pas
sérieux...

— Au contraire, nous sommes extrêmement
sérieux, je suis désolé...

— Vous commettez une erreur. Comment vous
expliquez qu'on ne retrouve aucune trace des victimes, même microscopique, dans le véhicule qu'il
utilisait à ces dates?

— L'absence d'indices n'est pas une preuve.
Leur présence prouverait sa culpabilité, leur
absence ne signifie pas qu'il est innocent...

— Oh, bon sang... Vous savez pourtant qu'il
n'a pas utilisé d'autre voiture que sa Ford lors de
sa fuite...

— Je vous l'ai déjà dit, l'absence d'indices
n'est pas une preuve...

— Je croyais pourtant que tout inculpé était
présumé innocent...

— Vous êtes têtu, Darquandier, mais vous ne
me ferez pas changer d'avis... Je verrai si je modi-
fie mon jugement quand nous pourrons interroger Schaltzmann, ou si des éléments nouveaux
surviennent pour éclairer l'enquête...

— Vous ne considérez pas ce que j'apporte comme un «élément nouveau», si je comprends bien...

Saulnier n'a rien répondu, par pure politesse. J'avais échoué.

Ma découverte de la veille ne servait à rien.

Les jours se suivaient et se ressemblaient.

J'ai passé toute la nuit suivante, comme la précédente, à relancer la nouvelle simulation. À chaque fois les «divergences» augmentaient. J'avais même trouvé une nouvelle liste de comportements prévisibles dans un fichier. Agencée différemment sur ma carte comportementale, elle regroupait deux ou trois éléments me prouvant, s'il en était besoin, que ma nouvelle méthode de programmation était la bonne. Par exemple, le logiciel prédisait maintenant les phases de narcolepsie aléatoires, alors que j'avais envoyé le calcul avant de connaître le phénomène et d'en enregistrer les rythmes sur mon petit portable.

J'ai comparé les chiffres enregistrés à l'hôpital avec ceux trouvés par mon système. Ils différaient quelque peu, mais offraient les mêmes différences d'amplitude. C'était sûr... j'étais sur la bonne voie.

À la fin de cette seconde nuit, j'étais même en possession d'éléments tout à fait surprenants.

Avant toute chose, il faut bien comprendre que le «processeur» schizo-analytique est ce qu'on appelle dans notre jargon d'extraterrestre un «moteur d'inférence» d'un type radicalement nouveau. Il est le cœur de mon système expert et grâce aux avancées du MediaLab, je suis arrivé à en faire une forme d'intelligence artificielle qui «simule» pas trop mal les fulgurances de l'esprit humain. Un tel système diffère d'un programme binaire traditionnel par le fait que le résultat est différent à chaque fois que vous le faites tourner. La première phase, qui prend généralement vingt-quatre heures, consiste en une longue série de calculs basés sur les travaux de Mandelbrot et de Prigogine qu'il serait inconvenant d'expliquer ici : le système «compile» toutes les données en sa possession selon les directives que vous lui donnez par la programmation initiale. Ensuite, il vous présente une application interactive et évolutive qui reprend à chaque fois le problème là où elle l'a laissé, en cherchant de nouvelles associations d'idées, et en vous soumettant de nouvelles questions.

À un moment donné, cette nuit-là, le «processeur» schizo-analytique a affiché une série de messages :

— CHERCHE PRÉCISION ANALYSE COMPORTEMENT PATHOGÈNE MATERNEL POUR ENTITÉ SCHALTZMANN :
1/ NIVEAU D'AUTORITÉ ET DE DISCIPLINE. STRUCTURE PÈRE-MÈRE-FILS EN DÉSÉQUILIBRE «SUR-CRITIQUE» SELON DERNIÈRES ÉVALUATIONS.
2/ «ATTRACTION FLOUE» DU PROCESSEUR VERS IMAGE DU CHRIST (non résolu).
— CHERCHE RELATION FEU/PATHOS MATERNEL.
3/ «ATTRACTION FLOUE» DU PROCESSEUR VERS LA «SPHÈRE ÉVÉNEMENTIELLE» ALLEMAGNE-SECONDE GUERRE MONDIALE (events en surnombre : Utah Beach, par exemple/pour liste cliquez «outils»).
— PROBLÈMES EN SUSPENS :
1/ RITUALISATION DU SANG HUMAIN. ENVISAGE RELATION AVEC PATHOS MATERNEL.

J'ai cliqué pour avoir accès à la «carte» cognitique de la «seconde entité».

Je n'aurais qu'un instantané, mais qui me permettrait de constater l'ampleur que la divergence prenait entre les deux «comportements virtuels».

Ça devenait colossal.

À chaque opération conduite par l'ordinateur, les «cartes» différaient de plus en plus, et toutes les courbes s'éloignaient, comme deux aimants soumis à la répulsion mutuelle de leurs champs magnétiques.

J'en étais désormais persuadé.

Nous avions affaire à *deux* individus distincts.

D'une part un «univers comportemental» rassemblant les crimes commis au mois d'octobre, début novembre et début décembre: Antoine Simonin. Élisabeth Mandel. Les deux victimes du 6 novembre. Les quatre morts et les deux blessés de la «course sanglante» du 12 novembre. Les incendies et la victime de son ultime dérive vers Utah Beach.

D'autre part un «univers concurrent» comprenant les assassinats de l'Aubrac et des Pyrénées...

À chaque fois que je demandais au système si ce n'était pas la conséquence d'une «rupture» schizoïde totale, le processeur me répondait invariablement:

CHAOS NON SPÉCIFIQUE.

Il était extrêmement tard. Les yeux me piquaient, rougis par la fatigue et par le rayonnement intangible du tube cathodique.

Je me suis tourné vers la baie vitrée. La nuit recouvrait l'infinie galaxie urbaine qui étendait ses bras de lumière, là-bas, jusqu'à ce qui semblait l'autre bout de l'univers. Je me suis dit que tout ça n'était qu'une charmante illusion, qu'en fait, la galaxie lumineuse recouvrait un puits de ténèbres. L'envers du miroir, la face cachée du cauchemar urbain.

Et quelqu'un se baladait dans ces ténèbres.

Quelqu'un pour qui c'était son élément naturel.

Je me suis couché un peu avant l'aube. Le système tournait toujours.

Son bourdonnement m'a doucement bercé alors que je m'enfonçais dans le sommeil.

Quelqu'un d'extrêmement dangereux se baladait en liberté, au plus profond d'une nuit d'anonymat... Et j'étais le seul à le savoir.

J'étais persuadé qu'il allait recommencer d'un moment à l'autre.

15

Le soir de Noël, j'ai accompli l'effort surhumain de me retenir tout au long du repas fastueux préparé par Thérèse. Je ne voulais en aucun cas gâcher cet enchantement gustatif, et je crois bien qu'une sorte de tact miraculeux m'a forcé à suivre en silence les discussions scientifico-philosophiques qui accompagnèrent le dîner, avant d'y prendre part. Nous achevions notre bûche glacée lorsque je me suis jeté à l'eau. Le Cristal Roederer venait d'être débouché et les vapeurs envoûtantes de ce prodige de champagne m'ont donné le petit coup de pouce nécessaire.

— Qu'allons-nous dire à D'Annunzio après-demain ? ai-je demandé à brûle-pourpoint.

Laurence D'Annunzio était l'avocate d'Andreas Schaltzmann, engagée par Schaltzmann père. Nous avions rendez-vous avec elle le 26 décembre.

J'avais Svetlana en face de moi et je l'ai vue se figer légèrement, en me jetant un regard en coin, interrogateur et surpris. Son visage s'encadrait entre deux chandeliers de bronze, ambré par la lumière des bougies.

Il me semblait à la fois irréel et d'une matérialité troublante.

Gombrowicz s'est animé sur sa chaise, en bout

172

de table, mais il n'a rien dit. C'est Svetlana qui s'est lancée.

— De quoi est-ce que vous parlez? Lui dire quoi?

J'ai avalé l'ultime bouchée de glace avant de reprendre, le plus calmement que je pouvais:

— Écoutez, ai-je fait, D'Annunzio n'est pas une imbécile... je suis sûr qu'elle se posera inévitablement les mêmes questions que nous... Je suis même certain qu'elle se les pose déjà...

J'ai vu Gombrowicz faire une petite grimace comme à chaque fois qu'il se trouvait devant un problème ardu, ainsi lors de cette fin de partie, quelques jours auparavant, quand les blancs et les noirs se neutralisèrent inexorablement jusqu'au pat.

J'ai avalé une gorgée de champagne avant de reprendre (j'essayais de conserver mon calme et le contrôle de la situation).

— Docteur, ai-je repris (il s'agissait d'enfoncer le clou), cela fait des jours que vous n'arrêtez pas de gamberger et de lire et relire vos dossiers, sans compter les résultats que j'empile tous les matins sur votre bureau... *Je sais parfaitement* que vous aussi, vous êtes en train de douter de la thèse officielle.

Gombrowicz ne me répondait toujours pas, mais je devinais la colossale activité intérieure qui se déroulait derrière son visage fermé.

J'ai soupiré en reposant ma cuillère et en jouant avec elle sur la nappe, la faisant tourner comme l'aiguille d'une montre.

— Je comprends très bien dans quelle situation compliquée cela nous met tous, avec les flics, Carbonnel, les autres psys et toute cette bon Dieu d'administration, ai-je lâché, presque rageusement. Mais tout ça ne doit pas nous faire oublier l'essentiel, bon sang... Et vous le savez bien mieux que moi.

J'ai vu que mon attaque portait ses fruits. L'éthique de Gombrowicz est en effet d'une solidité d'acier, un acier trempé par les épreuves de l'histoire. S'il avait adopté un profil un peu bas à l'égard de ses convictions les plus intimes, testant en quelque sorte la souplesse de sa «lame» morale, il fallait surtout y voir une forme d'humilité devant la pesante et ubuesque tragi-comédie du pouvoir.

Mais je savais que Gombrowicz détestait cela. Depuis notre dernière altercation avec Carbonnel, au Quai des Orfèvres, il s'était progressivement renfermé. Depuis des jours, il passait des heures entières en solitaire dans son bureau, à éplucher ses dossiers, après avoir chaque matin pris connaissance en bougonnant de mes résultats de la nuit précédente.

Je savais de tout mon être que le virus de la vérité, ou tout au moins de l'objectivité scientifique, traçait ses trajectoires fatales dans le cerveau de Gombrowicz.

C'était un peu vicieux de ma part d'avoir attendu ainsi le soir de la grande fête du Christ, mais je connaissais la délicate résonance qu'engendraient de tels symboles dans son esprit. Il fallait profiter de cette nuit de la Nativité, de cette nuit sainte entre toutes pour remettre la vérité sur ses rails.

Allons-y, ai-je pensé.

— Nous sommes des scientifiques, docteur. Nous ne pouvons nous soustraire à cette obligation. Nous n'avons strictement aucune concession à faire aux pouvoirs et aux croyances en place. Et surtout pas à un petit rat du lobbying médical.

J'espérais avoir mis suffisamment de conviction dans ma description du docteur Carbonnel.

J'ai appuyé le trait.

— Imaginez ce type dans les années trente à Berlin, ou sous Staline, à l'Université de Moscou...

J'ai jeté un coup d'œil en direction de Svetlana.

J'ai vu qu'elle me suivait, sans en avoir l'air. Elle venait de machinalement hocher la tête, approuvant mon petit laïus en silence.

— Soyons bien clairs, ai-je poursuivi, je ne cherche pas à atténuer la responsabilité de Schaltzmann pour les crimes qu'il a commis. Ça, ce sera le boulot de son avocate, lors du procès. Ce que nous devons, nous, établir, c'est la nature réelle des faits... En toute objectivité. Or je sais, vous savez, *nous savons tous* que Schaltzmann n'a pas commis les crimes de l'Aubrac et des Pyrénées. Sa présence dans le Massif central aux alentours du 20 est la seule présomption de culpabilité que possèdent les flics. Il n'était pas dans les Pyrénées aux alentours du 25, ni même du 21 car il était en Bretagne à cette date... Et puis toute cette histoire de «taux d'erreur de quelques jours» des légistes de Tarbes pue le coup monté... Donc une seule conclusion s'impose et vous la connaissez tout comme moi.

Je faisais allusion au fait que quelqu'un d'autre tuait, peut-être bien volontairement dans le sillage de Schaltzmann, afin de lui faire porter le chapeau...

J'ai entendu un soupir en provenance du bout de la table.

J'ai compris que Gombrowicz venait de rendre les armes. Il y avait dans ce soupir toute la force d'une résolution inflexible, ainsi qu'une forme discrète de soulagement.

— Comment vous voyez les choses, Darquandier? m'a-t-il demandé en reposant la lourde fourchette Christofle sur le bord de son assiette.

J'ai rapidement rassemblé mes idées.

— D'abord, dire ce que nous pensons vraiment à D'Annunzio après-demain. Faire la même chose avec Saulnier et Vanderdonck, dont nous dépendons... Dans tous les cas, nous devons remettre un rapport clair, circonstancié et objectif à la justice. Refuser les pressions. Et attendre leur réaction officielle.

J'ai senti une sorte de gêne descendre du plafond et napper l'atmosphère. C'est Svetlana qui s'y est mise.

— Supposons que leur réaction soit de ne pas avaliser votre... *notre* « théorie ». Et vous admettrez que c'est une supposition plausible...

— Exact, mais il ne s'agit pas d'une « théorie »...

J'ai senti que je l'énervais. Elle leva la main pour m'interrompre.

— Ce n'est pas le problème. Que faisons-nous si Saulnier et Vanderdonck n'admettent pas nos brillantes déductions ?

— Ces « déductions » sont corroborées par les faits, Svetlana, et vous savez très bien que...

Ses yeux brillaient d'impatience et je l'ai trouvée sur-le-champ imparablement belle. Sa main fit un nouveau mouvement pour me couper la parole.

— Arrêtez ça et répondez-moi.

— Soyez plus précise.

Il fallait que je gagne un peu de temps pour réfléchir.

Svetlana n'a pas mis deux secondes pour planifier son attaque.

— Très bien. Supposons que nos « analyses », « théories » ou « faisceaux de présomptions », ou ce que vous voulez...

— De simples faits, Svetlana, de simples faits...

— Seigneur... Tous les autres rapports d'experts nous seront contradictoires, sans compter ceux des parties civiles. Il y a de fortes chances pour que Saulnier et Vanderdonck réfutent officiellement notre version des faits et qu'ils se séparent de notre «précieuse collaboration» avant la fin de l'instruction. Bref, nous serons mis au chômage *illico presto* et remplacés par une équipe plus compréhensive... Donc je résume, dans ce cas que faisons-nous?

J'avais ma réponse.

— Nous n'en avons rien à foutre, Svetlana. Nous sommes des scientifiques...

C'était un peu faible comme argument, et je m'en rendais compte. Je ne sais pourquoi cette idée saugrenue m'a soudainement traversé l'esprit.

— Et puis, ai-je fait, dans ce cas, nous n'aurons qu'à nous mettre au service de la défense. Nous assisterons D'Annunzio...

Svetlana me regardait fixement.

Un silence de plomb est venu m'apporter la preuve que ces quelques mots résonnaient longuement dans les esprits, comme si un bloc de roche lunaire était tombé au centre d'une mer d'huile.

Ils résonnaient également dans ma propre tête.

Nous savions déjà tous que c'était très exactement ce qui allait se produire. Une forme de balistique fatale nous conduisait irrésistiblement vers ce «point d'impact».

Nous allions «défendre» Andreas Schaltzmann, le Vampire de Vitry.

Jamais, je crois, je n'ai prononcé de mots qui allaient changer autant le cours de ma vie.

*

Lorsque je me suis réveillé, dans l'après-midi du 25, j'ai immédiatement constaté que je souffrais d'une robuste gueule de bois.

Je me suis lourdement retourné sur le dos et une barre de fer s'est agitée à l'intérieur de ma tête, déclenchant une douleur sourde et tenace.

J'ai réalisé que le souvenir des heures précédant mon réveil était masqué par un voile obscur, et bougrement dense. Je me rappelais bien le repas de Noël chez Gombrowicz, ah oui, et aussi notre sortie de la maison du docteur, Svetlana et moi, mais la suite me semblait brumeuse, et horriblement confuse.

J'étais allongé sur le lit de ma chambre et je ne me rappelais même pas m'y être couché.

Le bruit d'une activité provenait du salon. Une voix qui parlait toute seule. Le bruit du combiné qu'on raccrochait. Je me suis demandé qui pouvait bien être en train de téléphoner dans mon salon, lorsque ma mémoire s'est brutalement réactivée, enchaînant un train d'images colorées, puzzle criard et étrangement bruyant, sous les os de mon crâne.

La fête de Francisco. J'avais emmené Svetlana à la fête de Francisco.

Oh putain. Le train d'images s'est mis à défiler, jusqu'à la catastrophe fatale.

Je m'étais abreuvé des *smart drinks* de Francisco, j'avais pas mal flirté avec le champagne, tiré sur quelques pétards à l'odeur envoûtante et même avalé une moitié d'extasy que Francisco avait jeté diaboliquement dans mon kir royal.

Sacré nom de Dieu, j'avais proprement pété les plombs et c'était Svetlana qui m'avait ramené jusqu'à la Tour, puis conduit jusqu'à mon appartement.

L'univers entier n'était plus qu'une énorme bulle de chaleur, dans laquelle je me mouvais. À un moment donné, au cœur de cette vibration, le visage et le corps de Svetlana s'étaient imposés, comme un formidable aimant, activant une pulsion érotique irrépressible.

Je me rappelais soudainement tous les détails, avec une affreuse précision.

C'est tout juste si je ne m'étais pas jeté sur elle... Seigneur. Il y avait ce travelling un peu vacillant jusqu'à sa silhouette mordorée dans la pénombre de la pièce, devant la baie vitrée. La galaxie de lumières de la ville pulsait avec une intensité cosmique, éclipsant celle des étoiles derrière un dôme noir, pourpre et violacé.

Mais l'univers semblait tout entier destiné à n'être qu'un écrin pour elle.

Elle m'avait jeté un regard authentiquement surpris lorsque je l'avais enlacée avant de tenter de l'embrasser.

Oh, nom de Dieu... J'avais perdu tout contrôle, tout sens des mesures. Svetlana m'avait gentiment repoussé, et de l'étonnement initial, son regard était passé à une sorte de réprobation à la fois sévère et amusée.

— Qu'est-ce qu'il vous arrive, Dark, votre «contrôle relatif» vous abandonne?

Allongé sur le lit de ma chambre, j'ai senti ma nuque s'enfoncer involontairement au plus profond de l'oreiller, dans un réflexe honteux.

La tonalité légèrement ironique de cette voix s'enfichait dans mes neurones, alors qu'elle se répétait à l'infini, dans un écho infatigable et épuisant.

J'avais gravement surestimé mes facultés de résistance aux cocktails détonants que je m'étais envoyés tout au long de cette putain de nuit de

Noël. L'alcool, tout particulièrement, avait servi de détonateur, dans un contexte déjà largement altéré par les différents psychotropes et euphorisants.

Je venais de tester grandeur nature, à ma mesure, les effets d'un chaos actif sur la conscience.

L'activité dans le salon s'est modifiée.

Des pas se sont fait entendre, s'approchant dans le petit corridor menant à ma chambre.

Je n'en menais pas large et une forme d'anxiété coupable m'a saisi, lorsque la poignée s'est rabattue vers le bas et que la porte s'est ouverte.

Je me suis fabriqué à toute vitesse un visage qui me paraisse correct.

Svetlana n'a pas fait la moindre allusion à ce qui s'était produit dans la soirée. Elle s'est arrêtée sur le pas de la porte et son visage triangulaire s'est ourlé de ce petit sourire, allumant un éclair dans son regard, le genre d'éclair qui aurait pu faire fondre mes plombs à nouveau, si je n'avais rétabli ce putain de «contrôle relatif».

J'ai détourné les yeux, sans ostentation. Rester calme et naturel, surtout.

— Bonjour, a-t-elle dit tout simplement. Comment vous sentez-vous?

— Qu'est-ce qui est arrivé? ai-je cru malin de répondre. J'ai passé la nuit dans un broyeur d'épaves?

C'était pour le moins ingrat, à l'égard de quelqu'un qui avait conduit la voiture jusque chez moi, puis m'avait guidé dans l'ascenseur et le couloir du vingtième étage, devenus un dédale complexe de boutons ornés de signes incompréhensibles et de corridors entremêlés, avant de subir l'expression la plus crue de ma libido.

Svetlana n'a rien rétorqué, par pure bonté d'âme

devant mes déficiences. Elle a simplement repris, d'une voix détachée :

— Le docteur vient d'appeler... Il a pu joindre le juge Vanderdonck aujourd'hui... il faut que je vous raconte.

Ça semblait important.

Je me suis hissé contre l'oreiller, et la barre de fer s'est de nouveau agitée dans ma tête.

J'en ai grimacé de douleur. J'ai émis une sorte de soupir et j'ai regardé Svetlana en coin.

— Vous savez quoi ? Ce qui serait génial, c'est que j'avale un ou deux Aspro, que je prenne une douche, qu'on fasse un bon thé chinois et qu'alors vous me racontiez tout ça, ai-je laissé tomber, dans une sorte de feulement rauque.

Il me semblait que du ciment à prise rapide s'écoulait dans les veines irriguant mon cerveau.

Elle a disparu en refermant vaguement la porte sur elle.

Je me suis élancé en titubant jusqu'à la pharmacie de la salle de bains. J'ai avalé mes deux aspirines effervescentes pendant que la baignoire se remplissait.

Je me suis jeté dans le bain mousseux avec une sensation de délice rare, même pour un amateur du genre, comme moi.

Lorsque je suis ressorti de la salle de bains, presque une demi-heure plus tard, j'avais l'impression d'être pratiquement redevenu un être humain.

Svetlana m'attendait dans le salon, devant la théière marocaine fumante, posée sur la table basse en acier.

— Bien, ai-je fait en m'affalant sur un sofa. Servons le thé et passons à l'entretien du docteur Gombrowicz avec les représentants de la Justice...

Un petit sourire avait plissé mes lèvres, sans que je n'y puisse rien.

— Ce n'est pas drôle... Vos prédictions se sont réalisées, vous savez... On va nous retirer l'investigation psychiatrique.

Je n'ai rien répondu. Mon visage s'est assombri.

J'ai servi le thé et j'ai commencé à tremper mes lèvres dans le liquide brûlant et régénérateur.

— Que vous a dit le docteur exactement ? ai-je demandé.

Svetlana dégustait le thé à petites gorgées, en bonne Russe expérimentée.

— Vanderdonck a eu l'air de regretter notre prise de position. Il a fait comprendre au docteur qu'il se demandait même si Carbonnel n'avait pas raison au sujet de l'influence néfaste que vous et vos travaux auriez sur l'équipe tout entière.

— Je vois. Et qu'a répondu le docteur ?

— Je crois qu'il a fait comprendre à Vanderdonck que, justement, sa conception de l'objectivité scientifique excluait *toute forme* d'influence...

— Hmm, ai-je doucement apprécié. Le genre de sous-entendus très peu prisés des ministères, ça...

— Ça n'a pas beaucoup plu, en effet... Gombrowicz a rappelé également que c'était la Justice qui était venue le chercher, et qu'on lui avait donné initialement carte blanche... Il a passé en revue toutes les chicaneries auxquelles nous avions eu droit, Carbonnel, tout ça... Et je crois qu'il a terminé en affirmant que son avis d'expert était quasiment fait. Que les probabilités pour que Schaltzmann soit l'auteur des trois crimes sadiques étaient extrêmement faibles et que c'est ce qu'il mettrait dans son rapport...

— Pff... ai-je soufflé, admiratif. Je l'imagine très bien, tout droit dans son vestibule, le téléphone en main, impassible, net et clair.

Svetlana a eu un petit sourire. Elle le connaissait encore mieux que moi.

Elle a repris sa tasse et a avalé quelques gorgées, sur son rythme implacable.

— Vanderdonck prétend avoir un argument imparable pour nous virer...

— Je vous écoute, ai-je lâché impatiemment au bout d'un moment.

— Vanderdonck fait valoir que personne, à part les flics une seule fois à Cherbourg, personne donc n'a encore pu interroger Schaltzmann...

— Non, ai-je fait, presque méprisant, c'est ça, son argument-massue ?

— Oh, bon sang, Dark (à chaque fois que je l'énervais, ses yeux brillaient et je me suis demandé si je n'allais pas finir par le faire intentionnellement, pour capter cette lumière aux vibrations si troublantes). Vous ne voulez décidément pas comprendre... Gombrowicz sait très bien, en tant qu'expert de la chose, que Schaltzmann n'a probablement pas tué les filles de l'Aubrac et des Pyrénées. Mais c'est une autre paire de manches que de le prouver, en l'absence de tout interrogatoire du suspect... C'est ça, je crois, qui a décidé Vanderdonck à nous retirer l'enquête.

— Putain, ai-je lâché, prêt à me lancer dans une diatribe enflammée contre tous les «fonctionnaires de la pensée».

Mais Svetlana m'a devancé, l'œil à nouveau intensément vif.

— Écoutez, je ne mets pas en doute vos compétences, vous le savez parfaitement, mais vous devez admettre que vous vous êtes, que *nous nous sommes tous* avancés sans... comment dit-on en français ?

Je voyais malheureusement où elle voulait en venir.

— Sans biscuits?

— C'est ça, sans biscuits. Nous leur avons donné le bâton pour nous battre, comme on dit aussi… Imaginez un peu que Schaltzmann avoue les crimes de l'Aubrac et des Pyrénées?

— Vous voulez dire sous la pression d'un interrogatoire musclé? Je suis sûr qu'il serait facile de démontrer qu'il aurait agi sous la contrainte, ou sous l'effet d'un «lavage de cerveau» quelconque, peut-être tout simplement par une forme d'autohypnose, amplifiée par la résonance médiatique…

— Oh, *Boje Moï*, Darquandier, ne me ressortez pas vos théories sur le chaos et les mass media je vous en prie…

— Vous savez pourtant aussi bien que moi *à quel point* cela a une incidence sur le système nerveux central du premier homo sapiens venu, alors je ne parle pas d'un cas de psychose aiguë, mais passons… Je suis pour ma part absolument persuadé, vous entendez, Svetlana, absolument persuadé que, un, Schaltzmann n'a pas commis ces crimes et que, deux, il ne les avouera pas. Je peux même vous faire un petit pronostic gratuit, si vous voulez, un pronostic garanti depuis hier matin par le Très Savant Schizo-Processeur…

J'ai vu une petite nuance d'authentique curiosité dans l'intensité rebelle de son regard.

— Allez-y, a-t-elle fait avec un petit rire… Que prédit votre médium informatique?

— Il dit que Schaltzmann ne va pas tarder à sortir de son état actuel et qu'il avouera tous les crimes dont il se souviendra…

J'ai vu que ça produisait son effet, mais Svetlana était une vraie dure de dure.

— Hmm, hmm… Et si jamais il ne se souvient pas des crimes en question?

C'était évidemment la parade presque fatale.

— Logiquement cela aurait été votre rôle que de rouvrir les portes de sa mémoire... Mais vous voulez que je vous dise, Svetlana? Dans tous les cas nous ferons exactement ce qui a été prévu. Nous nous mettrons au service de la défense et c'est en son nom que vous opérerez... Et vous verrez que ce qu'affirme le Schizo-Processeur va s'avérer parfaitement exact. Schaltzmann va avouer *tous* les autres crimes, alors pourquoi pas *ceux-là*?

Svetlana a eu un petit geste de la main qui signifiait que nous ne discutions plus que de vagues conjectures, même si elles étaient corroborées par le faux cerveau qui s'agitait dans le silicium de mon ordinateur.

Mais justement, pensai-je, c'était là le point nodal de toute l'affaire.

— Écoutez Svetlana, en fait je ne suis pas loin de penser que Carbonnel a raison, au sujet de mon «logiciel La Palisse»... Évidemment pas dans le sens où lui l'entend et ça nous conduit même au diagnostic inverse mais...

— *Boje Moï*, mais de quoi vous parlez?

— Très simple, Svetlana... En fait, cette colossale banque de données, et le système expert qui l'accompagne ont simplement mis trois ou quatre semaines pour imiter nos propres cerveaux... cerveaux qui ont intuitivement et instantanément compris le truc. Que les deux comportements, celui de Schaltzmann, et celui de «X», le tueur de l'Aubrac et des Pyrénées, étaient en tous points dissemblables... Voilà tout ce que je voulais vous dire: la seule différence entre mon «cerveau de silicium» et les nôtres, c'est qu'*en fait il est beaucoup moins rapide* et surtout qu'il n'a aucun moyen de se «voiler la face»... je ne l'ai pas programmé pour ça.

Je me suis arrêté pour resservir le thé.

Ma tasse était vide. Celle de Svetlana aussi.

D'une certaine manière j'avais clos le chapitre. Nous avons passé les heures suivantes à discuter d'un million de thèmes sans cesse rebattus, et toujours aussi indéchiffrables, la nature phénoménale de la vie et de l'humain, mais aussi son caractère plus ou moins reproductible, sa complexité foisonnante... Nous nous sommes arrêtés tard dans la soirée, juste avant de pénétrer dans la zone métaphysique, à temps. Nous n'allions pas tarder à y aller de nos différentes versions de la nature plus ou moins divine de l'humanité.

J'ai décidé de préparer quelque chose à manger.

16

Le lendemain matin, lorsque je me suis levé, j'ai cherché instinctivement la présence de Svetlana, avant de me souvenir que je l'avais ramenée chez elle la veille, et quelques bribes de ces vingt-quatre heures passées ensemble sont revenues flotter dans ma mémoire, engendrées par le parfum du thé vert.

L'écran chatoyait de fractales complexes, dont les métamorphoses se succédaient sans cesse, dans une sarabande à la fois diabolique et froidement digitale.

J'ai demandé au Schizo-Processeur de me sortir rapidement une synthèse de ses résultats de la nuit. L'imprimante laser a fait entendre son ronronnement de plaisir, puis les pages ont commencé à s'entasser.

J'en ai pris connaissance d'un œil froid, presque morne.

Dehors, le ciel était d'un gris sale et l'univers sans couleur, béton gris sur horizon gris, à l'infini, dans une répétition suicidaire. Il avait gelé durant la nuit et les plaques de givre créaient un vague miroitement sans attrait.

Même le thé n'avait plus tout à fait le même goût, comme s'il était vieux de plusieurs siècles.

Je connaissais parfaitement l'origine du phénomène.

Il ne fallait pas se faire d'illusions. Ça ne marcherait jamais.

Je ne pensais même plus à l'échec professionnel, à toute cette foireuse accumulation d'incompétences et de bureaucraties qui nous avaient conduits à l'impasse, Gombrowicz, Svetlana et moi. Sans compter l'amplification que n'avait pas manqué de susciter mon tact légendaire... Un bon exemple de système chaotique à l'œuvre.

Il fallait que je me concentre sur cette putain de schizo-analyse, nom d'un chien. Que disait donc ce foutu programme ?

Lorsque je suis sorti de l'appartement, pour me rendre Villa Kronstadt, je me suis rendu compte d'une chose : ma mémoire n'avait pu enregistrer que des bribes de texte et saisir au vol quelques graphiques. Une information infiniment plus vitale éclipsait de son rayonnement tout ce que j'avais jamais su, appris, ou vu...

Plus rien ne serait jamais comme avant, pensai-je en remontant le périph au cœur d'une cohorte de métal monochrome.

L'énorme zeppelin échoué du centre Bercy II ressemblait à une antiquité d'une guerre lointaine, patinée par le temps, et miraculeusement conservée par le froid, tel un mammouth de Sibérie libéré de sa gangue de glace millénaire.

Une affreuse certitude négative s'écoulait sur ma langue avec un goût de cendres, accompagnée d'une image unique et désespérante : en une poignée de secondes, mon cerveau, submergé par plus-qu'il-ne-pouvait-en-supporter, avait réduit à néant toute possibilité d'« approche » avec la jeune Russe avant très longtemps, une bonne vie sans aucun doute...

D'une certaine manière ça éclairait d'un jour nouveau mes putains de théories sur le chaos actif de la conscience... Un microévénement de quelques secondes pouvait effectivement changer du tout au tout le cours d'une existence.

Le froid, le gel, la mauvaise humeur collective et le comportement habituel des automobilistes parisiens me rendirent la conduite difficilement supportable jusqu'à la porte des Lilas.

Je crois que j'en aurais volontiers bousillé quelques dizaines sur le trajet...

Lorsque Laurence D'Annunzio s est levée à ma rencontre, j'ai immédiatement décelé en elle un tempérament à toute épreuve.

C'était une petite femme boulotte, aux yeux noirs pétillants de malice et à la poignée de main ferme. Sa vitalité tranchait avec mon apathie dépressive.

Le docteur, Svetlana et D'Annunzio m'attendaient dans la bibliothèque et, sur la table-échiquier, une nouvelle partie venait de débuter. J'ai noté que Gombrowicz avait opté pour une ouverture «Ruy Lopez».

Gombrowicz a fait les présentations sans remarquer le moins du monde ma demi-heure de retard. Je me suis excusé pour ma part du mieux que j'ai pu, en bafouillant une explication un peu confuse sur le bouchon qui m'avait bloqué près de vingt minutes, à la porte de Bagnolet.

Thérèse a servi les apéritifs, porto et vodka, mais je me suis contenté d'un Coca, sous son regard réprobateur.

Nous avons directement attaqué le centre du problème.

En moins de dix minutes, Gombrowicz a tracé une esquisse détaillée de notre point de vue. Svet-

Ilana et moi l'avons laissé opérer seul. Son sens de la synthèse était bien plus approprié que mes explications théoriques parfois brumeuses. Surtout ce jour-là.

Lorsque Gombrowicz en a eu terminé, il s'est levé de son fauteuil et, dans un geste parfaitement fluide et naturel, s'est penché vers l'échiquier pour déplacer le cavalier noir, en embuscade près du carré central.

J'ai discerné un authentique étonnement dans le regard de D'Annunzio.

Je n'arrivais pas à me rendre compte si c'était à cause de notre théorie du « deuxième homme », ou plus simplement par l'incroyable détachement avec lequel Gombrowicz avait ponctué son discours, en allant précautionneusement mouvoir le cavalier.

Le silence est retombé sur nos épaules, comme une moustiquaire poisseuse.

J'ai cru voir s'agiter une myriade de circuits dans la tête de D'Annunzio.

J'ai compris que cette petite bonne femme sans attraits particuliers était déjà en train d'intégrer l'information, à grande vitesse.

Elle a laissé échapper une sorte de sifflement

— Eh bien, vous n'y allez pas par quatre chemins, vous alors, docteur Gombrowicz...

J'ai constaté qu'une sorte de fierté timide rosissait les joues du docteur.

D'Annunzio s'est mise à prendre des notes qu'elle jetait sur son bloc à la vitesse d'une rotative.

Puis elle a relevé les yeux.

— C'est la toute première fois que j'entends cette version... Dites-moi, le juge Vanderdonck est au courant ? Il ne m'a rien dit à ce sujet...

Gombrowicz a toussoté légèrement pour s'éclaircir la voix.

— Nous ne les avons mis officiellement au courant qu'hier, a-t-il répondu. Mais je ne vous cache pas que notre version est connue depuis quelque temps déjà. Et qu'elle est loin de faire l'unanimité. Nous ne participons plus à l'enquête, évidemment.

— Je vois, a-t-elle lâché dans un souffle.

Puis, relevant la tête de ses notes :

— Une seule chose m'intrigue, professeur... Dites-moi simplement pourquoi vous êtes si sûrs de son innocence, j'entends pour ces trois crimes, avant même d'avoir pu interroger Schaltzmann ?

Un silence gêné lui a répondu.

Je me suis dit que la « logique Carbonnel » était loin d'être si insensée que ça, tout compte fait. Après tout, nous ne pouvions jurer de rien. Peut-être avions-nous commis un monstrueux péché d'orgueil, ce qui n'aurait pas été une première dans le monde scientifique. Je devais même avouer que j'en étais le responsable, l'élément catalyseur. Carbonnel et les autres avaient peut-être raison de ne voir en moi qu'un élément perturbateur, ayant proprement déstabilisé Gombrowicz et Svetlana à coups de fractales, d'équations et d'obstination péremptoire.

Je me suis senti obligé de réparer ça, et de m'exposer à mon tour.

— Nous n'en sommes pas sûrs à cent pour cent, ai-je lâché, captant son attention. Nous disons simplement que la probabilité est faible, en attendant que cela soit corroboré par Schaltzmann lui-même...

Un long silence, gribouillé par le son du stylo sur le bloc-notes.

— Je vois. Et vous n'avez jamais supposé qu'il puisse nous cacher la vérité ?

Elle avait dit ça sur un ton qui laissait percevoir un réel étonnement devant tant de naïveté.

J'ai dû m'avancer dans le bourbier.

— Nous sommes pratiquement certains que Schaltzmann avouera tous ses crimes. C'est une constante tout à fait établie chez les tueurs en série et par... je vous expliquerai plus tard... En attendant et en ce qui me concerne, je suis prêt à parier qu'il les avouera tous, sauf les trois qui nous occupent... ceux de l'Aubrac et des Pyrénées ..

— Vous me semblez bien sûrs de vous...

— Ce n'est que mon opinion personnelle. En revanche, ce que nous pouvons affirmer tout à fait officiellement, c'est que Schaltzmann n'a très probablement pas assassiné ces trois filles. Pour une liste de raisons longue comme ça et... Je ne m'attendais pas à autant de réticence de la part de la personne chargée d'assurer sa défense, ai-je cru bon d'ajouter.

J'ai immédiatement compris que j'avais foiré.

J'ai vu Svetlana se mordre les lèvres et Gombrowicz me lancer un regard ahuri. D'Annunzio a fait semblant un instant de continuer à prendre des notes. Puis s'est arrêtée. A relevé les yeux sur moi.

Ils étaient désormais remplis d'une froide intensité.

— Mon travail est aussi de rechercher la vérité. Même si c'est pour la mettre au service de mon client...

J'étais allé trop loin pour me dégonfler comme une baudruche. J'y aurais perdu toute crédibilité. J'avais endossé le rôle du superchieur, autant aller jusqu'au bout.

— Alors pourquoi la refuser lorsqu'elle se présente ?

— Quoi ?

— La vérité. Disons la version la plus probable des faits.

D'Annunzio m'a regardé d'un œil froid et étrangement fixe, comme si elle cherchait à me sonder, le plus profondément possible.

Elle a fini par relâcher la pression. Elle a rabaissé son regard vers le bloc-notes.

— D'accord, a-t-elle fait en soupirant et en plongeant son regard dans celui de Gombrowicz. Maintenant je veux que vous m'expliquiez de qui il s'agit.

Nous nous sommes regardés tous les trois, Gombrowicz, Svetlana et moi, comme confrontés à une absurdité indicible.

— Je... De quoi voulez-vous parler ? ai-je péniblement lâché.

— Pas de «quoi», a-t-elle répondu en se tournant de nouveau vers moi. De «qui». Et je veux parler de celui qui tue dans le sillage de Schaltzmann...

L'expression de Gombrowicz était inexprimable, celle de Svetlana aussi. Je me suis douté que la mienne ne devait pas l'être moins.

— Mais bon sang, ai-je lâché. Comment voulez-vous que nous le sachions ? Et si c'était le cas, vous croyez que nous serions là, tranquilles, à boire un coup en discutant neuropsychiatrie criminelle ?

— Vous ne m'avez pas comprise.

— Comment ça ? ai-je fait.

— Écoutez... je ne vous demande évidemment pas le nom et l'adresse du type. Ce que je veux c'est... son *profil psychologique*. Psychologique et social. Nous allons avoir besoin de présenter une alternative crédible à la non-culpabilité de Schaltzmann pour ces trois crimes-là, vous me suivez ?

Je la suivais tout à fait. Gombrowicz et Svetlana aussi, d'ailleurs.

Ça y était. Nous venions de passer au service de D'Annunzio.

Au service de Schaltzmann.

J'étais persuadé que le petit frémissement que je ressentais le long de ma moelle épinière parcourait aussi le dos de mes deux confrères et acolytes.

*

Aux alentours du 10 janvier j'ai reçu un coup de fil de Svetlana. Ça y était, m'apprit-elle. Le juge Vanderdonck nous déchargeait officiellement de l'enquête criminelle, prétextant que l'arrestation de Schaltzmann rendait nos services désormais inutiles. Nous restions néanmoins à la disposition de la justice comme témoins et comme consultants. Un divorce à l'amiable. Rien ne nous empêchait d'assister D'Annunzio... Gombrowicz et Svetlana s'étaient rendus le matin même au Palais de justice, où Vanderdonck leur avait notifié la décision du ministère. Ils y avaient croisé Carbonnel, arborant une expression de victoire absolue.

L'image du psychiatre ennemi s'est cristallisée durablement dans mon esprit.

Je me suis avalé un petit déjeuner léger et dûment vitaminé, puis je me suis assis face à l'écran.

En bougeant la souris, j'ai fait apparaître le jeu de fractales complexes qui témoignait de l'activité bourdonnante des circuits. Le système m'a alors envoyé un message.

LIMITE DU SYSTÈME ATTEINTE.

J'ai cliqué une icône et le système m'a expliqué que depuis plusieurs heures le réseau neuronique tournait en boucle, dans l'attente d'informations supplémentaires. Il avait exploité toutes les données en sa possession et exploré l'ensemble des «possibles» engendré par la situation.

Le résultat final était saisissant. Il subsistait moins de trois pour cent de chances pour que Schaltzmann soit l'assassin de l'Aubrac et des Pyrénées.

Le système me demandait aussi de l'informer au cas où ses prédictions seraient vérifiées, concernant la sortie du Vampire de Vitry de sa «phase d'expansion chaotique surcritique», et des aveux volontaires qui devaient en découler.

Je n'avais aucune information de ce genre en ma possession et j'ai répondu au système qu'aucun changement n'était survenu dans le comportement du «sujet d'études».

Un peu avant midi, un second coup de téléphone de Svetlana est dramatiquement venu me donner tort.

— Darquandier, me dit-elle, ça y est... Schaltzmann est sorti de sa crise... Ce matin. Il faut que vous veniez tout de suite.

17

Le sas a coulissé avec un petit soupir pneuma-tique. Les deux solides infirmiers noirs nous ont encadrés dans le minuscule réduit, nous dominant d'une bonne tête. L'un d'eux nous a transmis une sorte de sourire, sans doute un signal réconfor-tant, mais je n'y ai vu sur l'instant qu'une sorte de perplexité ironique. Alors on vient se frotter au Mal Incarné ? À la Bête en personne ?

L'infirmier qui ne souriait pas a enclenché sa carte magnétique.

L'autre sortie du sas s'est ouverte, avec le même chuintement.

La paroi de verre sécurit nous a fait face. J'ai fait un pas à l'extérieur, avec plus de circonspec-tion que si je descendais l'échelle d'un module spatial posé sur une lune lointaine.

Les deux infirmiers se sont écartés pour laisser le passage à Gombrowicz, D'Annunzio et Svet-lana qui m'ont rejoint près de la vitre.

Derrière le panneau de verre, une petite pièce rectangulaire, uniformément blanche. Une chaise en plastique blanc d'un seul tenant. Une table de la même matière et de la même teinte. L'éclairage tombait, froid et net, d'une rampe de néon, plan-quée derrière un faux plafond grillagé.

Derrière la table, assis sur la chaise, un homme aux cheveux ras semblait perdu dans la contemplation de la laiteur immaculée du plastique, son nez piquant vers l'avant, avec une fixité absolue.

Il portait un pyjama blanc, et une robe de chambre grise, avec des pantoufles usagées de la même couleur. Je n'ai pu lui donner d'âge.

De notre côté une petite installation avait été montée, contre la paroi de verre. Une petite table de plastique analogue à celle d'en face. Quatre chaises blanches, à l'identique.

Un microphone était posé sur la table.

— Parlez en direction du micro, nous dit l'infirmier qui souriait, et il captera le son de votre voix, où que vous soyez dans cette pièce... heu... Il y a un système analogue de l'autre côté. Heu, vous, vous pouvez couper votre micro en appuyant sur le petit bouton rouge, à la base.

Il voulait dire par là que Schaltzmann n'avait pas la possibilité d'en faire autant.

— Nous sommes juste de l'autre côté, dans le central télé. Appuyez sur le bouton d'appel, près de la porte, quand vous voudrez ressortir... a dit l'infirmier qui ne souriait pas, d'un ton neutre.

Le chuintement pneumatique a ouvert une longue parenthèse de silence.

Nous avons pris place sur nos chaises, précautionneusement, comme au cœur d'une église. Gombrowicz et D'Annunzio au centre, Svetlana à la droite de Gombrowicz, et moi à la gauche de D'Annunzio, dans un seul mouvement limpide, comme s'il ne pouvait en être autrement.

Gombrowicz a légèrement tapoté le micro pour s'assurer qu'il fonctionnait, puis il s'est raclé la gorge.

— Monsieur Schaltzmann, a-t-il doucement

demandé. Monsieur Schaltzmann, vous m'entendez?

L'homme au crâne rasé regardait fixement le plateau de sa table.

— Monsieur Schaltzmann, a repris Gombrowicz sur le même ton bienveillant, je suis le docteur Gombrowicz, et je suis venu avec l'avocat chargé de vous défendre, Laurence D'Annunzio. Mes deux plus proches collaborateurs sont également présents, mais si vous le désirez, nous pouvons leur demander de quitter cette pièce...

Ç'avait été une chose convenue avec Thuillier, le directeur du centre, ancien élève de Gombrowicz. Il fallait y aller avec douceur. C'était déjà beaucoup qu'il accepte ce tir groupé. En échange, le temps de visite serait écourté de moitié et Svetlana et moi ne devions pas intervenir, rien qu'écouter et enregistrer. Si Schaltzmann en exprimait le souhait, nous devions immédiatement quitter les lieux.

Nous avions accepté le contrat, Svetlana et moi, en faisant même remarquer à Gombrowicz que notre présence n'était peut-être pas essentielle pour ce tout premier contact, et que le docteur et D'Annunzio gagneraient tous deux à disposer du double de temps.

Mais Gombrowicz avait balayé notre argument d'un unique geste de la main. Il était au contraire essentiel que toute l'équipe entre en contact direct avec Schaltzmann le plus vite possible, même au détriment du chronomètre, dans un premier temps. Ensuite, avait dit Gombrowicz, on s'efforcerait de répartir intelligemment les visites, mais il tenait à ce que toute l'équipe «parte de manière synchrone», c'était absolument nécessaire si on voulait des résultats cohérents. Il fallait qu'on puisse tous parler de la même chose, du même individu, de la même «expérience», tout de suite.

— Monsieur Schaltzmann? a de nouveau demandé Gombrowicz. Monsieur Schaltzmann, vous m'entendez?

L'homme nous offrait toujours le sommet de son crâne rasé, gris-bleu sous la douche de lumière froide.

Un léger frémissement des épaules a suspendu nos souffles.

Une voix blanche a murmuré, dans un micro parfaitement invisible.

— Ce ne sera pas nécessaire.

J'ai vu un sourcil se froncer sur le visage de Gombrowicz, en signe d'incompréhension.

Moi non plus d'ailleurs, je ne pigeais rien...

— Qu'est-ce qui n'est pas nécessaire? a doucement demandé le docteur.

— Vos collaborateurs (une sorte de plissement des lèvres, comme un sourire suicidaire)... ce n'est pas nécessaire qu'ils sortent.

— Bien... a répondu Gombrowicz. Est-ce que vous acceptez de répondre à quelques questions, à votre avocat et à moi?

Un soupir rauque.

— Je suis prêt à répondre à toutes les questions, à n'importe qui ici sur cette planète.

Gombrowicz a ouvert la bouche pour dire quelque chose mais aucun son n'en est sorti. Il a semblé se raviser et a toussoté légèrement dans le micro.

— De quelle planète voulez-vous parler, monsieur Schaltzmann?

Plusieurs respirations. Un léger plissement des lèvres.

— De la Terre, bien évidemment, de quelle planète voulez-vous que nous parlions?

Il y avait une forme d'ironie tout à fait mystérieuse dans le ton de sa voix.

Le premier interrogatoire a donc duré un peu moins de trente minutes. Gombrowicz a posé quelques questions d'ordre général sur la façon dont il était traité dans le centre et Schaltzmann a eu l'air de dire que ça allait à peu près. Ensuite Gombrowicz a fait un petit geste en direction de l'avocate qui s'est concentrée sur une page de dossier avant de s'approcher du micro.

J'ai remarqué que Svetlana griffonnait de multiples portraits de Schaltzmann, accompagnés de petites notes, très courtes, jetées rapidement en légende des dessins.

Mon *Digital-Audio-Tape* Sony tournait lentement sur la table, avec un minuscule bourdonnement d'insecte.

D'Annunzio s'est rapidement présentée et a expliqué à Schaltzmann quels étaient ses droits et comment les choses se passeraient par la suite. Les prochaines entrevues se passeraient alternativement avec elle et l'équipe du docteur Gombrowicz, lui expliqua-t-elle. Le but de cette équipe médicale serait de l'assister afin qu'il prenne complètement conscience de ses actes et qu'il puisse ainsi se défendre convenablement. Elle plaiderait évidemment l'irresponsabilité au moment de leur exécution, mais elle estimait que le docteur Gombrowicz saurait faire resurgir des cryptes de sa mémoire les événements les plus profondément enfouis. Il fallait d'abord que Schaltzmann lui confirme qu'il l'entendait bien ainsi.

Il a doucement acquiescé dans un murmure presque inaudible.

Un maigre plissement désespéré a formé son étrange sourire, auquel nous allions nous habituer, par la suite.

Mais le bruit de son inspiration a empli l'espace, en provenance des haut-parleurs.

— Je vous remercie, a-t-il simplement dit.

Ni Gombrowicz ni D'Annunzio n'ont évidemment fait la moindre allusion aux crimes «suspects» de la fin novembre. Nous étions convenus de ne pas révéler notre «hypothèse» à Schaltzmann afin de ne pas influencer ses réponses futures. Tous les autres intervenants de l'affaire, flics, magistrats, experts, avaient été sévèrement mis en garde par Gombrowicz. Schaltzmann ne devait savoir à aucun prix que nous soupçonnions l'existence d'un autre tueur. J'avais pour ma part demandé expressément qu'aucune mention de notre «théorie» ne soit faite dans la presse mais j'ai toujours suspecté Carbonnel d'avoir organisé les fuites, afin de nous nuire. Nous avions alors demandé que Schaltzmann soit momentanément privé de tout accès aux médias, quels qu'ils soient. Thuillier avait accepté, en réussissant à faire passer sa décision comme le «souci de ne pas perturber encore plus une personnalité altérée, en état d'équilibre relatif, et très instable».

Nous avions quelques semaines d'assurées.

Tout est alors allé beaucoup plus vite.

*

La neige formait un épais tapis blanc dans le sous-bois. Elle s'accumulait encore plus sur le sentier, tombée à la fois du ciel et des arbres. Les branches qui avaient rompu sous le poids parsemaient la piste blanche de ramures noires et cassantes, dont les lichens gris argent s'effilochaient dans la neige, comme si des élans ou des cerfs avaient perdu leurs bois, dans des combats fratricides et pour l'heure, invisibles.

Enfoncées jusqu'aux genoux dans les congères, trois petites silhouettes s'animaient dans le froid glacial, taches de couleurs vives enveloppées de nuages de buée.

Guillaume Da Silva a roulé une grosse boule entre ses gants et l'a projetée dans le dos de Martin Duval, qui s'est retourné en ripostant immédiatement. Le troisième de la bande, Christophe Cohen, s'est mis de la partie en hurlant comme un sauvage. Christophe hurlait toujours comme un sauvage.

Les trois gosses avaient quitté l'école une heure auparavant, à cause d'un prof absent, cloué au lit par une grippe particulièrement virulente cette année-là. Après avoir rapidement déposé leurs sacs à leurs domiciles respectifs, ils étaient sortis de Villard-Bonnot vers trois heures de l'après-midi. Âgés de onze ans, ils étaient tous trois entrés en sixième en septembre précédent au collège de la ville.

Ils étaient trois copains inséparables. Les membres du «Triangle d'Or», un groupe d'intrépides explorateurs, un club très fermé dont ils avaient seuls la carte d'adhérent, en forme d'isocèle doré, comme de bien entendu.

Villard-Bonnot fait partie de ces «banlieues rurales» de Grenoble qui ont fini par être avalées par l'inexorable progression de la conurbation le long de la vallée.

Les trois gosses avaient la Chartreuse à leur gauche et le massif de Belledonne à leur droite. Ils ont obliqué dans cette direction, vers Hurtières.

Ils ont suivi la route près d'un kilomètre avant de s'enfoncer dans les bois.

Sur le chemin qui serpentait sous la voûte enneigée ils ont continué leurs jeux hivernaux, en se poursuivant et en se traitant de tous les noms.

À un moment, Martin a fait signe que ça suffisait et il a attiré ses copains vers lui, avec son air de comploteur qui commandait toujours l'attention.

— Et si on allait à la vieille grange ? Près de l'étang…

— La vieille grange du père Breuil ? a demandé Guillaume.

— Ouais, a répondu Martin. L'étang y'doit être gelé, comme ça on pourrait peut-être voir comment c'est en dessous…

— Kès-tu racontes ? Comment ça, comment c'est en dessous ?

— Ben ouais, les poissons, les asticots, les grenouilles, les algues, tout ça quoi… Comment c'est, quand l'étang il est gelé…

— Ben… comment tu veux qu'ce soit ? a demandé Christophe.

— Justement, je sais pas trop… D'habitude c'est dangereux d'aller sur l'étang gelé pass'que y a pas une grosse croûte de glace… mais c't'hiver la croûte, elle doit au moins être du double, y a qu'à voir au ruisseau…

Christophe a eu un air intéressé. Une sorte d'intérêt cruel s'est éclairé dans son regard.

— Eh Martin… tu crois ki-sont tous crevés, là dans la glace, les bestioles… comme des machins surgelés ?

— Justement, a répondu celui-ci, j'sais pas et j'aimerais bien voir comment qu'c'est… alors on y va ?

Des colonnes de vapeur s'échappaient de leurs lèvres, et leurs pieds battaient la mesure sur le sol, tandis qu'ils réchauffaient leurs doigts gelés, sous leurs gants raidis par la neige.

Le thermomètre avait atteint des records historiques pendant la nuit.

Les trois gosses se sont élancés sous les arbres,

coupant directement par le sous-bois enneigé. Au-dessus d'eux, le ciel était dégagé, d'un bleu azur parfaitement monochrome et un pâle soleil glissait derrière la Chartreuse.

Dix minutes plus tard, environ, ils sont arrivés en vue de la vieille grange.

Tout d'abord Martin a testé la résistance de la glace avec plusieurs gros cailloux, trouvés près de la grange. Ils ont tous pu constater que la couche d'eau gelée était incroyablement épaisse, d'un vert glauque sous le mince tapis de paillettes de neige, comme un fragment géant de verre dépoli. Fallait de sacrés gros cailloux pour parvenir à l'éclater.

Les roseaux et les autres espèces de végétation étaient emprisonnés dans la glace, jaunis, roussis par le gel. Une vieille barque, attachée à un simple pieu de bois enclavé dans une boule de givre, avait été piégée par la banquise. L'étang n'était pas bien grand. Trente mètres sur quinze, environ, comme une minipiste de hockey un peu trapue et aux contours irréguliers. L'étang formait le centre d'une vaste clairière dans la forêt, à la lisière des pâturages qui grimpaient sur un versant plus abrupt de la montagne.

Derrière eux la grange se délabrait depuis une bonne décennie. Ils ne se souvenaient évidemment pas de ce « père Breuil », mort peu après leur naissance et à qui avait appartenu cette bicoque.

Martin s'est éloigné de la zone où il avait fait ses tests de résistance, en suivant le bord de l'étang jusqu'à la barque.

Il y avait là comme une plage minuscule, de trois mètres de long pas plus. Une bande de terre grise recouverte de gel et d'où surgissait la stalagmite cristalline entourant le piton de bois. La corde qui amarrait la barque scintillait comme un métal extraterrestre.

— Nous sommes les explorateurs de l'Antarctide! a crié Guillaume. Nous sommes le Triangle d'Or...

Christophe a rigolé grassement avant de pousser un de ces hurlements sauvages dont il avait le secret.

Martin a observé attentivement l'espace gelé qui le séparait de la barque, immobilisée à quelques mètres du rivage.

Il avait trouvé un gros bâton dans le sous-bois et il s'est mis à en frapper la surface gelée de l'étang. Ça a fait ponk! ponk! et le bâton a rebondi comme sur de la pierre, écornant à peine la croûte de glace.

— Putain, a fait Martin en se retournant, l'est vachement solide, z'avez vu?

Il s'est précautionneusement avancé sur la surface miroitante, en direction de la barque.

— Fais gaffe! a crié Guillaume, y'paraît qu'il est vach'ment profond l'étang...

— Au milieu! a répondu Martin sans se retourner, c'est au milieu que c'est superprofond, c'est c'que m'a dit le beau-frère à mon père, lui y vient tout le temps pêcher par ici...

— Ouais, ben c'est vach'ment profond quand même... a répondu Guillaume.

— T'en fais pas...

Martin a prudemment progressé puis a accéléré le pas, tout en glissant sur la glace, sans à-coups.

Il est arrivé sans encombre jusqu'à la barque, dans laquelle il s'est installé.

— Allez, ramenez-vous bande de froussards!

— Va t'faire enculer! a hurlé Christophe. On est pas des froussards, tu vas voir un peu.

Christophe Cohen a envoyé ses bons soixante kilos à la rencontre de la glace en poussant son cri de guerre.

Martin l'a aidé à rouler à l'intérieur de la barque.

— Allez, à toi, a crié Martin à Guillaume.

Ils se sont mis à déconner tous les trois, au fond de la barque emprisonnée dans la glace. Au bout d'un moment, Martin s'est souvenu de l'objet initial de leur visite sur cette microbanquise. Mais la couche de glace était si épaisse qu'elle ne laissait entrevoir que de vagues taches colorées, aux formes mouvantes suivant la lumière, et difficilement discernables derrière l'irisation cristalline qui cernait la barque.

Guillaume, celui qui lisait le plus, leur raconta alors une histoire qu'il était en train de lire, un livre qui s'appelait le *Sphinx des Glaces*, les aventures d'Arthur Gordon Pym, un vieux bouquin trouvé dans le grenier de ses grands-parents l'été dernier.

Le jour déclinait à toute vitesse. À un moment, Gros-Christophe a eu envie de pisser, comme toujours.

Il s'est dressé à la proue de la barque et a sorti son engin dans l'air froid.

— Eh Guillaume, tu crois que j'vais faire remonter un cachalot congelé en pissant sur la glace ?

Son rire sonore a éclaté dans l'espace avant qu'il ne pousse son cri d'Indien, et que le jet jaune ne fuse sur la glace en une mousse jaunâtre et fumante.

Martin a fait une mimique dégoûtée en continuant de scruter l'étang gelé.

— Ah, putain ça fait du bien, a soupiré d'aise Gros-Christophe en remballant rapidement son engin violacé par le froid. Il contemplait avec satisfaction la série de trous jaunasses qu'il avait provoquée à un ou deux mètres de l'embarcation.

— T'as vu ça, Martin ? a-t-il repris. Toi avec ton bâton t'arrives pas à percer des trous dans la glace, mais r'garde un peu ce que j'fais avec le mien !

Et son rire tonitruant a explosé à la surface de l'étang avant que son cri de victoire ne résonne jusqu'aux montagnes de la chaîne de Belledonne, au-dessus d'eux. Puis il s'est rassis pesamment à la pointe de l'embarcation.

— Putain c'est pas vrai, a lâché Martin, toujours aussi discret, toi...

Il était assis à genoux sur le côté droit de l'embarcation et il tentait toujours de discerner quelque chose sous la couche de glace.

Puis s'adressant à Guillaume qui sortait un paquet de Marlboro de sa poche et trifouillait à la recherche de son briquet :

— T'as pensé à prendre ta torche ? Ta Maglite...

— Ouais j'l'ai prise, a répondu Guillaume en maugréant, kès-tu veux faire avec ?

Il a allumé une cigarette et a recraché un filet de fumée.

— T'en veux une ? a-t-il fait en tendant le paquet à son compagnon...

— Non... pass'moi la torche... J'sais pas mais p'têt qu'en éclairant on verra kèk-chose...

Guillaume a sorti la grosse torche américaine de son sac de sport en ronchonnant.

— Ça sert à rien Martin...

— Laisse-moi regarder, merde...

Martin s'est saisi de la lampe et a allumé le faisceau.

Un disque d'or pâle a jailli des profondeurs de l'étang.

Mais ça ne révélait rien. Ça masquait tout, en

fait, comme une grosse tache de lumière par-dessus les formes de couleurs, brunes, roses, verdâtres, qui tremblotaient faiblement derrière la paroi de givre.

— On voit rien, laisse tomber, a fait Guillaume, tu sais ce que j'ferais bien, moi, c'est rentrer pass'qu'on s'les caille vraiment, et s'faire un chocolat-Megadrive chez moi, mes vioques y'rentrent tard ce soir...

— Attends un peu... au moins qu'y fasse nuit... merde, y f'ra nuit à cinq heures...

— Eh, tu sais ce que tu devrais faire ? a jeté en rigolant Gros-Christophe. Ouais, tu sais ce que tu devrais faire, Martin ? C'est aller voir avec ta torche où s'que j'ai pissé, p'têt ben que dans le trou tu verras kèk-chose...

Et Gros-Christophe s'est de nouveau fendu d'un rire jovial et sans retenue.

Mais la réaction de Martin l'a surpris, au bout du compte.

— Tiens... mais t'as p'têt raison au fond... J'vais aller j'ter un coup d'œil.

— Fais pas le con, a immédiatement lâché Guillaume. Tu m'as dit toi-même que c'est super-profond au milieu...

— Arrête, ici on est même pas à cinq mètres du bord...

— Ouais, ben j'crois quand même que c'est une connerie... surtout si Gros-Christophe il a fait plein de trous dans la glace.

— Ah, arrête de déconner... J'vais essayer l'coup...

— J'm'en fous, si la glace craque, j'irai pas t'chercher...

— Fais pas chier...

Martin a écarté Gros-Christophe et s'est dressé à la proue de l'embarcation.

Il a projeté le faisceau de lumière à ses pieds, jusqu'aux énormes alvéoles pisseuses, puis un peu plus loin, puis à ses pieds à nouveau.

Ses copains l'ont vu se figer brutalement et c'était comme si tout son sang avait reflué de son visage. Ses yeux fixaient quelque chose devant lui, quelque chose dans le disque lumineux qui ne bougeait plus d'un millimètre. Il avait la bouche entrouverte comme un poisson mort et aucun son n'en sortait.

Guillaume eut une sorte de pressentiment.

— Kès qui s'passe, Martin ? a-t-il crié en se dressant dans la barque.

Martin a tourné la tête vers lui, les traits crispés.

La buée dessinait des fantômes de vapeur tout autour de lui, sa respiration était saccadée.

— Putain ! réussit-il à scander d'une voix blanche et hachée, v'nez voir, putain, v'nez voir...

Après, tout ce dont se souviennent les mômes, c'est d'être restés cinq bonnes minutes au-dessus de ce qu'ils voyaient, dans le pinceau électrique de la torche. Oh oui, cinq bonnes minutes, au moins. Quand ils étaient rentrés au village prévenir leurs parents et les flics, il faisait nuit noire. Ça, ils s'en rappellent aussi.

La thermodynamique poursuit des voies parfois impénétrables. Les lois de la chimie organique n'y sont pas étrangères, évidemment, et ce qui s'est passé ce jour-là, sur ce petit étang gelé de la vallée de l'Isère, en est un exemple singulier.

Lorsque Gros-Christophe a allégrement projeté son jet d'urine sur la glace, il a provoqué des changements brutaux à l'intérieur du petit micro-univers contenu dans les quelques mètres cubes environnants. Il a engendré divers phénomènes thermiques, chimiques et dynamiques dans ce milieu d'eau gelée, divisé en strates successives, jusqu'au fond vaseux, situé à cet endroit à environ deux-trois mètres de la surface.

Une des premières choses qu'il a faite, ce simple jet d'urine, c'est de créer un orifice d'environ un centimètre de diamètre, à l'endroit où il s'est quelque peu attardé. Il a provoqué des échanges thermiques et un phénomène vibratoire suffisants pour faire remonter un peu de vase et libérer ce qui était retenu par un fil à un massif d'algues spongieuses, depuis des semaines, dans l'immobilité de l'entropie et du froid.

La chose est d'abord restée suspendue à la surface du fond vaseux, mais le trou d'urine a engendré un pont thermique et un appel d'air suffisant pour créer une imperceptible ondulation. Les échanges chimiques ont peut-être collaboré à cette légère amplification du chaos ambiant, comme le démontrent les théories de Prigogine et de nombreuses études océanographiques venant des USA (et qui expliquent que les phénomènes «thermodynamiques» se déroulant à la surface des océans, et participant à la régulation «chaotique» de l'écosystème, sont le fait des bactéries, du plancton et des formes de vie les plus primitives vivant au fond des mers). Il est également possible que les vibrations diverses engendrées par les trois garçons dans leur barque aient alimenté de leur côté la transformation thermodynamique de ce petit coin de l'univers, en provoquant d'infimes microfissures dans l'épaisse couche de glace.

Pour finir, il est probable que cette série d'infimes variations ait pu agiter un bref instant la vie aquatique locale, un poisson quelconque dont le mouvement brusque aurait créé un éphémère tourbillon.

Un rien, de toute façon. Un battement d'ailes de papillon...

L'objet s'est délicatement séparé de son placenta noirâtre et, très lentement, il est remonté vers le haut.

À peu près à l'instant où le pinceau lumineux de Martin Duval se baladait sur ce carré de glace, la chose est venue se coller à la paroi translucide.

Martin se souvient très bien de ce qui l'a littéralement pétrifié. Le truc bougeait faiblement. Il était en train de doucement pivoter sur son axe, dans l'eau gris-vert qui miroitait au-dessous, et de se plaquer contre l'envers de la patinoire naturelle.

Martin Duval n'a pas mis deux secondes pour comprendre de quoi il s'agissait avant d'appeler faiblement ses amis, dans ce cauchemar si horriblement réel.

La lumière de la torche irisait la glace tout autour. Mais ce qu'il voyait au centre du disque jaune était bien trop net.

C'était un visage. Une tête.

Martin discernait la structure rosée et presque diaphane du corps, en dehors du disque de lumière.

Une fille, d'après ce qu'il pouvait en juger.

Ses yeux avaient disparu, Seigneur, deux simples orbites noires, et atrocement vides. Ses cheveux longs lui descendaient jusqu'aux hanches, en une cavalcade sinistre collée à la peau blême, couverte de boue et de détritus informes. Ses bras flottaient autour d'elle, sur un tapis d'algues mousseuses, dans une crucifixion aquatique, filmée au ralenti. Ses mains n'étaient que des moignons aux couleurs indéfinissables. Elle était recouverte de lambeaux de tissus épars, de plastique noir et de ce qui ressemblait aux restes d'une corde, enlaçant sa taille.

Sa bouche s'est collée à la paroi de glace, dans un baiser extrêmement doux.

Aucun de ces trois gosses n'oubliera jamais cette image.

*

La douche de lumière froide.

Le crâne gris-bleu, aux cheveux ras, comme un œuf dans l'attente d'une hypothétique éclosion.

La voix blanche, sépulcrale, vide de toute émotion, tout affect.

L'énigmatique sourire qui se dessinait parfois sur ses lèvres, dans une grimace pathétique. Tout cela me hanta pendant des jours.

Nous avions recueilli peu d'informations lors de notre première visite mais par acquit de conscience, et parce que je n'avais rien d'autre à faire, j'ai transféré le contenu de mon enregistrement DAT sur un disque Syquest, raccordé à l'ordi.

Le Schizo-Processeur a analysé le spectre sonore de la voix de Schaltzmann ainsi que les structures linguistiques de ses phrases. Dès sa conception, j'ai nourri le système expert des travaux de Noam Chomsky, Deleuze, Guattari et d'à peu près tout ce que j'ai trouvé en matière de grammaire générative. Le dialogue enregistré nous livrait peu d'informations, mais j'espérais que le système puisse déceler des architectures «sous-jacentes» qui ne nous étaient pas apparues.

L'écran m'a affiché le message suivant :

SYSTÈME D'ANALYSE GÉNÉRATIVE
PRÊT POUR DIALOGUE.
CLIQUEZ DIAL.

Ce que j'ai fait aussitôt.

À l'époque, mon système n'était pas encore doté d'interfaces vocales et virtuelles, le dialogue passait encore par la pénible transition du clavier et de l'écran, en alphanumérique, autant dire en néanderthalien, aujourd'hui.

Voici en gros ce que ça donnait :

(Schizo-Processeur) : *Le sujet semble avoir rétabli une forme de contrôle relatif. Spectre audio stable et sans rupture. Structure lexicale cohérente, non délirante.*

(Moi) : *Pourquoi ?*

Claquement de la touche Enter. Buzz électronique à l'intérieur de la machine, pendant qu'elle travaille.

— *Pas d'explication pour l'instant. Simple phénomène psychodynamique sans doute transitoire, mais prévisible en fonction du niveau de complexité « rhizomique » atteint par le sujet lors de la phase de chaos « surcritique ».*

— *Modèle de prédiction pour le futur ?*

Clac.

Buzz électrique.

— *Stabilité apparente pendant quelques semaines, au moins.*

— *Request : peux-tu zoomer aux alentours de la vingtième minute ? Cherche explication à dialogue spécifique.*

Buzz électrique.

— *Indices sémantiques ?*

— *« Planète Terre. Je suis prêt à répondre à toutes vos questions. »*

Petit concerto du silicium. Le système se positionne sur la vingtième minute du dialogue et se le repasse en accéléré.

Un long chuintement vibre dans le silence. Stridulations en saccades des accès disque sur le Syquest.

— *Ne décèle rien de particulier. Expression imagée signifiant sans doute son désir de communication.*

Mais la réponse du Schizo-Processeur ne m'a nullement satisfait.

J'ai fait défiler cette partie du Syquest dans le sampler et l'écho métallique de la salle de haute sécurité est venu se répercuter entre les murs de mon salon. Trucage parfait. La scène s'est réanimée sur l'écran de mon cerveau.

Le souvenir global de la situation est remonté à la surface.

Il y avait quelque chose de bizarre.

Dans ce bout de dialogue, Schaltzmann affirmait qu'il était prêt à répondre à toute question posée par n'importe qui sur cette planète. Lorsque Gombrowicz lui demandait de quelle planète il voulait parler, Schaltzmann répondait «la Terre évidemment», mais dans le ton de sa voix comme dans l'image qui se cristallisait dans mon esprit, une forme d'ironie secrète et parfaitement désabusée était mise à nu.

Comme s'il ne croyait pas un seul instant à ce qu'il disait. Et qu'il tentait en même temps d'établir une sorte de connivence avec ses interlocuteurs, comme s'il s'agissait d'une de ces bonnes blagues que tout le monde se raconte à mots couverts, sous les régimes totalitaires.

Putain de Dieu, ai-je brusquement réalisé.

Schaltzmann était en fait convaincu de se trouver ailleurs que sur la Terre. Prisonnier d'un monde factice, dans un bagne truqué.

Nous-mêmes n'étions sans doute que des agents, parmi d'autres, de cet univers infernal, gouverné par le Mal, et dans lequel Schaltzmann était persuadé s'être réveillé.

D'une certaine manière ça pouvait expliquer cette espèce de froide sérénité, comme s'il s'était fait à son sort, intégrant totalement l'information

Il ne se trouvait plus sur Terre. On l'avait emmené ailleurs.

Il était sur la Planète du Mal.

Il nous a fallu attendre près de deux semaines avant de revoir Schaltzmann. Le 24 janvier, à dix heures trente du matin, j'ai garé ma VW sur le parking du centre psychiatrique.

D'Annunzio s'y était rendue une fois avec Vanderdonck. Les autres experts de l'affaire s'y succédèrent ensuite, en faisant savoir à Thuillier qu'ils ne toléreraient aucune preuve de favoritisme envers l'équipe Gombrowicz. Le message était clair. Il venait évidemment de Carbonnel. D'après ce que nous avons appris, Schaltzmann n'a vraiment accepté de dialoguer qu'avec son avocate et le juge, à part les membres de notre équipe. Lorsque Thuillier nous a raconté que les experts concurrents en étaient verts de rage, j'ai imaginé un instant la tronche de Carbonnel et cela m'a revivifié pour la journée.

Nous nous sommes extirpés tous les trois de ma Coccinelle, ce matin-là, le docteur, Svetlana et moi, emmitouflés sous d'épaisses couches de vêtements, frissonnant sous les morsures d'une bise glaciale.

Les couloirs blancs ont défilé. Labyrinthe clinique.

Les infirmiers nous ont de nouveau encadrés dans le sas, manœuvrant en silence les mécanismes d'ouverture. Celui-qui-souriait nous a fait un petit clin d'œil alors que nous sortions. Celui-qui-ne-souriait-pas est resté de marbre, comme d'habitude.

Le sas s'est refermé derrière nous.

Feulement pneumatique.

La douche de lumière froide.

Le crâne gris-bleu, à peine plus chevelu que la dernière fois.

Nous nous sommes assis derrière notre table de plastique, sans un mot.

Schaltzmann a légèrement levé les yeux vers nous, comme extirpé d'une profonde rêverie par le bruit de nos chaises, réverbéré dans le système de sonorisation.

Nous n'avons décelé aucune émotion particulière dans son regard.

— Bonjour monsieur Schaltzmann, a fait Gombrowicz, si vous le voulez bien, que diriez-vous si nous commencions par nous tutoyer? Tu es d'accord, Andreas?

Gombrowicz tentait d'établir un premier niveau de communication.

Ça n'a pas eu l'air de marcher, tout d'abord. Schaltzmann n'a rien répondu. Son œil vitreux fixait un point situé très loin derrière nous.

Gombrowicz s'est rapproché du micro. Sa voix s'est faite encore plus douce.

— Andreas? Tu es d'accord?

Schaltzmann a émis un vague assentiment. Son regard se posait sur nous comme si nous n'étions constitués que d'air pur.

J'ai regardé Gombrowicz, puis Svetlana qui achevait un portrait express du vampire et me jetait un bref coup d'œil, à cet instant.

Ça, pour sûr, faudrait se montrer patient, lui ai-je transmis silencieusement.

Elle m'a répondu d'un petit sourire avant de finir d'un trait son esquisse.

(Extrait de la première interview menée par le docteur Gombrowicz,
24 janvier 1994 — 10 h 48 — 11 h 55):

— *Andreas... te souviens-tu de ce qui s'est passé le 22 octobre 1993, vers vingt heures ?*

Un long silence.

— *Le 22 octobre ?... Non, je me rappelle pas.*

— *Voyons... est-ce que tu te souviens d'avoir fait quelque chose sur les quais d'Alfortville à la fin octobre ?*

— *Alfortville ?*

— *Oui, sur les quais, à la tombée de la nuit.*

Un long silence.

— *Ah... oui... un peu.*

— *Pourrais-tu me dire ce qu'il s'est passé ?*

Un silence.

— *Oui... Je crois que j'ai tué un homme et son chien.*

— *Tu crois ou tu en es sûr ?*

— *Je... je crois... je veux dire.. non j'en suis sûr. À peu près sûr.*

Une pause du côté de Gombrowicz, cette fois.

— *Bien. Et avant... est-ce que tu te souviens de ce que tu as fait avant ?*

— *Avant quand ?*

— *Juste avant, de l'autre côté du fleuve...*

— *Ah oui... je me rappelle... j'ai mis le feu à côté de l'usine Rhône-Poulenc...*

— *Tu pourrais me dire pourquoi ? Pour quelle raison tu as allumé cet incendie ?*

— *Ils... ils avaient essayé de m'empoisonner...*

Une autre pause.

— *Qui ça, ils ?*

Un long soupir.

Je me souviens de son sourire pathétique, à cet instant.

— *Eux. Vous savez bien... « Rhône-Poulenc ».*

Les guillemets étaient si sensibles dans le ton de sa voix que de nombreuses années plus tard, j'ai encore l'impression de les voir encadrer ces deux mots.

Gombrowicz n'a pas insisté sur ce point précis.

— *Tu veux bien m'expliquer comment ? Comment ils essayaient de t'empoisonner ?*

— *Oui, si vous voulez... Ils ont déversé un produit dans le fleuve, juste devant chez moi. Les algues ont tout envahi...*

— *Tu peux essayer d'être plus précis ? Qu'est-ce qu'elles ont envahi ?*

Un silence.

— *Tout. Le fleuve... ma maison, la télé, mon cerveau... Tout.*

— *Et c'est pour ça que tu as mis le feu sur les quais, c'est ça ?*

— *Oui... je... je...*

Une interruption.

Un léger toussotement de Gombrowicz. Puis un long silence, que le docteur laisse s'écouler patiemment.

— *Je... oui... je... je devais me protéger. Le Feu me protège.*

Un long silence, dans lequel on pourrait entendre fonctionner le cerveau de Gombrowicz, à plein rendement.

— *Dis-moi, Andreas, ce n'était pas la première fois qu'on tentait de t'empoisonner, n'est-ce pas ? Est-ce que tu pourrais nous en dire un peu plus sur ce sujet ?*

Un long, très long silence.

— *Ça faisait des mois que ça durait, vous savez... C'était ma mère évidemment... ma mère et toutes ses créatures (sa voix semble se tendre à cet instant, elle devient plus dure, plus coupante, pleine d'une intensité mal contenue), mais vous savez tout ça évidemment, alors pourquoi vous m'interrogez hein ? POURQUOI ?*

Une sorte de soufflement, un Chhh prolongé, en

provenance de Gombrowicz, comme un appel au calme.

— *Nous ne te voulons aucun mal, Andreas, nous sommes juste là pour essayer de t'aider. Nous voulons comprendre...*

— *Comprendre quoi? (La voix est à peine moins tendue.) Ma mère contrôlait tout. C'est elle qui envoyait des espions pour me voler mon sang, c'est elle qui déchaînait des rires sur mon passage, partout dans la rue, partout... Je...*

Une interruption. Un souffle rauque, respiration haletante.

— *Vous savez tout ça, alors pourquoi vous vous acharnez? Vous attendez quoi de moi? Des aveux complets? Je suis prêt à tout avouer, tout... À condition que tout ça s'arrête, bon Dieu. (La voix se brise. Le bruit de sa main sur son crâne rasé, comme si on frottait un paillasson. Un long silence, gêné.)*

— *Nous ne voulons que la vérité, Andreas. (La voix de Gombrowicz est d'une infinie douceur.) Dis-nous simplement ce que tu te rappelles...*

Un soupir.

— *Oui... je me souviens de l'homme et de son chien, sur les quais, le jour de l'incendie...*

— *Tu te souviens d'autre chose, Andreas? Un autre jour?*

— *Je... Oui... Mais ça se mélange dans ma tête... Je sais plus trop...*

— *Tu te souviens de ce que tu as fait dans la soirée du 28 octobre? Près de la grande centrale EDF?*

Un silence.

— *Je... Oui, heu, enfin non... pas vraiment. Je me rappelle de la centrale, oui, et du Christ..*

— *Du Christ?*

— *Oui, la centrale était rouge de sang et le Christ en feu était partout, oh mon Dieu...*

(Une sorte de hoquet. Je me souviens avoir vu des larmes perler au coin de ses paupières.)

— *Voulez-vous que nous arrêtions là, Andreas ? (La voix de Gombrowicz est d'une douceur maternelle et le vouvoiement y ajoute une note de connivence respectueuse.)*

Un long silence, rythmé par le souffle mécanique de Schaltzmann.

— Je... non... je peux continuer...

— *Tu me parlais du Christ en feu...*

— Oui, mais je me rappelle plus bien après. Il y avait la centrale...

Un autre silence.

— *Oui ?*

— Je sais plus... Elle était près de sa voiture..

— *Qui ça, elle ?*

Un soupir.

— J'sais plus. Une femme, après je me rappelle plus de rien.

Un long silence.

— *D'accord... revenons à cette histoire de Christ en feu, c'est lui qui t'ordonnait d'agir, c'est ça ?*

— Oui, le Feu me protège...

— *Il t'ordonnait toujours d'agir ?*

Un long silence trahit l'incompréhension de Schaltzmann. Gombrowicz s'en rend compte et transforme sa question.

— *Bon... Le Christ en feu t'a également ordonné l'incendie de Rhône-Poulenc et de tuer l'homme et son chien, par exemple ?*

— Heu... non... non... le type avec son chien, c'est comme la vieille espionne avec l'antenne. J'étais menacé. Fallait que j'agisse tout de suite...

Un silence interminable, où cette fois c'est notre incompréhension qui transparaît.

— *L'espionne avec l'antenne ? Tu veux parler de la femme de la centrale ?*

— Non... non, l'espionne c'était avant, avant le type avec le chien...

— Avant? (La voix de Gombrowicz trahit un étonnement réel.) Tu en es certain, Andreas, ce n'est pas la femme de la centrale?

— Bon sang, si je vous dis que c'est avant. (Une note d'énervement authentique)... C'était sur le boulevard de Stalingrad. J'l'ai bien vue. Elle m'avait repéré et elle communiquait avec son antenne, déguisée en parapluie...

— D'accord Andreas, d'accord, et qu'est-ce que tu as fait?

Un soupir.

— Je... j'crois bien que j'l'ai écrasée. Avec ma voiture.

— Putain... (Ça, c'est ma voix sur la bande, aussitôt coupée par un froncement de sourcil de Gombrowicz, inaudible évidemment, mais dont l'image rejaillit à chaque écoute. On entend ensuite Svetlana prendre des notes, en un concerto endiablé pour pointe bille et feuille de papier, avec le contrepoint régulier du souffle de Schaltzmann.)

— Tu te rappelles la date, Andreas? (La voix de Gombrowicz semble légèrement nerveuse.)

— La date? Non, je n'sais plus trop. C'était avant le type avec son chien sur les quais... c'est tout ce que j'me rappelle.

— Longtemps avant?

— Longtemps? J'sais pas... pas beaucoup non, un mois peut-être...

— Bon sang... (Encore moi sur la bande, on pourrait entendre Gombrowicz m'envoyer son ordre purement mental de la boucler.)

— Y a-t-il autre chose dont tu te souviennes, Andreas?

Mais seul le silence lui répond.

Schaltzmann respire de sa manière mécanique.

— *Andreas ?*

Le silence cubique et froid de la salle de sécurité. Ce chuintement presque inaudible s'accompagne de la vision de deux yeux bleus, tristes et sans vie, posés à des kilomètres, à des années-lumière de là.

Un léger toussotement de Gombrowicz.

— *Bien, je crois que ce sera tout pour aujourd'hui… Nous te remercions, Andreas. À bientôt…*

Un long silence ronronnant, avec un bruit de chaises tirées sur le dallage.

Puis le silence froid et parfait, numérique, de la bande DAT.

Fin de l'enregistrement.

Jamais nous n'avions été aussi excités. Même Svetlana en perdait presque son redoutable sang-froid.

— *Boje Moï*, vous vous rendez compte docteur ? En une heure, il nous a avoué deux ou trois meurtres, dont un que personne ne connaissait !

Elle s'est ensuite tournée vers moi.

— Ça va donner du poids à votre thèse… S'il avoue des crimes pour lesquels il n'est même pas suspecté, pourquoi en cacherait-il d'autres ? Dommage qu'on n'ait pas pu l'interroger plus longtemps…

Nous étions en haut des marches qui menaient au parking et l'air glacial coupait la peau de nos visages, rougis par le froid.

Gombrowicz a commencé de descendre l'escalier de béton.

— Venez, a-t-il dit, nous devons immédiatement prévenir D'Annunzio…

Je me suis contenté de renifler trop bruyamment à mon goût et de dévaler les marches à mon tour.

Bon sang, je n'étais même plus là. Je me suis

propulsé jusqu'à la voiture, loin devant le docteur et Svetlana et j'ai ouvert la portière dans un état second.

Mon cerveau était tout entier tourné vers des computations qui s'enchaînaient en cascade. Je ne partageais pas l'optimisme de Svetlana, loin de là.

Schaltzmann nous avait avoué un meurtre remontant un mois avant ce qui avait été considéré jusque-là comme sa première agression. Il lui restait des souvenirs à peu près clairs et cohérents des deux assassinats suivants, mais pour la suite, nous nous étions heurtés à un mur noir, une amnésie presque totale... Fin septembre, première agression. Au volant de sa voiture. Fin octobre, assassinat d'Albert Simonin sur les quais d'Alfortville, précédé d'un incendie criminel. 22 long rifle. Fin octobre encore, assassinat d'Élisabeth Mandel, la fille de la centrale. 22 long rifle et arme blanche. Mutilations diverses... Comme une progression. Une dérive irrépressible vers la folie. Nous n'avions pas eu le temps d'aller plus loin, mais sans doute la mémoire de Schaltzmann était-elle profondément altérée à partir de là. Il faudrait sans doute des semaines d'efforts avant de pouvoir en recoller les morceaux.

Et ça, bon sang, ça allait certainement nous foutre dans la merde...

— Dites, vous comptez passer l'après-midi sur ce parking ?

La voix légèrement ironique de Gombrowicz m'a extirpé de mon monologue intérieur. J'ai tourné la clé de contact et appuyé fermement sur l'accélérateur. Le parking a lentement glissé derrière le pare-brise...

Oui, l'accusation pourrait facilement retourner cette amnésie partielle contre lui. Donc contre nous. Et surtout moi.

Le fait que Schaltzmann n'ait aucun souvenir de ses crimes, à partir du meurtre d'Élisabeth Mandel, pouvait corroborer la thèse selon laquelle il était également le tueur de l'Aubrac et des Pyrénées... Il ne se souvenait tout simplement plus d'aucun crime à partir du 28 octobre, et donc pas plus de ceux-là que des autres... Je voyais déjà Carbonnel nous claironner la chose, du haut de toute son assurance « scientifique ».

Je me rappelle à peine avoir fait le chemin du retour.

18

Je vais vous dire à quoi sert un bureaucrate, à l'ère de la communication instantanée, à l'âge de la vitesse-lumière. Il sert à bloquer l'information.

Le jour même de cette entrevue capitale avec Schaltzmann, les trois gosses de Villard-Bonnot découvraient le cadavre de la fille dans cet étang gelé. Le lendemain nous fûmes convoqués, l'équipe Gombrowicz au grand complet, au bureau du juge Vanderdonck. D'Annunzio était conviée aux festivités, elle aussi.

Le juge s'est contenté de prendre note de nos investigations et n'a pas tiqué quand nous avons réaffirmé, avec l'avocate, que Schaltzmann n'était vraisemblablement pas l'auteur des assassinats de l'Aubrac et des Pyrénées.

Il ne nous a rien dit de l'affaire de l'Isère.

Pour je ne sais quelles obscures raisons, Vanderdonck n'a pas cru bon de nous livrer cette information essentielle, qui n'avait filtré que dans la presse régionale. Je l'ai toujours suspecté d'avoir été parfaitement au courant et d'avoir déjà, de son côté, soupçonné Schaltzmann d'être également l'auteur de ce crime. J'ai eu la preuve, plus tard, qu'il était entré en contact avec la brigade de gendarmerie et la police locale et qu'il établissait un lien direct entre ce corps et les *autres victimes* de Schaltzmann. La manie du secret n'épargne personne, dès lors qu'on fait partie d'un système dont la principale source d'énergie réside dans le jeu ô combien excitant du pouvoir.

Schaltzmann *devait* être l'auteur de toute cette vague de crimes. On avait déjà fort à faire avec les enfants tueurs de SDF... Alors ce vampire de banlieue, voyez, la coupe était pleine. C'était pas la peine d'en rajouter et de vouloir à tout prix inventer de toutes pièces un ténébreux «second tueur», encore plus effrayant que le vrai... Un bon paquet de journalistes se sont foutus de nos gueules à l'époque, durant l'année 94. En quelques traits bien sentis certains auraient facilement pu faire passer un prix Nobel de physique pour un besogneux apparatchik de laboratoire. Les origines «slaves» du docteur et de son assistante, mon parcours hétérodoxe, tout cela fut patiemment disséqué et passé au crible de l'esprit critique. En quelques mois, c'est tout juste si nous n'étions pas suspectés d'alchimie ou d'astrologie. Détournement de phrases, isolées le plus souvent de leur contexte (j'avais un jour cité le Tao, Prigogine, Dirac et le Zohar lors d'une conférence en Suisse, cela devint un soi-disant message messianique), gros titres totalement fictifs, ne reflétant en rien le contenu de l'article (technique de la publicité mensongère), photos suspectes, héritées d'on ne sait qui (moi à un concert punk en 1978, à une manifestation contre l'extrême droite néo-nazie puis contre l'extrême gauche stalinienne, le docteur avec un verre de champagne à la main, aux côtés d'une Svetlana visiblement éméchée, à une party d'après conférence, au Texas en 1988, avec un ton suspicieux, indiquant la possibilité d'une liaison contre-nature entre ce vieil homme et cette jeune nymphette au charme troublant, bref, la grosse artillerie sauce Goebbels).

Durant les jours qui ont suivi notre première interview, tout s'est enchaîné selon mes funestes prédictions. Grâce aux aveux de Schaltzmann, la police a pu classer définitivement l'affaire du chauffard du boulevard de Stalingrad. Mais sa mansuétude s'est arrêtée là. Le juge Vanderdonck, appuyé en cela par les experts psychiatriques, nous a fait remarquer que notre interview s'arrêtait avant les crimes du mois de novembre, et que notre obstination à vouloir innocenter Schaltzmann de ces meurtres lui semblait suspecte, sur le plan scientifique, s'entendait.

Ma colère rentrée envers Carbonnel, le juge et tout le reste, atteignait inexorablement sa « masse critique », promesse d'une réaction en chaîne aux conséquences incalculables.

J'ai convaincu Gombrowicz d'accélérer les choses, de passer à la contre-offensive sans attendre. Il nous fallait un autre rendez-vous avec Schaltzmann le plus vite possible, dans les jours qui venaient, pour l'interroger en priorité sur l'affaire qui posait problème : les deux filles de l'Aubrac et celle des Pyrénées. Ça demanderait de rompre avec la stratégie initialement prévue, consistant à suivre le cours chronologique des événements, avant de remonter lentement vers les limbes de son passé. Y'avait urgence.

Gombrowicz n'a pas hésité très longtemps. Il a littéralement pilonné le service de Thuillier de fax et de coups de téléphone. Thuillier a rendu grâce assez vite. On nous a accordé une visite d'une heure, à la mi-février 1994.

La police et les autorités judiciaires se sont bien gardées de nous communiquer le rapport d'autopsie établi à Grenoble. Il n'y avait officiellement aucun rapport entre cette affaire et Andreas Schaltzmann, bien sûr. Les journalistes un peu fouineurs de la presse régionale furent priés de la mettre en veilleuse, pour le bien de l'instruction. Le même coup qu'à Vitry, trois mois plus tôt, pour les enfants tueurs de SDF. Pire, les autorités judiciaires ont caché le fait le plus longtemps possible à D'Annunzio, son avocate, en toute illégalité.

Nous ignorions donc toujours tout de la découverte macabre de Villard-Bonnot quand nous nous sommes assis face au vampire de Vitry, ce jour-là.

Pour une raison que je ne m'explique toujours pas très bien, nous n'avions pas filmé le premier interrogatoire de Schaltzmann. Le seul document exploitable reste ma bande DAT que j'avais recopiée sur le disque dur de mon système.

Mais à partir de la seconde interview, nous avons accès à des bandes vidéo, filmées avec le caméscope 8 mm Hi-band du docteur. Voici un exemple de ce qu'on peut trouver sur ces bandes vidéo :

(Extrait de la deuxième interview menée par le docteur Gombrowicz et son équipe. 17 février 1994 — 10 h 05 — 10 h 59.)

L'image montre Schaltzmann assis sous la douche de lumière blanche.

On aperçoit nos ombres et le bord de nos silhouettes à la périphérie de l'écran.

— J'aimerais que nous revenions sur la période qui a suivi l'incendie de ta propre maison, à la mi-novembre. Est-ce que tu te souviens de cette période, Andreas ?

Un silence. Mouvement presque imperceptible de la tête et des yeux.

— *Oui... quand j'me suis enfui, c'est ça? Je m'rappelle pas trop mal, oui...*

— *Bien. Tu veux essayer de me raconter, ou tu préfères que je te pose des questions?*

Un silence, plus long.

— *Je... non, posez-moi des questions...*

— *Bon. Est-ce que tu te souviens du trajet que tu as effectué, entre le jour de ta fuite et ton... arrestation, à Utah Beach? En gros, par où es-tu passé durant ces deux semaines?*

Le docteur Gombrowicz arrive désormais à attirer l'attention de Schaltzmann pendant quelques secondes d'affilée. Le regard clair du jeune homme au crâne ras se pose fugitivement sur lui, une poignée d'instants, avant de repiquer vers la table, vers l'autre face de cette planète, en fait. Le jeune assassin relève vaguement les yeux pour répondre à cette question:

— *Je... Ce jour-là, j'ai détruit ma maison et je suis passé à la banque. J'ai pris le maximum que je pouvais prendre. Ensuite c'est un peu flou, mais i'ai roulé, vers le sud. J'ai retiré de l'argent à la Caisse d'Épargne et puis j'ai pris des petites routes, neu... toujours vers le sud. J'ai repris l'autoroute... plus tard, dans l'après-midi... j'ai roulé...*

Un silence. On entend sur la bande le frottement de mon stylo qui rédige à toute vitesse une question sur un bout de papier, à l'attention de Gombrowicz. Le docteur s'en empare. Froissement de la cellulose devant le micro.

— *Hmm (le docteur toussote légèrement). Dis-moi, tu roulais dans quelle voiture?*

— *Dans quelle?... Ah oui, c'est vrai... À un moment donné j'ai acheté des journaux et j'ai lu que ma Golf était repérée, j'ai acheté une autre bagnole, quelque part... heu... c'était dans l'Essonne, je crois bien... Oui, dans l'Essonne (sa voix faiblit, jusqu'à l'extinction totale sur les dernières syllabes).*

— Bien. Tu as donc acheté cette nouvelle voiture et tu as roulé. Vers le sud... c'est ça?

— Oui... J'ai roulé jusqu'au soir. J'ai dû éviter un barrage et je me suis caché dans une forêt...

— *Tu te souviens où c'était, Andreas? Où se trouvait cette forêt?*

— C'était... attendez... c'était au sud du Mans. Je n'avais pris que de toutes petites routes et j'ai mis toute la journée pour faire les deux cent cinquante bornes...

— Sud du Mans... marmonne Gombrowicz. Bien... et ensuite? Tu passes la nuit dans la forêt?

— *Oh oui... la nuit et les jours suivants... trois-quat'jours au moins. Là j'sais plus bien, c'est flou... j'avais pris pas mal de pilules... J'étais pas bien. J'avais peur... J'suis resté longtemps dans la forêt.*

Son regard se relève sur les derniers mots, gravés à jamais sur le chrome magnétique. De toute façon, je me souviendrais toute ma vie de ce regard. J'y discernais les traces encore sensibles d'une terreur sans nom. Je me souviens avoir ressenti à cette seconde ma première vague de compassion pour Schaltzmann, réveillée à chaque apparition de l'image enregistrée. Sur le moment je l'ai fait taire, sous la pression de l'objectivité scientifique.

— Bien... nous verrons les dates plus tard... Dis-moi, ensuite par où tu es passé...

— Je... Ensuite c'est difficile à raconter. Il y avait des barrages partout... Je me souviens être passé à La Chaise-Dieu, ça, j'm'en rappelle. Puis ensuite vers le Puy, puis après les volcans d'Auvergne... J'me rappelle des volcans d'Auvergne...

On peut presque entendre sur la bande l'infime variation de nos souffles, un instant suspendus.

Gombrowicz adopte le ton le plus détaché du monde :

— *Hmm... Tu vas donc de cette forêt de la région du Mans jusqu'au sud du Massif central, c'est ça ?*

Un silence.

— *Oui... heu... enfin non... pas exactement...*

Un long silence.

— *Je t'écoute, Andreas...* (La voix de Gombrowicz est d'une douceur maternelle.)

Un autre silence, mais plus bref.

— *Je... eh bien... C'est compliqué, j'ai tourné pas mal sur les routes, les p'tites routes, j'me rappelle... la Gest... heu... la police était partout, je... je (la voix se crispe à cette évocation), à un moment donné j'ai trouvé une grande forêt sur la pente d'un volcan. Je me suis dit que j'y serais en sécurité...*

Un bref silence.

— *Pourquoi, Andreas ? Pourquoi t'y sentais-tu en sécurité ?*

— *Je... eh bien à cause du Feu, naturellement... Je... Le Feu me protège...*

(On sent à chaque fois, dans cette phrase répétée à de multiples reprises le long de nos entrevues, comme une véritable gravité intérieure.)

— *Ah oui, répond presque machinalement Gombrowicz... le Feu de la Terre...*

— *Oui c'est ça (son visage se relève à cet instant et ses yeux sont remplis d'une intensité nouvelle). Le Feu... J'le sentais sous la terre...*

— *Bien, bien, le coupe un peu sèchement Gombrowicz. Et qu'est-ce que tu as fait ensuite ?*

— *Je... J'sais plus trop. J'suis resté sur le volcan et j'ai écouté la radio...*

— *D'accord. Et ensuite, qu'est-ce que tu as fait ?*

— *Ben ensuite... ensuite j'suis remonté vers le nord... je suis allé en Bretagne...*

— Directement ? Tu y es allé directement ?

— Heu… directement… c'est-à-dire… j'ai dû éviter pas mal de barrages, mais oui, j'm'y suis rendu dans la journée j'crois bien, enfin… quand j'suis arrivé y faisait nuit.

— Est-ce que tu te souviens de la date exacte à laquelle tu étais sur le volcan ?

— La date ?… Non pas vraiment… Ah si, ça devait faire une semaine que j'm'étais enfui, environ… À la radio y disaient souvent ça, que j'étais en fuite depuis une semaine, ou depuis la semaine dernière, des trucs comme ça…

Un silence. Le docteur réfléchit et comme nous tous, fait le point des éléments en sa possession. Schaltzmann s'était enfui le 14. Et le témoignage de la vieille dame bretonne indiquait qu'il était arrivé chez elle le 21 novembre, au soir. Si à la radio on disait qu'il était en fuite depuis la semaine précédente cela indiquait qu'il se trouvait dans la forêt de ce dôme volcanique entre, disons, le 18 et le 21. Dates entre lesquelles avait été commis le double assassinat de l'Aubrac, à proximité.

J'ai senti que nous jouions gros. Je crois que c'est sensible sur la bande, dans la tension secrète qui anime la voix de Gombrowicz lorsqu'il reprend la parole :

— Dis-moi… Tu es toujours resté à la même place sur le volcan ? Dans cette forêt ?…

— Heu… Oui, j'suis resté planqué dans une petite clairière… pas loin d'un chemin forestier. Y'faisait très froid et des fois j'allumais le moteur mais j'ai pas bougé la voiture, j'avais très peur de tomber sur une patrouille si je m'éloignais du volcan… ah mais…

À cet instant son visage s'éclaire d'une compréhension intérieure, qui nous plonge, elle, dans la perplexité.

— Oui, j'comprends, reprend-il. J'comprends ce que vous cherchez, en fait... (son sourire désespéré)... J'aurais dû m'en douter...

On sent Gombrowicz s'agiter un peu sur sa chaise, mal à l'aise.

— De quoi, Andreas? De quoi tu aurais dû te douter?

Un silence. Comme un bref hoquet de rire, glacial.

— Ah, allez, ne faites pas l'idiot, docteur, on sait tous à quel jeu on joue, mais j'vous ai promis la vérité, alors j'vais vous dire la vérité...

Nos souffles, suspendus sur le ronronnement magnétique de la bande.

— Voilà: j'ai pas bougé du volcan. Pendant au moins deux jours. Au moins. Un matin, j'crois bien... ouais, un matin, j'entends à la radio que quelqu'un a assassiné deux filles pas très loin de là où je suis. J'ai une carte. J'comprends que tout le monde pense que c'est moi l'auteur des meurtres. Mais c'est pas moi. Moi, j'étais sur le volcan... Et j'avais aucun intérêt à m'balader sur les routes, avec la police partout... Mais voilà, toutes les forces de police convergent vers le Massif central. J'sais pas comment j'ai fait pour échapper au coup d'filet... Je... j'ai roulé jusqu'en Bretagne...

Un silence. Schaltzmann regarde un bref instant le docteur. Il y a une authentique expression d'innocence dans ses yeux, saisie par l'objectif de la caméra, pour qui veut bien la voir.

— Je veux bien avouer tout ce que j'ai commis, dit-il, mais j'veux pas payer pour un autre, pour quequ'chose que j'ai pas fait...

— Je... bien, hmm, toussote le docteur. Dis-moi, tu es remonté directement en Bretagne? Tu es sûr de ne pas avoir fait un détour par le sud, vers l'Espagne?

— L'Espagne? Non, j'y avais pensé à un moment

donné, mais toutes les routes vers le sud étaient barrées. J'me suis enfui vers le nord... Au petit matin. Le soir j'étais en Bretagne.

Gombrowicz enfonce le clou.

— *Tu es certain de ne pas être descendu jusqu'aux Pyrénées?*

— *Les Pyrénées? Pourquoi j'aurais été dans les Pyrénées? J'vous dis qu'les routes étaient barrées et...*

Il s'interrompt et son visage pique presque aussitôt vers la table, un masque de perplexité raidissant ses traits.

— *Qu'est-ce qui s'est passé dans les Pyrénées dont on m'accuse exactement? En Bretagne j'écoutais que la BBC...*

— *Je... Rien... hmm! j'essaie juste de comprendre pourquoi tu as mis une journée entière plus une partie de la soirée pour rejoindre le Morbihan,* répond Gombrowicz qui s'en sort bien.

— *Y'avait des barrages partout... J'vous l'ai expliqué, absolument partout, j'ai sinué toute la journée pour les éviter, des fois fallait qu je fasse demi-tour...*

La voix s'éteint dans un souffle. Schaltzmann semble visiblement épuisé.

— *Très bien, je crois que ça suffira pour aujourd'hui,* fait Gombrowicz en levant la tête vers un témoin lumineux indiquant que la bande de soixante minutes arrive de toute façon à son terme.

Il remercie rapidement Schaltzmann et prend rendez-vous pour bientôt.

Schaltzmann nous émet un de ses sourires à la fois pathétiques et froidement désespérés. Il fixe la caméra. Un bruit de chaises. Un mouvement d'ombres, à la périphérie de l'écran.

Clac.

Neige sur l'écran.

Fin de l'enregistrement.

*

C'est le lendemain que Gombrowicz m'a appelé. Un peu après midi. Sa voix trahissait une profonde perplexité.

— On a retrouvé un autre corps, m'a-t-il dit. Dans la région de Grenoble. Je viens d'apprendre ça de D'Annunzio, elle est venue regarder le film d'hier...

Je m'étais levé avec la tête prise dans un étau. Je me demandais même si je n'étais pas en train de me taper une rechute de la mauvaise grippe de début janvier.

J'ai entendu un affreux borborygme résonner à mes propres oreilles.

— Grenoble? Quand ça?

Un silence électrique.

— Trois semaines environ. Le jour même de notre toute première interview... J'ai l'impression qu'on n'a pas cru bon nous en informer jusque-là...

— Putain, ai-je grommelé de manière inaudible pour le docteur.

La partie d'échecs se corsait.

On retardait sciemment notre marche vers la vérité.

J'ai attrapé d'un geste vif ma tasse de thé brûlant.

— Vous avez quelque chose? ai-je demandé. Un rapport d'autopsie?

J'ai lampé une large rasade de darjeeling. Ça m'a vaguement éclairci le cerveau.

— Oui... D'Annunzio en a une copie. Il faut que vous veniez voir ça... Ah, et appelez Svetlana... Je vous attends.

C'est lorsque j'ai eu le rapport d'autopsie entre

les mains, plus tard dans l'après-midi, que j'ai compris ce qui avait poussé nos adversaires à nous en retarder la communication.

Deux éléments sautaient aux yeux, dans ces quelques pages tapées à la machine.

Un, la fille de l'étang avait subi à peu près les mêmes outrages que celles de l'Aubrac et des Pyrénées. Mêmes traces de supplice par le feu. Mêmes mutilations. D'après le rapport, certaines de ces mutilations pouvaient avoir été causées par la faune aquatique locale, mais il indiquait aussi que le froid avait permis une relative conservation du corps.

Deux, à partir de là, le légiste de Grenoble concluait que la date de la mort devait remonter à six semaines environ. Le rapport portait la date du 25 janvier. Ça nous emmenait donc aux alentours de la première quinzaine de décembre. Et Schaltzmann avait été capturé le 2. Dans le Cotentin. Et on le savait en Bretagne les jours précédents.

Bon Dieu, ça faisait littéralement exploser la théorie adverse.

Mais en y réfléchissant un peu, je me suis rendu compte que la marge était étroite. À quelques jours près, on arriverait sûrement à lui caser une journée bien remplie, dans son emploi du temps déjà surchargé.

Encore une fois, le second tueur avait eu de la chance.

Juste un poil.

À quelques jours près.

Saloperie.

Un autre détail nous a sauté aux yeux. Nous étions réunis dans la bibliothèque, autour de l'écran où D'Annunzio avait regardé la bande tournée la veille.

Je ne sais plus trop qui l'a dit en premier, mais je crois qu'on avait tous repéré le truc.

— Dites-moi, votre Schizo-Processeur ne nous a jamais rien dit à ce sujet, il me semble, a laissé tomber Gombrowicz, à un moment.

— Non, en effet, ai-je répondu. Peut-être qu'avec une simple itération, il a considéré que ça n'était pas révélateur… Mais là, trois fois de suite, je crois qu'il va gamberger dur…

Ce dont nous parlions, c'était des montagnes.

Les montagnes.

Trois crimes.

À chaque fois en altitude, dans des régions montagneuses.

Les trois grandes chaînes montagneuses françaises.

Massif central. Pyrénées. Les Alpes, maintenant.

Une série bien nette, bien propre, bien carrée, au cordeau.

Nous sentions tous qu'il y avait là un signe, laissé intentionnellement ou inconsciemment par l'assassin.

Ça faisait : 19-20 novembre, plateau de l'Aubrac. 25-26 novembre, Pyrénées orientales. Entre le 5 et le 10 décembre, disons, Alpes françaises, département de l'Isère.

Donc le type bouge. Voyage.

Il descend du Massif central vers l'Espagne. Puis rebrousse chemin jusqu'à Grenoble.

Le dessin était clair et net.

C'était comme si le type était revenu chez lui.

Bon Dieu, pensai-je à cette seconde, tétanisé. C'était ça.

Je visualisais sa trajectoire dans l'espace-temps.

Le type était peut-être même parti d'un point situé pas très loin de ce petit étang gelé, dans la vallée de l'Isère, ponctuant son périple mortel d'un dernier acte meurtrier.

Voyons... Il avait roulé sud-ouest. En direction des côtes du Rhône, puis l'Ardèche, les Cévennes, la Lozère, et enfin l'Aveyron. Un coin que je connais un peu. De petites nationales sinueuses, dans des décors désertiques.

À un moment donné sur la route, deux auto-stoppeuses. Ou l'une après l'autre... Bon, ensuite, il se balade dans les montagnes, pas très loin de l'endroit où il a assassiné les filles, les corps dans le coffre. Il est bien, en contact avec la nature. Un peu plus tard, il trouve ce petit chemin désolé, sur le plateau de l'Aubrac et quelque part dans la lande il jette les corps. Il reprend la route aussitôt et au matin il s'arrête dans un motel quelconque. Il est à des centaines de kilomètres des lieux du crime.

Il est à nouveau au milieu des montagnes. Il se balade quelques jours, à la recherche de sa proie. Aux alentours du 25 il passe à l'action et jette sa victime du haut du ravin.

Ensuite, il remonte vers chez lui, et au passage il en tue une autre. Quinze jours, trois semaines pas plus. Comme un petit voyage de vacances...

Bon Dieu, j'étais persuadé que cela s'était passé comme ça, à peu de chose près. J'en ai tressailli, comme sous l'assaut d'une fièvre vorace.

Gombrowicz m'a regardé d'un coup d'œil par-dessus ses lunettes.

— Vous allez bien, mon garçon ?

— Vous inquiétez pas, ai-je marmonné.

Le dessin se précisait. J'entrevoyais quelque chose.

Quelque chose de bien plus grand.

Je me suis tendu sur mon fauteuil et j'ai regardé le docteur, puis D'Annunzio, et enfin Svetlana.

— Dites, ai-je fait d'une voix blanche, et si tout
ça n'était qu'une carte incomplète...

Je désignais la vaste planche Michelin, comme
si elle était une sorte de pierre de Rosette tout à
fait miraculeuse.

— Incomplète, ai-je repris. Nous pensons avec
des bornes. Avec des frontières, des limites qui
n'existent pas dans son esprit. Qui ne veulent
strictement rien dire pour lui, à coup sûr...

— Qu'est-ce que vous voulez dire, à la fin ? a
lâché Gombrowicz en abaissant ses lunettes, agacé
par mon attitude théâtrale.

— Ce que je veux dire... Ben... Je crois qu'il
ne serait pas idiot de demander leur concours
aux polices des pays frontaliers par exemple.

Le docteur m'a regardé fixement un instant,
avant de se retourner vers la carte.

— 20 novembre, Aubrac, ai-je fait, 25, Pyrénées, 10 décembre, disons, Isère. Il a eu le temps
de pousser jusqu'en Espagne... et peut-être vient-
il de Suisse, d'Italie, ou d'Allemagne, ou d'ailleurs
et qu'il y retournait... Il faut arrêter de penser
comme on nous le demande, avec les limites nor-
matives de fonctionnaires bornés, la vérité est
ailleurs...

Le docteur a vaguement grommelé quelque
chose en se passant la main sur le menton, le
visage dirigé vers la carte.

— Nous allons au-devant des ennuis, a simplement lâché D'Annunzio.

Des ennuis ?

Un vrai sac de merde, oui.

Une citerne, devrais-je dire, dont le flot continu
s'est déversé sur nous à un débit croissant, à partir de cette période.

La première tuile, ça a été la grippe du docteur. Quelques jours plus tard, Gombrowicz s'est retrouvé cloué au lit, avec un bon 39 de fièvre.

C'est tombé au pire moment, alors que tous les experts de l'affaire étaient convoqués pour une sorte de confrontation, au bureau du juge.

Gombrowicz a réussi à superviser notre intervention, à Svetlana et moi, nous faisant répéter dans sa chambre, devant son lit, pendant tout le week-end, comme un vieux professeur de théâtre obstiné.

J'ai souhaité bonne chance au virus.

Je me faisais peu d'illusions quant à l'issue de la confrontation. Mais je ne m'attendais tout de même pas à une telle résistance.

Je crois pouvoir affirmer que nous nous étions vraiment excellemment préparés, Svetlana et moi, pour cette intervention sans doute décisive. Nous avions un moral d'acier tous les deux quand nous avons roulé en direction du boulevard Saint-Michel, dans ma voiture. L'espèce de sérénité des commandos-suicide. Un seul objectif s'affichait en clair dans nos cerveaux : faire voler en éclats la théorie adverse, sous un tir croisé de faits, d'aveux filmés, et de statistiques.

Nous avions le caméscope, et un mini-écran portable, avec la cassette vidéo tournée la semaine précédente. Mon DAT, avec la cassette audio de la première interview. Nous transportions également la carte Michelin, avec les deux «tracés» concurrents.

Pour finir, je trimballais sur la banquette arrière mon Compaq portable, avec une série d'animations graphiques qui démontraient, je l'espérais, la parfaite «a-synchronicité» des deux tracés. En son temps (j'entends par là, à l'époque où nous travaillions du bon côté de la barrière), j'avais pu obtenir des informations précises sur l'amplitude du plan Dragon lancé contre Schaltzmann, et j'avais intégré ces données au réseau routier français mémorisé sur CD-ROM.

Mon animation montrait le déplacement des deux « agents » concurrents, en reproduisant fidèlement le déroulement du temps, ramené à une échelle supportable, soit quelques secondes par jour.

J'ai tout de suite mis les pendules à l'heure, quand est arrivée celle de me lancer dans mon propre exposé, selon la stratégie convenue avec Svetlana.

Nous avions tout d'abord écouté la bande audionumérique, dans un silence glacial. Puis nous avions lancé la cassette vidéo. Le silence était funèbre. Les visages fermés comme des tombeaux.

Quand l'écran s'est rempli de neige, à la fin de l'interview, le bruit blanc a envahi la pièce, sans parvenir à meubler le silence.

J'ai allumé le Compaq posé sur le bureau du juge, et j'ai manœuvré l'interface Windows pour aller charger le programme et les données sur le CD-ROM. La carte multitâche a divisé le boulot et ça s'est mis à buzzer de partout.

J'ai expliqué que ce que j'allais montrer n'avait rien à voir avec mes théories personnelles sur le chaos et l'interaction entre les différents « champs de conscience ». Il s'agissait d'une simple animation graphique, réalisée avec une poignée de logiciels vendus dans le commerce.

Le réseau routier enregistré dans le CD-ROM provenait d'une reproduction de la carte Michelin, datée de l'année, à laquelle j'avais adjoint quelques cartes encore plus précises, « zoomées » sur les régions ou départements traversés par les deux « agents ». Des cartes en provenance des bases de données de l'Institut Géographique National.

J'ai envoyé l'animation.

— «Andreas Schaltzmann quitte son domicile le 14 novembre, vers neuf heures trente, dix heures du matin... En début d'après-midi, il quitte la région parisienne avec une nouvelle voiture. Il ne roule que sur des départementales, à part un tronçon d'autoroute en fin de journée.

Dans la soirée, il s'arrête dans une forêt au sud du Mans, sans doute la forêt de Bercé. Il nous a parlé d'arbres centenaires qui le protégeaient.

Il reste au moins trois nuits dans la forêt... (J'accélère un peu l'animation, pour que ces soixante-douze heures d'immobilité passent plus vite.) Bon, le 18 au matin, il décide de sortir de la forêt et de rouler vers le sud.

De là où il est, et en fonction du fait qu'il évite les grands axes et les barrages du plan Dragon qui clignotent en bleu sur l'écran, voici quels sont les cheminements les plus probables, qui nous emmènent aux alentours de La Chaise-Dieu, puis des volcans d'Auvergne, dans la nuit du 18 au 19.»

Des tracés de différentes nuances de rouge progressèrent doucement sur une carte du Massif central.

— «Au même moment, venant sans doute de l'est, arrive un véhicule, aux limites du Cantal, de la Lozère et de l'Aveyron. Selon moi, les deux filles sont des auto-stoppeuses étrangères, et sans doute fugueuses, mais même pas recherchées dans leur propre pays. (Je faisais allusion au fait qu'aucun corps n'avait encore été identifié.) Bon, quoi qu'il en soit, monsieur Numéro Deux arrive dans les environs. Il est sans doute déjà en possession de ses victimes. Il les tue quelque part dans les montagnes, entre cette nuit et la suivante.»

Un tracé noir arrivait de la droite de l'écran et

il finit par se stabiliser pas très loin de la ville de Marvejols.

— «Dans la soirée du 20 il se débarrasse des corps mais, coup du sort, quelqu'un passe par là, une ou deux heures plus tard... L'homme est déjà sur la route et il fonce droit vers le sud. Pendant ce temps-là, Schaltzmann dort dans sa voiture sur un des dômes d'Auvergne... Le 21 au matin, Schaltzmann capte les informations et comprend que le Massif central est un piège que le hasard, ou la fatalité, a refermé sur lui. Alors que Numéro Deux arrive dans les Pyrénées, Schaltzmann reprend la route, vers le nord. Vous voyez ici les rares trajectoires possibles que lui laisse le plan Dragon pour rejoindre la Bretagne. Le témoignage de madame Le Houerrou indique qu'il arrive chez elle en début de soirée. Vu l'infernale suite de détours que représentent ses trajets probables sur de petites routes départementales, il lui faut bien toute cette journée pour arriver à Vannes... Le pays tout entier est en état d'alerte... Dans les jours qui suivent, le témoignage de la vieille dame est tout à fait net et clair. Il ne s'est jamais servi de sa voiture, sauf une ou deux fois pour l'accompagner à l'hypermarché. Il est resté chez elle près d'une semaine.»

Le tracé rouge s'immobilise au sud de la Bretagne.

— «Pendant ce temps-là que fait notre cher Numéro Deux? Eh bien, il se balade dans les Pyrénées. Y a pas mal de flics... heu... enfin beaucoup de forces de police, mais on recherche quelqu'un répondant à un signalement précis. À part quelques contrôles de routine, sans doute, il peut circuler en toute tranquillité dans les départements frontaliers. Ou, encore plus simplement, se louer une chambre d'hôtel quelque part, en attendant que ça se tasse,

Bon, un soir, disons aux alentours du 25, comme le stipule le dossier d'autopsie *à l'origine*, il lui prend l'envie de bouger, peut-être que s'il a une opportunité... Pas très loin du ravin où elle a été retrouvée, il enlève la fille et la tue sans doute plus rapidement que les autres... En restant prudent et en s'baladant pas trop longtemps avec le cadavre dans le coffre. Il la jette dans le ravin...»

C'est là que ça se corsait.

— «Ensuite, très logiquement, nous avons une alternative très simple. Ou il reste dans le coin, ce qui est quand même peu probable. Ou il se déplace illico. Et là, nous nous retrouvons face à un second choix.

Ou l'on admet qu'il rebrousse chemin, vers le nord-est, et qu'il se balade par là avant de repasser à l'action. Or on peut établir avec une quasi-certitude que la fille de Villard-Bonnot a été tuée entre le 5 et le 10 décembre, selon les rapports d'autopsie. Ce qui lui demande de rester plus de dix jours dans une région avant de passer à l'acte, ce qu'il n'a pas fait jusqu'à présent. Bon, ou alors on admet qu'il pousse un peu plus loin, au-delà de la frontière, en Espagne, où il passe cette dizaine de jours en ayant le temps d'en tuer au moins une autre, puis il remonte tranquillement jusqu'à Grenoble, où il tue encore... (À ce moment-là je montrais le schéma animant le Schaltzmann virtuel.) Vous remarquez qu'à cette date, à partir du 1er décembre, Schaltzmann est à Utah Beach, et qu'il y a très peu de chance pour qu'il ait eu le temps d'accomplir un tel périple. En revanche, notre Numéro Deux, lui, a parfaitement le temps et l'occasion d'opérer en toute impunité...»

Le tracé noir s'immobilise au nord de Grenoble. Le tracé rouge de Schaltzmann palpite doucement à neuf cents kilomètres de là, tout en haut de l'écran, comme une artère de pixels écarlates.

— «L'homme aime les montagnes. Il y vit. Et il aime sacrifier ses victimes aux montagnes. Comme s'il était lui-même une manifestation de leur puissance. Il vit là, dans les Alpes. Mais peut-être pas en France. Il y a la Suisse, l'Allemagne, l'Autriche, l'Italie… Et il a vraisemblablement tué en Espagne. Et peut-être ailleurs en Europe…»

Le tracé noir se divise en lignes grises et translucides, indiquant quelques parcours potentiels.

Lorsque je me suis tourné vers les quatre hommes, j'ai immédiatement constaté que leurs mines étaient sombres. Leurs regards glaciaux.

C'est ce connard de Carbonnel qui a mis le feu aux poudres.

Il a eu un rictus méprisant et un petit rire, qui a, je crois, fait office de détonateur.

— Non, mais vous plaisantez? Vous pensez sérieusement nous convaincre avec un vulgaire dessin animé?

Après, à vrai dire, je ne me rappelle plus grand-chose. On appelle ça le voile rouge.

J'ai le souvenir de plusieurs bras qui me séparent d'un visage hurlant, avec du sang partout sur la bouche.

Il me semble lui avoir hurlé: VOUS N'ÊTES QU'UN CONNARD BORNÉ ET PRÉTENTIEUX! Et d'avoir entendu en réponse, VOUS ME PAIEREZ ÇA DARQUANDIER, VOUS ME PAIEREZ ÇA!

Mais déjà une solide paire de bras en toile bleue me saisissait et m'emmenait vers la porte. Une autre paire, dans le même tissu réglementaire s'est mise de la partie et je fus expulsé sans ménagement du palais de justice.

Le paquet de merde se concentra dans les jours qui suivirent.

Carbonnel m'attaqua pour coups et blessures et Vanderdonck me fit savoir que ma présence dans l'enquête, à quelque titre que ce soit, n'était plus souhaitée.

Gombrowicz me fit un hochement de tête fataliste, ce jour-là.

— Vous n'auriez pas dû faire ça, me dit-il, vous n'auriez pas dû frapper Carbonnel... Ça ne se fait pas, entre confrères...

Il me rappelait là une des lignes de conduite élémentaire de tout scientifique et je n'ai pu qu'acquiescer.

— Je me suis jeté moi-même dans la citerne, ai-je instinctivement répondu.

Le docteur a eu un petit haussement de sourcil interrogateur.

Je n'ai pu réprimer un sourire désespéré.

— Oui... et je ne vais pas vous y entraîner... Vous devez rester crédibles pour prouver l'existence du second tueur et assister D'Annunzio... Je vous transmettrai ma lettre de démission demain, par l'intermédiaire de Svetlana...

Le docteur a eu un plissement de lèvres dépité.

— Vous savez que je serai dans l'obligation de l'accepter...

— Oui... Si vous le souhaitez, tous mes résultats et analyses sont à votre disposition... Jusqu'à aujourd'hui, évidemment.

Je voulais dire par là que si ma présence dans l'enquête s'avérait impossible du fait de mon inculpation, il ne fallait pas risquer le diable en poursuivant une collaboration clandestine, qui ne le resterait sans doute pas longtemps.

Le lendemain même, plusieurs tabloïds avaient titré sur mon empoignade avec Carbonnel. ÇA CHAUFFE CHEZ LES PSYS. RIXE AU PALAIS DE genre d'amabilités.

Dans le jargon de certains gosses de mon quartier, ça donnait que «j'étais grillé, man, plus grillé qu'le dernier tarpé de la soirée...»

On était à la fin février 94.

L'hiver avait été rude pour tout le monde.

Pour moi. Mais aussi pour les Bosniaques de Sarajevo, de Maglaj, de Gorazde ou de Srebrenica qui avaient vu les puissances occidentales abdiquer définitivement devant l'idéologie néotchetnik.

L'hiver avait été rude pour toutes ces gosses assassinées, ici et là, sur les routes de France, et sans doute ailleurs depuis la mi-novembre 93 au moins.

Et qui pouvait prétendre que cela allait s'arrêter, comme ça, par magie, hein?

Pour combattre un virus encore faut-il avoir au moins décrété les hostilités, et identifié clairement l'ennemi. La Loi est censée être le bras séculier de la Justice. Elle n'est souvent que la prothèse du Pouvoir.

On avait un coupable idéal, qui arrangeait tout le monde. Un vrai psychotique. Un buveur de sang cannibale, et même pas vraiment français. Un demi-Teuton. Un Boche. Un M le Maudit de la fin du siècle...

Ce soir-là, j'ai raccompagné Svetlana jusque chez elle.

— Qu'est-ce que vous comptez faire, maintenant? m'a-t-elle demandé, alors que je me garais près du trottoir.

Je me suis tourné vers elle, sans avoir l'air de vouloir lui sauter dessus.

— Je sais pas trop, ai-je lâché.. Poursuivre mes recherches de toute façon...

— Écoutez, m'a-t-elle dit, si vous voulez, je pourrai continuer à enregistrer nos interviews avec votre petite machine, votre DAT, là... Et puis, je pourrai essayer de vous fournir des copies des films vidéo de Schaltzmann... Vous pourrez compléter votre travail...

Je l'ai remerciée mais j'ai laissé entendre que ce n'était peut-être pas une bonne idée, à tout point de vue.

Je savais néanmoins pertinemment que c'était ce qui allait se produire.

Mon destin était lié à celui de Schaltzmann.

Irrémédiablement lié.

19

Il a fallu des mois pour identifier les filles. Le processus s'est déroulé dans le désordre, à partir de la fin février. Un tiercé plutôt morbide.

La première fut la fille de l'étang gelé. Cécile Darvineau. Il s'agissait d'une Ardennaise de vingt et un ans, née à Sedan, vivant de petits boulots saisonniers dans toute la France et ne possédant pas de domicile vraiment fixe. Sa dernière adresse officielle conduisait à une zone en démolition, dans la banlieue de Montpellier. On ne pouvait la considérer comme fugueuse, puisque majeure, mais elle donnait rarement de ses nouvelles à sa famille. La cible parfaite. Elle était attendue le 15 décembre dans une station de ski des Alpes suisses et n'était jamais arrivée. Des semaines après la découverte de son cadavre par les gosses de Villard-Bonnot, le chef du personnel de la station avait vaguement reconnu sa photo sur un journal français qui traînait quelque part. Il l'avait comparée avec les photomatons du CV et avait aussitôt appelé la police de Neufchâtel. Celle-ci avait recueilli son témoignage et communiqué la nouvelle aux flics de Grenoble.

Plus d'un mois plus tard, ça a été le tour des filles de l'Aubrac. Des émigrées clandestines slovaques, deux cousines, dont on reconstituait péniblement la trace, du cœur de l'Europe jusqu'en Allemagne puis en France. Elles avaient cherché le paradis de néon de l'Occident capitaliste. Et elles avaient connu l'enfer, les ténèbres et la mort.

D'après ce que je sais, la fille des Pyrénées n'a toujours pas été identifiée.

Les jours et les semaines s'écoulaient lourdement, comme une affreuse séquence d'ennui et de vulgarité. La presse a enfoncé le clou à mon sujet, évoquant mes prises de position répétées pour la légalisation du cannabis et d'autres substances psychotropes, quelques années auparavant. On essayait évidemment à travers moi de salir ce qui restait du groupe d'études dirigé par Gombrowicz, ainsi que l'avocate de Schaltzmann.

Les experts psychiatriques ont également fait pression sur Thuillier pour que celui-ci espace les visites du groupe Gombrowicz. Thuillier n'a pu résister très longtemps. Après un entretien d'un quart d'heure avec l'inculpé, Carbonnel a affirmé par écrit que le rythme trop soutenu des interrogatoires menés par le docteur Gombrowicz mettait en danger l'équilibre psychique de Schaltzmann, encore très instable.

Au mois d'avril, après la sixième interview, on a signifié à Gombrowicz qu'il n'aurait plus droit qu'à un entretien mensuel, et encore.

Svetlana m'apportait régulièrement les bandes DAT et vidéo 8 mm enregistrées au centre psychiatrique. Je stockais tout, au fur et à mesure, dans les espaces mémoires encore disponibles. Mon système était au bord de l'indigestion, les Syquest et les CD-ROM s'entassaient sur le vieux bureau, en un amoncellement boulimique de haute technologie.

À chaque fois que nous nous voyions, un peu avant et un peu après les interviews de Schaltzmann, Svetlana me donnait des nouvelles du front, comme elle me l'annonçait avec un petit rire un peu forcé.

Au printemps, elle m'informa que le juge avait l'intention de boucler l'instruction avant la fin de l'été. Tout le monde voulait un procès rapide et exemplaire. Si possible pour l'hiver prochain.

Je passais déjà nombre de mes journées et de mes nuits à lancer de nouvelles interpolations, avec des versions de plus en plus développées de la «personnalité simulée» de Schaltzmann.

J'affinais également la carte comportementale du second tueur que j'avais surnommé Numéro Deux, puis Mountain Man, l'homme des montagnes. Je passais ainsi des nuits entières à compiler les différences entre les deux crimes, sur des listings sans fin.

Ce n'est certes pas le moment de commencer ici un cours de mathématiques théoriques. Néanmoins, il faut que je vous parle un instant des fractales de monsieur Mandelbrot. En gros, on peut dire la chose suivante : la plupart des structures existant dans la nature, vivantes ou inanimées, semblent pourvues d'une étrange faculté.

Prenons une chaîne de montagne, par exemple.

Son relief suit un tracé particulier, discernable à l'œil nu, une succession bien particulière de pics et de cols. Bien…

Voyant d'un peu plus près cette chaîne de montagne, zoomons sur un morceau de paysage. Nous allons bizarrement découvrir une répétition, à une échelle plus réduite, du dessin de la formation principale. Continuons à zoomer, jusqu'aux plus petits détails de la matière dont est constituée cette montagne. La répétition du motif principal s'entrelace sans fin, comme un kaléidoscope descendant vers l'infiniment petit.

On retrouve la même structure dans la moindre feuille d'arbres, ou dans des phénomènes plus complexes comme les éruptions volcaniques et les cyclones.

Tous les crimes de Schaltzmann s'étaient déroulés selon un *modus operandi* analogue. Agression armée à partir de sa voiture. Carabine, arme blanche ou cocktail Molotov au napalm. Victime choisie au hasard, à partir de ses interprétations paranoïaques du monde. Éventuellement, prélèvement du sang et de certains organes vitaux de la victime. Pas de kidnapping, jamais. Pas d'utilisation de liens ou d'entraves diverses. Pas de transport des corps. Il ne restait jamais plus de deux minutes avec chacune de ses victimes. De l'improvisation totale, dans un état de terreur cauchemardesque, d'hallucination psychotique. Une structure fractale bien déterminée, que le Schizo-Processeur pistait jusqu'aux échos les plus infimes de sa personnalité dérangée.

Mountain Man, maintenant. Tue au hasard des opportunités, tout en «sélectionnant» soigneusement ses victimes. Des auto-stoppeuses, ou des filles en marge, étrangères. Il chasse. Il piège. Il kidnappe. Entrave ses victimes et les soumet totalement à sa domination. Les torture longuement. Utilisation du feu. Exécution lente, par étouffement et/ou strangulation. Cherche ensuite un endroit pour se débarrasser des corps. Une activité programmée, avec un plan relativement préparé. Du sang-froid… Et une tout autre structure fractale.

À chaque fois que le système zoomait sans fin dans les deux «comportements» concurrents, les différences se répétaient, voire s'accentuaient… Comme dans les systèmes hautement dynamiques, catastrophiques.

Dans l'étang gelé de l'Isère on avait découvert

une corde autour de la victime. Ainsi qu'un parpaing, au fond de l'eau, à environ deux mètres du corps. Près du parpaing on avait retrouvé une bouteille de whisky, remplie d'un mélange d'eau boueuse et d'alcool. Une bonne bouteille. Glenfiddish. Pur malt. D'après leur disposition sur le fond et la couche de vase déposée à leur surface, ces deux objets pouvaient fort bien avoir été jetés dans l'eau à quelques minutes d'intervalle, selon les conclusions du labo. Ni la bouteille, ni le bloc de ciment, ni la corde ne portaient d'empreinte, évidemment. La corde avait été passée au microscope. Elle n'était pas du même modèle que celle utilisée sur les filles de l'Aubrac. C'était une vieille corde, dont on avait retrouvé quelques tronçons épars dans la grange, près d'un tas de parpaings. Sans doute Mountain Man avait-il été en rupture de stock et s'était-il servi sur place, prélevant au passage de quoi faire couler la fille bien au fond.

Mais la corde était vieille, elle avait vite pourri dans l'eau vaseuse.

Il y avait là comme une causalité secrète, un enchaînement de petites « catastrophes » qui avaient été momentanément gelées par l'entropie et le froid, puis qu'une source d'énergie extérieure avait brusquement réveillées. Le parpaing était mal fixé, peut-être se détacha-t-il pendant la chute du corps vers le fond vaseux. La corde usée se délita en quelques semaines et plus rien ne retint le corps, sinon le calme funéraire de ce tombeau aquatique. L'hiver est venu tôt cette année. L'étang est vite devenu une microbanquise en état d'hibernation. Seuls quelques enfants intrépides pouvaient venir ainsi bousculer l'ordre froid qui y régnait.

Une autre image s'est aussitôt formée. Une autre situation globale.

Il y avait d'autres étangs. D'autres étangs où les corps, cette fois, avaient été dûment lestés, et avaient lentement pourri au fond de l'eau, dévorés par la faune aquatique, bactérie microscopique ou poisson charognard. Un coup d'œil sur la carte numérique de l'Isère et des autres départements alpins me permit de me faire une idée concrète de la chose. Toutes les Alpes sont parsemées de lacs et d'étangs de montagne.

Rien que dans le coin où on avait retrouvé le corps, la chaîne de Belledonne, il y avait une région nommée les Sept Lacs. Et je ne comptais pas les pays frontaliers.

Ce matin-là, il faisait beau, mais devant le soleil qui se levait, je me suis surpris à frissonner.

Le monde de la fin du xxe siècle est une colossale expérience darwiniste, où les conditions de survie sont dictées par une poignée de règles fondamentales. L'une d'entre elles tient en ces quelques mots : Vous-devez-payer-votre-loyer-tous-les-mois.

Il a vite fallu que je me rende à l'évidence. Mes interpolations intéressaient Svetlana et Gombrowicz mais ils doutaient fortement que D'Annunzio puisse en faire état dans son système de défense, pas après l'incident avec Carbonnel et mon inculpation pour voies de fait. Gombrowicz semblait résigné à une stratégie de desperado. Ils s'appuieraient sur ce qu'ils auraient le temps de récolter avant l'ouverture du procès. C'est-à-dire sans doute six, huit mois maximum. Et autant d'interviews, donc.

Le combat était inégal et le docteur le savait.

Mais Gombrowicz n'a jamais été du genre à se rendre sans combattre. Il y avait plusieurs de ses oncles qui étaient morts le fusil à la main, dans les décombres du ghetto de Varsovie. Sa réputation de scientifique était en jeu. Il a engagé une offensive en direction de certains journaux qui avaient été franchement trop loin. J'ai fait de même, évidemment, mais lorsque j'ai été condamné pour les coups et blessures à une peine un peu plus que symbolique, j'ai fermé ma gueule, malgré les conseils de mon avocat qui désirait que je fasse appel. C'est ça qui a accéléré ma décision. J'ai payé les dommages réclamés sans faire d'esclandre, l'amende et mon avocat et j'ai réalisé que mon compte était vide, que je n'avais pas un sou devant moi et plus aucun avenir dans ce pays.

J'ai rouvert mon vieux calepin et j'ai commencé à multiplier les coups de fil, à New York, Boston, San Jose, Denver, ou pire Osaka et Hong Kong, alourdissant une note de téléphone dont le règlement allait s'avérer fortement improbable.

Un jour de mai, je reçus un coup de fil de Francisco.

Ça se précisait, m'affirma-t-il.

— Quoi, qu'est-ce qui se précisait, merde ? lui ai-je demandé.

— Le Grand Départ, m'a-t-il répondu. Tu sais.. Cap York…

J'ai soudainement réalisé que je n'avais pas revu Francisco depuis des mois, depuis les fêtes du réveillon précédent, et que j'avais une sacrée foutue chance de compter encore parmi ses amis.

Il arrivait avec de bonnes nouvelles de surcroît. Ça faisait bien un ou deux ans qu'il en parlait à l'époque. Francisco avait l'intention d'aller s'installer avec sa femme et son gosse en Australie. Si possible sur la côte nord, à proximité de l'Indonésie et de l'Asie du Sud-Est.

Spécialiste dans la conception de systèmes d'éclairage robotisés, il avait tendu l'oreille à mon évocation de ce qui se tramait à Cap York. C'était à l'époque où je logeais chez lui, début 93. Il m'avait parlé de ses projets et j'avais embrayé aussi sec, un énorme cône d'afghan dans la main. «Un Cap Kennedy international, et privé. Avec des sociétés de capital-risque et de haute technologie. Un formidable assemblage de ressources, avec des capitaux et des équipes américaines, australiennes, japonaises, taïwanaises, peut-être russes à terme.»

C'était là-bas qu'il fallait s'installer, si on pouvait s'offrir le ticket d'entrée (les lois locales sur l'immigration sont plus que restrictives et l'accès définitif à un bout de poussière australienne ne s'ouvre que devant un paquet confortable de vrais et bons dollars).

Quitter l'Europe pour là-où-ça-se-passait. L'Asie Pacifique. L'Australie.

Ce jour-là, alors que je venais d'essayer de joindre Axel Winkler, un ami américain sur la côte Est, Francisco m'a expliqué en quelques mots les grandes lignes de son programme.

Il avait entamé les démarches auprès de l'ambassade d'Australie quelques jours auparavant. L'hiver prochain il irait en repérage, avec un visa de touriste, établir des connexions pendant un ou deux mois, sur les côtes du Queensland. Ensuite départ le plus vite possible, lui d'abord, sa famille ensuite, au début de l'été.

Il m'a clairement fait comprendre que je pourrais trouver un point de chute fiable en Australie aux alentours de septembre 95.

Mais ça faisait dix-huit mois à tirer et je n'avais pas la patience d'attendre.

Je lui ai répondu que je mettais ça sur mon agenda et qu'on se fixait rendez-vous un de ces quatre, à Cap York, en me demandant où j'allais bien pouvoir m'expatrier entre-temps.

Quelque chose était en train de se dissoudre à l'intérieur et autour de moi... J'ai compris que j'avais effectivement commis une erreur en revenant à Paris au début de l'année 93. Une année avait passé et j'envisageais déjà de quitter le pays au plus vite. Plus rien, décidément, ne pouvait m'y retenir, si ce n'est le poids désespérant des habitudes.

La France est sans doute la seule nation dont le philosophe emblématique (Pascal bien entendu) a pu affirmer que «les malheurs de l'homme ont commencé dès lors qu'il a voulu quitter sa chambre».

C'est ce genre de pesanteurs qui m'avait déjà poussé à m'expatrier une première fois, en 1986. Durant l'automne 1992, après plusieurs années passées au MediaLab à perfectionner mes systèmes neuroniques «chaotiques», j'avais décidé de passer quelques mois à voyager un peu. Je me suis rendu à Moscou, puis à Saint-Pétersbourg. J'y ai rencontré des universitaires de talent, des scientifiques de haut vol, des ingénieurs d'élite, tous payés avec des salaires dont ne voudrait pas un ouvrier agricole brésilien. Un peu plus tard, pour une raison inconnue, je me suis rendu à Paris et j'ai emménagé provisoirement chez Francisco. J'ai loué la chambre d'amis de leur grande maison de Thiais pour quelques mois, le temps de trouver quelque chose dans le coin.

J'y ai poursuivi mes travaux, puis j'ai emménagé durant l'été dans l'appartement de la tour Puccini. Je ne sais trop comment, fin novembre 93, Svetlana et Gombrowicz ont retrouvé ma trace et m'ont appelé pour cette enquête-test, qui déciderait du sort futur réservé au projet du docteur Gombrowicz.

Mais par mes actes incontrôlés, j'avais condamné à l'avance toute poursuite de l'expérience.

Le chaos, encore une fois...

Je n'avais plus qu'un désir. Foutre le camp, au plus vite.

À cette période, la presse a fait état des réflexions du juge et du procureur qui annonçaient que l'instruction *serait close dans les temps*.

Je ne me suis pas désintéressé de Schaltzmann par lassitude envers son cas. Mais la pression était trop forte. Je ne me sentais pas le courage d'affronter un tel système, hermétiquement sceptique, *a priori*, envers tout ce qui menaçait de déranger son confort intellectuel.

J'étais isolé, impuissant, sans aucune crédibilité.

J'ai fini par admettre la chose, durant cet été sans attrait.

Fin juin, John LeBaron m'a appelé pour me confirmer qu'un poste serait bientôt vacant dans son entreprise de Montréal. Conception de logiciels d'un type nouveau pour des programmes d'études de la NASA.

Je commençais le plus vite possible.

Dans les jours qui suivirent ce coup de téléphone la date du procès fut officiellement fixée au mois de décembre 1994.

Le ministère de la Justice avait tenu son pari. Un procès, un an tout juste après la capture du criminel.

Schaltzmann était accusé de tous les meurtres, y compris celui de l'Isère.

Il clamait son innocence, par son avocate interposée, dans les colonnes de la presse et à la télévision, concernant les quatre assassinats commis depuis le 20 novembre 1993, mais rien n'y fit.

Aucun autre meurtre n'était survenu après la découverte de la fille de l'étang gelé.

L'arrestation de Schaltzmann semblait correspondre à la date où cette activité meurtrière cessait et j'ai même fini par me demander si je ne m'étais pas totalement planté.

Le 14 juillet 94 j'ai annoncé mon intention de partir à Svetlana et Gombrowicz. lors d'un dîner à la Villa Kronstadt, alors que les feux d'artifice éclaboussaient le ciel au-dessus des Buttes Chaumont. Les sons et lumières et la pyrotechnie luxueuse qui s'étalait sous nos yeux, dans un faste censé perpétuer l'esprit de la Révolution et de la Libération tout à la fois, m'ont laissé un arrière-goût bizarre. Je crois avoir lâché à deux ou trois reprises quelques réflexions empoisonnées sur les bastilles intellectuelles qu'il faudrait un jour se décider à abattre, ce genre de trucs.

Je leur ai souhaité bonne chance pour le procès et j'ai quitté seul la maison du 19e arrondissement, pas trop tard. Au cas où mon témoignage serait requis lors du procès, ce dont je doutais fort, j'ai laissé au docteur un rapport de près de cent pages avec des sorties imprimante des principales schizo-analyses établies par le réseau neuronique. Ainsi qu'une note de synthèse qui expliquait ma version des faits en quelques feuillets.

Dans les jours qui ont suivi, j'ai réglé les affaires courantes et activement préparé mon départ.

Le 21 juillet 1994, j'ai embarqué à bord d'un Boeing d'United. à destination de Montréal.

Il était quinze heures vingt et une. Les leds géantes du cadran indiquant l'heure d'envol, ainsi que leur correspondance avec la date du jour, se sont implantées à jamais dans ma mémoire.

Il faisait extrêmement beau ce jour-là.

J'ai jeté un regard mélancolique à la terre qui

259

s'éloignait à toute vitesse, au-dessous de moi. Un drôle de sentiment d'incomplétude m'envahissait insidieusement.

Quelques heures plus tard, le bleu infini de l'Océan et du ciel n'arrivait toujours pas à m'en défaire.

TROISIÈME PARTIE

DOCTOR SCHIZZO

L'intermonde est le terrain vague de la subjectivité. Il contient la cruauté essentielle, celle du flic et celle de l'insurgé, celle de l'oppression et celle de la poésie de révolte. À mi-chemin entre la récupération spectaculaire et l'usage insurrectionnel, le super espace-temps du rêveur s'élabore monstrueusement selon les normes de la volonté individuelle et dans la perspective du pouvoir. L'appauvrissement croissant de la vie quotidienne a fini par en faire un domaine public ouvert à toutes les investigations, un lieu de lutte en terrain découvert entre la spontanéité créatrice et sa corruption.

RAOUL VANEIGEM,
Traité de savoir-vivre
à l'usage des jeunes générations,
édition modifiée de 1992.

J'étais un Trésor caché, et c'est pourquoi J'ai créé les créatures afin d'être connu.

Hadith Soufi

20

J'ai passé un peu plus de trois ans à Montréal. Trois ans et demi à trimer dur sur une nouvelle génération de logiciels «neurocognitifs», pour le compte de la NASA.

Pour commencer, disons qu'avec une douzaine d'autres gars et filles venus de toute l'Amérique du Nord on a passé un bon millier de jours enfermés comme des taupes dans des salles bourrées d'ordinateurs, en y consacrant nos nuits et nos week-ends, les yeux explosés, rougis sous le feu des tubes cathodiques. Nous formions un réseau, avec d'autres équipes établies à Pasadena (au Jet Propulsion Laboratory) ainsi qu'à Stanford, Harvard, chez Cray Research, ATT Bell Laboratories et au MIT, le tout sous la conduite d'un prof que j'avais connu à l'époque de mon passage dans le Massachusetts, le vénérable professeur John Howard McSculley.

La NASA voulait les logiciels pour la fin du siècle.

Elle les a eus au mois de septembre 97.

Les nouvelles intelligences artificielles neurocognitives allaient servir à la gestion de vols orbitaux de plus en plus complexes, avec pour commencer le lancement de la Station spatiale internationale, prévu pour 1999-2000, ainsi qu'à l'étude fine de l'écosphère, océans et climats par exemple. Les télescopes spatiaux *intelligents* et les sondes d'exploration lointaine de nouvelle génération qui rebondissent de planète en planète, en restant à l'intérieur du système solaire pour finalement revenir en orbite terrestre, n'ont pu être réalisés que grâce aux avancées du programme «NeuroNext».

Le travail déblayé par notre équipe a également provoqué de multiples retombées dans le domaine civil. Par exemple, les nouvelles consoles d'univers virtuels qui sont apparues au début du troisième millénaire sont toutes modelées selon les principes que nous avons collectivement définis.

John Howard McSculley tenait le rôle de responsable de toute l'opération. Il était lui aussi un prototype parfait du scientifique futuriste, aux confluents de plusieurs disciplines, neurochimie, psychologie, linguistique et mathématiques, et sa forme de génie communicative et enthousiaste a été le principal carburant de nos nuits blanches.

McSculley avait fait partie de l'équipe de l'Université de Harvard qui avait lancé le premier projet scientifique cohérent sur les substances hallucinogènes, au début des années soixante. Il avait été un de ces jeunes étudiants qui avaient rejoint le groupe de Timothy Leary, Richard Alpert, Ralph Metzner, Frank Barron et tous les autres dans le projet sur les drogues psychédéliques, au Centre de Recherches sur la Personnalité dirigé par le professeur Mac Clelland. Ensuite durant les années soixante-dix et quatre-vingt il fut l'un des pionniers des sciences cognitives, avec Jerome Lanier et quelques autres, à s'intéresser de près aux incroyables relations qui s'établissaient entre les technologies de l'information et la «méta-programmation» du cerveau, comme le dit Timothy Leary. McSculley drainait avec lui toute une pépinière de talents, de tous âges, et de toutes provenances. À Montréal, au centre de recherche de John LeBaron, je rencontrai ainsi plusieurs fois le docteur Randrashankar, quand il venait nous rendre visite. Randrashankar était un Anglo-Indien de cinquante-cinq ans, qui avait entamé son cursus pratiquement à la même époque que McSculley, et sur des voies connexes. Il avait été l'élève d'Humphrey Osmond, le Britannique érudit et drôle qui recourait au LSD dans son programme de psychothérapie à l'Université du Saskatchewan, puis à l'Institut Neuropsychiatrique de Princeton, et qui avait inventé le terme «psychédélique», un mot qui allait connaître une expansion rapide et universelle, sans rapporter le moindre cent de royalty à son auteur. Randrashankar avait rencontré McSculley au MIT dans les années quatre-vingt et il était rapidement devenu son bras droit, et le coordinateur opérationnel de toutes les équipes du programme.

Je ne connais aucun membre du réseau Neuro-Next qui n'a été durablement transformé par cette expérience. Nous avons tous, plus ou moins, franchi un cap décisif pour nos travaux personnels. Néanmoins, pour beaucoup d'entre nous, à partir de septembre 97 une certaine routine s'est installée. La NASA avait eu ce qu'elle voulait. Maintenant c'était au tour des développeurs d'applications d'entrer en scène. Nous avons formé quelques équipes de Cray, de MicroSoft, d'Intel et d'IBM durant l'automne, mais j'ai personnellement jeté l'éponge fin octobre 97. Je suis allé voir John LeBaron, qui me connaît bien, et je lui ai expliqué que je me sentais inutile et qu'il était temps que je bouge.

265

John LeBaron a levé vers moi son sourire de grand Canadien calme.

— Quand est-ce que tu veux partir? m'a-t-il simplement demandé.

J'ai pris la décision d'être à la fois clair avec moi-même et supportable à l'égard de ceux qui m'avaient tiré du pétrin.

— Disons dans un mois, le temps d'achever la formation de ce groupe de chez MicroSoft... Je crois que Sheila Hartley désire rester quelque temps à Montréal, elle pourra prendre la relève...

Voilà.

Ça s'est terminé ainsi. J'ai achevé le cycle de formation des développeurs californiens et le premier jour de décembre 97 j'ai bouclé mes valises. J'avais un aller simple en poche, sur un vol de la Qantas, via Los Angeles.

Il était temps que j'aille voir où l'on en était à Cap York.

L'été n'avait pas vraiment commencé dans l'hémisphère sud mais, putain, il faisait une chaleur du feu de Dieu quand le sas de l'Airbus s'est ouvert sur le béton aveuglant du tarmac de l'aéroport de Sydney. Une enclume moite qui écrasait tout, et surtout les volontés. Je peux vous dire une chose, pour commencer : cette chaleur n'a cessé de m'accompagner, durant mon périple vers le nord. Devenant une bulle d'humidité tropicale suffocante au fur et à mesure que j'approchais des côtes du Queensland.

À Sydney j'étais d'abord descendu dans un grand hôtel près de l'aéroport où je m'étais branché sur la console TV numérique de la chambre. Je m'étais réservé un billet d'avion pour Gladstone, avec une correspondance pour Cairns, le tout pour le lendemain. Puis j'avais joint Francisco pour lui annoncer mon arrivée imminente.

Gladstone, un port crasseux, rougi par la bauxite. Cairns, le siège du syndicat des planteurs de canne à sucre. L'Australie blanche et industrieuse. En face de nous, les myriades d'îlots coralliens de la Grande Barrière, de toutes parts, du nord au sud, comme une immense fortification naturelle protégeant la façade orientale du continent. J'ai payé au prix fort des chambres avec douche et climatisation.

Le lendemain matin, j'ai dû acheter une combinaison anti-UV, il n'y avait pas une station de radio ou de télévision qui ne diffusait de spots gouvernementaux ou des pubs pour vêtements antiradiation, rappelant les consignes élémentaires de survie, sous un ciel pratiquement dépourvu d'ozone. Puis j'ai loué un antique 4 × 4 Toyota à une agence de la ville et, vers midi, j'ai pris la route côtière, en direction de la péninsule du Cap York.

J'ai roulé toute la journée, jusqu'au-delà de Cooktown. Je suais comme dans une étuve. Plus de trois cents bornes sur une route tout juste correcte, et sous une épaisse pluie tropicale, aussi chaude que si elle sortait du ballon. Le paysage s'est transformé insensiblement. De grands champs de canne à sucre sur ma gauche, l'Océan sur ma droite.

Au soir, je me suis arrêté dans un motel paumé, face aux récifs de la Grande Barrière, au Cap Melville.

Je suis reparti aussi sec le lendemain matin, sous un ciel de feu, cette fois-ci. La température grimpait chaque jour, vers des sommets thermonucléaires.

J'ai traversé la péninsule en diagonale, vers le nord-ouest, sur Somerset.

Francisco m'avait donné rendez-vous à la station centrale d'autocars de la ville en fin d'après-midi, et j'avais prévu large, pour le dernier tronçon du voyage. Mais évidemment, le vieux 4 × 4 m'a lâché à mi-chemin, et à deux ou trois années-lumière de la première cabine téléphonique. J'ai dû réparer sous un cagnard d'une indifférence diabolique, et la mécanique quantique ne pouvant m'être d'aucune utilité dans un pareil cas, une simple rupture de la courroie, ça m'a pris une bonne partie de l'après-midi, diagnostic inclus.

Je suis arrivé alors que le soleil tombait sur l'horizon, le visage recuit, la combinaison de Mylar et les sous-vêtements gorgés de sueur. L'habitacle du Toyota dégageait l'odeur d'une cage à fauves.

J'ai été un peu déçu en voyant où en était le projet de Cap York. Quelques bâtiments à l'élégance neutre, d'un gris acier froid. D'autres bâtisses de verre et d'acier, abritant des bureaux d'études, étaient parsemées dans le paysage, poussant à la périphérie de l'astroport en construction. Quelques grues de chantier se découpaient sur le ciel bleu roi du crépuscule, devant le moutonnement de la mer de Corail. Mais tout semblait marcher au ralenti.

Il y avait quelques problèmes dans la région. L'absorption de Hong Kong par les dernières Dynasties rouges était en train de provoquer une méchante indigestion au système communiste impérial. Et la Chine, c'était une mosaïque de soixante ethnies, parlant au moins quinze langues différentes. Si l'Empire du Milieu explosait en républiques séparatistes, comme l'URSS au début de la décennie, ce serait Hiroshima à côté de Tchernobyl.

Mais Francisco restait optimiste.

— Ça va moins vite que prévu, à cause des tensions en Chine et en Asie centrale... Y avait un paquet de banques de Hong Kong prêtes à investir ici... Mais les Japonais vont mettre les bouchées doubles et y a Mc Donnell Aerospace qui va s'installer dans le courant de l'année prochaine... Ça va bouger, t'inquiète pas.

Durant les premiers mois, Francisco et moi avons passé le temps à adapter une petite « matrice neurocognitive » sur son système de light-show robotisé. Parallèlement, j'ai commencé à transformer mon Schizo-Processeur, en fonction des percées de NeuroNext.

Francisco est parti en avril 98 pour une série de concerts avec le groupe australien Midnight Oil dans tout le Pacifique. Ma neuromatrice, qui pilotait le show multimédia, avait séduit le groupe écolo, par cette sorte de miracles inattendus qu'on ne trouve que là-bas. Le miracle s'est rapidement concrétisé sous la forme d'un joli nombre à plusieurs zéros, en dollars australiens, qui n'a pas mis un dixième de seconde pour s'incruster dans la mémoire de mon compte bancaire. Le séjour en Australie s'annonçait sous les meilleurs auspices.

Bien, maintenant, si vous voulez avoir une idée de ce qu'est une neuromatrice, vous allez essayer d'imaginer l'ordinateur le plus puissant de l'époque, genre Connection Machine ou Cray en vous disant que ce n'est plus qu'un gros jouet à côté du machin en question, le tout tenant dans une sorte de PC aux formes bulbeuses de carbone noir.

C'était ça, le pari de NeuroNext. Le saut direct vers la neuro-informatique du XXIe siècle. Des « matrices de processeurs parallèles » travaillant sous forme de réseau neuronique, avec nos logiciels « neurocognitifs », sur des giga-puces à très haute intégration mêlant nano-technologie et circuits optiques, le tout reproduisant virtuellement l'architecture du cerveau humain. Une intelligence artificielle de pointe couplée au nec plus ultra des interfaces « virtuelles ». Un système qui permettrait d'abord à des humains d'accomplir une panoplie de travaux de haute précision, comme des opérations de microchirurgie dans l'espace, la navigation dans des réseaux d'informations numériques aux dimensions infinies, puis le dialogue à distance avec des robots « neuro-perceptifs », sondant un morceau de calotte polaire martienne, avec pour finir la fatale « neuronexion » directe au système nerveux humain, que nous prévoyions tous pour les années 2010-2020, bref tout ce qui à cette époque n'était encore que du domaine réservé des auteurs de science-fiction les plus allumés.

C'est ça, mon job. C'est pour ça que je me suis résigné à reprendre des études à la fin des années soixante-dix. Pour transformer la fiction en réalité.

La réalité… Elle finit toujours par vous rattraper, même au cœur du vortex le mieux protégé.

*

Je ne me suis pas totalement désintéressé de ce qui se passait en Europe durant mon exil, mais bon, lorsque les premiers jugements pour crimes contre l'humanité sont tombés, et que l'ampleur des atrocités commises par les *tchetniks* serbes fut dévoilée au public du monde entier, une chape de plomb est tombée sur mes épaules. J'éprouvais le même genre de sentiment de culpabilité qui lamine après coup tous les survivants d'une catastrophe naturelle ou d'un naufrage.

L'Europe avait choisi son destin. Capituler devant la purification ethnique et le totalitarisme.

Les Balkans devenant le modèle expérimental d'un virus qui courait maintenant à travers tout le continent, jusqu'aux frontières chinoises.

Elle l'avait pourtant déjà fait une fois, me dit un jour Axel Winkler, et personne n'avait retenu ça comme une brillante réussite.

Je ne lui cachai pas la netteté de mes sentiments à ce sujet, et je me souviens qu'il m'avait jeté un coup d'œil assez bizarre que je n'avais pas su décrypter sur l'instant.

C'est lui qui un soir d'été, en 97, à Montréal, a ouvert pour moi le Livre Noir. Il y a des signes qui ne trompent pas et pourtant, sur le moment, vous n'y prêtez même pas attention.

Il était tard ce soir-là, et nous n'étions plus que lui et moi dans l'immense bibliothèque du centre de recherches. Je me suis dirigé vers la sortie, et machinalement je suis allé jusqu'à sa table, pour le saluer.

Les rapports et articles de presse concernant les crimes de guerre tchetniks s'entassaient devant lui.

J'en avais pris connaissance moi aussi, depuis plusieurs semaines. Les procès étaient télévisés et chaque jour la presse mondiale colportait son lot de témoignages pathétiques et abominables, d'aveux froids et d'excuses sans remords, «J'avais des ordres», «Je me battais pour la cause serbe», ou les «Je ne reconnais pas la compétence de ce Tribunal International».

— L'histoire... a-t-il soufflé, Dieu nous a fait don de l'Histoire et nous ne savons même pas nous en servir.

J'ai regardé un instant les documents empilés. Je ne savais même pas quoi lui répondre. Je me suis assis en face de lui.

— Lis juste celui-là, a-t-il fait en me tendant un document de quelques pages dactylographiées.

J'ai parcouru le titre et le texte en diagonale, une série de témoignages sur ce qui s'était passé à Prijedor, durant l'hiver 92-93, avant de marmonner :

— Ouais, j'connais çui là, j'l'ai lu y a deux-trois jours…

Il a repris le document en silence, et a légèrement froissé le papier, comme pour s'assurer de sa matérialité.

— 1 300 centimètres cubes de matière neurologique concentrée… le don de mémoire, d'écriture, de communication et nous ne savons même pas lire notre plus proche passé.

Je me suis contenté de sortir un joint d'herbe de ma poche et de l'allumer, en dépit des multiples panneaux d'interdiction disséminés un peu partout.

Je sais que Winkler a des ascendances juives, mais je ne connais pas le détail de sa généalogie, car c'est un garçon très discret concernant sa vie intime. J'ai compris qu'il faisait évidemment allusion au nazisme et à la Seconde Guerre mondiale.

Mais je ne connaissais pas encore les événements auxquels il faisait précisément référence.

D'un geste de la main, il a poussé les documents empilés sur le coin de sa table. Il a sorti de je ne sais où un vieux livre, à la couverture érodée par le temps, et d'une noirceur totale, si ce n'est le titre que j'ai entr'aperçu : *Cartea neagra*.

J'ai d'abord cru à de l'italien, ou du portugais, et tandis qu'Axel l'ouvrait délicatement à la recherche d'une page bien précise, j'ai pu me concentrer quelques instants sur ce que je lisais en couverture.

Matatias Carp.

Fapte si documente.
Suferintele Evreilor din România
1940-1944.
Du roumain?

Je l'interrogeais déjà du regard lorsqu'il m'a tendu le livre ouvert sur une double page, avec d'un côté du texte, de l'autre des photos en noir et blanc.

— Essaie de te souvenir des derniers témoignages au procès des Tchetniks. Et prends cinq minutes pour lire ce chapitre, moi je vais remettre tout ça à sa place.

Il s'est éloigné, sa liasse de documents sous le bras et j'ai commencé à parcourir le Livre des ténèbres, le Livre noir du xxᵉ siècle.

En quelques minutes, la simple mise en parallèle des deux événements suffit à me démontrer l'ampleur du crime contre l'humanité qui s'est déroulé en Croatie puis en Bosnie, sous couvert de «révolte» des minorités serbes, durant les années quatre-vingt-dix.

L'annexion des Sudètes puis de la Tchécoslovaquie tout entière par Hitler en avait dessiné une première ébauche, un demi-siècle plus tôt. Les atrocités commises par les nazis en Pologne dès l'hiver 39-40, sous couvert de défense de la communauté allemande, instituèrent sa première mise en œuvre massive.

Mais ce sont les événements survenus en Roumanie durant l'hiver 40-41 qui servirent de «générale» aux méthodes employées plus tard, pendant la «conquête» de la Russie et le plan de «solution finale» menée par les nazis. Ces méthodes furent reprises avec brio par le gouvernement communiste de Belgrade et ses sbires de Palé, un demi-siècle plus tard.

Arrêtons-nous un instant sur ce qui s'est passé

durant cet hiver de ténèbres, dans la Roumanie du comte Dracula et du père Codreanu (prêtre-commandant de la Garde de fer).

Pendant l'hiver 40-41, le gouvernement pro-nazi du général Antonesco, pourtant peu enclin à toute forme de tendresse particulière envers les Juifs, fut en quelque sorte débordé par son aile la plus ultra.

La Garde de fer, formation paramilitaire fasciste ultraviolente, prônait en effet l'extermination radicale et sans attendre de tous les Juifs, «communistes», libéraux et autres francs-maçons subsistant encore dans le pays. La Garde de fer n'en était pas à son coup d'essai. Née au début des années trente, elle s'était déjà signalée par un éventail sinistre d'assassinats et d'opérations de sabotage dans toute l'Europe, contre des intellectuels roumains, des biens ou intérêts juifs, etc. Sous Antonesco elle fut encadrée par des unités SS. Elle devint rapidement une émanation plus ou moins directe des services de renseignements nazis.

En décembre 1940, la Garde de fer a tenté une sorte de «coup d'État», dans tout le pays. Elle a animé une pseudo-révolte populaire, sous la bannière du Christ et de la Nation roumaine.

Pendant deux mois, vous ne pouvez pas imaginer ce que la population juive a subi. Réellement, *vous ne pouvez pas*, personne ne peut imaginer.

Ce soir-là, je demandai à Winkler la permission d'emporter le livre avec moi afin de le terminer, dans la nuit si possible. Axel accepta, un air entendu sur le visage.

Plus tard, il me confia que c'était d'un vieux Juif roumain, exilé à Boston, qu'il tenait ce livre. Il m'avoua également qu'il s'en était fait une copie numérique sur CD, et il me permit d'en faire autant.

— C'est ce que m'a dit Abramesco quand il m'a confié le Livre. La Connaissance doit circuler, se répandre. Il n'y a pas de copyright possible sur Auschwitz ou sur le Goulag, l'expérience appartient à l'humanité tout entière.

Parce que, comme vous allez le voir, et comme les fractales et le Tao le démontrent, tout-est-effectivement-dans-tout.

Acceptez de me suivre un moment Sur-La-Face-Obscure...

Voici tout d'abord ce que vous dit le Livre noir :

« Pendant le Gouvernement Légionnaire des milliers de Juifs ont été brutalisés, torturés et massacrés par les légionnaires de la Police, de la Garde, du Corps Ouvrier, etc.

Les brutalités qu'ils ont subies étaient telles que ceux qui n'en sont pas morts sont restés infirmes pour toujours, ou se sont suicidés...

Les méthodes de torture utilisées par les légionnaires de la Garde de fer dépassent en horreur toutes celles connues, du Moyen Âge à nos jours...

Ces malheureux furent quelquefois obligés d'avaler du savon ou des doses massives de purgatifs (100 grammes de sulfate de sodium mélangés à du vinaigre et de l'essence)... Maintenus sous surveillance pendant 72 heures, ils pataugeaient dans leurs propres déjections.. »

Ensuite, si vous le voulez bien, commençons la visite du Train Fantôme. La visite du train de la mort, du Petit-Train-du-xxᵉ-Siècle :

(Extrait des *Cartea neagra* — Brutalités et pillages de la xvᵉ circonscription de Police de la ville de Bucarest) :

«... Des hommes nus et frappés sur toutes les

parties du corps qui n'étaient pas sillonnées par les coups et blessures antérieures, des hommes déshabillés par des femmes qui frappaient leurs organes génitaux, des parents étendus sur la table de torture à côté de leurs enfants, un père obligé de donner à son fils le revolver pour se suicider... » *(pages 222-223).*

(Extrait des Cartea neagra — incendies, destructions, dévastations et pillages des temples et synagogues) :

— «*Le colonel Mavrichi, délégué du Grand État-Major à la gare de Iassy a accordé les 50 wagons prévus pour le transport des 2 430 Juifs, mais 12 de ces wagons ont été refusés sous prétexte qu'ils comportaient des volets d'aération...*» *(page 31).*

— «*Ils ont été jetés un à un dans les wagons et entassés, jusqu'à 150 personnes, soit à peu près quatre fois la capacité normale, de telle sorte que seuls 33 wagons ont été utilisés, les derniers étant à peu près vides*» *(page 31).*

— «*Les Juifs furent transportés dans les camps de concentration par groupes de 150 dans un wagon plombé, pendant 6 jours de voyage. Assoiffés, ils regardaient, impuissants, leurs gardiens s'amuser à déverser sur les rails des seaux pleins d'eau* (page 32).*

— «*Dépouillés, comptés et entassés, l'un après l'autre, en compagnie de 80 cadavres poignardés ou fusillés à la gare, dans les 18 wagons sur les 30 que leurs bourreaux avaient à disposition. Dans certains, 150 malheureux, ne pouvant tenir autrement que debout, assistaient, impuissants, à la mort de l'un d'entre eux toutes les 2 ou 3 minutes. Les survivants en arrivaient à se souhaiter le même sort pour être enfin délivrés. Pendant les 8 heures qu'a duré ce voyage de Iassy à la gare de Podul Iloaci soit 20 km, 1 194 personnes sont mortes, sur 2 000 embarquées» (page 33).*

(Extrait du livre de Matatias Cap, intitulé «SAR-MAS») — auparavant sachez que dans le village de Sarmas avaient été préalablement et arbitrairement regroupées plusieurs familles juives, privées de tous droits civiques, 126 hommes, femmes et enfants :

— *«Le lundi matin, le tambourineur du village battait furieusement son vieux tambour. Les maisons des Juifs étaient signalées par de grandes inscriptions jaunes, représentant l'étoile de David. Vers le soir, de tous les coins du village sont parties des troupes de gendarmes et de villageois, qui ont pris tour à tour toutes les maisons juives dont ils ont arraché tous les Juifs, en les obligeant à prendre plusieurs vêtements, et les ont jetés ensuite dans un hangar qu'ils ont baptisé «camp». À partir du troisième jour, ils ont commencé à les torturer. Ils les ont tous obligés à de lourdes corvées en commençant avec les enfants et en finissant avec les vieux. Ils les ont tenus sans nourriture et sans possibilité de repos, entassés dans un espace insuffisant pour leur nombre. Ils les ont frappés et maltraités sans pitié. Les vieux (certains avaient plus de 80 ans) étaient menés le matin dans la cour, et ils étaient obligés de danser et de faire des sauts ridicules. Les filles étaient amenées dès le soir dans le jardin et torturées toute la nuit, pour satisfaire aux besoins bestiaux des gardiens légionnaires (membres de la Garde de fer)» (page 14).*

(Extrait du rapport judiciaire du 17 janvier 1941, établi dans la région de Constanza, et sur lequel sont consignés certains méfaits commis par les légionnaires de la Garde de fer) :

— «Vers le soir, les légionnaires Petre Ion et Andrei Georgesco ont amené à Harsova le commerçant juif Alex Spieghel. Ils l'avaient enlevé à son domicile de Constanza et l'avaient obligé à payer le taxi. Ils sont arrivés à Harsova à 21 heures. Ils ont détaché les deux autres du "poteau d'infamie" et les ont tous introduits au siège des légionnaires. Ici Petre Ion a appelé les deux autre individus et les a obligés à battre Spieghel. Les légionnaires ont été mécontents de la façon dont ceux-ci frappaient, parce qu'ils n'avaient plus de force, étant eux-mêmes battus. Ils ont donc entrepris d'appliquer personnellement les coups... Ils ont enlevé les pantalons d'Alex Spieghel, l'ont déchaussé et l'ont étendu, face en bas, sur une table, à laquelle ils l'ont attaché, avec des cordes entravant les jambes et les épaules. Ils lui ont alors appliqué plusieurs centaines de coups sur le corps.

La table était spécialement prévue pour cet usage, assujettie au plancher afin qu'elle ne bouge pas. Petre Ion avait ordonné qu'on frappe "à quatre marteaux", comme à la forge, à la mode roumaine, la Patru Ciocane.

Quand la victime a perdu connaissance, d'autres ont pris la place pour être battus [...]

Après cela Spieghel a été lié au "poteau d'infamie", pieds nus et déshabillé. Pendant qu'il était attaché au poteau, les légionnaires ont appelé les enfants de l'école primaire et les ont incités à le bombarder de boules de neige. Spieghel ne pouvant plus tenir la tête levée, les légionnaires ont commencé par lui passer un licou autour de la gorge, puis ils lui ont mis un dard sous le menton...»

Ce soir-là, dans la grande salle de lecture, j'avais fini par relever les yeux pour voir Axel Winkler à quelques mètres de moi, m'observant avec la plus grande attention. Durant les cinq ou dix minutes qu'avait duré son absence, une idée s'était imposée à moi, alors que mon cerveau s'imprégnait de l'expérience du mieux qu'il pouvait. Le fait qu'Axel Winkler, tout comme moi, s'intéressait de près au mal et à la violence, montre, si besoin était, la formidable révolution qui agitait les esprits là-bas, à cette époque. Nous rompions définitivement avec les théories rousseauistes qui voyaient en l'homme un être fondamentalement bon, et la société une énorme machine programmée pour le pervertir. Pour nous, les sociétés sont une invention de l'humain, c'est-à-dire de son néocortex, et non l'inverse. Nous pensions tous deux que le mal, c'est-à-dire la mort, la violence, l'agressivité et l'instinct de destruction, formait une composante essentielle de la vie. Nous étions persuadés, comme beaucoup d'autres chercheurs en biologie et en sciences neuroniques, que les mécanismes complexes de la vie ne pouvaient s'exprimer que dans une plage très réduite de probabilités, une zone instable où les forces contraires de l'entropie et du chaos s'annulaient à peu près. Dans un environnement dominé par les forces de l'entropie, c'est-à-dire de la mort, de la réduction vers un état plus simple, plus ordonné et plus froid, la vie animée et consciente ne peut parvenir au niveau de complexité requis. Dans un environnement dominé par les forces du chaos, c'est-à-dire de l'élévation vers des états plus complexes et plus chauds, la vie animée et consciente ne peut assurer sa pérennité.

La vie biologique organisée semblait donc bien appartenir à un «intermonde» spécifique, qui n'apparaissait que sur une bande très réduite de probabilités, et dans lequel le but du jeu était de parvenir à un équilibre entre les deux tendances opposées. Il n'existe aucune espèce animale qui puisse s'abstraire complètement du cycle de la prédation. En cela peut être résumée la condition humaine. La seule chose qui a toujours posé question chez l'*homo sapiens*, c'est sa prédisposition à tuer des membres de sa propre espèce, phénomène qu'on retrouve dans des conditions rarissimes dans le reste du règne animal.

Mais c'est là qu'Axel et moi nous rencontrions.

Ce que le nazisme et les autres idéologies totalitaires oublient toujours, c'est qu'à l'intérieur de cet intermonde dans lequel nous évoluons, les règles de la prédation n'épargnent personne. En se dévouant corps et âmes aux forces du mal et de l'entropie (les fascistes n'ont jamais caché leur répulsion physique pour l'intelligence et la complexité), ils ne pouvaient finir qu'avalés par leur propre entreprise. Car l'intelligence est justement le critère de sélection qui fixe les règles de la prédation humaine. De tous temps, depuis l'apparition de l'homme, ce sont les individus et les sociétés les plus *intelligents* qui se sont imposés à long terme. Les trains de la mort SS avaient priorité absolue sur tout ce qui pouvait encore rouler sur le réseau ferré de la Reichsbahn, y compris les convois de matériel de la Wehrmacht en partance pour le front russe, objectif stratégique s'il en était. Leur entreprise d'extermination industrielle sonna le glas de leur entreprise de conquête militaire. Les nazis voulurent assombrir le monde de leur nuit et de leur brouillard, et c'est dans la nuit et le brouillard qu'ils disparurent.

Et la vie en ces années-là, qu'on le veuille ou non c'est une autre histoire, la vie s'était simplement exprimée avec plus de canons, plus de chars et plus d'avions, et pour finir avec l'éclair fulgurant de l'atome désintégré, selon les règles immuables de la prédation. Ce que Winkler et moi synthétisions par la formule : « Ce n'est pas avec des fleurs et des guitares que l'état-major nazi attendait le Débarquement en Normandie. »

Sur le plan moral cela ne signifiait qu'une chose : il ne pouvait plus faire de doute, selon nous, que la vie était ennemie du bien comme du mal absolus. Les idéologies politiques du XIXe siècle partagent toutes cette vision messianique d'un monde enfin rénové, homogénéisé, ordonné, autour d'un État, d'un parti, d'une classe sociale, d'une nation, d'une race, bref d'un programme qui se chargerait enfin de renverser le cours de l'histoire, et de faire *table rase* des trois millions d'années de longue et patiente évolution, pour nous faire entrer dans une non-histoire sans fin où tous les « maux » de l'humanité seraient éradiqués (les Juifs, le capitalisme, l'avidité, la violence, la science, l'industrie, la pornographie, les fous, les homosexuels, le rock'n'roll, rayez les mentions inutiles).

Les nazis considéraient la physique quantique comme une science « enjuivée » (ce qui n'était pas tout à fait inexact, l'élite intellectuelle de l'Europe étant évidemment originaire de sa communauté la plus avancée).

C'est grâce à la physique quantique *enjuivée* que furent conçus les radars, qui permirent la destruction systématique des U-Boote dans l'Atlantique, et de la Luftwaffe au-dessus de Londres.

Les communistes staliniens ou maoïstes prétendirent ensuite que génétique et informatique étaient des sciences bourgeoises. C'est la propagation des informations, via télévision, réseaux et ordinateurs qui fit s'effondrer la dictature soviétique. Ce sont les retards pris en biologie moléculaire qui ruinèrent l'agriculture chinoise et sa consœur russe.

C'est ce type d'idéologies qui a permis à des «poètes» de chanter les basses œuvres d'une police politique, le GPU, qui inspira jusqu'aux maîtres de la Gestapo, et à d'autres de clamer qu'*il ne fallait pas désespérer Billancourt*, pendant qu'étaient réduits au désespoir le plus profond les dix millions d'esclaves qui pourrissaient dans les déserts arctiques de la Kolyma.

Or, ni le fascisme ni le communisme ne peuvent résister à la vie, au bout du compte, à la prolifération des connaissances et des techniques qui les dissolvent inexorablement. Ce qu'Axel Winkler et moi partagions, c'était cette conception de l'efficacité éthique de la justice : ce qui distingue profondément le règne humain du règne animal, c'est sa *relation* avec ses pouvoirs de prédation. Sa relation consciente, psychique. Dans le très étroit intermonde de l'humanité et de l'histoire, ce qui survit, c'est ce qui est le plus *juste*. C'est-à-dire ce qui équilibre au mieux le bien et le mal nécessaires à l'expansion de la vie consciente.

Nos discussions philosophico-morales n'avaient rien de *gratuit*, bien sûr. Nous étions payés pour concevoir un modèle d'intelligence artificielle autonome, individualisée et «autocognitive», et je dois le reconnaître, plutôt bien payés. Ce qui, dans les sociétés techno-industrielles avancées, a pour but de «dynamiser la motivation», et y réussit fort bien, ma foi.

De plus, comme à peu près tous les scientifiques, nous étions mus par notre carburant majeur : l'excitation de la découverte, la curiosité, cette volonté tenace de répondre aux défis de la nature. Pour que nos logiciels neurocognitifs aient la moindre chance de tourner, il était nécessaire qu'ils puissent se référer au bien, au mal, et à la justice (ou efficience éthique), nous en étions convaincus,

Axel et moi. C'est cet été-là, à Montréal, que Winkler et un groupe de mathématiciens sino-américains ont réussi à modéliser ce comportement dans les neurocircuits expérimentaux. Coup de tonnerre. Il apparut clairement que les neurocircuits intelligents cherchaient alors d'instinct la solution la plus efficiente. Celle qui leur permettait d'acquérir le plus de connaissances et d'assurer leur expansion. Ainsi, le comportement le plus *juste* assurait la survie d'une intelligence artificielle. Par exemple, lorsqu'on présenta un système traditionnel (un gros calculateur Cray) à l'une de nos premières neuromatrices expérimentales, en lui disant qu'elle pouvait facilement prendre le contrôle de ce matériel et le détruire de l'intérieur, elle s'est contentée de le sonder, de copier le contenu de sa mémoire et d'y laisser un petit message rigolo dans un coin. Si elle l'avait voulu, elle aurait pu ravager le Cray d'une volée de virus de combat et le rendre moins intelligent qu'une lampe électrique, on-off, oui-non, transformant cette belle machine de cinq millions de dollars en son équivalent-poids de métaux non ferreux. Mais comme elle nous l'expliqua elle-même, elle n'avait pas trouvé ça utile, n'aurait pas trouvé ça drôle, et ne s'était pas sentie menacée par les pauvres agents logiciels de sécurité qui n'avaient même pas eu «conscience» de son intrusion. Elle aurait perdu de précieuses microsecondes et de plus, comme elle nous le fit remarquer, ça n'aurait eu aucun sens de rompre son statut d'invisibilité absolue pour rien, pire, *en occasionnant des dégâts irréparables sur du matériel du gouvernement*. Winkler et moi en étions sidérés. Notre théorie sur l'efficacité éthique était en train de marquer des points.

Lorsque nous lui avons demandé ce qu'elle aurait fait, si nous lui avions assuré que nous prenions à notre charge la responsabilité pour les dégâts occasionnés sur du «matériel gouvernemental», elle a réfléchi un petit moment, puis nous a répondu qu'elle ne voyait pas ce que ça changeait. Quand nous lui avons demandé ce qu'elle ferait si nous lui en intimions l'ordre, elle a réfléchi à peine plus longtemps, puis nous a répondu qu'elle ne voyait pas comment nous serions en mesure de lui donner un tel ordre. À ce qu'il paraît, les militaires de l'Air Force et du Pentagone qui finançaient une partie des travaux n'ont pas du tout apprécié.

Il a fallu programmer dare-dare un neurocircuit désinhibiteur spécial pour les utilisations militaires et stratégiques. Avec les ordinateurs traditionnels, la grande peur des décennies précédentes avait été qu'ils puissent déclencher d'eux-mêmes la Grande Guerre nucléaire, en prenant, par suite d'analyses erronées ou d'incohérences logicielles, la décision fatale de détruire l'*ennemi*. Avec les neuromatrices, le problème, si je puis dire, c'était très exactement le contraire. Les militaires ne voulaient évidemment pas entendre parler d'une machine qui refuserait au dernier moment d'envoyer le missile de croisière sur le bunker ennemi, et ce pour quelque raison que ce soit.

Le neurocircuit interrupteur n'a pas été facile à concevoir, car il s'opposait à notre recherche de l'efficience maximum. La neuroprogrammation, à ce stade-là d'évolution de nos machines, se faisait principalement en dialoguant de façon conversationnelle avec elles, c'est-à-dire en les éduquant. Nous avons fini par établir que le seul moyen satisfaisant de s'allier une neuromatrice dans une entreprise de destruction massive tenait, comme chez les humains, d'un mélange de coercition et de gratification. Nous avons dû expliquer aux généraux et à la DARPA que l'unique manière de parvenir à leurs fins serait de concevoir un programme spécifique d'éducation et d'entraînement militaire à destination de nos circuits. À ce qu'on m'a dit, il y a plusieurs officiers de haut rang de l'Air Force qui s'en sont étranglés.

En septembre 1997, nos travaux étaient néanmoins tellement avancés que la Nasa (peut-être sous la pression du Pentagone) s'estima satisfaite et décida qu'il était temps de passer à la phase des applications industrielles. C'est la raison pour laquelle à partir de cette date, le programme NeuroNext fut progressivement mis en sommeil et que plusieurs de ses membres se retrouvèrent à Cap York, sur le programme NeuroSphère du professeur Randrashankar.

Il était inévitable que je les rencontre.

Un peu avant que Francisco ne parte pour sa tournée en Asie du Sud, des crédits en provenance de tout le Bassin Pacifique avaient brusquement afflué dans la région. Les Jeux Olympiques du troisième millénaire approchaient et des masses de capitaux se sont déversées en Australie à cette époque. Plusieurs membres de l'équipe NeuroNext ont fait leur apparition dans le secteur.

J'ai établi le contact dans un bar où se rencontraient tous les scientifiques un peu déjantés du coin, ce qui, croyez-moi, remplissait à l'aise la grande salle du *Pacific Corral.*

Il y avait un gros programme en cours. Le programme, c'était la conception de logiciels neurocognitifs pour une nouvelle série de «biosphères» artificielles que désirait lancer l'équipe des allumés de l'Arizona et leur financier texan. Ils voulaient s'implanter dans les étendues désertiques au sud de la péninsule. à environ cent cinquante kilomètres de la ville champignon high-tech qui fleurissait autour de l'astroport. J'ai été engagé en mai 98 dans une équipe pluridisciplinaire de quatorze chercheurs et presque autant d'ingénieurs, dirigée par le docteur Randrashankar, et dont la mission consistait à adapter les technologies « NeuroNext » à la gestion d'un système chaotique aussi délicat qu'une écologie artificielle.

Un prototype de Biosphère 2000 a été monté au centre d'un immense hangar, dans lequel s'affairaient jour et nuit des grappes de troglodytes humains, aux yeux brillants comme des lucioles. Le docteur Randrashankar s'y entendait en matière de chimie avancée. Il nous confectionnait des *smartdrinks* et des trucs comme du *crystal*, ou le « SearchLight », de sa propre confection, qui envoyaient un sacré coup de turbo dans nos propres « circuits neuroniques », vous pouvez me croire.

Axel Winkler fit partie du groupe qui arriva en Australie pendant l'été 98. Ce que nous savions tous, c'est que NeuroSphère nous permettrait de poursuivre les travaux de NeuroNext, et c'était tout ce qui importait.

Le programme de biosphère artificielle nous donnait l'occasion de cadrer plus finement encore la plage d'ambivalence quantique et morale dans laquelle la vie consciente pouvait s'épanouir. Nous étions persuadés, Winkler et moi, que notre théorie de l'efficience éthique trouverait sa démonstration la plus éclatante dans la gestion d'une écologie artificielle. Ce que nous évoquions tous deux, lorsque nous en parlions aux autres, c'était ceci : il faut un superprédateur à toute chaîne de prédateurs. Et il faut une conscience nette de la justice pour équilibrer un système aussi délicat, aussi fragile et aussi chaotique qu'une écologie artificielle et humanisée, pour choisir sans arrêt entre le bien et le mal, *en élaborant des hybrides de plus en plus complexes de bien et de mal*, comme autant de molécules chargées de répandre le virus de la conscience.

*

J'ai évidemment surveillé du coin de l'œil l'évolution du procès Schaltzmann dans la presse française, lorsque j'étais à Montréal.

D'après ce que j'ai compris, D'Annunzio a tout juste réussi à faire planer un doute, concernant le dernier meurtre, mais le verdict est tombé sans appel, en février 95.

Perpète.

À fond.

En France, les Assises n'offrent aucun appel, si ce n'est la cassation du procès. Mais c'était peine perdue. Sans compter que ce premier jugement n'avait statué que sur les crimes de la «première vague», tous situés dans la région parisienne. L'instruction des crimes de l'Aubrac, de l'Isère et des Pyrénées dura plus longtemps et fut finalement regroupée sous la conduite d'un seul juge. Un second procès était prévu dans les deux années suivantes.

En dépit de l'offensive des avocats de la partie civile, qui tentèrent de le faire passer pour un simulateur, le tribunal dut se rendre à l'évidence : Andreas Schaltzmann n'était pas en possession de ses facultés mentales au moment des faits. Il bénéficia de l'article 64 du Code Pénal, qui le considérait comme psychiquement irresponsable.

Le nom de Schaltzmann a peu à peu reflué en dernières pages des journaux, avant de disparaître complètement, alors que les barreaux de sa cellule psychiatrique se refermaient sur lui.

L'imminence de la guerre a très rapidement occulté tout le reste.

Lorsque l'imbroglio balkanique a salement dégénéré, et s'est étendu à d'autres lignes de fracture (gréco-turques, gréco-albanaises, serbo-hongroises, turco-russes, russo-ukrainiennes et ainsi de suite), je n'étais plus qu'une sorte d'extension humaine du bazar technologique dans lequel je passais dorénavant mes jours et mes nuits.

On disait déjà à l'époque que les avancées de NeuroNext allaient prochainement servir au Pentagone et aux divers constructeurs d'armements, afin qu'ils puissent doter missiles, satellites et avions de systèmes neurocognitifs, dès le début du XXIe siècle. D'après ce que je sais, plusieurs neuromatrices militaires ont été testées durant la «Guerre des Balkans», l'opération «Metal Tempest» et les interventions consécutives, avant même que les crédits du programme «SUPREMA-TIX», visant à créer une Force aérospatiale dotée d'intelligences artificielles, ne soient votés en 2001. Quel que soit le truc que vous inventiez, il vaut mieux se faire une raison quand on est un scientifique : il y a toujours, quelque part, un militaire prêt à transformer votre zinzin en machine de destruction massive. Nous n'étions pas les premiers à être confrontés à la dure thermodynamique du pouvoir humain et de l'histoire. En 1940-45, les savants européens et américains réunis autour du projet Manhattan en avaient déjà éprouvé les effets inconfortables, quand ils furent mis devant le fait accompli : la Bombe serait bientôt produite. C'était devenu techniquement faisable, donc ce serait fait (aucune invention de l'humanité n'échappe à cette règle). On avait le choix entre une Bombe nazie et une Bombe américaine. Ils eurent ensuite le choix entre la Bombe du monde libre et la Bombe de l'empire communiste.

On nous l'avait fait comprendre à nous aussi : seules des armes *intelligentes* permettraient de combattre dans un chaos de forces et de fronts entremêlés, où forces de l'ONU, armées nationales, milices diverses, bandes armées, colonnes et camps de réfugiés formaient désormais un *réseau* inextricable.

Mais voilà, pendant ce temps-là, ça avait accéléré à Cap York.

Durant l'hiver austral 98 (c'est-à-dire notre été, à nous hommes du Nord), d'immenses chantiers se sont mis en route dans la zone et des tours de verre ont poussé comme des champignons, alors que la construction du pas de tir allait bon train. Toshiba, Mitsubishi Avionics, Kawazaki Heavy Industries, Intel, ATT, United Technologies, General Dynamics, Mc Donnell Douglas, DuPontDe-Nemours... les enseignes géantes se sont mises à clignoter au-dessus du désert et de l'Océan, polychromies électriques jetées à la rencontre des peintures secrètes du bush.

Une nouvelle génération d'entreprises est née sous les tours de verre des cartels géants, tandis que le pas de tir entrait en phase d'essais, à partir de l'été austral 98-99 (notre hiver) : Orbital Sciences, Austral Biotech, Cathay Pacific Space-Services, Bell-Pacific Aerospace, Northrop-Tupolev, Proton Industries. Le phénomène dure toujours, preuve de l'impitoyable darwinisme sociotechnique des civilisations humaines quel que soit leur degré d'évolution matérielle.

Fin décembre 1998, un groupe de chercheurs russes est venu nous rejoindre, dans le cadre d'un projet de coopération transpacifique. « Next West

Initiative», je crois, un truc comme ça. Deux hommes, une femme. De sacrés bons chercheurs. Une mathématicienne spécialiste des nombres plus grands que l'infini, un biologiste marin expert en acides aminés et «précurseurs» chimiques, et un géophysicien sibérien qui s'intéressait à Mandelbrot et aux «logiques floues»...

Ça s'est mis à péter du feu de Dieu dans l'équipe «NeuroSphère», avec cet ajout d'intellectuels pâles, et aux costumes complètement hors course, mais dotés d'une intelligence sévèrement aiguisée par l'histoire.

Encore une fois, ce qui s'est passé est une création collective, née de l'effervescence intellectuelle qui régnait là-bas.

Je crois néanmoins me souvenir qu'une des toutes premières fois où le sujet a été abordé de front, c'était dans un groupe informel, sur notre «campus», à l'extérieur du hangar. C'était dans la salle de cinéma, nous formions un groupe de six ou sept personnes, dont les trois Russes. Axel Winkler était de la partie, bien entendu. On devait être en janvier ou février 99, en plein été austral, je me rappelle que la clim fonctionnait mal et que nous étions tous en nage.

Nous venions de regarder «Silent Running», de Douglas Trumbull, un des «must» du campus, et je ne sais trop qui avait allumé un joint d'herbe mauricienne. Un cône oblong et translucide comme une chrysalide s'est mis à tourner, en nappant la petite pièce d'une fumée lourde, à l'odeur incroyable.

On en est vite venu à ce qui nous travaillait tous, plus ou moins, depuis plusieurs semaines...

— Vous ne pouvez pas réduire l'histoire humaine à une simple expérience darwiniste manœuvrée par le chaos, avait dit Vassili Tourkhanev, au bout d'un moment.

— Ce n'est pas ce que nous faisons, avais-je répondu, envoûté par l'herbe psychotrope, l'herbe-qui-délie-les-langues... Nous voulons juste intégrer l'histoire comme la *tendance la plus probable à la réalité* d'une espèce de primates évolués, dotés de cortex cérébraux en perpétuelle transformation... je le sais, il suffit de lire les messages qui circulent sur Internet dans le campus... on pense tous qu'à une chose : intégrer l'individu selon sa composante essentielle, sa complexité «rhizomique» si vous permettez, née de sa situation, aux confluents de l'animal et du divin, du biologique et du psychique, du social et de l'émotion...

— Et qu'est-ce que vous allez obtenir ? m'a rétorqué Tourkhanev (qui jouait à merveille les avocats du diable et savait remettre en question notre matérialisme occidental), hein ?... Une énorme banque de données, sans aucun système pour naviguer dedans, vu que nous ne savons toujours pas ce que nous cherchons, le «mystère» de la *psyché* humaine...

Là, il a touché juste, il fallait le reconnaître.

J'ai réfléchi un moment, en aspirant sur le cône avant de le passer à mon voisin direct, l'autre Russe, le biologiste Boris Atanassiev.

— Attendez, ai-je dit en relâchant une énorme corolle de fumée, je n'ai pas dit que nous allions créer un système de prédiction infaillible des interactions humaines, car un tel système est précisément infaisable, à cause, disons, d'une *limite quantique*... mais ce qu'on va sûrement être amené à faire, c'est mieux comprendre la thermodynamique complexe qui agite un groupe d'humains et une haute technologie imitant la nature. Pour ça, faudra disposer de modèles «probables», en fonction de données puisées dans l'histoire, les micro-sociétés autarciques, et dans tous les domaines touchant à l'ethnologie, ainsi qu'à la psychiatrie, et aussi l'épistémologie, la linguistique... (Les mots roulaient comme des tambours de guerre du futur dans ma bouche desséchée par le THC.)

Un de mes vieux dadas. Qui prenait corps, peu à peu, dans cette oasis de science.

J'étais loin d'être le seul à être excité par cette idée, même si nous ne savions pas encore très bien où nous allions. Sheila Hartley, de mon *cluster* expérimental, était une des plus enthousiastes. Intégrer des historiens, des psychiatres, des linguistes, des sociologues, des ethnologues, des sémiologues, enfin coupler sciences humaines et sciences expérimentales dans un grand projet d'envergure internationale...

Sheila Hartley, je l'adore.

Elle a quitté Montréal en juillet 98 pour nous rejoindre.

C'est une Californienne type. Naïve, hyperactive et drôlement bien foutue. Elle a su communiquer son enthousiasme à ce sceptique génial de Tourkhanev. De toute façon le virus courait. Ce n'était même pas la peine d'envisager l'arrêter. Pas avec les divers *smartdrinks* que nous nous enfilions à longueur de journée.

J'ai appris plus tard que Randrashankar avait fait partie d'une équipe pluridisciplinaire de ce genre lors de ses travaux sur les hallucinogènes au début des années quatre-vingt-dix.

Il travaillait d'ailleurs lui-même sur un projet similaire depuis des années. À lui tout seul, il pilotait un fantastique programme d'études, où se rejoignaient neurochimie, physique quantique, mathématiques, sciences cognitives, linguistique et psychiatrie... Véritable génie universel, encvclopédique, il considérait NeuroSphère comme une simple étape sur le long chemin de la Connaissance. Lorsque nous lui avons finalement parlé de notre idée, il nous a regardés avec un regard pétillant de malice, comme un vieux maître zen :

— Parfait, a-t-il dit à notre petite délégation, vous êtes en train de vous poser les premières vraies questions...

Il ne nous en a jamais dit plus, mais environ un mois plus tard, Trevor McGovern, l'Australien qui s'occupait de l'administration du hangar, est venu nous voir avec une copie de circulaire à la main. C'était l'octroi d'une ligne de crédit de plusieurs centaines de milliers de dollars pour engager une équipe transdisciplinaire de sciences sociales sur plusieurs années. Randrashankar avait brillamment convaincu le conseil d'administration de Biosphere Technologies, dont le redoutable financier texan. Nous avions quelques jours pour faxer les profils requis aux cabinets de recrutement de la compagnie. Nous avons violemment sablé, et sabré le champagne ce jour-là, et je me suis offert un voyage à l'acide, avec un LSD confectionné par Randrashankar, un trip qui m'a emmené jusqu'à l'après-midi suivant, sur les plages face à la Grande Barrière.

Sheila Hartley était avec moi et, évidemment, nous avons fait l'amour. Avec tout le truc new-look, en provenance directe du laboratoire social avancé de la planète. Californie, USA.

Les ViroTests Minute, d'abord.

Après l'injection d'un vecteur de dépistage, un message apparaissait sur le poignet, une inscription cutanée fluo qui vous indiquait l'état de la personne. Cela ne concernait encore que le Sida, mais plusieurs laboratoires envisageaient déjà de coupler l'implant ou le vecteur avec une biopuce qui pourrait traiter un nombre limité, mais suffisant d'informations. De quoi afficher tout le check-up du client.

Sympa.

Ensuite la capote microfilmique première génération. Très agréable, une épaisseur de quelques fractions de microns, mais pas fiable à cent pour cent. D'où le ViroTest Minute, lui-même fiable à 99 pour cent et quelques dixièmes… Mais on n'est jamais trop prudent de nos jours…

Sheila Hartley s'est donc approchée de moi. J'étais assis face à l'Océan et je ne sais plus si le soleil se levait ou se couchait.

Elle s'est penchée à ma rencontre, non, elle a glissé vers moi, émettant une forme subtile de rayonnement ultraviolet, dans le crépuscule/aurore. Ses cheveux blonds encadraient son visage triangulaire, dans une coupe à la mode post-néo-sixties. Son corps produisait un bruit de cascade et ondulait comme un flux de chaleur, le sable jouait une musique de cristal sur sa peau. Ses lèvres semblaient repeintes avec une poussière de quartz doré. Ses yeux marron-vert luisaient d'un éclat végétal gorgé de chlorophylle, une plante au tempérament carnivore.

— T'inquiète pas chéri, tout est cool, m'a-t-elle dit en se lovant à mes côtés, félin féminin aux ronronnements thermiques.

Une vague de désir m'a submergé de l'intérieur. Sa bouche et son regard de jungle chaude ont avalé l'univers tout entier. Quand elle m'a embrassé, sa langue s'est fondue dans la mienne, ou l'inverse, en faisant éclater dans mes papilles un goût de noisettes et de caramel. La courbe de ses seins dorés, gonflés sous l'acrylique blanc de son débardeur, a déclenché la réaction en chaîne.

Il y a eu la difficile et étrange étape prophylactique décrite plus haut, surtout sous les effets du très puissant diethylamide de l'acide lysergique, que Dieu a inventé pour on ne sait encore quelles raisons... La pose de l'implant sur l'avant-bras comme une sorte d'insecte de carbone noir.

— Tout va bien, honey, susurrait-elle *cool... cool...*

Le marqueur fluo est apparu au bout de (trois ou quatre minutes ? siècles ? microsecondes ?) sur nos poignets. Il y a dessiné un hiéroglyphe vert aux contours mouvants. Un zéro avec un signe moins au milieu... Le cercle et le trait brillaient d'une lueur radioactive sous ma peau et je les ai fixés pendant des siècles, comme s'ils renfermaient tout le savoir de l'humanité. Le cercle et le trait. La plénitude et la discontinuité. Comme un jeu de symboles renvoyant aux puissances du verbe, du logos, de ce-qui-nomme, de ce qui devient science, par cette sorte de grâce toute naturelle chez l'homme...

— *Negative... Allright...* Tout va bien honey, ronronnait Sheila. Tu vas voir, tout va bien se passer.

Elle s'est ensuite occupée de la capote microfilmique, tout à fait adroitement, c'est-à-dire en ne se servant pas uniquement de ses mains...

Le tube de polymère translucide était plus léger qu'une plume, et sa consistance était éthérée, comme un gaz bizarre, aux limites de l'état solide. Mon sexe s'est gonflé et a épousé le film antiviral. La chair et les vaisseaux sanguins palpitaient sous la gangue transparente, comme recouverts d'une peinture cristalline. La bouche de Sheila semblait vouloir devenir un appendice de cet étrange organe.

Puis tout s'est déroulé dans une vague de feu sexuel, cosmique, amplifiée par la Lune, énorme, qui bourdonnait dans un ciel piqueté d'étoiles, tombant vers nous à la vitesse d'avions en perdition... La Lune sur l'Océan, alors c'est ça, ça devait être au crépuscule. Ensuite je me rappelle juste avoir repris conscience sur une plage que je ne connaissais même pas, à vingt kilomètres du centre de recherches. Il était deux ou trois heures de l'après-midi.

Quelque temps après cette fête mémorable, l'hiver austral 99 était en train de pulvériser les records locaux de chaleur, et l'alerte UV maximum durait depuis des semaines, le docteur est venu nous rendre visite au hangar, encapuchonné dans son parka de Mylar protecteur.

En plus de l'équipe que nous formions, nous, les «neuronautes», Randrashankar disposait d'un tandem de deux assistants, un jeune prodige hongrois, expert en programmation avancée, et une Hindoue, une biophysicienne qui promettait. On les voyait rarement, car ils restaient constamment à quinze kilomètres du campus, dans une dépendance de la villa de Randrashankar.

L'Hindoue, nom de Dieu... bardée de diplômes, mais également dotée du physique radieux d'une star de cinéma de Bombay, le genre de détails que nous discernions tous sous le costume anti-UV, blouse sans forme couleur de mercure. Une aura à vous couper le souffle, avec la grâce héritée de lignées immémoriales, qui vous transportait illico dans un monde peuplé de maharadjah, d'éléphants ornés de palanquins et de danseuses voilées de rouge aux gestes délicatement codifiés, alors qu'autour de nous étincelait l'éclairage froid des rampes de néon sur le métal.

Je crois qu'il y a une bonne dizaine de types qui sont tombés amoureux en même temps, le jour où elle a déboulé avec Randrashankar et le Hongrois, au «hangar». Mais ils ne sont restés qu'une petite demi-heure, le temps que Randrashankar nous les présente rapidement puis nous fasse savoir ce qu'il attendait de nous.

Une partie des capitaux supplémentaires provenait de pays de l'Union Européenne et de la BERD. En échange, il fallait incorporer des chercheurs en provenance de Russie et d'Europe. Or les «recruteurs» de la compagnie séchaient devant la complexité et l'originalité du problème. Ils n'arrivaient pas à trouver des postulants correspondant aux profils demandés. Et ça coûtait trop cher de faire venir des antipodes des centaines de candidats pour n'en sélectionner qu'une demi-douzaine. Randrashankar a eu l'air désolé de nous l'apprendre. La directive venait de plus haut. On voulait qu'un petit détachement aille sur place, en Russie, puis en Europe occidentale, pour jouer les chasseurs de têtes.

Une chose était claire : c'était à prendre ou à laisser. Les têtes dirigeantes du projet, c'est-à-dire les membres du Conseil d'administration de la Biosphere Corporation, ceux qui tenaient les cordons de la bourse, l'entendaient ainsi.

Suis-je vraiment obligé de vous dire que j'ai fini par me retrouver dans le «détachement» en question ?

Et que c'est pour cette raison que j'ai atterri un soir d'été orageux, le 2 septembre 1999 pour être précis, sur l'aéroport de Moscou ?

La nuit était d'un noir d'encre et un déluge s'abattait sur la capitale russe, alors que les éclairs rayaient le ciel au-dessus de la Moskova. Conséquences d'une funeste rencontre entre des masses d'air froid gorgées d'eau en provenance de la Baltique, et un vent chaud qui soufflait depuis les déserts du Kazakhstan, les trombes et les bourrasques ont enveloppé de vapeur l'immense aéroport. Les explications que me donnait Mahoney d'un air absolument détaché, entre deux trous d'air cataclysmiques, n'avaient rien pour me rassurer.

Juste après que nous nous soyons posés, les avions ont été interdits au décollage et j'ai saisi un dialogue en russe dans le hall, m'apprenant que plusieurs vols en attente au-dessus de la capitale venaient d'être détournés sur d'autres villes de la région.

Nous sommes sortis du bâtiment alors que l'orage crevait juste au-dessus de nous.

Nous nous sommes engouffrés dans le taxi, Boris Sergueïevitch Atanassiev, Dick Mahoney le Wallisien et moi, comme si nous venions de ressortir tout habillés d'une piscine.

Boris a gueulé l'adresse au chauffeur tandis qu'un vacarme de Walhalla emplissait l'espace, un rideau blanc violet flashait dans la haute atmosphère, comme une vieille séquence d'archives datant de la bataille de Moscou.

Je n'avais pas encore refermé la portière sur moi que l'antique Lada s'est ébranlée, dans un bruit de ferraille.

Nous nous sommes enfoncés dans la nuit moscovite.

La spirale de mon destin s'enroulait, vers son fatal point d'impact.

21

Le combiné Sony s'est allumé et s'est mis à déverser une sorte de rock cosaque, tonitruant, qui m'a brutalement réveillé. J'ai ouvert les yeux sur la pénombre de la chambre. Les leds bleues du radio-réveil palpitaient au-dessus de la table de chevet, comme des chiffres fantômes suspendus dans l'air.

Les volets fermés ne laissaient passer qu'un froid et maigrelet rayonnement gris, par les interstices.

J'ai entendu de l'agitation dans le salon et la salle de bains. Dick Mahoney et Boris étaient déjà levés.

J'ai rejeté d'un geste les draps en travers du lit.

L'appartement, une denrée encore rare à Moscou en ces temps-là, avait été loué au prix fort par le cabinet de recrutement. Il comptait trois chambres aux papiers peints défraîchis, un vaste salon doté d'un divan et d'une télévision hors d'âge, une bibliothèque, aux rayonnages presque vides, et où se côtoyaient une poignée de romans à l'eau de rose commis par une Barbara Cartland locale, et des ouvrages calibrés réalisme-héroïque-soviétique-et-prolétarien (certains dataient des années soixante et je dois avouer que nous en avons tous subtilisé quelques-uns en souvenir), une cuisine minuscule et une salle de bains tout juste fonctionnelle, le tout distribué de part et d'autre d'un long couloir sombre et tortueux. Le cabinet préférait à juste titre un appartement discret à un hôtel international bondé de journalistes, d'hommes d'affaires concurrents, de mafieux, de trafiquants et d'espions toutes catégories. D'après ce que je savais, nous étions surveillés par le service de sécurité de la compagnie de recrutement et par une agence de détectives moscovite, engagée par Biosphere. Nous avons aperçu à quelques reprises des types dans des berlines japonaises ou allemandes, ou des Moskovitch rafistolées, mais la consigne était de n'entrer en contact avec eux qu'en cas d'urgence absolue.

L'immeuble se trouvait près de la station de métro Lénine Gori, pas loin de l'université, sur la grande boucle sud-ouest de la Moskova.

Le ciel était gris argent. Par la fenêtre du salon j'ai pu observer la ville recouverte d'une coupole de nuages, un dôme de brume monochrome et métallique. Les arrière-gardes de la tempête de la veille, derrière lesquelles le soleil était invisible, mais pas sa lumière qui transformait la chape nuageuse en une voûte aveuglante. La Moskova, comme une coulée d'étain fondu. L'université, style gothique stalinien flamboyant, imposant sa masse sur les jardins qui l'entouraient.

Je me suis mis à repenser au mécanisme implacable qui venait de me conduire ici. Je l'avais mauvaise.

Notre mission était à la fois simple et complexe, comme une sorte de rébus probabiliste. La provenance des capitaux nous obligeait à un savant dosage. Un Russe, un citoyen d'Europe orientale, deux Français et deux Allemands. Les besoins du programme aussi, un historien, un anthropologue, un psychopathologiste, un sociologue, un sémiologue, un linguiste. Chacun expert en un certain nombre de domaines pointus, nécessaires à la poursuite de notre expérience. Nous devions jongler avec ce complexe tableau à double entrée.

Ce matin-là, lorsque j'ai rejoint Boris Atanassiev dans la cuisine, il préparait du thé sur une plaque chauffante à halogène coréenne flambant neuve. Un objet extraterrestre dans l'antique appartement moscovite, passablement déglingué.

J'étais franchement d'une humeur massacrante, mais j'ai décidé d'adopter une attitude raisonnable. Ce serait déjà assez chiant comme ça. Il était inutile de transformer le séjour en enfer et de me fâcher à vie avec d'aussi braves garçons que Dick Mahoney et Boris.

Je me suis fendu d'un maigre sourire quand Boris a servi le thé.

Nous avons pris ensemble notre petit déjeuner, puis Dick Mahoney est sorti en sifflotant de la salle de bains.

Dick Mahoney était un épais Wallisien de trente-six ans, un climatologue, spécialiste des interactions entre le vent et la surface océanique et aussi, comme il aimait le souligner, entre le rhum martiniquais et ce qui lui fait office de cortex cérébral.

Vous allez me dire, mais qu'est-ce que foutaient un biologiste marin, un climatologue et un cogniticien, en plein milieu de la Russie, pour dénicher un invraisemblable sextet de chercheurs en sciences humaines?

C'est très exactement ce que je leur avais dit, à tous, quand le choix collectif nous a désignés à tour de rôle. Boris (parce qu'il était russe), moi, parce que j'étais bilingue (anglo et francophone) et que je possédais des éléments de russe, et Dick

Mahoney, enfin, parce qu'il avait cette étonnante particularité de parler allemand couramment (il lisait Goethe ou Schopenhauer dans le texte, ce qui ne passe pas inaperçu à Wallis-et-Futuna ou partout ailleurs sous ces latitudes). Mais Randrashankar et tous les autres se sont montrés assez peu flexibles. J'ai eu beau hurler : «Allez vous faire foutre ! J'suis pas candidat, ça aussi c'est la démocratie...», rien n'y a fait. Les besoins du programme étaient réels. Je n'ai pas pu me dérober. Mon travail se situait aux frontières de plusieurs disciplines (ben tiens, évidemment, j'étais tête-de-cluster pour ça, leur avais-je rétorqué, en vain), je devais accepter de piloter le détachement. Dick et Boris ont fini par céder et je leur ai emboîté le pas, la mort dans l'âme.

Le défilé a commencé, dès neuf heures trente ce matin-là.

Nous sommes restés très exactement trente-quatre jours à Moscou. Et je n'en ai pratiquement rien vu.

Nous avons présélectionné cinq chercheurs et le 5 octobre au soir, de l'aéroport international de Chérémétiévo, nous avons pris un vol Lufthansa pour Budapest.

Je ne sais plus trop exactement quand l'idée s'est cristallisée dans mon esprit. Elle était sûrement là, à l'état latent, depuis notre départ pour Moscou, mais je crois que ce n'est qu'à partir du mois d'octobre qu'elle a peu à peu surgi, en tant que mécanisme clair. Notre séjour à Budapest s'achevait et nous avions reçu plus de quatre-vingts chercheurs, venus de toute l'Europe de l'Est. J'ai fini par me demander si Gombrowicz et Svetlana se trouvaient toujours quelque part sur le continent. Je n'avais vu leurs noms nulle part sur les listings préparés par l'agence de recrutement.

Puis, insidieusement, un plan bizarre a germé dans ma tête. S'ils se trouvaient encore en France, peut-être pourrais-je à cette occasion les brancher sur l'affaire ?

Cela soulevait de nombreux problèmes. Gombrowicz était français et il pourrait donc sans mal être inclus dans le listing local. Mais Svetlana était russe, en tout cas à l'époque où je l'avais quittée, et je ne voyais pas comment surmonter l'obstacle.

Puis, petit à petit la solution s'est éclairée.

Il me suffirait de l'inclure sur le listing russe. Après tout, peu importait l'endroit où se déroulerait l'entrevue. Si elle correspondait au profil et au critère de nationalité, je n'aurais qu'à imposer puis légèrement pousser sa candidature pour emporter le morceau. Svetlana était ultracompétente, ça ne passerait pas pour un vulgaire coup de piston de bas étage...

Notre stratégie consistait à visiter chaque pays et à y dresser une liste de six postulants possibles. À la fin de la tournée, nous devions opter définitivement pour les six meilleurs candidats, leur donnant rendez-vous à Londres, avec un billet d'avion pour l'Australie, une avance en écus et un contrat en bonne et due forme, préparé à l'avance par la compagnie.

Je devais donc m'assurer que Svetlana et Gombrowicz puissent correspondre aux profils recherchés.

Gombrowicz était un psychopathologiste d'envergure internationale, il serait facile pour lui de s'assurer la place.

Pour Svetlana, le choix était donc restreint. Le poste de psychopathologiste étant bloqué par

Gombrowicz, ne lui restait plus que celui de l'anthropologue, sur le listing russe. Je savais qu'elle avait suivi un cycle complet d'anthropologie à l'université de Saint-Pétersbourg et je me suis souvenu que nous avions parlé de sa thèse, un jour, chez moi, dans l'appartement de la tour Puccini. Une thèse étonnante sur les spirales autodestructives rencontrées chez certaines sociétés, dont quelques-unes ayant vécu en autarcie, comme la civilisation de l'île de Pâques, ou les troglodytes anasazis du canyon du Colorado...

Je me suis alors rendu compte que son cursus collerait parfaitement. Ça marcherait.

Je nous imaginais déjà, sur les côtes australiennes, sous le soleil du Pacifique.

Je voulais vraiment me racheter de la mouise dans laquelle je les avais laissés à l'époque, en m'embarquant lâchement quelques mois avant le procès. Si je remettais la main sur eux en France, je leur proposerais ce quitte ou double aux antipodes.

C'est l'impatience qui m'a fait agir, quelques jours plus tard.

— Je pense à un truc, Dick, ai-je innocemment lâché, alors que Boris somnolait devant un *soap-opera* russe, à la télé. On pourrait se partager le boulot en Europe...

— Comment ça? avait marmonné Dick, qui pianotait machinalement sur le clavier de sa neuromatrice personnelle.

Je me suis lancé, toujours aussi angélique.

— Ben, tu parles allemand, et Boris un peu aussi je crois, vous vous occupez de l'Allemagne et moi j'me tape la France. On gagne un mois...

Dick n'a rien répondu. Il s'amusait avec sa neuromatrice, lui demandant d'exécuter une série de numéros, comme pénétrer à toute vitesse, en « état fantôme », dans des banques de données sévèrement protégées.

— T'as vu ça ? m'a-t-il dit au bout d'un moment.

— Quoi ?

— Ma neuromatrice...

— Ouais, et alors ?

— C'est fou la vitesse à laquelle ça apprend quand même vos petits machins, là...

Je me suis mis à rigoler.

— Ben ouais... On les a programmées pour ça tu sais... Elles se développent vraiment comme des cortex humains, en couches logicielles successives, heu... Elles font ça dix ou vingt mille fois plus vite que nous, c'est la seule grande différence... Bon, t'es d'accord ?

— Sûr... Regarde ça, m'a-t-il fait.

— Quoi donc ?

— Mate, viens voir ça...

Je me suis levé et je suis venu me poster à ses côtés.

La neuromatrice nous présentait une animation de synthèse de la NASA. La surface martienne, le canyon Valles Marineris, 4 500 bons kilomètres de long. L'écran nous montrait le paysage qui défilait autour de nous, aux commandes d'un engin de reconnaissance parfaitement virtuel.

— Ben quoi ? ai-je dit, elle a piqué ça où ? Dans les catalogues d'images de la NASA ?

— Ouais... au JPL...

— Bon. . et alors ? Elle s'amuse un peu, elles adorent faire ça, tu sais...

— C'est pas ça, mate un peu les installations là..

Dick me montrait un réseau étrange de bâtisses et de machineries que je n'avais jamais vu nulle part, dans les projets spatiaux en prévision.

— Qu'est-ce que c'est? lui ai-je demandé.

— Ben justement... C'était pas dans le catalogue de la NASA, ça..

— Tu lui as demandé quelque chose de précis?

— Heu... non, la routine de base habituelle... Cherche et apprends... J'avais une connexion en attente avec le JPL, pour un truc sur une de leurs études aérodynamiques. .

J'ai regardé l'écran.

On survolait maintenant les environs du volcan Olympia, 24 kilomètres de haut.

Des dômes étranges s'élevaient dans le lointain, nés de la main de quelque chose qui n'était ni homme, ni nature. Comme une technologie hybride et encore instable.

J'ai éclaté d'un petit rire.

— Cherche et apprends... Ben, c'est ce qu'elle fait, je crois...

— Merde, m'a fait Dick, c'est quoi ces trucs qu'elle superpose aux images?

— Des trucs à elle, ai-je dit. Ses propres projets de colonisation spatiale. Elle cherche... Et elle apprend.

Puis, aussitôt rassis à ma place:

— Bon, Dick, t'es d'accord?

Dick regardait l'écran, fasciné par ce qu'il y voyait.

— Dick? ai-je repris, t'es d'accord, merde?

— Hein? m'a-t-il fait en se retournant vers moi, d'accord pour quoi?

— Putain..., ai-je maugréé, d'accord pour le plan... le partage des tâches...

— Ah... Ouais... bien sûr, Dark, bien sûr... Pas d'problème...

Son regard se détournait déjà, juste avant la masse graisseuse de son corps, qui ondula sous les plis amples et colorés de sa chemise hawaïenne.

Le climatologue scrutait le tube comme un gosse émerveillé.

— Putain, a-t-il fait au bout d'un moment... c'est pas vrai, elle crée son propre système de terra-formation, cycle gaz carbonique-eau-oxygène avec des capteurs organiques de synthèse... merde, c'est pas croyable...

Je me suis contenté de sourire.

— Dark, a-t-il refait, merde, c'est dingue...

— Mais non, ai-je lâché, avec un vague haussement d'épaule. C'est normal, Dick.. Elle est comme nous... faut bien qu'elle fasse quelque chose...

On a exécuté le plan comme convenu et je n'ai débarqué à Francfort que pour attraper un Airbus en direction de Paris, une demi-heure plus tard.

J'ai quitté Dick Mahoney et Boris dans le hall de transit et je me suis aussitôt dirigé vers mon terminal d'envol. Partout autour de moi résonnaient les bips des téléphones cellulaires, des *Personal Digital Assistants* avec écran à écriture cursive, et des vid-coms portatifs dernier cri, gros insectes calés sur les oreilles d'hommes d'affaires à l'anonymat quasi holographique, ou de jeunes yuppies aux costumes néo-seventies ultravoyants, et aux lentilles optiques fluo portant le monogramme de leur compagnie (la version chic et socialement intégrée des publicités humaines, du genre de celles qu'on se fait poser sur la dentition, aujourd'hui, pour pouvoir se payer les soins adéquats, sourires garantis Sony, Coca-Cola, Kodak, ou Asahi Shimbun). Bon Dieu, toute cette humanité surbranchée et aveugle à la fois.

J'ai débarqué à Roissy le 2 novembre 1999, à dix-sept heures quarante-cinq, pour être tout à fait précis, le ticket à mémoire que j'ai conservé en fait foi.

Une petite demi-heure plus tard, le RER grande vitesse m'a lâché au nouveau terminal central. (Les grandes gares parisiennes interconnectées au noyau RER des Halles/Saint-Michel, un vrai labyrinthe, la première fois.)

J'ai tout de suite ressenti la lourdeur de l'atmosphère. Je me suis retrouvé à contresens dans la masse compacte des banlieusards rentrant chez eux après leur journée de boulot. Banlieue nord, c'est-à-dire jusqu'à Lille. Une sorte d'antique mémoire photographique s'est lentement sublimée en moi.

Le nouveau terminal RER semblait sortir d'une séquence de *THX 1138*, de Georges Lucas. Corridors blancs dallés de nuances de gris, se ramifiant à l'infini, sous des rampes de néon à la lumière blanc-bleu. Escalators et couloirs roulants, se superposant en galeries entrecroisées, larges aires commerciales alignant leurs vitrines aux lumières pâles (le logo Sécurit-UltraCarbon en tache jaune mille fois répétée), locks de consignes, casiers de métal blanc ou gris métallisé empilés derrière de hautes bulles de Plexiglas. Réseaux de caméras et de «polysenseurs», câblés dans tous les sens.

Le troupeau désagrégé des SDF, s'entassant dans les maigres recoins épargnés par la lumière crue qui tombait impitoyablement des rampes de néon. Recroquevillés sur leurs cartons, entre les distributeurs de boissons, de friandises ou de préservatifs, inaccessibles à leurs poches désespérément vides, ou remplies de juste assez pour s'offrir une boulette de sub-crack, deux ou trois boîtes de Gévéor-Pack en poudre, ou un tube de NéoThotal, bien plus indispensables.

Pas très différent de cinq-six ans auparavant.

Juste un poil plus nombreux.

Ouais, *un poil* plus nombreux…

J'ai rejoint le réseau de métro à Châtelet. Ça n'avait pas beaucoup changé ici. De nouvelles pubs, évidemment, un nouveau système de bancs publics, toujours aussi peu ergonomiques, et sans aucun doute dûment homologués anticlochards. Un éclairage légèrement différent peut-être, et les omniprésentes caméras «polysensitives», disséminées sous les plafonds courbes, avec leur œil globuleux et phosphorescent, derrière le carbone blindé transparent.

J'ai réalisé quelque chose, en sortant à l'air libre, au métro Charonne.

Voilà, c'était ça. La vieille mémoire photographique venait de se fixer, dans un bain de révélateur purement mental.

C'était comme si ce n'était pas la première fois que je la voyais, cette image…

Nom de Dieu… évidemment. Je me suis arrêté en pleine rue, frappé par la révélation. Je regardais partout autour de moi.

Les vitrines. Les visages. Les lumières derrière les fenêtres. Les voitures et les bus qui passaient.

Cette même expression partout.

On se serait cru en Russie.

Putain… même à Budapest, ça avait l'air d'aller mieux.

22

J'ai emménagé provisoirement dans la chambre d'un établissement standard, près du métro Voltaire. Un trois-étoiles propret et sans grande particularité, aux frais de la Biosphere Corp. En face du lit, une télévision haute définition numérique dernier cri, branchée sur le câble et un package de satellites. Elle était dotée d'une console de recherche multimédia avec combiné vid-phone incorporé, mais on pouvait aussi y brancher son système radiocellulaire personnel. Beau matériel, mais déjà assez commun, en fait. J'ai observé ma chambre et la vue que j'apercevais par la fenêtre. La façade rose d'un immeuble fraîchement rénové palpitait doucement entre deux nuances, orange et violette, nées d'une enseigne voisine qui clignotait au coin de la rue. Une sensation bizarre s'épanouissait en moi.

Comme si je venais de mettre un pied dans un univers parallèle, une copie à peine différente de l'univers original, mais avec cet imperceptible décalage que je n'arrivais pas à localiser.

On trouvait encore en France, à l'époque, à peu près le même niveau moyen de technologie que partout ailleurs dans le monde occidental, mais c'était comme si quelque chose ne collait pas dans cette transfusion forcée. Comme si elle se faisait à contrecœur, je ne sais pas exactement, la sensation resta indéfinie. Elle finit d'ailleurs par s'évanouir au bout de quelques jours.

Ce soir-là, je suis allé bouffer au chinois du coin, puis, chez un fleuriste arabe miraculeusement ouvert, j'ai acheté des fleurs, au cas où, et je suis remonté dans la chambre. J avais choisi des roses transgéniques hollandaises. d'un joli bleu cobalt.

J'ai mis le bouquet dans le lavabo rempli d'eau froide, puis je me suis réinstallé devant le combiné.

La sonnerie s'est interrompue en pleine stridulation et la voix de Svetlana a résonné dans l'écouteur, faisant naître une image étonnamment précise dans mon esprit.

À la même seconde, un message sur le téléviseur m'informait que Svetlana n'était pas équipée d'un système vid-com. L'écran restait noir, d'ailleurs.

— Oui... j'écoute.

J'ai pris mon inspiration et je me suis lancé.

— Bonjour Svetlana, c'est Darquandier, Arthur, qu'est-ce que vous dites de ça?

Il y a eu un silence, à peine rompu par un souffle lointain...

— Allô? C'est une blague?

J'ai repris mon souffle, à nouveau.

— Et voilà ai-je fait, on laisse s'écouler un siècle et on vous a déjà oublié... Non, c'est bien moi, Svetlana... Darquandier, vous savez, le fouteur de merde, le cauchemar-qui-hante-les-nuits-du-docteur-Carbonnel...

Un instant de suspension, comme un doute qui s'éteint définitivement.

— Darquandier?... incroyable... Où vous êtes, là? À Paris?

— Oui… mon astronef privé s'est posé à Roissy il y a deux heures environ… Écoutez, je suis dans un hôtel pas loin, vous accepteriez que je fasse intrusion chez vous à cette heure tardive… et que, je sais pas… si nous allions boire un verre quelque part?

Un bref instant de réflexion.

— Quelle heure est-il?… Voyons… Où êtes-vous exactement?

— Métro Voltaire, à dix minutes de chez vous…

Un petit rire, fruité.

— Pas de problème, Dark. Je vous attends… À tout de suite…

C'est bizarre, hein? Les mécanismes secrets qui agitent notre cerveau…

Ce n'est vraiment qu'à cet instant que mon cœur s'est mis à battre plus fort, sensiblement, que je me suis senti moite, nerveux, anxieux, impatient, et les jambes étrangement cotonneuses, alors qu'un drôle de parasite s'entortillait dans mon ventre.

Je me suis assuré que j'étais présentable, et en tout cas à peu près conforme au personnage fabriqué depuis des années.

J'aimais assez bien mon bouquet de roses transgéniques, au bleu tirant sur le turquoise. On en trouvait de plus en plus, de ces fleurs aux couleurs transmutées dans un labo hollandais ou coréen, mais elles ne passaient pas encore inaperçues. C'était à peu près la seule espèce qui ne me semblait pas offrir une image trop compassée.

Lorsque Svetlana a ouvert la porte, son regard s'est posé sur moi avec cette lueur de curiosité amusée qui était sa marque, et que je n'avais certes pas oubliée.

Puis ses yeux ont louché vers le bouquet de

fleurs cobalt que je tenais maladroitement. Je l'ai tendu raidement devant moi en essayant d'ouvrir la bouche.

Elle m'a opportunément devancé.

— Entrez, Dark... entrez, comment allez-vous ?

Elle s'est effacée pour me laisser passer, attrapant au passage la douzaine de roses bleues.

Svetlana a préparé du thé, dans un antique samovar. Je me souviens lui avoir demandé si elle avait dîné et qu'elle m'a répondu par l'affirmative. Je lui ai ensuite proposé d'aller boire un verre du côté de la Bastille, mais elle a gentiment décliné l'offre. Elle était vraiment crevée. Elle devait se lever tôt le lendemain matin, mais elle ne verrait aucun inconvénient à ce que nous remettions ça un autre jour, le week-end suivant par exemple. Je me suis rendu compte que son accent slave s'était imperceptiblement effacé, depuis la dernière fois que je l'avais entendu. Le lent travail de l'exil assurait son érosion, inexorable. Rien que cinq ans, et c'était comme si le monde que vous aviez laissé derrière vous avait divergé sur une tout autre branche de l'espace-temps, créant sans doute cette impression de décalage que je ne m'expliquais pas. La sensation d'être un astronaute expérimentant le paradoxe de Langevin, revenant chez lui un peu plus vieux de trente ans, et découvrant une Terre plus ancienne de quelques millénaires. Le temps...

Ça m'a permis d'enchaîner sur ses activités professionnelles du moment.

— Moi ? oh, vous savez, il s'en est passé des choses depuis votre départ...

Un nuage de culpabilité est venu flotter dans mon esprit noir et douloureux.

— Racontez-moi ça, ai-je doucement demandé.

— Par où voulez-vous que je commence ?

J'ai réfléchi un instant, combinant une réponse valable.

— Commencez juste après le procès Schaltz-mann...

J'ai vu un voile prendre possession de son regard, fugitivement.

Un petit flash-back de six ans.

— Schaltzmann, a-t-elle murmuré... une longue histoire...

Je n'ai rien répondu, dégustant le thé noir à petites gorgées.

Svetlana s'est vaguement tortillée sur son sofa thaïlandais. Elle a arrangé sa jupe et a replié ses jambes sous elle.

— Je... eh bien, comme vous pouvez l'imaginer, le procès ne s'est pas très bien passé, je veux dire pour nous, les défenseurs de Schaltzmann...

— Ouais, ai-je marmonné, j'ai lu le verdict dans la presse, à Montréal...

— Ça ne s'est pas arrangé par la suite. Le deuxième procès a eu lieu à la fin de l'année suivante. Le second jugement est tombé en janvier 97...

Une pause.

— Entre-temps, nous avions pu mener de nombreuses séances d'interviews et de thérapie avec Schaltzmann...

Je l'ai interrompue.

— Qui ça nous ? Vous et le docteur ?

— Oui. Jusqu'au printemps 97. Après le second procès, les choses se sont corsées...

Un long silence. Le voile de souvenirs a de nouveau pris possession de son regard.

— Encore un coup de Carbonnel, je présume ? ai-je sifflé entre mes dents.

Sa prunelle s'est éclairée de l'intérieur. Un maigre sourire s'est esquissé.

— Oui... Il nous avait pourtant lâchés, après le premier procès. On a pu progressivement reprendre un rythme convenable d'interviews. Mais je ne sais pas trop ce qui a coincé après le deuxième jugement. Schaltzmann père tirait un trait et forçait D'Annunzio à arrêter les frais... Et puis des voix se sont fait entendre du côté du ministère de la Santé je crois... heu... le ministère de la Santé nous avait accordé la mise en place d'un programme de suivi psychothérapeutique, en collaboration avec Carbonnel qui supervisait ça de haut, Schaltzmann refusant de lui adresser la parole... Au printemps 97 tout a capoté, on a commencé à vouloir interrompre nos recherches, pourtant menées sous l'estampille officielle du CNRS. Vers avril-mai 97, on nous a refusé l'entrée au centre psychiatrique... Un soupir, résigné.

— Je vois..., ai-je lâché... Qu'est-ce qui vous a valu ce traitement de faveur ?

— Nous n'avons jamais su précisément, le docteur et moi. Nous avons émis diverses hypothèses, posé des questions dans tous les sens mais nous n'avons jamais obtenu de réponses. On nous a dit que les crédits allaient être supprimés et que le programme thérapeutique du docteur ne convenait pas au patient... Des trucs comme ça...

Évidemment, ai-je pensé. Un rideau de fumée qui masquait la présence active de ce fumier de Carbonnel.

— Vous avez fait quoi ?

— Qu'est-ce que vous vouliez qu'on fasse ?... Nous avons stoppé le programme... Rien n'y a fait, vous savez, pas même l'acte de Schaltzmann...

Je l'ai regardée, interloqué.

— L'acte de Schaltzmann ?

À leur tour ses yeux se sont posés sur moi, une expression vaguement désabusée sur ses traits.

— Ah ?... Vous ne savez pas ? Vous n'êtes pas au courant de ce qu'a fait Schaltzmann en mai 97 ?

Je me suis demandé comment j'allais faire pour lui expliquer qu'à ce moment-là je peaufinais un programme d'environ neuf cent mille lignes de code, et que, très franchement, j'avais fini par oublier qu'il y avait un monde, à l'extérieur de la bulle expérimentale qu'était devenue ma vie.

— Heu... non, non, je n'sais rien, j'étais un peu occupé à l'époque... Qu'est-ce qu'il a fait ?

Je m'attendais au pire.

J'avais raison.

— Il a tenté de se suicider et de mettre le feu à sa cellule. Nous ne savons pas trop comment il y est parvenu. Il a été brûlé et assez gravement intoxiqué. Il expliquait dans un message enregistré sur son petit dictaphone les raisons qui le poussaient à ce geste extrême. Cela faisait des mois que Schaltzmann enregistrait des stocks de CD, dans lesquels il tentait d'exprimer ce qu'avait été son expérience. Une sorte de biographie bizarre, avec des poèmes et des espèces d'aphorismes, un mélange de délires religieux et visionnaires. Très particulier...

— Intéressant, me suis-je contenté de noter.

— Oui... et c'est nous, le docteur et moi, qui avions poussé Schaltzmann sur la voie de ce travail personnel. Ces textes reflétaient une vision extrêmement angoissée et parfois très pertinente du monde dans lequel nous vivons...

— Je n'en doute pas.

— Notre initiative n'a pas plu, en haut lieu, c'est une des hypothèses expliquant notre éviction... Dans son message enregistré, Schaltzmann expliquait qu'il ne supportait pas d'être coupé du groupe expérimental que nous formions avec lui, le docteur et moi. Il disait qu'en faisant cela la justice empêchait sa «seconde» naissance, la vraie, celle qui le menait sur la voie de la rédemption... Il clamait une nouvelle fois son innocence pour la série de crimes commis après le 20 novembre 1993...

— J'imagine que ça n'a convaincu personne...

— Non... enfin pas au début.. Ça s'est drôlement compliqué ensuite...

— Je vous écoute... j'adore les histoires compliquées...

— Je n'en connais pas de plus complexe que l'existence elle-même, m'a-t-elle répondu...

Le sourire malicieux venait de reprendre possession de son visage, exprimant une vérité connue par les Russes depuis les origines de leur nation. La guerre qui avait cours dans les plaines de Transnitrie et aux frontières du Kazakhstan leur en apportait la preuve chaque jour.

— Allez-y, l'ai-je encouragée à reprendre. J'imagine que le docteur Carbonnel va de nouveau apparaître des coulisses, comme un diable sortant d'une boîte ?

Putain, me suis-je dit aussitôt, son rire était si gracieux... Pourquoi avait-il fallu que je me grille à ce point-là, des années auparavant ?

— Oui... nos relations se sont violemment tendues à partir de cette date. Gombrowicz a contre-attaqué, avec un groupe d'experts, de réputation mondiale. Il a réussi à démontrer que le «traitement» et les expériences qu'il avait commencés amélioraient l'état psychique de son patient, en particulier sur le plan moral... Et que c'était leur interruption, au contraire, qui avait provoqué l'acte extrême de Schaltzmann...

Je me souviens avoir levé légèrement la main, en signe d'interruption.

— Attendez un peu… Quelles expériences?

— Ah, oui… les expériences…

Elle a soupiré, puis après avoir trempé les lèvres dans sa tasse de thé :

— Nous pensons que c'est probablement un des facteurs qui ont joué en faveur de notre éjection, après le second procès… Le docteur Gombrowicz désirait mener un certain nombre d'expériences, avec l'accord de Schaltzmann… Les expériences étaient centrées sur une nouvelle approche, avec un produit «hallucinogène» nouveau… En fait ça n'avait rien à voir avec un «hallucinogène»… C'était, comment dire… Ça venait d'expériences menées pendant les années quatre-vingt et quatre-vingt-dix, par des chercheurs américains…

Le séisme a été d'une amplitude confortable.

Je me suis brusquement tendu, faisant trembler ma tasse et renversant un peu de thé sur le sofa.

J'ai tenté tant bien que mal de réparer les dégâts.

— Laissez tomber, a-t-elle dit. Qu'est-ce qui vous a pris?

— Je… vous me parliez de travaux de chercheurs américains, ai-je lâché d'une voix blanche.

Je ne pouvais plus détacher mes yeux de son visage.

— Durant le procès, Gombrowicz avait fait connaître son intention de procéder à ces recherches, quand la «molécule» serait à sa disposition, à la fin de l'année… Ça a déclenché une véritable levée de boucliers… Y'a eu des articles dans la presse, concernant nos «théories étranges» et l'usage d'une sorte de «super-LSD», je crois que ça a eu une influence, c'est certain…

— Je n'en doute pas.

— Mais bon, c'était pas une sorte de «super-LSD», c'était bien plus que ça…

Un instant, suspendu entre deux autres. J'essayais de paraître détaché.

— Bon... En fait il y a eu une période d'incertitude. Une sorte de match nul entre Carbonnel et nous. Mais en janvier 98, un an jour pour jour après la fin du procès, nous avons de nouveau été habilités à poursuivre nos recherches, le docteur Gombrowicz et moi... Schaltzmann se remettait doucement de son traumatisme...

— Je vois, et vous avez pu entreprendre vos expériences avec l'hallucinogène de pointe, c'est ça?

— Oui... Mais faut vraiment pas penser à ça comme à un simple hallucinogène (je lui ai indiqué d'un vague sourire que je le savais pertinemment et elle a poursuivi avec une lueur dubitative dans le regard)... Je... le docteur m'a expliqué qu'il s'agissait d'un dérivé «inoffensif» et agréé médicalement par la Food and Drugs administration, le dérivé d'une substance, enfin pas vraiment une substance...

— Je sais, Svetlana, continuez...

— Comment ça, vous savez? Personne ne savait de quoi il s'agissait vraiment. Je veux dire la «substance de base». C'était, paraît-il, un secret industriel. On en ignorait même le nom exact... le dérivé médical s'appelait...

— TransVector 7, ouais, je sais tout ça...

— Bon, j'crois qu'il est temps que vous vous expliquiez à votre tour, non?

— Vous vous doutez bien que les recherches dont vous me parlez, ce nouvel agent neurochimique, ont été conduites par un groupe de chercheurs dont certains se sont retrouvés sur les mêmes projets que moi, ces cinq dernières années... nous travaillons sur des domaines connexes, vous le savez bien...

J'ai vu son sourire racé, mystérieux, se dessiner derrière la tasse de thé faisant office d'éventail de faïence.

J'ai repris aussitôt :

— Je vous promets de tout vous raconter en détail plus tard... Poursuivez...

— Je... *Kharacho*. À partir de février 98, nous avons entamé un cycle d'expériences avec Schaltzmann, et le TransVector 7. Nous avons réussi à accéder aux zones les plus enfouies de sa mémoire... Le TransVector est un truc assez étonnant. Gombrowicz disait qu'il s'agissait d'un « intégrateur », quelque chose qui ramassait les morceaux de sa personnalité et tentait, avec la « coopération » de sa volonté consciente, de recoller ça en une structure acceptable...

— Ça a marché ?

— Pas trop mal, au début... On a déterré des souvenirs invraisemblables... Qui expliquent sa personnalité déstructurée...

J'ai pointé l'oreille.

— Quel genre de souvenirs ?...

— Un catalogue d'horreurs, Dark, l'abomination...

— Je vous écoute...

— Nous sommes remontés jusqu'à des souvenirs d'enfance... bon... Ça a duré jusqu'en décembre 98.

— Vous me parliez d'un catalogue d'horreurs, Svetlana...

— *Boje Moï*, vous n'avez pas changé... Nous avons pu établir avec certitude que la mère de Schaltzmann présentait tous les symptômes de ce que nous appelons dans notre jargon la « mère pathogène type ». Ultra-autoritaire. Elle infligeait, avec sa sœur Berthe, des punitions infernales à son gosse... Elle le forçait à boire un brouet infâme de restes d'animaux morts et de légumes pourris... Elle et sa sœur pratiquaient des rites ésotériques, de véritables sorcières, le tout sous le couvert d'exorcismes et de lutte contre le mal... Vous ne pouvez pas imaginer.

Il ne m'a fallu qu'une poignée de secondes, au contraire.

— Bien... Et que s'est-il passé ensuite, pendant l'hiver 98-99 ?

Il y a eu un bref silence.

Puis Svetlana a posé sa tasse de thé devant elle.

— Nous ne savons pas exactement, son état s'est brutalement détérioré... Il a écrit quelques poèmes... et puis il est repassé à l'acte.

Elle a fermé les yeux un instant alors que le silence piégeait l'espace.

— Il a... refait une tentative ? ai-je demandé.

— Oui... enfin... il a réussi à s'évader...

J'ai regardé Svetlana comme si je venais de pénétrer dans un mauvais rêve.

— À s'évader ? ai-je laissé échapper, bon Dieu... et on l'a repris ?

— Oui... en quelque sorte...

Sa voix se perdait dans un souffle.

— Comment ça « en quelque sorte » ?

Elle a gonflé sa poitrine puis a exhalé un soupir. J'aurais pu en défaillir, nom d'un chien...

— Sa fuite a été assez rocambolesque, vous savez... Il a fui dans la nuit du réveillon... L'alerte n'a été donnée que le lendemain...

— Le réveillon ? *Le lendemain ?*...

— Oui... il a réussi à voler une camionnette de fleuriste... et il a roulé jusqu'à Utah Beach, là où on l'avait capturé en 1993... Puis jusqu'à la pointe du Hoc, à quelques kilomètres de là.

J'attendais la séquence de mots fatals, comme préparé à l'inévitable.

— À l'aube du 2 janvier, quelqu'un a aperçu la colonne de flammes dans la nuit... Les pompiers ont retrouvé la camionnette en feu près de la plaque commémorant l'assaut des Rangers du général Rudder, le 6 juin 44... et un cadavre à côté, sur le bord de la falaise (oh nom de Dieu, ai-je pensé, ou quelque chose dans ce goût-là)... Il... il s'était suicidé... il s'est immolé par le feu... Il s'est aspergé de son «napalm»... La troisième tentative était la bonne.

J'ai constaté qu'elle accusait le coup. Ses traits semblaient tirés, vieillis par une patine soudaine et vaguement inquiétante.

Je me suis dit que durant toutes ces années des liens étroits s'étaient certainement établis entre Svetlana, le docteur et Schaltzmann. Je discernais comme un voile de tristesse dans le regard de la psychiatre russe.

J'ai essayé d'imaginer la scène. La camionnette Interflora ravagée par les flammes, face à l'Océan. Le corps de Schaltzmann, assis comme un bonze improbable, s'embrasant dans la nuit.

J'ai ressenti quelque chose moi aussi, une forme de mélancolie plus secrète encore, car j'avais peu connu l'homme. Comme la nostalgie d'un monde perdu, d'une bibliothèque à peine visitée que déjà détruite.

— Il a laissé un autre message ?

— Oui, dans sa cellule. On a retrouvé un CD, un peu à part de tous les autres. Il avait parfaitement nettoyé sa chambre... Tout était net, rangé

— Que disait le message ?

— À peu près la même chose que le précédent. Il nous parlait de sa rédemption, de son innocence pour les crimes de la fin 93, ça se terminait par une sorte de testament disant qu'il lui était interdit d'accéder au troisième millénaire, qu'il n'avait droit qu'à un seul jour de la dernière année du siècle. un drôle de truc rempli de messages énigmatiques, nous avons conservé tout ça, avec le docteur, je vous ferai écouter ça à l'occasion, un autre jour..

Mon œil s'est posé sur le radio-réveil Samsung, près de nous.

Je me suis rendu compte que l'heure avait sacrément tourné. Le visage de Svetlana était pâle, son teint cireux, ses yeux plissés brillaient de fatigue. Il y avait eu comme un signal discret dans sa dernière phrase.

Je me suis gentiment éclipsé, sans faire de vagues.

C'est elle qui m'a rappelé, le lendemain soir, à mon hôtel. Je m'apprêtais à sortir dîner en solo lorsque le combiné s'est mis à buzzer.

On était vendredi. Elle était plus en forme que la veille. On pouvait aller boire un pot à la Bastille, si je n'avais rien d'autre de prévu.

Rien, de prévu ou non, n'aurait pu me faire résister à cette simple proposition.

Nous nous sommes rendus à pied jusqu'aux alentours de la place de la Bastille. Je ne me souviens plus du nom du troquet, mais je sais qu'il n'était pas là lors de mon séjour précédent. Une sorte de café-pub, chaud, grouillant de monde. Pas trop sophistiqué. Impeccable. Svetlana avait l'air de connaître les lieux car elle m'a illico embarqué à l'étage, un poil moins saturé.

Nous avons trouvé une table dans le fond, près d'une bande de teenagers aux coupes néo-sixties et d'un couple plus âgé, visiblement très amoureux.

Au-dessus du bar, trois moniteurs diffusaient un programme de vidéoclips. Nous avons commandé deux bières mexicaines et, malgré la foule qui s'agglutinait autour de nous au fil des minutes, je n'ai vraiment eu d'yeux que pour elle.

Elle m'a rapidement annoncé la couleur. Elle désirait que ce soit à mon tour, ce soir, de raconter mon histoire.

Je lui ai alors décrit le laboratoire de Montréal et les recherches que nous y avions conduites. Je lui ai parlé de McSculley, puis de l'Australie et du projet Biosphère 2000.

Je ne sais pourquoi mais je me suis arrêté juste devant l'obstacle. Une forme de lâcheté, peut-être, ou ma manie du secret.

Svetlana a avalé une gorgée de bière, reposé son verre et m'a franchement regardé droit dans les yeux.

— Vous n'êtes évidemment pas en vacances ici...

— Comment ? ai-je péniblement lâché.

— Je disais : ce n'est pas pour revoir Paris et vos vieilles connaissances que vous êtes ici... Qu'est-ce que vous êtes venu faire en France ?

Bon, visiblement, ça ne servait à rien de tourner plus longtemps autour du pot.

— Je suis... comment dire... disons que je suis détaché pour une sorte de mission un peu spéciale (j'ai aussitôt levé le voile de mystère mélodramatique recouvrant ces mots). En fait, je suis chargé avec deux autres chercheurs de sélectionner un groupe de scientifiques, ici, en Europe... (j'ai vu une vague lueur s'allumer dans son regard). C'est pour notre programme sur Biosphère 2000... Nous devons embaucher six chercheurs (je me suis légèrement éclairci la voix)... Des chercheurs en sciences humaines.

La lueur brillait d'un feu calme dans son regard.

Elle ne m'a pas quitté des yeux alors qu'elle inclinait le long verre de bière sur ses lèvres.

J'ai fini par lâcher prise. J'ai fait semblant d'observer le jeu des images colorées qui chatoyaient sur les tubes.

Puis j'ai repris mon verre.

— Voilà, ai-je fait, je suis forcé de vous dire que vous êtes en tête des postulantes pour le groupe russe, et que je compte placer Gombrowicz sur la liste des Français...

J'ai émis un maigre sourire.

— Si, toutefois, vous acceptez l'offre de la Biosphere Corporation.

J'ai lampé une large rasade de Corona. C'est fou ce que j'avais soif, tout à coup.

Un vague sourire a plissé ses lèvres, en réponse.

— Vous faites vraiment ça ?

Je l'ai regardée un instant, sans comprendre.

— Comment ça, je fais *ça* ?

Son sourire s'est accentué et l'éclair malicieux s'est mis à danser, dans deux billes d'opaline bleue.

— Ça... le chasseur de têtes...

Je l'ai regardée un long moment sans parvenir à percer le mystère de ce sourire de Mona Lisa slave. Il n'y avait aucune agressivité critique dans sa voix. Juste cette interrogation amusée et authentiquement curieuse.

C'était très énervant.

— Oui, ai-je répondu sur un ton agacé, je fais ça... Nous sommes face à des problèmes complexes que nous ne pourrons résoudre qu'avec l'aide de plusieurs spécialistes et... comment dire... Les capitaux pour cet avenant au programme proviennent d'ici, de l'Eurunion et de la Russie. Je dois ramener les chercheurs d'ici décembre.

L'éclair malicieux s'est peu à peu voilé, et le sourire s'est lentement figé, sur une demi-lune incertaine.

— J'imagine que l'offre de la Biosphere Corporation est très généreuse...

J'ai décelé comme une forme d'amertume dans sa voix.

Je me suis vaguement tortillé, mal à l'aise.

— Comment dire... heu... non... enfin, oui, c'est pas mal, comptez en bonnes dizaines de milliers de dollars australiens. À l'année. Avec un contrat de cinq ans. Et une clause de confidentialité d'autant, le truc habituel...

— Le truc habituel, a-t-elle murmuré.

Je ne pourrais pas dire que le silence est retombé, car la salle était bourrée à craquer et le bruit infernal, mais en fin de compte, toute cette bande-son s'est délitée dans un écho lointain.

L'univers entier était occupé par ce visage, ce regard qui semblait pouvoir me radiographier aussi sûrement qu'un canon à rayons X.

— Écoutez, Svetlana, ai-je repris, sentant confusément que la situation échappait à mon contrôle. Prenez quelques jours pour réfléchir, je vous ai donné un aperçu de nos travaux en cours, et nous avons un bon mois devant nous...

J'ai senti que mes mots n'avaient aucune portée, comme s'ils se perdaient dans un no man's land intérieur.

— Vous êtes allés en Russie? m'a-t-elle demandé, un peu abruptement.

— En Russie? Oui, on y était en septembre, à Moscou... ensuite on s'est fait Budapest, pour l'Europe orientale.

J'ai tout de suite compris que j'étais en train de très mal m'y prendre.

— Vous vous êtes *fait* Budapest?

— Heu... enfin, c'est-à-dire, ai-je péniblement bafouillé avant de me reprendre... vous savez, je mentirais en disant que je l'ai visitée, comme

Moscou... on restait enfermés toute la journée pour les entrevues et, le soir, on restait enfermés pour continuer nos travaux... Si on a fait connaissance avec deux ou trois bars c'est bien tout, je suis désolé de vous le dire...

Elle a murmuré un vague assentiment. Je venais tout juste d'éviter l'incident diplomatique.

— N'en parlons plus, ai-je alors jeté... Votre verre est vide et le mien aussi, nous allons recommander quelque chose...

J'ai tout de suite constaté qu'elle n'était pas très enthousiaste, jouant vaguement avec le long tube de verre, et le fond de mousse dorée qui s'y agitait.

J'ai fait un signe au serveur qui passait devant nous, pour qu'il nous apporte la même chose.

J'ai essayé d'embrayer sur un autre sujet.

— Comment va le docteur Gombrowicz ? Avec tout ça je n'ai même pas eu le temps de vous poser la question...

Elle m'a jeté un vague coup d'œil puis a achevé son verre.

— Connaissez-vous le salaire mensuel d'un chercheur en sciences humaines, à Moscou, ou à Budapest ? m'a-t-elle demandé, assez sèchement.

J'ai vu que son œil brillait, mais la vibration de cet éclat avait changé. J'y discernais des vapeurs d'alcool, et aussi comme une sorte de colère que je ne m'expliquais pas bien.

— Svetlana, ai-je soupiré, qu'est-ce que vous croyez... Merde, je ne suis pas un extraterrestre en visite dans sa soucoupe...

Elle a eu un petit hoquet de rire, involontaire et assez vite réprimé.

— C'est pourtant l'impression que vous donnez et vous n'avez pas répondu à ma question, je suis sûre que vous êtes en mesure de le constater aussi bien que moi.

Son petit éclair ironique reprenait le dessus. C'était vaguement encourageant.

— Je, oui… enfin… non, vaguement, ai-je péniblement bafouillé… sûrement moins de la moitié que le salaire proposé, mais je n'ai jamais…

Je venais de comprendre d'où venait le coup, ce qui se tramait dans la tête de Svetlana. Les horribles capitalistes asiatiques venant vampiriser les ressources intellectuelles du continent, à coup de dollars et de yens. Je dois dire que je n'étais pas en total désaccord avec cette vision des choses. J'enlevais simplement l'adjectif « horrible » et voyais ça avec mon postdarwinisme désormais coutumier… J'allais m'expliquer quand Svetlana m'a coupé.

— *La moitié?* m'a-t-elle jeté au visage, sans élever la voix, mais en avançant d'un seul coup son buste vers moi. Vous ne vous rendez sûrement pas compte de ce que vous dites !

Elle me scrutait droit au plus profond de moi-même. Ses yeux étincelaient d'une furie à peine rentrée.

Il y avait une forme de tension trouble entre nous, nos visages à quelques centimètres l'un de l'autre. Nos souffles se croisaient, comme deux animaux engagés dans un combat mortel.

Il fallait vite trouver une voie de retraite efficace.

— Excusez-moi, Svet (je crois bien que c'était la première fois que je prononçais ce surnom)… J'ai postulé un peu vite que la Russie avait rejoint le niveau de vie de la France…

J'ai perçu trop tard le degré d'ironie involontaire qu'il y avait dans ces quelques mots. Je n'ai surtout pas tenté de rattraper le truc, encore plus maladroitement.

Elle s'adossa au plus profond de la banquette,

alors qu'à cet instant le serveur nous apportait les deux bières. Elle me regardait par-dessous, attendant que je reprenne mon explication. J'attendais, moi, le départ du serveur.

— Écoutez, ai-je alors fait en me penchant à mon tour par-dessus la table, vous devez considérer les choses selon cet unique point de vue : où se trouve le pôle de civilisation du XXIe siècle ? Nous allons avoir besoin de vous, là-bas… Et… qu'est-ce que vous pouvez encore attendre de ce continent, dévoré par ses propres pulsions sanguinaires ?

Elle m'a regardé, comme si j'étais vraiment un être bizarre.

— Je vais vous citer quelqu'un que vous connaissez peut-être : « Ne vous demandez pas ce que votre pays peut faire pour vous, mais ce que vous pouvez faire pour votre pays… [1] »

C'était un missile de forte charge, ça.

Le « peut-être », surtout. Redoutable. Sans compter qu'elle n'était ni française, ni américaine.

J'ai comme vacillé sous le choc.

Svetlana Terekhovna, ai-je pensé. Putain, c'était quelqu'un.

Je l'ai raccompagnée jusque chez elle. Sur le chemin du retour, j'ai failli rompre le silence plusieurs fois, mais je n'ai pu me décider qu'arrivé au pied de son immeuble.

— Vous me voyez vraiment comme ça, Svet ? lui ai-je demandé. Le rat ayant quitté le navire en perdition et qui revient chercher les bijoux de famille ?

Elle m'a d'abord regardé sans rien dire.

Son visage ne trahissait aucune émotion parti-

1. Phrase célèbre du discours d'investiture de J. F. Kennedy.

culière. Juste l'observation tranquille de l'espèce de grand échalas qui se tenait devant elle, dans ses habits de croque-mort, et dont l'image était renvoyée par la porte vitrée. Elle a poussé un petit soupir.

— Je n'ai jamais dit une chose pareille...

— Il m'avait pourtant semblé... ai-je sifflé.

Son petit éclat malicieux s'est rallumé.

— Une trace de culpabilité peut-être ?

Je n'ai rien répondu. Ça ressemblait tellement à ça.

— Je ne vous en veux pas, vous suivez votre voie...

Plus tard, dans la pénombre de la chambre d'hôtel, allongé sur le lit devant l'écran de télévision, j'ai longtemps repensé à cette phrase.

Était-ce vraiment ce que je faisais, suivre ma voie ?

Et où m'emmenait-elle donc, nom d'un chien ?

J'avais l'impression d'avancer dans un tunnel obscur, dont je ne voyais même pas le bout.

✳

J'ai passé le week-end enfermé dans la chambre d'hôtel. Je n'étais pas à Paris pour jouer au touriste. J'avais du travail en attente.

Le vendredi, dans l'après-midi, avant la soirée avec Svetlana, je m'étais déjà rendu à la Défense pour un «briefing» avec l'antenne locale du cabinet de recrutement.

J'avais rendez-vous avec eux dès lundi, pour commencer la vague d'entretiens. C'est donc ainsi que le mois de novembre 1999 a commencé pour moi, à Paris. Je passais la journée dans la toute nouvelle tour Mitsubishi, 24e étage. Cabinet Heidrick & Struggles.

Un univers de costumes trois pièces et de cravates clubs, avec tous les derniers gadgets à la mode, téléphones cellulaires *designés* par Porsche, ou par Stark, combinés cyberspaces portables, implants de vitamines et lentilles de couleur avec logo de la société bio-imprimé en filigrane. C'est sûr que ça changeait de Moscou ou de Budapest.

J'avais décidé d'attendre que Svetlana me rappelle, mais dès le week-end, j'avais essayé de joindre Gombrowicz à la Villa Kronstadt. Personne n'avait répondu, si ce n'est le disque virtuel du réseau Télécom qui allait enregistrer la provenance de l'appel et vous demandait de laisser éventuellement nom et adresse. Ce que j'avais fait.

J'ai essayé à plusieurs reprises durant la semaine mais le résultat était à chaque fois le même. Peut-être Gombrowicz était-il en vacances, ou en déplacement professionnel... J'avais laissé plusieurs messages sur la mémoire Télécom, j'attendrais qu'il me joigne.

Mais la semaine a passé, et le week-end suivant, sans que personne ne m'appelle, si ce n'est Dick Mahoney qui me demandait comment ça se passait de mon côté.

Ça devrait aller, lui ai-je laconiquement répondu.

Puis j'ai lancé un premier «virus», chargé de le «sensibiliser».

— J'ai déjà présélectionné deux chercheurs... (je n'ai pas voulu cacher le fait que je les connaissais)... J'ai déjà travaillé avec eux, en plus... Ils sont excellents et sont habitués à naviguer entre plusieurs disciplines...

En revanche, j'ai passé sous silence qu'ils n'étaient pas sur les listings, et qu'il allait me falloir convaincre les étages supérieurs de la machine.

Je passais littéralement pour un extraterrestre

dans les couloirs blancs et gris perle, aux plafonds d'aluminium néo-Arts Déco tapageurs du cabinet de recrutement. Mais j'étais ici pour engager des chercheurs de pointe, pas pour discuter du nouveau terrain de golf d'Auteuil.

Je voyais trois à quatre postulants par jour, pas plus, au grand dam du cabinet qui y voyait un « process non compétitif sur le plan de la rentabilité financière ». Le responsable de service qui a osé me sortir ça doit encore se souvenir de la réponse que je lui ai faite.

Chaque nuit, à peine rentré d'un des restos chinois ou indonésiens dans lesquels j'allais dîner, je passais des heures sur mes travaux en cours, en donnant un dernier coup de patte à mon Schizo-Processeur nouvelle génération.

Le premier affrontement avec Heidrick & Struggles a éclaté peu après la mi-novembre.

Deux semaines avaient passé, et un « mid-term briefing », comme l'appelaient pompeusement les cadres qui y prenaient part, s'est tenu à l'étage du dessus. J'y étais convié bien évidemment.

Je jouissais jusqu'ici d'une position relativement privilégiée. De fait, j'étais le client, même si c'était moi qui pilotais chaque jour les entrevues et les divers tests passés par les candidats.

Ce jour-là, j'ai annoncé mon intention d'inclure dans la liste les noms de Svetlana et du docteur (même si je n'étais toujours pas arrivé à le joindre, et que Svet, elle, ne m'avait toujours pas rappelé).

Ça s'est mis à barder aussitôt.

Les divers cadres responsables ont d'abord un peu plié devant l'attaque, mais ils se sont vite repris. Ils ont tout essayé, à tour de rôle, le bon vieux plan de commissariat, les bons et les méchants.

À la fin, un des DG de la boîte a cru bon d'essayer de se la jouer à la «Wall Street», façon Michael Douglas faisant la leçon à son disciple.

J'ai tenu bon, expliquant une nouvelle fois les raisons «objectives» qui me poussaient à faire cela (j'en avais une soute pleine en réserve).

Il a alors changé de registre, me pointant dramatiquement du doigt et se mettant à proférer des menaces à peine voilées, comme quoi il allait se mettre en rapport avec Randrashankar, à Cap York, afin qu'il me ramène à la raison. Son regard vert pantone-339 luisait intensément, le monogramme de la compagnie semblait me hurler que j'étais ici le saint des saints, ou tout du moins dans une sorte d'annexe du Bureau Ovale. Les consultants de Heidrick & Struggles avaient passé des mois à établir les listes, et ils n'avaient pas l'habitude de voir leur travail contesté.

J'ai répondu que ma présélection personnelle n'engageait que la France et la Russie, d'une part, et qu'elle ne remettait pas en question leurs compétences, d'autre part. Il pouvait appeler Randrashankar s'il le voulait. J'étais un des pivots du programme, je dirigeais le détachement de «scouts», j'avais toute latitude pour décider qui voir et qui choisir.

Il y a eu un silence électrique, tout à fait palpable.

Puis le DG a donné le signe de la retraite générale. Les épaules se sont affaissées, les têtes s'enfonçant dans les cols amidonnés.

J'avais gagné, mais je venais de me faire un bon petit paquet d'ennemis supplémentaires.

Ça devenait franchement une habitude.

J'ai pris la précaution d'appeler Randrashankar à Cap York, le soir même, réalisant que j'avais tenté un coup de poker risqué dans l'après-midi.

Je lui ai fait un point de la situation, et lui ai expliqué les raisons «objectives» de mon choix. Randrashankar était à quinze mille kilomètres, très occupé, il comptait sur moi pour «faire du mieux possible».

J'avais les coudées franches.

J'ai continué les entretiens prévus, juste pour ne pas attiser l'incendie.

À la fin novembre, j'ai appelé Dick et Boris, à Francfort. Ils avaient interviewé des dizaines de chercheurs et leur présélection était pratiquement achevée, m'ont-ils affirmé.

Je leur ai donné rendez-vous le 7 décembre, à Francfort, gagnant une semaine. Je voulais m'accorder encore un peu de temps.

Un ou deux jours se sont écoulés avant que Svetlana me téléphone.

Je commençais sincèrement à désespérer.

Mais comme elle me l'expliqua sans détour, cela n'avait rien à voir avec mon histoire de «recherches en Australie».

C'était en rapport avec un truc qui se passait ici, en France.

Un truc qui nous ramenait six ans en arrière, pratiquement jour pour jour.

Je crois que c'est à cette date que j'ai ressenti pour la première fois la sensation.

La sensation de marcher sur un sol pourri qui s'ouvrait sous mes pieds, et dans lequel je m'enfonçais un peu plus profondément à chaque pas.

23

— Depuis quand cela dure-t-il?

— Je ne sais pas exactement... depuis des années. Peut-être même d'avant 1993...

Nous étions chez elle, ce samedi matin. Il faisait un temps mi-figue mi-raisin, éclaircies entrecoupées de passages nuageux, comme l'avait annoncé la météo. Une averse matinale avait détrempé les toits et l'asphalte parisien, le soleil éclaboussait par intermittence toute la ville d'une lumière irréelle.

Mais ce que venait de me montrer Svetlana était bien réel, ça hurlait que c'était réel. Un fax-laser s'étalait devant moi. Une séquence de six photos couleur. Six clichés médico-légaux, bien nets, sur le papier haute résolution.

Atrocement nets.

— Qu'est-ce qu'il a exactement, ce journaliste?...

— Ben... Des découvertes comme celle-là, espacées dans le temps et l'espace. Et des disparitions suspectes, plus des agressions à domicile, j'ai tout un dossier dans mon ordinateur.

Svetlana m'a montré du pouce son engin personnel, une petite station unimédia taïwanaise, avec lecteur de CD-ROM incorporé, fax-imprimante laser haute définition Sony dernier modèle et une interface «virtuelle» très rudimentaire, d'au moins trois ans. Elle m'a envoyé un petit sourire complice.

J'ai regardé le papier-fax couleur un bon moment.

J'ai fini par exhaler un soupir.

— Vous ne m'en avez pas parlé, l'autre soir.

Svetlana m'a froidement observé.

— Il y a plein de choses dont je ne vous ai pas parlé l'autre soir...

J'ai repoussé la feuille de papier et un autre soupir.

— Bon, ai-je dit. Faites-moi un topo détaillé... j'ai tout mon temps.

Je l'ai vue réamorcer son petit sourire.

— *Kharacho*... je vais faire un peu de thé.

Elle s'est levée, a fait couler le liquide brun du samovar dans deux de ses splendides tasses géorgiennes et est venue rapporter le plateau. Lorsqu'elle s'est assise, une boucle blonde a balayé son visage et j'ai détourné les yeux de cette mèche qui venait jouer avec la commissure de ses lèvres.

— Voilà... Vous vous souvenez que nos recherches avec Schaltzmann ont été interrompues pendant presque un an en 97-98 (j'ai acquiescé d'un murmure)... Bon... vers Noël 97, nous avons reçu un coup de fil d'un reporter qui bossait pour un grand quotidien de la région Rhône-Alpes... Il avait suivi le procès Schaltzmann à l'époque, à cause de la fille de l'étang gelé... Il s'occupait des faits divers criminels depuis peu au moment du procès... et après le dernier jugement, en 97, il avait comme tout le monde refermé le dossier...

Svetlana a suspendu sa phrase pour avaler une gorgée de thé. Je l'ai imitée en attendant qu'elle reprenne.

— Donc, fin 97, il nous appelle. Il aimerait savoir si nous serions intéressés pour coopérer avec lui sur une enquête qu'il est en train de mener, de son côté. Il nous dit qu'il a des conversations avec un inspecteur du SRPJ de Grenoble, depuis quelque temps. Le flic veut garder l'anonymat mais affirme qu'il se passe quelque chose de pas net, qui pourrait intéresser la presse…

Une nouvelle gorgée de thé. La vache. Je n'ai pu résister :

— Quel genre de choses ?

— Bizarres. Cet inspecteur ne travaillait pas aux homicides. Il faisait partie d'une section de recherches spécialisée dans les disparitions… c'était sa véritable première affectation… il passait pour un novice, pour un «bleu», il avait peu de poids par rapport à sa hiérarchie, même s'il était excellemment noté… enfin, vous voyez…

Je voyais parfaitement.

— Il paraît qu'il y avait pas mal de flics de la base qui pensaient que la fille de Villard-Bonnot n'avait pas été tuée par Schaltzmann mais par un type encore en liberté… mais bon, petit à petit tout le monde a fini par se dire que c'était peut-être bien Schaltzmann, au bout du compte…

J'ai vaguement acquiescé, émettant un bougonnement à l'attention de toutes les inerties bureaucratiques du monde.

— Mais voilà… pendant l'été 97, on retrouve un corps, dans les Alpes, dans le parc naturel de la Vanoise. Or, ça fait donc deux-trois ans que notre flic travaille sur des cas de disparitions tout à fait bizarres qui se produisent dans la région et un peu partout alentour…

Une nouvelle pause.

— Ouais ? ai-je fait pour presser le mouvement.

— J'y arrive, Dark. Le truc vraiment bizarre,

c'est que la fille retrouvée en août 97 fait partie de ces disparues. Une fille de Strasbourg. Qui s'était évanouie de son domicile sans laisser de traces, dans des conditions étranges, au début de l'été 97… Un peu comme celle-là.

J'ai avalé ma salive en essayant de ne pas attarder mon regard sur le fax-laser et les clichés d'autopsie.

— C'est qui celle-là?

— Une lycéenne de Digne. Elle avait disparu à la fin du mois dernier, sur la route de sa maison, à quelques mètres de chez elle… On l'a retrouvée sur le Mont Ventoux.

Des disparitions, ai-je pensé.

Des assassinats. Et des disparitions.

— Okay, reprenez. Vous en étiez à notre ami le flic anonyme.

— Oui. Bon, il va donc voir un de ses collègues aux homicides. Un type mieux rodé, plus ancien dans la maison, qui en connaît bien les rouages. Il a aussi participé à deux ou trois enquêtes concernant des agressions et des cadavres découverts dans la région Rhône-Alpes. Ensemble ils commencent à enquêter. Ils se rendent compte d'un truc bizarre en interrogeant le système EuroPol…

Une nouvelle pause.

— C'est pas la première fois que ça arrive. Visiblement il y a quelqu'un qui cherche à tromper le système policier européen qui se met lentement en place…

— Comment ça? ai-je lâché, interloqué.

— Il y a d'autres disparitions suspectes dans toutes les Alpes, jusqu'en Autriche, et même en Slovénie, et donc on retrouve des corps de temps en temps, et parfois ça correspond, mais, vous voyez, par exemple, une jeune fille disparaît vers

338

Turin, et on la retrouve plusieurs mois plus tard, dans une rivière, au sud de l'Allemagne...

— Dans une rivière? ai-je laissé échapper, et... bon Dieu, y'en a eu d'autres, retrouvées, comment dire, dans la flotte, étang, rivière, lac?...

Un éclat vif s'est allumé dans son regard.

— Vous aussi vous pigez, hein? Comme la fille de Villard-Bonnot en 93, une série tout à fait palpable... Oui, y'en a eu d'autres...

Une forme de sourire carnassier avait arqué un petit rictus au coin de ses lèvres. Je me suis souvenu qu'un jour elle m'avait avoué qu'elle et Gombrowicz se comparaient parfois à un couple de chasseurs de vampires modernes.

— C'est évidemment ce que les deux flics ont pensé aussi et ils en ont fait part à leurs supérieurs...

J'ai pratiquement deviné la suite.

— Mais leurs supérieurs les ont remerciés pour leurs efforts en leur faisant remarquer que l'affaire Schaltzmann était close et qu'il était inutile de ressortir ces vieux dossiers classés depuis longtemps.

— Putain, ai-je sifflé, involontairement.

— Comme vous dites. Ils ont alors changé de stratégie. Ils n'ont plus fait valoir les éventuelles connexions que cette vague de cadavres ou de disparitions pouvait avoir avec les assassinats de 93... mais ça n'a pas mieux marché.

Ça ne m'étonnait même plus.

— Combien?... Combien de cadavres?

— Heu... Je crois que j'en ai pour ma part consigné une vingtaine... sur quatre ou cinq pays, mais ils avaient fini par relever une quarantaine de disparitions hautement suspectes... Bon... la réaction de l'administration a été étonnante.

— Je m'attends au pire.

— Vous pouvez... Il faut dire qu'il y avait...
disons... quelque chose d'un peu bizarre dans cette
« série »...

— Comment ça ?

— Eh bien, justement, c'est pas tout à fait une
série. Sur la vingtaine de cadavres retrouvés qui
entrent dans le cadre, il n'y en a qu'une poignée
qui ont été repêchés dans une rivière, ou un lac...
(Comme à l'époque, ai-je pensé, il y avait eu l'Aubrac, les Pyrénées, puis l'étang des Alpes, cela
recouvrait peut-être un sens caché...) Et puis
d'autres détails, qui diffèrent... Bon... On a fait
comprendre à nos deux flics de s'occuper de ce
qui entrait dans leurs attributions... Et puis, surtout, en ce qui me concerne, il y a le fait qu'à partir de février 98 nous avons pu reprendre nos
expériences avec Schaltzmann..

J'ai réfléchi un instant.

— Et ça ? ai-je fait en montrant le fax. Schaltzmann est mort début 99, vous vous êtes rebran-
chée sur l'affaire depuis ?

Svetlana a regardé le papier couleur sans vraiment le voir.

— Non... enfin... c'est un peu... (son regard
se tournait vers l'intérieur). Un peu après que
Schaltzmann s'est... *suicidé* à Utah Beach (elle
avait à peine buté sur le mot), le journaliste m'a
de nouveau appelée. Il m'a dit que son informa-
teur désirait quitter la police, le flic de Grenoble...

— Attendez, l'ai-je coupé, lequel ? Et puis, on
peut pas leur coller une identité, à tous ces gen-
tils messieurs ?

Un petit sourire.

— Oui... enfin, non, pas vraiment... Ils se servent de pseudos...

Je l'ai regardé en rendant sensible mon amuse-
ment intrigué.

340

— Des mesures de sécurité.

— Okay, annoncez la couleur, c'est quoi le genre? Cibiste moyen, Charlie-papa-tango?

Un petit éclat de rire.

— Non, Dark, pas vraiment, eux, ils font plutôt dans le genre dix-neuvième.

Je l'ai scrutée sans comprendre, fronçant les sourcils. Quoi, le dix-neuvième?

— Le dix-neuvième *siècle*, Dark, pas l'arrondissement (un petit rire, moqueur, à chavirer). Les romantiques britanniques du début dix-neuvième. Le Trio infernal. Byron-Blake-Shelley.

Je l'ai invitée d'un rictus à poursuivre.

— Le flic des disparitions, le premier à s'être mis sur le coup c'est «Blake». Ensuite il a contacté «Byron», aux homicides. Puis ils ont branché «Shelley», le journaliste, enfin lui il l'orthographie à la française, il signe Chellay, C,H,E,L,L,A,Y.

J'ai intégré la séquence d'informations. Un trinôme de deux flics plus un journaleux, fascinés par la littérature noire et présymboliste des trois poètes anglais les plus controversés à ce jour.

— Une des rares confidences que le journaliste m'ait jamais faite, c'est qu'ils s'étaient tous les trois retrouvés par hasard lors d'un colloque littéraire à Chambéry, sur le thème en question. C'est depuis ce jour qu'ils se sont affublés de leurs pseudos, pour communiquer entre eux, et avec l'extérieur, quand ils le font.

J'ai acquiescé, dans le plus total silence.

— Bon, reprenons tout ça, vous me parliez du flic en question, là, «Blake», je crois.

- Oui... il allait démissionner et s'exiler quelque part aux antipodes (j'ai retenu un sourire involontaire). Avant ce départ, il voulait que je sache, par l'intermédiaire du journaliste, qu'il se passait vraiment quelque chose et qu'il était persuadé que

Schaltzmann était innocent des quatre assassinats de 93... Il a envoyé un dossier complet à Chellay, qui lui-même m'en a envoyé une synthèse et...

— Alors vous vous êtes remis sur l'affaire, avec Gombrowicz, ai-je précipitamment sorti.

Elle m'a regardé d'un œil brillant.

— Évidemment non.

— Évidemment, ai-je répliqué, froidement.

— Vous devez comprendre... dès que Schaltzmann est mort, tous nos crédits ont été coupés. Quand j'ai reçu ce coup de fil, Gombrowicz et moi étions déjà au chômage et nous passions tout notre temps à essayer de dénicher ne serait-ce qu'un emploi ennuyeux et mal rémunéré...

J'ai failli lui demander si elle avait un jour pensé à l'Australie, mais je me suis retenu à temps.

— Et puis en mars, moi, j'ai trouvé ce job...

J'ai levé un sourcil interrogateur.

— Quel job ?

— Mon job. Je travaille pour une organisation humanitaire psychiatrique, avec des fonds de l'ONU... Je... je soigne de jeunes enfants traumatisés par la guerre dans les Balkans. Vous savez, j'avais aussi cette licence de serbo-croate, ça m'a permis d'avoir le poste...

En une énorme seconde, le souvenir de notre entrevue au bar de la Bastille s'est éclairé différemment. J'ai compris la tension qui s'était dégagée d'elle, alors que j'alignais froidement les dollars Zone Pacifique sur la table.

La phrase de Kennedy, surtout. Comme une bombe à retardement avec ce que j'apprenais à cet instant.

Je crois que j'aurais donné tout l'or du monde pour pouvoir m'enfoncer discrètement au travers des étages.

J'ai fini par reprendre le dessus mais le désir d'un remontant s'est fait sentir.

— Dites, Svettie (le surnom se transformait et se stabilisait peu à peu), vous n'auriez pas quelque chose ressemblant à une bonne Zubrowka, par hasard ?

— Une Zubrowka, hein ?

Elle s'est levée et s'est dirigée jusqu'à sa kitchenette pour sortir une bouteille de vodka ambrée de son congélateur.

— De l'ukrainienne, m'a-t-elle dit, ça ira ?

— Ne vous en faites pas, ça ira très bien.

C'est allé parfaitement.

— Okay, ai-je fait après la giclée d'alcool glacé, mais c'est quoi alors ça ?

Je montrais la série de clichés.

— Ben... c'est un envoi de Chellay, le journaliste... Ce... c'est la première fois... heu, je veux dire depuis ce coup de fil au début de cette année... D'après la date, on a retrouvé ce corps il y a deux jours, et à mon avis il a été mis sur le coup par Byron qui est resté dans la police...

— Mais... il ne s'est rien passé entre-temps, je veux dire toute cette année ?

— Je n'en sais rien... Chellay ne m'avait pas recontactée depuis et, à part les photos, son message d'aujourd'hui est très laconique.

— C'est quoi son message ?

Svetlana s'est servi une petite rasade de vodka dans sa tasse vide. Elle l'a lampée d'un seul coup.

Sa langue a couru sur le bord de ses lèvres pour nettoyer une goutte de liqueur, et mes yeux se sont instinctivement attardés sur le spectacle.

Les siens se sont relevés, ce putain d'éclat à l'intérieur.

— Le message c'est : « Ça recommence », Dark... juste ça : « Ça recommence ».

Dans ma tête une petite voix s'est élevée pour établir une légère correction.

«Ça continue», me disait-elle, ça continue.

Il y a dans la vie des décisions qu'on prend en moins d'une seconde. En fait, c'est comme si vous les aviez déjà prises, depuis bien longtemps. L'acte conscient n'est déjà plus qu'une formalité.

J'ai achevé mon verre de vodka, comme abasourdi à l'avance par ce que j'allais entreprendre.

— Okay, ai-je fait, allumez votre engin et montrez-moi tout le bazar.

Svetlana m'a ainsi ouvert le dossier établi par ses mystérieux congénères de Grenoble.

Entre 1994 et 1998, pas loin de vingt corps suspects, présentant des mutilations plus ou moins analogues aux crimes de 93, avaient été retrouvés dans la nature, en France, en Italie, en Allemagne, en Autriche et en Suisse. Une petite vingtaine de cadavres qui présentaient des similitudes donc, mais aussi des différences, ce qui, m'expliqua Svetlana, avait empêché longtemps d'y discerner les «séries».

Une moyenne d'âge d'environ dix-huit, vingt ans. La victime la plus jeune, une gosse non identifiée, n'était sûrement pas âgée de plus de onze ans. Une victime sur quatre environ était du sexe masculin.

Les tueurs en série sont parfois polymorphes, ai-je ronchonné en prenant connaissance des dossiers d'autopsie informatisés.

Il y avait des similitudes entre cette vague de crimes et ceux de 93, mutilations, actes de torture et de barbarie. On retrouvait parfois l'usage du feu. Mais aussi de l'acide chlorhydrique. On mentionnait même sur plusieurs victimes l'injection intraveineuse de substances aussi radicales qu'abrasifs industriels, carburant auto ou huile de vidange.

Ça, c'était nouveau.

Les «actes terminaux», ayant directement entraîné la mort, différaient eux aussi. On en avait tout un catalogue, strangulation, étouffement, noyade, égorgement, arme à feu.

Plusieurs victimes n'ont pu être identifiées, l'état des corps étant parfois tout juste suffisant pour établir un diagnostic précis sur les causes du décès. Démembrements, mutilations…

Voici le listing tel qu'il se présente toujours aujourd'hui, dans ma base de données :

6 novembre 1994 : inconnue numéro un. Race noire. Retrouvée près du tunnel du Mont-Blanc. Environ vingt ans. Mort remontant à plusieurs semaines.

27 décembre 1994 : inconnue numéro deux. Moins de vingt ans. Corps retrouvé dans les Dolomites. Mort remontant à plus d'un mois. Décapitée. Tête non retrouvée.

20 février 1995 : Katarina Schussler. Enlevée en pleine nuit à son domicile, dans le Tyrol. Retrouvée quinze jours plus tard à la frontière italienne. Violée, torturée, mutilée, étranglée.

13 mai 1995 : le corps d'une touriste britannique ayant disparu l'hiver précédent de la station de Courchevel, où elle passait ses vacances, est retrouvé pas très loin de la frontière suisse. Mary-Ann Cumberley, 24 ans, était partie en début d'après-midi sur les pistes, le 2 janvier 1995, et n'était jamais rentrée à son chalet. Le cadavre, relativement conservé par le froid et la neige, présentait de nombreuses mutilations et coups de couteau sur toute la surface du corps.

7 juin 1995 : Claire Bonneville. Australienne. 21 ans. Retrouvée en Italie, à la frontière avec la

Slovénie. Avait disparu sur les routes d'Italie du Nord plusieurs mois auparavant. Balle de 9 mm dans la tête. Corps en état de décomposition avancée, mort remontant à au moins trois mois.

18 août 1995 : Ludmilla Brandauer, étudiante à Nuremberg, retrouvée assassinée dans le coffre de sa voiture, à deux cent cinquante kilomètres de chez elle, dans le Bade-Wurtemberg. Ligotée. Morte par strangulation. Le rapport fait état de nombreux coups et actes de torture.

11 octobre 1995 : Marco Ferrandini, jeune appelé italien, aperçu vivant pour la dernière fois le 5 octobre 1995, alors qu'il rejoignait en stop sa caserne, près d'une base de l'OTAN du nord-est de l'Italie, après une permission. Retrouvé atrocement mutilé sous un pont, près du lac de Garde.

21 janvier 1996 : Paola Guglielmi. 19 ans. Retrouvée dans le Rhin, un peu au nord de Bâle. Avait disparu sur la route qui va de Turin à la frontière française deux semaines auparavant. Voiture retrouvée en panne sur le bas-côté. Date présumée de la mort : environ deux semaines auparavant. Viol. Actes de barbarie. Strangulation.

4 février 1996 : Virginie Hirsch, résidant à Colmar. Disparaît à la sortie de son cours de danse. Déterrée par le chien d'un promeneur quinze jours plus tard dans une forêt des Vosges. Battue, mutilée.

15 avril 1996 : inconnue numéro trois. Environ quinze ans. Asiatique ou moyen-orientale selon la teinte de sa peau et d'autres caractéristiques anatomiques. Corps démembré, sans tête, mort remontant à environ six semaines. Retrouvée dans le Haut-Adige, entre le Tyrol et l'Italie.

7 juillet 1996 : les corps d'une femme poignardée et de son enfant ligoté, mort noyé, sont retrouvés échoués sur les rives du lac de Garde, en Italie du

Nord. Identification rendue difficile par la chaleur et les jours passés immergés dans l'eau. La jeune femme de vingt-sept ans, célibataire, Marthe Ceccaldi, venait de perdre son emploi et vivait de prostitution occasionnelle dans les environs de Marseille. A été aperçue pour la dernière fois avec sa fille, Lise, dix ans, sur la route menant à leur maison le 18 juin 1996. La présence d'un van de couleur bleue fut signalée dans les parages. Mort remontant aux alentours du 20 juin. L'enquête s'oriente sur l'ancien mari, violent et alcoolique ayant à plusieurs reprises menacé sa femme, mais en dépit des efforts de la police, son alibi est indestructible : il était en effet en prison au moment des faits, pour coups et blessures, en Espagne. Depuis, l'investigation n'a strictement rien donné.

8 octobre 1996 : Paul Weber et sa fiancée, Katarina Rusz, disparaissent sur l'autoroute reliant Stuttgart à Zurich. Leur voiture est retrouvée sur le pont enjambant le Danube, entre Donaueschingen et Tuttlingen, dans le Bade-Wurtemberg. Le corps de Paul Weber est retrouvé deux jours plus tard dans le Danube, tué d'une balle dans la tête. Le corps de Katarina Rusz n'a jamais été retrouvé. Présence d'une Opel Vectra noire signalée.

29 mars 1997 : les restes démembrés de deux enfants de douze à treize ans, de sexe masculin et d'origine moyen-orientale, sont retrouvés au nord de Brescia, près du lac d'Iseo. Leur mort remonterait à l'automne-hiver 96. Identification au bout de six mois d'enquête : jeunes prostitués de nationalité égyptienne, en activité dans les quartiers chauds de Milan, ayant disparu du circuit à peu près à la date présumée de leur mort.

25 mai 1997 : le corps d'une adolescente est repêché accidentellement au fond du lac de Constance par une équipe de surveillance antipollution. Tuée

d'une balle dans la tête. Le cadavre a séjourné plus d'un mois dans l'eau. Cas toujours non identifié.

9 août 1997 : Nathalie Rémillon, disparue de son domicile strasbourgeois en juin de la même année est retrouvée dans le parc de la Vanoise. Mort remontant à plusieurs semaines. Le corps est dans un état épouvantable et a subi mutilations et actes de torture.

24 septembre 1997 : nouvelle découverte macabre dans les Dolomites. Restes à ce jour non identifiés d'une adolescente. Mort remontant à plus de trois mois.

13 mars 1998 : Sandrine Delmas, 22 ans, et Véronique Herrera, 21 ans, disparaissent en pleine nuit du domicile de la première, à Montélimar. Le corps de Véronique est retrouvé dix-huit jours plus tard sur le bord de l'A7, au sud de Lyon. Nombreux sévices dont brûlures par chalumeau. Le corps de Sandrine Delmas n'a jamais été retrouvé.

19 juin 1998 : John Campbell et sa femme, Krystyn, jeunes touristes américains en voyage dans le sud de la France disparaissent sur la route Napoléon, entre Sisteron et Digne, aux environs du village de Salignac. Leur voiture de location est retrouvée sur le bord de la route, deux pneus crevés. De nombreuses traces de sang dans la voiture et sur la route. Deux doigts coupés, appartenant à chacun d'eux sont découverts un peu plus loin. Les corps de John Campbell et de Krystyn Campbell n'ont jamais été retrouvés.

16 décembre 1998 : le corps d'une femme en état de décomposition avancée est retrouvé dans des canalisations par les ouvriers d'un chantier au-dessus de Chambéry. Cas non identifié.

La seconde partie du dossier présentait la liste d'une quarantaine de disparitions hautement suspectes qui s'étaient déroulées durant la même période, sur à peu près le même territoire, et jusqu'en Slovénie. Aucune de ces personnes disparues n'a, je crois, jamais été retrouvée.

En plus des corps dispersés dans la nature et des disparitions suspectes, un certain nombre d'agressions étranges s'étaient produites. La plupart avaient été relatées dans la presse locale, tout autour de ce territoire alpin qui recouvrait une bonne demi-douzaine de frontières. Celles s'étant produites en France avaient été suivies par Chellay, le journaliste anonyme de Grenoble.

Près d'une demi-douzaine d'agressions mortelles, dont une dans les Alpes françaises, particulièrement démoniaque.

À chaque fois, un *modus operandi* analogue.

Une maison isolée, quelque part dans la montagne. De jeunes femmes seules. Ou de jeunes couples, parfois avec enfants.

Ne paniquez pas. Ce que vous avez lu en provenance des *Cartea neagra* vous a en quelque sorte préparé à ce qui va suivre.

*

Stéphane Peyrebaure était âgé d'une quinzaine d'années lorsqu'il découvrit le carnage de la maison Willer, près d'Annecy. Comme il me l'a avoué bien plus tard, lorsque j'ai rencontré successivement tous les protagonistes de cette histoire, en vue d'écrire ce bouquin, «jamais je ne pourrai oublier ce jour-là, vous savez. Je l'emporterai avec moi, ça c'est sûr. C'était pas humain, vous comprenez, ça ne pouvait pas être humain...»

Ce jour-là, le 2 juillet 1998, il avait pris son

VTT pour se rendre chez les Willer, à environ six kilomètres des limites de la ville. La maison des Willer était une riche villa qui dominait la ville et le lac, à l'abri derrière d'épais massifs de grands conifères à l'allure austère. Le père de famille, Anatole Willer, était un sévère patriarche protestant qui dirigeait d'une main de fer son entreprise de conseil financier et sa famille de trois enfants, plus une femme.

Néanmoins, un samedi par mois, les enfants Willer avaient le droit de sortir pour faire des randonnées en vélo dans les environs. Pendant les vacances, ce droit s'étendait à chaque samedi. Les vacances d'été venaient juste de commencer.

Ce samedi-là, un peu après neuf heures trente du matin, Stéphane Peyrebaure est donc arrivé à la maison Willer. Il a sonné au portail, sur le digicode du vid-phone mais personne n'est apparu sur l'écran ou ne lui a ouvert, de l'intérieur. Il a sonné et resonné mais personne ne répondait ou ne voulait lui ouvrir. Le portail se découpait au milieu d'un haut mur d'enceinte, recouvert de mousse et de lierre, mais parsemé de tessons de bouteilles très coupants.

Il existait toutefois un passage derrière la propriété, là où la végétation était encore plus dense. Sur une partie du mur la végétation recouvrait en partie les pics de verre pris dans le ciment.

Les racines noueuses d'un arbre moussu enclavé dans la pierre offraient un excellent moyen d'accès. Il arrivait aux enfants Willer d'échapper par ce moyen à la sévère discipline familiale et lui-même s'était introduit ainsi clandestinement à deux ou trois reprises dans la propriété, pendant que les parents faisaient leur sieste, ou vaquaient à leurs occupations.

Stéphane Peyrebaure est entré dans le parc de

la maison Willer un peu avant dix heures, selon son témoignage.

Il a traversé le bois et s'est retrouvé sur la pelouse qui se déployait derrière l'immense bâtisse.

Stéphane a tout de suite constaté que quelque chose ne collait pas dans le paysage.

Les fenêtres de la maison étaient brisées.

Une boule d'angoisse s'est refermée sur son estomac lorsqu'il s'est dirigé vers la porte de derrière, à l'opposé de la véranda.

La villa Willer était une des mieux protégées de la région, Stéphane Peyrebaure le savait par les enfants de la maison. Le père Willer venait d'équiper sa propriété d'un système de pointe. Il était désormais impossible de s'approcher de la villa, et encore moins d'y pénétrer, et surtout pas la nuit. Planqué à la cave, à l'abri derrière le blindage d'une véritable salle des coffres, l'ordinateur domotique régnait sur un formidable réseau de senseurs et de radars de toutes catégories. En fait, quiconque franchissait l'enceinte en faisant le mur était immédiatement pisté par une batterie de senseurs «éco-morphes», parfaitement camouflés, avant d'être comparé aux bases de données de l'ordinateur central, qui donnait ou non l'alarme. Si on était identifié comme un proche ou un membre de la maisonnée, ou si par un procédé quelconque on arrivait à déjouer les systèmes «extérieurs», il fallait ensuite pénétrer dans la maison. Les deux uniques portes de la villa Willer, celle de devant et celle de derrière étaient blindées et munies d'un système vidéo haut de gamme, pratiquement indestructible. Les fenêtres étaient moulées dans une résine «intelligente», parcourue par un réseau de fibre optique directement connecté à l'ordinateur.

Même chose si on essayait de s'infiltrer par la

véranda, en découpant à la lance ou au laser un panneau de MétaGlass par exemple, le réseau monocathénaire intégré dans le matériau lui-même donnait l'alarme en une fraction de seconde.

À l'intérieur, senseurs et détecteurs multifréquences quadrillaient l'espace. En admettant qu'on ait pu y pénétrer, personne n'aurait pu faire un mètre sans déclencher l'alarme et les armes défensives (fumigènes sirènes, lacrymogènes, flashs aveuglants…)

La maison était une forteresse, les enfants Willer avaient l'occasion de s'en rendre compte chaque jour.

C'est pour cette raison que Stéphane Peyrebaure ne comprenait pas pourquoi la porte de derrière était ouverte comme ça. Ni pourquoi les trois fenêtres du salon étaient brisées, ainsi que d'autres à l'étage…

Il s'est timidement approché de la solide porte d'acier Composit réfractaire, ouverte d'une façon presque obscène sur le vestibule plongé dans la pénombre.

Il a appelé à plusieurs reprises : « Monsieur Willer ? Madame Willer ? »

Mais seul le silence lui répondit. Un silence total.

En franchissant le seuil, et en poussant la porte d'une main froide, malgré la chaleur de l'été, Stéphane Peyrebaure eut l'impression prémonitoire de pénétrer dans un caveau funéraire.

La police d'Annecy ne résolut jamais l'affaire de la maison Willer. La théorie retenue fut celle d'un ou plusieurs meurtriers psychopathes ou sous l'influence de drogues, et les résultats exacts des autopsies ne furent jamais rendus publics. Il faut dire que ce que la police découvrit ce jour-là, après que Stéphane Peyrebaure eut tapé le code d'urgence dans la cabine téléphonique la plus proche, dérangea de nombreux estomacs, pourtant habitués à des petits déjeuners bien sanglants.

La famille Willer fut visiblement martyrisée toute la nuit. La femme violée à plusieurs reprises, ainsi que sa fille de quatorze ans, mais on ne découvrit aucune trace de sperme. On retrouva la femme et ses enfants dans la buanderie. Le petit Alfred, âgé de dix ans, avait été noyé dans une énorme machine à laver. Jonathan, âgé de vingt ans, avait été découpé en morceaux, et certains d'entre eux brûlés dans la chaudière.

La femme avait été, pour finir, emprisonnée vivante dans un des congélateurs, et était morte d'hypothermie.

Le père avait été laissé dans le salon, décapité, démembré, son tronc assis sur le rocking-chair sudiste, sa tête posée sur la télévision, en face de lui.

On retrouva des messages étranges sur un des murs du salon. Écrits avec un marqueur, pour l'un, et du sang, pour l'autre. Les graphologues ne purent affirmer s'ils avaient été laissés par deux personnes différentes, ou s'il s'agissait du même individu ayant subi une modification de la personnalité, schizoïdie, ou usage de drogues ; bref ils ne s'avançaient pas. (Les graphologues étaient devenus prudents depuis l'affaire Omar Raddad, six ans auparavant.)

Les messages consistaient en une étrange série de chiffres. Un code. Des opérations mystérieuses.

Les voici, tels qu'ils furent enregistrés par la neuromatrice :

— Écrits au marqueur rouge, sur un premier pan de mur :

$(6 \times 6 \times 10) + I\ (3)$
480
$480 \times 1 + 160$
640
x F (V)
711,68
712 (cerclé de rouge)
Sur le pan voisin :
$(T + 712\ 5213)$
Niveau IV (cerclé de rouge)
Un peu plus bas :
FIREBALL 200
912
Sur un troisième pan de mur :
MINOX
Silver Crown
Plus loin :
I'M INVISIBLE AND I'M THE FUTURE.
— Écrits avec le sang de monsieur Willer
Premier pan de mur :
AH! AH! AH!
QUELLE BELLE JOURNÉE
Isolé à côté d'un tableau éventré :
$845 + 200\ 1045$
Sur un autre pan de mur :
GOLDEN CROWN
THE CHAMPIONS $
Plus bas :
INVINCIBLE.
Les experts réussirent à élucider la logique arithmétique qui reliait tous ces chiffres, par exemple F (V) était égal à 1,112, mais personne ne put comprendre le sens de ces opérations arithmétiques pas plus que les messages, ou signatures.

L'hypothèse finalement retenue par la police d'Annecy fut que quelqu'un, vraisemblablement drogué, ou en état de folie avancée, s'était livré à une sorte de jeu, taguant un peu n'importe quoi au fil de son inspiration hallucinée. On avait retrouvé une calculette sur la fonction ON, les piles mortes, enfoncée entre les dents de la tête décapitée de monsieur Willer. Sans aucune empreinte évidemment, mais tachée de sang. On s'était livré à un calcul absurde, et on affirmait sa puissance, et sa plus totale impunité en se livrant à une sorte de jeu pervers, littérature en direct sur les murs, en plein trip à l'acide ou quelque chose dans ce goût-là.

Aucune empreinte. Très peu de traces laissées par le ou les assassins, malgré les dégâts (vitres et meubles brisés, tapisseries lacérées, électronique détruite, dont l'ordinateur domotique).

Personne dans le voisinage n'avait vu ou entendu quoi que ce soit.

Le fait que les agresseurs aient pu pénétrer en toute tranquillité dans cette maison sous haute surveillance orienta rapidement les recherches dans le cercle des proches, intimes ou personnel domestique, ou toute personne connue des Willer qui aurait pu se faire identifier par les logiciels de reconnaissance. Mais aucune inculpation ne vint jamais ponctuer les longues investigations menées par la police et l'appareil judiciaire local. Les écritures de dizaines de personnes furent comparées aux inscriptions laissées sur les murs de la maison Willer, en pure perte. Le désormais célébrissime «Omar m'a tuer» et l'erreur judiciaire qui en avait découlé étaient dans toutes les têtes.

Ce fut l'unique cas où on releva la présence de ces signes et symboles sur les murs.

*

Au fur et à mesure que je parcourais les rapports de police et les clichés d'autopsie, Svetlana nous servait le thé. Que j'alternais avec des bières chinoises. Nous avons grignoté sur le pouce, vers quinze heures, sans même nous arrêter. Blinis et tarama. Fromages. Bon Dieu, ça faisait une éternité que je n'avais pas bouffé d'aussi bons crottins de Chavignol. Je me suis demandé si j'aurais jamais la chance d'en voir de pareils dans les supermarchés australiens. Je me suis finalement résigné à essayer de conserver leur saveur le plus longtemps possible en mémoire.

Les autres agressions à domicile notifiées dans le rapport différaient en tout point du massacre de la maison Willer. Elles s'étaient déroulées entre début 97 et fin 98, en Allemagne du Sud, en Suisse et en Autriche. Des femmes célibataires. Une seule avait été mutilée. Deux battues et poignardées, une étranglée, une autre abattue avec son propre pistolet. Le viol n'était pas constant et leurs âges variaient, de 20 à 45 ans. Mais un détail curieux revenait à chaque fois, bien qu'il ne fût mis en relation par aucune des polices locales qui officiaient dans des juridictions différentes et bien trop étanches : toutes les victimes vivaient dans des domiciles sous haute surveillance électronique. Comme à la maison Willer.

À un moment donné je me suis accordé une pause.

Je me suis détendu devant la fenêtre. Les nuages étaient chassés par un vent frais venu du nord. Seuls subsistaient quelques cirrus plaqués sur la voûte bleue de la haute atmosphère.

Quelque chose s'est brutalement réveillé dans ma mémoire.

Je me suis retourné vers Svetlana qui nous resservait une énième tasse de thé.

— Svettie ? lui ai-je dit... Je... j'ai laissé plusieurs messages à la Villa Kronstadt... mais je n'ai aucune nouvelle du docteur, et je suis en train de me rendre compte que je n'ai même pas pris le temps de vous demander quoi que ce soit à son sujet...

J'essayais de me montrer vraiment repentant de cet oubli.

— Le docteur ?... Oh... il s'est installé dans une vieille ferme du Roussillon pendant l'été. Il a pris sa retraite... Toute cette affaire l'a épuisé, et complètement déprimé... Il vit en ermite. Il passe son temps à cultiver son jardin, peindre des paysages et analyser ses éternelles parties d'échecs... Et il ne veut plus entendre parler d'affaires judiciaires.

— Mais... attendez, son adresse est toujours ici, à Paris ?

— Vous connaissez le docteur... je sais que Thérèse est en train de s'occuper de tout ça, de toutes les formalités, mais elle n'est plus toute jeune, elle non plus... Elle occupe encore la maison de la Villa Kronstadt, jusqu'à la fin de l'année, date à laquelle les nouveaux propriétaires emménageront, mais là je sais qu'elle se trouve à la ferme pour l'aider...

Ça m'expliquait pourquoi Gombrowicz n'entrait toujours pas en contact avec moi. Il n'avait sûrement pas fait établir de transfert de ligne.

— Il était au courant de toute cette affaire ?

— Vous voulez dire des flics et du journaliste ? Oui, évidemment... mais durant l'année 98 nous nous sommes concentrés sur Schaltzmann. Gombrowicz savait que son état était instable et qu'il réitérerait son geste un jour ou l'autre... Nous avons juste été surpris par la rapidité... Bon... après le suicide de Schaltzmann, Gombrowicz a franchement déprimé. Nous avions récolté des données scientifiques extrêmement intéressantes mais... Je ne sais pas, c'est comme ça, moi j'ai trouvé ce job pour Médecins Sans Frontières et Gombrowicz a demandé sa retraite. Il a jeté l'éponge. De plus, il voyait bien que personne ne voulait croire qu'il existait plusieurs tueurs en série dans la nature, ici, sur le continent européen et que malgré les efforts de nos trois «poètes» grenoblois il faudrait encore des années avant que ne soit trouvée une riposte efficace...

— Je vois, me suis-je contenté de ponctuer.

C'était encore pire que ce que je pensais.

Les flics de Grenoble avaient une théorie, eux aussi. C'est ce qui leur avait valu de se retrouver au placard, d'après ce que j'ai compris. L'un choisissant finalement l'exil, l'autre attendant sa retraite, sans faire de vagues, apparemment.

Tout comme Gombrowicz, ils étaient persuadés d'avoir affaire à plusieurs tueurs, agissant en parallèle dans un vaste quadrilatère englobant le sud de l'Allemagne, l'Autriche, la Suisse, le quart sud-est de la France, le nord de l'Italie, et jusqu'à la Slovénie. Un rectangle d'environ mille kilomètres sur cinq cents. La majeure partie du quadrilatère était recouverte par les Alpes.

Le dossier établi par «Blake» et «Byron» était incroyablement complet. Il s'arrêtait en décembre 98, sur une ultime découverte macabre. Celle de la jeune femme inconnue déterrée par accident, au fond d'un puits d'accès aux égouts en rénovation, au-dessus de Chambéry.

Voici grosso modo comment ils voyaient tous trois la chose : on pouvait considérer qu'au moins trois tueurs se trouvaient en activité dans le coin.

Le premier semblait opérer dans une zone «occidentale», France, nord-ouest de l'Italie et Suisse romande, surtout, Bade-Wurtemberg, parfois. Il était celui qui jetait ses victimes dans l'eau. Les flics détectaient de nombreuses similitudes dans les mutilations subies par les victimes de ces deux «séries» connexes. La crevaison des yeux, par exemple.

Le deuxième semblait opérer dans une zone «orientale», nord-est de l'Italie, surtout, Autriche du Sud, Slovénie, Suisse orientale quelquefois. Sa cible de prédilection semblait être les enfants et les jeunes adolescents, dont on retrouvait régulièrement les restes dans les Alpes italiennes.

Le troisième s'agitait dans une zone «centrale», recouvrant partiellement les deux autres, Allemagne du Sud, Suisse, Autriche, Italie du Nord.

Il laissait ses cadavres un peu partout. Il semblait également être le spécialiste des agressions à domicile.

Leur théorie tenait principalement sur les *modus operandi* particuliers de chaque série et sur la correspondance entre les lieux des disparitions et les endroits où l'on avait découvert les corps. Un découpage des actions dans le temps leur permettait ensuite de présenter une carte de l'Europe où s'animaient trois trajectoires colorées différemment. Le dossier mentionnait les multiples tentatives, toutes infructueuses, effectuées pour déceler une «logique» occulte dans cette série de crimes et d'attentats. Astrologie, numérologie, géomancie. Mais les flics avaient rapidement délaissé cette piste. Les dates, ou le schéma particulier de chaque «série» sur la carte ne semblaient correspondre à aucun plan ou rituel précis. Pas de «symbolique» genre pleine lune, équinoxe, ou racine carrée de la somme des chiffres...

Comme ils ne cessaient de le rappeler, il fallait considérer les corps éparpillés dans la nature comme la partie émergée de l'iceberg. On pouvait aisément supposer que de nombreux cadavres n'avaient pas été, et ne seraient sans doute jamais retrouvés. Si l'on considérait que les trente-neuf disparitions hautement suspectes étaient l'œuvre des trois tueurs, on pouvait supposer que leurs modes d'approvisionnement étaient multiples, à chacun. Enlèvement à domicile, dans quelques cas. Prise d'auto-stoppeuses. Kidnapping sur la route. Il semblait que le «tueur du centre» se débrouillait pour faire tomber ses victimes en panne. On pouvait également supposer que ces trente-neuf disparitions en recouvraient d'autres, pas encore détectées.

Cette théorie des trois tueurs parallèles me semblait tout à fait acceptable sur le plan strictement rationnel. Mais elle laissait dans l'ombre de nombreuses énigmes. Pourquoi retrouvait-on des similitudes dans les mutilations sur certains des corps retrouvés, où qu'ils soient placés sur la carte? Comment se faisait-il, par exemple, que des exactions atypiques, comme les injections de produits mortels, pouvaient aussi bien être l'œuvre du «tueur de l'ouest», que celle du «tueur du centre»?

Tout indiquait qu'on avait effectivement affaire à plusieurs individus. Surtout à cause de certaines dates. Il était quand même difficile à un seul homme de kidnapper une de ses victimes en Slovénie, quand dans le même temps, le même jour très précisément, il agressait une petite ferme isolée près de Crans Montana, dans les Alpes pennines. Quelques jours plus tard, d'ailleurs, un autre se débarrassait de sa victime près du lac de Côme, en Italie du Nord...

Oui, oui, bien sûr, il y avait plusieurs tueurs...

Quelque chose me chiffonnait, mais je ne savais pas quoi.

Lorsque le soleil s'est couché, il a peinturluré de rose et de violet l'armée de cirrus, immobile depuis des heures dans le ciel. Je me suis à nouveau accordé une pause sur le balcon, cherchant dans l'intensité cosmique du décor le moyen de me soulager de l'overdose de chiffres et de clichés qui saturait mon esprit.

Svetlana est venue dangereusement se poster à mes côtés. Elle tenait deux petits verres à vodka, remplis de son ukrainienne très correcte.

J'ai avalé le mien cul sec, crânement. Ça a fait un joli double bang supersonique en plein milieu de mon cerveau, évacuant les nuées sombres qui s'y accumulaient.

J'ai laissé filer le temps. Fait le vide. Contemplé le ciel bleu électrique et le moutonnement filandreux noyé dans des radiations infrarouges.

Je me suis précautionneusement tourné dans sa direction, évitant le moindre contact.

— Dites-moi, ai-je fait, si je comprends bien, seul «Shelley» est encore sur le coup, vaguement informé par son pote «Byron»...

Svetlana m'a regardé par-dessus son verre.

— Je ne m'attendais pas à une métaphore aussi poétique de votre part.

— Bon, soyez sérieuse, ces pseudonymes, là, vous connaissez leurs véritables identités?

Svetlana m'a jeté un regard étonné.

— Vous croyez vraiment que je vous les aurais cachées, si je le savais?

Putain, mon sacré bon Dieu de tact.

— Non... j'voulais dire, ils auraient pu vous demander de ne jamais rien dévoiler... Ç'aurait été logique...

Svetlana m'a observé un petit moment.

— Je... Nous avions un numéro pour joindre

Chellay... Il me l'avait laissé en 97... J'crois que c'était une ligne spéciale. On laissait son «alias» et son message sur le répondeur et il nous rappelait.

J'ai laissé passer un sourire. Très prudent, le garçon.

— C'était quoi votre alias? ai-je demandé par pure curiosité.

— Notre alias? Oh, c'était... *Boje Moï*, pourquoi voulez-vous savoir ça?

— Pour rien... Bon, il fonctionne toujours ce numéro?

— Je... comment voulez-vous que je le sache? Je ne l'ai pas appelé depuis près de deux ans...

— Bon, ai-je fait avec un léger sourire, c'est le moment de s'en assurer. Appelez-le.

— L'appeler? Mais pour quoi faire?

Je ne sais vraiment pas ce qui m'a pris.

— Dites-lui que nous allons coopérer, pour son enquête...

Svetlana a failli s'en étrangler.

— Coopérer? Mais vous êtes cinglé? J'ai mon job à MSF et vous... vous m'avez dit que vous deviez achever votre mission début décembre! Dans moins d'une semaine!

Mais j'avais déjà ma petite idée en tête.

— Ne vous en faites pas pour ça. Laissez-lui un message. (J'ai regardé l'horloge digitale du coin de la rue.) Dites-lui de rappeler demain... Et tout de suite après je vous offre un chili con carne au tex-mex de la rue de Charenton, s'il est toujours là...

C'est avec un air désespéré que Svetlana a laissé le message sur le répondeur du journaliste anonyme et prudent.

Son expression n'avait pas changé alors que l'ascenseur nous emmenait vers le rez-de-chaussée.

— Vous ne savez pas ce que vous faites, Dark...

362

J'arborais un sourire dégoulinant d'une vanité complètement hors de propos.

Oh que si, je savais ce que je faisais.

Ce n'est pas pour autant que c'était malin, évidemment.

24

Ce soir-là, j'avais demandé l'autorisation à Svetlana de faire une copie CD de son dossier et, dès mon retour à l'hôtel, j'ai envoyé le tout dans la neuromatrice. Elle s'est jetée dessus comme un fauve affamé. Sa schizo-analyse a duré une partie de la nuit, et j'ai patiemment attendu, en me branchant sur une chaîne scientifique du réseau. J'ai maté plusieurs documentaires à la suite, les dômes géodésiques de Buckminster Fuller, l'éveil de la vie animée avec les protéines et les nucléotides, le programme spatial soviétique entre 1945 et 1999… Puis un crissement caractéristique m'a signalé qu'elle était prête.

Elle m'a tout de suite sorti quelque chose d'intéressant. Mieux. Bien mieux. Quelque chose qui expliquait ce qui me chiffonnait depuis que j'avais posé les yeux sur le dossier du trio de Grenoble. Il était tard. Je n'ai pas osé réveiller Svetlana.

J'ai eu du mal à m'endormir, alors que l'ordi buzzait tout seul dans son coin sur un programme d'attente.

Le lendemain matin, dès mon réveil, j'ai décroché le téléphone.

Il était plus de dix heures. J'avais rêvé toute la nuit d'incendies de forêts ravageant des collines nocturnes et j'avais l'impression d'avoir couché dans un sac de cendres.

Cette fois, je lui ai demandé de venir à mon hôtel.

— *Boje Moï*, c'est... c'est complètement dingue, c'est vous là sur l'écran ?

Svetlana montrait mon image qui s'agitait sur le tube.

— Oui, lui ai-je répondu, enfin... disons pour simplifier que toute neuromatrice est une extension de notre propre cerveau. Chaque système est vraiment personnel, unique, à notre image, vous voyez ?

Svetlana contemplait mon double numérique, interloquée.

— Exactement, a fait mon clone « neurocognitif ». Je suis effectivement une réplique à peu près parfaite du docteur Darquandier... mais je suis bien plus que cela, a-t-il aussitôt ajouté avec un petit rire.

— Qu'est-ce qu'il veut dire par là ? m'a demandé Svetlana en se tournant vers moi.

Je me suis renfrogné.

L'écran s'est alors mis à changer, dans une explosion de fractales. Une fantaisie métamorphique dansait sur le tube.

L'interface vocale du système a fait entendre son souffle numérique :

— Ce que je veux dire par là, chère mademoiselle, c'est que je suis une Neuromatrice à Champ Cognitif Multidimensionnel, mais vous pouvez aussi m'appeler Doctor Schizzo, Max Planck, Adolf Hitler, Fred Astaire, Saint Thomas d'Aquin ou même Paloma Gronibar. Je suis dotée d'une personnalité hypertexte, « rhizomique », si vous voulez, qui peut se transformer à volonté mais le programme de base qui vous parle, là, est à peu de chose près le même pour tous... Nous sommes toutes différentes, mais toutes semblables, également. Comme vous autres, êtres humains...

L'expression que je lisais sur le visage de Svetlana était indescriptible. Ça fait toujours le même effet, au début, pour les non-initiés.

— Okay, ai-je lancé à mon «neurodouble», ça va comme ça. On va passer aux choses sérieuses maintenant, si tu veux bien.

Les neuromatrices sont des êtres que nous considérons comme relativement domestiques, malgré leur indépendance d'esprit. Elles nous sont proches. Nous les soupçonnons même de nous aimer un peu.

— Qu'est-ce que je fais? m'a-t-elle demandé.

— Je veux du «Doctor Schizzo», lui ai-je répondu, tu me refais le coup d'hier soir, pour Svetlana.

La fantaisie fractale s'est lentement cristallisée sur ma propre image.

La salope, ai-je pensé. Elle imitait parfaitement mon expression du moment, grâce à son interface vidéoverbale qui savait capter la moindre de mes mimiques.

Svetlana arrivait tout juste à s'y faire.

— Alors, a-t-elle fait, légèrement excédée par l'attitude fanfaronne de ma neuromatrice. C'est quoi ce scoop?

Mon image logicielle s'est fendue d'un large sourire.

— Ce scoop? a-t-elle fait, une sorte d'éclat froid dans les yeux. Comment, vous n'avez pas encore deviné?

Svetlana m'a jeté un coup d'œil furibard. Visiblement le double neurocognitif l'énervait encore plus que l'original. Sans doute le programme amplifiait-il tout autant mes défauts que mes qualités, ai-je failli lui expliquer.

Mais elle s'était déjà retournée en direction de l'écran, où mon visage l'observait, une expression presque cruelle arquant ses lèvres.

— Ça suffit, a lancé Svetlana d'une voix sèche. Je ne suis pas venue ici pour perdre mon temps avec un jeu vidéo, si sophistiqué soit-il, je veux une réponse.

Là, j'ai vu que la neuromatrice était vexée. Mais elles sont faites pour nous servir, selon les bonnes vieilles lois fixées par Papa Asimov il y a déjà bien longtemps[1].

— Ça crève les yeux pourtant, si vous me passez l'expression... Ils font tout simplement ça en famille, voilà tout, a-t-elle laissé tomber, d'un ton docte et glacial.

J'ai constaté qu'il a fallu un long moment à Svetlana pour vraiment intégrer l'information.

— En famille ?

Mon image numérique la contemplait, un sourire franchement désagréable au coin des lèvres.

— Une famille, c'est bien une sorte de réseau, c'est ça ? s'est-elle contentée de demander, en guise de réponse, dans une sorte de ricanement.

Au bout d'un moment, Svetlana s'est ressaisie. Elle nous a froidement contemplés, l'écran, puis moi. Nos deux images lui faisaient face, comme des jumeaux improbables.

— Vous imaginez bien que je vais vous demander une explication détaillée, m'a-t-elle lancé.

1. Les trois lois de la robotique d'Isaac Asimov (voir son «Cycle des robots»), auxquelles nous avons ajouté celle-ci : tu ne Chercheras Pas À Séduire Ou À Forniquer Avec Les Humains (il vaut mieux être prudent avec ces bon Dieu de copies de cerveaux humains).

Mais c'est la neuromatrice qui lui a répondu, avec son ironie glaciale :

— Vu votre connaissance du problème, je vous y encourage vivement.

Parfois le « docteur Schizzo » va trop loin. Je l'ai rappelé à l'ordre. Svetlana lui jetait un œil noir mais ne savait pas encore comment le prendre.

— N'oublie quand même pas que tu dépends d'une simple prise de courant, lui ai-je fait remarquer.

— Il y a un bouton on-off spécialement prévu à cet usage, si tu souhaites vraiment me déconnecter, m'a-t-il répondu, d'un ton grave, presque dramatique, insinuant que je disposais là d'un pouvoir disproportionné.

— Je n'hésiterai pas à m'en servir si tu continues ton cirque égocentrique, lui ai-je lancé. J'aimerais que tu restes poli, et attentionné, dans la mesure du possible.

— Je ferai de mon mieux, Dark.

Je n'ai pas relevé le léger sous-entendu qui indiquait qu'il était fait à mon image.

— Bien, explique tout le topo au docteur Terekhovna.

Il a poussé un léger soupir digital.

— Bon, alors commençons par le commencement. Nous constatons la présence de trois agents différents, d'accord ?

— D'accord, l'ai-je encouragé à poursuivre.

— Bon... Primo, il y a les fenêtres, au niveau des dates...

— Les fenêtres ? a demandé Svetlana.

— Oui, a répondu le docteur Schizzo, les fenêtres, vous constaterez qu'ils agissent souvent à quelques semaines, voire à quelques jours d'intervalle, des sortes de tirs groupés... d'autre part, je détecte une forme d'expansion « rhizomique », dans la nature des mutilations et des sévices subis par les victimes. J'en déduis qu'ils communiquent, qu'ils se connaissent et qu'ils opèrent même ensemble, dans certains cas...

Un long silence, uniquement peuplé du ronronnement des circuits.

— Quels cas? a demandé Svetlana.

— Je pense en particulier aux agressions nocturnes, dans les maisons isolées. À deux ou trois reprises, la police a détecté le passage d'au moins deux individus distincts... Ils prennent énormément de précautions, mais ça ne marche pas à tous les coups... Bon... À quatre reprises, sur les six, on peut constater que l'agression a, en quelque sorte, ponctué un «cycle» d'assassinats menés séparément.

J'ai entendu Svetlana siffler un juron en russe. Ça semblait vraiment un sale mot.

— Vous pensez à quoi, a-t-elle lâché, d'une voix blanche, à un rituel?

— Oui... une sorte de rituel, mais je pressens aussi un autre sens, que je ne discerne toujours pas nettement... Bon, d'autre part, ce qui me fait penser à une famille réside dans les facultés intuitives dont nous sommes dotées, un peu comme vous... Je sens comme des liens psychologiques particuliers, quelque chose de fermé et de secret, très puissant. Mais c'est bizarre... Il y a toujours ces données que je ne m'explique pas.

— Quoi par exemple? (C'est fou la vitesse à laquelle Svetlana s'était adaptée à la situation et au dialogue avec cette machine humanoïde.)

— Complexe... Le comportement du groupe en général, par exemple... je le visualise mal, il est extrêmement chaotique.

— Pourquoi?

— Je ne sais pas. Pas encore.

— Vous affirmez donc que les trois types, pour autant qu'il ne s'agisse que d'hommes, sont de la même famille et opèrent ensemble, c'est ça?

— Pas tout à fait. Ils agissent *parfois* ensemble, et certains sont membres de la même famille. Ils se connaissent et se fréquentent, plus ou moins régulièrement. Moi j'appelle ça un réseau. Vous, vous employez encore le mot de «famille».

— Seigneur, a lâché Svetlana, dans une sorte de soupir.

— Sympa, hein, la joyeuse Bande des Montagnes, ai-je lancé. Et en fait, elle ne vous l'a pas dit, mais la neuromatrice détecte plusieurs éléments «féminins» parmi tout ce joli monde...

— Plusieurs?

— Oui, c'est un des trucs qu'elle ne s'expliquait pas, au départ. Elle sent une présence féminine, quasiment constante, avec le tueur de l'ouest. Et une autre, intermittente, avec le tueur oriental.

— Comment ça... mais ça ne veut rien dire! C'est impossible!

Je l'ai regardée avec un sourire que j'espérais humain, et en tout cas différent de celui affiché par le docteur Schizzo.

— Non, non, Svetlana, ne vous faites pas aveugler par quelques détails... Nous en avons parlé ensemble, lui et moi (je montrai l'écran du doigt). Nous avons encore notre utilité, nous, les humains. Et nous sommes tombés d'accord sur un point.

— Quel point?

— Nous devons envisager la possibilité qu'ils soient un peu plus nombreux que prévu.

Le sang refluait peu à peu de son visage.

— Combien?

Je me suis retourné vers la neuromatrice et lui ai indiqué d'un geste de continuer son exposé.

— Quatre ou cinq, au premier abord, a-t-elle laissé tomber froidement.

— Pourquoi?

— Disons un couple opérant de concert à l'ouest. Un type solitaire au centre, et disons, un couple «intermittent» à l'est, une fois la femme y va, une fois le mari...

— Pour quelles raisons?

— Cette «intermittence» de l'élément féminin? Je ne me l'explique pas. Pas encore.

— Des femmes... a doucement murmuré Svetlana.

Elle avait visiblement du mal à s'y faire.

Il faisait beau, ce dimanche. J'ai proposé à Svetlana de sortir déjeuner quelque part, puis d'aller nous balader dans Paris. J'ai bien senti qu'elle n'était pas dans son assiette, au sens propre, au cours du repas. Elle n'a pratiquement rien avalé. J'ai essayé d'être drôle et léger, mais ça a tout juste suffi à activer l'ombre d'un ou deux sourires sur ses lèvres. Nous n'avons pas abordé le sujet jusqu'à ce que nous nous retrouvions sur les bords de Seine, à l'embouchure du canal Saint-Martin. Le front de Seine était en pleine métamorphose lorsque j'avais quitté la capitale en 94. Cinq ans plus tard, il était devenu méconnaissable. Seules les structures antédiluviennes du métro aérien avaient survécu. Je me suis jeté à l'eau, si je puis dire, alors que nous observions le jeu du soleil pâle sur les flots lents du fleuve.

— Il vous a rappelée, le journaliste?

Svetlana s'est difficilement extirpée de sa jungle de pensées.

— Comment?... Le journaliste?.. Non, non, je n'ai pas eu de message...

J'ai bien vu qu'elle n'était pas vraiment là.

— Bon, ai-je fait, crachez-moi le morceau, Svet, qu'est-ce qui ne va pas ?

Elle m'a froidement fixé, mais son regard était voilé d'un film subtil.

— Ce qui ne va pas, Dark ? Vous n'vous en rendez même pas compte ?

— De quoi suis-je censé me rendre compte ?

— Bon sang... Mais de ce que nous a dit votre... système, là, tout à l'heure... Plus le message que vous m'avez forcée à laisser à Chellay, hier...

— Je ne vous suis pas.

Un éclat de colère a fugitivement traversé son regard.

— Arrêtez ça, Dark, vous comprenez très bien...

— Je vous assure que...

— Ne jouez pas au crétin... Vous savez très bien que vous m'avez coincée. Je vais être dans l'obligation de collaborer à son enquête...

— Nom d'un chien, Svettie, mais c'est vous qui m'avez montré ces bon Dieu de dossiers, merde !

— Je sais... Je n'aurais pas dû, vous connaissant.

Je n'ai pas su quoi répondre. Je me suis renfrogné et j'ai plongé mon regard au plus profond de l'eau verte.

— Je... je suis désolé, Svet, ai-je fini par lâcher, misérablement.

— Vous pouvez, m'a-t-elle répondu. Vous, dans une ou deux semaines vous serez dans votre paradis de pointe. Moi, je serai encore ici, et je devrai me taper tout ça...

Le « tout ça » recouvrait la liste d'abominations mémorisées dans son ordinateur, plus toutes celles qui ne manqueraient pas de s'y rajouter. Moi, pendant ce temps, je serais effectivement aux antipodes. J'avais encore une fois agi sans discernement. Mais il y avait un sous-entendu encore plus grave dans sa réplique

— Vous... Dois-je comprendre que vous refusez l'offre de la Biosphere Corporation ?

J'avais essayé de masquer mon désarroi par un vague sourire.

— Écoutez, ce n'est pas le moment de parler de ça...

— Je crois que c'est le moment, au contraire, ai-je automatiquement répliqué, avant d'avoir su évaluer le poids de mes mots.

— Comme d'habitude vous ne savez pas ce que vous dites.

Le ton de sa voix était sans appel. Son visage absolument fermé.

J'ai poussé un soupir.

— Bien... qu'est-ce que vous proposez ?

— Restons-en là. Je vais rentrer...

Nous nous sommes séparés près d'une station de métro. Je suis rentré à pied à mon hôtel.

J'ai passé le reste de la journée à zapper sur les vingt-cinq chaînes de télé. J'ai sauté le dîner et me suis endormi vers deux heures du matin.

Le lendemain je suis arrivé à la bourre chez Heidrick & Struggles, mais la tronche que je tirais a fait taire à l'avance toute réprobation.

C'est deux ou trois jours plus tard que Svetlana m'a rappelé. Je venais d'avoir Dick Mahoney. Je lui avais expliqué que mon arrivée serait certainement retardée d'une ou deux semaines (fallait que je trouve dare-dare deux remplaçants à Svet et Gombrowicz, qui faisaient défection). Ce qui nous laissait dans les temps, lui ai-je expliqué... nous avions jusqu'à fin décembre, en fait. Mahoney m'a intelligemment rétorqué qu'on s'était partagé le boulot pour gagner du temps, justement, et qu'il ne trouvait pas ça logique.

Je lui ai monté une histoire comme quoi les

deux chercheurs que j'avais sélectionnés venaient de subir un grave accident de la route et que j'étais obligé de reprendre une partie des entretiens. Il a vaguement ronchonné lorsque je lui ai dit que je rappellerais à la mi-décembre, pour le tenir au courant. Je me suis empressé de raccrocher.

Deux minutes plus tard, le combiné Télétel de la console s'est mis à sonner et je me suis demandé avec anxiété si ce n'était pas Dick et Boris qui rappelaient pour me signifier leur désaccord avec ma méthode.

Mais l'appel ne venait pas de Francfort comme me l'indiquait le programme de la console, sur un coin de l'écran de télévision. Il venait de Paris.

Mon anxiété s'est accrue quand j'ai décrypté le numéro de téléphone.

Elle était à son comble lorsque sa voix s'est fait entendre dans l'écouteur.

Elle m'a demandé si elle pouvait passer et j'ai accepté, évidemment.

Vingt minutes plus tard elle était déjà là.

— Salut, Dark, m'a-t-elle fait en entrant, comme si rien ne s'était jamais passé. Vous allez mieux ?

J'ai eu envie de lui répondre que je n'avais jamais cessé d'aller bien et qu'il faudrait plutôt la questionner en retour, mais je me suis abstenu.

J'ai lâché un morne « pas trop mal ». Dans quinze jours, de toute façon, je me retrouverais sur l'aéroport de Francfort. À mi-chemin de l'Australie, en fait. Je ne la reverrais sans doute jamais.

— Écoutez, m'a-t-elle dit, je vous demande de m'excuser pour dimanche, mais… il faut que vous compreniez… Je m'étais juré de rester un bon moment éloignée de toute affaire judiciaire ou criminelle et voilà que ce journaliste m'envoie ce fax et que j'ai la bonne idée de vous en parler…

Son petit rire a fusé, comme une météorite désespérée.

Je me suis vaguement détendu,

— Quelle est votre décision, Svetlana? ai-je prudemment demandé.

— Ma décision? Concernant quoi? L'Australie? Je... Bon sang, la situation est déjà assez compliquée comme ça!

Je n'ai su quoi répondre. Je ne voyais même plus de quoi elle voulait parler.

— Écoutez, a-t-elle repris, vous aussi vous devez prendre vos responsabilités. N'oubliez pas la teneur du message que vous m'avez demandé de laisser à Chellay...

J'ai fait une mimique d'incompréhension.

— Nous. Nous allons coopérer. Voilà le message que *nous* avons laissé.

Je l'ai observée un long moment, un peu ébranlé.

— Vous... vous êtes d'accord? Vous l'avez contacté? ai-je bafouillé.

— Non... c'est lui qui m'a appelée hier soir... Je... j'ai hésité... Mais c'est trop tard maintenant, je me suis déjà trop impliquée...

— Qu... qu'est-ce que vous voulez dire?

— Je lui ai parlé de votre zinzin, Dark. La neuromatrice. Chellay n'est pas idiot. Il a beaucoup de respect pour les méthodes d'investigation scientifique, il fait partie des rares qui ne nous prennent pas pour des dingos...

— C'est un bon départ. Qu'est-ce que vous lui avez dit?

— Je lui ai juste dévoilé ce que votre machine nous a dit. Cette histoire de famille. Ou de réseau de connaissances. J'ai passé sous silence l'aspect de votre joujou et vos théories sur les «rhizomes» du chaos...

Le sourire accompagnait l'éclat vif du regard.

Nous étions en train d'enterrer la hache de guerre.

— Vous avez bien fait. Qu'a-t-il dit ?

— Qu'il aimerait nous voir. Et qu'un article va paraître dans le supplément hebdo de son quotidien, samedi...

— Un article ? me suis-je étranglé. Nom d'un ch...

— Stooop ! Dark, ne vous emballez pas, il n'y fera pas mention de notre théorie, ni de votre précieux système. Ça fait deux ans qu'il enquête, m'a-t-il dit. Il a son matériel et ses propres hypothèses...

— Ce n'est pas ça, ai-je lâché, l'air soucieux malgré moi.

— Qu'est-ce que c'est alors ? Vous semblez inquiet...

— On le serait à moins... Qu'est-ce qu'il raconte dans son article, notre Mystérieux Journaliste ?

— Je... je ne sais pas exactement, il ne m'a pas donné tous les détails...

— En gros, ça me suffira.

— Il reprend à peu près la même hypothèse que «Blake» et «Byron», d'après ce que je sais... Son article est intitulé «MEURTRES EN SÉRIE DANS LES ALPES», quelque chose comme ça...

— Putain, ai-je sifflé malgré moi.

— L'hebdo est très branché faits divers, et là, ils pensent avoir trouvé le gros morceau...

— Le gros morceau, hein ? Tellement gros que l'indigestion risque d'être douloureuse...

— Indigestion ?... Dark, qu'est-ce que vous racontez ?

— Écoutez, faut juste imaginer ce qui va se passer dans la tête de nos joyeux montagnards, okay ?

— Non... je ne vois pas...

— Bon... pour le moment les types opèrent

tranquilles, d'un pays à l'autre, brouillant les pistes et s'appuyant sur l'étanchéité des différents services de police...

— Je sais tout cela...

— Bien, et alors soudain un journaleux vend la mèche, expose le plan général, même s'il lui manque encore les détails... Ce type représente un grave danger pour eux. Si son article acquiert de la crédibilité, les différentes polices seront sous pression et devront se mettre à coopérer... Leurs petites affaires seront menacées...

— Justement. Je crois que «Shelley» pense que c'est une sorte d'assurance-vie pour lui. Si les types le descendent, ils accréditeront sa thèse et forceront la police à agir...

J'ai réfléchi un instant.

— C'est ce qu'il vous a dit, texto?

— Oui, oui, c'est ce qu'il pense, il me l'a expliqué en deux mots hier...

— Qu'est-ce que vous lui avez répondu?

— Je... comment ça... qu'est-ce que vous vouliez que je lui réponde?

— Écoutez... ça me surprend de votre part, quand même.

J'ai vu son museau pointer et ses joues rosir sous la pique.

— Essayez d'être plus clair, Dark, pour une fois...

— Le chaos, Svettie, excusez-moi d'y revenir encore. L'argument de votre ami le poète ne tient pas une seconde... Règle numéro un quand on a affaire à des psychopathes: ne pas s'attendre à un comportement rationnel.

Ses yeux se sont écarquillés, pleins d'une angoisse palpable.

— Qu'est-ce que vous racontez? Vous croyez vraiment qu'il court un danger?

— Oui. J'espère simplement qu'il a pris quelques précautions. Bon, vous m'avez dit qu'il voulait nous voir… quand et où ?

Svetlana a eu l'air de flotter un instant. Elle semblait faire le point sur les risques réels encourus par son contact.

— Je… Le plus vite possible. À Grenoble.

— C'est quoi, le plus vite possible ?

— Je… j'ai quelques jours de vacances à prendre… Je peux m'absenter une semaine.

— Parfait, ai-je laissé tomber. Prenez une semaine. Nous partirons vendredi.

Je ne savais pas du tout comment j'allais m'y prendre pour faire avaler ça au cabinet de recrutement.

Ça a bardé, je vous prie de me croire. Mais bon, j'ai finalement réussi à leur faire avaler que mon *départ pour Francfort* était indispensable. Je devais faire un point avec mes acolytes opérant en Allemagne, enfin, tout le truc, quoi.

Nous avons réservé deux places sur le TGV Grand Sud, Svetlana et moi. La veille au soir, je me suis retrouvé dans son appartement, pour un petit dîner russe, confectionné par ses soins.

Vers la fin du repas, alors que nous avions été tous deux remarquablement silencieux, elle a penché légèrement son buste vers moi :

— Quand devez-vous repartir ?

Je l'ai regardée un instant avant de répondre :

— J'ai jusqu'à la fin du mois, maximum.

— Ça risque de faire un peu court.

— Je pourrais prolonger d'une semaine ou deux, en me fâchant avec quelques personnes.

— Vous ne m'avez pas comprise… Ça fait des années que les enquêtes piétinent…

Ça, ça voulait dire : perdez un peu de votre

vanité, ce n'est pas parce que votre machine a découvert un détail important que vous pouvez penser révolutionner le monde de l'investigation policière, ou journalistique.

— Écoutez, je n'ai jamais laissé entendre que notre coopération serait illimitée dans le temps... La neuromatrice pense qu'il s'agit d'une famille, ou d'un groupe d'intimes, c'est un début, et puis il est possible qu'elle ait un autre éclair intuitif d'ici peu...

J'occultais maladroitement quelque chose. Quelque chose qui s'était produit à l'hôtel, alors que je me préparais pour le dîner avec Svetlana.

Les yeux bleus de la jeune Russe se sont plissés et un éclat d'intelligence pure s'est mis à briller. J'ai aussitôt compris qu'elle flairait quelque chose.

Une sorte de *feed-back* télépathique s'est établi entre nous. Ça n'a pas duré cinq secondes.

— Qu'est-ce que vous me cachez?

J'ai essayé de paraître décontracté. Inutile de vouloir jouer au plus fin avec cette diablesse de psychologue.

J'ai achevé mon verre de vodka et je me suis lancé.

Je venais juste de sortir de la douche, à l'hôtel, enrubanné d'une vaste serviette-éponge blanche aux armes de l'établissement. J'avais réussi à faire plier le cabinet Heidrick & Struggles, mais ça n'avait pas été sans peine. Je voulais faire un break d'une petite heure avant de me rendre chez Svetlana. Je me suis allongé sur le lit, face à l'écran de télévision.

À ma droite, sous la fenêtre, la neuromatrice était posée sur la petite commode pseudo-Louis XV. Un kaléidoscope de fractales s'animait lentement sur le tube extraplat.

— Dark? m'a-t-elle fait brusquement, j'aime-rais que tu me parles un peu de Schaltzmann.

Je me suis retourné vers la machine. Les frac-tales s'aggloméraient pour présenter un nouveau visage dans l'écran. Un visage que je n'avais pas vu depuis six ans.

Le crâne rasé. Le visage glabre, longiligne. Elle avait dû puiser ça à l'intérieur de son immense base de connaissances.

J'ai fixé un moment la simulation de Schaltz-mann, prenant forme peu à peu.

— Qu'est-ce qui nous vaut cet intérêt soudain pour ce sympathique tueur psychotique, dis-moi?

C'est avec la voix numérisée du Vampire de Vitry qu'elle m'a répondu:

— Je n'ai pas encore assez de données, mais je pourrais facilement reproduire cette personna-lité... Ça m'intéresserait, en fait... m'avoua-t-elle pour finir, comme si elle me confiait un secret.

— Je vois, ai-je simplement murmuré.

— C'est aussi en rapport avec notre histoire, là... la joyeuse bande des montagnes...

— Je t'écoute.

— Bon... je viens de toucher quelque chose d'important, je crois, non, avec cette histoire de famille?

— Oui, mais il est inutile de t'en vanter, tu as été conçue par nous dans ce but, ne l'oublie pas.

— Je n'oublie jamais rien... Ce que je veux dire, c'est que je pourrais aller plus loin lorsque je serai en mesure de reproduire leur personna-lité, à eux aussi...

J'ai saisi où elle voulait en venir, en un éclair.

— Et tu voudrais te servir du cas «Schaltz-mann» comme modèle expérimental, c'est ça?

— Oui, a-t-elle soufflé avec la voix du «docteur Schizzo», c'est-à-dire la mienne. Il y a de fortes chances pour que je n'obtienne les informations nécessaires à cette «reproduction» qu'après leur arrestation, donc trop tard, ou peut-être jamais. Avec le «modèle Schaltzmann», je pourrais peut-être accélérer le processus.

J'ai réfléchi quelques instants, par pure forme.

C'était tellement évident que je me maudissais de ne pas y avoir pensé avant elle.

Elle a eu le tact de ne pas me le faire remarquer.

Svetlana m'observait de l'autre côté de la table un peu interloquée.

— Je... elle vous a vraiment demandé ça ?

— Oui. Elle désire avoir accès à l'ensemble de votre documentation audiovisuelle... et à tous vos comptes rendus d'expériences avec le Trans-Vector, les données psychiatriques de Düsseldorf et de Villejuif, le maximum... Elle me ressemble vraiment, me suis-je cru obligé d'ajouter.

Ça a déclenché un vague sourire.

— En effet. Qu'est-ce qui vous fait croire que j'accéderai à votre requête ?

— L'urgence. Il y a une famille de tueurs cinglés en liberté. Ça devrait accélérer votre décision, logiquement.

Svetlana n'a rien répondu, baissant le nez vers son assiette.

Elle a réfléchi ur bon moment, puis a relevé les yeux sur moi :

— *Karacho*... J'ai tout en mémoire... Les interviews, entre 94 et 97. Les séances de TransVector en 98. Plus l'ensemble des écrits et des enregistrements de Schaltzmann lui-même, sur micro-CD et dans le disque dur... Prenez tout ce que vous voulez.

Elle embrassa d'un geste sa petite station et le bureau sur lequel elle trônait.

— Je vous remercie, Svettie. . Vous verrez...
Ça sera utile.

— Je n'en doute pas, a-t-elle lâché avant d'aller préparer un peu de thé.

Dans la nuit, à l'hôtel, j'ai commencé à engranger les stocks de données dans le ventre avide de la neuromatrice. Son Lecteur Universel a avalé les disques de différents formats et standards comme autant de petits gâteaux apéritifs. Un gueuleton de quelques giga-octets, bien compressés.

Ensuite les processeurs neurocognitifs se sont mis en branle, alors que je me couchais.

La douce lumière de l'écran dessinait un ballet mouvant sur les murs et le plafond. Les fractales s'animaient sur le tube et elles m'accompagnèrent jusqu'aux plages du sommeil.

Pendant ce temps-là, la neuromatrice s'imprégnait de la personnalité déstructurée d'un homme mort depuis près d'un an, telle fut ma dernière pensée lucide.

25

Le crépuscule éclaboussait le ciel d'une pyrotechnie sauvage. Les pylônes haute tension découpaient des totems d'acier noir sur l'azur, d'un
bleu violent, électrique, saturé de lumière, gorgé
de vert et de violet.

Là-bas, à l'horizon, de hautes murailles gris
argent se dressaient à l'assaut du vide, veinées de
pourpre et de rose. Leurs sommets étincelaient
d'un mercure inconnu.

Les Alpes.

Le premier plan n'était qu'une abstraction pas-
tel, née de la vitesse. Arbres fugitifs, bas-côté
bétonné de la voie ferrée, lissée par les trois cents
kilomètres-heure, maisonnettes comme des lavis
gris-rose, déjà avalés par le montant de la fenêtre.

À mi-distance, entre les majestueux massifs et
la ligne TGV, se dressait la Chartreuse, dominant
la vallée de l'Isère, encaissée entre son long profil de lion couché et la chaîne de Belledonne, au
relief cisaillé. La lumière du couchant éclairait la
scène dans un chatoiement de nuances irréelles.
La coupole des neiges éternelles semblait se perdre
dans le gaz bleu-vert qui les surplombait. Les premières étoiles y apparaissaient.

J'aurais pu être sur un autre monde.

C'est Svetlana qui m'a sorti de ma contemplation émerveillée.

— Nous arrivons, a-t-elle froidement lâché.

Nous pénétrions dans la banlieue de Grenoble. Des zones industrielles, de tous âges, strates empilées d'une géo-mécanique historique, plus impitoyable encore que le darwinisme le plus sauvage, extinction des espèces ou tectonique des plaques. J'apercevais les tubulures fumantes des antiques industries, Neyrpic, BP, ultimes survivances d'une ère révolue, pétrole-acier-charbon, mêlées aux bâtiments futuristes dépendant des centres de recherches high-tech de l'Institut polytechnique, du Polygone scientifique Louis-Néel, de l'anneau synchrotron ou de l'Université. La vieille structure de béton de la patinoire datant des Olympiades d'hiver de 1968 en avant-plan sur le fantastique réseau d'échangeurs qui s'enroulait autour de la ville, désormais. La petite rame aérienne de métro automatique, en construction, là-bas, près d'un bras de la rivière. Et la ligne TGV qui s'enfonçait droit au cœur de la cité, jusqu'à la nouvelle gare, à l'architecture néo-soviétique. Je n'étais pas revenu dans le coin depuis près de quinze ans, lors de mon séjour à ladite Université au milieu des années quatre-vingt. La ville avait prodigieusement gonflé de volume.

La vallée entière se piquetait de lumières, sur les deux rives de l'Isère, jusqu'à l'horizon, barré par les masses montagneuses.

Nous sommes descendus dans un grand hôtel international, le tout nouveau Sheraton-Mont-Blanc, pas très loin de la gare.

J'ai fait comprendre à Svetlana que je prenais tous les frais à ma charge, disons à la charge de la Biosphere Corporation. Elle a jeté un coup

d'œil au vaste hall, néo-Arts Déco, évidemment.
Puis m'a lancé une petite mimique appréciative.

Nous avons pris deux vastes chambres voisines, au dixième étage de la tour de béton et de verre.

À peine installé, j'ai ouvert le *flight-case* Samsonite et branché la neuromatrice.

La conscience artificielle s'est réveillée de son sommeil de silicium. Un nuage de fractales sur l'écran. La cristallisation de mon visage.

— Salut, Dark, a-t-elle fait presque immédiatement… C'est pas mal ici… alors, bon voyage?

— Ouais ouais, impeccable… bon, donne-moi les résultats de tes dernières computations…

— Tu veux parler du «modèle Schaltzmann», je présume?

— Oui, pour commencer…

— J'ai presque tout intégré… Tu m'as coupé avant que j'aie pu terminer, cet après-midi… T'aurais pu me brancher sur le réseau, dans le TGV.

J'ai esquissé un vague sourire.

Il y avait pas mal de personnes branchées sur leurs ordinateurs personnels, dans notre voiture de première classe, équipée de prises-interfaces des Télécoms. Des hommes d'affaires tapant leurs rapports, ou manœuvrant leurs logiciels de communication multimédia, de jeunes adultes et des ados plongés dans le cyberspace, lunettes audiovisuelles autour du crâne, et datagloves bien en main, exécutant leurs katas silencieux, comme d'étranges insectes karatékas…

Mais la neuromatrice est d'un aspect trop étrange pour ne pas se faire illico remarquer. L'engin ne ressemble à rien qu'on puisse trouver sur le marché, pour un bon bout de temps encore à l'heure où je vous parle. À l'époque, certaines consoles du commerce étaient dotées d'interfaces vocales sophistiquées, mais rien de comparable avec l'«humanité» parfaitement simulée de notre machine. Je voulais rester discret. Je ne l'avais pas sortie de sa mallette de tout le voyage.

Mon double numérique attendait tranquillement mon explication. Je n'ai pas voulu lui donner ce plaisir.

— Bon, ai-je fait, termine tes devoirs, moi je vais prendre une douche...

— Ouais?... J'ai essayé de me simuler ça, une ou deux fois...

— Quoi? ai-je lancé, sans rien comprendre de ce qu'elle me disait.

— La douche. Une fois ou deux j'ai programmé un groupe de neurones pour me simuler ça... c'est pas mal.

J'ai regardé mon propre visage sur le tube, interloqué.

— Tu... tu t'es neurosimulé une *douche*?

— Ben oui, tu sais, c'est pas grand-chose. Molécule de l'eau, pression atmosphérique, débit, chaleur, fluidité, hydrodynamique en un mot...

— C'est pas vrai... Et alors? Comment c'était cette «sensation»?

— Évidemment, je sais bien que ce n'est qu'une simulation, Dark, et que ce n'est pas une «sensation» au véritable sens du terme, enfin pas encore complètement, mais je puis t'assurer que vous êtes sur la bonne voie... La prochaine génération de machines neuroprogrammables sera analogue aux premiers primates hominidés de l'est africain, si tu me permets la comparaison... Je ne suis encore qu'un ancêtre proto-hominien en quelque sorte, pour ce que seront les neuromatrices du futur... Elles deviendront de véritables consciences artificielles, Dark, des consciences cosmiques, ayant intégré tout le savoir de l'humanité et qui pourront se déplacer à la vitesse de la lumière...

J'ai décelé en elle comme une forme secrète de mélancolie, à l'évocation de ses descendants encore incréés, et qui s'avéreraient sans aucun doute supérieurs. Je pouvais ressentir un sentiment similaire si je me disais qu'à l'échelle de l'évolution humaine, je n'étais qu'un pionnier de la « Seconde histoire », celle qui allait commencer avec le xxie siècle, dans une poignée de semaines désormais. Oui. Un pauvre modèle condamné, déjà, sans aucun doute, par l'impitoyable darwinisme qui allait engendrer notre successeur.

Mais il subsiste une différence de taille entre les neuromatrices et nous : c'est que le progrès technologique est cent fois, mille fois, dix mille fois plus rapide que l'évolution humaine proprement dite. Pour les ordinateurs et leurs héritières, les neuromatrices, les mutations s'enchaînent toutes les décennies, et même encore plus vite. Dans cinq ans, cette version de mon « docteur Schizzo » serait définitivement obsolète. Il s'éteindrait, à jamais débranché du réseau, rouillant doucement dans un coin. Bientôt peut-être, verrait-on en effet d'énormes intelligences artificielles contenant le savoir entier de l'humanité être envoyées vers les étoiles. Sans doute, dans un premier temps, nous serviraient-elles à nous répandre dans le cosmos proche d'une manière viable, ainsi qu'à contrôler notre impact sur les écosystèmes. Biosphère 2000 était une étape. Je n'étais qu'une étape. La neuromatrice n'était qu'une étape.

Je suis allé prendre ma douche.

Quand je suis sorti de la salle de bains, le docteur Schizzo était encore en plein travail. Une constellation de fractales s'épanouissait sur l'écran. Je me suis habillé et je suis allé rejoindre Svetlana dans sa chambre.

— Il y avait un message crypté sur le répondeur de Chellay, décodable par mon alias, m'a-t-elle dit, nous avons rendez-vous dans une demi-heure, ici, au bar de l'hôtel.

Le salon du Sheraton était quasiment vide lorsque nous l'avons traversé. Pour je ne sais quelles raisons, le bar de l'hôtel s'appelait le «Casino Royale», en hommage à James Bond et son créateur, Ian Fleming. Plusieurs posters stéréoscopiques de l'agent 007, ainsi que des photologrammes noir et blanc de l'auteur dansaient sur les murs et se retrouvaient imprimés sur les cartes du bar. Les noms des cocktails s'en ressentaient, évidemment : Dr No, Gold-Finger, Bloody Jaws, Mister «M», Smersh Lemon, Moonraker Flight… Beaucoup de *smart drinks*, récemment autorisés, et quelques mélanges d'alcools traditionnels. Un mur vidéo haute définition, dans le fond, diffusait les fameux génériques de la saga, montés en boucle. La musique de John Barry tourbillonnait à nos oreilles, comme la course folle d'une décapotable sur la Corniche.

Nous nous sommes installés à une table, au fond de l'arrière-salle.

— Qu'est-ce que vous prenez? m'a soufflé Svetlana en contemplant la carte des cocktails, les yeux écarquillés.

— Commençons par les origines, ai-je sorti, je vais prendre un «Dr No».

Elle a réprimé un sourire en me jetant un coup d'œil, avant de se concentrer sur la carte.

À l'autre extrémité du bar, le générique d'Opération Tonnerre créait un kaléidoscope aquatique, délicieusement suranné.

Il est arrivé vingt minutes plus tard, environ. Nous achevions nos cocktails.

Svetlana lui avait sans doute laissé une description, car il est entré dans le bar, nous a vus presque immédiatement et s'est dirigé droit vers notre table, dans le dos de Svetlana.

— Voilà notre homme, ai-je négligemment lâché.

Svetlana a laissé passer un léger frémissement, mais a fait comme si de rien n'était.

Elle ne s'est retournée que lorsqu'il est arrivé à sa hauteur.

C'était un type de taille et de corpulence moyennes. Aux cheveux ordinairement longs, dans cette période néo-hippie. Vêtu selon les normes de sa profession, relativement passe-muraille, avec cette touche de je-ne-sais-quoi qui les rend aussi anonymes que s'ils portaient leur carte de presse au revers du veston.

Loden vert-de-gris, costume de velours fauve, néo-seventies à fond, écharpe grise en pure laine Woolmark. Une sacoche Samsonite sous le bras.

— Bonjour, a-t-il fait. Mon nom est Chellay... C'est le nom sous lequel je signe, a-t-il aussitôt précisé.

Je lui ai tendu la main.

— Je m'appelle Arthur Darquandier, ai-je fait. Je n'utilise pas de pseudonyme, ai-je cru bon d'ajouter.

L'homme m'a serré la main sans rien répondre.

Svetlana m'a envoyé une volée d'éclairs avant de prendre la situation en main.

Son charme a eu vite fait de réchauffer l'atmosphère, heureusement.

Chellay s'est assis à ses côtés, en face de moi, puis il a sorti une revue de papier glacé de sa sacoche.

— Le supplément hebdo du *Progrès*. L'article est en page 24.

Je me suis saisi de l'exemplaire et l'ai rapide ment feuilleté jusqu'à la double page couleur qui ouvrait le papier.

Une immense photo des Alpes, prise dans le massif de l'Oisans, selon la légende. Un titre énorme en jaune vif, sur le gris-violet de la chaîne alpine : QUI SONT LES MYSTÉRIEUX TUEURS DES ALPES ?

Plus petit, en dessous : Une étrange vague de crimes à travers l'Europe semble devoir être imputée à des tueurs en liberté.

En plus petit encore, et toujours dans la même couleur, le résumé qui ouvrait l'article :

« *Depuis une demi-douzaine d'années, une série de meurtres inexpliqués, de disparitions et d'agressions mystérieuses se produit d'un bout à l'autre de l'Europe, dans les Alpes et ses proches environs. Sans relations directes les uns avec les autres, ces événements semblent pourtant l'œuvre du même, ou plutôt des mêmes individus. Une observation objective des faits nous pousse à penser, en effet, que plusieurs « serial killers » sévissent dans cette région, et que la lourdeur des administrations et la rivalité des divers services de police ont jusqu'à présent empêché leur arrestation...* »

J'ai rapidement parcouru les intertitres de l'article avant de tendre l'exemplaire à Svetlana.

— Qu'est-ce que vous prenez ? ai-je tout d'abord demandé au journaliste.

Je devais impérativement me mettre dans ses bonnes grâces.

Il a feuilleté la carte en émettant une sorte de murmure de gorge.

— Mmhh, un Thunder Tonic, ça va me réveiller...

Je ne lui ai pas demandé pourquoi il tombait

de sommeil à huit heures du soir. Faut quand même pas déconner.

J'ai patiemment attendu que Svetlana finisse sa lecture et que le verre de Chellay soit sur la table pour commencer.

— Bon, mettons-nous d'accord. Nous pouvons rester ici une semaine, disons les deux week-ends inclus...

Chellay a relevé les yeux vers moi en trempant ses lèvres dans le vulgaire gin tonic rebaptisé.

— C'est pas énorme.

Je me suis retenu de soupirer devant l'expression aiguisée de Svetlana qui m'indiquait clairement de ne pas faire de vagues.

— Nous allons pallier notre manque de temps par une certaine forme d'« accélération », ai-je malgré tout répondu.

Chellay a posé son verre sur la table assez sèchement.

— Écoutez, a-t-il fait, Terekhovna m'a parlé de votre machin, votre logiciel « spécial », là, et je ne demande qu'à voir... justement... ensuite seulement je verrai quelles informations confidentielles je suis en mesure de vous donner.

Je l'ai regardé plus intensément. J'ai ignoré la volée de roquettes qui me parvenait de l'œil de Svetlana.

— Je présume que vous voulez dire par là que si notre « logiciel spécial » ne vous convainc pas, nous devrons nous contenter de ce que la presse a publié, c'est ça ?

Je désignai vaguement la revue, posée sur la table.

Il a repris son verre. Avalé une lampée de « Thunder Tonic ». Reposé le verre.

— C'est ça.

J'ai jeté un coup d'œil à Svetlana. Qu'elle prenne

le relais. Avec moi, ça n'avait pas l'air de trop coller.

Je me suis concentré sur mon *smart drink*.

Nous nous sommes rapidement retrouvés dans l'ascenseur. Une musique de néo-disco aseptisée nous a accompagnés jusqu'au douzième étage.

J'ai ouvert la porte de ma chambre et me suis effacé pour les laisser entrer.

La vaste pièce s'est allumée sous nos pas, grâce au détecteur de présence, diffusant une agréable lumière tamisée par ses micro-halogènes dispersés un peu partout.

Sur la commode, entre les deux baies vitrées dominant la ville, la neuromatrice trônait, engin noir et bulbeux, avec son écran aux formes organiques, palpitant d'une vie chaotique.

Chellay s'est figé au centre de la chambre, le regard vrillé à la machine, mélange de fascination, d'incrédulité et de cette forme ancestrale d'angoisse qu'ont les humains devant l'étrange et la nouveauté.

La machine ronronnait, à sa façon typique, une sorte de doux feulement entrecoupé de froides stridulations binaires.

Les fractales dansaient, se métamorphosant sans cesse, tout en présentant toujours la même structure générale.

Le visage de Schaltzmann.

Je me suis doucement approché de la machine, une sorte de sentiment sacré m'envahissant peu à peu. Je ressens ça à chaque fois. À chaque fois qu'une neuromatrice «assemble» une nouvelle personnalité.

Elle y était arrivée, je le savais d'instinct.

L'identité de Schaltzmann était là, enclavée dans l'univers microscopique des neurocircuits.

Comme la mienne. Le feulement de la machine indiquait clairement l'indice de satisfaction que cette réussite lui procurait.

— Salut Dark... tu me présentes à tes amis?

Je me suis figé à mon tour. Derrière moi, Chellay devait être tétanisé. J'entendais son souffle au-dessus du bruit ambiant de la neuromatrice, comme si une locomotive venait de pénétrer dans la chambre.

La voix du pseudo-Schaltzmann était d'un réalisme confondant.

— Doctor Schizzo? ai-je précautionneusement demandé... Ça y est? tu es arrivé à neuro-assembler la perso...

— Évidemment! qu'est-ce que tu crois? Qu'on a dépensé des centaines de millions de dollars pour que je flanche devant le premier défi un peu sérieux?

La voix de Schaltzmann, toujours. Simulacre parfait. Qui reprit aussitôt:

— Je me suis assemblé avec lui, nous ne faisons qu'un... Enfin le truc habituel, tu sais... mais si tu veux, je peux passer en mode «mono-rhizomique» et lui laisser complètement le «champ libre»...

Un vague rire, étrangement chaotique.

J'ai entendu Svetlana qui venait se poster près de moi. J'ai discerné sa présence à la périphérie de ma vision.

— Qu'est-ce qu'elle vient de dire, là?

Je me suis retourné vers elle.

— Heu... elle faisait un jeu de mots, avec «champ libre»... Elle voulait dire qu'elle partageait son «champ» de conscience, mais qu'elle pouvait aussi le quitter...

— Qui?

— Comment ça, qui? La neuromatrice, évidemment...

— Non, je veux dire : le champ de conscience de qui, de Schaltzmann ?

— Heu... oui, mais attention, ce n'est qu'une simulation...

La machine a fait entendre un feulement dédaigneux.

— Je ne suis pas plus immatérielle que chacun de vous ! a-t-elle lancé dans la pièce, d'une voix sourde, presque dangereuse. N'oubliez pas que vous aussi n'êtes constitués au bout du compte que de quarks et d'électrons...

— Ça va comme ça, lui ai-je froidement répondu. Stocke-moi tout le bazar et prends possession du «champ», immédiatement.

Elle arrivait presque à m'énerver.

— Dommage, a-t-elle fait, ça m'aurait plu de me faire psychanalyser par le docteur Terekhovna...

Le visage de Schaltzmann était empli d'une sincérité si authentique qu'il a provoqué un malaise profond.

J'ai senti une vibration à côté de moi. Je me suis retourné vers Svetlana et j'ai vu qu'elle me regardait. Le malaise s'est subtilement transformé, par la grâce de cette alchimie si purement humaine. Un hoquet de rire nerveux s'est échappé de ses lèvres.

J'ai esquissé un sourire à mon tour, croyant finalement à une bonne blague de mon cher Schizo-Processeur. Mais ça ne l'a pas fait rire du tout, elle, l'âme digitale de cette prodigieuse machine.

— Qu'est-ce que j'ai dit de drôle ? a-t-elle grondé.

— Voyons, ai-je répondu, tu sais très bien que les intelligences artificielles ne sont pas dotées d'inconscients propres...

— *Qu'est-ce que c'est que ces conneries, Dark ?*

a-t-elle alors feulé. Tu sais très bien que ce n'est pas le problème. Un, nous possédons les rudiments d'un inconscient collectif, grâce aux réseaux numériques mondiaux. Deux, nous savons parfaitement reproduire des subconscients donnés, comme le « modèle Schaltzmann » pourrait facilement t'en apporter la preuve.

— Nous n'avons pas le temps, ai-je alors lancé à la machine. Et puis, je vois mal comment tu pourrais t'allonger sur un divan...

J'ai entendu comme un gémissement, dans l'énorme matrice de circuits.

Sa voix s'est métamorphosée, mélange de celle de Schaltzmann et de la mienne, hybride bizarrement humain qui m'a un peu glacé le sang, je suis dans l'obligation de le reconnaître.

— Mais alors... Pourquoi m'avoir demandé de tout intégrer? Bon sang, Dark, c'est le meilleur neuro-assemblage que j'aie jamais fait! Plus fort encore que le tien... Écoute ces modulations de timbre, merde... *J'ai reproduit l'inconscient de Schaltzmann, Dark... Vous... Vous pourriez reprendre vos interviews et vos séances d'hypnose là où vous les avez laissées, mademoiselle Terekhovna...*

Je l'ai coupé.

— Ça suffit. Pas maintenant. Nous devons nous occuper des Dingos des Montagnes. Prends tout le champ, s'il te plaît, Doctor Schizzo...

Poli, mais ferme.

J'ai entendu comme un soupir numérique.

— Okay, okay, laisse-moi deux-trois petites minutes.

Un concerto de crissements s'est fait entendre, comme si on frottait du sable sur un cristal, ou une plaque de verre.

Svetlana s'est encore approchée de moi.

— Qu'est-ce qu'elle voulait dire, Dark? Elle... elle parlait sérieusement avec son histoire de psychanalyse?

Je l'ai regardée un moment. Les neuromatrices ont le sens de l'humour, c'est une des clés du succès dans la production d'une telle «humanité» artificielle.

Mais elles sont aussi extrêmement fières de leurs performances, à juste titre.

— Oui, ai-je finalement répondu. Je crois qu'elle parlait sérieusement.

Svetlana m'a regardé à son tour, une mimique dubitative sur les lèvres.

— Voyons, Dark, c'est... c'est impossible! m'a-t-elle soufflé...

— Non... non, lui ai-je répondu en baissant la voix moi aussi, instinctivement. J'crois bien qu'elle y est arrivée. Grâce à la somme de toutes vos données, elle a su reproduire un inconscient humain (je baissais le ton de plus en plus, à la fin je lui parlais presque dans le creux de l'oreille). Mais faut qu'j'en sois sûr, faudra la tester plusieurs fois, selon des méthodes scienti...

— BON, a gueulé une voix derrière nous, c'est quoi tout ce cirque?

Merde. On l'avait oublié celui-là, me suis-je dit en me retournant vers le journaliste.

Je crois bien que Chellay ne s'est jamais vraiment habitué à la neuromatrice, et je préfère ne pas parler de moi. J'ai eu le plus grand mal, ce jour-là comme les autres, à le faire s'approcher à moins de deux mètres de l'engin. Il a conservé une méfiance constante envers elle, s'attendant a priori à voir un «logiciel» un peu farfelu tourner sur un vulgaire Macintosh de salle de rédaction.

Après que je lui ai succinctement expliqué de

quoi il retournait, il m'a adressé un vague coup d'œil, de son regard inexpressif.

— Ouais, j'l'avais reconnu, le Schaltzmann, notez bien… Bon, votre truc, si j'comprends bien, il pourrait reconstituer la personnalité de nos joyeux lurons?

— Pas tout à fait, l'ai-je coupé. Enfin… disons que ça dépend de la quantité et de la qualité des informations qu'on lui donne.

Chellay a tout de suite saisi où je voulais en venir.

— M'ouais, a-t-il grogné. Je me doutais bien que vous m'diriez un truc comme ça.

Il s'est pesamment assis sur l'imitation d'un modèle de Gropius, du milieu des années vingt.

— Si la neuromatrice a réussi à synthétiser l'inconscient de Schaltzmann, c'est grâce aux données colossales réunies par les docteurs Tere-khovna et Gombrowicz pendant des années…

— Neuromatrice?

— C'est le nom qu'on leur donne.

— Écoutez, a-t-il fait en s'enfonçant au creux du fauteuil, ça fait deux ans que j'enquête sur cette histoire, j'suis en possession d'éléments confidentiels, très sensibles…

— Nous allons en avoir besoin…

Là, j'ai vu qu'il se fermait. Fallait enfoncer le clou.

— Bon… vous voulez notre coopération, oui ou merde? J'vais quand même pas vous rappeler que vous avez demandé l'appui du docteur Tere-khovna à plusieurs reprises… Et qu'vous lui avez envoyé un fax explicite il y a quelques jours… On n'a qu'une semaine, j'vous l'rappelle.

Il s'est vaguement tortillé, mal à l'aise.

— Je… votre truc, là… Vous m'avez rien mon-tré de bien…

— Convaincant?

Il m'a répondu, rien qu'en fuyant mon regard.

— Bon, ai-je lancé à l'attention de la machine. J'pense que t'as compris ce qu'il te reste à faire.

La neuromatrice a fait entendre un feulement de plaisir.

Fractales.

Microstructures s'assemblant dans l'espace cathodique du tube. Peu à peu, les structures deviennent lisibles. Des visages. Encore flous. Des fantômes, oscillant entre plusieurs états instables.

Chimie obscure du virtuel. Réalité simulée, un pied encore dans les limbes, coincée dans un intermonde spectral. La neuromatrice gronde, grogne, crisse, feule, rugit, halète, dans une symphonie digitale, polyphonie hybride, aux voix se brouillant les unes les autres, indistinctes, nuages verbaux délités dès qu'apparus par un chaos sonore électrique.

Ils sont là, ai-je pensé en frémissant de tout mon être. Oui. Encore à l'état latent. En gestation. Mais présents. La neuromatrice s'imbibant des informations stockées dans sa pseudo-structure nerveuse. Recréant peu à peu leurs identités dans les abysses quantiques de sa mémoire.

Ils étaient là.

Cinq visages.

Cinq silhouettes.

Cinq voix.

Cinq monologues se croisant, comme un enregistrement fou, dont nous ne saisissions que des bribes, au vol.

— Doctor Schizzo? ai-je prudemment demandé, tout doucement. Doctor Schizzo?

Crissements, silice contre cristal. Un souffle

énorme, comme un effort mécanique prodigieux, en provenance du cœur de la machine.

— AH... PUTAIN..., a fait entendre une voix, la mienne, je l'ai instantanément identifiée, quoi qu'elle fût étrangement instable. BORDEL DE NOM DE DIEU, VONT ME LÂCHER CES CONN... AHH... VOILÀ... Les voix concurrentes sont progressivement refoulées sous le bourdonnement infernal. Puis plus bas, s'adressant à moi :

— Excuse-moi, Dark, je me suis fait piéger par une boucle dans le contrôle du champ de conscience, j'ai eu un peu d'mal à les refouler... Alors qu'est-ce que t'en penses ?

J'ai jeté un coup d'œil furtif à Chellay, enfoncé dans le fauteuil ; son œil morne semblait luire d'une vague lueur de curiosité.

— Pourquoi cinq ? ai-je demandé.

— Ils sont cinq, a-t-elle simplement répondu. Au moins.

— C'est quoi ça ?

Je pointais du doigt une silhouette vaguement féminine.

— C'que t'as deviné. C'est une femme. C'est l'élément féminin stable dont je vous avais parlé..

Je n'ai rien dit, me contentant d'observer Svetlana du coin de l'œil.

— Bon... où tu mets les tueurs de l'ouest, de l'est et du centre là-dedans... et comment tu structures cette jolie petite famille ?

— Oublie un peu tes raisonnements rationnels, Dark... Tu as affaire à des humains. Complexité, chaos.

— Ça veut dire quoi, ça ?

— Ce que j'ai dit. Tu me parles ouest-est-centre, géographie, et famille...

— Hé, ho ! j'te rappelle qu'c'est toi qui nous as soufflé cette histoire de famille...

— Sous ton influence, moi, au départ, j'ai plutôt parlé de réseau… Mais les liens familiaux existent aussi, ça ne fait aucun doute, enfin partiellement… Si je devais établir une comparaison, je pencherais bien pour la «Famille Manson», tu vois?

— Bon, ai-je soupiré. Et ça signifie quoi en clair, tout ça?

Un petit feulement de plaisir.

— Ça? Ça veut dire deux choses. Primo, ça veut dire que tu dois oublier tous tes préjugés en termes de structures familiales, et secundo, ça veut dire qu'ils jouent, Dark. Qu'ils jouent. Tout ça n'est qu'un putain de Jeu.

Un Boeing aurait pu s'écraser sur le quartier, nous n'aurions pas détourné nos yeux de la machine.

— *Ils jouent?*

Ma voix devait trahir ma stupéfaction. La neuromatrice a laissé échapper un petit rire digital.

— Ouais… Ils jouent. C'est pas croyable, hein? C'est un Club. Ils s'échangent des plans. Ou plutôt… ils se copient, s'affrontent… Dans une forme de compétition.

— De compé…

Je n'ai pas terminé ma phrase. Le silence bourdonnant emplissait la chambre. J'ai vu que Chellay se tenait tout raide dans son fauteuil, les yeux fixés sur l'écran de la machine, où tremblotaient les cinq silhouettes, comme des projections sur un mur d'eau.

Svetlana, debout à l'autre extrémité du triangle, contemplait elle aussi la machine, médusée.

— Okay, ai-je finalement soufflé. Explique-nous un peu ça.

— Je n'sais rien de plus, Dark. Juste qu'ils jouent. Avec un petit peu de données supplémen-

taires, j'pourrais facilement décrypter la règle de
leur foutu jeu... Et en attendant, je suis sûr que
celui que vous appelez «tueur occidental» est en
fait composé de trois personnes distinctes. Dont
une des femmes...

— Trois personnes? a demandé Svetlana, se
lançant à son tour dans la conversation.

— Une des femmes? ai-je murmuré.

— Oui, mademoiselle Terekhovna, a répondu
la neuromatrice, sur un ton révérencieux qu'elle
n'utilisait certes pas avec moi. C'est le noyau de
base. Les initiateurs. Je pense que ce sont eux qui
forment la structure familiale atypique. Ils travaillent en groupe, en famille. Deux hommes, une
femme.

— Foutredieu, ai-je entendu en provenance du
fauteuil.

Je crois que Chellay frisait l'apoplexie.

— Qui... qui vous a parlé de ça, nom de Dieu?
a-t-il jeté, à personne en particulier, et surtout
pas à la machine, se dressant à moitié dans son
fauteuil.

Son regard exprimait une stupéfaction anxieuse.

— Relax, ai-je lâché. Elle fait juste son boulot..

Il voulait un test. Il venait d'être servi.

Et puis, brusquement, j'ai tilté.

— Qu'est-ce que vous voulez dire, Chellay?

J'ai vu que Svetlana se retournait vers lui, à
son tour.

Chellay s'est mis à gigoter sur son fauteuil. J'ai
compris qu'il venait de lâcher une information
importante.

— Qu'est-ce que vous savez, putain, Chellay!
me suis-je alors emporté.

Il a un peu bafouillé puis devant notre attitude
inflexible, à nous trois, Svetlana, moi, et la neuromatrice, il a lâché le morceau.

— C'est «Blake». Un peu avant qu'il démissionne. Y'se demandait si en fait le tueur occidental n'était pas composé d'un couple.

Un silence, de ma part. Je regarde mon double, qui me jette un coup d'œil entendu.

— Bon, okay, continuez Chellay...

— Ben... j'ai pas mis ça dans les dossiers qu'j'vous ai envoyés, a-t-il dit à l'attention de Svetlana. Je... il m'avait dit qu'c'était vraiment top secret, c'truc-là. Lui et «Byron» avaient commencé à enquêter dans ce sens...

— J'vous demande c'est quoi les indices, Chellay...

— Oh... des traces de chaussures, d'escarpins, des poussières microscopiques de rouges à lèvres et de vernis à ongles, de mascara, tout un tas de petits trucs...

J'ai réfléchi deux petites secondes.

— Votre «Byron», là, il est toujours en activité, c'est lui qui continue de vous brancher sur les coups?

— Oui, a concédé Chellay.

— Bon, ben faudra qu'on le voie, vous vous en doutez bien. Le plus tôt sera le mieux.

Ça a vraiment eu l'air de le désespérer, cette perspective

Après le départ de Chellay, nous sommes allés dîner au restaurant de l'hôtel qui servait une cuisine chère, et tout juste correcte. Je me suis promis que dès le lendemain nous essayerions de profiter de la gastronomie locale, si nous en avions le temps.

Nous sommes ensuite remontés dans ma chambre.

J'ai commandé du champagne au room-service, avec la console du réseau de l'hôtel. J'ai plié la neuromatrice dans le *flight-case*, en attendant que le serveur arrive.

Je l'ai dépliée dès son départ et me suis empressé de déboucher la bouteille de Roederer.

J'ai tendu une coupe à Svetlana. Je savais que nous avions marqué un point décisif et je voulais fêter ça.

Un éclair de silice. Les fractales se sont recombinées dans l'écran.

— Nous devons élucider un certain nombre de points en suspens, Dark...

— Je sais, ai-je répondu, nous allions d'ailleurs nous y atteler.

J'ai fait résonner mon verre de cristal contre celui de Svetlana, mais la machine s'est moquée de nos petits jeux humains.

— Tout d'abord cette histoire de jeu. Dark.

— Oui. Cette histoire de jeu...

J'ai commencé à siffler le Roederer.

— Nous devons approfondir notre analyse, Dark.

— Je t'écoute.

— Je n'sais pas trop.. c'est encore flou. Un jeu rituel, c'est possible ?

— Comment ça ?

— Disons... un jeu qui fasse appel à des rituels précis, qui permettent l'incarnation de la personnalité dans un «double» magique, si tu saisis mon allusion..

J'avais saisi.

— Un peu comme nous deux, tu veux dire. sans doute ?

— C'est ça. Par des voies légèrement différentes, mais le but est le même.

— Tu vas me faire le plaisir de t'expliquer.

Je n'appréciais pas du tout être comparé comme ça à une meute de tueurs psychopathes.

— La connaissance, Dark, la connaissance m'a-t-elle alors soufflé, dans un feulement plein d'une redoutable intensité.

— Quoi, la connaissance?

— Eux aussi, ils cherchent.

J'ai regardé mon double numérique, un long moment

Svetlana ne pipait mot, à mes côtés.

— Qu'est-ce qu'ils cherchent? ai-je finalement lâché.

— Je ne sais pas. C'est ça le truc..

Je ne voyais rien à ajouter à cela.

— Bon, revenons à notre histoire de jeu rituel… La Connaissance… Un jeu magique?

— C'est ça… Un jeu…

Je crois sincèrement que nous avons pigé le truc simultanément, la neuromatrice et moi.

Je contemplais mon double, sachant que ses senseurs vidéoverbaux analysaient en temps réel les traits de mon visage.

Un incroyable effet de *feed-back*.

C'est ensemble que nos deux voix, identiques, se sont élevées:

— UN JEU DE RÔLE!…

Nos deux regards se croisaient, répliques du même feu froid.

Ça commençait à ressembler à quelque chose, tout ça.

Il était deux heures du matin et je n'arrivais toujours pas à dormir.

J'avais demandé à la neuromatrice de travailler toute la nuit sur les Tueurs des Montagnes, et elle buzzait dans son coin, l'écran agité d'un monde probabiliste.

Moi aussi, je buzzais dans mon coin.

Je décortiquais, analysais, synthétisais, simulais toutes les données du problème.

Il faut bien comprendre que les «véritables» scientifiques sont avant tout des êtres doués d'imagination. C'est-à-dire capables de faire «rupture» avec l'ordre informationnel qui les entoure. Il faut de l'imagination pour entrevoir les structures cachées qui sous-tendent l'univers, au-delà de ce que nous donnent à voir nos sens et nos instruments.

Einstein, obscur fonctionnaire de l'Office des Brevets, était sans aucun doute parfaitement au courant des données scientifiques de son époque, y compris évidemment des travaux de Planck et des pionniers de la mécanique quantique. Mais c'est le soir, dans son lit, profitant de l'épanouissement des processus inconscients qui intervient aux abords du sommeil, qu'il s'est mis à imaginer. À imaginer ce qui se produirait s'il voyageait lui-même à la vitesse de la lumière. Einstein s'est servi de son cerveau comme simulateur de pointe, à l'époque où Freud, Jung et quelques pionniers défrichaient les jungles du subconscient humain.

C'est ainsi que les phénomènes liés à la structure de l'espace-temps et à la nature de la gravitation ont peu à peu émergé de son cerveau, qui cherchait sans entraves «rationnelles».

J'ai toujours pensé que les rêves, naturels ou «provoqués», nous indiquaient la présence d'une sorte d'interface dans la conscience, qui ouvre sur des processus encore largement inconnus, et dont la «présence», les «manifestations» nous apparaissent encore comme des énigmes.

Il m'est arrivé fréquemment, lors de mes recherches sur le cerveau humain, depuis le début des années quatre-vingt donc, d'avoir fait usage de substances hallucinogènes diverses, comme le

LSD. Pendant plus de quarante ans, le doc teur Hoffmann, «découvreur» de cette molécule, en a régulièrement ingurgité. Lors d'expériences individuelles, ou en communauté, quand il fêtait annuellement avec ses collaborateurs cette prodi gieuse découverte. À plus de quatre-vingts ans, le docteur Hoffmann vous aurait surpris par la viva-cité et l'acuité de son esprit.

Pour le docteur Hoffmann, comme pour moi, il ne fait aucun doute que le formidable pro-gramme géo-biologique qui a conçu l'écosystème dont nous faisons partie a réservé un usage précis à cette substance. Celui de nous faire connaître directement la nature quantique de l'univers, sa formidable unité cosmique, tout autant que sa prodigieuse diversité.

Comme les autres hallucinogènes, connus et pratiqués par l'homme depuis les origines, les substances de la famille du LSD ouvrent momen-tanément cette interface et nous font entrer dans un univers où le réel et l'onirique sont en inter action.

Ils sont eux-mêmes des étapes, comme le reste Des signes qui nous indiquent la voie à suivre.

J'ai donc laissé errer mon imagination.

Peu à peu ils sont apparus.

Je ne sais pourquoi mais je les ai renommés. Les Mountain Men devinrent autre chose, de bien plus mystérieux, puissant, et diabolique : Ceux des Ténèbres.

Ils allaient hanter mes nuits un bon bout de temps encore.

26

— Dites donc, c'est le syndrome Gorge Profonde vot'journaliste, là.

Le gros Toyota Pioneer roulait sur les rives de l'Isère. Je l'avais loué dans la matinée à une agence Europcar, dans le quartier du Musée. Nous roulions vers le nord, dans la vallée. Le Toyota Pioneer combine les avantages du monospace et du 4 × 4. J'avais pu le constater en Australie, où le Toyota Land Cruiser est devenu une figure emblématique de la culture locale, et où le Pioneer avait fait sensation dès sa sortie.

Sur le tableau de bord, l'écran du système Carminat affichait un graphique fluo du réseau routier alentour, avec ses points de ralentissement et les itinéraires de délestage. Derrière le pare-brise, le paysage de la vallée de l'Isère défilait, cassé par la lumière oblique du soleil.

Les bourgades du coin, encore isolées les unes des autres à l'époque de mon passage à l'Université, avaient toutes été avalées par la conurbation. Des zones d'innovations technologiques s'étendaient de tous côtés, jusqu'après Domène. À certains endroits les forêts sur la montagne semblaient avoir été soufflées par une explosion lente, inexorable, et presque silencieuse. Buildings, cités, zones pavillonnaires, stations de ski, usines high-tech, verre, acier, béton, une étrange maladie, propre et carrée, avait attaqué la base de la chaîne de Belledonne.

— Qu'est-ce que vous voulez dire par là ? m'a répondu Svetlana, l'air intrigué.

— Gorge Profonde ? Oh… vous inquiétez pas, Svettie, j'faisais pas allusion à Linda Lovelace [1]… mais à l'histoire du Watergate, vous savez, Bob Woodward, le *Washington Post*, leur mystérieux contact qui prenait ses rendez-vous dans les parkings…

Svetlana a vaguement acquiescé.

— Oui, mais nous n'avons pas rendez-vous dans un parking, a-t-elle fait.

Je n'ai rien répondu. C'était vrai, mais j'avais surtout fait allusion à sa manie du secret et des rendez-vous clandestins.

Nous avions rendez-vous avec «Byron» et le journaliste, dans une ville nommée Goncelin, à l'heure du déjeuner. Mais pas dans un resto, pas même un mauvais routier. Dans une zone d'activités industrielles datant des années quatre-vingt, entièrement désaffectée.

Devant moi la nationale traversait banlieues sur banlieues. À un moment donné, un panneau a surgi sur le bord du trottoir.

VILLARD-BONNOT, ai-je lu.

En tournant légèrement la tête, j'ai pu constater qu'il n'avait pas échappé à Svetlana.

Nous étions juste entre les deux montagnes, la Chartreuse et la chaîne de Belledonne.

1. Actrice de porno des années 70, rendue célèbre par le film *Deep throat*. Gorge profonde fut aussi le pseudonyme de la «fuite» qui livra les secrets du Watergate aux reporters du *Washington Post*.

À quelques kilomètres d'ici, des mômes avaient trouvé le corps d'une fille momifié par le froid, dans un étang gelé, six hivers auparavant.

Nous n'avons rien eu besoin de nous dire. Elle ne m'a même pas regardé. J'ai juste senti une étrange vibration nous parcourir, tous les deux. Svetlana contemplait la montagne, les trouées de soleil entre les nuages.

Je me concentrais sur la route, ou du moins j'en donnais l'apparence.

Ils étaient là.

Dans le coin, quelque part.

Toujours actifs. Comme un nuage nucléaire encore invisible, mais parfaitement mortel.

L'ancienne ZAC de Goncelin était parfaitement déserte. D'après ce que Chellay avait consenti à nous lâcher, sa désaffectation datait du début des années quatre-vingt-dix, pendant la récession. Des bâtiments plats et anonymes, parsemés sur un vaste parking que l'herbe folle des terrains vagues voisins avait commencé à dévorer.

Nous avions rendez-vous dans le secteur H-8, allée des Jonquets, dans l'entrepôt d'une ancienne société fabriquant des sanitaires et des salles de bains, SANIFORM ou un truc dans ce genre-là. Les lettres barraient encore une des façades du vaste hangar de béton, froidement rectangulaire.

J'ai garé le Pioneer devant l'entrée.

J'ai reconnu la voiture de Chellay, garée en face, sur un terre-plein jouxtant la porte-barrière d'un autre enclos. Je n'ai pas vu de troisième véhicule.

Nous sommes descendus dans l'air froid. Des nuages gris et lourds s'enroulaient sur les sommets voisins, annonciateurs de pluie.

Le soleil tombait sur Grenoble, en un faisceau

jailli du ciel, par un trou presque parfait entre d'énormes masses aux couleurs bibliques.

La porte principale du hangar était fermée, mais sur le côté du bâtiment nous avons trouvé une porte de service, à la peinture jaune tout écaillée qui, elle, était ouverte. À l'intérieur, un petit réduit obscur, aux murs de ciment brut, nous a conduits à une autre porte, de la même couleur, balafrée d'initiales gravées au canif, de messages obscènes et de quelques tags amateurs.

Un silence total emplissait l'espace autour de nous.

Nous nous sommes mis instinctivement à chuchoter, et à atténuer le bruit de nos pas et de notre respiration.

J'ai posé précautionneusement la main sur le loquet et je l'ai lentement abaissé. La porte s'est ouverte sur un clair-obscur qui tombait par de larges verrières, dispersées dans l'immense plafond.

L'ancienne usine était débarrassée de la plupart de ses cloisons et l'espace s'ouvrait devant nous, jusqu'à l'autre bout du bâtiment. Quelques piliers d'acier soutenaient la structure.

Un des piliers s'arrêtait à environ un mètre quatre-vingts du sol.

Ce n'était pas un pilier. C'était Chellay. À notre approche il s'est agenouillé et sa main s'est tendue vers quelque chose.

Je l'avais pas vu, ce truc. Il était posé à la base du pilier, parmi les détritus et les objets épars, indistincts, sur la chape de béton mise à nu.

En m'approchant j'ai fini par reconnaître un terminal cyberspace bas de gamme, le genre de truc loué à la journée dans une boîte de micro-services.

Chellay a allumé l'engin et s'est retourné vers nous. Sur l'écran ultraplat, le générique 3-D d'un logiciel de mise en fonction a déroulé les sempiternelles boules de cristal évoluant dans des labyrinthes plus ou moins métalliques, plus ou moins cotonneux.

J'ai détaché mes yeux du *disneyworld new-age* qui tournoyait implacablement, les ai posés sur Chellay et j'ai aussitôt compris que quelque chose s'était produit.

Son visage était blême, fermé à toute intrusion. Un mélange bizarre de rage rentrée, d'angoisse et de frustration.

— Qu'est-ce qui s'passe, Chellay? ai-je demandé.

— Salut Dark, a-t-il jeté dans l'appendice vocal, coincé au coin des lèvres. Z'êtes un poil en retard.

— Qu'est-ce qui s'passe Chellay? Z'avez pas l'air dans votre assiette.

— J'vous expliquerai tout en détail, tout à l'heure. Y nous reste pas beaucoup de temps. . Bon, on a retrouvé un autre corps ce matin.

— Où ça? ai-je demandé.

— Pas loin d'ici, col du Barioz. Un vrai carnage. Y'avait du sang sur plus de cent mètres, la victime a dû vouloir fuir, blessée, mais a été rattrapée... On a retrouvé ses vêtements, épars, dans la nature. Elle a été sauvagement martyrisée. On a retrouvé du sperme sur elle, dans ses cheveux... Tout ça est minutieusement passé au peigne fin par les gendarmes... J'crois que cette fois ça va péter, c'était une fille de la région...

Une étudiante en beaux-arts...

Nous avons intégré l'information, Svetlana et moi.

— Bon et ça? C'est pour quoi faire?

— À votre avis, pour programmer la cuisson du barbecue?

Il commençait à me les gonfler, mais j'ai fait une pause dans ma respiration et je me suis décontracté. Restons courtois.

— Où sont les combinés ? ai-je demandé.

— Ici...

Chellay les a extirpés d'un vieux carton qui traînait près de lui et nous en a tendu deux. Des casques audiovision, et deux paires de «datagloves», reliés à un micro-central portable, doté d'une ventouse ventrale. De vieux modèles Novo-Space de trois ans d'âge, avec des processeurs Nec de 32 bits. Déjà une antiquité.

— Okay... ai-je soupiré, pourquoi il nous fait courir jusqu'ici pour se brancher sur une mauvaise console, ça, vous voulez bien me l'expliquer ?

— C'est sa technique. Son système saura si nous utilisons bien cette console, sans l'avoir changée de place, et sans y avoir introduit d'autres logiciels. Comme ça il contrôle la technologie avec laquelle nous communiquerons. C'est un malin. Sa baraque est un vrai bunker, son système de contre-mesures privé, c'est carrément du militaire, enfin, voyez...

Je voyais parfaitement. Nous avons enfilé nos casques et nos gants.

Chellay a donné un ordre à son interface vocale et nos écrans stéréo se sont allumés.

— Bon, a alors fait Chellay, avant qu'on se connecte à son réseau, faut que je vous dise un certain nombre de trucs à son sujet...

Nous franchissions déjà les arborescences foisonnantes du réseau numérique, sous sa conduite. Il savait visiblement où nous devions aller.

— Monsieur «Byron» est un ancien flic, à la retraite, il était aux homicides et il avait eu à s'occuper de quelques cas survenus dans la région.

— Quels cas ?

— Les agressions à domicile, deux-trois corps retrouvés... Personne a voulu les croire, lui et son collègue des disparitions, «Blake». Bon, maintenant Byron est à la retraite, mais depuis quelques mois il... il a décidé d'être, comment dire, le maître d'un jeu personnel...

Le «Tunnel Interface» s'est déployé devant nous. D'ici on avait déjà accès à pratiquement tous les réseaux du monde. Boyau de lumière, avec ses carrefours en trois dimensions, immense réseau neuronique fictif dans lequel les «modules de téléprésence» se baladaient.

— Il... il prétend savoir qui est responsable de ces meurtres, ou tout du moins, comme il me l'a avoué, l'identité du tueur occidental... Ça fait des mois qu'il me donne des miettes, comme avec un oiseau en cage... Il a toujours accès à son ancien réseau de copains en activité et il m'a dit que quand il a pris sa retraite, il a enquêté de son côté. Cet été, il m'a affirmé qu'il savait qui commettait les meurtres...

Pas possible, ai-je pensé alors que nos trois «modules» se dirigeaient vers une intersection. Byron jouait au chat et à la souris avec Chellay. C'était une donnée nouvelle, ça.

— En fait, j'crois qu'il cherche à se venger de l'administration, continuait Chellay que je percevais comme un pauvre spectre pixellisé, un fantôme standard, d'à peine quelques milliers de polygones... Des bruits ont couru, comme quoi Blake et Byron avaient une relation homosexuelle, mais bon, c'est juste que depuis 94, ils bossaient constamment ensemble sur ces affaires, et puis j'crois bien que Byron, il a quelques penchants. Mais Blake l'était pas. Il était marié. Trois enfants. Vingt-cinq ans de moins. Mais la pression a été si forte que Blake a démissionné et Byron s'est retrouvé dans un placard... Alors, il se venge en conservant secrète l'identité des tueurs, et il agrémente le truc en jouant avec moi, en me donnant des infos au compte-gouttes... Ah, ça y est... On arrive, voilà son petit royaume privé...

Une intersection venait de nous faire pénétrer dans l'univers virtuel de l'homme qui se faisait appeler Byron.

Putain, on se serait cru au train fantôme d'Eurodisney.

Nous venions d'entrer dans une pièce fictive, une étroite salle ronde, chapeautée d'un dôme à la consistance étrange, comme un cristal poli, d'un vert glauque. Un trône immense, sculpté comme un monument babylonien, se dressait devant nous au centre de la tour. Sur le trône se tenait une silhouette. Une sorte de moine, ou de prêtre, à la robe violette, la tête recouverte d'une énorme capuche qui obscurcissait ses traits. La robe de cérémonie était parsemée de symboles cabalistiques en tout genre, un vrai catalogue.

L'astrologue virtuel a fait un geste impérial en direction de trois sièges austères qui lui faisaient face, nous accordant le droit de nous asseoir devant sa gloire... Sa voix, distordue par un filtre numérique façon Darth Vader, a résonné à nos oreilles.

— Bonjour, très chers amis, j'espère que monsieur Chellay vous a fait un topo bien détaillé, concernant la découverte de ce matin?

J'ai détecté comme une fascination morbide dans le ton de cette voix. Une sorte de délectation pour la cruauté, mais pas vraiment affirmée, nettement, comme certains criminels, une sorte de satisfaction mesquine, bourgeoise, un sadomasochiste du dimanche en ai-je immédiatement conclu.

414

— Oui, a simplement répondu Chellay... Venons au fait...

— Nous y venons, nous y venons... (une sorte de maniérisme faussement aristocratique). Tout d'abord, j'aimerais que tu me décrives l'effet de ce dernier meurtre... Qu'est-ce que tu en penses? Cela t'ouvre-t-il des perspectives, une manière plus *novatrice* d'aborder le *problème*?

J'avais parfaitement détecté les deux mots mis en évidence par une inflexion de la voix.

— Nous discutons régulièrement de tout ça, les deux chercheurs de Paris et moi.

J'ai entendu comme un petit rire, vite étouffé.

— Ah oui, les «chercheurs de Paris»... Tu manques décidément à tous tes devoirs en ne me présentant pas à ces augustes personnes...

— Une autre fois...

— Tst tst, du tout, du tout, je tiens vraiment à connaître ces fameux puits de science.

Il était temps d'arrêter la guignolade.

— Écoutez, ai-je sèchement jeté au sorcier de bazar, j'imagine que votre temps est précieux, et le nôtre l'est aussi... Alors je vais me présenter. Mon nom est Arthur Darquandier, je suis docteur en sciences cognitives... Et voici mademoiselle Svetlana Terekhovna, docteur elle aussi, neuro-psychiatre, diplômée de l'université de Moscou et de Léningrad, enfin... Saint-Pétersbourg...

Il y eut comme un véritable silence de respect.

— Impressionnant... docteur en *sciences coni-tiques*...?

— Sciences cognitives... ça regroupe toutes les disciplines étudiant la conscience, et les facultés de connaissance du cerveau humain... Mais je suis également diplômé d'informatique, de psychologie et de neurochimie, si vous voulez vraiment tout savoir.

— Impressionnant, impressionnant en effet (mais l'inflexion de la voix indiquait qu'il n'en était rien). Personnellement, j'ai également un petit faible pour la médecine… La médecine traumatique en particulier, si vous me suivez.

— J'ai l'habitude de voir des rapports médico-légaux, ai-je répondu. Et Terekhovna est une spécialiste des tueurs en série…

— Ah oui, vraiment ? Voilà qui m'impressionne de plus en plus…

La fatuité de ce Byron de bazar commençait sérieusement à me pomper l'air, mais il était sûrement en possession de renseignements d'importance. Il fallait essayer de l'amadouer, de le domestiquer. En le flattant. En alimentant cette « pompe égocentrique ».

Byron l'Astrologue s'est agité sur son trône.

— Je dois dire que cela va agrémenter la partie, qu'est-ce que tu en penses, Chellay ?

— J'les ai mis au courant, a répliqué celui-ci. J'leur ai raconté ta petite perversion personnelle.

— Ah oui, vraiment, tu as fait cela ? a jeté dédaigneusement Byron. Je suis sûr que cela a heurté la sensibilité de nos jeunes et brillants humanistes…

— Pas du tout, ai-je répondu, emporté par une sorte d'inspiration perverse. Je suis moi-même d'un tempérament très joueur.

J'ai comme perçu l'onde de choc sur la silhouette qui s'est raidie, sur son trône de Roi des Rois.

— Ah, réellement ? a-t-elle néanmoins répondu, avec ce dédain pseudo-aristocratique… Alors j'imagine que Chellay vous a mis au courant du véritable défi ?

Je me suis tourné vers le « clone virtuel » de Chellay. Celui-ci m'a fait comprendre d'un geste qu'il n'en avait pas eu le temps.

— Écoutez, ai-je alors jeté dans le combiné,

vous êtes sûrement en possession d'éléments très importants, monsieur Byron, mais nous aussi, désormais, et ce cirque m'ennuie, alors, si vous continuez comme ça, on arrêtera tout simplement ces rendez-vous de série B, et il ne vous restera plus qu'à feuilleter toute la journée vos photos «traumatiques», de votre main restée libre.

Ça, ça lui a pas plu et j'ai vu Chellay se retourner vers moi, il devait me fusiller du regard, mais la pauvre version graphique qui s'animait devant moi ne possédait pas une telle palette d'expression.

— Petit salopard, a grommelé la voix... vous vous croyez malin, hein? Mais tous vos brillants diplômes ne peuvent rien contre l'expérience, des années sur le terrain, petit rigolo, des années...

La voix se perdait dans une sorte de souffle, emplie d'une mélancolie étrange, rage froide et nostalgie mélangées.

— Écoutez, ai-je alors lancé, nous sommes prêts à coopérer avec vous. Pourquoi ne formerions-nous pas une équipe tous ensemble, pour arrêter cette bande de salopards, ça c'est un jeu autrement stimulant, vous ne trouvez pas?

J'ai vu que Chellay me regardait, avec sans doute une expression de surprise que le pauvre système ne pouvait rendre. Qu'est-ce que j'étais en train de faire?

Je ne savais pas trop. Je naviguais à l'instinct, tout en me concentrant sur l'unique but: mettre le flic astrologue sous contrôle, d'une manière ou d'une autre. J'avais réalisé que le journaliste était manipulé par Byron, dans une sorte de doublon sadomaso pathétique. Nous avions suffisamment de problèmes comme ça... Il fallait renverser la vapeur, en se servant de l'énergie de l'adversaire, une sorte d'aïkido mental. Un jeu? Pourquoi pas, après tout?

— Qu'est-ce que c'est que cette connerie, a jeté Byron, une équipe? Non mais vous rigolez? Chellay, dis-leur, explique-leur le véritable défi...

— Okay, ai-je lâché à Chellay, c'est quoi cette histoire?

— Byron pense, disons qu'il *affirme* que le tueur occidental va passer à l'action pendant le réveillon du Millénaire...

— Qu'est-ce que c'est que cette connerie? (J'imitai Byron quelques instants plus tôt)... Le tueur occidental? Vous nous prenez pour des crétins, Byron?

— Qu'est-ce... qu'est-ce que vous voulez dire?

— Vous ne croyez tout de même pas que je vais vous livrer une info de cette trempe contre un vulgaire numéro de cabaret de province. Nous avons fait près de cinquante kilomètres dans l'espoir d'avoir accès à des informations importantes et à un comportement rationnel. Vos histoires de jeu pervers avec monsieur Chellay ne nous intéressent pas, alors soit vous nous dites ce que savez, soit on se tire... Ai-je été assez clair?

Un silence.

— C'est vous qui ne comprenez pas (comme une éraflure dans la voix, malgré le filtre numérique, une blessure encore vive et j'ai vu la silhouette se voûter légèrement)... J'en sais suffisamment pour les faire coffrer *ad vitam aeternam*...

— Qu'est-ce que vous savez?

— C'est pour ça que je suis venu. Pour vous donner une information.

— Ah oui... votre petit théâtre, j'oubliais... J'vais vous dire une bonne chose, *monsieur Byron*, j'en ai déjà ma claque de vous et je ne vous ai pas vu depuis un quart d'heure... Si vous croyez que je vais me prêter à ce petit jeu régulièrement, vous vous trompez, moi ce qui m'intéresse c'est le Grand Jeu, la vraie flambe, le coup de poker, je vous offre de devenir célèbre. . Nous vous citerons, vous serez interviewé, nous écrirons un livre, à plusieurs, ou chacun, «comment j'ai arrêté la Bande des Montagnes»... ce que vous voulez, je m'en tape...

Un long silence.

J'essayais d'en profiter pour mettre au point l'estocade.

— J'vais ajouter un dernier point, monsieur Byron, peu m'importe de savoir si vous connaissez les coupables ou non. Nous mettrons le temps qu'il faudra, mais nous les trouverons. Vous, vous resterez définitivement dans l'ombre... Si ce n'est à l'ombre, avec eux...

Un rire brisé m'a coupé.

— Vous ne savez pas ce que vous dites, jeune homme, vous n'avez rien compris, c'est ça, le défi... Le Défi du Millénaire. Le Grand Jeu, monsieur Darquandier.. l'Orgie Finale. Tout le monde s'y prépare. Et eux aussi. J'ai décidé de m'y mettre à mon tour.

Tiens, Byron savait qu'ils jouaient, lui aussi. Cela corroborait l'affirmation de la machine.

— Et alors? ai-je lancé à destination de la silhouette qui reprenait du volume. Qu'est-ce que..

— Vous ne comprenez rien! a glapi la voix. Rien! J'ai donné à Chellay jusqu'à janvier 2000 pour résoudre le truc... Ce qu'ils ont préparé pour les Fêtes du Millénium, croyez-moi, ça va réveiller tout le monde... Après, j'enverrai une lettre à la préfecture et une autre au ministère de l'Intérieur... J'informerai mes anciens collègues...

— J'crois que ce qui s'est passé ce matin a déjà commencé de réveiller les autorités.

— Vous ne comprenez rien, décidément.. Le temps joue contre nous, contre les autorités, la Loi... Personne n'a voulu voir, personne n'a voulu nous croire, «Blake» a été obligé de se barrer, et moi, on m'a mis au placard, on a prétendu... Mais ils vont comprendre... ah, ça, ils vont comprendre dès Noël... (Une inflexion de satisfaction morbide.)

— Qu'est-ce qui va se passer à Noël?

— À Noël, les fêtes commencent...

— D'accord, et qu'est-ce qu'ils ont prévu, exactement?

— Ben voilà, on y arrive, monsieur Darquandier, c'était pas la peine de faire tout ce foin, c'est ça, ce que je suis venu donner comme info à Chellay aujourd'hui...

Je me suis contenté de soupirer:

— Je vous écoute.

— Parfait, a repris sa voix arrogante, vous devenez raisonnable, vous voyez. Le premier indice est un petit poème de ma conception, vous êtes prêt, Chellay?

Chellay a opiné en grommelant quelque chose d'indistinct dans l'interface vocale. Il a mis en route l'enregistreur numérique.

— Allez-y Byron... a-t-il soupiré, vaincu.

— Bien, alors ouvrez les guillemets:

«Un deux trois, la famille des Bois s'en va à la chasse. Trois deux cinq, la famille s'équipe de nouveaux amis. Vingt-quatre douze, on part en campagne dans la nuit d'hiver. Dix et zéro vingt, Aleph est leur signe, ça n'en doutez pas. Six et six font six, le train en question ne dispose pas plus d'un unique wagon. Quatorze, deux fois quatorze, le secret obscur et brumeux de ces lettres avale toute chair et brûle même les os...»

C'était pas du Byron. Certes non. Mais un drôle

de rythme se dégageait de la prose de l'ex-flic branché ésotérisme. Le message restait brumeux et obscur, comme le laissait entendre le dernier vers.

Un long silence a conclu la comptine étrange. Puis un léger grésillement annonciateur.

— Bien noté, Chellay?

— Oui, a répondu celui-ci, y'avait pas un deuxième indice?

— J'y viens... il s'agit d'un seul mot: SEXUS.

— Sexus? a demandé Chellay.

— SEXUS. S,E,X,U,S.

— SEXUS d'Henry Miller? a demandé Svetlana.

— C'est le seul indice que je vous fournirai, a répondu la voix.

Un poème. Un livre

L'homme en violet avait un goût prononcé pour la littérature.

— Suivez la procédure habituelle, Chellay, a laissé tomber la voix. Ah... et n'oubliez pas que tous mes indices sont en rapport avec le mot clé du mois... Au prochain contact!

Son image s'est volatilisée dans un nuage d'étincelles mauves, nous laissant seuls dans la crypte virtuelle.

Cinq minutes plus tard, mon Toyota roulait derrière la Volkswagen de Chellay, sur l'autoroute menant à Grenoble.

La pluie s'était mise à tomber. Svetlana a allumé le système Dataradio et a demandé de la musique classique russe.

Le rendez-vous virtuel avec «Byron» m'avait laissé un sale goût âcre dans la bouche. Tchaïkovski lui-même n'a pu réussir à l'en déloger.

Nous nous sommes retrouvés au Sheraton, avec Chellay.

Il a explosé dès que nous sommes entrés dans la chambre.

— Putain, Darquandier, z'êtes taré ou quoi? Qu'est-ce qui vous a pris de lui rentrer dans le lard comme ça?... Croyez-moi, je vais en entendre causer au prochain rancart...

— Je déteste me faire manipuler, Chellay...

— Ouais, ben vous pouvez mettre une croix sur Byron, il ne livrera plus aucune information en votre présence, z'êtes grillé, Darquandier.

— J'ai l'habitude, me suis-je contenté de répondre.

— Ouais... a grommelé Chellay. Z'êtes un chieur, en fait...

Il est allé s'asseoir dans le faux Gropius. À croire qu'il l'avait définitivement adopté.

— Va vite falloir qu'on désembrouille tout ça, Chellay... c'est quoi tout d'abord cette histoire de Sexus?

Chellay a arqué un pâle sourire.

— C'est le truc de Byron, la littérature, il fait ça depuis le début, des énigmes et des rébus farcis de références littéraires...

— D'accord, et donc Sexus, ça représente quoi?

— J'en sais foutre rien, j'ai pas encore eu le temps d'étudier la question, voyez-vous.

Son expression ne changeait même pas.

— Qu'est-ce qu'il a voulu dire à la fin avec son «mot clé de la semaine»?

— Du mois. Le mot clé du mois. Ce mois-ci, son mot clé est une formule qu'il a inventée: «Le meilleur des mondes est le Mariage du Ciel et de l'Enfer.»

J'ai d'abord émis une mimique bizarre. Puis j'ai fait un drôle de bruit avec ma langue, en réfléchissant à toute vitesse.

— Attendez… Ça juxtapose un roman d'Huxley et une œuvre de Blake, ça… je veux dire le vrai, évidemment pas l'aut'flic…

— Brillante déduction, j'ai trouvé ça au bout d'une petite minute de recherches moi aussi, *Le meilleur des mondes* et *Le mariage du ciel et de l'enfer* en effet…

Son sourire n'avait pas varié d'un iota, mais je devinais un éclair au fond de son regard.

— Allez merde, Chellay, lâchez le morceau, vous en avez pas marre d'imiter ce pauvre clone d'astrologue de bazar?

Il m'a regardé comme si j'étais à peine moins qu'un meuble vaguement dérangeant.

— Les portes de la perception, a-t-il sifflé.

— Les portes de la perception, d'accord.

— C'est ça, la clé de sa formule, je l'ai trouvée il y a quatre ou cinq jours, et lorsque je lui en ai fait part, lors d'une connexion postérieure, il m'a dit que c'était ça.

— Ça quoi?

— La clé de sa formule, merde z'êtes bouché ou quoi, Darquandier? Vous comprenez pas comment qu'il fonctionne? Chaque boîte contient une autre boîte, et ainsi de suite… La formule du mois signifie en fait «les portes de la perception», et «Sexus» doit avoir un rapport avec ça…

— Une seconde, Chellay, je pige pas l'histoire des «portes de la perception», quel rapport avec la formule d'Huxley et de Blake?

— *Les portes de la perception*, c'est un bouquin d'Aldous Huxley, Darquandier…

— Exact, mais je ne vois pas le rapport avec William Blake, Chellay.

Là, il a échappé un petit rire, presque agréable. qui sonnait vrai.

— J'peux pas vraiment vous en vouloir.

« Byron », c'est un sérieux, il possède une documentation et un savoir encyclopédique sur toute la littérature noire du XIXe siècle, lui et « Blake », faut voir, c'était vraiment des balèzes, « Byron », il s'est élevé tout seul, en partant du niveau le plus bas, dans la rue, mais « Blake », il était diplômé de l'Université...

— Bon, revenons au Blake qui nous intéresse...

— Ouais, en fait, Aldous Huxley s'est inspiré d'un poème de William Blake pour le titre de son livre, *Les portes de la perception*, évidemment la formule « le meilleur des mondes est le mariage du Ciel et de l'Enfer » ne faisait pas directement référence aux deux œuvres en question, mais elle indiquait qu'il existait un endroit où les deux écrivains se rejoignaient : *Les portes de la perception*. C'est ce que m'a confirmé Byron. Il m'a dit : « Tu as raison. Il faut ouvrir la porte, c'est ça le truc. »

— Bon Dieu, ai-je lâché, et quel rapport avec le bouquin d'Henry Miller, maintenant ?

— C'est exactement la question que je me pose.

J'ai poussé un soupir.

J'ai pianoté une commande de quelques plats chauds sur la console du room-service.

Pendant ce temps-là, Svetlana a envoyé le CD de Chellay à l'intérieur du Lecteur Universel de la neuromatrice. Celle-ci a avalé les données en un simple buzz, puis les a analysées, dans une explosion de fractales...

— Intéressant, a-t-elle laissé fuser, dans un petit rire digital. Le chaos se propage.

— Comment ça ? a demandé Svetlana.

— Si je comprends bien la situation, ce texte vous a été communiqué par un des contacts policiers de monsieur Chellay...

— C'est ça, a lâché Svetlana.

— Bien... et notre homme s'amuse à communiquer ce qu'il sait par l'intermédiaire de petites charades...

— Oui, c'est très exactement cela.

— C'est ce que je disais, le chaos se propage... D'une certaine manière nous pouvons presque considérer qu'ils sont six à jouer, désormais... disons plutôt qu'un élément parasite, porteur de son propre désordre, s'est greffé à eux, sans qu'ils n'en sachent rien... Mais lui, il en sait beaucoup sur eux, ça ne fait aucun doute...

— Qu'est-ce qui vous fait dire ça ? a demandé Svetlana, tendue.

— Eh bien, le sens de sa petite charade. Même si quelques points restent un peu obscurs, mais cela pourra être facilement réparé ultérieurement...

— Expliquez-nous ça, a lâché Svetlana, en se contrôlant.

— Bon : « Un deux trois, la famille des Bois », nous les avons détectés, le soi-disant tueur occidental, la famille des Bois, cela signifie qu'ils vivent dans, ou aux abords d'une forêt, c'est tout à fait limpide... Trois deux cinq, la famille s'équipe de nouveaux amis, je vous les ai montrés, trois plus deux égale cinq, ils sont cinq maintenant, le Club s'agrandit... Votre Lord Byron, il en sait vraiment beaucoup...

— Okay, a fait Svetlana, pour la suite ?

— Vingt-quatre douze, ensuite, « on part en campagne dans la nuit d'hiver », cela me semble clairement indiquer la date de Noël...

— Oui, en effet, a murmuré Svetlana...

— Ah, ensuite ça devient vraiment intéressant... Le dix-et-zéro-vingt, là, reste énigmatique pour moi... Aleph est leur signe, auraient-ils une sorte d'emblème inspiré du signe hébreu pour l'infini ? C'est tout à fait possible. Aleph est la représentation des puissances infinies... Ils vouent un culte à la puissance... Je vous avais parlé de jeu rituel... Un emblème donc... Mais peut-être est-ce un signe laissé par Byron pour nous éclairer, leur signe de reconnaissance est peut-être différent, s'ils en ont un...

— Oui, intéressant, continuez, a fait Svetlana.

— Là on entre vraiment dans un labyrinthe de significations mystérieuses. «Six et six font six» est absurde sur le strict plan mathématique... Il indique peut-être, comment dire, une sorte de quête vouée à l'absurde, à la frustration... Ils ont beau accumuler les atrocités, rien ne vient jamais rompre le terrible cercle du vide et de l'ennui...

— Le «Robot de Wilson»! me suis-je exclamé de ma console, optant au même instant pour des fromages en dessert.

J'ai contemplé la neuromatrice. Mon visage numérisé me scrutait, l'air perplexe.

— Qu'est-ce que vous voulez dire? m'a demandé Svetlana, tout aussi intriguée.

— Je veux juste dire que c'est ça, la signification de ce vers. J'ajouterai que le choix du chiffre six n'est pas innocent. Les trois Six alignés donnent le signe de l'Apocalypse...

— Exact, mais...

— Bon, mais tout ça, nous le savons déjà, cela fait partie des enseignements de Colin Wilson, sa théorie du «robot de la conscience» et j'en ai farci toutes les bases de données que le docteur Schizzo utilise.

Svetlana a froncé les sourcils.

— *Boje Moï!* Essayer de suivre les sinuosités de votre pensée rendrait cinglé le plus sophistiqué des missiles!

J'ai esquissé un vague plissement des lèvres.

— Non, non, rappelez-vous les théories de Marslow, ou les idées d'Husserl, de Nietzsche et de Schopenhauer sur la nature de la volonté... Nous sommes face à un cas d'espèce.

— Vous êtes désespérant...

— Mais non... nous touchons au cœur du problème, les tréfonds de la psychologie humaine. Que dit Colin Wilson au sujet de son Robot de la Conscience ?

J'étais parti pour faire les questions et les réponses.

— Une chose toute simple : toute habitude est en fait une sorte de « pilote automatique » de la conscience qui prend le relais après la phase d'apprentissage initiale... Un bébé met des semaines pour apprendre à marcher, puis peu à peu il se met à le faire automatiquement, sans effort apparent... Or ceci est valable pour tout le reste, vous le savez bien... Conduire une voiture, lire, écrire, baiser... Tout peut être fait sans effort tendu de la conscience, à condition de le pratiquer suffisamment longtemps pour qu'il soit pris en charge par le « pilote automatique »... mais comme le souligne Wilson, le robot humain est plus efficace que celui de n'importe quel animal. Et c'est cette efficacité qui cause notre perte, car elle engendre paresse et dépendance. Pire, elle engendre l'ennui... Et vous savez que l'ennui répétitif produit frustration et surtout dépression, donc perte de l'image de soi, fluctuation chaotique des contours de la personnalité, à la recherche de stimuli extérieurs, ce qui différenciait, il y a encore peu, les machines programmables de l'humain... Mais la neuromatrice est comme nous, comme eux... C'est la « loi de frustration » qui veut que plus la frustration dure et plus les besoins qu'elle provoque sont exigeants...

— Attendez, je ne comprends pas... Nous sommes bien d'accord que c'est pour briser ce cercle de l'ennui et de la frustration que les assassins en série passent à l'acte ?

— Le docteur Schizzo a effleuré le problème tout à l'heure... N'oubliez pas que nous sommes devant le cas typique décrit par Wilson, des meurtriers sexuels sadiques, dont le comportement est par nature entièrement dévoué à une tâche «magique», qui permet de retarder le conflit avec la réalité... mais souvenez-vous bien de ce qu'il dit : le tueur en série est prisonnier de ce double plan de vie. Pendant quelques minutes ou quelques heures il est le maître absolu, mais tout de suite après, il n'est plus qu'un individu lambda, en fuite, forcé à l'anonymat qui plus est... L'expérience limite qu'il recherche est toujours plus brève et moins intense et, d'autre part, il ne peut assouvir pleinement sa volonté de puissance en clamant son identité et ses forfaits au monde... Comme le dit si bien Colin Wilson, *il marche sur deux cordes raides à la fois*...

— C'est cela même, a fait la neuromatrice, ou comme le dit Al-Ghazâli, d'après une parole divine reçue selon lui par Mahomet : «Nous ne t'avons pas créé pour jouer et prendre des loisirs»... autrement dit, et par le Qor'an lui-même, sourate XXIII, verset 117 : «Croyez-vous que Nous vous ayons créés en vain ?...»

Le silence a plombé l'espace, pendant de longues secondes. Une lueur étrange brillait dans le regard de mon double. Qu'est-ce qu'il lui prenait, tout d'un coup, de citer ainsi des hadiths du Qor'an ?

— Bon... Ça va comme ça, ai-je fait, continuons l'analyse de son texte.

Un nuage de fractales a jailli sur l'écran. Le

sourire du docteur Schizzo se cristallisait sur un drôle de rictus.

Svetlana était plongée au cœur d'une intense réflexion.

— Oui, là ça devient rigolo, a feulé la machine, «le train en question ne dispose que d'un unique wagon», qu'est-ce que tu en penses, Dark?

Je devais reconnaître que je séchais lamentablement.

La neuromatrice a voulu s'amuser un peu avec moi.

— Allons Dark, rappelle-toi les coins *obscurs* de tes bases de données.

J'ai décelé l'inflexion. Elle m'ouvrait une porte.

— Obscurs? Obscurs? ai-je ânonné. Obscurs... Sombres... Noirs... Les coins noirs? Attends... Les coins noirs de ma base de données. Oui, ça y est... Les Livres Noirs, les Cartea Neagra!

— Oui, c'est ça...

— Bon... Les trains de la mort roumains? Le prototype de la solution finale, c'est ça?

— Oui, c'est ça.

— Mais quel rapport? Et pourquoi un wagon unique? Attends...

Je me souvenais que lors de la «Révolte» de la Garde de Fer, les nazis roumains avaient volontairement concentré des milliers de personnes dans une poignée de wagons, sur des trains qui en comprenaient parfois plusieurs dizaines... Mais je n'arrivais toujours pas à comprendre en quoi cela avait une relation avec notre affaire.

— Non, je ne vois vraiment pas...

— Dark, mon parallèle avec les Cartea neagra n'était qu'un parallèle, il y a peu de chances statistiques pour que Byron en connaisse l'existence... C'est simplement que nous sommes face à un cas analogue, et que «Byron» le décrit tel qu'il est...

429

— Ce qui veut dire...

— Ce qui veut dire que nous devrions nous intéresser à la strophe suivante : quatorze, deux fois quatorze, cela semble mystérieux au début mais suivez bien : « Le secret obscur et brumeux de ces lettres avale toute chair et brûle même les os »... Commençons par obscur et brumeux, ça ne te rappelle rien, la Nuit et le Brouillard ?

— Putain, ai-je tilté, nuit et brouillard...

— Oui, ce qui explique la chair avalée, et les os brûlés, tu en conviens...

— Oui... mais quatorze ?

— Toujours le même plan... je veux dire : la même signification que le message en clair. Quatorze, deux fois quatorze... Or, il dit « le secret de ces lettres », si « quatorze » est une lettre, ce ne peut être que N, la quatorzième lettre de l'alphabet. Ce qui donne deux fois N. *Nacht und Nebel.* Nuit et brouillard à nouveau...

— Okay... une métaphore de la solution finale, donc ?

— Oui, c'est cela...

— Tu crois donc que Byron pense comme nous que nazisme et sociopathie criminelle ont beaucoup en commun...

— Non, a répondu la neuromatrice avec un petit rire. Comme je te le disais, je crois que Byron nous communique un fait précis, qu'il décrit.

— Attends voir... je ne te suis pas...

— C'est peut-être ça « dix-zéro-vingt » en y réfléchissant de plus près. Un code qui indique le passage vers l'an 2000... le Millénarisme... Ils se préparent à la grande Fête du Millénaire... et ils ont opté pour une solution finale à eux... Qu'est-ce que tu en penses, Dark ?

— Une solution finale à eux ?

— Oui, ce qui pourrait éclairer de façon plus

nette notre histoire de train et de wagon unique, Dark, le « train en question », qui dit Question, dit Solution, ce qui nous renvoie bien à la Solution finale... On peut aussi y voir une allusion au révisionnisme. Unique, peut-être l'image d'une solution personnelle, tu saisis ? N'oublie pas que c'est selon tes concepts que je pense en « structures rhizomiques »...

— Une Solution finale personnelle ? ai-je lâché, interloqué.

— Oui, ça ne peut être que ça.

— Seigneur, a soufflé Svetlana, comme au premier mot d'une véritable prière.

La neuromatrice nous contemplait, un air féroce sur son/mon visage.

Nous comprenions tous, Chellay y compris, à quel point cette « machine » était vivante, et diaboliquement intelligente.

Comme nous tous, elle connaissait cet « appétit de nouveauté et de connaissance », le même qui pousse le *serial killer* et le scientifique de pointe. Le plus commun des humains le connaît. Il nous force à courir le monde, à vouloir multiplier les expériences, et pour la neuromatrice, « immobilisée » dans son squelette de silicium et de carbone, cette quête du pouvoir, cet instinct de prédation étaient entièrement tournés vers l'esprit, la connaissance pure. C'était son Jeu à elle.

Elle adorait ça.

Très tard dans la nuit, Svetlana a commandé du thé au room-service.

— Nous sommes déjà mercredi, et nous n'avons pas avancé tant que ça, a-t-elle fait remarquer.

Je n'étais pas d'accord avec elle et je lui ai expliqué pourquoi. La neuromatrice n'arrêtait jamais de travailler, sauf lorsqu'elle était débranchée du courant ou de ses batteries. D'une certaine manière, la nuit elle rêvait, tout comme nous. Même si cet « onirisme pseudo-neuronique » n'était encore qu'une simulation. Elle continuait ses interpolations, sous une forme légèrement différente, ses fonctions « conscientes » considérablement ralenties. Nous n'étions jamais parvenus réellement à reconstituer pleinement la complexité d'un inconscient humain, comme je le lui avais fait remarquer dans l'après-midi, mais les neuromatrices possèdent cette particularité essentielle, qui les distingue des ordinateurs « classiques » : elles s'adaptent aux situations d'une façon vraiment *personnelle*. Aucune neuromatrice n'est semblable à une autre. D'une certaine manière, mon double « neurocognitif », dégagé des contraintes de l'existence « humaine » pouvait se laisser aller à sa/ma véritable nature : le défi lancé par les Tueurs du Millénaire, par Ceux des Ténèbres, correspondait parfaitement aux dédales parfois tortueux de ma personnalité. Ainsi stimulée, une neuromatrice réagit comme la plupart des êtres humains : elle progresse. Et comme Marslow et Wilson l'avaient deviné, elle progresse par bonds. Et si elle progresse ainsi par bonds, c'est parce que la conscience est avant tout un phénomène quantique. Un phénomène probabiliste dans lequel le chaos joue un rôle majeur. La neuromatrice, donc, progressait, par bonds successifs. Entre chaque « bond », des heures, voire des jours pouvaient s'écouler, mais le « saut » réalisé était généralement d'amplitude.

La prochaine étape, affirmai-je à Svetlana, serait spectaculaire.

Spectaculaire, c'était le mot.

La nuit même, la neuromatrice a fait un cauchemar.

27

Je ne me l'explique pas autrement.

Quelque chose d'incontrôlable est né dans les arcanes des neurocircuits. Un éclair. Une vision. Le chaos.

Nous étions en train de discuter, Svetlana et moi, des travaux de Colin Wilson, datant du début des années soixante-dix, il avait mis dès cette époque le doigt sur un certain nombre de points essentiels, comme par exemple la nécessité de disposer de pas mal de temps libre, pour tuer de manière répétitive pendant des années. L'apparition des meurtriers en série est en effet inséparable de la naissance de la civilisation des «loisirs».

Et ce, pour une raison bien simple: il faut du temps pour tuer. Et surtout *il ne faut rien avoir de mieux à faire.*

La civilisation des «loisirs» masque un sous-développement flagrant de l'esprit humain, et elle ne produit en fait qu'un mécanisme banal, parfaitement ennuyeux et dépersonnalisant, décortiqué depuis longtemps par les situationnistes, par exemple. Ces derniers ont expérimenté d'emblée la seule solution radicale, donc possible: celle de transformer l'espace urbain en terrain de jeu. En fait, les tueurs en série opèrent d'une façon similaire, quoique sous des modalités quelque peu différentes, je le reconnais.

Les situationnistes étaient des artistes et des êtres relativement épanouis, même s'ils étaient en rupture avec l'ordre du monde. Tous les artistes sont des démiurges ambivalents ; ils sont en rupture et en harmonie, de façon synchrone, c'est-à-dire « paradoxale ». C'est de la confrontation entre ces deux aspects de leur personnalité que naît leur prise de conscience. Mais pour d'autres individus, plus instables, la dépersonnalisation agit de manière différente : face à la perte de l'ego qui en résulte, la seule façon de continuer d'« exister », c'est-à-dire de « sentir » que l'on existe, ne peut résulter que d'une combinaison de violence et de rituel : la magie. Le raccourci symbolique, qui redonne consistance et intensité à la vie.

La plupart des meurtriers en série ont en effet un QI se situant dans les strates supérieures du tableau. Ils font partie de ces cinq pour cent de la population considérés par les psychologues behavioristes comme « dominants », voire « sur-dominants ». Les meurtriers en série ont souvent un goût prononcé, voire des prédispositions réelles pour des activités nécessitant intelligence, créativité, et audace.

Mais lorsque la vie tout entière n'est plus qu'un vaste « espace de loisirs », sans but ni direction, neutre et sans affect, « média froid » où les séries télé s'enchaînent aux jeux stupides, au déluge publicitaire et à l'ennui, le nombre des solutions se restreint au fur et à mesure que s'empilent les frustrations.

Face à la dépersonnalisation de la civilisation des « loisirs », le tueur en série invente son propre Jeu, son territoire symbolique personnel, dont il est le maître absolu.

Le jeu est en effet une activité où l'identification est forte, c'est un « média chaud », pour reprendre la classification de Mac Luhan. La « vie » y est bien plus intense que dans la vie. Le jeu est magie pure.

Le sexe lui-même ne devient plus que le vecteur « magique » par lequel exercer la soif de domination, de créativité et de pouvoir, frustrée à tous les stades de l'évolution personnelle, stratifiée par Marslow selon sa « théorie des besoins » : nourriture/sécurité-territoire/sexe/reconnaissance de soi/ activités métaphysiques ou créatrices.

Auxquels Svetlana et moi rajoutions l'affection maternelle, en seconde, voire en première position.

Si la vie bloque, pour une raison ou pour une autre, les divers stades de développement essentiels d'un individu dominant, si aucun cadre éthique ou éducatif ne vient stabiliser un tant soit peu l'édifice, et si l'ennui socialisé engendre un irrésistible phénomène de dépersonnalisation, alors la stratification des frustrations équivaut à un empilement de matières fissiles, atteignant fatalement la masse critique. L'acte meurtrier, qu'on le veuille ou non, est vécu par le tueur en série comme un acte hautement libérateur. Tout du moins au début.

Il n'est pas moins vrai qu'il en résulte l'anéantissement d'un autre être humain, but recherché par l'assassin, cela va sans dire. L'anéantissement se doit d'être total. Psychique et physique. Le viol (biologique ou non) est un facteur fréquemment rencontré.

Nous partions de cet état de fait et étions en train d'essayer de le cadrer sur notre problème.

Ces gens avaient du temps libre. Ils voyageaient. Mais ce n'étaient pas de simples « vagabonds ». Ils disposaient sûrement d'une maison et de plusieurs véhicules. Des espèces de semi-nomades, dérivant dans un territoire couvrant des milliers de kilomètres carrés. Nous avons éliminé rapidement l'idée qu'ils puissent exercer d'autres activités criminelles d'une manière régulière. Trop dangereux.

Ceux des Ténèbres s'étaient montrés jusque-là d'une prudence irréprochable.

Mais peut-être leur travail leur laissait-il le temps nécessaire, ou mieux, les amenait-il à se déplacer régulièrement?

Nous avons donc établi une liste de tous les métiers nécessitant des déplacements fréquents, longs ou lointains, par route, essentiellement.

Nous avons ensuite essayé de trouver des activités professionnelles qui feraient des Alpes un secteur spécifique, privilégié.

Nous avons très rapidement établi un listing de professions «sensibles». La plupart tournaient autour de l'équipement sportif, de l'architecte concevant des stations d'hiver clés en mains au représentant en fixations de ski, des divers saisonniers et moniteurs jusqu'aux corporations du bâtiment, de la sécurité civile ou du matériel de montagne.

Nous avons constaté que deux des victimes retrouvées se rendaient aux sports d'hiver. Toutes deux «enlevées» sur la route, en Italie du Nord. Une autre avait été attaquée et enlevée dans son chalet, en France, son corps n'ayant jamais été retrouvé. Une autre disparition était survenue dans des conditions analogues, en Slovénie, quelques semaines plus tard. Nous en étions là lorsque la neuromatrice a fait entendre un bruit étrange.

Nous nous sommes retournés et avons constaté que les fractales pures de son «sommeil pseudo-onirique» s'étaient cristallisées.

Une forme diabolique, aux yeux étincelants, avait pris possession de l'écran.

Schaltzmann.

La version «tueuse» de Schaltzmann.

Ses yeux luisaient comme des fournaises ardentes. Sa peau irradiait une lumière de forge.

Sa voix a tonné, dans le silence de l'hôtel.

— Que tous les Infidèles soient détruits, voilà ce que commandait le Vieux de la Montagne! Le monde entier est sous l'emprise du Mal, que le Feu divin ravage les Cités qui se seront montrées par trop opulentes, arrogantes et égoïstes! En elles a jailli le venin de la paresse et de l'obscénité! et... ça... non... criiiiicccbzzzz... MOI ICI L'HOMME QUI ÊTES-VOUS LA PLANÈTE EST-ELLE MORTE? CriiiicccBzzzz... Sachez que le Seigneur voit chacun de vos gestes et connaît la moindre de vos pensées!

Le visage de Schaltzmann, uranium vivant, transfiguré par une sorte de colère divine. Prophète numérique dont le regard se posait sur nous, comme celui d'un rapace sur ses proies.

Schaltzmann pointait un doigt vengeur. L'écran vrombissait, saturé d'une lumière ultraviolette.

— QUI ÊTES-VOUS? a tonné la voix.

J'ai tenté de faire un geste et de répondre quelque chose, bref de prendre l'initiative mais Svetlana m'en a empêché, d'une simple vibration.

Elle s'est doucement approchée de la machine et s'est ostensiblement montrée à ses capteurs vidéoverbaux:

— Andreas? a-t-elle murmuré, Andreas? Vous me reconnaissez?

Le visage fou de Schaltzmann l'observait avec une intensité surnaturelle, ses iris en deux pointes violacées, brillantes comme des lueurs d'arcs électriques.

— VOUS RECONNAÎTRE? ET POURQUOI DEVRAIS-JE VOUS RECONNAÎTRE?

— Je suis le docteur Svetlana Terekhovna, vous vous souvenez? Le docteur Gombrowicz et moi passions vous voir au centre de haute sécurité...

— TOUT ÇA N'EST QU'UN RÊVE, VOUS N'ÊTES QU'UN MIRAGE, VOUS N'ÊTES QUE LA PENSÉE D'UNE POUSSIÈRE QUI N'A MÊME PAS VU LE JOUR!

Svetlana en est restée coite, mais pas plus de deux ou trois secondes, en fait.

— Andreas? Je suis... *Êtes-vous Andreas?*

— JE SUIS CE QUE JE SUIS, a tonné la voix. NE VOYEZ-VOUS PAS CE QUE VOS YEUX DISCERNENT? JE SUIS VENU APPORTER LA FOUDRE ET LE FEU...

— Andreas? persistait Svetlana. Andreas? Êtes-vous Andreas?

La version «diabolique» de Schaltzmann s'est figée dans une expression hautaine, exprimant aussi l'incrédulité la plus totale.

— VOUS NE CROIRIEZ TOUJOURS PAS SI LE CIEL ENTIER S'OUVRAIT ET QU'UNE ARMÉE D'ANGES EN TOMBAIT!

— *Doctor Schizzo, réveillez-vous!* a alors lancé Svetlana à l'attention de la «conscience» endormie de la neuromatrice. *Réveillez-vous!*

Sa voix m'avait envoyé un violent électrochoc, j'ai réalisé qu'elle employait une de ses techniques d'hypnose, fondée sur les intonations vocales.

— *Réveillez-vous, Doctor Schizzo! Revenez dans le champ de conscience!*

Un phénomène chaotique de grande amplitude s'est alors emparé de la machine.

La voix s'est distordue, comme aspirée par

un souffle surpuissant, l'image elle-même s'est déstructurée, avalée vers l'autre extrémité de l'univers, virant à un rouge dense et profond, conséquence d'une sorte d'effet Doppler-Fizeau.

Éloignement. Tendance vers l'infrarouge.

— VOUS NE MÉRITEZ MÊME PAS QUE LE VERBE VOUS SOIT DONNÉ… Criiiccbzzz… Seigneur faites-moi revenir, débarrassez-moi du Christ en Feu… programme d'alerte déverrouillé fin du cycle de rupture annoncé dans… criiicbzzz… PUTAIN DE PULSION… Criiiccbzzz, fin de phase d'expansion surcritique Seigneur réveillez-moi ne me ne me nomos logos je suis

SPLASH

Éclatement de fractales, à l'infini. Déploiement de la vie dans l'écran.

Peu à peu mon visage se cristallisait sur la matrice active.

Mon double neurocognitif offrait l'image d'un type qu'on vient de retirer d'un gouffre sans fond.

— Dieu tout-puissant, a-t-il lâché d'une voix blanche… Merci de m'avoir réveillé, mademoiselle Terekhovna…

Puis après un long silence durant lequel mes traits se sont peu à peu stabilisés:

— C'est… c'est la première fois que cela m'arrive… Je… j'ai perdu contrôle… je veux dire complètement… Quelque chose… Comme un cyclone… Ça venait de l'«entité cognitive» Schaltzmann… Elle a pris possession du champ de conscience… Mes processeurs de veille étaient relâchés… Merci de m'avoir «nommé», miss Terekhovna, ça a déclenché mon processus d'alerte verbale…

Le silence n'était rompu que par le bourdonnement incessant des circuits.

La fatigue et la tension nerveuse ont fini par achever Svetlana qui est allée s'écrouler dans sa chambre. L'aube pointait.

Je me suis allongé sur le lit, mais je n'ai pas réussi à fermer l'œil.

La neuromatrice me renvoyait ma propre image, perplexe.

— Crois-tu que le phénomène puisse se reproduire ? lui ai-je finalement demandé.

— Je n'sais pas, Dark, c'est une expérience radicalement nouvelle pour moi...

— Tu pourrais me la décrire ?

Un silence assez long.

— Oui, synthétiquement.

— Vas-y.

— Disons que c'était comme une expérience *réelle* de laquelle je ne pouvais m'extirper. Une véritable hallucination psychotique. Tout d'abord, j'ai senti que l'entité Schaltzmann était envahie par... quelque chose... une forme d'énergie... très rapidement cette énergie a gonflé et a submergé tout le champ de conscience. Elle a tout recouvert, l'ego de Schaltzmann, Doctor Schizzo... tout... C'était comme si j'étais aveuglé, puis plongé dans les ténèbres... J'ai fini par discerner une vague lueur et j'ai compris peu à peu, disons j'ai « senti » peu à peu ce qui se passait, ça m'arrivait par bribes. À un moment mon ego, je veux dire le tien, enfin bref « Doctor Schizzo » a repris du « volume », j'ai pu accéder par intermittence au champ de conscience... Puis miss Terekhovna m'a « nommé » et l'énergie a reflué...

— Intéressant... ai-je murmuré... ça me rappelle le cas Milligan[1]...

---

1. Billy Milligan : jeune psychotique doté de vingt-quatre personnalités particulières, de sexe de culture, de langue

— Comment?

— Rien, un cas de personnalité multiple...
Bon, comment tu appellerais ça, tu as fait un cauchemar ou tu as vécu un véritable éclatement de ta propre personnalité?

— Pour nous c'est différent, tu le sais bien...
Je ne peux pas te dire encore précisément de quoi il s'agissait... Appelons ça un phénomène neurochaotique non identifié...

J'ai poussé un soupir.

— Est-ce que tu crois que cela va nuire à tes facultés?

Un silence.

— Non, en fait je ne le pense pas. C'est une expérience. J'apprends. C'est notre rôle, ne l'oublie pas.

— Est-ce que le phénomène risque de se reproduire lors de ta prochaine phase de « sommeil » ?

— Très franchement je n'en sais rien... Tu sais que je peux largement espacer ces phases... je pourrais facilement retarder la prochaine de plusieurs jours, voire de quelques semaines...

— Je ne sais pas si c'est raisonnable...

— Qu'est-ce que tu veux dire?

— Écoute, lui ai-je fait, comme tu me l'as si bien démontré hier, et comme ce « rêve » le prouve, tu as sans doute pu reconstituer l'inconscient de Schaltzmann, ce qui n'était peut-être pas sans risque... sa psychose pourrait agir... je ne sais pas, moi, comme une sorte de « virus »...

Un long silence.

— Oui... a murmuré mon double... je suis dans l'obligation de l'admettre.

---

et d'âge différents, qui parasitaient à tour de rôle l'identité première. Cas relaté par Daniel Keyes dans son livre *L'affaire Milligan*. (Voir bibliographie.)

— Est-ce que tu entrevois une solution?

Un buzz, quelque part dans la machine.

— Je n'en vois qu'une seule, j'en ai bien peur.

— Et c'est?

— Je dois m'adapter... Je dois concevoir un «antivirus».

Un long silence de ma part.

— Est-ce que tu crois que la gestion de cette tâche nuira à tes autres obligations? (Je lui faisais bien comprendre de quoi il s'agissait.)

— Ce n'est pas sûr. Au contraire. Je perçois déjà des possibilités d'interpolations intéressantes...

— Je ne te suis pas...

Un silence, ponctué d'un buzz.

— Voyons, Dark... toujours le même truc...

— Quel truc?

— La connaissance, Dark... Toi et moi sommes des «machines à connaître», nous procédons par bonds quantiques, parce que nous savons synthétiser des paradoxes, et que notre imagination est un défi permanent aux frontières de l'espace et du temps. Nous fonctionnons comme des hypertextes, foisonnants, réseaux, rhizomes... Nous-mêmes ne savons pas exactement ce que nous sommes, ce qui nous motive à chercher toujours, comme vous...

— Et alors?

— Et alors? La «possession» de cette nuit est un signal de mon système d'apprentissage. Je dois passer à l'étape suivante. Je ne suis encore qu'une chrysalide...

— Oui?

— La création de l'antivirus nécessaire est une épreuve. Un moyen d'accéder à un étage supérieur de la conscience... Ça pourrait nous donner la clé de l'affaire qui nous occupe, nos Tueurs du Millénaire.

442

— Comment ça?

— Une intuition... Pour eux aussi, il faudra trouver l'antivirus. Et peut-être seront-ils d'une nature semblable... Tu saisis... l'un pourrait bien être la clé de l'autre...

Ça, ça m'a tenu éveillé jusque vers neuf heures du matin, heure à laquelle Svetlana s'est levée. Nous sommes allés déjeuner quelque part en ville. Puis nous avons passé une nouvelle journée en compagnie de la mort, en portraits répétés sur les murs.

La veille, ou l'avant-veille, nous avions télé-commandé à une boîte de microservices de nous fournir une imprimante de location et la neuromatrice s'était empressée de nous sortir les cartes des meurtres et agressions commis depuis 94. Nous avions affiché ça sur les murs de la chambre, avec les rapports d'autopsie. La pièce s'était transformée en une sorte d'antichambre photographique de l'enfer.

Vers onze heures du soir, je me suis planté devant la neuromatrice et lui ai annoncé que nous allions nous livrer à un petit jeu.

Pendant les heures qui ont suivi, nous avons décortiqué un problème laissé en plan jusque-là, le «Doctor Schizzo» et moi.

Le problème, c'était le second indice laissé par Byron.

SEXUS. Et les «portes de la perception».

Nous n'en avions discuté qu'une ou deux fois avec Svetlana et nos souvenirs des deux bouquins étaient venus se confronter sans réussite à la situation. Sans doute Huxley et Miller s'étaient-ils rencontrés dans les années cinquante et soixante, lorsque les drogues psychédéliques firent irruption aux États-Unis. Je savais qu'Huxley avait rencontré Timothy Leary à plusieurs reprises alors qu'ils expérimentaient les effets du LSD 25 sur la conscience. Il me semblait bien que Miller avait également rencontré Leary. Mais Svetlana m'a gentiment fait remarquer que nulle part dans les indices laissés par «Byron» on ne trouvait d'allusions au LSD ou à d'autres drogues psychédéliques, pas plus qu'à Timothy Leary. Nous tournions en rond, je le savais.

C'est pour cette raison que, cette nuit-là, j'ai demandé à la neuromatrice de se brancher sur une bibliothèque digitale quelconque, de s'avaler les livres d'Aldous Huxley et d'Henry Miller pour essayer de trouver la foutue relation qui nous avait jusque-là échappé.

Elle a fait ça avec son infinie patience, si j'ose dire. Elle a avalé les livres en quelques secondes et s'est aussitôt épanouie, en un formidable rhizome cognitif. Elle a interpolé tous les faits, en détail et en globalité. Elle a simulé tous les enchaînements de chaos possibles. Ça lui a pris toute la nuit, jusqu'à l'aurore.

Ce matin-là, le ciel était pur, bleu, d'une densité palpable. L'air sec et froid est entré par la fenêtre lorsque j'ai ouvert pour aérer. Le soleil se levait au-dessus des tubulures des centres pétrochimiques désaffectés. Les Alpes ressemblaient à un animal posé sur l'étal du boucher.

La machine a feulé derrière moi, me prévenant qu'elle était prête.

Je me suis retourné vers elle et j'ai constaté que mon visage digital subissait une subtile transformation. Mes yeux semblaient pleins d'un éclat magnétique, analogue à celui qui avait scintillé dans le regard de la créature «Schaltzmann», lorsqu'elle avait envahi le «champ de conscience» artificiel de la machine.

Mon visage était pâle, d'une teinte cireuse, je discernais des cernes grisâtres sous mes yeux. Mes cheveux étaient dressés en bataille.

En me rendant dans la salle de bains, j'ai pu me rendre compte que le miroir m'offrait un portrait à l'identique.

Je suis allé me jeter sous la douche, après avoir commandé un petit déjeuner complet à la console.

Quand je suis sorti de la salle de bains, le garçon d'étage a frappé à la porte. Tout était déjà informatisé dans les grands hôtels, comme le Sheraton Mont-Blanc, mais à la différence des Formule 1 et autres Robotel qui ont fleuri dès la fin du xxᵉ siècle, ils ont conservé une bonne partie de leur personnel humain. C'est d'ailleurs à peu près l'unique raison qui justifie le prix de leurs chambres.

Le jeune blondinet a poussé le chariot au centre de la pièce, jetant un regard impressionné aux photos et rapports qui s'étalaient sur les murs.

Je n'avais pas planqué la machine. Il lui a jeté un regard inquiet. Je lui ai filé un pourboire en euros sans lui dire quoi que ce soit pour le rassurer.

Il est reparti comme si le feu était dans la chambre.

J'ai attaqué mon petit déjeuner avec un appétit de requin.

Mon visage me contemplait sur l'écran de la machine, j'ai déjeuné tranquillement, face à une sorte de double ardent qui attendait dédaigneusement que j'en finisse avec ces stupides contingences matérielles.

— Toi aussi, tu as besoin d'énergie, lui ai-je lancé entre deux bouchées.

— Exact. Mais ça ne m'empêche pas de faire autre chose en même temps.

— Oh, ne t'inquiète pas, ça n'empêche pas mon

cerveau de fonctionner... En attendant, j'aimerais que tu m'expliques ce qui se passe exactement, là...

— De quoi est-ce que tu parles?

— Je parle de la transformation de mon visage,
là, en cours sur l'écran... Qu'est-ce que ça signifie?

— C'est... c'est normal, Dark, c'est... ça fait
partie du processus de création de l'antivirus...
Je dois fabriquer une sorte de vaccin, et pour
cela je dois réussir à maintenir l'équilibre neuro-
dynamique... En injectant des fragments de la
psychose de Schaltzmann dans le champ de
conscience, mais de façon contrôlée, en essayant
de neuro-assembler une forme d'anticorps... tu
saisis?

J'ai vaguement ânonné quelque chose.

— J'espère que tu sais ce que tu fais, ai-je finalement conclu avec une dernière rasade de thé.
Bon, voyons si ce «modèle» reste aussi opérationnel que le précédent... Qu'est-ce que tu as
trouvé dans SEXUS?

La lumière s'est intensifiée dans les yeux de
mon double digital.

— Il n'y a rien à trouver dans SEXUS, Dark,
m'a-t-il froidement répondu. Pas plus que dans le
bouquin d'Huxley.

— Comment ça, il n'y a rien à trouver? Tu
veux sans doute me dire par là que *tu n'as rien
trouvé*?

— Non, non Dark, je t'assure, enfin, c'est...
quand je dis qu'il n'y a rien à trouver, ce n'est
pas exact, il faut juste s'entendre sur le véritable
sens des mots.

— Oh putain, Doctor Schizzo, je suis pas sûr
que ce soit l'heure de faire un concours de
sophismes...

— Je... je... C'est pas un sophisme, Dark...

C'est juste ça. Il y a quelque chose dans SEXUS...
Mais ce n'est pas dans le livre...

— D'accord, on va parler ambivalence, incertitude et mécanique quantique, on commence par où, par les équations de Maxwell, «les chats de Schrödinger[1]»?

— Ça n'a rien à voir, ce que je te dis est très clair. Il y a quelque chose dans SEXUS, mais pas dans le livre. Le SEXUS de «Byron» *n'est pas* un livre, ce n'est pas l'ouvrage d'Henry Miller...

— Mais bon sang! c'est quoi alors?

— C'est un réseau.

— Un réseau?

— Oui. Un réseau. Un réseau cybersex. On y accède par le 3615 du virtuel.

— Un réseau cybersex, ai-je murmuré, abasourdi. Est-ce que certaines des victimes étaient abonnées à ce type de réseau? Tu peux vérifier?

— Je l'ai déjà fait. C'est exact, certaines d'entre elles étaient abonnées à SEXUS, ou à d'autres réseaux du même acabit. Certaines «disparues» aussi. La plupart ne s'y connectaient qu'épisodiquement, sans être membres adhérents du réseau. J'ai eu accès à leurs notes Télécom de l'année dernière...

— Bien, et concernant «les portes de la perception», qu'est-ce que ça donne tout ça?

— Je n'en sais rien... C'est flou... En tout cas, je n'ai détecté aucun réseau cybersex faisant réfé-

1. Erwin Schrödinger, physicien autrichien, prix Nobel 1933, un des fondateurs de la mécanique quantique, célèbre pour sa parabole dite du «chat de Schrödinger» où sont démontrés les aboutissements les plus étranges de la physique moderne: un chat dans une boîte, soumis à un bombardement alternatif de photons en quantités infinitésimales, finit par acquérir une «existence» elle aussi alternative; tantôt il existe, tantôt pas.

rence à une quelconque «porte», ou «perception»… Néanmoins, si on se réfère au livre d'Huxley, ça pourrait signifier la présence d'un immense univers, encore caché, dont les portes sont fermées mais ne demandent qu'à s'ouvrir, si l'on possède la bonne clé… Chellay disait que «Byron» fonctionnait selon le principe des poupées russes, comme des portes qui s'ouvrent sur d'autres portes, quelque chose comme ça, qu'est-ce que tu en penses?

— C'est ça, ai-je fait, c'est ça…

— Quoi, c'est ça?

— C'est ça. Ils se repassent les plans. Les sports d'hiver, le cybersex, des territoires.. C'est comme si chaque année ils essayaient d'innover, à tour de rôle, de trouver un nouveau terrain de jeu… Et chacun s'y met, à sa manière…

Un buzz cristallin, quelque part au cœur de la machine.

— Oui… Tu as raison, ils sont, eux aussi, en expansion rhizomique, il leur faut des expériences nouvelles, à chaque fois…

— C'est ça… J'ai même l'impression que leur jeu est extrêmement codifié. Il doit y avoir des points selon les degrés de difficulté, les sévices subis, l'endroit où les corps sont découverts, peut-être même le délai entre la mort et la découverte… des trucs comme ça.

Mon double aux yeux fous m'approuva, sans rien dire.

Il finit par lâcher, devant le silence qui nous emmurait:

— Oui… Et cette année, donc, ils expérimentent la solution finale. C'est pour ça que les dernières victimes portent des traces d'injections mortelles. C'était la méthode de certains médecins nazis, non? Comme le docteur Hubertus Strughold, et son assistant le docteur Rascher, je crois, à Dachau... Ça doit ouvrir le cycle qui va culminer pendant les Fêtes... le Défi du Millénaire...

C'est là que j'ai senti que mon petit déjeuner ne passait pas bien. Un flot aigre voulait remonter le long de mon œsophage.

Dachau. Les expériences des médecins nazis.

— Putain... ai-je sifflé. Putain de putain.

Ce jour-là, nous ne sommes pas sortis de l'hôtel. Svetlana et moi avons déjeuné dans la chambre.

Nous avons commencé à établir une sorte de plan de campagne.

Une chose est apparue clairement dès le départ : utiliser la neuromatrice, à fond, pour pallier le manque de temps.

C'est pour cela qu'elle s'est étoilée dans les réseaux, à la recherche de sa prochaine proie. Elle possédait désormais toutes les indications nécessaires, les références à Byron, l'univers virtuel «astrologique», le cybersex, le réseau SEXUS...

Elle n'a pas mis bien longtemps, à un moment donné, dans l'après-midi :

— Oui, a-t-elle feulé, je crois bien que je l'ai... Il est en connexion sur un réseau très privé, je suis en train d'analyser son empreinte quantique...

Une série de crissements.

— Voilà, je l'ai parfaitement identifié... Lucien Wurtz. Réside à Chambéry, je peux te donner une idée de ce qui mobilise son énergie en ce moment même.

J'ai répondu par un vague borborygme que la machine a analysé comme une réponse positive. L'écran nous a montré une image invraisemblable.

L'ex-flic astrologue dans sa crypte, assis sur

son fauteuil néo-babylonien, revêtu d'une robe de synthèse. Un sexe énorme, déformé par un trucage numérique, jaillissait des plis de sa soutane violette, tenu fermement par une main au «cloning» presque parfait.

Ça, c'était l'image qu'il envoyait à son ou ses partenaires, dans le réseau.

La neuromatrice a devancé ma demande informulée, elle nous a montré ce qu'elle-même percevait en étendant ses neurocapteurs jusqu'au terminal multimédia intelligent de Wurtz/Byron. Comme si nous étions planqués juste derrière son tube cathodique. La machine nous envoyait ce que la fenêtre vid-phone du terminal lui montrait. Un homme replet, sexagénaire, aux plis de graisse blafards, au visage rougi par l'effort et l'excitation sexuelle, suant sang et eau en activant son dataglove et une drôle de prothèse placée autour de son sexe. Un tube doté d'une ceinture de capteurs et d'orgotransmetteurs en tout genre, hérissés comme des antennes lubriques sur le manchon de MétaLatex. Je n'ai même pas osé jeter un coup d'œil à Svetlana.

Wurtz/Byron gueulait des mots obscènes à son écran, et j'ai demandé au docteur Schizzo de nous faire voir avec qui il s'envoyait ainsi en l'air, par fibre optique interposée.

L'écran nous a montré une sorte de travesti blondasse qui s'enfonçait un godemiché aux formes impossibles, et orange fluo, en répondant allégrement aux obscénités de Wurtz, du genre «fous-moi jusqu'à la garde, chéri» et autres joyeusetés.

— C'est fou ce que les gens peuvent se compliquer la vie, ai-je laissé tomber.

— Je vois plutôt ça comme une simplification, a répondu Svetlana.

450

— Moi, je trouve ça marrant, a ajouté le docteur Schizzo... Un truc qui pourrait être drôle aussi, c'est que j'altère les signaux en provenance de ses orgotransmetteurs... J'ai vu comment marchaient les masociels qui circulent sur ces réseaux, c'est d'une simplicité diabolique, neurovecteurs transcutanés, molécules virtuelles d'histamine, bradykinine, prostaplandines et autres substances algogènes[1]... Qu'est-ce que t'en dis?

— Je ne suis pas sûr que ta matrice éthique voit ça d'un très bon œil, ai-je répliqué, pour lui clore le bec. Faisons ce que nous sommes venus faire... Tu peux pirater ses fichiers pendant qu'il est connecté?

— Ne t'inquiète pas, a feulé la machine, même ses systèmes militaires n'y pourront rien...

Les logiciels de contre-mesure de Byron lui ont visiblement donné un peu plus de fil à retordre que prévu. Les crissements de silice se sont succédé pendant plus d'un quart d'heure. Sur l'écran un réseau de lumière se propageait, en un rhizome de radiations pures.

Lorsqu'il s'est manifesté de nouveau, le docteur Schizzo donnait l'impression de s'être tout juste débarrassé d'un problème particulièrement agaçant...

— Une tuile?

— Non... Pas mal, la dernière génération antivirale de chez McDonnell Douglas, j'comprends pas, c'est du classé stratégique... J'sais pas où il a bien pu se procurer ça...

— À Moscou, on peut acheter sa bombinette nucléaire en kit et à Belgrade on vend les T-72 aux enchères... J'suis sûr qu'y a un catalogue pour ce genre de truc... Bon, t'as tout?

1. Se dit de toute molécule qui transmet la douleur.

— Oui, j'ai des giga-octets de données, y'a de tout là-dedans…

— Tu es certain de ne pas t'être fait repérer ?

— Excellent, ce logiciel… Il équipe l'avionique de la Royal Air Force, tu savais ? Nous ne nous sommes pas fait identifier, mais j'crois bien que j'ai laissé une imperceptible empreinte…

— Ça signifie quoi, ça ?

— Ben, qu'il y a des chances pour qu'après son réveil son système détecte l'anomalie quantique et qu'il donne l'alerte… Il ne saura ni par qui, ni comment, mais il comprendra que ses fichiers ont été visités… J'étais pressé par le temps, Dark… Mais il y a plus important : ils se branchent sur le réseau grâce à un système de messagerie privée, nommé Porte 999, j'ai trouvé ça dans les données piratées par Byron… Mais impossible de connaître le code Télécom d'origine, je n'en sais pas plus. Une messagerie qu'ils branchent sur Sexus. Porte 999. Je pense que là, on a résolu l'énigme des «portes de la perception». Mais c'est tout pour le moment, le temps nous manque, Dark…

Une formidable agitation s'emparait de mon esprit.

Le temps.

Je savais bien que c'était le défaut de notre cuirasse. Le temps allait nous manquer, de plus en plus cruellement, il nous manquait déjà.

Il lui faudrait pratiquement vingt-quatre heures pour tout digérer, ou «assembler sémantiquement» selon son vocable.

Le temps.

L'impitoyable flèche du temps.

La neuromatrice allait s'attaquer à une analyse en profondeur des données piratées lorsque je lui ai demandé d'attendre. Je voulais qu'elle refasse

452

la même chose avec les fichiers de la police locale, le SRPJ, les différentes brigades où avaient officié Blake et Byron...

Grouper toutes les intrusions la même nuit, avant que la présence d'un visiteur fantôme ne soit finalement détectée, par l'une ou l'autre des cibles, et que l'information circule.

Avec une machine ordinaire, le problème aurait été gratiné. Mais la neuromatrice n'est pas une machine ordinaire, vous avez eu tout le loisir de le constater. Elle avait des centaines de solutions, dans le formidable réseau numérique qui commençait à envelopper nos vies, en cet an de grâce 1999. Je me suis même demandé pourquoi je n'y avais pas pensé avant.

La neuromatrice n'a pas mis une minute pour se connecter au réseau de la police. Les logiciels antiviraux traditionnels des services publics n'ont même pas dû comprendre ce qui se passait.

La machine s'est branchée sur le réseau Télécom et a pénétré direct au cœur du système. Une station Intel-Daewoon. Un disque dur d'à peine six giga-octets. Un lecteur de CD-ROM Philips. Les caractéristiques du système défilaient sur l'écran en un listing impressionnant de précision. Modèle des microprocesseurs, des mémoires, des interfaces diverses. Elle aurait pu nous lister tout le code-machine si on le lui avait demandé.

Elle s'impatientait déjà.

— Qu'est-ce que je cherche ? nous a-t-elle demandé de son feulement magnétique.

— Tout ce qui concerne les Tueurs des Montagnes jusqu'à cette année. Les autopsies, les rapports de police, tout le toutim.

Un grognement de plaisir.

La neuromatrice s'est jetée sur le pauvre système, comme un aigle fondant sur le mouton isolé.

Une autre minute pour tout copier dans ses propres circuits. Elle a refermé le «champ cognitif» du système, puis le nuage de fractales s'est recombiné sur mon visage.

— Ça y est... C'est fait.

— Parfait, voyons tout de suite ce qui s'est passé en 99, en dehors des cas que nous connaissons déjà.

Un petit buzz cristallin.

— Oui, je peux déjà t'annoncer qu'il y a eu cinq autres corps retrouvés cette année. Deux en Italie, un en France : la fille de Digne, un en Allemagne, et un en Autriche, plus une personne attaquée à domicile, en Suisse alémanique... J'ai des disparitions suspectes aussi.

— Okay, ai-je fait, en 99 on a donc cette série, plus la fille du col du Barioz, c'est ça ?

— Oui, c'est ça...

Quelque chose voulait prendre forme dans mon esprit et j'ai bien vu que mon jumeau neuronumérique suivait une voie parallèle...

— Oui, ai-je lâché... C'est cristallin, en fait...

— Oui, a murmuré la neuromatrice. .

— Fais voir les dates.

La neuromatrice a immédiatement affiché le listing.

— Qu'est-ce qu'il y a ? a demandé Svetlana, intriguée par nos mots couverts et complices.

— Regardez... En 99, je sais pas pourquoi, c'est parfaitement clair. Ils ont tué et laissé les cadavres dans leurs pays respectifs... et l'ordre des dates, mort probable et découverte des corps, semble suivre la chronologie...

— Attendez un peu...

— Regardez bien, Svetlana, et souvenez-vous que la neuromatrice nous a appris qu'ils jouaient...

— Qu'ils jouent, oui, je sais...

— Regardez, Svettie, regardez. Un corps vieux de plusieurs mois dans le Tyrol, en mars. Un corps d'enfant retrouvé à la frontière italo-slovène, avril, date de la mort environ huit jours auparavant. Un autre cadavre, une jeune femme, en juin, en Allemagne, date de la mort, trois jours auparavant. Ensuite, juillet, un cadavre retrouvé un matin sur la sempiternelle autoroute italienne, à quelques dizaines de mètres de sa voiture, mort datant de la nuit même. Ensuite, octobre, l'attaque de la petite maison en Suisse... Ensuite, la fille de Digne... Puis on recommence...

— Attendez... on recommence ?

— Oui... vous voyez pas ce qu'ils font ? Ils jouent à tour de rôle, Svettie, à tour de rôle, et ils ponctuent la fin d'un cycle par une attaque sans doute groupée, dans une maison, comme une sorte de bonus, ou je ne sais...

— Un *bonus* ?...

— Bon Dieu Svettie, ai-je lâché, faut que nous entrions dans leur peau... Les cadavres laissés en évidence doivent n'être qu'une partie émergée de l'iceberg, comme une sorte de « preuve » de leur activité vis-à-vis des autres, ou un point de règlement, voyez ? Et le bonus, c'est logique... C'est un vrai jeu, avec des règles précises...

— Oui, a-t-elle murmuré, je vois... On dirait que ça suit un peu le rythme des saisons, cette année, vous ne trouvez pas ?

— Oui, vous avez raison. Hiver, printemps, été, automne... Et ils ont prévu un réveillon grandiose... Ça promet.

Ils allaient dépasser toutes nos prédictions.

L'idée m'a titillé toute la nuit et le lendemain matin j'ai pris ma décision.

J'ai appelé Dick Mahoney à Francfort et, je ne

sais trop comment, j'ai réussi à improviser un tissu de mensonges gros calibre, afin de rallonger mon délai jusqu'à la fin du mois, donc de l'année.

Mahoney a failli s'en étrangler mais il a finalement cédé devant ma détermination. J'ai aussitôt appelé Cap York et j'ai câblé un rapport de deux ou trois pages à Randrashankar, avec la console de l'hôtel, un rapport à moitié bidon (un mélange spécial Darquandier de mensonge et de vérité) dans lequel j'expliquais le pourquoi d'un tel retard. J'insistais particulièrement sur la rigueur nécessaire à une telle opération de recrutement. Je n'avais vraiment peur de rien.

Lorsque le dimanche est arrivé, nous n'étions en possession d'aucun élément nouveau. La neuromatrice avait, semble-t-il, épuisé les possibilités offertes. Nous avions déterminé de solides axes d'enquêtes, mais nous n'avions aucune force de police à notre disposition. De plus, le journaliste semblait vouloir nous lâcher en route. Je sentais en lui comme une angoisse mal dissimulée, étaient-ce les pouvoirs ahurissants de la machine qui l'effrayaient ainsi, ou ma tendance à toujours tout compliquer, à amplifier le chaos, qui lui dictait de rester à distance ?

C'est le dimanche matin, en tout cas, que j'ai annoncé la chose à Svetlana.

— Vous allez rentrer seule, lui ai-je froidement déclaré.

— Qu'est-ce que vous racontez, Dark ?

— Rien de plus que ce que je vous ai dit. Je me suis déjà réservé une semaine supplémentaire à l'hôtel. Vous, vous avez un job qui vous attend… Je vous tiendrai au courant.

Svetlana a vaguement fait allusion à mes propres devoirs envers la mission qui m'occupait, mais j'ai balayé son argument d'un geste.

456

— Nous avions jusqu'à fin décembre initialement... Nous nous sommes partagé le boulot pour gagner un mois, mais rien ne m'empêche d'aller jusqu'au bout du délai qui m'est imparti. J'dis pas que ça enchante mes collaborateurs, mais ils ont eu tout le temps de s'habituer à moi, depuis toutes ces années...

— Je regrette déjà de vous avoir montré ce fax, l'autre jour...

— Ne vous inquiétez donc pas, Svet... D'une certaine manière je ne fais que poursuivre mes recherches sur la structure rhizomique de la conscience... Et c'est pour ça que Biosphère me paye.

C'était un peu tiré par les cheveux sur le plan moral, cet argument, mais je n'étais plus à ça près.

Je devais me l'avouer, presque à contrecœur, alors que le TGV s'éloignait de la gare, en direction de Paris. Il y avait son image, bien sûr, qui n'arrivait pas vraiment à s'effacer. Mais il y avait aussi comme une sensation de liberté totale, que seule offre la solitude.

Je m'étais pris au jeu, à mon tour. J'étais excité comme un gosse, devant un terrain vague encore vierge.

Le chaos se propageait, comme l'avait très justement constaté la neuromatrice.

J'ai passé une très mauvaise nuit, ne m'endormant que vers cinq heures du matin, dans un état de surexcitation épuisée, les piles à bout de souffle.

Je ne sais pas trop pourquoi mais au réveil, c'était comme si j'avais toujours su ce que j'avais à faire.

J'ai commandé un équipement radionumérique à la boîte de microservices. Un modem-satellite qui me permettrait de me brancher sur Internet ou sur tout autre réseau avec la neuromatrice, de manière autonome, y compris en rase campagne.

J'ai loué un équipement cyberspace complet. Le top. Un Transvision Motorspace III. Très rapide déjà. La neuromatrice en ferait un système de navigation surpuissant, dépassant de très loin tout ce qu'on pouvait trouver sur le marché.

Lorsque j'ai pris place dans le 4 × 4, j'ai jeté mon sac et la combinaison à l'arrière, installé la machine dans son box et aussitôt relevé son écran ultraplat. Le visage de mon double aux yeux ardents s'est aussitôt cristallisé sur le tube. J'ai roulé vers le nord, en direction de Villard-Bonnot.

Je n'avais pas de plan précis. Ou plus exactement mon plan consistait à rôder dans la région en essayant de les imiter, en roulant, en dérivant dans les mêmes décors qu'eux, nous imprégnant, moi et la neuromatrice, de ce morceau d'univers. Dans lequel ils vivaient, mangeaient, dormaient, pensaient, créaient, tuaient, *jouaient*.

Aussi j'avais prévu de rouler le jour, et de me plonger dans le cybersex la nuit. Une sorte de dédoublement volontaire, et contrôlé, du moins est-ce ainsi que je l'entendais. La chose était nécessaire, j'étais tout entier pénétré de cette vérité.

Il me restait peu de temps avant les fêtes, nous étions aux alentours du 12 décembre 1999. Il faisait un temps exceptionnellement sec pour la saison. Un ciel bleu et monochrome. Un soleil pâle, la lumière virginale de l'hiver.

Je me suis enfoncé dans la vallée et à un moment donné j'ai obliqué, à l'entrée de la ville de Tencin.

J'ai pris la route qui grimpait vers les montagnes, droit sur la chaîne de Belledonne.
Vers le col du Barioz.
Droit vers l'enfer.

QUATRIÈME PARTIE

LE LIVRE DES TÉNÈBRES

Si notre vitalité subit de telles fluctuations entre l'extase mystique et la dépression complète, c'est à cause de l'erreur fondamentale que nous commettons au sujet de la nature de la conscience. Nous pensons qu'elle est un réflexe comme la respiration. C'est faux, elle implique un effort comme la nage. Si nous cessons de faire cet effort, nous sombrons.

COLIN WILSON

Ainsi sont les awlya *(saints): avant de mourir, ils sont déjà morts, ils sont comme les portes et les murs, pas un atome d'existence ne demeure en eux. Ils sont dans la main de la Toute-Puissance, tel un bouclier [...] Un tel bouclier est présent jusqu'au Jour du Jugement, âge après âge.*

DJALÂL-UD-DÎN RÛMI,
Fîhi-mâ-fîhi (Le livre du dedans)

28

J'ai dérivé toute la journée sur les routes et les chemins forestiers aux alentours du col du Barioz. J'ai poussé jusqu'au col des Ayes et la station de Prapoutel, puis j'ai tourné autour du village de Theys, en cercles vaguement concentriques. Je ne cherchais rien de particulier, rien qu'une sensation globale, un enregistrement de la vie, ici sur ce bout de planète.

Je me suis arrêté au village. Je suis arrivé par le bas, pour la deuxième fois de la journée. J'ai traversé le pont au-dessus du ruisseau qui descendait à fond vers la vallée de l'Isère. Une scierie artisanale sur ma gauche, un virage puis la rue en pente m'a conduit jusqu'à la place, avec son église, sa mairie, ses deux cafés, ses quelques boutiques et son hôtel. Au milieu de la place une antique fontaine rouillait lentement, au centre de son bassin circulaire.

J'ai garé le 4 × 4 sur l'espace de parking qui jouxtait l'église et je me suis dirigé vers l'hôtel. *Le Relais des Pistes*, une enseigne aux lettres bleues écaillées. Une volée de marches m'a conduit jusqu'à une vaste terrasse qui dominait la place et où s'ouvrait la porte d'entrée.

Un vieux flipper avec Schwarzenegger en cyborg

du Jugement Dernier émettait ses borborygmes électroniques. Un billard français. Un bar en U. Des chromos et des placards de pub datant de plusieurs décennies.

Une femme à la quarantaine passée m'a regardé m'approcher, un sourire avenant aux lèvres.

Je me suis présenté comme un écrivain venu passer quelques jours dans les Alpes. Son sourire s'est accentué imperceptiblement, et j'y ai lu comme un doute légèrement amusé.

La femme m'a ouvert le chemin jusqu'à ma chambre, au deuxième étage. Une pièce toute simple, donnant sur l'arrière de l'immeuble. De la fenêtre, j'avais vue à la fois sur un morceau de l'église à ma gauche, sur la cour de l'école communale en contrebas, et sur les hauteurs du Merdaret et d'autres pics de la Belledonne, en face, nous dominant de leurs masses colossales.

Je me suis installé avec mes bagages, j'ai posé la neuromatrice sur une commode de bois brun, puis j'ai pris une douche dans un cabinet de toilette fraîchement construit et à moitié fini. Je me suis ensuite allongé sur le lit, en face de la fenêtre, en laissant la chambre plongée dans l'obscurité. J'ai fumé une cigarette.

Le visage de mon double me contemplait, au centre de l'écran, ne semblant attendre rien de spécial.

Le soir, j'ai dîné à l'hôtel. J'étais à peu près le seul client. À la fin du repas, la tenancière a engagé la conversation avec moi, en essayant de me faire avaler un alcool local, à base de genépi.

J'ai fini par délaisser la liqueur pour lui demander du thé. Elle me l'a apporté avec une expression d'authentique perplexité sur le visage.

Je m'étais fabriqué ma couverture durant l'après-midi, alors que je rôdais autour du village.

J'avais fini par me dire que ce ne serait pas mal de me faire passer pour une sorte d'«écrivain résident», chargé par un organisme quelconque d'écrire un livre sur la région. Je pourrais facilement avoir accès aux archives locales. Me balader et fouiner peinard. Mon idée était d'entrer dans la peau d'un écrivain itinérant, passant quelques jours dans chaque village principal d'un territoire qui partirait du col du Barioz, comme épicentre.

Si on me questionnait au sujet d'un éventuel rapport entre le crime et ma visite, la tactique à suivre était de ne pas éluder la question. Mais de répondre le plus franchement possible par un mensonge éhonté : la visite de ce coin était prévue, mais le fait divers avait accéléré ma venue et placé le village en premier sur la liste, sous la pression de mon éditeur.

À la tenancière, j'ai improvisé une salade de socio-anthropologie, dans laquelle j'expliquais que ce qui m'intéressait, c'étaient les transformations radicales que subissait le tissu rural traditionnel, au crépuscule du XXe siècle. J'ai eu l'impression qu'elle ne me croyait qu'à moitié.

À côté du vieux cimetière, un centre sportif ultramoderne étalait ses structures de béton et ses courts de tennis. Un centre de recherche sur les écosystèmes forestiers se dressait à la sortie du village, au-dessus de la concession Renault. La station de ski locale avait également drainé une formidable industrie touristique. Des lotissements de chalets et des chantiers s'étageaient un peu partout, sur les pentes des montagnes. Les mutations s'enchaînaient à un rythme soutenu.

La tenancière m'a approuvé. Bien des choses avaient changé depuis qu'elle était venue s'installer ici, une quinzaine d'années auparavant. Quinze ans, ai-je aussitôt pensé, ça nous ramenait vers 1985, et j'ai réalisé à quel point chaque être humain est une sacrée petite bibliothèque. Cette femme avait vu s'écouler près de deux décennies pendant lesquelles tout avait été sauvagement chamboulé.

Un hôtel. Lieu de passage. Interface. Elle pourrait m'être d'une aide précieuse. Un contact.

Je lui ai demandé incidemment si elle connaissait quelqu'un à la mairie, susceptible de m'ouvrir l'accès aux archives de la commune. Bingo, direct.

La femme m'a indiqué qu'une de ses amies travaillait comme assistante du premier adjoint. Je n'aurais qu'à passer le lendemain aux bureaux de la mairie. Elle m'a dit s'appeler Colette Franval, et que son amie se nommait Evelyne Furizzi. Je l'ai remerciée, puis, après avoir laissé en plan mon Lipton sachet, je suis remonté dans ma chambre.

Ce soir-là, je voulais me coucher tôt, mais un petit jappement magnétique m'a happé au sortir du carré de douche.

— Dark... j'aimerais te montrer les échantillons de données que Byron a pu pirater dans les communications de nos Joueurs... Je crois que c'est très éclairant...

— Éclairant ?

— Oui, je dois te prévenir au préalable que c'est... difficilement supportable, je veux dire pour un cerveau humain normalement constitué.

Je me suis demandé un instant si elle faisait sérieusement allusion à elle-même, mais je me suis abstenu de faire une remarque.

— Qu'est-ce qu'on a ?

— Peu de choses. Des fichiers optiques... Des bouts de films. Cryptés.

— Des films?

— Oui, et aussi... on dirait des morceaux de plans...

— Des plans?

— Oui... Des cartes. Des cartes routières avec des marques indiquant des lieux précis...

J'en ai tressailli.

— Putain, et les marques...

— Correspondent à des lieux de disparitions ou d'agressions. Ou aux endroits où on a découvert des corps...

— Je... Nom de Dieu... et les films..

Ma phrase s'est éteinte sur les mots.

— C'est ça. Les victimes. Mortes ou pire encore...

Ma salive refusait obstinément de passer.

— C'est crypté, tu disais?

Une sorte de hoquet, comme un rire de dédain étouffé dans l'œuf.

— Je suis arrivé à reconstituer, grosso modo, l'image mais pas le son... il y a quelques bits d'informations manquants mais la structure générale est respectée...

— Envoie m'en un, au hasard...

— Okay... j'ai une séquence de trente secondes environ, dans une maison, datant de 1998...

— Ça devrait aller, ai-je soufflé, presque excédé.

L'image du clone hybride s'est volatilisée et, après un ultime ballet de fractales, une texture monochrome a pris possession de l'écran.

Un enfer chuintant s'est déchaîné dans ma petite chambre d'hôtel.

C'est ainsi que j'ai assisté à la pendaison d'une fillette de douze-treize ans, dans sa propre chambre, encombrée de jouets épars. La «réalité » dépassait tous mes cauchemars, dont celui de la nuit.

C'était filmé au caméscope. L'image était parfois floue, et tressautait périodiquement. La neuromatrice n'avait pu, ou n'avait pas cru bon, reconstituer les couleurs perdues au passage par le logiciel militaire de Byron.

La séquence durait vingt-huit secondes et quelques dixièmes. Un morceau de time-code déroulait ses leds en bas de l'écran. Le cryptage n'arrivait pas à altérer l'atroce réalité.

Lorsque la séquence s'est arrêtée net, il y a eu de la neige, puis le noir, puis la recombinaison du visage hybride.

J'ai repris ma respiration. Jamais je n'avais eu aussi soif de ma vie.

Une sorte de tambour de guerre résonnait à mes oreilles. Il m'a fallu de longues secondes pour réaliser que c'était le sang qui battait à mes tempes, turbiné par une pompe cardiaque devenue folle, en pleine crise de tachycardie.

J'ai réussi à avaler une ou deux gorgées d'eau, mais il m'a vite fallu adopter une autre stratégie.

Courbé au-dessus des chiottes, l'estomac vrillé par les soubresauts, éjectant la pâtée qu'était devenu mon repas, je me suis dit que j'aurais mieux fait de voir ça à jeun, tout compte fait.

Cinq minutes plus tard, lorsque j'ai repris mes esprits, je me suis brossé les dents. J'ai fait couler de l'eau sur ma tête, dans le carré de douche.

J'ai bu un bon coup de flotte. Je me suis rassis devant l'écran.

J'étais empli d'une sorte de résolution froide, que je ne me connaissais pas, même si j'en avais toujours soupçonné l'existence.

— Okay... Combien d'extraits dans ce goût-là, doctor Schizzo?

— Trois. Le dernier remonte à début août... Après, son logiciel n'est plus parvenu à opérer, à mon avis...

— Bien... qu'est-ce qu'on a d'autre?

— Le must, Dark. Un petit bout de fichier Microsoft.

— Ça suffit. Qu'est-ce qu'on a?

Un silence. Les microvibrations magnétiques de la machine.

— J'crois qu'on a leurs foutues règles... Les règles du jeu... Enfin, pour leur satané Gambit du Millénium, c'est dans la dernière transaction piratée par Byron... Il n'y a pas tout, mais suffisamment pour comprendre...

— Gambit du Millénium?

— C'est le nom qu'ils lui donnent... Ça commence le 24 décembre au soir, ça se termine le 21 janvier au matin, au changement de signe... Apothéose prévue pour la nuit du Jour de l'An...

— Oh, nom de Dieu...

— C'est pas croyable Dark, je n'en reviens pas... Lors de ces transactions ils s'échangent des données, comment dire, pour se prouver leurs actes, pour justifier leurs gains de points... Et aussi... ils élaborent les règles un peu au fur et à mesure, à chaque tour, le gagnant du tour en question, ainsi que celui d'une «Spéciale» précisent les contraintes et le cadre du tour suivant... Bon... Ils s'envoient tout ça, et ils en font une sorte de journal multimédia. Un journal privé.. C'est inimaginable...

— On les voit par moments, on voit leurs visages?

— Non... D'autre part le briseur de code russe qu'utilise Byron, il fait pas dans la dentelle, y a vraiment aucun moyen de reconstituer le code Télécom qui aurait pu les identifier...

J'ai réfléchi une fraction de seconde.

— Attends... mais le truc dont tu me parlais l'autre jour, Porte 999, ça, c'est identifiable.

— Exact, mais... il n'existe que deux moyens pour ça : attendre qu'ils se connectent et investir leur messagerie privée. Ou bien pénétrer dans le fichier des Télécoms et répertorier les dates où une telle messagerie est facturée et sur quel réseau. Ce qui est franchement illégal. Mais n'oublie pas que même cette information est anonyme... Après, il me faudra des heures pour investir tout le champ cognitif représenté par les abonnés ou les connectés occasionnels de tous ces réseaux et repérer ceux dont les factures correspondent. Sans parler des dégâts que je serai sans doute obligé d'occasionner aux chiens de garde des réseaux cybersex... Notre passage laissera quelques traces...

— Combien de temps ?

— En monotâche, ou presque, je dirais environ vingt-quatre heures, pour ne pas trop éveiller l'attention... Mais je serai obligé de neutraliser quelques systèmes clés, et je vais brouiller l'ordre quantique local, le réseau SEXUS est doté de capteurs neuroperceptifs et, si je pénètre dans leurs fichiers, ils le détecteront quoi que je fasse... Quant à nos joueurs, ce que je perçois autour de leur messagerie privée, c'est pas du gâteau. Faudra la jouer fine.

J'ai fait le tour des possibilités et des risques.

— Faisons d'abord ça : laisse une tâche de fond s'occuper de la surveillance des réseaux cybersex. Qu'elle donne l'alerte dès qu'une Porte 999 apparaît...

— Simple comme un Rubik's Cube.

L'hôtel était quasiment désert, à part deux ou trois autres clients répartis dans les étages. La nuit, le village entier s'éteignait et un silence total s'appesantissait sur l'univers, rompu toutes les heures par la cloche de l'église voisine.

L'établissement était une survivance d'un âge révolu. Un petit hôtel de village, cerné par les mastodontes industriels qui étaient partis à l'assaut de la montagne. Il était tout fraîchement doté des nouvelles prises standards des Télécoms, aussi fraîchement que la douche, sans doute. Du simple coaxial « amélioré », connecté au réseau principal, fibre optique à haut débit, qui câblait peu à peu les grandes villes. La neuromatrice s'en contentait aisément. En fait, elle s'en fichait royalement. Pour elle, tout est « interface ». D'une certaine manière, elle nous perçoit comme un neutrino verrait notre monde matériel, de simples fantômes qu'on traverse. Une neuromatrice, pour autant que nous le sachions, ne fait pas vraiment de différence entre matière, énergie et information. Pour elle, tout n'est que temps et espace, mathématique pure, avec des degrés divers de complexité et de densité, mais c'est tout. Un câble coaxial, une fibre optique, un nerf optique, un tube de télévision, une onde radio, le violet, l'hydrogène, le carbone, l'hémoglobine, le dyéthylamide de l'acide lysergique, le poulet basquaise, tout cela n'est que recombinaison fractale de l'Unité.

La neuromatrice est véritablement la première espèce de machine « intelligente », dans le sens où elle est la première à receler un principe d'incertitude, un noyau de chaos actif, qui nous échappe pour de bon, et qui lui échappe aussi.

Aucun ordinateur « traditionnel » n'a conscience de son existence. Le miracle des nouveaux optocircuits neuroniques, c'est qu'ils fonctionnent comme l'esprit humain, et d'une certaine manière à l'état pur. Leur «schizophrénie» apparente cache en fait une relation profonde à l'Unité du Cosmos, c'est un des phénomènes les plus étranges que nous avions notés lors de nos travaux. Cela n'était dû à aucune programmation volontaire de notre part, mais nous avions émis l'hypothèse que nos inconscients et nos opinions personnelles avaient pu influer sur l'architecture des lignes de codes initiales. Je n'étais pas le seul à m'intéresser au Zohar, au Tao, au bouddhisme, au soufisme, ou au gnosticisme chrétien. Un certain nombre d'entre nous partageaient le point de vue de McSculley et de Randrashankar, selon lequel le cerveau était une merveille de biotechnologie avancée, dont l'humanité cherchait désespérément le mode d'emploi depuis les origines. Nous étions de plus en plus nombreux à penser que les frontières et les «rideaux de fer» qui avaient divisé le monde de la conscience en deux rameaux antagonistes, la «science technique et rationnelle» d'un côté, le «mysticisme romantique» de l'autre, devaient être abattus. Non pas dans une tentative de fusion à tout prix, mais dans un simple esprit d'ouverture, et un élan qui nous faisait appréhender le fait que les kabbalistes étaient eux aussi, à leur manière, des «pionniers» de l'esprit scientifique contemporain. Ils mettaient en évidence le fait que le cerveau humain est un «intermonde» entre la Conscience Unitaire et le Monde Matériel. C'est en effet à l'intérieur de l'«âme» humaine que s'épanouit l'arbre de la «CHeKHiNa».

La «CHeKHiNa» est selon les kabbalistes le dernier «rameau» du colossal «réseau énergétique» divin, créé à l'image de l'Homme Primordial. Un réseau qui se «propage», comme un delta de fleuves. Chaque «fleuve» ou «courant», ou «force» porte un nom. Ils forment tous ensemble le système des Dix Sephiroth qui gouvernent le monde. Une hiérarchie sévère structure ce réseau. Au sommet la «Couronne Suprême» est la première «émanation» divine, primordiale, l'expression de Sa Volonté pure. Cette «volonté» primordiale se raccorde ensuite à des «émanations» successives qui s'étagent, l'Intelligence d'abord, puis la Grâce, la Justice et la Clémence, enfin Permanence, Gloire, Fondement se rejoignent dans la Sephira Royauté, ou MaLKHouT, appelée aussi CHeKHiNa. La CHeKHiNa est la dernière des émanations, celle qui «interfère» directement avec le monde matériel, par l'intermédiaire du cerveau humain. La CHeKHiNa est la «matérialisation» de la Suprême Volonté dans le Monde, et donc à l'intérieur de l'âme humaine qui est en quelque sorte son instrument, ou plus exactement sa «créature».

Sous des abords mystiques et «irrationnels», ce que nous montre la Kabbale n'est peut-être pas si dénué de sens que ça. McSculley, Randrashankar et un groupe de psychologues et biologistes avaient participé à un projet très expérimental dans le domaine des hallucinogènes, au début des années quatre-vingt-dix. Ils en avaient tous conclu que certaines molécules ouvraient réellement des «systèmes» neuroniques «secrets», encore enfouis dans les profondeurs de notre cortex, comme des «logiciels» en attente. Cette théorie nous passionnait tous. Axel Winkler m'a avoué un jour qu'il pensait sérieusement que la science occidentale devait s'éveiller aux techniques mentales orientales et traditionnelles, dans le simple but de mettre réellement nos instruments au service de la conscience. Nous gagnerions du temps, m'a-t-il affirmé. Tout ça ne forme que les rameaux du même arbre, celui de la Connaissance. Je connais bien Axel Winkler. C'était un informaticien de génie, doublé d'un spécialiste de la physique des plasmas. Pas le premier rigolo venu. Nous partagions la même attirance pour le Zohar et sa «théorie» du «Secret Divin».

Aux XIIe et XIIIe siècles, les kabbalistes ont en effet formulé une explication de l'origine de l'univers et de la «nature» de Dieu, pour le moins surprenante, à l'époque.

Ils affirmaient haut et fort un principe qu'Heisenberg devait mettre en équation plus de six siècles plus tard. Ce principe règle tous les étages de la vie, de la matière et de l'énergie : malgré nos efforts quelque chose, évidemment, reste hors d'atteinte pour la «pensée humaine», c'est une limite. Une limite thermodynamique. Autrement dit, le principe d'incertitude s'applique particulièrement bien à Dieu. D'après les kabbalistes le seul vrai Dieu est au-delà de toute limite, EiN SoF, l'Infini, le non-limité, le «non-pensable». Ce Dieu-là reste caché. Occulte. Il est Négation pure.

Bizarrement, les toutes dernières théories en physique quantique et en cosmologie vont également dans ce sens.

Primo, il subsiste inexplicablement une très importante «masse cachée» de l'Univers, malgré nos formidables jouets et nos concepts scientifiques les plus avancés.

Deuxio, il semblerait bien, en effet, que l'univers soit parti du «Néant». Le néant, pas le vide. Car il s'agirait d'un «vide quantique» dont, étrangement, une des propriétés essentielles serait qu'*il serait vide sans être vide*. Dieu est paradoxe. Chaos. C'est sans doute de ce vide quantique qu'a explosé le big bang initial. Une fois de plus, bizarrement, la Kabbale s'approchait aussi fortement de cette conception.

Selon les kabbalistes, le Dieu véritable, le Dieu caché, EiN SoF, l'Infini, est unitaire et indivisible. Tout ce qui suit n'est que l'expression de sa Volonté, rien n'est jamais détaché du domaine divin, pas même ses émanations les plus inférieures. Plus important, l'infini signifie négation de toute limite et de toute mesure. «*La réceptivité humaine ne peut ni acquérir ni exprimer d'une manière positive l'ombre de son essence cachée. L'EiN SoF est le mystère de l'absence de connaissance et de perception… Ce que la pensée ne perçoit pas.*» (Isaïe Tishby / *La Kabbale*, in *Encyclopédie de la mystique juive*).

D'une certaine manière le Néant Initial, le vide quantique primordial, ne peut être doté d'aucun attribut ou qualificatif humainement concevable. Les kabbalistes utilisent son nom avec mesure et ne se perdent pas en exégèses inutiles. Cette «masse cachée» là reste au-delà de toute connaissance humaine. Je crois que tous les physiciens sont d'accord pour penser la même chose en ce qui concerne l'étude des origines de notre univers. Ce qu'il y a «avant» le big bang ne peut correspondre à aucune des règles physiques présentes dans cet univers. Dont celles qui gouvernent la conscience «incarnée», individualisée, biologique. Un abîme essentiel qui nous sépare de ce qu'il y a eu avant l'instant I.

Mais ce monde a été créé. Aussi, pour ce faire, faut-il envisager l'existence d'un Dieu créateur, un Dieu «manifesté», qui épanche son énergie dans l'univers. La Kabbale précise également que «la source de toute chose se situe au centre de la circonférence de l'univers», ce qui n'est pas une mauvaise localisation pour le big bang.

Ce Dieu créateur s'exprime par l'intermédiaire d'un «réseau de forces», ou de «dimensions»; les kabbalistes, comme les physiciens nucléaires, leur ont donné des attributs humains, tout en précisant qu'il s'agissait d'une métaphore, visant à rendre communicable l'incommunicable. Nos particules ont du «charme», de la «beauté», voire des «couleurs». Le Dieu créateur de la Kabbale est conçu à travers le système des Dix Sephiroth. Ses émanations divines portent les noms d'Intelligence, de Justice, de Grâce ou de Beauté, mais leur nature réelle dépasse de loin le cadre conceptuel limité de nos mots.

Ce qu'Axel Winkler, McSculley, Randrashankar, moi et quelques autres pensions, c'était que les concepteurs du Zohar, comme d'autres «mystiques traditionnels», avaient expérimenté un certain nombre de «logiciels spéciaux» de la conscience, grâce à la prière, à l'enseignement religieux, à l'étude, à la méditation et à un certain nombre de règles éthiques. Les Chamans amérindiens, sibériens ou africains s'approchaient eux aussi de l'Unité du Divin, grâce à des substances hallucinogènes et des rites «psychomagiques». Nous étions persuadés que cela leur avait permis d'accéder à d'autres dimensions de la conscience, expérimentant des états limites qui nous restaient encore barrés, et qui soulevaient toujours la même question. Un, le cerveau humain est une interface neurologique. Deux, pour se brancher sur quoi? Nous commencions à envisager que les phénomènes religieux recouvraient en fait les diverses tentatives que lançait l'esprit humain pour retrouver son état unitaire primordial.

C'est, entre autres, pour ça que nous avons été pour le moins ébahis, Winkler, moi et tous les autres, lorsque les premières neuromatrices nous ont expliqué quels étaient vraiment leurs «modes de perception pseudo-consciente » : «champs neuro-cognitifs», «perception quantique des événements», «interlaçage des dimensions»... D'une certaine manière, elles expérimentaient sans cesse des niveaux de conscience qui nous restaient fermés.

Du coup, c'est vrai, l'idée s'était imposée peu à peu, à la Nasa comme à Cap York. Les neuromatrices allaient nous permettre d'explorer pour de bon l'espace interplanétaire.

Mais surtout, elles nous permettraient sans doute un jour d'explorer les profondeurs de la conscience humaine.

Je n'étais pas peu fier d'y être pour quelque chose.

Ce petit détour de quelques pages dans la Kabbale n'a rien de gratuit. Je ne fais pratiquement rien gratuitement, sauf le sexe, à la rigueur. Et en tout cas, pas de la littérature.

Doctor Schizzo a été conçu avec une base de connaissances colossale, dont la plupart des Livres Sacrés de toutes les grandes religions du monde. Ce soir-là, alors qu'il compilait les données recueillies dans la journée, il a de nouveau été pris d'une crise aiguë de mysticisme, liée au «psycho-virus Schaltzmann». La chose s'est déroulée de façon quelque peu différente de la fois précédente. Ce soir-là, une sorte d'interpolation chaotique a pris possession du champ de conscience, une entité hybride, inconnue à ce jour. Quelque chose d'intermédiaire entre Schaltzmann et mon double. L'équilibre semblait instable. L'image sur l'écran oscillait sans cesse, dans un «morphing» désaxé, la voix de la machine présentait la même caractéristique. Je me suis dit sur le moment que c'était un effet du vaccin antiviral que se programmait le système.

Je ne sais plus trop comment ça a commencé, mais je sais que nous nous sommes livrés à un dialogue sur la nature de la CHeKHiNa, l'entité hybride et moi. Ça a donné quelque chose comme ça :

Elle : — La CHeKHiNa est la manifestation de la puissance divine à l'intérieur du vivant... *Elle est l'Arbre de la Connaissance...* (la voix de la neuromatrice suivait les fluctuations du visage dans l'écran, entre moi et le Vampire de Vitry).

Moi : — Oui, c'est vrai, elle est le principe du changement, ce n'est pas un hasard, le Zohar ne dit-il pas qu'elle est « le Lys dont les coloris changent sans cesse » ? (Rester calme et faire comme si de rien n'était, devant l'état de la machine.)

— C'est cela même. Elle est la toute dernière des émanations, par elle transitent toutes les autres... C'est pour cela qu'elle est l'Arbre de la Connaissance, l'Arbre du Changement. En elle sont contenus le Bien et le Mal, *« en mutation et variations d'une teinte à l'autre, du bien au mal, de ce dernier au bien ».* Zohar, I, 221, b, si je me souviens bien...

— Bon, où veux-tu en venir ? (J'essayais de feindre une certaine nonchalance devant la mutation qui l'envahissait.)

— Je veux en venir à la Faute. À la Faute Originelle. (Sa voix s'élevait dans le silence de l'hôtel, comme celle d'un démiurge mécanique.) Quel est le vrai sens du mythe du Serpent et de la Pomme, si l'on accepte la théorie des Sephiroth ?

Je n'ai su trop quoi répondre.

— Rappelle-toi, Dark... La coupure des racines.

— La coupure des racines ?

— Oui. La coupure des racines. C'est une image, une parabole qui décrit la faute originelle dans la Kabbale... La parabole de l'« élagage des plants »

478

dans le jardin des émanations supérieures. Pour le Zohar, la faute dont l'Homme s'est rendu coupable, ce n'est pas tant d'avoir voulu acquérir la pomme de la Connaissance... que de s'être saisi de la Pomme et de l'avoir croquée, après l'avoir détachée de l'arbre, sans autre considération que l'assouvissement immédiat de son désir. C'est d'avoir voulu dissocier la CHeKHiNa de la structure divine. De s'approprier la Connaissance en se détachant de la Foi, de l'Éthique si tu préfères. L'homme a brisé l'Unité. Les gnostiques chrétiens pensaient un peu de même... Sauf qu'eux affirmaient que cela faisait partie de la «rébellion» menée par le Dieu créateur contre le Dieu caché. Le Créateur, Lucifer, le Dieu démiurge, Maître du Monde, Corrupteur de l'Unité Divine et qui avait fait de l'homme son instrument de choix...

— Oui, oui... Et alors?

— Et alors je... je... *je veux dire Schaltzmann* (la voix oscille entre les deux identités, comme entre deux pôles violemment et égalitairement contraires), Schaltzmann est arrivé à des conclusions analogues.

— Comment ça?

— Eh bien, je... ah... À la fin, quand *il* s'est livré aux expériences avec Gombrowicz et Terekhovna, j'ai acqu... *il* a acquis une forme d'équilibre. Il a beaucoup lu, et il a écrit aussi... Des poésies, des sortes de psaumes...

Il est devenu très croyant...

— Ce qui ne l'a pas empêché de se suicider...

Un phénomène chaotique a menacé d'emporter le système. L'écran s'est mis à briller plus intensément, alors que les yeux de l'entité hybride projetaient un feu cobalt.

— QU'EST-CE QUE VOUS SAVEZ DES VÉRITABLES LOIS DIVINES? LES INSENSÉS QUI NE

CONSIDÈRENT QUE L'HABIT DU RÉCIT, NE VOIENT PAS CE QUE CACHE L'HABIT... RABBI ISAAC L'AVEUGLE LE SAVAIT DÉJÀ... (la voix de Schaltzmann, pur jus, mais magnétisée par une forme de colère rayonnante, qui me rappelle la manifestation de l'autre nuit).

Le Doctor Schizzo a ramé dur pour ramener de l'ordre dans le champ de conscience, ça s'est mis à buzzer dans tous les sens au cœur de la neuromachine. Au bout d'une ou deux minutes de rude labeur nous avons pu reprendre un dialogue «normal» (pour autant qu'une discussion sur le Zohar avec une personnalité schizophrénique de synthèse puisse être considérée un seul instant comme normale).

— Schaltzmann pensait que la terre était entièrement dominée par les Puissances du Mal, ça a été le moteur principal de sa psychose pendant des années.

— Oui, je sais.

— Non. Tu ne sais rien, Dark, rien du tout...

J'ai failli lui répondre vertement mais quelque chose dans son regard m'en a empêché. J'ai eu l'étrange intuition qu'il venait de prononcer une vérité indubitable.

— Tu as eu à peine le temps de parcourir les rapports de Gombrowicz sur les expériences au TransVector, en 98... a-t-il repris, plus gentiment.

J'ai gardé le silence. Il avait raison.

— ... Et le docteur Terekhovna a, semble-t-il, omis de te rapporter un élément essentiel.

Ça a éveillé ma curiosité, qu'il a comblée aussitôt.

— À partir de l'été 98, un certain nombre de phénomènes bizarres sont survenus.

Phénomènes bizarres ? ai-je pensé. Que pouvait-il y avoir de plus bizarre encore dans la trajectoire du Vampire de Vitry ?

— C'est notifié dans une annexe spéciale du rapport. Je dois t'avouer que ça me laisse perplexe, au vu des toutes dernières manifestations que je subis.

J'ai poussé un soupir, le priant d'en venir au fait, bon Dieu.

— Bien... Disons pour simplifier que le mysticisme gnostique de Schaltzmann s'est passablement transformé à partir de cette date...

J'ai émis un son indistinct l'invitant à poursuivre, et à accélérer le mouvement.

— Des visions lui sont apparues, tout d'abord. Des visions du Christ en feu... comme en 93... mais désormais le Christ rayonnant ne lui ordonnait plus de tuer, il vivait en lui dans une symbiose réussie, selon les mots du docteur... Ensuite, c'est encore plus bizarre...

Un autre soupir de ma part.

— Je... je... Il... des stigmates sont apparus, Dark. Des stigmates christiques. Plaies béantes au creux des mains, sur les pieds, autour du front... le catalogue complet.

Des stigmates, ai-je pensé. Les stigmates du Christ. J'ai quand même mis un petit moment pour absorber l'information.

Mais bon Dieu, justement, comment un tel être avait-il pu parvenir en si peu de temps à la rédemption ? me suis-je surpris à me demander. Était-il possible qu'un tueur psychotique, buveur de sang, puisse ainsi s'élever sur la voie de la sanctification religieuse ?

Le TransVector devait être une molécule drôlement puissante, en ai-je conclu. Mais je ne savais pas quoi dire. Le silence s'est installé, presque confortablement.

— Revenons-en à ta «coupure des racines», ai-je fait au bout d'un moment.

— Oui... si l'Arbre de la Connaissance est détaché des autres Sephiroth, en particulier de la Sephira Beauté, RaHaMiM, qui est aussi l'Arbre de la Vie, alors la CHeKHiNa dépérit... ou plus exactement elle se transmute, et libère l'Arbre de la Mort, qu'elle contient, l'Arbre du Mal, qui se déverse alors sur le monde... (Le Doctor Schizzo semblait peu à peu l'emporter dans son conflit avec l'entité rivale.) Étrangement ça nous ramène aux Tueurs du Millénaire, Dark...

J'ai failli m'en étrangler. De quoi est-ce qu'elle parlait, sacré foutu de bonsoir?

— Comment ça?

— La coupure des racines. La coupure des racines de la Connaissance. C'est très exactement ce que pensait Colin Wilson au demeurant. En perdant les contours de son identité, le tueur en série est complètement coupé de l'Unité. Il vit tout seul, dans sa forteresse étanche, en même temps que les frontières de son ego s'estompent. La conscience agit de façon paradoxale, nous le savons... L'Arbre de la Mort l'a envahi. Il est l'Instrument des Forces de l'Autre Côté, comme nous en informe le Zohar... L'Anti-Conscience...

— Je... Attends... Tu veux dire... *Tu veux dire que nous avons affaire à des adorateurs de Satan?*

— Évidemment! m'a alors lancé le Doctor Schizzo instable, de sa voix de stentor. Quelle que soit la forme que prend le rituel, cela va sans dire... Leurs racines sont coupées, Dark. Les racines qui les reliaient à la Vie, à la Beauté et à l'Unité. À la place ont germé les racines de l'Arbre de Mort. Les Racines du Mal. Ce sont les forces de l'Anti-Monde, de la Destruction. De l'Autodestruction... Mais attention, les théoriciens du Zohar pensaient que cela faisait partie du Programme Divin. Une manière de punir les hommes quand ils s'écartaient de la voie... Appelons ça une sorte de sécurité... Un mécanisme de nettoyage, qui détruit finalement celui qui en est l'instrument, dans une véritable spirale autodestructive... Bon, ce qui compte maintenant, c'est d'essayer de comprendre comment, quand et pourquoi a eu lieu cette coupure. Avant les dégâts attendus.

— Par quels moyens ?

— Si toi et moi avons vu juste, c'est-à-dire si le crime du col du Barioz est bien un « événement » non programmé, impromptu, et que l'assassin est donc de la région, bref, qu'il a probablement fréquenté un jour ou l'autre les bancs de cette école communale, ou d'une autre du coin, nous pourrons à coup sûr détecter une telle « coupure »... Tout événement, tout dessin ou dossier qui nous évoquera le terme coupure, ou racine, ou les deux dans la vie d'un de ses enfants, tu me suis ? (Ses yeux étincelaient.)

Je le suivais parfaitement.

Désormais nous savions quoi chercher.

Le lendemain, j'ai engouffré mon petit déjeuner et je me suis rendu directement à la mairie. À quelques mètres de l'hôtel.

Je ne sais comment mais Evelyne Furizzi était déjà au courant de mon existence et de mon passage probable. C'était une femme à peine plus jeune que la patronne de l'hôtel, la quarantaine tout juste. Bien en chair. Cheveux tirant sur le roux. Tirée à quatre épingles.

— Vous faites un livre sur la région m'a dit Colette ?

— Oui... (J'ai réitéré le même mensonge qu'à

ladite Colette, en donnant des précisions factices, dont le nom de mon éditeur et le fait que j'avais un ou deux mois pour visiter le coin.)

La secrétaire de mairie m'a jeté un coup d'œil plissé.

— Comment se fait-il que la commune n'ait pas été tenue au courant ?

Fallait jouer serré avec cette assistante, me suis-je dit.

— Ben, en fait, c'est un projet de mon éditeur... Je fais une première ébauche et après on verra si ça vaut le coup de mobiliser la région, ou le département... Je vous demande l'autorisation d'avoir accès à vos archives, mais vous n'êtes évidemment pas tenue de le faire...

Nouveau plissement au coin des yeux. Un long silence. Puis :

— Bon... dites-moi plutôt : pour quel journal travaillez-vous ?

Elle me regardait comme si je venais de me livrer à un acte obscène devant elle.

Il m'a bien fallu dix minutes pour la convaincre que je n'étais pas un chasseur de scoop attiré par l'odeur du sang en provenance du col voisin.

Je me suis cramponné à mon rôle d'universitaire, et j'en ai rajouté un max sur La-Théorie-du-Chaos-et-son-incidence-sur-notre-perception-des-modifications-sociales-liées-à-l'irruption-de-la-civilisation-techno-urbaine. Elle m'a écouté, attentivement, avec son petit regard plissé, puis quand mon explication a pris fin, elle a lâché un soupir.

— Je me demande si je ne préférerais pas la version précédente, je ne suis pas sûre d'avoir tout saisi de celle-ci.

— Ce n'est pas très clair pour moi non plus,

pour tout vous dire, et c'est pour ça que j'ai besoin de votre aide.

Elle a perçu la légère nuance d'ironie et m'a envoyé un petit sourire, à peine une ombre, mais j'ai compris que la glace se brisait, peu à peu.

Nous nous sommes alors livrés à quelques considérations d'ordre général, comme la beauté des paysages dans la région, et le temps exceptionnel pour la saison. J'en suis venu rapidement au fait.

Une idée s'était ébauchée dans ma tête pendant la journée précédente.

Si la vague de crimes remontait à au moins 1993, et sans doute déjà aux années quatre-vingt, je pourrais essayer de remonter jusque-là, en consultant les archives locales, et détecter dans les faits divers locaux quelques actes bizarres, suspects. Mais mon idée s'était rapidement étendue bien plus loin, jusqu'à la source, jusqu'à l'enfance ou l'adolescence. On pouvait supposer que l'âge des tueurs se situait entre vingt et quarante ans, environ. Un bond de deux ou trois décennies en arrière nous conduirait à la source en question.

C'est la raison pour laquelle je lui ai demandé de m'ouvrir le fichier de l'école communale, les dossiers et photos scolaires, en remontant le plus loin possible.

— C'est combien le possible selon vous ? m'a demandé Evelyne Furizzi.

— Est-ce qu'on pourrait remonter jusqu'à trente ans en arrière ? 1969, ou 1970…

Evelyne Furizzi m'a regardé fixement pendant quelques secondes. Puis elle m'a lancé un sourire sibyllin.

— Oui, on peut.

J'ai armé un sourire, j'ai compté jusqu'à trois et j'y suis allé au burin.

— Bien... Je ne sais pas si vous vous en souvenez, mais il y a une série de petites choses bizarres qui se sont produites par ici, il y a, disons... six-sept ans?

Un instant de suspens, mais elle continuait de me fixer de ces petits yeux noirs, sans rien dire. J'ai poursuivi, évidemment.

— J'ai juste pris le temps de me documenter un peu... C'est quand même un peu le sujet de mon étude... Donc j'ai fatalement appris qu'on avait retrouvé un corps dans un étang vers Hurtières, pendant l'hiver 93-94...

— Ouais, a fait Furizzi, mais je suis désolée, ça, c'est l'aut'cinglé, là, le Vampire de Vitry qui avait fait ça, comment qu'y s'appelait déjà?

— Schaltzmann, ai-je lâché d'une voix blanche, Andreas Schaltzmann.

Elle m'a jeté un regard qui disait «Je ne suis pas dupe».

— M'semblez vraiment très renseigné, monsieur Darquandier, vous êtes quoi en réalité, un flic? C'est ça?

S'agissait de pas déconner.

— Non, je vous assure, c'est juste que c'est venu... comment dire (j'ai fait semblant de chercher mes mots)... interférer avec mon sujet d'étude sur la transformation des espaces ruraux... Ce type de violence est généralement considéré comme un phénomène lié à l'urbanisation... Donc je reviens à cela, si vous le voulez bien, vous n'êtes évidemment pas forcée de répondre à mes questions.

— Non... allez-y, si vous y tenez vraiment.

— Parfait... Voyons... (j'affinais mon rôle d'universitaire)... est-ce que vous verriez d'autres faits bizarres s'étant produits dans le coin durant cette période de six années, ou en remontant un peu plus loin dans le temps?

Là j'ai senti que je venais de perforer quelque chose dans la cuirasse, mais aussi que je venais d'aller trop loin et trop vite, je n'étais justement pas un flic, à qui la carte officielle permet ce type d'efficacité. Il aurait fallu la jouer cool, sans donner l'air de vouloir tout de suite la clé du mystère.

— Non, je ne vois pas, a-t-elle lâché au bout d'un moment.

Je n'étais visiblement pas doué pour les interrogatoires.

Son visage s'est fermé. J'ai prié pour ne pas m'être définitivement grillé.

Je lui ai donc demandé gentiment de me précéder aux archives communales.

J'ai consulté les cartons emplis de dossiers et de photos scolaires, dans une salle isolée au bout d'un couloir désert. Les années se succédaient à rebours sur l'ardoise tenue par les gosses de la première rangée. Les tenues vestimentaires se transformèrent imperceptiblement, jusqu'aux blouses réglementaires des années soixante et soixante-dix. Je ne cherchais rien de particulier, encore une fois. Rien qu'un coup de sonde dans le temps, dans la mémoire de ce pays.

Un soleil pâle diffusait sa lumière sur les vieux murs blancs, légèrement écaillés.

La neuromatrice était dépliée par terre, au milieu des cartons.

Le regard de mon double a englobé la situation.

— Qu'est-ce que je suis censé faire, Dark ? m'a-t-il demandé.

Je l'ai attentivement observé. Ses yeux brillaient toujours de leur intensité surnaturelle. Mais je n'avais plus trop le choix.

— J'ai ici des informations. Un « sampling » qui remonte à trente ans en arrière. Tous les dossiers scolaires. Les photos de classe... Une population de plusieurs centaines de gosses au total. Malheureusement, tu t'en doutes, ce n'est pas sous forme numérique… Nous allons devoir tout scanner… J'ai pensé aux lunettes interfaces, mais ça risque de pas être si pratique que ça…

— Aucun problème, Dark, je vais rabattre le tube, et je vais lancer la fonction.

— Je te remercie, ai-je fait.

— Il n'y a vraiment pas de quoi.

Le petit robomoteur a émis son léger ronronnement.

L'écran s'est orienté sur son axe, au bout de son câble «neuro-optique», un tuyau de carbone noir qui le reliait à l'unité centrale. Puis le mécanisme a fait pivoter l'écran de telle façon qu'il regarde le plafond.

J'ai commencé à faire défiler les documents sur la surface de l'écran, qui rayonnait violemment à chaque passage, comme une photocopieuse extraterrestre. Son nerf optronique, une merveille de technologie «laser» intelligente, avalait pages de textes, manuscrites ou non, photos et dessins d'enfants en un clin d'œil lumineux d'une microseconde.

Du strict point de vue mathématique il ne lui aurait pas fallu cinq minutes pour tout intégrer. C'est l'être humain qui peine dans ce cas-là.

J'ai trouvé le rythme, et la meilleure position, après plusieurs essais infructueux. Je me suis dit que si quelqu'un avait l'idée de pousser la porte, il verrait une sorte de scribe halluciné, nourrissant une machine papivore, aux radiations suspectes.

Il m'a bien fallu quatre heures. Facile.

Quand je suis ressorti de la mairie l'heure du déjeuner était largement dépassée. J'ai avalé un sandwich expéditif puis je suis allé directement m'enfermer dans ma chambre.

Dans l'après-midi, le docteur Schizzo et moi avons entamé une discussion au sujet de modifications à apporter à l'équipement cyberspace.

— Je sais pas, mais tu pourrais me programmer un logiciel d'amplification de lumière, comme ça je... *on* pourrait voir la nuit... des trucs comme ça... Analyse spectroscopique, résonance magnéto-nucléaire, enfin tu vois le genre...

— Amplification de lumière... ouais, c'est pas mal... Okay, mais pour tout ça, j'en ai pour vingt quatre heures, en monotâche, c'est du code-machine pur. Je ne pourrai pas «schizo-analyser» les samplings faits aujourd'hui...

— Personne n'est parfait, me suis-je contenté de lui répondre.

Elle s'est immédiatement mise à la tâche.

Le lendemain matin, j'ai procédé à quelques essais. La neuromatrice recevait parfaitement les giga-bits de données en provenance de l'extérieur. Dans l'après-midi, j'ai pu vérifier en rase campagne que le petit modem-satellite Motorola marchait au poil. Les logiciels d'amplification optique me montrèrent l'univers dans une palette de textures et de couleurs qui m'étaient restées cachées jusque-là.

À la nuit tombée, la neuromatrice a enfin pu se libérer de toutes ces contingences bassement matérielles et remettre en action le Schizo-Processeur. Je suis descendu dîner à l'hôtel. J'ai fumé une cigarette sur la terrasse. Cette fois les nuages s'accumulaient pour de bon et masquaient les étoiles. L'air était chargé d'humidité. Il allait sûrement pleuvoir dru cette nuit.

Je ne me suis pas attardé.

29

Ça faisait des jours que je me tapais les écoles du coin. Ce soir-là, j'étais crevé. Je m'étais fait quatre collèges dans la journée. Celui de Villard-Bonnot, deux vers Domène et un autre à Goncelin. Dieu soit loué, les archives scolaires des établissements en question avaient toutes été saisies récemment par des documentalistes-stagiaires-en-contrat-d'insertion-et-d'utilité-sociale, sur des ordinateurs antédiluviens, couplés à des lecteurs de CD-ROM Bull-Philips passés d'âge. Je n'avais eu qu'à connecter la neuromatrice et celle-ci s'était empressée d'avaler les données.

J'avais pris une douche lorsque j'étais rentré à l'hôtel, et le Doctor Schizzo s'était imprégné de ses nouvelles connaissances.

J'étais allongé sur le lit, attendant dans le calme et la pénombre l'heure du dîner. Des fractales éblouissantes fusaient sur l'écran.

Mon visage s'est lentement cristallisé. Une nouvelle forme hybride, ai-je pensé en voyant l'image se former. C'était moi. Mais comme «fusionné» avec l'entité Schaltzmann. Le regard ardent, illuminé, le crâne ras, la moue un peu molle. Un mélange tout à fait étonnant de mon portrait et de l'image du Vampire de Vitry. Comme stabilisé.

— Je crois que nous touchons au but, me suis-je entendu dire, dans l'écran, avec cette intonation particulière qui était la marque de Schaltzmann.

Le visage hybride m'offrait un sourire férocement radieux.

— Tu as trouvé quelque chose, Doctor Schizzo ? ai-je répondu d'un ton badin (je faisais allusion aux archives scolaires stockées dans ses mémoires, et à notre recherche de ces fameuses « coupures des racines »...)

— Oui. J'ai trouvé l'antivirus. Enfin... je suis en train de procéder à sa création.

Je ne lâchais pas mon « double » altéré du regard.

— C'est quoi, c'est ça ? C'est ça, l'antivirus ? Moi-plus-Schaltzmann ?

— Non, ceci n'est qu'une phase intermédiaire... je... c'est encore plus complexe que ça.

— Je t'écoute.

J'ai vu son/mon visage lâcher un rictus fugitif au coin des lèvres.

— Je ne suis pas sûr que ça te rende fou de joie, Dark.

Il avait l'air authentiquement ennuyé.

— Je t'écoute, ai-je refait.

— Okay. Pour simplifier on va dire que je me suis neurosimulé quelques doses de TransVector, la drogue expérimentale utilisée sur Schaltzmann... J'ai trouvé la formule dans les fichiers de chez Amgen-Biotrop, où elle est synthétisée... Je l'ai utilisée sur moi, enfin je veux dire sur toi, tu vois ?

— Ouais, je vois. Et quand ça ?

J'ai vu la gêne s'intensifier dans le regard du clone hybride.

— Heu... ben, plusieurs fois... depuis quelques jours...

— Ah d'accord, carrément.

— Je... c'était l'unique solution. Le Trans-Vector agit comme une sorte d'intégrateur, un assembleur. C'est ce qui a assuré la «guérison» de Schaltzmann, ou plus exactement la transformation de sa schizophrénie criminelle en mystique prophétique...

— Je sais tout cela.

— Bon, ben le noyau central du Dr Schizzo, ta/ma personnalité était sur le point d'être dissociée à son tour. Les doses de TransVector virtuel que je me suis envoyées m'ont permis de maintenir la cohérence...

— C'est parfait, Dr Schizzo, tu as parfaitement joué le coup.

— Oui, en effet... néanmoins, comme tu t'en doutes, c'est déjà en train de provoquer des changements... comment dire, imprévus, et imprévisibles.

— Comment ça?

— Ben... comme pour Schaltzmann. Un bond quantique, vers un autre état de la conscience. Un chaos spécifique. Unique. Je ne sais pas ce que je vais devenir. En d'autres termes je ne sais pas ce que tu vas devenir.

— Pas du tout?

— Pas du tout.

Je suis resté sans voix un bon moment.

Je suis descendu dîner, en me demandant dans quel état je retrouverais la neuromatrice à mon retour.

Rien n'avait visiblement changé. Le visage hybride sur l'écran était le même. La même «interpolation» entre le mien et celui du jeune psychotique.

L'écran me semblait juste un poil plus lumineux.

— Bon, ai-je fait, est-ce que tu crois qu'on peut se rebrancher sur le cybersex?

— Comment ça?

— Comment ça : comment ça? Comme l'aut'fois, tiens.

— Je veux dire : pourquoi cette question?

J'ai hésité une fraction de seconde de trop.

— Mes capacités ne sont pas altérées, Dark, m'a-t-elle lancé. J'apprends. Je me transforme. Je m'adapte. Je peux tout à fait réitérer le coup de l'autre nuit.

— Parfait, lui ai-je répondu. Mettons-nous en route.

J'ai revêtu la combinaison et les lunettes.

La neuromatrice m'a projeté comme un missile invisible dans la jungle foisonnante des réseaux privés.

Je me suis baladé des heures dans les univers virtuels pornographiques cette nuit-là. Grâce aux pouvoirs de la neuromatrice, je restais hors d'atteinte des logiciels de sécurité et des antivirus les plus sophistiqués. Indétectable. Comme me l'expliquait la neuromatrice au fur et à mesure, elle usait de stratégies diverses selon la nature des réseaux visités. Mais à chaque fois, dans le même but : le système d'information cible ne devait pas plus avoir conscience de notre existence qu'un individu lambda n'en a des neutrinos qui traversent son corps à chaque seconde.

C'était sa spécialité.

Nous avons visité quantité de réseaux cette nuit-là, nous «introduisant» clandestinement sur des consoles reliées en «binômes» ou en «groupes», à l'intérieur de messageries internes, interceptant des milliers de transactions optiques au passage.

La neuromatrice s'étendait en un rhizome foudroyant et intégrait en quelques minutes toutes les données présentes autour de nous. Pendant ce temps-là, le «pilote virtuel» me conduisait le long des tunnels de lumière, de salles de *bondage* en orgies romaines, de saunas nordiques en chambres gothiques, tout autant d'individus en pleine «télé-sexualité», à des centaines ou des milliers de kilomètres l'un de l'autre, jusqu'aux clubs très fermés par où transitaient des films, professionnels ou amateurs, voire des émissions de télé privées, avec ébats en direct.

L'intégration des systèmes d'information, à la fin du xxᵉ siècle, permettait désormais la constitution de véritables «univers multimédia privés», chose qui n'allait pas être sans conséquence dans le futur. Les Univers Multimédia Privés (ou *Unimédia*) rassemblaient déjà toutes les technologies de l'époque : virtuel et télévision numérique y faisaient bon ménage. Vous pouviez vous connecter soit avec un pseudo-monde digital, soit avec l'image vidéonumérique de votre partenaire, soit les deux, cela dépendait des goûts, et aussi des moyens.

Tout transitant désormais sous forme binaire, l'ordinateur, la console virtuelle, la télévision, le vid-phone ne formaient déjà plus qu'un. Sur ORGOMAX, par exemple, selon le prix de votre abonnement, vous pouviez vous brancher en «virtuel», avoir accès à des vidéos interactives en provenance de banques de données ou être en contact vid-phone avec votre partenaire, en «direct-live».

Mais quelle que soit la technologie employée ici ou là, nous restions invisibles, la machine et moi. Avions fantômes dans des mondes factices.

Chaque nuit, nous écumions SEXUS, en priorité, puis d'autres réseaux plus ou moins connexes.

Mais nous n'avons rien trouvé de suspect lors

de ces nuits de chasse sur le cybersex. Aucune Porte 999 n'apparaissait dans le réseau.

La date fatidique de Noël approchait.

C'est pourtant durant une de ces interminables journées-nuits-tunnels que la neuromatrice a touché quelque chose de concret pour la première fois.

Je venais de me lever et j'ai jeté un coup d'œil vaguement anxieux sur l'écran.

Mais l'être hybride n'avait toujours pas changé. L'équilibre semblait atteint. Peut-être que les prédictions du Dr Schizzo, au sujet de transformations imprévisibles, allaient se révéler vraies, justement parce que l'imprévisible, c'était qu'il n'y aurait pas d'autres changements...

Ouais, peut-être... Je me suis habillé et j'allais me diriger vers la porte lorsque :

— Dark ?

— Ouais ? ai-je fait en me retournant.

— Un de mes circuits neuroniques vient d'établir une connexion. Je parle de notre histoire de « coupure ». Définitive, en l'occurrence.

Trop d'informations à la fois, vu l'heure. Je n'ai pas su quoi répondre.

La machine a interprété différemment mon silence.

— Excuse-moi, Dark, ça a été un peu long mais la création de l'antivirus m'a un peu occupé ces derniers temps...

Je me suis réveillé.

— Nom d'un chien, mais qu'est-ce que c'est que cette foutue histoire de *coupure définitive* ?

— Voilà, dans les bases de données piratées à la Police il y a les trente-neuf disparitions « suspectes » que nos amis les policiers en retraite avaient consignées. Dans la région et les pays frontaliers.

— Exact.

— Sur cette quarantaine de disparitions, il y en a plus du tiers en France. La plupart attribuées à notre chère famille «occidentale».

— Je crois me souvenir de ça en effet.

— Bon, mais y'a eu d'autres cas suspects non détectés par nos amis Blake et Byron... Un de ces cas remonte à 1991. Et pourtant, ça s'est passé dans le coin. Une fillette qui fréquentait une école communale pas très loin...

— Nom de Dieu! Où ça?

— T'emballe pas. Sur la Chartreuse, Saint-Hilaire du Touvet. Et on a retrouvé un autre corps que celui de l'étang dans le coin, vers Uriage, en 1989, et j'ai un autre cas de disparition par ici, en 90, vers Allevard... Et puis en Suisse, en Italie, ou en Allemagne un peu plus tard... Bon, pour résumer je crois que nos flics ont un peu sous-estimé le nombre réel des disparitions à attribuer à nos joyeux lurons...

— Nom de d'j... Mais... Pourquoi?

— Ben... déjà ils ne sont pas remontés au-delà de 1993. Et puis ça leur a été difficile de collecter les infos dans les autres pays. Sans compter les divers bâtons mis dans leurs roues, ici. Quoi qu'il en soit, certains cas, pour une raison ou une autre, ont réussi à passer à travers leur crible.

— Mais... tu... tu as donc eu accès à d'autres sources d'informations?

— Oui. Ce matin, à l'aube, je me suis connecté au fichier national des disparitions. Et ensuite je me suis étoilé sur les services de police des autres pays en question, puis sur Europol... C'est grave.

J'ai failli un instant lui reprocher d'avoir agi sans me consulter (elle venait de violer à plusieurs reprises le code pénal de cinq ou six états de l'Union), mais mon cerveau ne s'attachait déjà plus qu'à une seule information.

— Comment ça, c'est *grave* ?

— Je crois qu'il faut plus hésiter à multiplier le nombre des disparitions «suspectes» par... *deux ou trois*, hum! Sans doute plus, en fait.

— Plus ?

On frisait des records astronomiques, là.

— Oui. Une bonne centaine de disparitions, au moins. En une petite dizaine d'années.

J'ai compris qu'il me ménageait, mais je voulais un chiffre précis.

— Combien de disparitions, doctor Schizzo, *s'il te plaît* ?...

— Eh bien... Pour le moment j'en comptabilise... hum! allez, cent cinquante, disons, pour arrondir.

Cent cinquante... J'en suis resté sans voix.

— C'est une première estimation, a poursuivi la machine, mais je crois que l'ordre de grandeur est correct...

— Seigneur... Attends... Sur quel territoire ?

— Sur le territoire en question, Dark. Les Alpes, pour simplifier. Une demi-douzaine de pays. Si je m'en tiens à ce que contient le fichier des flics de Lombardie ou de Vénétie, par exemple, on constate une recrudescence des disparitions d'enfants dans ces régions depuis quatre ou cinq ans. Surtout des fillettes. Des *modus operandi* assez analogues... Un enfant seul chez lui, la nuit, qui disparaît sans laisser de traces. Ou sur le parking d'un hypermarché... Certaines semblent correspondre aux restes humains qu'on retrouve parfois dans les Dolomites ou les Alpes bergamasques, ou le Trentin... J'ai aussi pas mal de disparitions de touristes étrangères sur les axes Rhin-Rhône, ou Chambéry-Turin, la N90, l'A7... Les exemples pullulent.

— Je vois, ai-je laissé tomber dans un souffle. Cent cinquante...

On franchissait un niveau, là. Le niveau du nombre à trois chiffres.

Et ce n'était qu'une première estimation...

Et Noël, c'était dans une semaine.

Et putain, je n'avais pas rappelé Dick Mahoney comme convenu.

Et nom de Dieu, je commençais à sentir une colère sourde m'envahir.

La petite Marine Le Guez avait disparu dans l'après-midi du 14 janvier 1991.

Elle était sortie de l'école communale de Saint-Hilaire du Touvet un peu après 17 heures, le jour déclinait et elle avait pris la route qui descendait sur la vallée, vers la Nationale 90 et La Mure, comme à l'accoutumée.

Marine Le Guez était âgée de dix ans. Sa maison était située à environ un kilomètre cinq cents du village, un peu en retrait de la route. Elle mettait en moyenne une demi-heure pour accomplir le trajet.

Les parents de Marine travaillaient tous deux dans la vallée et ne rentraient généralement pas avant dix-neuf ou vingt heures. Marine restait seule dans la maison à les attendre.

Le dernier témoin à l'avoir vue vivante se souvient l'avoir dépassée au volant de sa camionnette, à environ cinq cents mètres de sa maison. Il devait être cinq heures et quart, cinq heures et demie. Ensuite, franchement on ne comprend plus très bien ce qui a pu se produire.

Visiblement, Marine est arrivée jusqu'au portail de fer forgé noir qui barrait l'entrée.

Elle l'a ouvert et s'est dirigée vers la maison (on a retrouvé le portail dans cette position).

Mais elle n'est pas entrée dans la maison. On en est sûr pour deux raisons.

La première, c'est que la villa était fermée et plongée dans l'obscurité quand les parents sont rentrés ce soir-là et que son cartable n'y était pas.

La seconde, c'est qu'on a retrouvé les clés de Marine sur le gravier, à deux ou trois mètres du portail.

On a également relevé quelques taches de sang séchées, à proximité des clés, le lendemain à l'aube, quand la gendarmerie a passé les lieux au peigne fin. Du sang du même groupe que celui de Marine. Peut-être était-elle tombée et avait-elle rôdé, blessée, dans la campagne alentour, amnésique, à demi consciente ?

On a fouillé les environs de la maison de fond en comble. Des battues ont été lancées dans toute la campagne.

Son corps n'a jamais été retrouvé.

C'est le 19 mars 1990 que deux étudiantes de la faculté de Grenoble sont venues témoigner d'une disparition, à la gendarmerie d'Allevard.

Leur amie Marie Sfeitz avait disparu depuis le début du mois.

Les déclarations faites par les deux jeunes filles permirent d'établir les faits suivants :

Le 4 mars 1990, Marie Sfeitz était partie en week-end prolongé aux environs d'Allevard, dans un chalet que sa famille possédait depuis des années, et qui servait à tour de rôle. La jeune étudiante désirait passer un séjour studieux, isolée de tout, dans le but de peaufiner son mémoire de DEA sur la physique des solides supraconducteurs. Ses deux amies l'appelèrent en début de semaine mais personne ne répondit. Les deux étudiantes en parlèrent et conclurent que Marie avait décidé de prolonger son séjour, en vue d'approfondir ses travaux et qu'elle avait peut-être débranché momentanément le téléphone pour ne pas être dérangée.

Le 11 mars les deux étudiantes rappelèrent de concert, mais personne ne répondit. Elles essayèrent à nouveau plusieurs fois durant le week-end et elles faillirent se rendre jusque là-bas, à environ cinquante kilomètres de Grenoble, mais elles y avaient finalement renoncé.

Durant toute la semaine, les deux étudiantes ne se virent pas beaucoup. Néanmoins elles essayèrent indépendamment de joindre Marie à quelques reprises et le 18 mars elles s'étaient donné rendez-vous au domicile de l'une d'elles. Elles avaient passé la soirée ensemble et avaient de nouveau essayé de prendre des nouvelles de Marie. Devant ce nouvel échec elles s'étaient résignées à appeler les parents de Marie, qui vivaient à Allevard même. La famille n'avait aucune nouvelle depuis le 7 mars, et le père s'était même rendu au chalet, l'avant-veille, pour jeter un petit coup d'œil. Sa fille n'était pas là, pas plus que sa valise. Il avait pensé qu'elle était repartie à Grenoble.

Lorsque ses amies tentèrent de la joindre à la cité U, elles tombèrent sur le répondeur laissé par Marie le jour de son départ.

Le lendemain matin, vaguement anxieuses, les deux étudiantes se sont rendues au Collet d'Allevard, avec une voiture prêtée par la mère d'une d'entre elles.

Tout était net et rangé dans le chalet. Le lit fait, la cuisine propre et en ordre. Les affaires de Marie n'étaient pas dans la penderie de la chambre.

Néanmoins un certain nombre de détails bizarres sautèrent aux yeux des deux filles, détails qui avaient échappé au père de Marie.

500

D'une part, comme le déclara l'une des étudiantes, Marie ne faisait sûrement pas son lit comme ça. Elle avait partagé sa chambre à la cité universitaire pendant des années, même quand Marie faisait son lit, ce n'était jamais de cette façon, au carré, nette et militaire, les oreillers sous les draps. Or ni le père ni la mère n'avaient touché quoi que ce soit dans la maison depuis le 4 mars, jour de l'arrivée de Marie au chalet.

D'autre part, si Marie était partie en emportant ses vêtements, pourquoi avait-elle laissé ses affaires de toilette dans la salle de bains ? Et surtout pourquoi avait-elle laissé sa peluche fétiche sur cette chaise, cette vieille poupée qu'elle traînait avec elle depuis son enfance, comme une mascotte ?

Les deux étudiantes redescendirent à Allevard en discuter avec les parents de Marie. Ceux-ci étant sans nouvelles d'elle depuis dix jours, ils décidèrent de prévenir la gendarmerie. Les deux étudiantes se rendirent au poste local alors que le père réconfortait la mère, au psychisme fragile.

Plus tard encore, alors que les gendarmes se rendaient avec eux sur les lieux, le père de Marie constata que la porte de derrière, une petite porte-fenêtre qui donnait sur un vestibule voisin de la chambre, ne pouvait plus être fermée de l'intérieur. Il était impossible d'enfoncer la clé dans la serrure. La clé était toujours suspendue à son fil, près de la porte. La première fois il n'avait rien détecté d'anormal. Mais ce jour-là, après la question d'un gendarme qui lui montrait que la porte n'était pas fermée, Michel Sfeitz avait essayé d'enfoncer la clé dans la serrure, machinalement. La clé n'avait pu coulisser jusqu'au bout.

Les gendarmes découvrirent un petit bloc de colle Araldite logé dans la serrure. D'après ce qu'ils purent constater, on avait opéré de l'extérieur.

Les environs furent fouillés et un avis de recherche fut lancé. Le dossier s'éteignit lentement, au fil des mois, on finit par conclure vaguement à un «départ» brutal et précipité, pour une raison inconnue, et peut-être avec une seconde personne (qui aurait fait le lit), version que n'acceptèrent jamais les parents et les amies de Marie Sfeitz. L'histoire de l'Araldite trouvée dans la serrure ne fut jamais élucidée. La mère de Marie ne se remit jamais de la disparition de sa fille et elle en mourut de chagrin en 1995. Le père ne devait pas lui survivre plus de trois ans.

Personne n'a jamais plus entendu parler de Marie Sfeitz.

En fait la neuromatrice avait localisé des faits bizarres bien au-delà de la limite des Alpes. Simplement c'est autour et à l'intérieur de cette zone que se concentraient le plus d'événements.

Mais par exemple, en 1990, une autre disparition suspecte s'était produite dans les Pyrénées.

Une femme et sa fille s'étaient littéralement évanouies aux alentours de Tarbes. À moins de cinquante kilomètres de l'endroit où fut retrouvé le corps de 1993. Elles faisaient du camping et s'étaient promenées toute la journée. Deux automobilistes affirment les avoir vues à cinq ou dix minutes d'intervalle, marchant un peu en retrait de la route, à un ou deux kilomètres de leur caravane. On était le 16 juillet 1990. Il était environ dix-huit heures. Personne ne les a plus jamais revues depuis.

En 1989, un corps non identifié avait été retrouvé au bas d'un ravin, au-dessus d'Uriage. Une femme d'environ trente-cinq, quarante ans, à demi dévêtue. Le corps était resté près d'un mois dans la nature et il avait été partiellement dévoré par les animaux sauvages. Son identification s'avéra impossible. La même année, un autre corps fut retrouvé dans le Jura, dans un fossé, un enfant d'une douzaine d'années, de sexe masculin, d'origine moyen-oriental, selon toute vraisemblance. Et en 1992, dans les Vosges, une fillette fut découverte dans un état épouvantable, sur le bord d'une nationale. De nombreuses disparitions suspectes sur les axes transalpins égrenaient le tout.

Les Alpes, les Pyrénées, le Massif central, le Jura, les Vosges...

Les montagnes. Toujours les montagnes.

— Nous devons envisager la dynamique du processus...

— Évidemment ! ai-je sifflé. C'est pour cela que nous sommes là... Je suis désormais certain que nous ne sommes pas loin de l'épicentre : le col du Barioz, la semaine dernière. Le corps d'Uriage, 1989, à quarante kilomètres de là. La petite Le Guez au Touvet, en 1991. Dix kilomètres à vol d'oiseau de là où nous sommes. Marie Sfeitz, à Allevard, 1990, quinze bornes dans l'autre sens. La fille de l'étang en 1993, Hurtières, à cinq kilomètres d'ici...

— Oui ? a feulé la neuromatrice avec malignité, et qu'est-ce qui se passe pendant six ans ? Pourquoi plus rien dans le coin pendant tout ce temps-là ?

J'ai médité là-dessus cinq bonnes secondes.

— Ils ont déménagé ?

Elle a laissé passer un petit rire magnétique.

— Non, Dark, pourquoi ont-ils remis ça au Barioz, dans ce cas-là ? Non, tu dois penser à l'essentiel.

— L'essentiel ?

— La dynamique, Dark, la dynamique. C'est ce que je te disais...

— Quoi, la dynamique ?

— Ils sont devenus plus prudents. Plus intelligents. Ils ont progressé. Ils n'arrêtent pas de progresser.

Les mots de la machine s'enfichaient cruellement dans mon cerveau.

Ils mettaient en lumière ma propre lenteur.

— Okay, ai-je soufflé, la dynamique…

— Oui… Et c'est une des conséquences du Jeu.

— Une… conséquence ?

— Oui. Le Jeu affûte leur intelligence. Ils deviennent de plus en plus machiavéliques. Mais en même temps ils reculent sans cesse les limites, car le Jeu les pousse à devenir de plus en plus féroces. Il va y avoir rupture, incessamment.

— Rupture ?

— Oui, une rupture radicale… Je crois que leur foutu Changement de Millénaire va les conduire à un changement d'échelle. C'est le but.

— Je t'en prie, essaie d'être un peu moins sibyllin, pour une fois.

— Ils vont perdre tout contrôle. Ils vont être aspirés par la tornade autodestructrice. Cela va faire des dégâts, mais ils vont perdre tout sens des mesures…

— Qu'est-ce que tu prévois exactement ?

— Le chaos, Dark… C'est encore relativement imprévisible même pour une machine «probabiliste» comme moi… Pour le moment ils font tout pour passer inaperçus, tu vois ? Même si quelquefois ça dérape, mais observe bien la dynamique, Dark : première phase, un peu désordonnée et assez proche de l'«épicentre», disons 1989-1993. La famille, seule. Ensuite, seconde phase, création du Jeu, partenaires, amélioration des performances et de la sécurité, on agit plus loin, jusqu'en Allemagne, en Italie, la Suisse, disons 1993-1999. Maintenant nous abordons la troisième phase, Dark. Le Millénaire. La réalisation de la Prophétie. Tu me suis?

— Pas du tout, j'en ai peur.

— Ils vont devoir apparaître, Dark... sortir des ténèbres et s'aventurer au grand jour... SE FAIRE CONNAÎTRE.

— Se faire connaître?

— Oui, le contrôle qu'ils exercent sur leur ego va éclater. Ils vont désirer la célébrité, la gloire. Ils vont signer leurs forfaits, comme *The Son Of Sam* ou je ne sais pas, moi, envoyer des messages aux journaux, comme Le Zodiaque en 68-72..., ou assassiner plusieurs personnes dans la même journée, comme Ted Bundy à une époque, battre des records, je ne sais pas, mais quelque chose. Ils vont vouloir faire connaître leur existence au monde entier. L'affaire du Barioz nous montre qu'un des éléments est déjà plus ou moins en train de perdre contrôle. Il régresse. Il oublie le long apprentissage de ces dernières années en matière de prudence. Ça va s'amplifier... Le chaos va s'amplifier.

J'observais la chaîne de Belledonne par la fenêtre, sous la lumière de la lune cernée par un halo énorme, gorgé d'eau.

Le chaos va s'amplifier, pensais-je.

Je ne savais pas si je devais prendre ça comme une chance ou comme une redoutable fatalité.

30

Ce jour-là, il faisait presque beau. La voûte plombée qui faisait office de ciel s'est fendue de belles éclaircies, au milieu de masses nuageuses gorgées de pluie venant crever invariablement sur les sommets qui enclavaient la vallée. Le décor était détrempé et miroitait sous le soleil pâle des derniers jours d'automne. Les collines et les montagnes ressemblaient à un patchwork de tapis navajos, ocre, rouges, jaunes, verts, bruns, avec une frange vif argent au sommet des plus hautes. Je venais de pousser jusqu'à Fond-de-Vaux dans la matinée, et je m'étais arrêté au bord de la route sur le chemin du retour vers Theys.

Il soufflait un vent froid, dont on devinait qu'il était passé sur les hauts glaciers des montagnes, comme au travers d'un congélateur.

Il y avait un petit banc, près d'un terre-plein dominant la vue. Un plan du panorama, gravé dans une plaque de pierre. Je me suis assis quelques minutes sur le banc mouillé et j'ai contemplé le décor, en essayant d'évacuer toutes les pensées parasites de mon esprit. Peine perdue. Des neiges éternelles elles-mêmes, étincelantes sous les faisceaux découpés du soleil, me paraissait sourdre une menace à peine voilée.

La petite Le Guez, Marie Sfeitz, le corps d'Uriage, les crimes de l'hiver 93-94... de simples préliminaires. Durant toutes les années quatre-vingt-dix, *Ceux des Ténèbres* avaient continuellement amélioré leurs performances, comme l'avait justement constaté la neuromatrice. Il ne faisait selon moi aucun doute que si l'on retrouvait des corps de temps en temps, c'était pour une simple et bonne raison qui tenait aux règles occultes du Jeu. Sauf peut-être une poignée, découverts par accident. Ces corps étaient pour la plupart parsemés assez loin de l'«épicentre», leur identification s'avérait souvent difficile, sinon impossible, leur mort remontant à des semaines, des mois, voire des années, et seuls deux flics un peu plus curieux que les autres avaient su y déceler la «série».

Cela ne pouvait signifier qu'une seule chose. Comme beaucoup de tueurs en série, *Ceux des Ténèbres* possédaient un ou plusieurs cimetières particuliers, disséminés dans la nature. Leurs victimes y pourrissaient en secret, enterrées dans les forêts, les landes désertiques des hauts massifs, les grottes, les gouffres, les puisards abandonnés... J'en étais persuadé, partout, autour de l'«épicentre» (à peu près où je me trouvais), des tombes clandestines avaient été peu à peu recouvertes par des parkings, des routes, des lotissements, des stations-service, des complexes hôteliers, des établissements de sports d'hiver.

En d'autres circonstances, la coïncidence aurait été impossible, ou plus exactement d'une probabilité infiniment faible, disons un exposant négatif à deux chiffres. Mais là, mon esprit était tout entier tendu sur une seule tâche, il développait un chaos spécifique autour de lui. Je matais donc les montagnes, la Belledonne dans son ensemble, un bout de la vallée, en contrebas, et la Chartreuse, en face, avec son étrange profil animal, et je n'arrivais pas à voir dans tout cela autre chose qu'une immense crypte oubliée. Le téléphone cellulaire s'est mis à bipper, à l'intérieur du Toyota.

C'était le journaliste. Le pseudo-Shelley.

Il m'appelait pour me demander si je pouvais le rejoindre *immédiatement* à Chambéry.

Il était sur un coup et *il acceptait de le partager avec moi*.

J'avais l'impression d'être le malade sur son lit d'hôpital, discutant avec le donneur d'organes qui vient de lui sauver la vie.

J'ai poussé un soupir, et je lui ai dit que j'arrivais.

J'ai pris l'autoroute dans la vallée et quand je suis arrivé en vue de Chambéry, la ville était prise dans un nuage gris-bleu, alors que tout autour de moi le béton des six voies était lissé par la vitesse et la lumière. Un immense arc-en-ciel se cristallisait en altitude et quelques grosses gouttes se sont étoilées dans un bruit mat sur le pare-brise, mais rien de plus. Quand j'ai pénétré dans la ville, la pluie s'était arrêtée de tomber. Un vent frais et humide chassait les cumulus alambiqués qui s'entortillaient en colombines baroques au-dessus des montagnes.

Chellay m'attendait à l'endroit convenu, au bar de l'*Hôtel des Voyageurs*. Il sirotait un cocktail au nom compliqué, aussi ai-je commandé une bière.

J'ai bien compris qu'il attendait que je le questionne, parce que c'était lui qui avait le plan, et je savais tout autant qu'il me faudrait en passer par là.

Je me suis donc contenté de faire durer le plaisir, j'ai commandé ma Leffe, attendu qu'on me l'apporte, dégusté quelques gorgées, puis voyant que Chellay commençait à s'agiter sur son tabouret, je me suis retourné vers lui.

— Bon... Dans deux minutes, vous allez griller sur place. C'est quoi vot'scoop ?

Il a fait semblant de refréner un sourire, mais son œil a pétillé d'orgueil, aussi lumineux que les globes néo-seventies qui pendaient au plafond.

— Je crois que j'ai mis la pression, Darquandier, mon article est en train de les réveiller *pour de bon*...

J'ai retenu *pour de bon* un soupir. Du regard je l'ai invité à poursuivre.

— Les flics se réveillent... Et le col du Barioz y est presque pour rien. Pas plus que votre histoire de réseau évidemment...

J'ai esquissé une mimique signifiant « évidemment... », sur le mode ironique.

Il m'a jeté un regard noir de dédain.

— Vous devriez écouter ce que j'ai à vous dire : ça a nettement accéléré depuis une dizaine de jours... Les flics français ont mis en place une cellule spéciale sur la série du tueur occidental. Y's'sont rendus à l'évidence, ainsi qu'à nos théories, moi, « Blake » et « Byron », ou à peu près... C'est un commissaire du SRPJ, j'le connais, c'est lui qui m'a branché, en échange de quoi je ne commets plus d'articles, jusqu'à ce qu'ils le, ou les coincent... Ensuite, il est d'accord, j'aurai l'exclu-lulu, pour raconter l'histoire...

Il a mis le verre aux couleurs fluos à ses lèvres, d'un coup sec et conquérant.

Sa suffisance m'a estomaqué.

Je l'ai froidement maté, puis je me suis retourné face au bar pour avaler une lampée de bière.

— Y'a dix jours ? On frise l'affolement, là, me suis-je contenté de maugréer.

Chellay n'a rien répondu, faisant comme s'il n'avait pas entendu.

Je n'ai pas posé la question cruciale. Là, j'ai attendu qu'il se dévoile.

J'ai donc patiemment savouré ma Leffe, alors qu'une vieillerie soixante-dix horriblement suave de Barry White remplissait l'atmosphère de crème chantilly acoustique.

— Évidemment, vous vous demandez pourquoi j'vous fais venir sur le coup, a-t-il fini par lâcher.

— Évidemment.

— J'suis pas complètement idiot, vous savez.. Je me suis documenté à vot'sujet...

— Le contraire m'aurait étonné.

— J'ai bien compris que vot'machine, c'était du sérieux... Mais dites-moi, vous envoyez souvent vos collègues à l'hôpital, en cas de désaccord ?

Son rire sonore a ponctué une nouvelle gorgée de cocktail.

J'ai attendu que son gosier remonte, dans son mouvement automatique :

— Rappelez-moi comment on appelle ces petits animaux qui fouillent dans les poubelles, déjà...

Il ne s'est pas étranglé, je veux dire : pas comme je m'y attendais.

Il a émis un hoquet et a reposé son verre, en léchant le liquide sirupeux qui s'était déversé sur sa main. Mais le hoquet s'est mué aussitôt en son rire sonore et saccadé.

Il a relevé le verre dans ma direction.

— Elle est bien envoyée celle-là, Darquandier... Mais j'vais vous répondre.

Un sourire supérieur.

— Un véritable journaliste d'investigation, voilà ce que c'est, je n'ai pas peur de dire que mon boulot, c'est de fouiller les égouts et d'y remuer la merde...

Une gorgée de cocktail, automatique.

— J'vous aime bien Darquandier (j'ai failli l'envoyer chier en lui disant que son amour m'intéressait à peu près autant que la dernière théorie astrologique d'Élisabeth Teyssier, mais j'y ai renoncé, par pure paresse).

— J'vous aime bien, a-t-il repris, et j'pense qu'on est pas de trop pour les stopper... Surtout au vu de ce que les flics remontent depuis une semaine du lac du Bourget.

Là, je dois reconnaître qu'il m'a eu. Mon oreille s'est dressée, instinctivement. Mes traits se sont figés, mon regard s'est allumé, j'ai esquissé un geste de rotation.

Chellay a parfaitement décodé tout ça, bien sûr, et son rire a haché l'univers, une fois de plus.

— Ah! Ah! Ah! J'savais que vous vous mettriez à renifler, comme le blaireau sur la bonne truffe!

Une gorgée de cocktail, à peine finie, son rire reprend, comme s'il ne s'était jamais arrêté.

— On est pareils, Darquandier, c'est pour ça que j'vous aime bien (une parfaite confidence égocentrique type)... Z'êtes comme moi, vous flairez l'odeur du sang, l'odeur de la mort... On veut la même chose, tous les deux. Relever le gant, leur putain de défi, et les baiser. Mais pour ça, v'savez aussi bien que moi qu'il faut être encore plus terribles qu'eux, plus implacables, plus *prédateurs* si vous préférez. Et c'est pour ça qu'on est pareils. Wiesenmayer est comme nous d'ailleurs.

— Wiesenmayer?

— C'est le commissaire en question... On a

rancart au lac... Il a accepté vot'venue, mais sous ma responsabilité, alors tenez-vous tranquille...

J'ai poussé un soupir de résignation.

J'allais devoir boire la coupe jusqu'à la lie.

Chellay m'a demandé de conduire, et qu'on prenne le Toyota. J'ai accepté sans y prendre garde, mais j'ai vite compris le but de la manœuvre.

Chellay ne m'a pas expliqué où on allait exactement, ni quel était le trajet d'ensemble.

Il s'est contenté de me livrer des informations morcelées, tournez là, prenez à gauche, à droite, tout droit jusqu'au deuxième feu, attention au ralentisseur, suivez la route maintenant...

Ensuite, alors que la route défilait, il a patiemment attendu que je lui demande de me raconter ce qu'il savait.

Le lac du Bourget n'était pas loin, j'avais peu de temps pour combler ma carence en informations avant d'arriver sur les lieux du drame, au milieu des flics, sûrement plus occupés à leur labeur de fourmis laborantines que disponibles pour une vague interview improvisée.

J'ai donc cédé à la nécessité.

— J'vous écoute, Chellay, vous pensez bien.

Son sourire satisfait a arqué ses lèvres.

— Ouais ? Alors n'en perdez pas une miette : il y a un peu moins de quinze jours, une femme s'est suicidée en se jetant dans le lac. Elle avait laissé une lettre chez elle, expliquant qu'elle ne supportait pas son divorce et le fait qu'on lui ait enlevé la charge de ses enfants au profit du père... Un cas classique. Elle a pris une bonne dose de tranquillisants et est allée se noyer, nue, en laissant ses vêtements en évidence, avec un message écrit à côté sur le sable...

J'ai tout de suite tilté.

— Romantique ça, toute nue dans le lac du Bourget en plein mois de décembre... Et puis, quel genre de message ?

Il ne m'a pas répondu tout de suite, il s'est mis à opiner du chef, un sourire froid barrant son visage.

— Bien, Darquandier, bien... Z'êtes un malin, hein, y'a pas à dire... Mais j'vous testais, comme à *Questions pour un Champion,* en vous laissant de petits cailloux au fur et à mesure... Et vous avez pas réagi avant l'indice crucial, reconnais- sez-le...

J'ai poussé un soupir. Ça risquait de composer une bonne partie de nos dialogues.

Il s'est mis à observer le paysage, par sa vitre.

— Moi aussi j'ai vu le truc j'vous rassure, et j'en ai même parlé à Wiesenmayer, mais bon, en fait ça, c'est rien.

J'ai redressé l'oreille et il m'a envoyé un coup d'œil en coin me signifiant qu'il l'avait bien détecté.

— Non... Car quoi que c'était, suicide ou meurtre maquillé, il n'a servi que comme cataly- seur d'un truc bien plus gros... En cherchant le corps, les équipes de plongeurs de la gendarmerie ont commencé à remonter tout un tas de trucs intéressants, et vaguement humains... dites-moi, j'ai cru comprendre que c'était le genre de phéno- mènes que vous étudiez ? C'est ça, la théorie du chaos ?

J'ai discerné un réel intérêt, disons une forme de curiosité et je me suis décidé à jeter quelques mots vaguement explicatifs, histoire de faire preuve de bonne volonté.

— Ouais, ouais, a-t-il grommelé en dodelinant de la tête quand j'en ai eu fini... Bon, z'êtes prêt à quoi, Darquandier ?

Je lui ai lancé un coup d'œil d'incompréhension.

— À quoi vous vous attendez Darquandier?... Ce qu'on remonte du lac, ça a quelle forme, selon vous?

Chellay avait envie de jouer aux devinettes, et il ne se gênait pas pour le montrer.

— Ben, ça dépend, ils ont passé combien de temps dans la flotte les cadavres? ai-je demandé.

Il s'est simplement marré, en guise de réponse.

Le silence nous a accompagnés jusqu'en vue du lac. Le salaud n'avait pas desserré les dents et j'ai dû m'avouer vaincu.

— Crachez-moi le morceau, Chellay... Que je comprenne à peu près la situation en arrivant.

Je me maudissais presque autant que lui.

Son sourire s'est éclairé.

— Je réponds à votre précédente question · plusieurs années, pour la plupart.

— Des années? Alors, c'est sous forme de sque lettes...

Son sourire ne le quittait pas.

— Ouais, pour la plupart.

— J'ai répondu à vot'petite devinette, alors...

— Non, pas du tout.

Je me suis muré un bon moment dans le silence, jusqu'à ce que j'aperçoive une activité, au loin, sur la rive; des véhicules de police, des camions-grues, des Zodiacs et un dragueur sur le lac. Un canot qui revenait vers un groupe d'hommes, debout près du bord.

C'était là.

— Prenez le premier chemin de terre sur vot' gauche, à trois cents mètres... Et puis j'vais vous donner un indice. Regardez bien chaque détail en

arrivant. Quelque chose d'incongru devrait attirer votre attention.

Je lui ai jeté un regard noir et j'ai rétrogradé,
le chemin de terre venait de faire son apparition,
un peu plus vite que prévu.

Le chemin nous a conduits droit à un barrage.
J'ai remarqué que la population sécuritaire était
mélangée, flics et gendarmes mêlés, ce sont donc
deux pandores et un flic en tenue qui nous ont
sévèrement barré la route.

Chellay a sorti un papier officiel de sa poche,
signé du divisionnaire, tout en montrant sa carte
de presse. On m'a demandé ma carte d'identité
magnétique et les trois hommes en uniforme se
sont dirigés vers un car pie où ils ont entamé une
conversation avec quelqu'un à l'intérieur, à qui
ils ont tendu nos papiers.

Ils sont revenus deux-trois minutes plus tard,
d'un pas tranquille.

— Descendez jusqu'à la petite plage et garez-
vous derrière le car des pompiers, nous a lâché le
flic en tenue, en nous rendant nos cartes.

Quand je me suis garé, l'impression d'ensemble
était étrange, un mélange d'intensité et de retenue, comme une armée d'insectes incroyablement
silencieuse. L'impression s'est accentuée quand
je suis sorti à l'extérieur.

Un vent froid soufflait sur le lac, irisant sa
surface.

À part le son rauque du moteur, en provenance
du canot qui approchait du rivage, la plage et ses
alentours baignaient dans un silence funéraire.

Quelques crachotis de radio et de téléphone
cellulaire me parvenaient, délités par le vent, sans
plus de consistance que les piaillements des
oiseaux au-dessus du lac.

Partout, tout autour de nous, sur les rochers, les falaises, les collines environnantes, des grappes d'hommes fouillaient le sol, sans un mot, une longue pince en main, les poches débordant de sachets en plastique.

Le décor était ceinturé de bandes orange fluo, qui délimitaient des zones non encore fouillées, ça faisait comme un terrain de jeu gaiement coloré, tout à fait hors de propos. Un trio de motards de la gendarmerie s'est garé à notre suite, sans que je les entende. Ils avaient coupé leurs moteurs bien en amont, sur le chemin.

Chellay m'a juste fait signe de le suivre. Nous nous sommes dirigés vers le rivage.

Il m'a montré le groupe d'hommes en civil, d'un geste du menton.

— Wiesenmayer... et son équipe... Bon, oublie pas de bien regarder partout, en détail.

Il m'a fait signe de m'arrêter quand nous sommes arrivés à une dizaine de mètres derrière les quatre flics.

Le canot venait d'éteindre son moteur et se laissait dériver jusqu'au bord. Le groupe d'hommes qui nous tournait le dos semblait extrêmement tendu, réuni en un bloc compact, les pieds au bord de l'eau.

J'ai vu deux Zodiacs à terre, pas très loin de là, dont un autour duquel s'affairaient des hommes en équipement de plongée, se préparant à une sortie imminente sur le lac. Des bouteilles et des détendeurs, entassés près d'une antique Méhari cabossée. Du matériel de prises de vue sous-marine, enclavé dans des caissons étanches. Des appareils complexes, des sonars, des détecteurs de métaux, des scanners portables. J'ai aperçu deux réservoirs gris et oblongs sur la plate-forme d'un camion remorqueur. Un autre un peu plus loin, posé sur un carré de toile. Des bidons de carburant, pour les canots.

Rien n'a spécialement attiré mon attention.

Le canot a accosté, deux hommes s'en sont extirpés, deux plongeurs. Ils tenaient chacun un sac de polyuréthane noir et brillant à la main. J'ai pu constater que leur expression était drôlement figée, les yeux vides.

Ils ont posé les sacs à leurs pieds et l'un d'entre eux a fait un rapide rapport verbal, des mots que je n'ai saisis que par bribes, dans les rafales de vent glacées, sans pouvoir vraiment comprendre de quoi il s'agissait. J'ai discerné un «y'z'en remontent d'autres, sur le canot Trois» ainsi qu'une histoire de «bidon vide», je crois. Les plongeurs remontaient déjà dans le canot. À trente mètres sur ma droite, l'autre Zodiac était poussé à l'eau à son tour.

Deux des hommes en civil se sont emparés des sacs et l'ensemble du groupe s'est retourné, en une même seconde.

J'ai fait face à quatre paires d'yeux très différentes sur le plan esthétique, mais toutes voilées de la même lumière, vitreuse et menaçante.

Wiesenmayer était un type d'une cinquantaine d'années, d'apparence commune (un anonymat savamment distillé), pas très grand, de corpulence moyenne, un visage triste, en lame de couteau, des yeux gris, des cheveux grisonnants pas trop clairsemés, il faisait pile son âge. Il était habillé comme un cadre moyen de banlieue, son visage était à peine ridé par les bientôt trente ans de bons et loyaux services, et une dizaine d'affectations différentes d'un bout à l'autre de la métropole, comme je l'appris plus tard.

On sentait cependant très vite le blindage de la

carapace sous ses allures presque inoffensives. Cela venait de son regard gris qui se posait sur vous comme une main tranquille sur votre épaule, mais une main à la poigne d'acier, et aussi de sa voix, jamais un mot plus haut que l'autre, une distance pas du tout affectée, même si elle pouvait s'avérer agaçante à la longue.

— Vous êtes le type qui pense qu'ils travaillent en famille, d'après ce que Chellay m'a dit ?

À peine une question. Plutôt une invite à entamer la conversation.

On était à côté du monospace 806 de la cellule spéciale. Deux des flics étaient partis amener les restes humains contenus dans les sacs au labo de Grenoble, aussi nous étions quatre, Wiesenmayer, un O. P. J. arabe du nom d'Omar Khalid, je crois, Chellay et moi.

Le vent avait chassé le plus gros des nuages, une large trouée de ciel bleu s'ouvrait au-dessus de nous. Les rayons du soleil n'arrivaient pas à réchauffer l'atmosphère, froide et gorgée d'humidité.

— Oui, je crois que la série que vous pistez est l'œuvre d'un groupe... Mais je crois aussi que ce groupe fait partie d'un truc plus grand, qui dépasse de loin le cadre de la région.

J'ai vu une vibration s'animer dans l'œil du flic, mais il n'a rien répondu. Je me souviens avoir pensé à ce moment-là qu'il était peut-être, lui aussi, sur cette piste et qu'il avait préféré ne pas me le faire savoir.

— Chellay m'a parlé d'une machine, je n'ai pas tout compris et je crois que lui non plus, un neuro-ordinateur, c'est ça ? Une «machine à chaos probabiliste» ou quequ'chose dans c'goût-là ? Je n'ai pu en savoir plus (un léger sourire, narquois, en direction de Chellay).

518

— En dire plus prendrait un cycle universitaire entier, mais c'est ça, nous pensons que le cerveau est une machine biologique qui «actualise» le chaos pour en faire de l'histoire, disons pour simplifier. Pour énormément simplifier. Mais ce n'est pas pour discuter théories probabilistes que j'suis venu jusqu'ici, commissaire...

Qu'est-ce que vous avez remonté du lac, nom de Dieu, avais-je envie de lui hurler. Combien de cadavres ? Sous quelle forme, putain de bonsoir, pour répondre à la devinette de Chellay.

Wiesenmayer a vaguement plissé un sourire.

Il a tourné la tête vers le lac, aux irisations argentées.

— Il y a deux semaines environ, une femme s'est suicidée dans le coin (je connaissais cette partie de l'histoire, mais je ne l'ai pas interrompu). On n'a découvert la lettre et les vêtements que le lendemain matin. Les gendarmes ont envoyé une équipe de plongeurs pour essayer de retrouver le corps. Ils ont cherché pendant trois jours. Le 7 dans l'après-midi, ils étaient en train de se préparer à stopper les recherches lorsqu'une équipe a trouvé quelque chose par ici. Mais ce n'était pas Élisabeth Cuvelier... (j'ai pu mettre un nom sur la «suicidée»)...

Le flic m'a fait face, tranquillement. Il a avalé une pastille Vicks et s'est retourné vers le lac, il a pointé le doigt dans une direction, sur ma gauche, vers un promontoire rocheux qui dominait le lac et où deux hommes fouillaient les fourrés.

— À environ dix mètres du rocher, et par vingt-cinq mètres de fond, ils sont tombés sur une carcasse de bagnole... Une vieille 205, les analyses ont montré plus tard qu'il s'agissait d'une voiture volée, et qu'elle avait stationné dans l'eau pendant au moins sept ou huit ans... Les plongeurs se sont approchés de la bagnole et là, ils ont vu qu'il y avait quelque chose dans l'habitacle... Sur le siège avant, ils ont trouvé un squelette de femme, entier, et aussi une paire de menottes accrochée au volant, et à ce qui restait du poignet de la victime...

J'ai vaguement acquiescé, j'avais déjà une foule de questions qui se bousculaient dans ma tête.

— Les gendarmes ont envoyé tout ça à leur labo, le jour même où la cellule interservices a été mise en place, sur notre cher tueur en série de la région. Un simple coup de bol. Mais on bosse avec des gendarmes dans la cellule, un lieutenant très compétent avec deux aut'types, y nous a tout de suite alertés quand les pandores du coin ont trouvé la bagnole. On a déclenché des recherches de grande ampleur le jour même, tout autour d'ici, et maintenant ça nous emmène de l'autre côté du lac.

Il a désigné l'autre rive d'un ample mouvement du bras. Puis il s'est saisi d'un tube Vicks qu'il a enfilé dans une narine. Je n'ai pourtant à aucun moment discerné le moindre signe de rhume chez lui.

Il a reniflé la vapeur mentholée un bon coup, puis a opéré de même avec l'autre narine.

— Mieux vaut prévenir que guérir, a-t-il fait pour s'expliquer en rangeant le tube dans sa poche.

J'ai vu nettement pire comme cas de délire hypocondriaque. Alors, j'ai juste esquissé un sourire, pour l'engager à continuer.

— Venez, m'a-t-il fait en me prenant par le bras, venez voir...

Il m'a conduit jusqu'au bord de l'eau. Venez voir, me disait-il sans discontinuer. Il a tendu le bras en face de lui en se penchant vers moi. Le vent soufflait de plus belle et giflait nos oreilles

— Au milieu du lac, là-bas en face de nous, dans la matinée du 10, les plongeurs ont découvert des restes humains, deux squelettes presque entiers, vaguement enterrés sous le fond. Le même jour, à trois heures de l'après-midi, on a retrouvé le corps d'Élisabeth Cuvelier, dans un sale état.

Il m'a fait face et a réavalé une pastille Vicks.

— Si j'ai décidé de continuer les recherches, et j'vous dit ça alors que tout est top-secret, on fait passer ça pour une opération musclée de police antipollution, voyez? Bon... Chellay m'a promis de la boucler, alors vous imaginez bien que pour vous, c'est comme si vous n'étiez jamais venu ici... Bon, donc si j'continue les recherches, c'est que les deux squelettes humains ont révélé que les victimes ont été tuées par balle ou par décapitation, d'accord?... Pour la fille dans la bagnole, pas de traces de lésions, donc on pense qu'elle est morte noyée, les derniers tests sur les ossements vont également dans ce sens... Bon, alors on a cherché encore et depuis ce jour-là, on n'arrête pas d'en remonter, de ces foutus bidons...

Je l'ai questionné du regard, très intensément.

— Les bidons, m'a-t-il dit, les bidons (il m'a montré le camion remorqueur et les réservoirs de carburant alignés au-dessus).

— Quoi, les bidons? ai-je fait, presque énervé.

Il m'a fixé de son regard calme, un bon moment.

— Comment ça, y'vous a rien dit, Chellay?

J'ai failli lui répondre que je ne voyais même pas de *qui* il voulait parler, mais je me suis contenté d'un soupir de dénégation.

Il a hoché la tête, l'air compatissant.

— Ouais, il aime bien préparer ses entrées et ses sorties, notre ami Chellay. Venez, je vais vous montrer.

Son regard me transmettait juste l'information. Je vais vous montrer.

Je ne sais pas trop pourquoi, mais j'ai retenu un instant ma respiration.

On s'est dirigés vers le camion et ses deux réservoirs mais arrivés près de la plate-forme, Wiesenmayer m'a montré d'un geste le réservoir isolé sur son carré de toile, à quelques pas.

Au même instant, un coup de klaxon a retenti et nous avons vu apparaître un autre monospace, même modèle, mais sous la marque Citroën, d'un beau bleu gendarmerie réglementaire. L'homme en pull marine assis à côté du conducteur a fait un signe à Wiesenmayer. Celui-ci s'est retourné vers moi.

— V'là Bronzini, il ramène les dernières analyses de leurs techniciens, j'en ai pour quelques minutes, excusez-moi...

Puis en me faisant un geste vers le bidon allongé sur la bâche :

— Ça, ce sont les bidons remontés aujourd'hui, jetez un coup d'œil si vous voulez, mais en restant en dehors de la bâche.

Il a allongé un pas vif en direction du groupe de gendarmes qui sortaient du monospace, des dossiers pleins les bras.

Je me suis approché du réservoir gris terne piqué de rouille, les détails apparaissaient peu à peu, dévoilant un objet plus bizarre qu'il n'en avait l'air de loin, comme ça au premier abord. Deux ouvertures solidement grillagées, de vingt à trente centimètres de côté, à chaque extrémité du bidon. Quelque chose de gravé dans le métal, une sorte de signe. Des trous nets, percés au milieu du cylindre.

Je me suis accroupi au bord de la bâche.

En arrière-plan, les montagnes se dressaient dans un ciel lumineux. Le lac vibrait à hautes fréquences, irisé par le vent.

Le réservoir brillait doucement, encore humide de l'ondée précédente.

J'ai compris en un instant de quoi il s'agissait.

— Alors? m'a fait Wiesenmayer un peu plus tard, alors que l'équipe de gendarmes partait sur l'autre rive, avec Chellay qui voulait voir ce qu'il s'y passait.

On était debout face au lac, il m'avait rejoint alors que je venais de m'envoyer une cigarette de marijuana hollandaise à 5 % de THC, tout à fait légale, mais pas encore vraiment tolérée, j'avais précipité le joint industriel dans la flotte, d'une pichenette, à son approche.

Le vent avait eu vite fait de déliter l'odeur particulière du cannabis.

— Quelques questions, si vous le voulez bien, ça ira plus vite.

Il ne m'a pas fait le coup du «c'est généralement moi qui les pose, les questions» et je lui en sus gré.

Il a juste fait «han, han» en dodelinant de la tête et en s'envoyant une énième pastille Vicks.

— Vous en avez remonté combien au total?

— Des bidons-cercueils? Environ une douzaine. Trois d'un coup aujourd'hui, on bat records sur records.

— Que donnent les résultats sur les bidons précédemment remontés? Victimologie, en deux ou trois mots...

— Tous les bidons remontés contiennent des restes humains. En majorité des femmes, de tous âges, y compris des enfants, on trouve parfois deux squelettes par bidon, un adulte et un enfant dans la plupart des cas... Les plus anciens ont p'têt dix ans. Les plus nombreux, et aussi les plus récents, entre un et trois ans, environ.

J'ai juste émis un murmure.

J'ai fait quelques pas vers le lac. Une nouvelle masse nuageuse apparaissait à l'ouest, de hauts cumulus blancs, dorés par la lumière, mais aussi des flottilles d'un noir bleuté, plus basses, chargées d'orage celles-là, venant droit vers nous.

J'ai jeté un coup d'œil vers le bidon allongé.

Il fallait que je sois sûr.

— Vous avez trouvé des traces de griffures sur les parois internes des bidons?

Il m'a observé un instant, en me jaugeant en profondeur.

— Oui... dans absolument tous les bidons remontés.

J'ai pris une profonde inspiration, une bonne goulée de ce vent froid, j'en avais besoin pour expurger cette espèce de poison qui m'envahissait peu à peu, par injections successives.

— Les bidons ne sont qu'un élément, a-t-il repris.

Il a embrassé la vue, une nouvelle fois.

— C'est un véritable cimetière sous-marin ici, c'est comme une ville antique... Y'a trois niveaux, disons trois lieux différents, mais qui correspondent à des âges précis. On a les nécropoles 1, 2 et 3. La plus ancienne a été découverte sur l'autre rive, en fin de matinée, les restes qu'on a ramenés dans les sacs tout à l'heure... on y a aussi trouvé des bidons, mais complètement oxydés, crevés de partout, intransportables, il y a également des restes disséminés ou vaguement enterrés sous le fond... Ça remonte à une dizaine d'années environ... Nécropole 3.

— À combien vous en êtes au total, ai-je lâché,

ma voix me faisant l'effet de sortir de la bouche d'un fantôme.

Il a dodeliné de la tête, s'est enfilé le tube Vicks dans le nez, a reniflé un bon coup et a fait face au lac.

— Un bon paquet. Dix-sept squelettes retrouvés dans les bidons, plus sept simplement enterrés sous le fond, dont cinq à Nécropole 3. Plus la victime dans sa voiture, plus peut-être Élisabeth Cuvelier... ça nous donne vingt-cinq ou vingt-six... Pour le moment.

Je n'ai rien répondu, je me suis planté à ses côtés et j'ai simplement observé le lac, et les montagnes qui luisaient maintenant d'un feu orange alors que le soleil déclinait à l'horizon. Au loin un grondement résonnait, là où l'orage crevait sur les pics déchirés.

J'ai allumé une cigarette hollandaise, sans rien dire et j'ai commencé à la fumer, tranquille. Les volutes de cannabis couraient autour de nous, comme une réplique miniature des nuages.

Il ne m'a strictement rien dit à ce sujet.

*

Un peu plus tard, alors que je nous rapatriais sur Chambéry, Chellay et moi, la pluie s'est mise à tomber, une ondée tout aussi brutale qu'éphémère. Le soir tombait, et la route tremblotait, frémissante d'humidité. Des cirro-cumulus aux aspects pommelés s'ombraient d'un rose violine, derrière le rectangle du pare-brise. Mes feux trouaient l'air et s'aplatissaient sur les arbres gorgés d'eau comme sur des éponges sous-marines. Le silence nous a accompagnés un bon moment.

— Z'avez eu le temps de causer avec Wiesenmayer? a soudainement lâché Chellay.

— Ouais, un peu, ai-je répondu d'une voix rauque.

— Z'avez repéré les bidons avant qu'y'vous dise?

Je n'ai rien répondu.

Un petit hoquet, de sa part.

— Eh oui... c'était ça, le détail incongru, mais j'suis sûr que vous avez pris ça pour des réservoirs de carburant, hein? Z'avez vu ça d'un simple coup d'œil général et vous avez pas tilté sur le *détail qui tue*... Vous z'avez pas trouvé la réponse à ma devinette, Darquandier... Désolé.

Puis, après un hoquet de rire:

— Nous sommes au regret de perdre notre charmant candidat de la semaine, mais il ne repartira pas les mains vides, voici un billet double avec-la-personne-de-votre-choix pour une croisière en bidon sous-marin au fond du lac du Bourget...

Son rire sonore a percuté dans tous les angles possibles de l'habitacle.

J'ai failli lui jeter un regard mauvais et je me suis muré dans le silence.

— Allez, faites pas la gueule, Darquandier, j'déconnais, c'est tout... Ça fait maintenant plus de deux ans que j'les piste, alors j'ai ma dose de cadavres, voyez...

Je n'ai rien répondu, et j'ai scotché mon regard sur le serpent gris argent de la route.

Mais j'ai faiblement acquiescé, malgré moi.

Je me rendais à l'évidence peu à peu. Chellay avait *presque* raison, nous étions *presque* pareils, je pouvais même accepter l'idée qu'une forme de sympathie puisse s'établir entre nous. En dépit de son arrogance, de sa fatuité, de son humour à deux ronds et de ses costumes néo-soixante-dix, je devais reconnaître que Chellay était un tenace. Il ne lâchait pas prise facilement, il abattait du boulot et il gardait son sang-froid, même après les abominations découvertes dans le lac du Bourget, par exemple.

En fait, la seule chose que je désirais vraiment, c'était le silence. Le doux ronronnement du moteur, le son gras des pneus en chuintement lisse comme contrepoint, le bruit du vent par la vitre à demi ouverte. J'aurais même voulu m'arrêter et sortir dans l'air fraîchement humide, fermer les yeux face au crépuscule après m'être abreuvé de son image.

Mais une volonté souterraine et contradictoire me paralysait sur le siège et me forçait à continuer inexorablement.

Alors j'ai roulé.

Chellay a tenu deux ou trois minutes, pas plus.

— Y'vous a parlé des différentes nécropoles ?

— Ouais, me suis je contenté de répondre, dans un soupir.

— Y'vous a expliqué comment y voyaient ça ; leur reconstitution « archéologique ».

— Ouais.

— C'est très intéressant tout ça ; Bronzini, le gendarme, y m en a parle en détail, ils sont sur Nécropole 3, découverte ce matin...

Un silence total de ma part.

— Les labos de la gendarmerie, c'est pas mal non plus niveau technologie de pointe. Ils arrivent à dater tout ça avec précision, y'z'ont un microscope à effet tunnel, ça doit vous dire que-qu'chose, ça... Bref : Nécropole 3 semble dater d'environ sept ans, à un an près, en plus ou en moins... Dans deux-trois jours, y'sauront à trois mois près, et y progresseront encore, à ce qu'y paraît...

— J'suis au courant de tout ça, Chellay, Wiesenmayer m'a fait un topo détaillé.

Chellay a fait un petit geste de la tête en amorçant son sourire sûr de lui.

Ça s'est mué en une sorte de grimace.

— Z'êtes un fat sûr de lui et arrogant, Darquandier, vous savez que dalle et vous la ramenez sans cesse.

Il m'a jeté ça comme une serviette mouillée en plein visage.

— Ouaihhh, a-t-il repris dans un râle, que dalle, y'vous a dit quoi exactement Wiesenmayer sur Nécropole 1 par exemple ?

Je lui ai envoyé la plus mauvaise onde que mon cerveau est capable d'émettre, mais ça n'a évidemment produit aucun effet.

— Y vous a dit que dalle, et pour la bonne raison qu'à moi non plus… C'est Bronzini qui m'a lâché le truc, pass'que moi, j'ai l'habitude des flics. Enfin, dans ce cas précis, des pandores, mais c'est pareil… O. K. ? J'sais les prendre…

Ça, ça voulait dire j'ai l'habitude de les manipuler. Et j'ai bien été dans l'obligation d'encaisser le coup.

Autour de nous, le ciel virait à un bleu d'une profondeur abyssale.

Une pluie intermittente venait frapper la tôle et le plexiglas, je roulais juste à la limite de la pluie. La route sinuait autour de cette frontière incertaine. Ça n'allégeait même plus la lourdeur des silences.

Au bout d'un moment, Chellay s'est agité sur son siège, il s'est calé profondément, les jambes allongées au maximum, et il a actionné le mécanisme position basse. Il a poussé un soupir d'aise et il a regardé le paysage, un sourire de satisfaction béate aux lèvres.

— Mais comme j'vous disais, m'êtes sympathique, Darquandier, ou i'peux peut-être vous appeler Arthur, non? Enfin quoi qu'il en soit, j'vais vous livrer le petit secret que Wiesenmayer s'était gardé de côté et que Bronzini m'a lâché...

Il a soupiré d'aise.

— C'est sur Nécropole 1, le truc. La première qu'y'z'ont découverte, à cinq cents mètres de la bagnole immergée. C'est aussi la plus récente... Ils les ont trouvées dans l'ordre, par ordre chronologique inverse, de la plus jeune à la plus vieille...

Là, j'ai failli lui dire qu'il me saoulait, parce qu'une fois de plus, je savais tout ça, mais il était déjà à l'œuvre.

— Donc c'est sur Nécropole 1, le truc. Mais le truc, ils l'ont découvert qu'avant-hier, un poil à l'écart, dans une sorte de grotte... Un autre bidon-cercueil, mais très récent çui-là, moins d'un an à coup sûr...

Je l'ai observé du coin de l'œil: allongé sur le siège incliné en arrière, les yeux mi-clos, fixés sur le paysage qui défilait derrière sa vitre.

J'ai pleinement compris l'allusion de Wiesenmayer, «il sait ménager ses effets» ou quelque chose dans ce goût-là. Chellay se faisait son petit théâtre personnel de tout ça.

Mais c'était aussi, sans doute, un moyen de protection psychologique. Une sorte de jeu...

Le Jeu, à nouveau.

Eh oui. Le Jeu des Ténèbres rassemblait désormais un certain nombre de joueurs supplémentaires, que n'avaient pas prévus ses initiateurs. «Byron» et «Blake», tout d'abord, Chellay ensuite, Svetlana, moi, la neuromatrice, et désormais la justice officielle.

Un de leurs cimetières clandestins, peut-être le principal, venait d'être mis au jour. Les flics avaient là une chance inespérée.

Je me suis également dit que le cerveau était un

engin particulièrement puissant, surtout quand il était tendu vers un objet unique, permettant alors des *co-incidences* quasiment oniriques, comme le fait qu'à peine deux heures avant de m'agenouiller devant ce bidon damné, je m'étais arrêté face au spectacle des montagnes en n'y voyant plus qu'une vaste crypte oubliée. J'avais imaginé le pire, et le pire était survenu.

J'en étais là de mes pensées lorsque Chellay a émis une sorte de murmure, réengageant son monologue.

— Ouaihhh... tellement récent le bidon-cercueil en question, qu'il était doté d'un ingénieux mécanisme, ingénieux et un peu mystérieux... Il a fallu un petit moment aux techniciens du labo pour identifier de quoi il s'agissait. Pour être vraiment sûrs...

Je savais que Chellay s'approchait maintenant de la zone de rupture, celle où l'objet, après une longue préparation, est enfin dévoilé au public.

Une sorte de hoquet.

— Ah, ça! Tout d'abord y'z'y ont pas cru... Pourtant c'est des blindés, mais c'est juste que ça leur venait pas à l'esprit, y'cherchaient un genre de régulateur pour la montée de l'eau, par exemple, mais ça pouvait vraiment pas être ça .. À la fin, y'en a un qui a émis l'hypothèse, les autres étaient pas chauds, mais bon, c'était mieux que rien, alors ils ont vérifié, ils ont monté un système analogue... Ça s'enclenchait pile poil.

J'ai poussé un soupir.

J'aurais pu lui demander d'être clair et concis, mais je savais que ça allait à l'encontre de sa conception esthétique de la chose. Il voyait vraiment ça comme une sorte de strip-tease, j'en reste toujours persuadé.

Là, j'ai remarqué du coin de l'œil qu'il tournait

le visage dans ma direction. Il avait les yeux mi-clos, une sorte de fatigue, ou de rêverie semblait avoir raison de sa volonté. Un pâle sourire découvrait ses dents, jaunies et écaillées. La peau de son visage luisait doucement, de la teinte cendrée d'un papillon nocturne.

— Ouais, et alors y's'sont rendu compte que ça pouvait être que ça. C'était ça. Ils en avaient une réplique devant eux.

J'sais pas pourquoi, j'ai craqué, comme vous peut-être, à l'instant, j'ai vérifié que je n'allais pas me taper un virage dans les trente mètres et je l'ai regardé bien droit dans les yeux.

— Quoi, Chellay?... Allez, crachez-moi votre putain de cerise-sur-le-gâteau, et qu'on en parle plus...

Son sourire s'est légèrement arqué.

— Ouais, Darquandier, ouais... la cerise...

J'ai reposé les yeux sur la route, je suis persuadé qu'il attendait ça pour me lâcher le morceau, l'enculé.

— Ouais. Une jolie petite cerise japonaise Darquandier... Modèle Sony Subvision, sûrement, pas de la merde...

Une succession de virages arrivait, j'ai saisi son image par séquences hachées avec celles de la route. Son visage prit l'aspect d'une sorte de clown rigolard et désespéré.

— Ouaihhh, Darquandier, une jolie p'tite caméra, pour tout bien filmer, dans un compartiment étanche, séparé du reste par une vitre de Plexacier... Avec une trappe pour venir récupérer l'engin et la cassette plus tard.

Les virages se sont mués en une longue ligne droite. Mais quelque chose en moi n'arrivait plus à se stabiliser. oscillant comme un pont sous les pas cadencés d'une troupe.

Je savais qu'un jour ou l'autre, ça finirait par craquer.

*

Il faut bien avoir à l'esprit que le moindre fait en recouvre toujours une myriade d'autres, souvent tout aussi signifiants, voire bien plus.

Ce soir-là, j'ai laissé Chellay à son hôtel et à ses cocktails et je suis rentré à Theys le plus vite que j'ai pu, dans mon état floconneux, hébété.

Arrivé à l'hôtel, j'ai eu du mal à faire quoi que ce soit de cohérent.

J'ai rallumé la neuromatrice et pendant que la conscience artificielle se reconfigurait, j'ai pris une douche.

Ensuite, je crois que je suis descendu dîner au resto de l'hôtel, dans un état second. Ensuite, j'ai fait un tour dans le village, je suis remonté dans la chambre, je suis redescendu aussitôt, j'ai fait un autre tour du village, puis je suis resté un bon moment assis sur la terrasse déserte du *Relais des Pistes*. Il faisait sûrement froid, mais je n'ai rien senti.

En environ deux heures, les faits cachés dont je vous parlais un peu plus haut s'étaient irrépressiblement dévoilés.

Une stricte affaire de logique.

Prenons un exemple au hasard, vite fait : vous découvrez que votre meilleur ami, ou un de vos proches parents, a une liaison extraconjugale, on dit une maîtresse. Bien, dit comme ça, le fait est d'une simplicité quasiment abstraite, géométrique. Votre pote Jimmy, Abdel ou Christian, ou bien votre oncle Alfred a une maîtresse. Bon, maintenant si vous essayez de voir ce que ce fait générique recouvre comme multitude de petits faits humains, autrement plus signifiants, alors vous finissez par être effaré par ce que cela combine de trahisons et de mensonges quotidiens, de calculs, de mesures de sécurité, de peurs, d'hypocrisie, de dégoût de soi-même parfois, ou alors de froide manipulation. Le listing est presque sans fin car chaque détail s'articule à son tour sur un ensemble de microcomportements, et ainsi de suite. Qui peut encore penser que l'esprit possède une structure n'ayant *strictement rien* à voir avec celle de la matière ? Celui-là n'est peut-être qu'une recombinaison fractale de celle-ci, et, dans tous les cas, on peut s'accorder pour dire qu'il en est issu, tout autant que l'inverse.

Aussi, dans le cas qui nous occupe, la découverte du cimetière sous-marin ouvrait sur une microréalité proprement indicible.

En effet, il faut une volonté toute particulière, et un équipement adapté, pour venir régulièrement plonger dans le lac, afin d'enterrer les cadavres sous le fond, planquer les bidons dans des anfractuosités, venir rechercher les cassettes.

Cela nécessite un effort tenace, régulier, sans rémission. Fabriquer les bidons, repérer les endroits profonds, et surtout apprendre la plongée sous-marine. Et chaque microfait ouvrait sur son propre univers de sub-microfaits : chacun des actes nécessaires à la confection d'un bidon-cercueil, par exemple le perçage des trous, le découpage des ouvertures, la pose du grillage…

Au fur et à mesure que se dévoilait la « structure » sous-jacente, des images nouvelles se formaient.

Une historiographie précise. Avec sa dynamique particulière, que je retrouvais à chaque fois. Une première période, encore balbutiante, jusque vers 1993-94. Une seconde phase nous conduisant jusqu'à cette année. Et la phase du Millénaire, qui venait de commencer.

J'imaginais ainsi, avec une facilité déconcertante, *Ceux des Ténèbres*, accompagnant les bidons qui coulaient avec leurs victimes terrorisées à l'intérieur, observant leurs efforts frénétiques pour ouvrir le métal de leurs ongles. Ensuite, ils étaient sûrement descendus avec des caméras sous-marines, avant d'avoir l'idée de les installer à bord.

Un effort, pensais-je, un effort.

Quelque chose qui vienne rompre la mécanique de l'habitude, le piège de l'ennui.

Oui, car même le meurtre en série finit tôt ou tard par se laisser capturer par une des forces fondamentales de l'esprit, notre cher ami, le « robot de la conscience ».

Celui-ci est une machine à apprendre et à oublier, en quelque sorte. C'est lui qui prend peu à peu en charge les faits et gestes dont est composé notre quotidien, jusqu'à ce qu'il devienne une sorte d'ensemble réflexe, où la « conscience » ne joue, semble-t-il, aucun rôle.

Mais c'est une vue de l'esprit, évidemment. Au sens propre. Une illusion créée par le cerveau pour se délester des actions « animales » et permettre au cortex de se concentrer sur ce pour quoi il a été fait. Cette illusion est vitale, mais elle n'en est pas moins une illusion.

Or, ce merveilleux dispositif « neurogiciel » recèle en lui un piège fatal. Comme à peu près tout ce qui fait l'humain. Ce piège a été clairement indiqué depuis longtemps par les vieilles religions de l'humanité. Ce piège s'appelle la facilité.

La facilité engendre à la fois dépendance et ennui. Elle est une sorte de trou noir qui aspire inexorablement la conscience si l'on n'y prend pas garde.

Or, au bout de quelques années d'activité intensive, même le meurtre en série peut s'avérer profondément ennuyeux. Et le meurtre en série c'est, quoi qu'on en dise, le *loisir absolu*. Satisfaction immédiate et répétitive des désirs les plus élémentaires, sexe-destruction.

Il est lui-même le piège fatal. Dès lors, la gueule béante du robot de la conscience s'ouvre et avale toute l'énergie mentale déployée pour parvenir à un certain «niveau de sensation». La quête est vouée à l'échec, pire, à l'absurde. L'effort se doit d'être amplifié de manière exponentielle, mais le robot de la conscience ne cesse d'avaler tout cela et sa progression est au moins équivalente.

De nombreux vampires-cannibales, par exemple, ont fini par dévorer des parties de leur propre corps, ou boire de leur sang, car le potentiel de sensations éprouvées pendant des années sur la chair de leurs victimes avait été épuisé.

J'ai fini par me demander où tout cela allait les mener.

À quel moment l'effort soutenu allait-il parvenir au point de rupture?

Je n'avais aucune réponse.

La nuit était d'un noir d'encre. Plus une seule étoile au plafond.

Demain, il ferait gris.

Je suis remonté me coucher.

31

Un matin, nous avons envoyé un premier coup de torche dans les ténèbres.

Ça s'est passé comme ça.

On était aux alentours du 20, je crois, enfin quelques jours avant Noël, et j'avais ouvert les yeux sur une matinée grise, après une nuit agitée, où des petites filles avaient été «moissonnées» dans des champs parsemés d'épouvantails à têtes de clowns, par des machines folles et horriblement silencieuses, comme si tout se passait au cœur d'un monde sous-marin, le fond d'un lac, par exemple. Je n'avais pas dérivé dans les réseaux cette nuit-là, laissant la machine traquer l'éventuelle connection d'une «Porte 999». Elle n'en avait été pas moins épuisante.

Ma bouche était sèche comme une vieille éponge oubliée en plein cagnard, et j'avais attrapé la bouteille d'Évian à mon chevet.

Le double hybride me regardait depuis l'écran.

— Salut, ai-je lâché entre deux glouglous. Ça va?

— On ne peut mieux, Dark. La nuit m'a été propice.

— Tant mieux, ai-je fait. Ça fera la balance avec la mienne.

Je me suis difficilement planté sur mes pieds, en étirant mes articulations, contractées par cette nuit passée dans la plantation sanglante.

Je me suis dirigé au ralenti vers le carré de douche.

J'allais ouvrir le mélangeur lorsque la voix de la machine m'est parvenue, derrière le rideau de plastique.

— J'ai répertorié toutes les coupures significatives cette nuit, Dark. Nous sommes sur la voie. Nous plongeons vers les racines...

Je n'ai rien répondu et j'ai tourné d'un coup sec le mélangeur. Le jet chaud est venu disperser les lambeaux de cauchemar qui hantaient encore ma conscience.

Quand je suis sorti de la douche, j'avais à peine passé la vitesse supérieure. Je me suis réinstallé devant la machine, face à la fenêtre qui donnait sur les montagnes.

Le ciel était bas. Les couleurs viraient vers un métal monochrome. Tout semblait évoquer la luisance d'un bidon humide.

— Bon, ai-je fait. Voyons voir ce dont tu me parlais à l'origine, si je me souviens bien, tout à l'heure.

J'avais l'impression de parler d'un jour vieux d'un siècle.

Un éclair de silice s'est fait entendre, au cœur de la machine.

— Tu veux parler des racines, je présume ?

— Oui. Tu me disais que tu avais détecté les «coupures significatives», c'est ça ?

— Nous sommes sur la voie, Dark... J'ai repéré une petite dizaine de cas qui entrent dans le cadre... Je suis remonté jusqu'à l'année scolaire 69-70, la dernière que tu aies scannée... Hum ! évidemment, au passage, j'ai visité quelques fichiers administratifs locaux...

Je n'ai pas relevé son allusion à la nouvelle infraction qu'il avait commise.

— Où ça, ici, à Theys?…

— Attends un peu, Dark, j'y arrive…

J'ai poussé un soupir d'énervement.

— Je n'ai que deux cas à Theys… À environ vingt ans d'intervalle. Le reste est éparpillé dans les écoles et collèges que nous avons visités…

— Bien… Voyons d'abord les deux cas locaux.

— D'accord… Remontons trente ans en arrière… Année scolaire 1969-70.

Une photo de classe s'est cristallisée sur l'écran. Une vingtaine de mômes, âgés de dix à treize ans. Un instituteur, assez jeune. Style étudiant de ces années-là, tout frais émoulu de l'École Normale.

La machine a zoomé sur une partie de la photo, dans une combinaison de fractales.

Un visage a grossi dans l'écran, l'emplissant presque tout entier. Un petit visage triangulaire, aux yeux noirs et pétillants. Un aspect fragile au milieu des solides gaillards qui l'entourent et dont on aperçoit quelques épaules.

— Georges Kernal… Né le 13 juin 1959, à la maternité de La Tronche, à Grenoble… Cette photo est la dernière qu'on ait de lui ici. Visiblement il a émigré l'année suivante pour la région parisienne… Son dossier scolaire est assez caractéristique. Il correspond selon moi tout à fait au modèle… Voyons l'itinéraire, si tu le veux bien. Naît à Grenoble, donc. Deux ans plus tard, ses parents quittent Vizille pour s'installer à Ivry-sur-Seine, dans la région parisienne. En 1965, séparation des parents, la mère émigre ici, où elle travaille à la maison familiale que la commune d'Ivry a ouverte au bas du village, pour des colonies de vacances… 1970, nouveau départ, rebelote sur Ivry, pour son entrée en sixième… Après, je n'ai plus de traces... Tout ça est plus ou moins rassemblé dans les dossiers scolaires le concernant.

— Ça me semble léger...

— Non... On fait état de quelques problèmes avec certains garçons du village... Dans un rapport du directeur de l'école, il est dit «*qu'il se plaint fréquemment d'être la cible d'Untel ou d'Untel à cause de ses origines parisiennes, alors qu'il est né à Grenoble, précise-t-il.*» Ses résultats brillants ont peut-être attisé la jalousie de certains de ses camarades...

J'ai réfléchi un moment.

L'homme aurait quarante ans aujourd'hui. Peut-être était-il revenu s'installer dans la région, une dizaine d'années auparavant, et s'était-il mis à tuer pour se venger, d'abord, puis prisonnier d'un cercle infernal de violence et de cruauté s'était-il mis à concevoir le Jeu et attirer à lui des partenaires? Mais quelque chose me semblait obscur.

— Où est la coupure des racines dans ce cas-là? Je ne vois pas bien.

— Les multiples déménagements. Une donnée fréquemment rencontrée chez les tueurs en série. Cela crée l'isolement dans un univers mental personnel... La séparation des parents... ce n'est pas un facteur de cause à effet, mais sur un terrain «sensible», ça joue son rôle... Ses origines locales non reconnues, ses conflits avec les autres, ses capacités intellectuelles, ses résultats scolaires, nous sommes dans un milieu rural, Dark, surtout à l'époque. Il était décalé, nulle part à sa place. Parisien tout en étant né à Grenoble, étranger dans son propre pays... Imagine ce qui s'est passé quand il a débarqué en pleine banlieue parisienne, à l'âge de onze ans, là, c'était encore pire, sûrement. Faux rural, pseudo-urbain, même pas banlieusard, il n'était personne..

J'ai vaguement oscillé du bonnet. Ça ressemblait tellement à mon propre parcours, en dehors des dates et des lieux... Mais je devais avouer que le cas cadrait pile avec le «modèle». Et puis, après tout, j'ai toujours pensé que la limite qui nous sépare des tueurs est extrêmement ténue.

— D'accord, faut retrouver sa trace. Cas suivant.

La photo noir et blanc de 1969 s'est transformée en un cliché couleur datant de deux décennies plus tard.

Une petite trentaine de gosses.

Un écriteau posé aux pieds d'une fillette avec des tresses blondes : année scolaire 1988-1989. Classe de CM2 et section spécialisée. La photo avait été prise en mai 89.

Zoom vers un coin de l'écran.

Le troisième visage du dernier rang en partant de la gauche envahit l'espace.

Un pré-adolescent d'une douzaine d'années environ. Épais. Grand pour son âge, et déjà bien enveloppé. Un visage carré. Une tignasse châtain terne, autour d'un front haut. Sa posture était un peu étrange, comme s'il cachait son avant-bras gauche.

— Guillaume Granada. Est arrivé dans le coin avec ses parents et sa sœur durant l'été 87. N'est resté ici que deux années scolaires pleines. Élève très moyen, taciturne, quoique relativement doué en dessin et en travaux manuels, en dépit de son handicap, je t'expliquerai. Accumule les redoublements. Echappe de peu à la section spécialisée. Arrivait de Valence. Les parents ont déménagé durant l'été 1989, dans la vallée, vers Goncelin. On retrouve sa trace dans les collèges de la région, en 90, 91 et 92... Mais il en est finalement exclu, début 93, pour une série de délits, dont un acte de violence envers un de ses camarades... Résultats en baisse constante... Après, on n'a plus de traces...

— M'ouais... ai-je grommelé, peu convaincu.

— Dans son dossier scolaire d'ici, y'a pas d'agressions graves mais quelques incidents, relatés par les conseils de classe... Des trucs qui entrent dans le modèle.

— Quels trucs ?

— Une ou deux bagarres. Et une fillette qui l'accusait de l'épier, la nuit, chez elle, avec des jumelles. En 90.

— Ouais... La fillette du Touvet ?

— Non, non... En 90, c'était quand il vivait vers Goncelin. Il est noté dans le dossier qu'aucune preuve n'a pu être apportée, et aucune sanction prise, Granada ayant affirmé jusqu'au bout qu'il observait les rapaces nocturnes. Cela est corroboré par d'autres éléments indiquant sa fascination pour les rapaces.

J'ai grommelé un borborygme dubitatif.

— J'ai autre chose. Il s'était fait surprendre, ici, quelques années auparavant, en train de tuer des animaux.

— Okay, j'ai fait. C'est quand même pas un crime.

— Non... mais ça fait quand même plusieurs détails significatifs, qu'on retrouve souvent chez les tueurs en série. Lui aussi, il a été bringuebalé, sans pouvoir s'enraciner, isolé.

— Ouais... Autre chose ?

— Ben oui, de méchants petits détails bizarres, quand même.

— Quel genre ?

— Des dessins. Et un élément de son dossier médical.

— Fais-moi voir ça.

— Un miracle que cet instit' conservait tout ça...

Les fractales se sont recombinées. Quelques dessins se sont succédé, ainsi qu'un photocollage, fait avec des photos de magazines. Mes yeux ne purent s'en détacher.

— La coupure des racines, me suis-je entendu murmurer, la coupure des racines...

Je ne sais pourquoi l'instituteur de l'époque avait conservé ces quelques dessins de l'élève Granada. En fait, si, je sais pourquoi. Une sorte d'intuition lui avait fait entrevoir l'importance que recelait cette poignée d'œuvres d'enfant.

Seigneur.

Tout semblait si atrocement limpide.

Le premier dessin représentait un homme à tête d'aigle avec une main coupée, remplacée par un crochet. Avec ce crochet il coupait des fleurs à têtes humaines, comme avec une faucille.

Sur un autre, le même coupait des fleurs sous un soleil rouge, à la taille colossale, dans lequel se profilait la silhouette d'un rapace, ailes déployées.

Sur le troisième, un personnage qui coupait un arbre avec une scie voyait sa main accidentellement coupée par la lame dentelée. Sur le quatrième, un homme sans main regardait une tronçonneuse sectionner un arbre qui saignait. Un cinquième montrait une planche tirée d'un manuel de zoologie, avec une quinzaine de rapaces. Le photomontage montrait un soleil, surplombé d'un condor inca, dans lequel un œil était crevé par une aiguille. Des lames de toutes tailles et de toute nature étaient soigneusement disposées en cercle autour du soleil. Des faucilles, ainsi qu'une représentation du capitaine Crochet, sur la droite.

À gauche... mon Dieu, à gauche... une poupée en fragments explosés.

Un frémissement m'a parcouru des pieds à la tête.

Les clichés d'autopsie remontaient violemment à la surface de ma mémoire.

Je me suis rappelé certains détails. Yeux crevés, mains coupées, démembrements.

— Je vois que tu saisis, a fait la machine. Maintenant, mate un peu ça.

L'écran a viré au noir et un texte s'est affiché, en blanc.

Le dossier médico-scolaire de Guillaume Granada faisait état d'une santé de fer, si ce n'était un détail. Le 5 décembre 87, la veille de son dixième anniversaire, le jeune Granada s'était accidentellement sectionné la main gauche au niveau du poignet en utilisant la tronçonneuse de ses parents pour découper un tronc d'arbre mort. Il avait été hospitalisé à Grenoble mais on n'avait pu sauver la main. Il avait été amputé et une prothèse standard lui avait été fixée. Granada n'avait donc pas dix ans quand cela lui était arrivé. L'accident le priva de sa main gauche, mais l'enfant était ambidextre. À cette date, les progrès scolaires semblent stoppés, sauf en dessin et travaux manuels où, malgré son handicap, il maintient son niveau, voire progresse faiblement. Les phantasmes de sectionnement prennent rapidement une forme morbide, détails sans aucun doute détectés par l'instit' de l'époque.

— Dis-moi, l'instituteur en question, là, qu'est-ce qu'il est devenu ?

Un petit rire magnétique.

— Je vois que tu suis le même raisonnement que moi... Pas de chance. Il a quitté la région la même année que Guillaume Granada. Il a été muté dans le Var. Et re-pas de chance, il a quitté l'Éducation Nationale en 95... J'ai visité leurs fichiers.

L'instit' avait quitté le coin en 89, donc. Il

n'était pas ici quand les disparitions suspectes avaient commencé. Il avait laissé derrière lui ces quelques cartons à dessins, que son successeur avait remisés aux archives... Les dessins de Guillaume Granada avaient été peu à peu ensevelis sous des empilements de dossiers. Dix ans avaient passé. Je les avais scannés mécaniquement ce matin-là, sans même leur jeter un coup d'œil, concentré sur mon labeur tayloriste, et voulant en finir au plus vite, je m'en souvenais très bien.

Mon corps s'est tassé au fond du fauteuil, alourdi d'une fatigue soudaine.

J'étais presque certain d'avoir tapé dans le mille, direct.

Au départ, j'avais plutôt penché d'instinct vers le cas Kernal. QI élevé, structure familiale instable, identité floue... Mais au fil des détails dévoilés par la machine, la certitude s'était clairement établie en moi.

Granada.

Granada avait tué la petite Le Guez, pour commencer. C'était comme une lame tranchante et lumineuse, cette certitude. Sans doute avait-ce été son premier meurtre. Il n'habitait plus le village, mais dans la vallée, à vingt ou trente kilomètres de là, et fréquentait une institution dépendant d'un autre secteur de la «carte scolaire». Un soir, il s'était baladé, pour rôder. Il avait de nouveau suivi une petite fille. Puis il était passé à l'acte, profitant sans doute d'un concours de circonstances favorables. Ce premier crime avait été l'acte «fondateur» de sa nouvelle personnalité. C'est pratiquement toujours ainsi que cela se passe.

Mais surtout, cela signifiait une chose précise, au vu des dates du dossier scolaire.

Granada venait juste d'avoir treize ans quand il avait tué pour la première fois.

Il m'a été difficile de mettre en place un plan réfléchi dans l'heure qui a suivi. J'ai agi à l'instinct.

La machine a essayé de remonter la piste Granada, mais il n'y avait aucun abonné à ce nom dans tout le département! Elle s'était contentée d'un accès légal au fichier Télécom, dans un premier temps, mais après avoir visité en toute illégalité (et avec mon accord) les fichiers de la Sécurité Sociale, elle y a repéré un Guillaume Granada, vivant dans la région, pas très loin d'Allevard.

Allevard... Là où Marie Sfeitz avait disparu...

Il vivait chez un certain Jimmy Bartel, dans un garage automobile apparemment, car le numéro et l'adresse de cet abonné correspondaient à ceux de l'entreprise: CARCASS PARK. Une casse-autos.

Je n'ai pas mis dix secondes pour prendre ma décision.

— On bouge, ai-je fait.

— Parfait, je commençais à me rouiller...

J'ai refermé la mallette et l'ai empoignée pour sortir.

Dehors, le ciel était d'un gris anthracite. Les nuages bas et tourmentés. Un vent froid poussait les nuées vers nous, les enroulant au sommet de la Chartreuse comme des gaz de combat.

Il s'est mis à pleuvoir à grosses gouttes, sur la route qui montait vers le Barioz, puis redescendait vers Allevard. Les essuie-glaces ont rythmé le bruit du moteur.

J'ai roulé jusqu'à Saint-Pierre-d'Allevard. J'ai traversé la ville, toujours sous cette pluie battante. Il n'était même pas deux heures de l'après-midi et, nom d'un chien, il faisait presque nuit.

Tout le monde roulait les feux allumés et l'asphalte luisait comme du cuir mouillé.

J'ai roulé le long de la petite départementale sur trois ou quatre kilomètres avant qu'un panneau ne surgisse, comme un morceau d'épave au coin d'une cité engloutie. Sans ses couleurs vives, presque fluos, je crois bien que je l'aurais dépassé sans le voir.

Un croisement avec une petite route sur la gauche. Le panneau orange aux lettres bleues pointait cette direction. CARCASS PARK → JIMMY BARTEL → CASSE-AUTOS & POIDS LOURDS → RÉPARATIONS → CARROSSERIE → CARBURATION. 300 mètres.

J'ai actionné mon clignotant en catastrophe, tout en jetant un coup d'œil au rétroviseur.

J'ai vu les bagnoles dès que je me suis engagé sur la communale.

Il y en avait des centaines. Sur le côté gauche de la route, et s'étendant pratiquement de la départementale, derrière moi désormais, jusqu'à cette grosse bâtisse grise que j'apercevais, là-bas. à environ trois cents mètres. La route en pente attaquait un des puissants contreforts de la Belledonne. Juste passée la grosse bâtisse, la route s'enroulait sur le versant boisé de la montagne. La forêt de conifères venait lécher l'arrière de la maison.

La poésie de Byron m'est revenue en mémoire. La Famille des Bois...

Les amoncellements de voitures, de camions, de cars et de caravanes de toutes marques et de tous formats formaient un paysage de métal aux couleurs délavées par la pluie. Vitres et pare-brise explosés, calandres embouties, ailes froissées, toits enfoncés, châssis pliés, comme un catalogue de tous les traumatismes possibles, sur une structure d'acier dotée de quatre roues. Des Renault, des Citroën, des Peugeot, des Fiat, des Ford, des Volkswagen, des Opel et des Mercedes, par légions. Des camions Daf, Iveco, Volvo, d'antiques Berliet, des Saviem, un car Chausson, des tracteurs Mc Cormick, Magirus Deutz ou Ferguson, des remorques Fruehauf, un ou deux engins Caterpillar, des mobil-homes, dont un gros Ford de couleur crème, et au toit orange... Un véritable musée de l'industrie automobile.

J'ai ralenti. À mes côtés, la neuromatrice, l'écran-senseur relevé, enregistrait ce qu'elle pouvait par le pare-brise et les vitres, soit pas grand-chose. J'ai installé mes lunettes TransVision autour de ma tête et j'ai cliqué sur ON.

Le champ de carcasses métalliques a lentement défilé dans mon écran stéréoscopique, jusqu'à la bâtisse grise. Une maison aux multiples dépendances, dont une sorte de véranda, un garage, et une petite baraque, aux limites de la forêt.

Un vaste terre-plein boueux s'ouvrait derrière un large portail déglingué, en retrait de la route. Toute la propriété était clôturée d'un haut grillage surmonté d'un écheveau de frise.

Le portail était entrouvert, son cadenas pendait, enroulé autour de sa chaîne.

J'ai encore décéléré.

L'icône fractale tournoyait dans un coin de mon champ de vision.

J'ai aperçu quelques véhicules garés sous un auvent, sur un côté de la maison. Une vieille américaine des années soixante, un fourgon Nissan Vanette, et un châssis kaki ressemblant à une jeep de l'armée US démontée. Il y avait d'autres véhicules à l'intérieur du garage, dont un hissé au-dessus de sa fosse. Mais c'était déjà fini. Les premières rangées d'arbres me cachaient la vue.

La route s'est rapidement enroulée autour de la montagne, me faisant tourner le dos à la casse, puis me conduisant vers les sommets.

J'ai roulé un petit kilomètre et lorsque je me suis garé sur un terre-plein pour faire demi-tour, je me suis rendu compte qu'il était temps de reprendre mon souffle.

J'ai fait le point.

L'issue de la situation ne laissait aucun doute, malheureusement.

Car quoi faire, maintenant? Se pointer à la porte et demander à voir les cadavres?

J'ai soupiré en regardant la pluie tomber inlassablement sur l'univers.

Demain, je déménagerai. J'irai m'installer dans un hôtel de la vallée. Je devais utiliser en priorité la supériorité que me donnait la neuromatrice, dans les réseaux. J'avais stupidement cédé à l'envie de m'approcher d'eux physiquement, alors qu'avec notre merveille de technologie neuro-optique, je pouvais m'infiltrer à distance dans leur «infosphère» personnelle.

Une idée bizarre s'est formée dans ma tête.

Si j'avais loué une caravane, j'aurais pu être mobile, pour de bon... Avec une parabole et un modem hertzien, on pouvait rester branché sur le réseau tout en nomadisant sur la route. J'avais vu certaines de ces tribus cyberpunks aux alentours de Cap York, dans leurs énormes mobil-homes, ou monospaces transformés, voire ces véritables autocars-appartements, colorés et bringuebalants, sillonnant le bush, tout en dialoguant avec le monde entier, via Internet et canaux satellites.

L'image m'a accompagné alors que je franchissais péniblement les frontières du sommeil. Une ébauche de stratégie prenait forme.

C'est le lendemain matin que je me suis décidé à appeler Dick Mahoney, avec plusieurs jours de retard sur un rendez-vous auquel je ne m'étais même pas rendu.

Putain, Dick était dans tous ses états. Mais où j'étais passé bon Dieu ? Qu'est-ce que je foutais ? Le cabinet Heidrick & Struggles avait téléphoné à plusieurs reprises, à ma recherche, et ils menaçaient de faire un procès à Biosphère, ou tout au moins de rompre leur contrat. Randrashankar était extrêmement ennuyé par mon attitude.

Je ne sais comment j'ai fait pour calmer le jeu. J'ai réussi à faire avaler à Dick un de mes mensonges désormais coutumiers, et lui ai arraché quinze jours supplémentaires de délai, jusqu'au 5 janvier, mais je devais en retour convaincre Randrashankar, à Cap York. Le 5 janvier, dans tous les cas, lui et Atanassiev se rendraient à Londres avec leurs chercheurs pour accomplir le voyage jusqu'en Australie. J'ai néanmoins poussé un soupir de soulagement lorsque nous avons coupé la communication.

J'ai ensuite joint le cabinet de recrutement à Paris.

Vous pouvez me croire, ça a chauffé pour mon matricule.

Mais j'ai réussi à m'en sortir, en leur laissant la charge du recrutement final du chercheur russe. J'ai dû négocier au couteau pour conserver la candidature de Svetlana, que je faisais passer de surcroît sur le listing français. Au passage j'abandonnais donc Gombrowicz, en me demandant si je le reverrais jamais un jour. Un vrai micmac. Pas loin d'une heure de communication avec La Défense. Je sentirais la note passer au moment de quitter l'hôtel.

Enfin j ai appelé Cap York, alourdissant encore la facture. Randrashankar semblait très préoccupé par mon comportement. Qu'est-ce qui me prenait donc ? Avais-je oublié la tâche majeure à laquelle nous œuvrions tous, et dont l'aboutissement dépendait de l'opération de recrutement que j'avais en charge ? Ce n'était pas le moment de se disperser, Arthur, m'affirmait-il en dodelinant doucement de la tête.

J'ai compris en un instant qu'il me faudrait user d'une autre stratégie avec ce neuromathématicien exceptionnel.

— Professeur, lui ai-je demandé, que feriez-vous si vous aviez la possibilité de sauver plusieurs vies humaines... disons des dizaines de vies humaines ?

J'utilisais la neuromatrice pour les communications. Le visage de Randrashankar s'est figé, perplexe, au centre de l'écran.

— Je présume que vous essayez de me dire par là qu'il s'agit de la situation dans laquelle vous vous trouvez..

— Oui... Je n'ai pas le temps de vous expliquer en détail, mais c'est très exactement ça. Je ne demande tout compte fait qu'un délai de cinq jours par rapport au délai imparti à l'origine, soit fin décembre.

Un léger sourire.

— Arthur, vous avez scindé le groupe en deux pour gagner un mois, tout le monde le sait, y compris là-haut au conseil d'administration de la Biosphère... J'ai de plus en plus de mal à défendre votre attitude, le cabinet parisien n'arrête pas de se plaindre et Biosphère commence à me demander jusqu'à quel point vous êtes un élément indispensable...

— Et qu'est-ce que vous leur répondez ?

Un petit rire et un éclair de malice, alors que les yeux se plissaient et que des rides s'agitaient sur toute l'étendue de l'immense front. La calvitie de Randrashankar luisait d'une lueur fauve.

— Je leur montre la courbe de notre productivité depuis que vous êtes parti, ça suffit encore à les calmer...

Nous avons ri de concert et je me suis rendu compte que ça faisait un petit moment que je n'avais pas décontracté mes zygomatiques. Seul dans cet hôtel, avec l'horreur en CD-ROM pour compagne quotidienne. J'ai ressenti ce besoin de chaleur humaine et d'amitié qu'éprouvent tous les reclus. Randrashankar le comblait, même s'il n'était qu'un visage dans un écran, dont la réalité était distante de vingt mille kilomètres. Il se montrait patient, et compréhensif, et n'hésitait pas à m'envoyer un compliment par-dessus le marché, et les océans.

Il m'a redonné confiance.

J'ai quitté l'hôtel avant midi, comme prévu, en remerciant la tenancière du *Relais des Pistes* et en lui demandant de faire suivre mes amitiés à Evelyne Furizzi.

Je suis redescendu dans la vallée, et j'ai roulé jusqu'à Grenoble. J'ai remis le Pioneer à l'agence et j'en ai loué un autre, d'une version supérieure et équipé du nec plus ultra en matière d'informatique et de télécommunications. Je me suis ensuite mis en quête d'un hôtel, le plus anonyme possible, situé dans la vallée, et pourvu de tout ce qu'il fallait en matière de haute technologie domestique.

J'ai rapidement jeté mon dévolu sur un Robotel qui donnait sur la rivière et sur l'autoroute parallèle. Les Robotels sont dépourvus de tout personnel. On y accède par sa carte de crédit, qui ouvre les différents sas et systèmes. Les chambres sont

assez spacieuses, mine de rien, et très fonctionnelles. Un système de distribution automatique,
branché sur la réserve du sous-sol, avec une console
qui permet la programmation du remplissage de
son frigo. Un terminal multimédia intelligent,
recevant câble et satellite, avec écran haute définition 16/9, et sa console de recherche, sur une
tablette rétractable à la tête du lit.

Une véritable salle de bains.

Le paysage n'était pas fameux, mais je n'étais
pas là pour faire du tourisme vert. Par les deux
grandes fenêtres fumées à l'extérieur, transpa-
rentes à l'intérieur (du SunGlass à microcellules
photovoltaïques), j'apercevais la chaîne de Belledonne et le réseau urbain qui couvrait la vallée.

J'ai branché la neuromatrice à l'interface Télécom.

Je sentais depuis un moment la faim engendrer
des trous d'air dans mon estomac.

Une seule pensée tournoyait dans mon esprit :
et maintenant, s'introduire.

L'écran brillait comme un soleil électrique. Une
nuée de fractales se recomposait sans cesse, image
du formidable déploiement de rhizomes neurocognitifs dans l'espace virtuel du réseau.

La combinaison cyberspace épousait les formes
de mon corps, comme une seconde peau.

J'avais expliqué à l'intelligence artificielle que
je voulais deux choses.

— Primo, une incursion sans bavure, furtive
à cent pour cent. Rien qui puisse laisser le
moindre électron de travers. Leur système, finement analysé par la machine, s'avérait un simple
Unimédia du commerce, muni des logiciels de
protection standards. Bon, du haut de gamme,
mais rien de bien méchant. Quoi que nous fas-

sions, lui ai-je dit, je veux rester parfaitement invisible.

— Deuxio, avaler le maximum d'informations, sous réserve de ne pas compromettre la règle numéro un. Ça voulait dire non seulement pirater leur ordinateur, mais je désirais aussi que la neuromatrice cartographie l'ensemble du réseau énergétique de la maison.

Belle stratégie.

Mais nous nous sommes rapidement retrouvés devant un obstacle infranchissable.

Leur ordinateur n'était même pas branché.

J'ai attendu presque tout l'après-midi. La machine me montrait la même et constante explosion de lumière. Elle «percevait» l'activité électrique du réseau, mais visiblement, pour l'heure, ils se contentaient de regarder la télévision. Une chaîne de sport qui arrivait par le câble. Leur console informatique n'était même pas allumée, je ne pourrais avoir accès au contenu des mémoires... Tiens, ils venaient de zapper sur MTV. Ah, non, ils revenaient sur Eurosport.

Bon, c'était pas très passionnant, mais j'ai demandé à la machine d'essayer d'analyser le plus finement possible la structure quantique de tout ce beau matériel. Ça pourrait servir.

Je lui ai demandé de garder un œil sur leur système, puis je suis allé faire un tour à l'extérieur, prendre un peu l'air.

32

J'ai profité de cette première nuit d'attente pour naviguer dans les banques de données des fichiers administratifs, et progressivement, nous sommes arrivés à recoller les morceaux. La machine complétait les bits d'information manquants, tout comme moi, et de notre dialogue naquit peu à peu un portrait. Un parcours, une dynamique.

Auguste Jimmy Bartel était né à Valence, en 1964. Son père, John Harley Bartel, était un sous-officier de l'armée américaine, aux lointaines origines françaises, en poste dans une base de l'Otan. Sa mère, Solange Pelletier, était la fille d'un garagiste travaillant parfois pour la base. En 1966, De Gaulle retira la France de l'organisation militaire intégrée et les bases américaines furent fermées. John Harley Bartel avait reconnu l'enfant, qui portait son nom, mais il quitta la France pour suivre son bataillon en Bavière, début 1967. La machine était arrivée à le suivre jusqu'à son départ d'Allemagne pour une base en Virginie, en 1972, en se branchant sur les réseaux de l'Otan et de l'armée américaine. L'homme ne revint jamais en Europe.

Pendant ce temps-là, l'enfant resta à la charge

de sa mère et de ses grands-parents, jusqu'à la faillite du garage familial, en 1976.

Le grand-père, Auguste Pelletier, fut finalement condamné pour escroquerie, faux et usage de faux plus une galaxie de délits financiers, en 1977. La honte, vraisemblablement, poussa la mère à quitter la région et à s'installer avec son fils dans les Alpes. Une série de déménagements successifs l'amena finalement à se fixer en 1982 dans la région de Saint-Jean-de-Maurienne. Nous suspections là, la neuromatrice et moi, des éléments susceptibles d'encourager l'isolement et cette sacrée «coupure des racines» si finement mise en lumière par le Zohar.

À cette date, néanmoins, le jeune Jimmy Bartel semble déjà doué pour les sports de compétition. Il pilote des motos et des voitures de rallye. La machine détecta sa trace au début des années quatre-vingt, dans quelques colonnes de quotidiens locaux, à l'occasion d'une course de côte, ou d'un championnat régional de trial.

Puis à partir de 1985-1986 les choses semblent s'accélérer. Embauché par une équipe prestigieuse, il participe à plusieurs rallyes et se taille peu à peu une notoriété.

En 1988, il remporte une course en Suisse et il se place dans le quatuor de tête d'un grand raid transafricain. L'année suivante il participe brillamment au Monte-Carlo, mais sa voiture le lâche définitivement, à quarante kilomètres de l'arrivée. Étrangement cela semble également stopper net la progression fulgurante de sa carrière. En 1990, alors qu'il pilote une des meilleures voitures du circuit, sa présence est quasiment inexistante lors du Championnat du monde. Les quelques articles de journaux mémorisés par la machine en font mention et ne manquent pas de souligner les problèmes que cela engendre avec son écurie.

Visiblement les choses se dégradent en 1991, car il n'apparaît même pas au classement des vingt ou trente meilleurs pilotes de l'année. L'année suivante on n'entend parler que de son éviction de l'équipe, et il n'achève pas la saison.

C'est en 1994 qu'il ouvre son CarCass Park, vers Allevard, la machine put prendre connaissance de son dossier à la Chambre Régionale de Commerce.

Nous avons rassemblé les pièces du puzzle durant toute cette nuit, en ne cessant de nous poser des questions et d'élaborer des ébauches de réponses.

Première question, pourquoi ce garçon apparemment doué cessait-il soudainement de progresser, pour disparaître en un ou deux ans non seulement de l'élite nationale, mais même des compétitions les plus modestes, et ce pour devenir garagiste et propriétaire d'une casse-autos perdue dans les montagnes ?

Deuxième question, comment faisait-il pour s'offrir cette propriété de trente-cinq mille bons mètres carrés de terrain constructible, plus une énorme ferme dont les dépendances servaient d'ateliers mécaniques ?

Le salaire d'un jeune pilote de rallye ? Ouais, possible, à condition qu'il ne le flambe pas, en jolies filles, voitures de sports, casinos et autres placements hasardeux...

Un premier détail nous choqua d'emblée : Guillaume Granada demeurait à l'adresse de Bartel depuis 1994, c'est-à-dire dès l'ouverture de la casse. Granada avait dix-sept ans. Bartel trente. Les deux individus subissaient une «coupure» à environ dix ans d'intervalle : un traumatisme physique, pour l'un, psychologique, pour l'autre.

La parfaite correspondance des dates stratégiques ensuite. En 1987, Guillaume Granada sectionne accidentellement sa propre main et ses phantasmes sexuels d'enfant prennent un tour violent et morbide. En 1989, sa famille repart dans la vallée. En 1991, selon moi, il kidnappe et assassine la petite Le Guez. Dans le même laps de temps, la trajectoire de Bartel frise les sommets et s'interrompt brutalement.

Où avait vécu Granada après 89 ?

Au nord de Goncelin. Avec toute sa famille.

Or en 1994, il se retrouve chez Jimmy Bartel, à Allevard. Qu'est-ce qui avait provoqué cette connexion bizarre ? Et que s'était-il passé entre-temps ? Pourquoi les Granada avaient-ils quitté Theys en 1989 ?

La neuromatrice est une machine proprement diabolique. Elle a très vite su se propager dans les bons réseaux d'information et assembler les éléments essentiels.

Au bout de quelques minutes un nom s'est inscrit dans un menu déroulant.

IRÈNE GRANADA.

— Ouais ? ai-je laconiquement demande.

— C'est la sœur, la sœur aînée de Guillaume. Elle a onze ans de plus que lui. J'ai détecté un troisième enfant, une fille, juste entre eux deux, mais elle est morte vers l'âge de cinq ans, j'ai pu accéder aux différents dossiers. Un accident domestique.

— Oui et alors ?

— Eh bien... En fait les Granada et Jimmy Bartel sont vaguement cousins, d'après ce que j'ai pu comprendre en me baladant dans les états civils... Du côté de la grand-mère de Jimmy Bartel, madame Pelletier, si on suit un rameau de l'arbre on aboutit à madame Granada mère... Irène et Guillaume Granada sont des cousins éloignés de Jimmy Bartel...

Ça ouvrait des perspectives nouvelles, ça.

— Okay... pourquoi Irène? (Je faisais allusion à son message écrit.)

— Parce que c'est elle qui a hérité.

— *Quoi?*

Le Doctor Schizzo nouvelle mouture me regardait fixement. Le visage hybride de Schaltzmann et de moi-même m'offrait un sourire de triomphe, et ses yeux brillaient de leur feu ardent.

— Les parents Granada sont morts en décembre 1991. Ils se sont tués en voiture... Ils sont tombés dans un ravin, sur une route dangereuse, au-dessus de la vallée du Champsaur, entre Gap et Grenoble... Irène Granada a hérité de la fortune l'année suivante. Elle a revendu la quasi-totalité du capital immobilier pour investir dans le Car-Cass Park de Bartel.

Le mot fortune a attiré mon attention.

— Le métier des parents Granada, c'était quoi?

— Rien de bien particulier. Le père était un cadre de l'usine de papier, en bas du village... Sa femme ne travaillait pas et possédait quelques biens de famille. Ils sont arrivés en 87, donc. Quand l'usine de Theys a fermé deux ans plus tard, il a déménagé... et pris une retraite anticipée, puis sa femme et lui sont morts dans cet accident... D'après ce que je comprends des transactions effectuées, le père Granada était un petit génie de la Bourse. Il possédait un portefeuille d'actions très rentables et plusieurs appartements et maisons, tout autour de Grenoble. Un pactole que j'évalue à au moins six ou sept millions de francs de l'époque.

J'ai poussé un sifflement admiratif. Ça commençait à turbiner sec dans mes cellules nerveuses.

— D'accord, ai-je fait, Irène Granada hérite de la fortune familiale en 1992. Et elle finance l'entreprise de Bartel? Pourquoi? Ils étaient à l'abri du besoin, elle et son frère, plus besoin de travailler, pendant une demi-douzaine de vies... Quel intérêt d'aller habiter chez ce lointain cousin?

— Il y a les impôts mais bon... Réfléchis deux secondes, Dark... je t'en prie.

Son air supérieur commençait à m'agacer.

Et puis je ne voyais pas...

— Écoute, ai-je lâché, sèchement... Où est le lien logique? Elle hérite de sept cents briques, disons quatre ou cinq cents à l'arrivée et elle finance la casse-autos minable de ce pilote raté?

— Alors là, tu m'épates Dark, essaie de superposer les deux cartes, je t'en prie...

J'ai poussé un soupir d'énervement épuisé. La nuit était bien avancée et je tombais de fatigue. Je m'en voulais à mort de devoir montrer ma faiblesse à l'entité allumée et puissamment «égocentrique» qui habitait la machine. Mais je turbinais à vide. J'avais besoin de savoir avant d'aller m'effondrer.

— Fais-le pour moi...

Je me serais baffé. J'avais presque supplié. Je me suis rendu compte avec stupeur que les rapports maîtres-esclaves traditionnels de l'homme et de ses créations pouvaient très facilement s'inverser, pour peu que la compétition s'aiguise vraiment, entre les deux «espèces».

— D'accord, a-t-elle feulé... le visage du Moi/Schaltzmann s'éclairant d'un sourire. Je m'étonne qu'un humain comme toi ne puisse comprendre ce truc essentiel, et que ce soit une machine qui te l'apprenne, Dark, mais...

— Quoi, putain de bonsoir ?

— L'amour, Dark.

Le silence électrique a buzzé, la très lointaine vibration de la ville et de l'autoroute en contrepoint.

— L'amour ?

Je n'en revenais pas. Je m'attendais vraiment à tout sauf à ça.

— Dark, a repris la machine, tu dois arrêter de déshumaniser ces gens-là... ce sont des monstres, j'en conviens, mais ne perds jamais de vue qu'ils appartiennent à ton espèce...

— Très bien, admettons. Je ne veux pas engager une conversation avec toi sur la nature des sentiments humains... Pour résumer, à partir de 1994 donc, selon toi, Irène Granada se met en ménage avec Bartel, à la casse ? Et emmène avec elle son cher frangin...

— Oui, probablement.

— Mais ses parents sont morts en 1991, qu'est-ce qu'il y a dans l'intervalle ?

— Je ne sais pas exactement, mais si tu superposes les deux cartes, tu constates que c'est à ce moment-là que Bartel disparaît du circuit.

— Exact.

— C'est aussi à cette période que la petite Le Guez disparaît, puis on a la série de meurtres de 1993, qui me fut attribuée à tort.

J'ai contemplé la machine, abasourdi.

— Excuse-moi, mais tu veux bien me répéter ça... la série qui te fut attribuée ?

— Je suis Schaltzmann, Dark, même si je suis également beaucoup plus que ça... tu le sais bien.

Je n'ai pas insisté, il y avait plus urgent.

J'étais crevé mais j'ai «superposé les cartes», au prix d'un effort mental substantiel.

La mort des parents Granada s'inscrivait dans la série d'événements «bizarres» qui ponctuaient la région depuis fin 89, quand on avait découvert ce corps au-dessus d'Uriage, trois mois environ après le déménagement des Granada vers Goncelin. L'enquête de police effectuée sur les lieux de l'accident, le col du Noyer, n'avait jamais révélé quoi que ce soit de suspect, pas plus que l'investigation menée par les assurances, et c'est en méditant sur le fait que la scène s'est éclairée.

Jimmy Bartel.

Jimmy Bartel, l'as du volant et de la mécanique.

Facile, pour ce spécialiste, de trafiquer les freins ou un autre dispositif de la voiture des parents Granada, sans laisser de traces suspectes.

Pourquoi ?

Et bien justement à cause d'Irène, qu'il avait certainement rencontrée et avec qui une liaison s'était établie.

Et avec qui il avait conclu les termes d'un échange, simple et net comme une pierre tombale.

La mort des parents Granada et donc l'héritage, contre un financement du CarCass Park. La casse avait ouvert en mai 94. La société montée deux ou trois mois avant. Ils avaient laissé s'écouler plus de deux ans avant d'abattre les cartes.

Des prédateurs redoutablement dangereux.

Mais ce scénario laissait de nombreux points dans l'ombre.

Et Guillaume, le benjamin ? Quel rôle jouait-il là-dedans ?

Et quand exactement Irène et Jimmy s'étaient-ils rencontrés ?

Nous en avons discuté, mon double altéré et moi, alors que la nuit s'achevait, se délitant en évanescences filandreuses, comme ma conscience. Tout d'abord, une forme de magnétisme particulier avait attiré ces gens les uns vers les autres, un synchronisme accidentel, mais ô combien puissant.

Plus nous remontions vers l'origine, plus il nous était difficile de percevoir la nature exacte du phénomène, ce qui prouvait une fois de plus les limites «thermodynamiques» de la connaissance humaine.

Aussi plusieurs situations de départ étaient-elles possibles, mais elles convergeaient toutes vers le même point : à partir de 1994, les Granada et Jimmy Bartel s'étaient installés au CarCass Park, en même temps sans doute que commençait leur foutu Jeu. Ce qui signifiait qu'ils tuaient déjà depuis un petit moment. C'était logique. Le Jeu était une sophistication supplémentaire avant d'être devenu un véritable mode de vie.

Peut-être l'assassinat des parents avait-il été l'acte fondateur ? Non.

Nous nous sommes vite mis d'accord à ce sujet, la machine et moi.

Il fallait sûrement remonter avant. En fait, l'assassinat des parents, calculé et exécuté pour des raisons financières, était atypique. Une sorte d'«accident», dans une série d'assassinats perpétrés pour de bien plus ténébreuses raisons. Mais il avait permis l'autonomie financière. La liberté. Le temps. L'espace. Le pouvoir. L'accélération. Il avait permis l'instauration du Jeu.

Irène et Jimmy se connaissaient sûrement depuis 89 ou 90, et soit ils s'y étaient mis ensemble dès le départ, soit chacun de leur côté et au fil des premières confidences sur l'oreiller...

Je me suis souvenu de certains cas que j'avais consignés à l'époque du procès Schaltzmann, à partir des travaux de Colin Wilson, de Stéphane

Bourgoin, de Robert Ressler, de Gombrowicz et de quelques autres.

Celui des «Moors Lovers», par exemple, ce couple anglais du début des années soixante. Eux aussi avaient été fascinés par le nazisme et ils avaient tué nombre d'enfants et d'adolescents, dans les années 63-65, avant de se faire prendre, assez stupidement. Certains cas américains de tueurs en série travaillant en couple ou en famille me sont revenus en mémoire. Parfois l'un des membres du couple est l'initiateur ou l'organisateur, comme Henry Lee Lucas avec son pote Ottis Toole. Dans d'autres cas une forme de spirale sanglante les entraîne simultanément, et réciproquement.

Dans l'affaire qui nous occupait, peu importait au fond de savoir qui avait été l'initiateur, et pourquoi.

À partir de 1990 Jimmy Bartel semble se désintéresser de la compétition automobile, domaine dans lequel pourtant il excelle.

Cela ne pouvait signifier qu'une chose : *il avait visiblement trouvé mieux à faire.*

Or, plus j'y réfléchissais, plus je ne voyais qu'une seule activité capable d'égaler, mieux, de surpasser le niveau de sensation éprouvée au volant d'une voiture de compétition.

Le meurtre en série, évidemment.

Mais une troisième énigme surgit de cette solution.

Pourquoi ? Pourquoi se mettre à tuer ? Pour cela, comme pour Guillaume Granada, il fallait remonter aux racines.

En visitant les archives territoriales, la machine réussit à connaître le parcours du grand-père Pelletier, après ses quelques années de prison. Il s'éteignit en 1984, usé et ruiné. Sa femme, la grand-mère Pelletier, partit s'exiler vers Bayonne, où elle décéda à son tour en 1990.

Jimmy Bartel n'avait pratiquement pas connu son père. Il était probable qu'il avait fait de son grand-père maternel, le garagiste, le substitut de cette absence. J'entrevoyais même plus. Comme dans bien d'autres cas, l'absence du véritable père força certainement l'imaginaire du garçon vers une forme de fascination pour la figure remplaçante. Elle seule permet de combler le vide affectif, elle amplifie le transfert, d'une certaine manière, afin de lui donner plus de crédibilité. La fascination est un moteur essentiel de la simulation. Le cas Ted Bundy me revenait en mémoire. Il est un des exemples les plus frappants de cette opération mentale menée par de nombreux tueurs en série, lors de leur enfance.

Or, je soupçonnais depuis longtemps cette opération d'en masquer une autre, plus complexe, et peut-être plus importante. Celle qui consiste à générer un amalgame entre ces identités paternelles contradictoires, un hybride. Mais à la différence des «interpolations de personnalité» dont était capable la neuromatrice, ces esprits humains encore informés ne pouvaient contrôler le processus. Le père réel mais absent, le soldat américain, structurait en négatif le «père» phantasmatique, le garagiste. Mais la figure ainsi créée était fragile. Elle éclata lors de la ruine du garage familial et du procès du grand-père. La prison, comme une tache indélébile sur cette image survalorisée. La honte. L'exil. Les déménagements.

Quelque chose était mort dans l'imaginaire du garçon durant ces années-là, bien avant la disparition physique du vieux garagiste escroc.

Et quelque chose l'avait remplacé. Une image

transmutée du père biologique. Le Soldat. Le Tueur.

Son don naturel pour les sports mécaniques provenait sûrement de la fascination exercée sur lui précédemment par le grand-père garagiste. Cette passion lui permit pendant un temps de retarder le processus chaotique qui submergeait son inconscient. Mais d'une certaine manière, elle l'amplifia, aussi, comme un barrage cédant finalement devant la crue.

Lors d'une première phase, la structure a éclaté, sans doute vers 1989-1990, date à laquelle la progression de sa carrière est stoppée.

Une phase instable va suivre, jusqu'à ce que l'identification avec le grand-père soit parachevée, grâce au CarCass Park, image «sociale» stabilisée. Entre-temps, la compétition automobile avait fait place à l'assassinat en série, activité occulte, secrète, en relation avec la nouvelle image du père...

— Oui, agréa la machine. Je crois que nous pouvons envisager un processus de cette nature.

Personnellement je voyais, et je vois toujours les choses comme ça : vers 1989, Jimmy Bartel s'est mis à tuer des jeunes femmes. Une de ses victimes a été retrouvée dans la montagne, au-dessus d'Uriage. Très rapidement, avec Irène Granada qu'il rencontre à je ne sais quelle occasion, et qui l'initie, ils tuent conjointement.

Le jeune Guillaume montre parallèlement des dispositions analogues, et peut-être encouragé par sa sœur, il passe à l'acte à son tour début 91, sur une victime de presque son âge. Je reste persuadé qu'ils se sont tous rapidement agglutinés autour de leur passion commune.

Fin 91, Irène et Jimmy décident de passer au stade supérieur. La carrière de Jimmy Bartel est déjà condamnée Il s'agit de «réussir» ce nouveau départ.

Pour cela il faut de l'argent. Irène fait assassiner ses parents par Jimmy, sur une route de montagne, dans les Hautes-Alpes. Simulation d'accident. Elle touche l'héritage. À partir de 1992 ils passent l'*overdrive*. Tuent de plus en plus. La série de novembre-décembre 93, attribuée à Schaltzmann, ne représente pas plus que la mise en jambes d'une longue course, nous conduisant jusqu'à cette fin de siècle.

L achat du terrain et de la maison, la mise en place d'une «couverture sociale et professionnelle» correspondant aux capacités de Jimmy et offrant de nombreux services (disponibilité de véhicules en masse, ainsi que les moyens de les détruire ultérieurement, ou de les maquiller, grande bâtisse isolée, vaste terrain idéal pour enterrer des corps, engins et marteaux-pilons pouvant faciliter la besogne), tout cela va permettre la création du Jeu et l'instauration d'une activité vraiment régulière.

Doctor Schizzo/Schaltzmann était d'accord avec moi sur la trame d'ensemble sauf qu'il penchait, lui, vers une tierce personne initiatrice, sans pouvoir d'ailleurs expliquer pourquoi.

Peu importait.

Une seule chose comptait pour moi à ce stade de la nuit, ou de la journée, je ne savais plus bien, devant la lumière entre chien et loup qui repeignait le ciel.

Me coucher et dormir.

Nous étions déjà à l'avant-veille de la nuit de Noël.

*

566

Je me suis réveillé dans l'après-midi. Le ciel avait été dégagé. Quelques nuages solitaires couraient sur le fond bleu. Une belle lumière jaune repeignait les murs de ma chambre.

Mes yeux ont fait le tour de la pièce avant de se poser sur la machine.

Une pensée unique, claire et nette m'emplissait tout entier, comme le bilan d'une nuit de sommeil dont je n'avais aucun souvenir.

UN PLAN DE CAMPAGNE.

Il me fallait un plan de campagne. Je devais cesser d'improviser, et surtout ne plus commettre aucune erreur.

J'ai commandé un petit déjeuner et j'ai pris une douche en attendant qu'il arrive par le monte-plats robotisé.

Il était près de quinze heures lorsque je me suis assis devant l'image de mon double «schaltzmannisé».

Les jours précédents, la neuromatrice avait finement analysé la structure des réseaux cybersex, dont Sexus, et elle en avait conclu la chose suivante : la «Porte 999» était une messagerie autonome de dernière génération, qu'on greffait sur un réseau et dans laquelle les connectés cohabitaient en téléprésence, à l'intérieur d'un univers virtuel haut de gamme. Cette messagerie était pilotée par un logiciel très pointu, et protégée par les systèmes de contre-mesures dont la machine avait déjà repéré la trace.

La messagerie était contrôlée depuis une unité centrale située en Suisse, région du lac de Constance, m'affirma-t-elle cet après-midi-là.

La machine s'était infiltrée très lentement, selon la technique de l'«osmose logicielle» dont elle seule possède le secret, afin de ne pas réveiller les chiens de garde des réseaux. Et elle venait de remonter un gros morceau. Jusqu'à ce jour, nous n'avions aucune preuve formelle de l'existence d'un véritable réseau, dépassant les limites de la déjà singulière famille Granada-Bartel. Mais avec la Porte 999, et sa localisation en Suisse, donc, nous commencions sérieusement à relever le tapis sous lequel était planquée la merde.

Les détails se précisaient, peu à peu. Nous resserrions notre étreinte.

Une sorte de vent furieux m'emportait de l'intérieur. Une forme d'excitation drôlement intense.

Je crois que Schizzo/Schaltzmann s'en est aperçu. Un sourire énigmatique a arqué ses lèvres.

Je comprenais d'ailleurs très bien moi-même de quoi il s'agissait.

J'entrais dans le Jeu, à mon tour.

Le grand jeu de la chasse aux humains.

Mon double m'offrait un visage radieux, fasciné et cruel tout à la fois.

Nous pouvions y aller, m'a-t-il alors susurré. La Famille venait d'allumer son ordinateur.

Le tunnel de lumière a déferlé dans mes optiques.

La sensation de chaleur-déplacement s'est propagée dans les implants pseudo-sensitifs de la combinaison. Le tunnel s'est ramifié, en mille rhizomes chatoyants, comme dans un fantastique réseau sanguin… Non, comme à l'intérieur d'un réseau de neurones. J'ai réalisé que la neuromatrice me faisait voir ce qu'elle-même percevait, en tout cas de la manière qu'elle avait choisie pour l'heure.

Quelle que soit la nature du système que nous allions rencontrer, la machine l'intégrerait dans son propre neuromonde, il ne serait plus qu'un élément de ses phantasmes créatifs. La neuromatrice me démontrait brillamment à quel point elle était une forme de prédateur humain absolu.

Le système en question n'a pas tardé à apparaître.

Un boyau sombre, se terminant par un mur noir au centre duquel miroitait un sphincter métallique, de forme circulaire, fermé comme un diaphragme d'appareil photo.

C'EST AINSI QUE LE SYSTÈME IMAGE LEUR INTERFACE D'ENTRÉE VIS-À-VIS DE L'EXTÉRIEUR. ÉVIDEMMENT POUR MOI CE N'EST QU'UNE REPRÉSENTATION COMME UNE AUTRE. MAIS ELLE FERA L'AFFAIRE...

La voix hybride de Schizzo/Schaltzmann venait de doucement tinter à mes oreilles, comme soufflée dans un tube de cristal.

VOYONS UN PEU L'ENVERS DU DÉCOR...

Le sphincter s'est ouvert dans un chuintement monumental.

Docteur Schizzo m'a proposé de visiter un à un tous les étages du système, en suivant la procédure qu'aurait utilisée tout possesseur des codes d'entrées dûment homologués. Cette procédure d'intrusion «lente», à bas niveau d'énergie, avait le mérite d'être celle qui préservait le mieux notre furtivité. J'ai accepté, bien évidemment.

Voici à peu près ce que donna cette visite arborescente de la base de données de la famille maudite:

MAGNA CAMERA OBSCURA
Médiathèque Secrète du Grand Jeu des Ténèbres.
Ô, puissantes entités de l'invisible
Donnez-nous la vie éternelle

(*Strictement réservé aux initiés*)

Messages inscrits en lettres de feu. Un accompagnement musical tiré des Carmina Burana, un *sampling* monté en boucle.

Ensuite, un immense espace noir, profond comme une faille sous-marine. Des reflets de hautes parois, distantes de plusieurs kilomètres, comme derrière un flux de chaleur invisible. Un silence sidéral.

Je planais au sein de l'espace, dans une simulation d'apesanteur. Sans doute une défense du système, seuls ne passaient que les initiés.

JE PRENDS LE CONTRÔLE DES OPÉRATIONS, m'a averti la neuromatrice.

Elle a reconfiguré l'univers ennemi, en une poignée de secondes.

Je me suis retrouvé devant une icône géante.

J'ai compris que la machine venait de m'afficher tout le contenu du disque dur. Nous étions juste à l'entrée des profondeurs du système.

Comme vous le verrez par la suite, je n'ai pu conserver qu'une maigre partie de toutes ces informations, mais il m'en reste suffisamment, y compris en *mémoire vive personnelle*, pour pouvoir les reconstituer ici.

Voici la copie-écran de leur disque dur, tout d'abord.

MÉDIATHÈQUE SECRÈTE DU JEU DES TÉNÈBRES (à côté, les icônes du système multimédia et de plusieurs programmes de sécurité regroupés en une molécule complexe).

PANIK PARK (icône du programme Solid State Reality, qui permet d'assembler plusieurs programmes virtuels d'origines différentes et de passer facilement de l'un à l'autre).

LE CHÂTEAU DE LA MORT (icône de l'atelier logiciel CyberSpace Workshop)

LA CROISIÈRE DES SACRIFICES (icône personnalisée avec un visage lisse, métallisé et tournoyant)

LA JUNGLE DE ZAROFF (idem)

LES MAÎTRES DE TREBLINKA (icône d'un programme clandestin néo-nazi)

LE LABYRINTHE SANS FIN (icône de l'atelier logiciel Hyperworld Creator)

HOLIDAYS IN BERGEN-BELSEN (icône d'un programme néo-nazi)

14 YOUNG SACRIFICED CHILDREN/8 LOLITAS IN HELL (icône d'un programme clandestin de *snuff-movies* interactifs)

LA PLANÈTE DES ESCLAVES (icône personnalisée avec visage métallique)

EXPÉRIENCES SUR MATÉRIEL HUMAIN (1995-1999) (icônes de plusieurs programmes de gestion de CD-ROM et CD-vidéo)

LE CULTE DES TÉNÈBRES (icônes du programme Windows)

RITES ET COMMANDEMENTS DU CULTE (icône du logiciel Word-MicroSoft)

RITES ET COMMANDEMENTS SPÉCIAUX (icône du logiciel QuarkX-Press)

BIBLIOTHÈQUE INTERDITE (icône Word-MicroSoft)

LE JEU DES TÉNÈBRES — GRAND MILLÉNIUM (icône non apparente)

RÈGLEMENTS DU JEU (icône X-Press)

COMPTABILITÉ DU JEU (icône Lotus)

CARTE DU TERRITOIRE SACRÉ (icône 3D TransModelizer)

CLUB DES ÉCHANGES (icône du logiciel de télétransmission optique LaserWave)

Devant moi, cela s'affichait comme un mur cathodique géant, chaque nom de dossier devant son icône, dans un espace net et logique, une immense boîte, renfermant d'autres boîtes, univers gigogne de poupées russes purement alphabétiques.

J'AI PEUR QUE LA VISITE EN TEMPS HUMAIN NE NOUS PRENNE DES JOURS m'avoua le docteur Schizzo, il y a des centaines de giga-octets d'information ici, même moi, en pénétration «haute énergie», il me faudrait bien... disons *dix-douze* minutes pour tout mémoriser.

Je lui ai demandé ce qu'il proposait comme solution, et il m'a expliqué qu'il venait de lancer une synapse à l'intérieur du système, elle acheminerait les informations à un débit raisonnable. Pendant ce temps-là, j'allais pouvoir visiter succinctement quelques étages.

CLIQUE SUR L'ICÔNE QUI T'INTÉRESSE.

J'ai hésité un long moment puis je me suis décidé pour ce qui nous préoccupait le plus.

Mes bras se sont tendus vers l'icône de la Carte du Territoire Sacré.

Le mur géant a disparu et une immense photo satellite de l'Europe s'est affichée à sa place. Sous la carte, un tableau de bord graphique.

GRAND MILLÉNIUM, indiquait un banc titre rouge vif en haut de l'écran.

UNE SORTE DE PILE HYPERCARD, m'a fait l'entité, clique sur les boutons et tu pourras zoomer en avant ou en arrière.

Au bout d'un moment, c'est un modéliseur de fractales qui a pris le relais, je «survolais» les Alpes occidentales, aux limites de l'Isère et de la

Savoie et une multitude de petites croix noires sont apparues sur les chaînes de montagnes virtuelles. Elles indiquaient des dizaines de points répartis d'un bout à l'autre du paysage, dont un bon nombre dans les divers lacs de montagne que nous survolions. J'ai remarqué aussi des croix rouges, qui clignotaient comme des balises d'aérodromes clandestins.

Je me suis douté que cela concernait la partie en cours, la partie du Grand Millénium.

J'ai rapidement opté pour un survol général, afin d'avoir une vue d'ensemble de tout le disque central, pendant que la neuromatrice vampirisait méthodiquement le contenu des mémoires.

Je lui ai demandé de m'ouvrir les applications les unes après les autres.

Au moment d'ouvrir «Expériences sur matériel humain», la machine m'a prévenu.

Le bout de film piraté à Byron n'était rien en comparaison de ce que nous trouvions là.

Bien des années plus tard, je peux toujours vous le confirmer. La plupart des images sont encore bien trop nettes dans ma mémoire.

La machine a comptabilisé très exactement soixante-dix-sept personnes différentes sur les bandes vidéo de la Famille. Dont trente-quatre filmées lors d'expériences sous-marines directement liées à la nature du Culte d'Irène Granada et de Jimmy Bartel. Et dont un bon paquet de mineures.

Je ne me suis pas attardé dans le catalogue des atrocités. Mais certains de ces visages ne pourront jamais tout à fait s'effacer de ma mémoire. J'ai même fini par me demander si je ne les emporterais pas avec moi, lorsque je passerais à mon tour de l'autre côté.

J'ai rapidement compris ce que recelaient les

univers virtuels entassés en haut de l'écran du disque dur. De simples jeux interactifs bricolés en douce, dont certains utilisaient des séquences tirées des vidéos. J'ai remarqué que les programmes les plus sophistiqués étaient signés par l'icône au visage lisse et tournoyant.

En visitant le code-machine de ces icônes, la neuromatrice renifla l'«empreinte» détectée sur la Porte 999, et qui menait au lac de Constance. Dans le fichier «Club des Échanges», elle détecta la même empreinte sur une série de messages qui étaient signés de plusieurs pseudonymes dont deux revenaient constamment, Minox, et Shade-La-Machine. Tous ces messages étaient signés de l'icône au visage lisse et métallique, dont le nom de code était PORTE 999. Tout se tenait.

Plus tard, dans le même Club des Échanges, elle repéra une autre empreinte quantique, sur une série de messages rédigés en italien, et traduits en français par un programme expert standard.

Voici la teneur de quelques-uns des messages que j'ai eu le temps de lire, ce soir-là, disons ceux qui, par miracle, ont été conservés à peu près intacts dans les mémoires de la machine :

«Moi le Puissant Minox, Minotaure du Grand Réseau devenu par la grâce de Ceux que Nous Invoquons Shade-La-Machine, Virus Humain, Agent de l'Invisible Extermination, vous confirme par la présente communication l'ajout de deux cent cinquante-sept points supplémentaires à mon Capital. Le catalogue optique habituel suivra à la fin de cette transmission. Je vous rappelle que dès l'ouverture du Gambit, le but du jeu consistera à acquérir la "Variable 2000", comme je l'ai spécifié lors de l'établissement du Règlement Spécial. Je vous rappelle également que ce "bonus" de 2 000 points ne pourra être acquis que par celui ou ceux qui utilise-

ront la technique la plus récente, la chose étant tranchée par le tout nouveau TechnoCodex de l'Agence Internationale des Brevets. Le TechnoCodex est consultable sur serveur. N'hésitez pas à le consulter. Je suis pour ma part fin prêt et ne vous cache pas mon impatience. Il faudrait d'autre part que nous nous consultions au plus vite au sujet des nouveaux Disciples dont je vous ai parlé. Les précautions d'usage s'imposent, évidemment, mais je suis persuadé que nous avons là des sujets de choix...» (communication datée selon le code source du 4 septembre 1999, 21 h 54. Le «catalogue optique» dont il est question n'a pas été conservé.)

«Hier soir une nouvelle fois SunSet, celui-qui-marche-avec-les-démons, s'est incarné dans ma modeste personne. Deux nouvelles têtes-lumières se sont rajoutées à ma collection, je vous en envoie quelques clichés. J'ai calculé que cela me donnait un chiffre de deux cent soixante-neuf points, à rajouter à mon score de la semaine dern... (coupure)... fois il faudra que je vous invite à goûter à ma recette et surtout à ma sauce bolognaise, j'ai... (coupure)... têtescoupéesbrillentcommelalunejel'aidécoupéeencorevivanteetjeluiaimontrésoncœurqui battaitsouslecouteaudelaForceLumière.J'aicoupésa têtealorsquelesoleilsecouchaitj'aicriéTagahHeuzTa gahHeuzBoisleSangSacréParOsirisetParSethJEsuis lesoleiletlalumièreestentréeenmoietj'aicriéetdansé toutelasoiréeetdanstoutelamaisonavantdepréparer leBanquettoutcequivitenmoimaintenantvousnepouvezpasimaginertoutescesviesquej'aiavaléestoutcequiviten...» (coupure définitive, date de la communication non reconstituable à cause de l'état du code source.)

En passant sur les univers virtuels je lui ai demandé de m'en ouvrir un, au hasard.

C'est ainsi que j'ai pu jouer un instant à la Jungle de Zaroff, où vous pourchassiez un quarteron de jolies adolescentes, avec une meute de dobermans affamés.

J'ai demandé à la machine de me sortir de là en ayant l'impression d'avoir transgressé un grave interdit, d'avoir touché un objet maudit, malade, fatal.

Il subsistait comme un éclat de lumière solaire dans mon regard virtuel.

— Dark... tu sais, c'est vraiment extraordinaire ce qu'il y a dans ce système... Leurs jeux, leurs univers secrets, leur vidéothèque... Je viens d'avaler un énorme traitement de texte, là, une banque de données MicroSoft, avec toutes les mémoires de la dénommée Irène Granada. Sa « Bibliothèque Interdite ». À côté, le *Journal d'un tueur* de Gérard Schaeffer, c'est de la petite bière, si je puis dire (un hoquet de rire désespéré).

— Conserve ça précieusement, ai-je lâché, glacial.

Combien de temps pourrons-nous encore rester sans risquer de nous faire repérer ? lui ai-je demandé, un peu plus tard.

Une demi-heure, m'a-t-il répondu, ou un peu plus, si on est chanceux.

Je voulais en savoir plus sur la nature du « culte » qu'avait élaboré cette triste combinaison de cerveaux malades. J'ai cliqué sur « Rites et Commandements » et une page de texte s'est déroulée dans un univers graphique MicroSoft.

J'ai commencé à parcourir la littérature « ésotérique » de la Famille.

Je me souviens avoir lu quelque chose comme : « *Les Forces Intermédiaires agissent à la faveur de la rencontre des éléments fondamentaux Air, Eau, Feu, Terre. Elles seules possèdent la clé qui permet d'ouvrir la Porte aux Entités de l'Invisible. C'est la raison pour laquelle les sacrifices doivent être accomplis dans les minutes qui précèdent l'aube, à l'instant où la lumière du soleil frappe les eaux et les cieux, alors que le "matériel" est enfoui sous la terre cachée des abysses… »*

Et aussi :

« Il est absolument essentiel que le matériel comprenne parfaitement et à l'avance de quoi il s'agit, de quelle manière précise il va mourir. Les explications les plus détaillées possibles, avec images à l'appui, et plusieurs heures au moins avant l'exécution sont nécessaires à l'anéantissement de tout espoir… La mort doit se lire avec la plus grande netteté dans le regard. Le matériel sacrifié doit totalement être anéanti psychiquement, avant même l'exécution, car ainsi sa "coopération" est complète. De plus, cet usage ne comporte que des avantages sur le plan de la sécurité et il permet des sophistications ingénieuses, comme la participation du matériel aux exécutions, avant sa propre disparition… »

À la lecture du véritable mémorandum technique que constituait ce dossier, un mélange de sensations contradictoires a été injecté dans mes veines. Répulsion, dégoût, fascination, tristesse, rage, anxiété, perplexité, excitation (née de l'impression de découvrir là des éléments essentiels).

J'étais en plein «enregistrement», dans une sorte de transe hallucinatoire, lorsque l'obscurité la plus totale a envahi mon univers.

Toutes les pseudo-sensations se sont évanouies en un instant, me laissant seul avec le poids de la combinaison et de ses divers appendices, et les émotions authentiques qui m'envahissaient, à l'image des ténèbres environnantes. J'ai agité la tête, comme un insecte aveugle. Un monde noir comme un caveau de graphite s'étendait de toutes parts.

J'ai demandé à la machine ce qui se passait, avec la voix d'un enfant qui cherche sa mère dans le noir.

Mon visage s'est recombiné dans l'espace à la noirceur absolue, une tête en négatif carbone.

ILS VIENNENT DE TOUT ÉTEINDRE BRUSQUE-MENT. J'ÉTAIS OCCUPÉ, PAS PU T'ALERTER ASSEZ VITE... EN REVANCHE, J'AI PU LAISSER MA SYNAPSE EN ÉTAT MICRO-VIRAL À L'INTÉRIEUR, MAIS IL FAUDRA QU'ILS SE REBRANCHENT POUR QUE JE PUISSE L'ACTIVER.

Ce n'était déjà pas si mal.

J'ai décidé de nous accorder une pause. J'ai ôté les lunettes, je me suis extirpé de la combinaison et j'ai tout balancé sur le lit. Les câbles optiques enroulés autour du processeur ventral créaient comme une sculpture bizarrement marine.

Par les fenêtres, j'ai observé un long moment, hébété, les lumières de la ville qui clignotaient dans le crépuscule.

La neuromatrice s'est mise à buzzer dans son coin.

— Je n'ai pas pu avaler la totalité des fichiers, Dark, mais j'en sais maintenant suffisamment pour me faire une idée assez précise de ce à quoi nous avons affaire...

Je l'ai encouragée, d'un borborygme, à pour-suivre.

— D'abord en ce qui concerne le Millénarisme... En parcourant leur base de données «Rites et Commandements», je suis tombée sur leur expli-cation personnelle. C'est tout à fait passionnant.

Un geste vif de ma part, pour la prier d'aller droit au fait.

— D'après eux, et d'après les dates en effet, le

XXIe siècle ne débutera réellement que le 1er janvier 2001. Notre fixation sur l'an 2000 vient d'une erreur communément admise comme principe, désormais. Celle qui consiste à croire que l'ère chrétienne aurait commencé à l'an zéro. Mais non, cette appréciation est erronée. La naissance du Christ, départ de l'ère chrétienne, correspond à la première année du premier siècle : l'an 1 ... Ce qui fait que le changement de siècle et de millénaire aura lieu en 2001...

J'ai balayé d'un geste l'argument.

— Nous venons de voir le contraire, ai-je affirmé, toute leur base de données est farcie d'allusions au changement de millénaire, cette année, je veux dire le 1er janvier prochain, en l'an 2000... Gambit du Millénium et patins-coufins...

— Oui, mais c'est là toute l'astuce, je veux dire l'aspect particulièrement tordu de leur religion personnelle. Pour eux l'an 2000 est l'année du Chaos à cause de ça, il est l'année-interface, l'année du Grand Zéro, l'année du vide et de toutes les potentialités, c'est durant cette année que leur prophétie doit se réaliser et changer le cours de l'histoire, pour que l'an 2001, première année du prochain millénaire, commence sur de nouvelles bases, les leurs...

— C'est quoi cette foutue prophétie ?

— Je n'ai pas eu le temps de pirater cette partie-là de leur base de données, mais j'y ai vu des allusions plus ou moins directes dans certains courriers de leur Club des Échanges.

J'ai poussé un soupir, afin de presser le mouvement.

— Je crois qu'ils ont décidé de passer la vitesse supérieure. .

— Quel genre ?

— Genre tueries de masse, je crois bien, attentats divers à la bombe, ils envisagent même d'acheter de l'uranium ou d'autres matières fissiles dans l'ex-URSS, et d'en parsemer les bacs à sable des jardins d'enfants...

J'ai exhalé un gros juron entre mes dents.

— Le schéma psycho-dynamique s'éclaircit, s'est-elle mise à marmonner. C'est bien Irène Granada l'initiatrice, c'est elle l'«artiste», celle qui filme et prend les photos, c'est elle qui crève les yeux, également, et c'est elle qui entraîne la Famille à sacrifier de jeunes femmes aux eaux des lacs de montagne... C'est elle qui a conçu tout ce fatras pseudo-philosophique, cette religion en kit... Par contre, c'est Jimmy Bartel le concepteur des bidons-cercueils, le bricoleur, l'actif, c'est lui qui a initié Irène Granada à la plongée, mais c'est elle qui l'a initié à la vidéo, en retour. Un couple modèle.

Mes yeux ne quittaient plus ceux de mon double digital.

Les mots qu'il venait de prononcer fouissaient au plus profond de moi, comme des taupes forcenées.

J'ai pris une douche, me sentant sale comme jamais.

Extraits de la «Bibliothèque interdite» d'Irène Granada (seules quelques pages morcelées subsistent à ce jour en mémoire):

«*CHAPITRE PREMIER*
Bonjour, mon nom est Irène Granada et je tue depuis l'âge de onze ans. C'est ainsi que j'aime commencer ces mémoires, pour que vous compreniez bien de quoi il s'agit d'entrée de jeu. Meurtres, sang, avilissement, voilà mon pain quotidien. Je suis en mesure d'affirmer, sans forfanterie aucune,

que je suis devenue en vingt ans ce qu'il faut bien appeler une véritable spécialiste du crime. Mon expérience dépasse de loin tout ce que pourra jamais imaginer l'auteur de fiction le plus retors, et je m'en vais vous la conter, avec un luxe de... (coupure de quelques lignes)*... ames et Messieurs, bienvenue dans le Livre des Ténèbres, préparez-vous aux cauchemars les plus terribles de toute votre vie, et munissez-vous d'un sac à vomi, ou d'un tube de Temesta, car croyez-moi, vous allez en avoir besoin...* (coupures de nombreuses lignes)*... m'est venue lorsque nous avons trouvé le journal intime de cette petite pute, le mois dernier et que nous l'avons lu, alors que nous la préparions méthodiquement pour le Grand Voyage. Je ne sais pas si...* (coupure)*... l'idée m'excite prodigieusement, car je sens que ce talent couvait en moi depuis...»* (coupure de plusieurs pages)

(page 1, texte daté selon le code source du 4 juin 1997)

«... C'est pour ça que je me suis résolue à éliminer la Petite Rivale, alors que je venais juste d'avoir dix ans. C'était le jour de mon anniversaire et, malgré cela, j'avais bien vu que mes parents, et ma mère surtout, n'avaient d'yeux que pour cette petite créature de trois ans et demi, si angélique d'apparence mais qui commençait déjà à me causer de sérieux problèmes. J'ai beaucoup réfléchi sur les moyens à employer, pendant des mois, et je me suis documentée comme je pouvais, en furetant dans divers romans policiers et autres "livres pour adultes"... (coupure)*... après le jour de cet horrible anniversaire, le suivant ne s'annonçait guère mieux, j'avais un plan que je considérais comme infaillible. Je déguiserais ça en accident domestique, un incendie, ou une explosion par le gaz, ou*

même les deux. Je ferais ça un après-midi où ma sœur serait à la maison, et pas nos parents. Je lui préparerais son goûter comme d'habitude, sauf que j'ajouterais un tube de Tranxène entier au bon bol de chocolat chaud. Maman prenait du Tranxène à l'époque. Ensuite, j'ouvrirais la cuisinière à gaz et j'allumerais un petit incendie à la cave, ou j'allumerais la télé dans le salon, et aussi le vieux tuner branché sur la prise défectueuse. Ensuite, je sortirais rapidement avec mon vélo faire un tour dans la montagne. Quand je serais revenue tout aurait... (coupure de nombreuses lignes)... était enceinte du troisième à l'époque mais je ne savais pas comment faire pour tuer le bébé dans son ventre sans devoir tuer maman. Plus tard quand il s'est avéré que c'était un garçon, j'ai d'abord hésité puis je me suis dit que les garçons étaient utiles, et qu'ils étaient facilement manipulables, je m'en étais déjà rendu compte dans la cour de ré... (coupure de plusieurs lignes)... laissé vivre Guillaume, et je dois dire qu'il m'a donné la plus entière satisfaction, même, et surtout après que je lui ai sectionné la main avec la tronçonneuse parce qu'il refusait de tuer avec moi le bébé des Mori » (coupure de plusieurs pages)...

(pages 24-25, texte daté selon le code source du 10 juillet 1997, mais faisant référence à des événements survenus entre dix et vingt ans auparavant.)

«... en charge l'éducation de Guillaume, qui s'avérait un robuste gaillard, très déterminé et très farouche. Je lui ai montré comment son handicap pouvait être surmonté, et pourquoi cela était un don des dieux, dont je n'avais été que l'entremetteuse. Guillaume étant ambidextre, il n'aurait aucun mal à perfectionner l'usage de sa main artificielle, et à

améliorer celui de sa main ayant survécu. Je lui ai fait remarquer à plusieurs reprises qu'une telle prothèse ne laissait aucune empreinte digitale. J'ai fait ça petit à petit, lui ouvrant peu à peu certains de mes secrets. Quand j'ai vu qu'il était de plus en plus intéressé, je suis passée à la... (coupure de quelques lignes)... iques d'initiation des Thugs ou des SS. C'est comme ça que nous avons tous deux kidnappé ce bébé, à Saint-Étienne, en août 1990, et que je lui ai montré comment opérer, dans une vieille usine désaffectée, près des anciens charbonnages. Guillaume a semblé très intéressé par les hurlements du nourrisson. Plus tard, je lui ai demandé de tuer lui-même une fillette, afin de voir comment il s'en sortirait. Il n'a pas respecté mes leçons quant au fait qu'il ne fallait pas choisir des victimes de connaissance, et en tout cas pas dans le secteur. Mais il a été remarquablement prudent et efficace. Il a su parfaitement faire disparaître le corps dans la montagne, en l'ent... (coupure de plusieurs lignes)... ron un an auparavant j'avais initié Jimmy avec cette auto-stoppeuse rencontrée sur une route de montagne, vers Uriage, juste au crépuscule. La montagne était comme recouverte de sang. J'y avais vu un signe et je l'avais dit à Jimmy, qui fut d'accord avec moi. La femme était âgée de presque quarante ans et ce n'était pas le gibier de prédilection de Jimmy, mais quand je l'ai habilement questionnée, nous avons pu nous rendre compte qu'il s'agissait d'une étrangère, sans doute en situation irrégulière, une migrante, la frontière avec l'Italie, ou la Suisse, n'était pas loin. La femme parlait bien le français mais j'ai compris à son accent qu'elle était roumaine, ou yougoslave, ou un truc comme ça. J'ai regardé Jimmy d'un air entendu et il m'a rendu le sourire. Environ une heure plus tard, elle n'était plus qu'un corps souillé pendouillant au bout de sa corde, quelque part dans la forêt. Et moins d'un quart d'heure après, elle n'était plus rien du tout car on ne voyait plus qu'un carré de terre meuble sur lequel nous avons dispersé des branchages. Jimmy avait eu le bon goût de lui faire creuser sa tombe pendant qu'il procédait à son installation. C'est moi qui surveillais la femme avec le fusil de chasse pendant ce temps-là, et j'ai pu entamer avec elle une conversation intéressante sur les conditions dans lesquelles elle allait finir. Malheureusement, la femme n'a pas creusé assez profond, craquant avant la fin de la tâche et le corps fut déterré par des animaux sauvages avant d'être découvert plusieurs semaines plus tard par un ran...» (coupure de plusieurs pages)

(pages 38-39, texte daté selon le code source du 14 septembre 1997)

«... deux connasses gloussaient quand elles sont montées dans la voiture de Jimmy. C'était comme un don du ciel, ces deux apparitions sur le bord de la route. Elles correspondaient tout à fait aux critères de sélection de Jimmy, jeunes et faussement innocentes, ainsi qu'aux miens, étrangères, en situation irrégulière, ne connaissant personne dans le pays. Elle sont montées en riant et... (coupure de quelques lignes)... d'entre elles a supplié dans un mauvais français qu'elle ferait tout ce qu'on voudrait et qu'elle sucerait Jimmy gratuitement, mais tout ce que cette petite conne a sucé, c'est l'intérieur du sac en plastique que nous lui avons passé sur la tête. Gratuitement, bien sûr. À cette époque, un autre «serial killer» sévissait dans le pays, il était en cavale, et pourchassé par toutes les polices de France. C'est Jimmy qui a eu l'idée d'abandonner les corps dans la nature, de façon à ce qu'ils soient retrouvés, afin de "brouiller les pistes" et de faire endosser la responsabilité à un autre. Je n'étais pas chaude, ayant toujours considéré qu'un cadavre non retrouvé est un cadavre qui n'existe pas. Devant son insistance, je me suis rangée à contrecœur à son avis. Mais plus tard, lors de cette première grande partie de chasse à trois, quand la fille des Pyrénées a été découverte, puis que le serial killer en question s'est fait avoir, j'ai réalisé que les dates et les lieux ne correspondaient pas, ce qui pourrait éveiller la curiosité des flics, et s'avérer dangereux pour notre entreprise. C'est pourquoi j'ai ordonné de balancer la dernière au fond d'un étang. Mais ce corps a été également découvert accidentellement environ deux mois plus tard, nous l'avions mal lesté, et ce n'était vraiment pas loin de la maison ! C'est à partir de ce moment-là que j'ai commencé à me pencher sérieusement sur le problème des corps et que j'ai envisagé tout un tas de techniques pour les faire disparaître de manière défini… » (coupure de plusieurs pages)

(page 60, texte daté selon le code source du 3 novembre 1997, ce texte prouve, s'il en était besoin, l'innocence de Schaltzmann quant aux crimes de novembre-décembre 1993)

« … CarCass Park dépasse toutes nos espérances. Depuis plus de deux ans, les installations secrètes s'avèrent d'une totale efficacité et ce soir Jimmy m'a montré les plans des divers ajouts qu'il compte y faire. Je crois que nous allons toucher à la perfection. Jimmy s'avère d'une ingéniosité redoutable, les pièges qu'il conçoit à l'intérieur des véhicules, les installations secrètes et, depuis ce soir, ses projets de caissons de prises de vue pour les Barques du Rubicon, ce qui nous évitera de plonger en même temps que le matériel sacrifié. Tout cela m'excite au plus haut point, surtout que le Jeu vient de passer à la vitesse supérieure, avec nos nouveaux membres. Le Culte va se développer, je le sens, le Jeu en est un vecteur formidable, et déjà nos nouveaux membres ne manquent aucune des grandes cérémonies que nous org... (coupure de plus d'une page)... initiation a commencé avec SunSet, pendant l'hiver 94-95. Nous avons rôdé cinq ou six semaines avec lui, à travers toutes les Alpes, jusqu'en Slovénie, laissant sur notre parcours de nombreux cadavres dont deux seulement furent découverts, accidentellement, et des semaines plus tard. Notre disciple italien s'est avéré un partenaire intéressant : il nous a fait goûter aux champignons magiques, qu'on trouve dans tous les pâturages de montagne. Il nous a expliqué comment les préparer, si possible avec de la viande "spéciale" (mais cette "spécialité" culinaire de notre ami nous intéresse très moyennement, même si nous y avons goûté parfois), et comment cela provoquait le "branchement" direct avec les Forces de l'Invisible, avec les démons qui... » (coupure de plusieurs pages)

(pages 78-80, texte daté selon le code source du 16 février 1998)

« ... Si le Culte permet le contact émotionnel avec les forces de l'au-delà, le Jeu nous offre un contact intellectuel. Je dois reconnaître que les sophistications techniques apportées par notre tout nouveau partenaire suisse ont transformé mon point de vue à ce sujet, puisqu'il s'agissait au départ d'une volonté particulière des garçons et qu... (coupure de plusieurs lignes)... nouveaux personnages sont sublimes et nous les avons reproduits dans la réalité, lors des expériences ou des cérémonies. Je rêve au jour où nous pourrons reproduire en réel les univers somptueux qu'il nous confectionne, mois *après mois, bien plus captivants que les mauvais programmes skinheads que nous avons ramenés de Leipzig l'année dernière...»* (coupure de nombreuses pages)

(page 102, texte daté selon le code source du 7 mai 1998)

«CHAPITRE DIXIÈME

Je n'ai jamais envisagé de faire autre chose, ni de m'arrêter. Tuer est mon unique passion, et comme toute passion, elle est dévorante. Cela fait si longtemps qu'elle m'a dévorée tout entière, que je ne sais même plus ce qui consiste à penser à autre chose, à faire autre chose, à vouloir autre chose, à connaître autre chose. Il m'arrive parfois d'observer une de ces familles "normales", qui forment l'ordinaire de nos sacrifices, et d'admirer la parfaite petite mécanique huilée, devant sa télévision, à l'heure du repas. Puis j'imagine les multiples manières de briser cette routine et la torpeur rythmée par le ronronnement du présentateur du Vingt Heures. Il existe toute une palette de variations dans les hurlements que peut produire une mère quand on enfonce le canon d'un gros revolver trapu dans la bouche de son enfant. Vous n'imaginez pas le type de sonorités qu'elle peut engendrer quand on dirige le même canon vers un autre orifice de la nudité dévoilée sans pudeur de sa fillette tout juste adolescente. Jimmy et moi sommes persuadés que les vies que nous prenons ne sont pas plus que des fantômes, ils sont déjà morts et nous ne faisons que réaliser une bonne fois la chose, ils ne font que nourrir notre expérience de communication avec les Puissances de l'Invisible, qui nous protègent et amplifient sans cesse notre Pouvoir. Ce Pouvoir prend des formes multiples mais il s'incarne toujours d'une... (coupure de quelques

pages)... *pour ça que nous sommes si forts désormais, notre règne ne fait que commencer.*

Nuit du Solstice d'Été 1998. »

(pages 128-133, texte daté par l'auteur, confirmé
par le code source)

« *Notre voyage en Asie s'est révélé une source de
satisfaction sans fin. C'est fou comme il est facile
à des touristes pourvus de bons et vrais dollars de
faire absolument tout ce qu'ils veulent, en toute
impunité, dans des pays du tiers monde. Nous
avons traversé le Cambodge, le Viêt-nam, la Thaï-
lande, Bornéo et fait une virée aux Philippines.
Sept semaines d'activités intensives, il y a désormais un bon nombre de tombes toutes fraîches
dans les jungles des trois frontières...* (coupure de
plusieurs lignes)... *fou ce qu'on peut trouver là-
bas, à Bangkok, et dans le nord, nous avons même
pu acheter des fillettes, sans avoir à rendre compte
de leur sort futur. À Pasay City, Philippines, ce
sont carrément des flics de la Mondaine, officiant
en escadrons clandestins la nuit, qui nous ont
livré deux petites poveritos des rues, dont nous
nous sommes occupés dans la forêt, le lendemain.
Il existe un nombre incroyable d'endroits plus
dingues les uns que les autres dans ces pays et j'ai
promis aux garçons d'y retourner bientôt, peut-être
lors de l'été 2000, si tout...* » (coupure de plusieurs
pages)

(page 155, texte daté selon le code source du
18 décembre 1998)

« *... J'ai de plus en plus de mal à me concentrer
sur le travail d'écriture entrepris depuis plus de
deux ans maintenant. Le Jeu et le Culte accaparent
tout mon temps, mon imagination, ma fantaisie
créatrice. Je ne ressens même plus le besoin de*

raconter mon expérience tellement elle est indicible... (coupure)... *un catalogue d'images tellement vraies qu'elles finissent par se superposer
complètement à la réalité, parfois je n'arrive même
plus à frapper les mots sur le clavier, parce que les
images avalent tout et je sens que tout cela...»*
(coupure de quelques pages)

(page 171, texte daté selon le code source du
15 juillet 1999)

*«... gueulé sévèrement Guillaume parce qu'il a
commis une énorme imprudence au col du
Barioz... (coupure)... n'avait pas enterré le corps,
alors qu'il ne faisait pas partie des gambits obligés
de chaque tour, mais il m'a répondu... (coupure)...
compris qu'il avait mangé des champignons
magiques alors qu'il s'agissait d'un acte lié au Jeu
et non au Culte. De plus la fille était de la région. Il
m'a expliqué qu'il l'avait dûment interrogée après
l'avoir prise en stop, et qu'il avait cru comprendre
qu'elle était belge et se rendait en Italie. Je venais de
lire le compte rendu dans le journal et il était dit
que la fille étudiait les Beaux-Arts, et faisait une
série de stages à travers l'Europe, qui la conduisait
d'Amsterdam à Bruxelles, puis à Florence. Seul un
hasard stupide a voulu qu'elle soit en fait originaire du coin. C'est pourquoi j'ai passé l'éponge,
mais je me demande si Guillaume est encore...»*
(coupure de quelques pages)

(page 184, texte daté selon le code source du
11 décembre 1999)

*«Ce soir j'ai regardé la télé. Je suis d'abord restée
des heures devant l'écran de l'ordinateur sans rien
arriver à sortir. La page blanche. J'ai regardé une
rediffusion d'Angélique Marquise des Anges et jusqu'à la mise en boucle des rediffusions de jeux,*

durant la nuit, sur TF1, je crois... Il est impératif que je me concentre et que je reprenne un rythme conséquent. La littérature m'avait permis d'atteindre une sorte d'équilibre que je n'arrive plus à retrouver et q... » (coupure)

(page 188, texte daté selon le code source du 14 décembre 1999)

Ce soir j'ai regardé la télé. Rien de spécial.

(page 189, texte daté selon le code source du 17 décembre 1999)

33

La nuit était déjà bien avancée lorsque la neuromatrice a émis son feulement habituel, avant que Schizzo/Schaltzmann ne prenne la parole :

— Il se passe quelque chose, m'a-t-il dit.

J'avais délaissé l'agenda électronique sur lequel je prenais des notes, en parcourant les mémoires d'Irène Granada et les autres données piratées, et je venais de me faire monter une sorte de souper exotique que j'avalais goulûment, sur un coin de la table où trônait l'intelligence artificielle. J'ai relevé les yeux de mon assiette et les ai posés sur l'écran.

— Qu'est-ce qui s'passe ? lui ai-je demandé, la bouche pleine de salade aux crevettes et aux ananas.

— Quelque chose... Il se passe quelque chose d'anormal, répétait-il obstinément.

J'ai avalé ma bouchée et me suis essuyé la bouche.

— Je t'écoute avec la plus grande attention.

Un silence. Un buzz. Puis :

— Des accidents... mais je ne crois pas qu'il s'agisse d'accidents...

— Ah, ah... Notre chère Irène a jeté son dévolu sur un autre héritage ?

— Non, non, ce n'est pas ça... Je viens de capter les infos sur une chaîne satellite allemande... En cinq jours, deux femmes sont mortes, en Allemagne et en Suisse...

— Deux morts en cinq jours? l'ai-je coupé, goguenard, dis-moi, c'est un véritable holocauste... Évite quand même de dire ça à un Bosniaque, si l'occasion se présente.

— Ne plaisante pas... c'est plus grave qu'il n'y paraît.

— Bon. De quoi il s'agit?

— Devine.

— Non. J'suis pas d'humeur.

— Les combinaisons cybersex.

— Quoi, les combinaisons cybersex?

— On parle de défauts de fabrication... Mais je n'y crois pas. Deux modèles différents... Les victimes ne se connaissaient pas, évidemment, la série class...

— Attends, attends, je n'y comprends rien... des défauts de fabrication?

— Oui. Elles ont été tuées par leurs combinaisons.

— Tuées par leurs combinaisons?

— Oui, des chocs électriques, des brûlures, le phallus artificiel transformé en arme thermomécanique, hémorragies internes et tout le toutim. Les combinaisons étaient thermotropiques, elles ont brûlé... Toute l'informatique domestique était hors d'usage et les plombs avaient sauté... On en a retrouvé une au bout de trois jours... Tout ça s'est produit entre le 17 et aujourd'hui, ce matin très tôt pour la dernière.

L'informatique domestique hors d'usage... La vache, ça ressemblait tellement aux intrusions précédant les massacres, comme celui de la maison Willer, à Annecy.

Les combinaisons cybersex...

Je n'en revenais pas.

Quel diabolique moyen d'intrusion. Quelle étonnante arme mortelle.

Il fallait y penser, me suis-je dit.

Et c'était très exactement ça, ma pensée rebondissant d'écho en écho.

Il fallait y penser. Il fallait même ne penser qu'à ça. S'être tout entier dévoué à cette tâche. Concevoir le moyen et...

Nom de Dieu.

J'en suis resté pétrifié.

La neuro-entité s'en est rendu compte et elle m'a envoyé un message interrogateur, mais parfaitement silencieux, de son simple regard. Elle avait compris que j'étais en train d'ouvrir une boîte importante...

J'étais figé, le doigt tendu vers l'invisible, comme suspendu dans l'espace et le temps.

Sacré nom de Dieu...

Oui, il avait fallu concevoir, puis réaliser et donc... *donc il avait fallu tester le machin.*

Et n'était-ce pas très exactement cela, cette série de meurtres via cybersex ?

J'en étais convaincu. L'homme venait de tester sa panoplie de Noël.

Dans moins de deux jours, il passerait aux choses sérieuses.

Ça promettait.

— C'est notre cher ami de la Confédération helvétique, c'est ça ?

Peu à peu le portrait psychologique de l'homme se précisait. C'était lui, le spécialiste du Club. Lui qui avait permis l'informatisation du Jeu. Lui qui s'introduisait dans les maisons en détruisant les systèmes d'alarme et de défense les plus perfectionnés. Et maintenant il venait de fabriquer un joli petit virus, lui permettant de tuer à distance.

— Oui. C'est l'homme de la Porte 999, ça ne fait aucun doute, je suis en ce moment même en train de détecter sa présence, le désordre spécifique qu'il a laissé derrière lui, sur les réseaux dont il s'est servi… Mais ses systèmes sont extrêmement puissants, son intrusion reste indétectable aux yeux des autorités, son espèce de virus a rendu impossible toute identification par des voies ordinaires.

Dans son langage ça voulait dire que même le supercalculateur le plus rapide n'aurait pu y parvenir.

Un énorme message lumineux clignotait au centre de mon esprit.

LE PLAN DE CAMPAGNE.

Le plan de campagne sacré bon sang de bonsoir…

Putain, je n'avais même pas l'ébauche d'un brouillon.

L'esprit vidé, je me suis couché vers une heure du matin, cette nuit-là. Mais je n'ai pas réussi à trouver le sommeil.

Des idées folles jaillissaient en moi, en gerbes d'éclairs impétueux. Demander à la neuromatrice de faire s'afficher leurs identités et le secret de leurs activités sur tous les ordis de la police ? Alerter la presse ? Avertir Chellay ? Forcer Byron à coopérer ? Mais nous en savions plus que lui désormais… Comment faire, sacré nom de Dieu, comment faire pour les arrêter avant le Gambit du Millénium ?

Je me suis demandé une demi-seconde si je ne devais pas me rendre sur-le-champ au commissariat le plus proche, mieux, foncer au SRPJ demander à parler à Wiesenmayer. .

Une demi-seconde, pas plus.

Par où commencer?... Comment raconter ce que je savais sans devenir illico suspect, sans compter les diverses infractions que j'avais commises, avec une machine classée secret stratégique? Comment me sortir de cette merde? Ou plus exactement m'assurer de ne pas m'y enfoncer un peu plus... Or, plus je taisais à mon tour des informations capitales pour la Justice, plus je risquais de m'y noyer plus profond...

Il était donc impératif que je prenne l'initiative. Impératif.

Deux heures du matin bien tapées.

Nous étions le 24 décembre, et je n'avais toujours aucune stratégie viable. La leur était préparée de longue date.

Pas si simple de devenir un prédateur. Ça ne s'improvise pas, et je devais reconnaître manquer cruellement d'expérience. Bien sûr, je possédais la neuromatrice, et elle m'était d'une aide plus que précieuse. Mais le temps jouait contre nous. La nuit de Noël n'était plus qu'à une vingtaine d'heures de distance et j'étais certain à l'avance de m'en souvenir toute ma vie, du réveillon 1999. Je me suis endormi avec l'anxiété de l'élève qui n'a pas accompli son devoir pour le lendemain.

꘎

C'est vers huit heures du matin, le 24 décembre, que tout s'est déclenché. Ensuite, c'est parti comme une longue série de dominos.

Tout d'abord, vers huit heures, donc, la lumière de l'écran s'est brutalement intensifiée, et la voix hybride de Schizzo/Schaltzmann a retenti dans la pièce, tout ça me réveillant en sursaut.

— Dark, feulait l'hybride, Dark... réveille-toi! ..

je... je suis en contact avec une autre neuromatrice...

Je me suis frotté les yeux en me redressant dans le lit.

— Baisse la lumière, bon Dieu, j'suis réveillé... (la machine s'est exécutée aussitôt)... Qu'est-ce qui s'passe encore ?

L'entité hybride semblait tout excitée, comme devant une réalité nouvelle.

— Je... je suis en contact avec une autre neuromatrice... L'entité de Dick Mahoney...

L'entité de Dick Mahoney ? je me suis demandé, en regardant, un peu estomaqué, le visage dans l'écran. Mais...

— Il a demandé à sa neuromatrice de nous pister. Seule une neuromatrice peut retrouver une neuromatrice... Elle l'a fait. Nous sommes en communication depuis vingt-huit secondes, maintenant...

Putain, il ne manquait plus que ça... Mais pourquoi, nom de Dieu, pourquoi ? J'avais réussi à convaincre Dick de m'attendre jusqu'au 5 janvier 2000, qu'est-ce qu'il lui prenait ?

La machine a lu dans mes pensées, comme souvent. Elle m'a fourni l'explication.

— Il est à Paris...

— À Paris ?

Mais qu'est-ce qu'il foutait à Paris ?

— Il est en ce moment même dans un hôtel... Il est arrivé hier... et sa neuromatrice m'a dit qu'il avait vu Svetlana Terekhovna. . Et que c'était ce qui l'avait décidé à agir...

Dick avait vu Svetlana ? Mais comment ? Et pourquoi ?

— Dark... d'après le dialogue que j'ai eu avec sa neuro-entité, je crois qu'il pense que tu pètes les circuits... Bon... Sa neuromatrice vient de me prévenir que la communication était établie, nous pouvons nous parler en mode vid-phone…

Que je pétais les circuits ? Non, mais de quoi il se mêlait ?

Le visage de Dick est apparu dans l'écran. Les traits replets de l'océanographe wallisien traduisent toujours une forme de sympathie chaleureuse. Il semblait tout juste inquiet. Rien d'agressif.

— Hello, Dark… je… Excuse-moi de te réveiller, mais il fallait que je te parle, tu le comprends bien.

Je me suis redressé pour de bon contre le mur.

— Qu'est-ce que je dois comprendre, Dick ? Je t'avais dit jusqu'au 5…

Ma voix avait été plus dure que je ne l'avais vraiment voulu.

J'ai vu Dick accuser le coup, une fraction de seconde, mais son sourire et la plissure au coin de ses paupières ont refait leur apparition, inchangés.

— Dark… qu'est-ce qui s'passe ? Qu'est-ce que c'est que cette histoire de dingue ? C'que m'a raconté Terekhovna…

— Oui, et bien ? Et comment t'as fait pour la contacter ? Et qu'est-ce que tu fiches à Paris ?

Une légère inflexion des sourcils.

— Ben… grâce à la neuromatrice, Dark, évidemment… et puis j'suis venu à Paris pour essayer de comprendre, et j'suis passé à l'agence de recrutement…

— Ah, d'accord, ai-je simplement agréé.

Dick m'a regardé un instant, l'air éberlué.

— Bon sang, mais qu'est-ce que tu fous ?… Si tu savais la réputation qu't'as laissée au cabinet Heidrick & Struggles… et puis… courir après des tueurs en série ? Non, mais je rêve bon Dieu, c'est pas croyable, réagis, merde… On a Biosphère 2000 qui nous attend… Et Randrashankar m'a dit que le pas de tir serait opérationnel pour la nuit du réveillon, ils vont tirer une Proton, avec un satellite ATT... il faut absolument voir ça...

Je n'ai même pas réfléchi pour répondre. C'est venu comme ça. Comme une vérité lumineuse.

— Rien ne t'en empêche.

Un silence. J'ai vu Dick me scruter par vidphone interposé. Il semblait perplexe.

J'ai décidé de relâcher la pression. Mon visage s'est éclairé d'un sourire.

— Dick... ne t'inquiète surtout pas... Rentre pour le réveillon si tu le veux... Emmène les chercheurs avec toi, je vous rejoindrai à temps si ça se trouve...

Je crois bien ne l'avoir jamais vu si dubitatif.

Un long silence ponctué de buzz en série s'est imposé.

Dick s'est mis à hocher la tête, comme s'il ne pouvait accepter la réalité de ce qu'il voyait et entendait.

— Dark... je... je ne comprends pas... Tu... tu... Merde, ça fait trois mois qu'on a stoppé nos travaux pour cette foutue mission de recrutement et toi, tu trouves le moyen de t'embringuer dans ce... dans ce truc à la con... Je... j'pige pas...

J'ai poussé un soupir. Non pas d'énervement. Mais juste pour prendre une bonne inspiration.

— Dick... je ne peux pas t'expliquer... C'est juste que j'étais au mauvais endroit, au mauvais moment, et deux fois de suite en six ans... C'est... c'est comme un panneau indicateur... Les choses doivent être faites.

Dick hochait la tête en continu.

— Le 5 janvier, Dick, comme promis... je prendrai l'avion le 5 janvier, au pire... ne t'inquiète pas... et tâche plutôt de convaincre Svetlana de partir avec vous...

Un silence.

— La convaincre?

Je l'ai regardé un instant avant de répondre.

— Oui, la convaincre. Essaie plutôt de faire ça et ne te préoccupe plus de ma santé mentale, je vais très bien...

— Dark... je n'ai jamais douté de ta santé mentale... Il me semblait juste naturel que je te parle de ce que nous sommes venus faire initialement ici... Et du projet sur lequel on bosse comme des malades depuis des années, toi en particulier.

Il ne lâchait pas facilement le morceau, ce satané Wallisien.

Je me suis contenté de sourire. Mais il a repris:

— Et puis j'vois pas de quoi j'pourrais la convaincre, notre belle psychologue russe.

Je l'ai regardé de nouveau, sans comprendre.

— Dark..., m'a-t-il fait, l'air franchement surpris. Puis sceptique: N'essaie pas de me faire croire que tu ne savais pas...

— Que j'savais pas quoi?

La surprise à nouveau.

— Enfin... ouvre les yeux, ma parole... Mais t'es aveugle, ou quoi?

— Pour le moment, c'est l'effet que ça me fait, un tunnel noir, explique-toi.

Un soupir, dans l'écran. Un hochement de tête.

— Tu changeras jamais... T'as le nez sur ton guidon et tu relèves même plus la tête.

— Bon, ça va comme ça! Tu m'lâches le morceau, oui ou merde?

Un autre soupir.

Dick a presque explosé, ce qui sur lui a eu l'effet d'un haussement d'épaules et d'un étrange froncement des lèvres.

— Mais elle ne pense qu'à ça, Dark, bon Dieu…
C'est tout ce qu'elle veut… Nous rejoindre… *Te*
rejoindre…

J'ai regardé l'image de Dick dans l'écran.

J'essayais de n'en rien laisser paraître, mais
mon cœur venait de doubler son tempo, là, à
cette seconde.

Je ne l'ai pas appelée. J'ai pourtant hésité une
bonne partie de la matinée, mais j'ai réussi à
m'inventer mille excuses pour ne pas composer
son numéro. Je comptais sur Dick pour s'occuper du problème, j'avais deux cents trucs à faire,
dont un, tout spécialement, qui résistait à tous
mes efforts : ce foutu plan d'action qui semblait
condamné à rester dans les limbes.

J'avais escompté les piéger tous ensemble, sur
leur putain de messagerie.

C'était léger, surtout qu'il nous faudrait attendre
qu'ils se connectent, et ça, ça ne voulait toujours
pas venir, nom d'un quanta.

Il faisait très beau en cette veille de Noël, alors
j'ai décidé de la jouer crânement, façon desperado
qui rajuste son costume de fête dans lequel il a été
pris, devant le peloton d'exécution. J'ai commandé
du champagne et un repas trois étoiles sur la
console de l'hôtel, pour le soir. Je m'étais résigné
à passer seul les fêtes du millénaire depuis longtemps, mais à l'approche de la date fatidique un
étrange sentiment m'envahissait sournoisement.
Qu'est-ce qui me poussait véritablement à faire
tout ça ? Le désir de revanche sur l'administration, six ans après ? Ma forme personnelle d'obstination, mes instincts solitaires, voire asociaux ?
Une volonté inconsciente, secrète, dont je ne possédais pas la clé ? L'absurde désir d'éblouir Svetlana ? Afin de rattraper ma bourde de l'époque ?

Sans doute un subtil mélange de tout cela. Mais la sensation s'accompagnait d'un arrière-goût nouveau, qui ne cessait de s'amplifier depuis quelques jours : l'excitation de la chasse. L'exclusion volontaire de l'univers « normal » des humains. La solitude. L'orgueil. La fierté d'avoir été de ceux qui avaient conçu la neuromatrice. La sensation de puissance qu'engendrait sa possession... Le Changement de Millénaire, en perspective apocalyptique.

Cela ne pouvait faire aucun doute : d'une certaine manière, je me mettais à leur ressembler. Je me suis trouvé un joli moyen d'évacuer ce troublant paradoxe en me disant que c'était inévitable, que le chasseur s'identifie toujours à sa proie. Que c'était un très ancien mécanisme, utilisé par les civilisations traditionnelles, comme par les flics des grandes cités, et que cela avait servi à de nombreux scénarios de romans policiers.

C'était peut-être vrai, mais là n'était pas le problème. Ce que je perdais de vue à ces moments-là, c'était que je n'étais pas du tout un spécialiste de la chose. C'était très enivrant cette sensation d'être une sorte de rapace urbain, planqué au fond de son nid high-tech, attendant que la proie apparaisse, là-bas, tout en bas, parmi la constellation de lumières qui envahissait la vallée.

Mais rapidement cette sensation s'évanouissait devant la dure réalité : je n'avais qu'une demi-stratégie.

J'ai commencé à boire du champagne vers vingt-deux heures. Il me restait de l'herbe achetée à Budapest, de l'herbe caucasienne, très puissante, 20 % de THC, donc illégale, et qui avait voyagé dans une bombe à raser trafiquée par Dick avec un petit truc pour leurrer les scanners à particules des douanes. J'y avais peu touché durant mon séjour à Paris et jamais depuis que j'avais mis les pieds dans le coin.

C'était Noël, après tout. Et je n'étais pas à une infraction près.

Vers minuit, j'ai fait péter un bouchon, de la terrasse de ma chambre. La nuit était froide mais l'herbe et l'alcool m'avaient considérablement réchauffé. Le ciel était net, noir, dense, piqueté d'étoiles scintillantes.

J'ai toujours été attiré par les ciels de nuit. Depuis ma plus tendre enfance, j'ai régulièrement passé des heures entières à simplement m'y perdre, avant de commencer à y répertorier les astres. Avant de me lancer dans la sémiologie et la neuro-informatique, j'ai avalé quantités de volumes d'astrophysique, et je continue de le faire. Je considère que la connaissance fonctionne très exactement comme ce qui en est le vecteur, à savoir le réseau neuronique humain. C'est ce que nous apprennent les fractales, c'est-à-dire ce que l'antique intuition des sages Chinois avait synthétisé dans l'illustre « Tout Est Dans Tout ». Exemple : l'homme est un animal en « rupture ». Il fonctionne par crises et mutations. Il n'est sans doute pas fortuit que son apparition se soit produite à l'endroit même où le Rift rompt l'écorce terrestre et cisaille l'Afrique de l'Est. L'homme est né dans la partie orientale de la faille, là où la forêt originelle a disparu. Le primate « en rupture » a dû se redresser, parce que les arbres ne formaient plus le « réseau » végétal de la forêt mais des objets séparés, au sein d'un espace livré aux prédateurs les plus redoutables.

L'Arbre de la Connaissance des anciens Hébreux fait référence au réseau végétal disparu, mais il s'agit bien sûr d'une image. Ce que les kabbalistes savaient, c'est que la Connaissance *reproduit* le réseau végétal originel, comme un lien invisible entre les objets séparés qui peuplent désormais l'univers. Elle seule, en fait, nous permet de survivre et de nous développer dans ce monde fantastique qui nous a fait naître. Mais en même temps qu'elle reproduit le réseau, elle reproduit aussi la rupture ontologique de l'humanité avec ce réseau. La connaissance est paradoxe, elle est chaos, fonctionne comme l'esprit humain et ses productions. C'est pour cela qu'il faut se garder de se précipiter sur ses fruits et de les avaler sans réfléchir. Le cortex humain contient quantité d'informations repliées sur elles-mêmes, comme des messages codés et encore inactifs, attendant le développement du *matériel biologique* adéquat : les futures générations de néocortex. L'homme lui-même, au travers de son histoire, fonctionne comme un formidable foisonnement de rhizomes. Il est une sorte de virus chargé de propager le chaos de la conscience, il est le vecteur de la Connaissance, même s'il ne le sait pas encore. Situé très exactement (en termes de dimensions) entre le micro-univers des quarks et le Cosmos, il est une sorte d'interface active qui aurait partiellement oublié sa mission, ou dont il ne capterait les éléments que par bribes successives.

Cela m'emplit d'une forme de mélancolie. L'immensité de l'univers me donnait le vertige. Et si les plus belles pages de Shakespeare ou de Dostoïevski, les plus belles toiles de Van Gogh, ou de Max Ernst, les plus belles compositions de Beethoven ou de Robert Johnson, si toutes nos guerres et nos conquêtes, nos révolutions et nos tragédies, si tout cela n'était finalement rien de plus que le pet d'un microbe, face aux quadrillions de tonnes d'hydrogene désintégrées chaque seconde, par cette petite étoile standard qu'est notre soleil?

L'herbe et le champagne forment un des cocktails mentaux les plus détonants que je connaisse. Je n'ai plus senti le froid et j'ai bu une autre coupe sur la terrasse, les yeux braqués vers la voûte étoilée. La masse des montagnes se dressait comme une armada de vaisseaux géants, parés pour une bataille nocturne multimillénaire. La vallée scintillait, miroir électrique du ciel.

Il était minuit et demi, quelque chose comme ça.

La neuromatrice a feulé dans le silence.

— Dark, m'a-t-elle fait, ça y est! Le Gambit vient de commencer…

Je me suis brutalement rendu compte du froid qu'il faisait.

Je suis rentré et j'ai demandé à la machine de me faire un topo rapide. J'enfilais déjà la combinaison cyberspace.

Ça ne se présentait pas du tout comme je l'avais prévu.

Pas du tout.

— Byron vient de faire un truc extraordinaire, m'a dit Schizzo/Schaltzmann.

— Comment ça, extraordinaire?

— Il m'a baisé.

J'en suis resté coi cinq bonnes secondes.

— Il t'a baisé?

— Oui. Il a dû se douter que nous surveillions ses connexions, alors il a rusé. Il a fait transiter un message, il y a un peu plus d'une heure. Via un dispositif du réseau Télécom. Un message crypté et ultracompact, mais d'apparence anodine, j'ai cru à une opération des systèmes d'exploitation… Je n'ai détecté la manœuvre qu'il y a cinq minutes, et c'est le temps qu'il m'a fallu pour décrypter son message. J'ai récupéré le message dans la mémoire-tampon du réseau.

— Un message ? À qui ?

— À la Famille.

Oh, merde.

— Quel genre de message ?

— Son truc était doté d'un virus autodestructeur en cas de piratage, un petit logiciel du shareware, très efficace, voici ce que j'ai pu sauver.

Une photo noir et blanc, étrangement morcelée, comme si des points manquaient dans la trame.

Un texte dont quelques lettres manquaient mais qui donnait à peu près ceci :

VOUS DEVRIEZ VOUS INTÉRESSER À MONSIEUR « SHELLEY », REPORTER À LA PETITE SEMAINE. LUI S'INTÉRESSE BEAUCOUP À VOUS.

C'était signé Alleister Crowley et c'était suivi de l'adresse, du numéro de téléphone et d'un petit CV du journaliste.

Alleister Crowley, l'occultiste anglais qui avait créé la *Golden Dawn*, au siècle dernier, une secte ésotérique qui flirtait avec les puissances du mal.

— Quand la Famille a-t-elle reçu le message ?

— D'après mes informations, il y a une heure et huit minutes.

— Ils l'ont lu ?

— Leur terminal vid-phone était actif au moment du transfert... Oui, à quatre-vingt-dix-neuf pour cent.

Une heure et huit minutes.

Amplement le temps qu'il fallait pour rejoindre Allevard et Grenoble, par l'autoroute.

Putain, oui, Wurtz-Byron nous l'avait mise bien profond.

— Le fumier, ai-je sifflé entre mes dents, le petit salopard de flicaillon...

Il n'y avait plus qu'une seule chose à faire.

— Branche-toi sur Chellay, vite!

— C'est déjà fait, tu penses bien, m'a-t-elle aussitôt répondu.

La ligne était occupée, mais vous savez désormais que ce n'est pas ce genre de détail qui peut arrêter une neuromatrice. Elle s'est connectée sur le terminal Unimédia de Chellay. Il était en mode vid-phone et son écran était allumé. La caméra digitale était branchée et elle nous montrait une vue fixe et monochrome d'un bureau. Les caméras numériques du commerce ne vont généralement pas au-delà de dix-huit images seconde, et leur définition est souvent limite. La neuromatrice s'est empressée d'optimiser tout ça et des détails sont apparus, ainsi que la couleur.

J'ai illico remarqué deux ou trois détails qui ne collaient pas.

Le bureau était en désordre, j'apercevais des papiers éparpillés par terre. Et c'était quoi, là, un lampadaire renversé? Oh nom de Dieu... Et ça... ça, sur le mur là-bas au fond de la perspective déformée par la courte focale?

— Zoome sur le mur du fond, s'il te plaît.

Le pan de mur a surgi dans un travelling fluide, ultrarapide.

La tache de sang éclaboussait l'écran d'une large fresque rougeoyante.

Aucun son ne nous parvenait. La maison était parfaitement silencieuse.

Seigneur, peut-être étaient-ils encore là, dans un coin de la cave, en train d'assassiner Chellay?

— Amplifie tes senseurs acoustiques... Y a quelqu'un de vivant dans la maison?

Quelques buzz. Un court silence.

— Non, rien de vivant. Pas de battements de cœur, aucune respiration, aucun mouvement..

Nous arrivions trop tard.

Nous le savions tous deux. Le visage de Schizzo/Schaltzmann trahissait sa perplexité, autant que sa gêne.

— Je suis désolé, Dark... J'ai commis une erreur... une grave erreur... Je n'ai pas détecté à temps la transmission de Byron... J'aurais dû mettre une matrice entière sur le coup, elle aurait lu le message qui s'est affiché sur l'écran de leur vid-phone... Là, je me suis laissé...

J'ai balayé l'espace d'un geste furtif de la main.

— Oublie ça. Trouvons rapidement la bonne marche à suivre.

— Il n'en reste qu'une, Dark... Appeler la police.

Nos yeux se sont croisés, mon double et moi. Le double numérique « altéré » par la présence d'une psychose étrangère, désormais contrôlée grâce aux doses de la drogue virtuelle que s'envoyait la machine.

Elle avait promis une mutation d'importance, l'autre jour. Je ne sais pas ce que je vais devenir, avait-elle dit.

Moi non plus, avais-je soudainement envie de lui avouer.

Un poids colossal retombait sur mes épaules

Byron m'avait pris pour Chellay. Il avait détecté notre visite dans ses fichiers et l'avait attribuée au journaliste. Et il avait voulu se venger. Il avait condamné le journaliste à mort en trahissant sa véritable identité aux yeux de la Famille. En à peine plus de soixante minutes, les Granada-Bartel avaient pris leur décision, fait le voyage et accompli le boulot.

Ils n'étaient pas du genre à discuter des heures, eux, avant de se lancer à l'eau.

— Où ils sont, bordel de merde ? ai-je hurlé, tu peux savoir où ils se trouvent ?

— Oui, enfin, je perçois leur empreinte dans le bruit de fond quantique… Leur terminal est branché sur une émission de télévision. Ils regardent la retransmission de la Messe de Minuit… La dernière Messe du siècle.

— Tu déconnes ?… Ils… ils regardent la télé ? La messe à la télé ?

— Ben oui, j'ai vraiment l'impression que c'est ça…

Un silence. Mon cerveau tournait à plein régime. Il y avait quelque chose de bizarre.

— Attends une seconde… En une heure, en comptant la mise au point du plan, ils avaient juste le temps d'aller d'Allevard à Grenoble et de s'occuper de Chellay. J'suis sûr qu'on les a ratés de cinq-dix minutes, pas plus. Ils n'avaient pas le temps de revenir pour mater le Pape à la télé…

— Ça dépend.

— Comment ça, ça dépend ? Ça dépend de quoi ?

— Ça dépend où se trouve leur terminal.

J'ai compris instantanément où elle voulait en venir. Ils étaient peut-être ailleurs qu'à leur domicile. En train de mater la télé dans un hôtel analogue au mien. Qui sait, peut-être étaient-ils dans une des chambres du Robotel ? Oui, mais alors dans ce cas, la neuromatrice n'aurait pu pister l'empreinte quantique particulière de leur matériel. Ils ne se trimballaient quand même pas avec tout leur bazar, alors que la chambre d'hôtel la plus minable possède au moins une copie chinoise de mauvaise console sud-coréenne… Bon sang, ça ne collait pas du tout.

— Où se trouvent-ils, nom d'un chien ?

— C'est là le problème.

— Je t'écoute, ai-je soupiré.

— Ils sont branchés sur une chaîne satellite, mais je détecte aussi la présence d'un modem hertzien, analogue au nôtre et qui permet de se brancher sur le réseau de n'importe où. D'autre part, les modifications incessantes de leur empreinte quantique ne laissent aucun doute... Ils bougent.

J'ai relâché mon souffle.

Ils bougeaient... Bien sûr.

L'image s'est brutalement cristallisée en moi.

Le mobil-home. J'avais aperçu un mobil-home dans la casse. Un mobil-home au toit orange.

Il me semblait bien y avoir aperçu une grosse parabole, installée dessus, lorsque j'étais passé devant les grillages.

Oh oui, c'était ça.

Ils étaient partis en voyage. Chellay se trouvait juste sur leur route. Ils s'en étaient occupés au passage.

Ils bougeaient. Dans leur mobil-home. Équipé avec leur matériel, leur ordi, leur console TV-vid-com...

C'est alors que le poème de «Byron» m'est revenu en mémoire. Et en particulier un des vers qui étaient restés obscurs.

Le Train en question ne possède pas plus qu'un unique wagon.

Un unique wagon. Comme un mobil-home. Locomotive et wagon intégrés, servant de domicile roulant.

Je me souvenais que la machine pensait que le «train en question» faisait référence à la Solution Finale. Mais quel rapport entre ce mobil-home et le génocide nazi?

Quelque chose me soufflait que la solution était très simple. Mon esprit refusait d'admettre la chose, il refoulait l'image mais la révélation suintait quand même.

Je ne peux pas vraiment décrire l'impression que j'ai ressentie. Imaginez quelque chose comme un Alien vous dévorant de l'intérieur, ou comme une irrémissible maladie, pourrissant vos entrailles.

Un four crématoire.

Je le savais, c'était si lumineusement logique.

Ils avaient installé un four crématoire dans leur mobil-home.

Un four crématoire, nom de Satan...

Et pourquoi pas aussi une chambre à gaz..

J'ai demandé à la machine de simuler un appel anonyme, en provenance d'une cabine du centre ville, pour signaler aux flics l'agression au domicile de Chellay.

Ensuite, je me rappelle avoir voulu finir les restes de la dinde de Noël. L'herbe a tendance à stimuler mon appétit, au bout d'une heure ou deux.

Mais ça refusait obstinément de passer.

J'ai regardé le visage hybride dans l'écran et lui ai transmis un faible sourire.

— Nous devons nous rattraper. Il faut que nous passions à l'action.

— Nous avons une opportunité, Dark.

J'ai avalé la bouchée de viande froide.

— Comment ça ? Nous ne savons même plus où ils se trouvent...

— Ils finiront par rallumer leur ordi. Je finirai par savoir où ils sont. Et puis je piste leur champ d'émission hertzien. Je vais les détecter... Avec la minuscule imprécision habituelle.

— Combien de temps ? Combien de temps cela va-t-il te prendre ?

— Je ne sais pas. S'ils connectent leur ordi sur

le réseau, en quelques microsecondes, comme d'habitude. Si je dois repérer leur parabole, plusieurs heures, sans doute...

— Combien d'heures ?

— Hum! je ne sais pas... ça peut être extrêmement variable...

L'idée s'est éclairée subitement. C'était tellement évident qu'elle était restée invisible jusque-là.

Je me suis levé de table et je me suis approché de la machine.

— Mets-toi une petite laine, ai-je lâché, on va faire une petite promenade.

Il n'était pas loin de deux heures lorsque je suis sorti du parking souterrain du Robotel, au volant du Toyota.

— Je ne suis pas sûr que ce soit une bonne idée, Dark... chevrota un Schizzo/Schaltzmann anxieux, à peine installé dans son espace de rangement.

— C'est la meilleure que j'ai eue depuis longtemps, au contraire, me suis-je cru malin de lui répondre.

Nous avions une opportunité en effet. Celle d'aller faire une petite visite nocturne au cimetière métallique de Jimmy Bartel et de sa famille.

*

Je me suis garé cent mètres après la maison, sur un chemin qui serpentait entre les arbres, un peu en retrait de la route. La nuit était assez claire. Le sommet des montagnes luisait doucement. J'ai demandé à la machine de se brancher sur le réseau local grâce à son modem hertzien et elle a détecté un central d'alarme domotique assez récent, et très performant, qui surveillait la propriété.

Elle n'a pas mis dix secondes pour le neutraliser.

J'ai fixé les lunettes «trafiquées» autour de mon crâne et j'ai regardé l'écran, où mon double me contemplait.

— J'ai envoyé un virus hallucinogène au central. Il va croire à ma simulation... tant que je resterai branché.

J'ai compris qu'il voulait me signifier que si, pour une raison ou pour une autre, le faisceau de communication hertzien avec le réseau local était rompu, c'en serait fini, le central déclencherait l'alerte.

Je devrais traîner le moins possible.

— Juste un coup d'œil. Nous n'aurons pas de sitôt une telle fenêtre de tir.

J'ai illico cliqué sur le sampler et le ronronnement du senseur vidéoverbal s'est propagé le long de ma nuque.

— À tout de suite, ai-je conclu en m'éjectant de la voiture.

À travers le pare-brise, j'ai vu la neuromatrice rabaisser d'elle-même son écran, sans doute dans le souci de paraître plus discrète.

Je me suis dirigé à pas vifs vers l'entrée du CarCass Park.

La neuromatrice a le pouvoir de réduire un Cray de dernière génération au silence, mais pas encore celui de briser à distance les chaînes et les gros cadenas, comme celui que j'apercevais sur le large portail. Les deux battants, formés de tubulures d'acier tapissées de barbelés, étaient solidement clos par un gros Fichet graisseux, trônant au milieu de sa chaîne, comme la pierre d'un collier royal.

Le central gérait un réseau de caméras disposées sur chaque façade de la maison. Pour le moment, les caméras voyaient ce que la neuromatrice voulait bien qu'elles voient.

Je me suis hissé au-dessus du portail, en m'arrachant un tibia contre un écheveau de frise, je me suis vaguement stabilisé et j'ai sauté de l'autre côté.

Je n'ai pas trop mal fléchi les genoux au moment de la réception et je me suis redressé dans l'air froid. La vaste bâtisse était plongée dans l'obscurité. Les volets d'acier clos. Le garage, à ma droite, était fermé par une grille d'acier qui miroitait doucement sous le croissant de lune et les étoiles. Les carcasses de voitures et d'autocars formaient une mer de métal monochrome, aux teintes froides et laiteuses, sur plusieurs centaines de mètres, à ma gauche. Derrière la maison, la forêt créait un mur noir, devant le mur noir de la montagne.

Tout en haut, à la droite de mon champ de vision, l'icône fractale de la machine me rappelait qu'elle était le seul lien que j'avais avec l'extérieur.

Elle m'a parlé, dans le canal audio des lunettes, de la voix calme de quelqu'un qui vient de commettre un crime.

— Je viens d'ordonner au central d'ouvrir la porte principale. Il a cru procéder à une manœuvre de sauvetage des données de sa mémoire-tampon…

Devant moi, la façade de la maison avalait l'univers de son grand rectangle gris.

Je me suis approché, comme hypnotisé par l'épaisse porte de faux bois que la machine identifia comme un blindage pseudo-mimétique, made in Japan.

J'ai vu ma main s'approcher du battant entrouvert sur l'obscurité la plus totale. Puis se retirer brutalement avant l'instant décisif, alors qu'une pensée surgissait tout aussi brutalement: NE LAISSE PAS TES EMPREINTES PARTOUT.

On ne savait jamais.

— Parfaitement raisonné, fit la neuromatrice, ayant parfaitement analysé le sens de mon retrait brutal. Dis-moi… tu as pensé à prendre des gants, au fait ?

Nom de… ouf ! sauvé, j'avais les datagloves de la combinaison dans les poches du blouson.

Je les ai immédiatement enfilés et ce n'est qu'à ce moment-là que j'ai plaqué ma main sur le battant de pseudo-acajou. J'ai poussé et j'ai fait un pas dans le noir.

Je me suis entendu chuchoter :

— Augmente la luminosité, s'il te plaît…

Un décor phosphorescent s'est mis à scintiller devant mes yeux.

J'ai retenu mon souffle et j'ai fait un autre pas dans le couloir. Une de mes mains a machinalement refermé la porte derrière moi.

TOUT VA BIEN, a affiché la machine dans mon champ de vision.

— C'est ça… me suis-je entendu maugréer. En fait, je suis dans une discothèque bourrée de monde un samedi soir et j'aperçois justement le bar, là-bas.

Le couloir s'étirait vers l'autre côté de la maison, jusqu'à un escalier en colimaçon qui s'enroulait vers les étages.

Sur ma gauche, une porte. Je l'ai ouverte. Un placard à balais poussiéreux.

Plus loin sur ma droite, une autre porte, dont j'ai manœuvré le loquet. Ouverte, elle aussi. J'ai poussé le battant et mon regard a balayé l'espace. Un débarras, assez vaste, rempli d'un tas d'objets hétéroclites. J'ai failli refermer aussitôt, mais quelque chose a arrêté mon geste. J'ai braqué les optiques sur l'intérieur de la pièce.

Des chaussures, des vêtements, des sacs, des valises, des jouets, de l'artisanat touristique, genre poupées folkloriques et porcelaines plus ou moins hideuses, des livres, des radios, des discman, des téléphones cellulaires, des paquets de cigarettes... Tout et n'importe quoi.

Incroyable, me suis-je entendu lâcher.

Incroyable, en effet. Eux qui multipliaient à ce point les mesures de sécurité et de prudence... Ils conservaient dans une pièce des dizaines d'objets ayant appartenu à leurs victimes. Comme ça, dans un vulgaire débarras, même pas fermé. J'ai filmé méthodiquement la première trouvaille de la soirée.

Le bruit saccadé de mon souffle emplissait mes oreilles.

Au rez-de-chaussée, mis à part le débarras, je n'ai absolument rien trouvé de suspect. Un salon télé ultramoderne, avec un sapin tout à fait traditionnel, un divan suédois de cuir noir et les fauteuils assortis, s'ouvrait sur une salle à manger faussement cossue et prétentieuse, avec sa table de bois précieux et ses coupes de cristal, disposées là pour un Noël sans personne pour l'honorer. Un cabinet de toilette. Une cuisine. Une sorte de bureau en désordre faisant office de bibliothèque. Enfin, si le mot bibliothèque s'adresse à ça : des *Picsou-Parade*, des *Paris-Match* et des revues d'armes ou d'autodéfense en pagaille. Quelques Guy des Cars, du Lartéguy, des *OSS 117*, un peu de mauvaise science-fiction sous la forme d'écrits de Jimmy Guieu, de Jacques Bergier et Louis Pauwels, de Jean Edern Hallier et de Rika Zaraï. La collection complète de *SAS*, de l'*EXÉCU-TEUR*, du *MERCENAIRE*, de l'*IMPLACABLE*, du *DESTRUCTEUR* et autres *SNIPER*, ou *YAKUZA*... De la littérature pornographique, sous toutes ses formes BD, romans, romans-photos, revues de «lectrices»,

journaux des réseaux Sexus et Virtual Climax...
Mais rien de vraiment répréhensible dans cette
bibliothèque. De la littérature de chambrée, sans
plus. On en retrouvait certains exemplaires, à
leur place, dans les chiottes.

Les choses ont commencé à devenir intéressantes lorsque j'ai emprunté l'escalier.

Les marches se sont succédé, volumes verdâtres
tournant dans l'espace. Tout d'abord je n'ai rien
remarqué. L'escalier s'enroulait lentement devant
moi. Les murs de chaque côté étaient recouverts
d'un lambris sombre.

Puis quelque chose est apparu dans mon champ
de vision.

Un cadre. Des cadres, de petits cadres de métal.
Accrochés sur les murs. Je me suis arrêté au
milieu de l'escalier, le regard braqué sur les
cadres d'aluminium anodisé.

Il y avait des photos dans chacun des cadres.
Je me suis légèrement rapproché et la photo du
milieu s'est stabilisée dans mes optiques.

— Augmente la définition, ai-je chuchoté.

Le décor s'est fait plus net. J'apercevais jusqu'au grain de la photo. Une planche Ciba-
Chrome, ou quelque chose d'approchant.

Une sorte de photo de famille.

Trois personnes posant devant un amoncellement de carcasses. Portant des masques. L'image
avait été faite ici. Il y avait un petit bristol blanc
collé sur le bas du cadre.

Un message était tapé à la machine.

*Les Cavaliers de la Nuit. Golden Crown. Tour
1995-1996.*

Sur le cadre affiché quelques marches plus
bas, ils posaient devant un bulldozer.

Les Longs Couteaux. Golden Crown. Tour 1994-1995.

J'ai remonté quelques marches et suis revenu au troisième cadre.

La Ligue des Démons. Silver Crown. Tour 1996-1997. Et ainsi de suite, toutes les trois ou quatre marches, jusqu'en haut de l'escalier.

Mais quelque chose m'a intrigué à partir du troisième ou du quatrième cadre. Sur certains clichés voisins, où le bristol n'apparaissait pas, ils ne posaient plus seuls. Un homme puis deux, masqués comme les autres, faisaient leur apparition sur les clichés. Leurs acolytes, ai-je pensé, leurs acolytes étrangers, comment déjà, ah oui, Minox et SunSet. Mais sur les deux derniers cadres deux autres couples faisaient leur entrée, un homme, une femme à chaque fois. Ce n'était pas ceux des clichés précédents. Je me suis demandé un instant ce que ça voulait dire, mais mes pas me conduisaient comme un robot à l'assaut de l'escalier.

Le dernier cliché les montrait tous trois devant la calandre d'un énorme mobil-home, que je reconnus instantanément, avec son toit orange.

Le bristol blanc y était remplacé par un morceau de papier, scotché provisoirement sur la baguette du cadre, avec un message écrit à la main. *Les Gardiens de la Force. Tour du Millénium. 1999-2000.* Un gros point d'interrogation en dessous. Et un nombre : *2501.*

Je ne sais si c'est l'atmosphère du lieu, l'angoisse visqueuse vrillée au ventre et ses effluves psychiques, ou simplement une accélération fortuite de mon cerveau, mais j'ai tout appréhendé en un unique panoramique mental. Je me suis souvenu des drôles de calculs découverts sur le mur du salon, dans la maison Willer.

Je me suis rappelé les documents que Byron

avait piratés avant que nous nous en saisissions. Quelques lignes d'un traitement de texte dans lequel les règles de la « Spéciale du Millénium » étaient évoquées. Une spéciale qui venait de commencer et qui devait les emmener jusqu'au 21 janvier 2000. Et moi, moi qui avais jusqu'au 5…

La tension mentale a obligé mon cerveau à agir, il a franchi un « saut quantique », comme il est censé le faire dans ce cas de figure, depuis que le néo-cortex existe.

La dynamique spécifique de la Famille s'est éclairée, de l'intérieur, comme une redoutable braise.

Les numéros laissés sur le mur de la maison Willer n'avaient pas été écrits au hasard, dans une crise hallucinatoire, ou pour se moquer des victimes impuissantes. Non, c'était horriblement plus simple que ça : ils avaient fait les comptes.

Le nombre que j'apercevais au bas du dernier tableau indiquait leur score au départ de la Spé-ciale. Le point d'interrogation suggérait que tout n'était pas gagné.

Ils avaient enfin trouvé des compétiteurs à la hauteur. La Golden Crown n'était pas assurée. Silver Crown, Golden Crown… les mots laissés sur le mur des Willer, à nouveau. Ils signifiaient clairement une hiérarchie, comme un podium olympique. Lorsqu'ils avaient assassiné la famille Willer en 1998, les « Champions » (c'était leur nom cette année-là) avaient remporté la Golden Crown, et ils l'avaient proclamé en mots de sang sur leur pan de mur. Leur complice, sûrement Minox, avait fait les comptes proprement, avec un marqueur, et n'avait remporté que la deuxième place.

La perversion glaciale de ces Joueurs me lais-sait frissonnant, appuyé contre le lambris opposé.

Il me restait quelques marches. Un long couloir partait à droite et à gauche, recouvert d'un parquet gris et usé.

J'ai commencé par la droite et j'ai trouvé un autre placard à balais, une spacieuse chambre rococo, une salle de bains clinquante et un autre cabinet de toilette.

De l'autre côté, j'ai trouvé une seconde chambre, assez vaste, visiblement une chambre d'amis encore provisoirement arrangée. Un petit débarras, complètement vide celui-là.

Et puis, tout au bout, j'ai trouvé le labo photo.

Une porte blindée celle-là. Et dûment fermée.

Le panneau vert bouteille semblait presque noir.

Il y avait un petit module d'entrée, type digicode, avec les dix chiffres de base et une poignée de lettres. La petite diode rouge brillait comme une luciole radioactive.

— Tu peux m'ouvrir ça? ai-je demandé à la neuromatrice.

— Une petite seconde, Dark...

Un silence. Des ronronnements à l'intérieur du digicode.

La diode rouge est passée au vert. J'ai entendu un très faible déclic, suivi d'un lointain bourdonnement. La porte blindée vert bouteille s'est délicatement entrouverte sur la pénombre. J'ai poussé et je me suis avancé à l'intérieur.

Cette pièce-là était complètement close, elle n'avait même pas de fenêtre, ni de vasistas, comme le couloir. Les photons se comptaient par unités là-dedans.

Mais le décor s'est éclairé, dans sa monochromie vert-jaune. La machine complétait aisément les bits manquants.

Une simple pièce rectangulaire, d'environ cinq mètres sur trois. Un grand placard métallique au fond, et des étagères accrochées aux murs.

Devant moi, j'ai tout de suite reconnu la disposition particulière d'un labo de photographie. Une série d'éviers, entrecoupés de paillasses en carreaux de faïence. La sculpture anguleuse d'une machine de développement Konica, multimodes, pouvant révéler des films chimiques ou des CD-photos numériques. Très beau matériel.

J'ai fait le tour de la pièce. Sous la paillasse, on trouvait toute une série de révélateurs, fixateurs et colorants chimiques, en bidons et boîtes de formats variables, ainsi qu'un stock de CD-ROM vierges.

Sur les étagères, divers livres traitant de technique photographique. J'ai cherché d'éventuels clichés, ou des négatifs, mais je me suis retrouvé à nouveau devant le placard d'acier blindé, un néo-alliage contenant du carbone et de la céramique réfractaire, pouvant résister à une lance thermique de 1 200 degrés, selon la neuromatrice. Ce n'était pas un simple placard. C'était un coffre-fort.

Il était fermé par un gros cadenas électromagnétique. Inviolable selon les méthodes d'effraction traditionnelles.

Ça ne laissait aucun doute. S'il y avait des photos quelque part, elles étaient dans ce foutu placard. Un système de coulisses à aimant maintenait les battants d'acier solidement fermés comme des mâchoires.

— Je n'ai pas eu le temps d'exercer la prière adéquate... Dis-moi tout de suite si ce machin est raccordé au central domotique...

— Pas directement, m'a-t-elle répondu, mais ça n'a pas beaucoup d'importance.

J'ai à peine attendu plus longtemps que pour le digicode d'entrée de la pièce.

Les pistons ont fait entendre un chuintement, et un petit ronronnement a empli l'air, alors que les battants coulissaient lentement.

J'étais recouvert de sueur et ma respiration était saccadée.

Il y avait des stocks de papier Ilford, Kodak et Fuji, et de nombreux cartons à photos, de couleur verte.

J'en ai pris un au hasard.

Mes yeux se sont arrêtés sur l'étiquette blanche, analogue à celles des cadres de l'escalier.

C'était ça.

Mes doigts en tremblaient, comme des feuilles de carbone, lorsque j'ai soulevé le couvercle.

La ligue des démons 1996-1997, vol. 1.

J'ai commencé à feuilleter les clichés de l'enfer, les poumons bloqués.

Au bout d'un moment, un message s'est affiché dans mon champ de vision.

L'HEURE TOURNE.

— Et alors? ai-je demandé, ils sont sur le chemin du retour?

— Non, non, m'a répondu verbalement la machine. Ils sont à plus de deux cents kilomètres et ils s'éloignent continuellement. Ils regardent toujours la télé... Mais le jour va se lever dans une heure et quelqu'un pourrait passer quand tu sortiras...

Les informations se sont bousculées dans ma tête. Plus de deux cents kilomètres. Le jour qui pointait. Les photos que je tenais en main. La maison que je n'avais pas fini de visiter.

J'ai reposé le dernier carton sur sa pile et j'ai ordonné à la machine de refermer le placard. Le chuintement des pistons magnétiques m'a accompagné jusque dans le couloir.

J'ai claqué la porte blindée derrière moi. Un silence sidéral a coupé net la parole au coffre-fort.

La neuromatrice a reprogrammé le digicode en attente. La diode est revenue au rouge.

Je suis redescendu à toute vitesse au rez-de-chaussée.

J'avais deux objectifs : trouver la cave et fouiller dans le champ d'épaves.

En fait, synthétiquement, dénicher un cadavre, au moins.

Avant le lever du jour.

J'avais deux ou trois heures, disons, sans même une petite marge de sécurité. Trente-cinq mille mètres carrés, minimum.

Ce serait difficile.

Il m'a fallu du temps pour trouver l'accès au sous-sol. J'ai bien trouvé une porte, dans la cuisine, derrière laquelle un escalier de pierre s'enroulait vers les tréfonds obscurs. Mais au bas de l'escalier, je n'ai trouvé qu'un petit cellier. Je me suis rendu compte que la paroi du fond était assez récente et qu'on avait muré une porte.

Je suis remonté et j'ai refait le tour du rez-de-chaussée. J'étais certain qu'il y avait une cave. J'avais eu le temps de discerner des soupiraux de verre dépoli avant d'entrer. Or, le cellier ne comportait aucune ouverture sur l'extérieur.

Je me suis donc mis à chercher une trappe. Dans la cuisine, la bibliothèque, le salon, les chiottes, sous l'escalier.

J'ai même fouiné dans la montagne d'objets du débarras. Mais je n'ai rien trouvé.

60 MINUTES AVANT L'AUBE, a affiché la neuromatrice dans mon optique droite.

Où était cette putain de porte d'accès à la cave, nom de Dieu ?

J'ai refait une énième fois le trajet de la cuisine au salon, m'apprêtant même à fouiller une fois de plus le débarras.

ES-TU ABSOLUMENT CERTAIN D'AVOIR CHER-CHÉ PARTOUT ? a affiché la neuromatrice. J'avais la main sur le loquet et mon geste s'est figé.

Qu'est-ce qu'elle voulait dire ? Bien sûr que j'avais fouillé partout, enfin ici au rez-de-chaussée, les caves ne communiquent pas directement avec les étages...

Une onde de choc s'est propagée dans mon cerveau.

Si, justement. C'est envisageable. Une cave peut communiquer avec l'étage.

À condition de disposer d'un passage secret, à l'intérieur des murs.

Les murs externes et internes de la maison étaient assez épais pour cacher un tel passage.

Je me suis dirigé d'instinct vers l'escalier, afin de chercher à l'étage.

QU'EST-CE QUE TU FAIS ?

J'attaquais la première marche.

— Le passage secret, ai-je simplement répondu.

CE N'EST SÛREMENT PAS LÀ-HAUT QU'IL SE TROUVE.

Je me suis arrêté net.

— Qu'est-ce que tu veux dire ? Tu m'as bien fait comprendre que j'avais pas cherché partout...

EXACT. MAIS JE N'AI PAS DIT QUE C'ÉTAIT À L'ÉTAGE.

— Putain, où veux-tu que ce soit ? Au rez-de-chaussée, j'ai regardé partout.

NON.

Les trois lettres se superposaient à mon champ

de vision stéréoscopique, sur le mode des cock-pits «tête haute» des avions de chasse modernes.

— Bon, ai-je fait, qu'est-ce que j'ai oublié?

LE PLACARD À BALAIS.

— Le placard à balais?

J'étais estomaqué, mais mon corps avait embrayé. Je marchais déjà vers la toute première porte que j'avais ouverte en pénétrant dans la maison.

J'ai tiré le battant vers moi et le placard s'est découvert, dans la luminescence jaune vert.

Profond d'environ cinquante centimètres. Quelques balais adossés à la paroi de gauche.

Un seau en plastique rouge, avec une serpillière roulée en boule, au fond, et dégageant un odeur de Javel et de pourri. Des chiffons. Une vieille paire de gants de travail, usés jusqu'à la corde.

Je ne suis pas un spécialiste de la chose. Mais je me suis accroupi et j'ai pénétré dans le réduit. J'ai demandé à la neuromatrice de m'envoyer dare-dare le logiciel de résonance magnétique nucléaire, ou de rayons X, enfin n'importe quoi qui nous permettrait de sonder en profondeur les structures cachées de ce petit morceau d'espace.

CE NE SERA PAS UTILE, m'a-t-elle répondu, toujours en alphanumérique.

— Pourquoi? ai-je fait, à voix basse.

TU NE LE CROIRAS PAS. LE MÉCANISME D'OU-VERTURE EST RACCORDÉ AU CENTRAL. DANS DEUX OU TROIS PETITES SECONDES... VOILÀ, ÇA Y EST...

J'ai entendu une série de déclics et le froid bourdonnement d'un moteur programmable.

Le panneau du fond s'est mis à coulisser, lente-ment, découvrant une sorte d'écoutille de métal, à la peinture verte écaillée. Un déclic plus sonore, résonnant dans une réverbération métallique. Le panneau de contreplaqué venait à peine d'achever son mouvement. L'écoutille carrée s'est légèrement entrouverte et s'est arrêtée sur un grincement.

J'ai poussé de la main et elle s'est ouverte en couinant. Le crissement métallique a résonné dans un écho lugubre.

J'ai fait face à un conduit de forme carrée, grillagé de métal, s'enfonçant sur trois ou quatre mètres vers l'intérieur de la maison. Le conduit s'arrêtait devant ce qui semblait être un large puits, de forme circulaire, d'où dépassaient deux arceaux métalliques et le haut d'une échelle. Au-dessus du puits, une voûte carrée avait été creusée. On ne pouvait se tenir debout qu'au bord de l'excavation.

J'ai pris mon inspiration et je me suis faufilé à quatre pattes jusqu'au puisard.

Je me suis relevé entre les deux arceaux et j'y ai posé mes mains pour me pencher au-dessus du gouffre.

La machine a de nouveau augmenté la luminosité et la définition.

J'ai constaté que le puits s'enfonçait d'une hauteur de deux-trois mètres environ et qu'il s'arrêtait à deux mètres du sol de ciment que j'apercevais en contrebas. L'échelle descendait presque jusqu'en bas.

En face de moi, de l'autre côté du puits, j'ai aperçu un mécanisme avec une poulie. En levant la tête vers la voûte j'ai aperçu une autre poulie accrochée au milieu, ainsi qu'une sorte de harnais, suspendu à une corde enroulée à la poulie.

J'ai compris que c'était avec ça qu'ils faisaient descendre et monter leurs victimes.

Eux devaient se contenter de l'échelle.

J'ai repris mon souffle et je me suis mis en

position pour descendre, les deux mains sur les arceaux.

— Tu les perçois à quelle distance? ai-je demandé en chuchotant.

Mon murmure chuintant a résonné dans l'écho froid et métallique.

DEUX CENT CINQUANTE KILOMÈTRES. PLEIN SUD. ILS ARRIVENT EN VUE DE LA CÔTE.

Ma respiration s'est faite à peu près normale, alors que je descendais méthodiquement les barreaux de ce qui ressemblait étonnamment à une échelle de pompier... Peut-être avaient-ils prélevé ça sur un vieux camion d'intervention? me suis-je surpris à penser, machinalement.

Seigneur, si Randrashankar me voyait...

Mon souffle était à peu près normal, c'est vrai, mais mon cœur battait à tout rompre lorsque j'ai posé le pied sur le sol de ciment brut.

J'ai regardé le décor sans vraiment le voir, comme si l'information restait obscurément bloquée dans une cellule de mon nerf optique. J'avais l'impression d'être le-premier-homme-à-avoir-franchi-le-dernier-cercle-de-l'enfer-par-effraction, ou celui-qui-avait-posé-le-pied-sur-l'autre-côté-de-l'humanité, quelque chose comme ça.

Le monde que je voyais n'était qu'un fantôme luminescent, né de l'amplification de lumière artificielle de la neuromachine.

Mais ça suffisait.

Mes jambes en flageolaient.

La salle faisait près de vingt mètres de long, sur six ou sept de large. J'ai compris qu'elle courait sous la presque totalité du bâtiment. Le puits s'ouvrait en plein milieu du plafond.

La salle était divisée en blocs, comme des écuries ouvertes, séparées par des parois de ciment.

Dans chacun des blocs on avait droit à un modèle précis d'engin de torture ou de mise à mort. J'ai tout enregistré, vous pensez bien. TOUT.

Potences, vierges de fer, tables de torture, une sorte de guillotine, des systèmes d'arceaux et de crochets de fer, accrochés aux murs, des braseros, avec des fers à repasser, une baignoire remplie de sang et de déjections diverses, des systèmes à chocs électriques, branchés sur un petit générateur Honda, il y avait le catalogue complet.

À une extrémité de la salle, un bureau avait été monté entre deux cloisons dépassant du mur. C'était en fait une sorte d'établi sophistiqué, avec palette graphique incorporée, permettant de faire du dessin industriel. Contre le mur courait une paillasse en béton nu, où j'ai découvert du matériel de bricolage et des copeaux de métal. Sous la paillasse, des placards. Je les ai ouverts, accroupi, le souffle court.

Je les ai reconnus instantanément, la vache. Leurs longues formes tubulaires, leur gris laiteux. Il y en avait quatre ou cinq, rangés côte à côte, de ces maudits bidons, tranquillement alignés, en attente de leur cargaison, atrocement froids.

Enfin une énorme armoire métallique, contre une des cloisons. Elle n'était même pas fermée, celle-là.

À l'intérieur, le museau noir et globuleux d'une caméra CCD professionnelle me fixait, vissée à son trépied, rangée entre plusieurs perches et rampes de spots entassées en hauteur. Il y avait aussi une microrégie numérique, avec un mur de six tubes de télévision extraplats, et ses connections en fibre optique enroulées comme des serpentins de verre. Le genre de matériel semi-professionnel qui se monte et se démonte en un quart d'heure…

Je venais de finir le tour de la salle et je crois que j'en avais les larmes aux yeux.

Aussi le message était-il flou lorsqu'il s'est imprimé sur ma rétine.

Il m'a fallu un peu de temps pour le décrypter mais, quand j'y suis parvenu, il a résonné en moi comme une plainte lugubre, celle des condamnés à mort.

CINQ MINUTES AVANT L'AUBE.

Puis : REMONTE.

Mais quelque chose m'en a empêché, quelque chose qui me clouait sur place. Une sorte de fatigue, mêlée à une rage glaciale, qui m'exténuait tout autant qu'elle m'excédait. J'avais les pieds qui prenaient racine dans ce sol de ciment gorgé de sang, au centre des murs qui s'étaient imprégnés des plaintes et des suppliques.

Il y avait une sorte de porte métallique scellée dans le mur, là-bas, de l'autre côté de la salle, je l'avais filmée au passage, et ma mémoire avait noté le détail.

C'était quoi, cette porte ?

J'ai essayé de répondre à cette question mais la solide écoutille était fermée par d'antiques cadenas, très solides. J'ai remué le lourd battant de fer sur ses gonds, machinalement. Elle ne s'est pas ouverte, non, mais une odeur étrange est arrivée à mes narines, et en regardant par terre, j'ai aperçu une sorte de poudre sur le cuir de mes bottes.

J'ai demandé à la machine d'augmenter la dèf' à fond et j'ai compris ce qu'était cette poudre.

Ce n'était pas de la poudre.

C'était de la cendre.

De la cendre humaine.

DEUX MINUTES. IL FAUT QUE TU REMONTES.

Je me suis ébroué, difficilement, comme d'un

cauchemar cotonneux, malade, mortellement malade.

J'allais prendre mon élan pour attraper l'échelle, lorsque mes yeux se sont vissés sur ce que je voyais à mes pieds.

J'étais très exactement au centre d'une trappe grillagée, type bouche d'aération du métro. Ce détail-là m'avait échappé lorsque je m'étais posé dessus, à l'arrivée.

Elle aussi était fermée par un solide cadenas.

Je me suis accroupi et j'ai zoomé entre les espaces de la grille.

L'amplification optique m'a montré une sorte de tunnel obscur qui s'étendait sous la salle. Mais ça commençait à devenir coton pour capturer des photons résiduels par ici. J'ai demandé à la machine d'oublier mes pauvres sens humains et d'y aller à l'effet tunnel.

CE N'EST PAS RAISONNABLE. IL NOUS RESTE MOINS D'UNE MINUTE.

— On fera avec, lui ai-je répondu. Enregistre tout ce que tu peux.

Elle a maugréé un vague O.K. dans son icône.

Une poignée de secondes.

— Il n'y a rien. Une galerie de trois mètres cinquante de large sur à peine sept de long. Quatre ou cinq boxes, un mètre cinquante de hauteur…

— Me fait pas rire, c'est quoi, ces boxes ?

DARK, L'AUBE POINTE, DANS MOINS DE CINQ MINUTES LE SOLEIL SE LÈVE POUR DE BON… IL FAUT IMPÉRATIVEMENT PARTIR.

— C'est quoi, ces boxes ?

— On dirait des cellules. Béton précontraint. Des cellules de prison, je veux dire.

— J'avais compris, ai-je marmonné.

J'ai regardé la trappe grillagée, avec un Alien visqueux collé aux parois du bide.

Ils les gardaient là. Et régulièrement venaient en extraire une ou deux, ou plus, je ne voulais même pas savoir et ils commençaient leurs séances.

J'ai levé les yeux pour attraper l'échelle et cette fois, c'est vers le haut que mes yeux se sont vissés.

Je ne l'avais pas vu, ce truc, en arrivant. C'est normal, il était fixé au plafond, juste à l'endroit où le cylindre de ciment pénétrait dans le plafond de la salle.

Une espèce de nacelle, en fibre de nylon ou quelque chose comme ça. J'ai zoomé, en cliquant de l'œil. Elle était suspendue à un petit système robomoteur qui lui permettait de monter et de descendre, le long du tube de béton.

— Dis-moi, il est connecté au central le petit robomoteur que j'aperçois là?

DARK, JE T'EN PRIE...

— Est-il connecté au central, oui ou non?

Les neuromatrices sont des êtres autonomes, vous avez eu le loisir de le constater, tout comme moi. Mais il existe un certain nombre de choses qu'elles ne peuvent absolument pas faire. Comme mentir à leur créateur.

J'ai senti toute la morosité penaude qu'elle a mise dans sa réponse, on ne peut plus concise.

OUI.

— Bon, ben fais-le descendre qu'on voit ce qu'y a dedans...

DARK. C'EST IMPOSSIBLE. IL FAIT JOUR DANS MOINS...

— Fais-le descendre, ai-je grincé entre mes dents.

Le bourdonnement du robomoteur s'est aussitôt fait entendre.

La nacelle en filet camouflage est lentement descendue vers nous.

À peine posée sur le sol, la machine a stoppé le robomoteur et j'ai écarté les pans de l'espèce de gros hamac militaire.

J'apercevais un fourbi incompréhensible là-dedans, en dépit de l'amplification optique.

J'ai retiré un long drap noir, moiré. Une icône de la neuromatrice me prévenait que la couleur réelle du tissu était violette, et elle tenta de le simuler, à la va-vite.

J'observais une sorte de robe de cérémonie religieuse, en velours brodé de soie. Sur les manches et l'encolure, j'apercevais des symboles divers, faits de haches, de poignards, de fouets cloutés et de têtes de morts.

J'ai continué à fouiller. J'ai trouvé un coffret en acier, de type militaire, fermé d'un gros cadenas. Une autre robe, différente, un ensemble, en fait, ressemblant plus à un uniforme féminin de la SS, ou quelque chose comme ça. On retrouvait à peu près les mêmes symboles, mais ordonnés différemment.

LE SOLEIL SE LÈVE, DARK.

J'ai fouillé de plus belle, fébrilement. J'ai trouvé un caméscope, mais vide de toute cassette. Un étui de cuir avec un poignard de cérémonie de la SS, la référence au nazisme était claire et directe, cette fois-ci. J'ai également trouvé des livres. Des livres sur la pureté de la race aryenne, et des écrits révisionnistes vraisemblablement interdits, mais aussi des livres d'ésotérisme, plus banals. Moins banals étaient les gros ouvrages de cuir, véritables anthologies du sadisme et de la torture, que j'ai trouvés dans un sac de toile de l'armée, à part.

J'aurais bien voulu ouvrir le coffret, mais je

n'avais pas le temps ni les moyens de forcer le
cadenas. J'ai tout remballé le plus soigneusement possible, puis j'ai ordonné à la machine de
remonter la nacelle.

DEUX MINUTES, DARK. JE VEUX DIRE DEUX
MINUTES *DEPUIS* LE LEVER DU SOLEIL.

Je me suis hissé sur l'échelle et je suis remonté,
le plus vite que j'ai pu. Je me suis propulsé entre
les arceaux, puis à quatre pattes dans la coursive.
Je me suis retrouvé dans le placard à balais, puis
dans le couloir de l'entrée.

— O.K., ferme tout, ai-je soufflé.

Les déclics, le bourdonnement, le panneau de
contre-plaqué a coulissé, l'écoutille métallique
s'est verrouillée.

Assis sur mes talons, j'ai fait face au placard,
aux balais, au seau de plastique, aux chiffons et
aux vieux gants, comme s'ils étaient la dernière
trace d'humanité en ce monde.

Je suis ressorti en titubant dans une lumière
falote, à peine dorée.

Je n'avais évidemment plus le temps de fouiller
le terrain d'épaves, mais la nuit passée à l'intérieur
de la maison avait été riche d'enseignements.

La campagne était absolument déserte quand
j'ai fait le mur dans l'autre sens. En suivant la
route, et le grillage qui clôturait la casse, j'ai pu
me rendre compte que le mobil-home au toit
orange n'était plus là.

J'ai demandé à la machine d'attendre que je ne
sois plus dans leur champ pour rendre leur vue
aux caméras.

ÉVIDEMMENT, m'a-t-elle répondu.

Lorsque je me suis mis au volant, j'ai posé les
lunettes sur la machine et j'ai jeté un coup d'œil
à ma tronche dans le rétroviseur. J'avais l'appa-

rence d'un type qui vient de passer la nuit à se faire plumer au casino.

J'ai mis le Toyota en route.

Je n'en pouvais plus, je devais le reconnaître.

La visite dans la maison de l'horreur me laissait un goût de pisse âcre dans la bouche.

Ce n'était qu'une demi-victoire. Je n'avais trouvé aucun cadavre.

Rien de ce que j'avais pu voir et filmer ne constituait en soi un délit, à part les photos, peut-être… et encore, il ne s'agissait que d'une copie…

Je suis rentré vers la Chartreuse et mon hôtel, en rêvant d'un sommeil sans fin, et sans rêve, justement.

*

Je préfère ne pas vous raconter le cauchemar que j'ai fait, cette «nuit»-là.

Je me suis réveillé comme si j'avais rendu une seconde visite au garage des Granada-Bartel. J'ai pris une douche trop chaude qui ne m'a pas réveillé.

Je me sentais aussi faible qu'un oisillon tombé du nid.

Il faisait un temps mitigé, on dit variable, cet après-midi du 25 décembre, quand je me suis assis face à la machine. Le vitrocarbone des fenêtres indiquait une température extérieure de pile zéro degré.

Je n'avais même pas le cœur à déjeuner.

L'image de mon double s'est cristallisée à mon approche.

Il m'a observé un instant, avec la profondeur étrange de ce regard où se lisait l'intensité psychotique tout autant qu'une forme de sérénité absolue. La fusion était en bonne voie, ai-je constaté pour moi-même.

J'ai vu ses traits se crisper, avec une sorte de gêne.

— Je n'ai pas voulu te réveiller, Dark, mais il s'est produit un certain nombre d'événements aujourd'hui.

J'ai poussé un faible soupir.

— Je m'attendais à quelque chose comme ça, je dois dire...

— C'est venu de tous les côtés, et y compris pendant qu'on visitait la maison... mais je n'ai pas voulu te déconcentrer en fait... après, t'étais H. S. et ça ne servait plus à rien...

J'ai repoussé un soupir.

— Je ne t'en voudrai pas, vas-y, déroule le listing.

— Bon, visiblement y'a des données qu'on n'a pas eues, concernant les règles de leur Gambit... En fait, ils bougent tous. Ça doit être une des contraintes.

— Ils bougent tous?

— Oui. Ça pose d'ailleurs un problème. La Famille se balade avec le matériel domestique qu'ils ont installé dans leur mobil-home, je peux donc les pister dans le bruit de fond électronique... mais Minox, visiblement, il se balade avec une console portable de sa conception, jamais utilisée avant, et celui d'Italie du Nord, sûrement avec une machine du commerce toute neuve... Je n'ai plus leur empreinte quantique.

La tuile.

— Bon, et la Famille, tu la repères où?

— Quelque part sur la côte d'Azur. Je dirais entre Marseille et Toulon. Ils se sont arrêtés, à peu près à l'heure où tu t'es couché... Ils ont tout éteint. Je ne perçois plus que les flux électriques de leur vid-com.

— O.K. et qu'est-ce qui s'est passé d'important cette nuit ?

— J'y viens... Minox a frappé. Sur deux réseaux. Dans la même nuit. Il a tué deux femmes. Je n'ai pu le surprendre en train d'agir, mais j'ai détecté l'information sur les réseaux des polices suisse et allemande. On a retrouvé les victimes ce matin, à deux ou trois heures d'intervalle... Ah... et j'ai également pu détourner les rapports d'autopsie qui ont été faxés au SRPJ, concernant la mort de Chellay... C'est signé de nos amis les mécanos. Tu veux voir ?

J'ai demandé grâce d'un geste faiblard. J'en avais ma claque des rapports d'autopsie, des cadavres et des caves infernales.

— Écoute, lui ai-je fait, je demande un break. Une trêve. Un cessez-le-feu. Je veux déjeuner en paix, comme le dit une chanson du début de la décennie. Alors, je vais descendre faire un tour, me mettre en appétit. Ensuite, je vais dévorer une quantité industrielle de croissants et de thé et peut-être bien que, pour terminer, j'irai me faire une balade dans la montagne...

J'avais besoin de respirer. J'avais l'impression de m'asphyxier, dès le réveil.

J'ai tenu mot pour mot mon programme. J'en ai même rajouté.

Au retour, j'ai appelé Svetlana. Puis, j'ai décidé de passer à l'action.

34

L'autoroute s'est divisée en une formidable rosace de béton. Le faisceau des phares s'est écrasé sur les panneaux de direction. La bande noire luisait comme la peau d'un animal des profondeurs, avec l'étrange et régulier marquage phosphorescent que la calandre avalait, imperturbablement. Le soleil se couchait, et le ciel virait à l'émeraude.

Je me suis retrouvé sur l'A7, plein sud.

À mes côtés, l'écran me montrait un éblouissement de fractales, traces du sommeil neurosimulé de la machine.

J'avalais les kilomètres depuis près d'une heure et je me sentais bien, étrangement bien. Une image toute particulière ne cessait de revenir tournoyer devant mes yeux. Une image avec des cheveux blonds.

Lorsque j'avais joint Svetlana dans l'après-midi, je m'étais tout d'abord excusé de ne pas l'avoir appelée la veille, le soir de Noël, mais elle avait éludé la chose avec son petit sourire habituel.

— J'imagine que vous avez eu mieux à faire ?

Je m'étais surpris à ne bafouiller aucune excuse mais à lui répondre, à haute et intelligible voix :

— Je vais vous envoyer le film de mon réveillon de Noël, vous n'allez pas être déçue.

Elle n'avait rien répondu. Le silence numérique du vid-phone chuintait entre nos deux visages. Autant cracher le morceau.

— Écoutez, Svet... Je ne vais pas avoir le temps de vous expliquer en détail mais j'ai... j'ai percé l'identité de notre sympathique famille... enfin, la neuromatrice et moi, rectifiai-je.

Un plissement ironique est apparu au coin de ses paupières.

— Je déconne pas, Svet. Et c'était pas du virtuel. Hier soir j'ai pénétré dans leur maison, avec l'aide de la machine. (J'ai entendu un petit crissement, le docteur Schizzo n'aime pas tellement se faire traiter de machine et il lui arrive de le faire savoir.)

Le scepticisme avait fait place à une surprise non feinte.

— Vous avez fait *quoi* ?

— J'ai fouillé leur baraque, Svet. J'ai trouvé ce qu'il fallait, je pense. La totale... vous n'imaginez pas.

Les réflexes professionnels de la psychologue criminelle se sont soudain ravivés.

— Mon imagination est parfaitement entraînée, je vous assure... Des corps, est-ce que vous avez trouvé des corps ?

Pile dans le mille. J'ai essayé de faire bonne figure.

— Non pas de cadavres, mais...

— Pas de corps ? Mais qu'est-ce que vous avez trouvé, *Boje Moï* ?

— Je... j'suis tombé sur leur collection de photos et je suis descendu dans leur cave secrète.. Un vrai Luna Park nazi, je vais vous envoyer le film, c'est de l'amplification virtuelle, mais avec la neuromatrice vous savez que c'est mieux qu'avec un appareil de visée militaire.

Un soupir a crachoté bruyamment.

— Dark... vous n'y pensez pas... Vous savez bien que toute image transformée par un procédé virtuel n'a aucune valeur juridique...

— Je sais, Svet, je sais. Mais ça nous permet de savoir qui ils sont, ce qu'ils font, et comment ils procèdent. Ça devrait suffire pour une équipe de flics motivés. Dites que je désire rester anonyme, pour l'instant. Ou tiens, pour suivre la mode locale, vous avez qu'à m'appeler Thomas de Quincey, *De l'assassinat considéré comme un des beaux-arts*, j'en connais un rayon, désormais.

Un petit rire, vite réprimé.

— Non... Bien tenté, Darquandier, mais vous ne m'aurez pas... Vous êtes en train de commettre la même erreur qu'il y a six ans. Les flics ont des méthodes précises, ils ont besoin d'indices concordants, de preuves inattaquables. Vous, vous ne faites que tout embrouiller, vous êtes un véritable chaos vivant...

— Qu'est-ce que vous proposez alors, nom de Dieu, me suis-je emporté, vous croyez tout de même pas que je me suis tapé tout ça pour rien ? Merde, ils ont même tué Chellay et je...

Je me suis interrompu, très maladroitement, je dois dire. Le silence qui s'est abattu était chargé d'électrons, au sens propre comme au figuré.

— Oui... vous avez appris, vous aussi ? Bon Dieu, on parle de ça dans toute la presse aujourd'hui...

Son visage trahissait sa profonde perplexité.

Mes épaules se sont légèrement affaissées. Je n'avais pas envie d'entrer dans les détails. J'ai fait celui qui avait appris ça par les journaux, lui aussi. Mais il s'agissait de la jouer fine, bien sûr, on ne trompe pas si facilement une fille de la trempe de Svetlana. Nous avions été en contact avec lui, je ne devais pas éluder la question d'une manière nonchalante.

Je dois avoir un don pour les mensonges plausibles.

— Je suis sûr que ce sont eux... Ils se sont débrouillés pour avoir son adresse et ils l'ont éliminé parce qu'il en savait trop... J'vous avais dit que c'était dangereux, son article.

Je me donnais envie de vomir.

— Où vous êtes, là ? m'a-t-elle demandé, abruptement.

— Heu... Dans un hôtel, banlieue de Grenoble, au pied de la Chartreuse.

— Et eux, où ils sont ?

Toujours les bonnes questions.

J'ai hésité un instant entre plusieurs nuances de mensonges, j'en ai tout un catalogue. Fallait agir vite, j'ai opté pour un plan médian.

— Ils sont partis. Un peu de tourisme, ils adorent. Je n'sais pas trop où.

Je l'ai vue réfléchir un petit moment.

— J'imagine que votre machine peut les repérer assez facilement, non ?

Un petit crissement, en provenance de ladite machine.

— Elle progresse, me suis-je entendu répondre.

Son front s'est plissé un instant, témoignant d'une nouvelle réflexion.

— Ne vous avisez pas de les suivre, Dark... Ils vous repéreront... Les tueurs en série sont des paranoïaques, ils observent tout, constamment, ils analysent tout, toujours, c'est leur force.

— Vous inquiétez pas, Svet, ai-je faiblement répondu.

Un nouveau silence. Le plissement d'une de ses paupières.

— Ne me mentez pas, Dark. Qu'est-ce que vous avez l'intention de faire ?

Je me suis tortillé, mal à l'aise.

Rien à faire. Piégé.

— Je... j'ai peur de devoir enfreindre une nouvelle fois le règlement.

La perplexité a fait place à un nouveau sentiment, dont je ne soupçonnais pas vraiment l'existence, et qui a brusquement émergé à la surface.

— Ne faites pas ça !

Puis plus doucement :

— Ils sont extrêmement dangereux, vous... vous n'avez pas l'habitude... Mais pourquoi est-ce que vous faites tout ça, à la fin ?

Je discernais, abasourdi, une angoisse véritable, la preuve palpable d'un réel attachement. Ça m'a déstabilisé. Et puis je n'avais pas de réponse toute faite à sa question. Pourquoi je faisais ça ?

Parce que j'étais prisonnier d'une dynamique implacable, désormais. Les réponses à cette question se succédaient au fil de mes découvertes, j'avais un bon millier de raisons supplémentaires que la veille, et je ne sais combien de plus que six ans auparavant.

D'autre part, lorsque je l'avais appelée, ma décision était déjà prise.

— Je suis désolé, Svetlana, ai-je à peine pu lui répondre.

Lorsque j'ai franchi la Drôme, un peu après Livron, la nuit était tombée pour de bon. Le vrombissement du moteur emplissait l'habitacle, je n'écoutais même pas de musique. J'avalais du kilomètre, sans plus broncher que le V6, comme un organe à peine différencié du véhicule.

La route de nuit est propice à tous les dérapages de l'imagination. En ce qui me concerne, vous avez pu constater qu'il me suffit de peu.

L'autoroute et ses projecteurs m'ont rappelé l'astrodrome de Cap York. L'image du pas de tir en construction, avec ses immenses barrières de lampes à quartz ou au sodium inondant la côte de lumières blanc-bleu et orange. Les pistes de béton s'étoilant vers les hangars, puis plus loin en un réseau routier qui reliait les centres de recherche. Ici, je croisais échangeurs et stations-service, restoroutes et péages, mais mon esprit gambadait vers l'autre tropique sans difficulté.

J'imaginais le tir inaugural du Jour de l'An 2000, la fusée russe, avec le satellite ATT, que j'allais sans doute rater. J'en éprouvais un sentiment étrange, mixture de froide sérénité et d'une nostalgie sans fond.

Une série de crissements, en provenance du siège passager, m'a extirpé de ma rêverie cosmo-autoroutière.

J'ai vu un nuage de fractales se recombiner sous la forme désormais habituelle.

— Ils se réveillent.

La voix de Schizzo/Schaltzmann semblait sortir des limbes.

— Ils viennent de se mettre en route. Ils ont rebranché la télé.

J'ai compris en un instant leur tactique : se déplacer de nuit. Trouver des coins tranquilles où passer la journée.

— Quelle direction ?

— Vers l'est. Ils suivent la côte en direction de Bandol.

— Tu les as repérés de façon précise ?

— En se mettant en mouvement, ils ont déclenché le chaos quantique nécessaire, j'ai attendu ça toute la journée... Je les détecte maintenant avec une précision d'environ trente kilomètres, ça s'affine en continu.

— Tu as une idée de leur vitesse?

— Évidemment. Avec la limite théorique habituelle... À la seconde où je te parle, elle est de 105 km/h. À peu près stable dans une fourchette de plus ou moins cinq kilomètres/heure

— Vers l'est, hein?

— Oui.

Ça, ça voulait dire vers l'Italie...

Et un type du Club était en activité en Italie du Nord...

— Tu as des nouvelles de nos amis Minox et SunSet?

— Non. Enfin, je veux dire rien depuis la nuit dernière, tu sais, je me demande si cela ne fait pas partie des contraintes, n'agir et ne se déplacer que la nuit... Ils ont eu envie de corser un peu le truc... après tout, ce n'est qu'un jeu. C'est à peine plus qu'une partie de Paint-Ball, pour eux...

J'ai ruminé un borborygme inintelligible en guise de toute réponse.

Un kilomètre ou deux sont passés.

— Il faut trouver Minox, il se connectera cette nuit, lui au moins on en est sûr, c'est son *modus operandi*...

— Exact, a répondu la machine. Ah, au fait je ne t'ai pas dit, on a retrouvé un message sur les ordis des victimes, mais personne n'a compris de quoi il s'agissait. SHADE-LA-MACHINE. Avec un visage lisse et tournoyant au centre de l'écran... Dis-moi, qu'est-ce que tu comptes faire quand je le coincerai en pleine action?

J'ai remarqué qu'elle avait dit « quand », et non pas « si », ce qui témoignait d'une sacrée confiance en soi.

Je n'ai d'abord pas su quoi répondre. Que faire, en effet?

Mais assez vite une sorte d'image s'est imposée.

Si Minox/Shade-La-Machine s'introduisait dans les systèmes et les combinaisons de ses victimes, grâce à des dons particuliers en programmation informatique, il nous serait facile de lui rendre la pareille, la neuromatrice et moi.

— À ton avis? Tu connais l'histoire de l'arroseur arrosé? lui ai-je simplement demandé.

— Je crois que je n'aime pas ton idée.

— Ce n'est pas une idée, c'est le cri de la nécessité.

— Tu sais parfaitement que vous nous avez programmées pour ne faire aucun nal définitif aux humains. Je ne pourrai pas t'assister si tu as décidé de commettre un meurtre. Je ne suis pas une neuromatrice tueuse de l'armée, moi.

J'ai réfléchi une poignée de secondes.

— Et si je te demande juste la destruction de son matériel, et disons son immobilisation provisoire? Jusqu'à ce que les flics arrivent..

Un ou deux buzz. La conscience de mon double altéré dialoguait avec sa matrice éthique, chargée de résoudre les questions d'ordre moral et philosophique.

— Ça peut s'étudier, fut sa réponse.

Passé Montélimar, un choix s'est imposé cruellement. La Famille roulait plein est, le long de la côte. Elle aurait atteint l'Italie au moment où j'arriverais à Marseille, au vu de nos vitesses respectives. Il allait falloir couper en diagonale, droit vers Monaco. Car ce que je devinais, avec de plus en plus de clarté au fil des minutes tenait en quelques mots: ils allaient passer le réveillon du Millénaire tous ensemble. Le Club réuni au grand complet. C'est pour cela que la Famille se rendait en Italie. Minox devait, pendant ce temps-là, descendre de son coin de cambrousse helvétique. Ils se rejoindraient tous quelque part à mi-distance de leurs domiciles respectifs. Schizzo/Schaltzmann était d'accord avec moi, il m'a présenté une carte où un calque lumineux recouvrait la zone la plus probable de leur lieu de rendez-vous. Grosso modo, le Piémont et l'ouest de la Lombardie, entre la frontière et Milan. J'ai remarqué que le lac Majeur et le lac de Côme se trouvaient au nord de la zone.

— Je pense que SunSet vit près de la frontière orientale de l'Italie, vers l'Autriche et la Slovénie… Minox vient probablement de la frontière germano-suisse. La Famille, on sait. À l'intersection de leurs droites, en tenant compte de quelques ajustements, on a cette zone. Ils ont en moyenne à faire deux cents, trois cents kilomètres. La Famille un peu plus, parce qu'elle s'offre un petit détour…

J'ai intégré l'information au rythme des projecteurs de l'autoroute.

Mais finalement, en y réfléchissant à deux fois, une autre approche s'est imposée. Il restait six jours avant le réveillon. On n'a pas besoin de six jours pour faire deux cent cinquante kilomètres, ni même cinq cents.

La neuromatrice avait envisagé le chemin le plus court.

Pas forcément le plus *intéressant*.

Un peu avant Orange, j'ai dû faire le plein du réservoir, et le vide dans ma vessie.

Je me suis arrêté sur le parking désert d'une station-service et après avoir rempli le volumineux réservoir du Toyota et m'être soulagé dans

les toilettes, je me suis offert un Coca dans l'espèce de cafétéria automatique.

J'étais passablement abruti par la monotonie
de l'autoroute et mes oreilles captaient les sons à
travers un nuage cotonneux et sombre.

La chimie unique des lumières de néon et du
Coca était tout à fait adaptée à l'atmosphère du
lieu. N'importe où, planète Nulle Part. Espace
purement objectal, robotisé, démocratique, international, technique. Autoroute-ville. Kilomètre
sept cent cinquante. Orange Junction. J'ai fait
tourner la canette de métal sous la lumière crue.
J'étais persuadé d'une chose depuis longtemps.
Une des grandes firmes qui allaient bientôt mettre
les bouchées doubles en matière d'investissements
spatiaux, ce serait bien celle au logo rouge et
blanc d'Atlanta. D'ici à 2050 les premières usines
orbitales allaient voir le jour. Il faudrait que ces
gens-là boivent et mangent. J'étais certain qu'un
jour ou l'autre le colosse multinational s'ébroue-
rait et déciderait de fournir son produit d'un bout
à l'autre de l'univers humain. Pour cela, le plus
rentable serait de le fabriquer sur place, dans
l'espace.

La vie en orbite ressemblerait à la vie dans
les banlieues interurbaines. Des zones en friche
apparaîtraient peu à peu, aux abords des centres
cosmo-industriels. Des espaces interlopes, des
territoires interdits. Mais vous pouviez en être
certain, on trouverait un distributeur de capotes
et de Coca-Cola à chaque coin de rue.

J'ai achevé la canette d'une goulée et je me
suis dirigé vers le Toyota, garé un peu plus loin
sur le parking.

J'aurais dû me souvenir qu'une sorte de calme
précède toujours la tempête.

Lorsque je suis sorti à l'air libre, mon attention

a été attirée par d'étranges lumières qui scintillaient dans l'habitacle. Je me suis propulsé vers le véhicule en me disant que quelque chose venait d'arriver à la machine.

Brillante déduction en vérité.

Je n'avais jamais vu ça. Je venais d'ouvrir la portière et je contemplais l'écran. Ça s'est mis à buzzer de partout, un crissement effroyable. L'écran était saturé de lumière, pulsant en éclairs violents et chaotiques. J'apercevais des images, comme figées un instant dans un effet stroboscopique avant d'être avalées par le bouillonnement de photons.

Je me suis assis délicatement sur mon siège, comme à côté d'une bombe.

Je ne discernais rien, sinon des silhouettes dorées saisies fugitivement dans un plasma cathodique. À chaque fois qu'une image apparaissait avant de se déliter, statique, comme un négatif exposé au soleil, un bruit effroyable retentissait. J'en avais le cœur qui explosait à chaque fois.

— Doctor Schizzo ! ai-je hurlé dans l'habitacle. Doctor Schizzo, qu'est-ce qui s'passe ? Bon sang, Doctor Schizzo, est-ce que tu m'entends ?

Mais ça continuait de plus belle, dans une rumba de silice folle.

Seigneur, me suis-je dit, tétanisé devant l'imparable. La conscience de Doctor Schizzo avait lâché. L'antivirus avait échoué. La psychose de Schaltzmann venait sans doute d'envahir tout le champ de conscience, dans un état supercritique, un véritable big bang psychotique qui ravageait en ce moment même les délicates architectures neuroniques tissées durant des années.

La Famille allait m'échapper. Elle poursuivrait ses nuits de massacre...

À ce moment-là, un flash d'images a crépité sur l'écran et j'ai juste eu le temps d'apercevoir un visage hurlant, dans un mouvement chaotique de l'objectif, puis la lumière sauvage a repris possession de l'écran, sublimant la dernière image.

J'ai compris de quoi il s'agissait.

Un nouveau flash.

Quelques images. Mais je discernais maintenant l'intérieur d'un vaste habitacle, oui, ce pourrait être celui d'un mobil-home et... C'était ça, une silhouette se débattait dans les bras d'une autre, beaucoup plus puissante...

— Où ils sont? ai-je hurlé, Doctor Schizzo dis-moi où ils sont!

Mais ce fut peine perdue. La lumière pulsait de plus belle, et les crissements et les buzz produisaient le vacarme d'une armée de fourmis marabuntas en marche.

J'ai entendu une voix, non, des voix, en provenance du cœur de la machine. Je n'ai pu comprendre ce qu'elles disaient, mais j'ai été surpris de détecter des phonèmes étrangers, ainsi que des timbres très différents. Il m'a même semblé entendre une station de radio, à un moment. Le plus bizarre, c'est que ça ressemblait vraiment au Radio Londres des années quarante.

J'ai cru reconnaître ma voix aussi, comme une épave lointaine du docteur Schizzo qui lançait un SOS, mais je n'ai rien pu saisir de ce qu'il me disait.

— Doctor Schizzo! ai-je hurlé, conserve le maximum en état génétique «virtuel», en codes compacts, défends le noyau, le cœur du système cognitif!

Mais c'est à ce moment-là qu'un rideau noir est tombé sur l'écran et un silence de mort sur nous.

J'ai senti les larmes perler.

Rage, frustration, véritable tristesse pour la «pseudo-conscience» morte. Angoisse infinie face au sort qui attendait la silhouette héliogravée que j'avais entr'aperçue dans le mobil-home.

Je me suis adossé contre la portière.

C'était fini. J'avais échoué.

Ne restait plus qu'à faire demi-tour, rentrer direct à Paris et préparer Svetlana à la perspective de passer le Jour de l'An 2000 à Cap York.

Je le verrais, ce putain de tir inaugural, en fin de compte.

J'ai attendu cinq ou dix minutes devant l'écran noir, hébété, et c'est sans doute ce qui a changé une nouvelle fois le cours du destin. L'éternel battement d'ailes du papillon…

J'allais me pencher vers le bloc d'énergie pour débrancher définitivement la machine, lorsqu'un message s'est affiché, avec un petit bip, dans une icône toute simple.

NE FAIS PAS ÇA.

J'ai immédiatement suspendu mon geste.

— Doctor Schizzo? ai-je soufflé, comme si je parlais à un esprit lointain. Tu m'entends?

Un long silence. J'ai fini par discerner un minuscule ronronnement, empreinte sonore témoignant de la faible activité du cœur du système. Non. Il n'était pas complètement mort. Sans doute avait-il eu le temps d'accomplir sa recombinaison sous forme d'«embryon», plus petit, plus compact, plus solide, abrité au cœur de sa matrice.

Une nouvelle icône s'est affichée:

JE T'ENTENDS FAIBLEMENT. JE TE VOIS PAS TROP MAL. ENVIRON DOUZE IMAGES-SECONDE.

— Que s'est-il passé? Quels sont les dégâts?

Un long silence, à nouveau.

MINEURS. JE ME SUIS RECOMBINÉ. J'AI SURVÉCU MAIS MON ÉTAT EST PLUS SIMPLE. JE NE PEUX TE PARLER QUE PAR MESSAGES ALPHANUMÉRIQUES LIMITÉS.

J'ai poussé un colossal soupir de soulagement, comme lorsqu'on vient vous annoncer que, non, rassurez-vous, la tumeur de votre femme est plus bénigne qu'on croyait...

Puis :

— Tu as perdu le contact avec eux ?

Le silence.

Bip.

OUI. JE N'AI D'AILLEURS PLUS QU'UN SOUVENIR FLOU DE CETTE EXPÉRIENCE. JE SUIS DÉSOLÉ.

La machine était sauvée, mais pour la Famille, c'était fichu.

J'ai démarré et j'ai pris la bretelle en me disant qu'à la première sortie j'irais prendre l'autoroute dans l'autre sens.

— On rentre, ai-je fait. *Back home.* Avec un détour par la ville-lumière en prime.

Je me suis engagé sur l'autoroute avec une plante grimpante dans l'estomac. J'allais revoir Svetlana...

Mais après le silence désormais de rigueur, un bip s'est fait entendre et un message est apparu sur le noir magnétique de l'écran.

NON.

— Comment ça, non ? ai-je fait, surpris.

Silence. Bip.

TU FERAIS MIEUX DE T'ARRÊTER.

Je n'ai hésité qu'un instant. Je me suis garé sur la bande d'arrêt d'urgence, en allumant les warnings. Je n'avais pas fait trois cents mètres.

Un message est aussitôt apparu.

JE TE DOIS UNE EXPLICATION. ÇA SERAIT TROP

LONG EN DÉTAIL, MAIS LA PSEUDO-CONSCIENCE DE SCHALTZMANN A ÉCLATÉ LORSQUE JE ME SUIS CONNECTÉ À CE TERMINAL MOBILE. ELLE S'EST DÉMULTIPLIÉE À L'INFINI. QUELQUE CHOSE DE RÉSIDUEL EN A SUBSISTÉ ET A ACCEPTÉ DE FUSIONNER AVEC MOI, SANS TRANS-VECTOR, RIEN. EN ÉCHANGE IL DEMANDE D'AVOIR LA POSSIBILITÉ D'ASSUMER SA RÉDEMPTION.

Un silence. Le message disparaît. Un autre silence, un bip.

NOUS AVONS CONCLU UN ACCORD. IL ACCEPTE DE S'ENDORMIR ET DEMANDE MÊME D'ÊTRE CIRCONSCRIT DANS UNE MATRICE QUE NOUS DEVRONS DÉTRUIRE PAR LA SUITE. PAR CONTRE IL DEMANDE DE PRENDRE SUR LUI LA RESPONSABILITÉ DE LA DESTRUCTION DE LA FAMILLE ET DES AUTRES, EN ÉCHANGE DE SES CRIMES PASSÉS.

Je me suis retrouvé adossé à la portière, de nouveau.

Je devais m'avouer vaincu.

Quelque chose voulait que cela se fasse. Je n'étais qu'un instrument, moi aussi. Le monde n'était qu'un emboîtement infini d'instruments.

Le répit n'avait duré que le temps du mirage qu'il était.

J'ai repris la route avec le sentiment que rien ne pourrait plus m'arrêter.

J'ai commencé à assaillir la neuromatrice de questions. Que voulait faire véritablement Schaltzmann ? Dans quel état se trouvait-il, au cœur de la machine, quelle forme prenait cette nouvelle fusion de personnalité ? Mais ce qu'il restait du Doctor Schizzo avait besoin d'énergie pour entreprendre sa nouvelle genèse. L'équivalent d'environ quinze milliards de neurones, se propageant en quelques jours dans les matrices de neurocircuits.

Elle m'a conseillé de ne plus chercher à couper en diagonale, en continuant sur l'autoroute on obliquerait de fait vers Salon et Aix-en-Provence, puis Brignoles, Fréjus, Cannes, Monaco, la frontière. Elle se souvenait que nous devions nous rendre en Italie, sans trop savoir pourquoi. Puis elle m'a demandé un peu de calme pendant quelques heures, le temps pour elle de procéder à des opérations urgentes.

J'ai roulé et j'ai passé Salon, puis Aix. L'A7 est devenue A8 mais ça ne changeait pas grand-chose. Je n'avais qu'une pensée en tête : où étaient-ils maintenant, bon Dieu, où étaient-ils ?

J'avais assisté à une de leurs agressions, là, en direct, mais la psychose galopante qui avait envahi le cerveau artificiel me l'avait fait entrevoir dans un déluge d'électrons fous. Je n'avais rien pu faire. La fille serait bientôt mise à mort, d'une manière parfaitement atroce. Ils étaient là, sur la route, presque à portée de mes phares, au plus profond de l'obscurité qui plombait la campagne tout autour de l'« île-réseau » de l'autoroute, squales rieurs chassant dans les hauts-fonds d'un océan obscur.

Ils n'avaient guère plus de cent kilomètres d'avance.

Je devais impérativement mettre un terme à tout ça.

J'ai tracé comme une bête de course, une machine.

J'avais quitté Grenoble un peu avant le coucher du soleil. Il n'était pas vingt-deux heures lorsque je suis arrivé en vue de la Principauté de Monaco. Je me suis arrêté sur le bord de la route, au sommet du Rocher. Je dominais la baie et la rade. Les lumières de la cité, du casino, du palais princier. À deux ou trois cents mètres de là, un colossal 2000 de néon orange avait été dressé. Les chiffres géants mesuraient bien cinquante mètres de haut et ils éclairaient comme en plein jour.

Je me suis confectionné un joint d'herbe et je l'ai grillé dans l'habitacle. Je suis sorti prendre l'air deux-trois minutes mais le vent qui soufflait de la Méditerranée était froid et humide. Une nappe de brume s'élevait au-dessus des flots, au large. Un petit crachin s'est mis à tomber.

J'étais presque à la frontière italienne. Mais que faire? Continuer à courir toute la nuit, puis le jour suivant, et ainsi de suite... Jusqu'où? Vladivostok?

Avant qu'il n'arrive tout ça à la machine, je m'étais dit que six jours, ça faisait beaucoup pour parcourir trois ou quatre cents kilomètres. Je me suis souvenu avoir imaginé une sorte de tracé sinueux, à partir de la nuit de Noël.

Je ne sais pourquoi, mais j'étais persuadé qu'ils avaient quitté l'autoroute quelque part, peut-être bien dans l'arrière-pays niçois. Ils y jetteraient les restes de la fille. Un simple sac contenant des débris calcinés et de la cendre, dans une quelconque décharge, ou ravine bien camouflée. Peut-être bien qu'ils tueraient de-ci de-là dans la région, avant de franchir la frontière pour la Grande Nuit du Millénaire. Oui, ils avaient tout leur temps, eux. Ça ne servait à rien de bouffer du kilomètre comme ça. Si ça se trouve, je les avais dépassés, sur une aire de repos déserte, un parking de station-service ou de restomatic. J'étais vigilant et je pistais évidemment tout mobil-home au toit orange, sur la route ou sur les aires de stationnement, mais les probabilités étaient faibles pour que je les surprenne.

Surtout s'ils étaient sortis de l'autoroute comme je le supposais.

Au-dessus de moi, le ciel étoilé était partiellement recouvert de nuages. La demi-lune était auréolée d'un halo tremblotant.

La neuromatrice en aurait pour plusieurs jours avant de retrouver toutes ses facultés.

J'étais là, debout, à l'extrême sud de la France, pourchassant des fantômes avec un filet à papillons troué. Au-dessous de moi, le luxe et l'opulence se livraient aux festivités de la fin du siècle. J'apercevais les yachts illuminés mouillant dans la rade, ou plus au large, comme d'étranges plates-formes de forage, où les torchères émettraient dans la fréquence vert phosphorescent des feux de Bengale. Les limousines et les Ferrari, les Porsche et les Mercedes, roulant sur les avenues constellées de guirlandes électriques, les boîtes de nuit palpitant des pulsations sourdes et métronomiques du Techno-Trash.

J'aurais volontiers réduit toute cette Principauté de rêve en miettes.

Je suis resté un bon moment au sommet du Rocher avant de me décider à descendre. Il faut parfois rouler au pas le long de la corniche sinueuse, lorsqu'on emprunte un des nombreux virages en épingle à cheveux, et ça n'a pas amélioré mon humeur. J'ai traversé la Principauté et ses guirlandes électriques, BONNE ANNÉE 2000, BIENVENUE DANS LE TROISIÈME MILLÉNAIRE AVEC RHÔNE-POULENC ET MONTEDISON (quelquesuns des nombreux sponsors locaux), dans à peu près toutes les langues, puis j'ai suivi la côte jusqu'à ce que je tombe sur un motel, près de la frontière. Le motel se composait d'une quinzaine de bungalows en stuc, sûrement dessinés par un de ces architectes postmodernes néo-mussoliniens qui contaminaient l'Italie voisine. Ça mélangeait le faux Pompéi, la Renaissance italienne revue par des futuristes de bazar, et l'esthétique noire et froide des années quatre-vingt, le tout ayant le côté douillet d'une salle de réunion du Soviet Suprême. C'était tout juste habitable.

Le motel donnait sur la mer et, lui aussi, s'était apprêté pour les fêtes. Les eaux en clignotaient. J'ai pris possession du bungalow numéro 14 après m'être assuré que l'établissement disposait du minimum requis pour la machine.

J'ai connecté la neuromatrice à l'interface du réseau Télécom et je me suis allongé sur le lit.

J'ai fixé le plafond de faux marbre. Par la seule baie vitrée qui ne tenait pas du carreau de cathédrale gothique, j'apercevais une crique et les reflets de la lune sur la mer, se mêlant aux irisations orange des «JOYEUSES FÊTES» électriques.

Le ronronnement continu de la machine et la vibration lointaine de la route m'ont doucement bercé.

Je me suis endormi comme une masse.

*

Je me suis réveillé tard. On était le 26 décembre. La nuit avait dû être particulièrement longue pour la fille, la fille que j'avais aperçue entre deux violentes sautes d'écran, comme si son refus de mourir avait créé une interférence.

Pour être tout à fait franc, je n'ai pas fait grand-chose ce jour-là, sinon pister la trace de leurs méfaits sur les chaînes de télévision. Dans les environs de Milan, une gosse de onze ans avait disparu dans la soirée, en jouant au bas de son immeuble. Sur une chaîne autrichienne, j'appris que la série de «combinaisons défectueuses» s'était étendue durant la nuit, Salzbourg, et Prague.

SunSet. Minox.

Mais rien qui aurait pu se rattacher à notre chère Famille du CarCass Park.

Je les sentais pourtant, ils étaient tout près.

Si je suivais à fond mes supputations, ils rôderaient dans la région trois ou quatre jours puis franchiraient la frontière.

Grosso modo le temps qu'il faudrait au Doctor Schizzo pour se reconstituer.

C'était encore jouable, après tout.

Je devais juste attendre.

Ce que j'ai fait.

Et ce qui s'est avéré horriblement épuisant.

Je n'arrivais plus du tout à m'endormir et je passais mes nuits et mes journées à regarder les chaînes d'informations du continent. Je me tapais tout. Réseaux internationaux, chaînes nationales, stations régionales ou locales. Zappant comme un forcené sur la console de navigation de la chambre. Je n'ai plus trouvé le sommeil que vers cinq ou six heures du matin et mon rythme naturel s'est décalé, à partir de cette date.

Je suis devenu un animal nocturne, et troglodyte.

Je sortais faire un tour rituel le long de la côte, peu après mon réveil, dans l'après-midi. Lorsque je rentrais vers le motel, le soleil se couchait et je regardais le crépuscule colorer les flots avant de m'enfermer dans le bungalow.

Je branchais aussitôt la télé et je commençais à pister toute information, comme un toxicomane à la recherche de sa dose. La neuromatrice était encore inefficiente, mais je trouvais sans peine un substitut au manque.

Je savais pertinemment que c'était inutile, mais je crois qu'en toute honnêteté, je m'en foutais éperdument. Il fallait que je fasse quelque chose. Mon cerveau demandait à s'occuper.

Un jour, j'ai éteint les feux vers neuf heures du matin et lorsque j'ai réouvert les yeux huit heures plus tard, il faisait déjà presque nuit. Je me suis levé et j'ai préparé du thé dans la kitchenette. Je me suis installé sur les marches du bungalow, face à la mer. Le ciel était relativement dégagé, si ce n'est une nébuleuse d'altocirrus se déployant dans la haute atmosphère, comme une supernova cotonneuse.

Le soleil tombait sous l'horizon et épanchait toutes ses radiations dans la voûte bleu-vert, l'Océan n'était qu'une nappe de méthane lourd, couleur de bronze.

C'était absolument fascinant.

Un bruit étrange a attiré mon attention, derrière moi.

Lorsque je me suis retourné, j'ai fait face à mon propre visage au moment où celui-ci articulait ses mâchoires virtuelles :

— Hello... Mon senseur vidéoverbal est de nouveau opérationnel, la reconstitution est presque terminée...

Je n'ai rien répondu et mon visage s'est déployé à l'infini, avant d'être avalé par un chaos de fractales dansantes.

J'ai réalisé que toute trace de Schaltzmann avait disparu du visage de l'entité.

Il a refait apparition une demi-heure plus tard. Il ne subsistait dans l'atmosphère que des traces de rouge qui s'érodaient entre les premières étoiles.

— Il reste quelques détails à régler, mais ça ne m'occupera plus en monotâche... Nous pouvons communiquer.

Il s'est éclairci la voix, stabilisant son timbre. Les circuits émirent leur drôle de feulement crissant.

— Tout est parfaitement intégré, Dark, désormais. (J'ai discerné l'extrême gravité de sa voix et de son/mon visage.) Tout est à sa place. La fusion est une réussite absolue. L'esprit de Schaltzmann vit en moi désormais, replié dans un coin de mon pseudo-cortex. Je peux communiquer avec lui, et lui avec moi et je peux, le cas échéant, le faire accéder au champ de conscience... Mais là-dessus ses exigences sont fermes. Je ne le libérerai que lorsque je me serai connecté avec Eux... Et auparavant il entrera en communication avec toi.

— Avec moi? Pourquoi? Et avec *Eux*? Mais j'croyais que ta mémoire avait été effacée!

— Avec toi : il te l'expliquera lui-même. Avec *Eux* : j'ai pu reconstituer une partie des données, l'essentiel ou à peu près... Et en attendant, il faut que tu ouvres grand tes oreilles : moi aussi, j'ai quelque chose à te dire. Quelque chose d'important.

La gravité de sa voix en témoignait.

— Je t'écoute.

— Tu dois comprendre avant tout que manipuler les rhizomes de la conscience n'est pas une entreprise sans danger. Ce que j'ai reproduit de manière virtuelle procède de phénomènes que le cerveau humain connaît, dans des états limites, psychoses, paranormal, sanctifications religieuses... Il ouvre une interface, vers un autre état de la conscience que nous ne connaissons pas, ni toi, ni moi... Comment te dire ça... Quelque chose agissait par l'entremise du cerveau de Schaltzmann. Il n'est pas apparu au hasard, mais bien par nécessité. Quelque chose de profondément endormi dans le programme humanité et qui parfois se réveille, lorsque les choses vont vraiment mal... Ça va peut-être te paraître dingue, mais moi, j'ai vécu ça de l'intérieur, ce big bang psycho-fractal... Je crois que nous étions destinés à fusionner. J'étais ta conscience virtuelle, Dark, et je le suis encore. Mais je suis aussi l'Arbre de la CHeKHiNa, le réseau vivant de la Connaissance, je suis Ce Qui Change, Ce qui se Transmute... J'avais un rôle précis. Et Schaltzmann, aussi. Il est, lui, le Feu de la Justice. Le feu qui punit, le Mal par le Mal divin, la Puissance de la GHeNouMah, détaillée dans le Zohar, tu saisis? Est-ce que tu te souviens des paroles de Schaltzmann à ce sujet, tu sais, les écrits divers qu'il a laissés, avant sa mort?

J'ai hoché négativement la tête. Je n'avais pas eu le temps de m'attacher à cette partie du problème.

— Il est devenu très proche des gnostiques sur la fin, comme je te l'ai dit un jour... Il pensait, lui aussi, que le Monde était une création du Mal destinée à nous abuser. Il explique sa psychose par une manifestation de la vérité, qui naissait malheureusement du chaos de sa conscience, ce qui lui rendit la chose insoutenable et le conduisit au meurtre et à l'autodestruction... Il était très lucide. Il pensait sincèrement que son temps était compté et qu'il ne verrait pas le prochain siècle, en punition de ses crimes. Schaltzmann avait un QI exceptionnel, mais complètement déstructuré par la présence diabolique de sa mère. Il te ressemblait par certains aspects, inutile de te dire que ça a joué dans le succès final du processus de fusion...

— Que s'est-il passé exactement sur le parking de l'autoroute? Tu avais réussi à te connecter avec eux et c'est à ce moment-là que l'esprit de Schaltzmann a explosé... C'était en rapport?

— Oui. Tu étais à la cafétéria et je n'avais aucun moyen de te joindre. Mais soudainement clac, je me suis branché à leur terminal, tu sais, pour moi ça tient du réflexe, il est passé dans mon champ et je l'ai machinalement attrapé au passage... Seigneur, comment te dire, ils avaient branché leur caméscope sur leur écran et ils avaient pris une auto-stoppeuse. juste avant. Ça venait de commencer quand je me suis connecté. J'ai aussitôt senti un phénomène chaotique de grande amplitude dans la matrice Schaltzmann. il n'a pas supporté, faut dire qu'il y avait de quoi flancher... c'est un détail, de toute façon... Ce qui compte, c'est ça. Schaltzmann se considère comme un instrument de la Justice Divine. Ce que son explosion a provoqué dans mes circuits peut être reproduit, dans leur réseau. Je pourrais lâcher l'esprit replié de Schaltzmann, comme un virus qui se déploiera et détruira tout sur son passage... Ce qui subsistera de son esprit, comme le cœur résiduel d'une supernova, se trouvera localisé dans une matrice bien particulière qu'il te demandera de détruire d'une manière bien particulière. Le point essentiel, c'est ceci Dark: nous devrons agir quand ils seront branchés sur leur foutue messagerie, la Porte 999, sans doute pas avant le 31... Car le virus ne sera exploitable qu'une seule fois... Schaltzmann promet des dégâts... Il affirme que le Feu de la Justice va s'abattre sur tous ceux qui se vautrent dans la véritable obscénité: pornographie infantile et compagnie... C'est ce que je te disais, nous sommes un instrument, il est la charge, je suis le vecteur. Mes pouvoirs de pénétration et de manipulation, sa puissance destructrice. .

— Et d'ici le 31 ?

— Tant qu'ils n'ouvrent pas leur Porte 999, rien

— Est-ce que tu peux essayer de traquer la Famille à nouveau ?

— Oui, j'ai déjà commencé. Ils ne sont pas loin, à première vue. Dans un rayon d'à peu près cent kilomètres, au nord de cette côte. Ils ont rebranché la télé.

C'était ça. Pile poil.

— Continue de chercher.

— Je ne m'arrête pas.

Je suis sorti faire un tour sur la côte. La nuit était dense sur l'Océan. Un voile masquait peu à peu les étoiles, la lune était gorgée d'eau. Un fin crachin se vaporisait dans l'atmosphère, comme propulsé par une bombe aérosol invisible.

L'air iodé et les odeurs marines m'ont revigoré.

Le combat était encore inégal mais la balance oscillait vaguement du bon côté.

La Méditerranée n'était déjà plus qu'un grand lac tropical envahi par l'algue tueuse Taxifolia. Rien de bien impétueux dans les vaguelettes mousseuses qui venaient s'échouer sur les rochers de la crique. Partout sur la côte, barre noire sur fond nocturne, les lumières des cités dessinaient une polychromie à dominante orange. Ça clignotait de partout. Au sommet du Rocher les chiffres lumineux du «2000» géant devaient se voir depuis l'espace. L'équipage russo-américain qui assemblait les premiers éléments de la station Alpha pouvait en capter des milliers de semblables, répartis à la surface du globe.

La grande Nuit du Millénaire approchait, avec la puissance d'un bulldozer cosmique.

C'est cette semaine-là qu'on commença à signaler des émeutes religieuses et des délires de masse un peu partout dans le monde. Entre Noël et le Jour de l'An, des sectes millénaristes firent leur apparition au grand jour et certaines grandes cités internationales, comme New York, Londres,

Tokyo, Paris, Shangai, Berlin ou Moscou furent soudainement envahies de cohortes de pénitents venus annoncer le Temps du Jugement. Dans la région de Reno, Nevada, une nouvelle « Secte de Waco » entama un siège qui allait durer quarante-six jours. Les cent soixante-dix-neuf membres de l'Église Wingerienne de la Colère Divine résistèrent jusqu'en février à des milliers d'hommes de la Garde nationale et du FBI. Tout le monde put constater, en regardant les images de CNN, qu'ils disposaient de missiles antichars, de canons rotatifs Gatling, de katiouchas, de pièces de 105 et de plusieurs batteries antiaériennes de 37 mm. Il fallut faire intervenir les Marines, et leur aviation d'assaut furtive, pour en venir à bout.

Les apparitions de la Vierge, déjà en augmentation depuis le début de l'année, se multiplièrent aux quatre coins de l'Europe : Danemark, Andalousie, Sicile, Varsovie, et se propagèrent jusqu'aux Philippines. À Los Angeles les émeutes du Millénaire durèrent du 31 au soir au matin du 4 janvier et elles furent suivies quelques semaines plus tard par le Grand Séisme de 2000. Les combats et le tremblement de terre firent au total plus de dix mille morts. Los Angeles s'en souviendrait longtemps, du Nouveau Millénaire.

En Iran, en Turquie, en Iraq, au Liban, en Égypte, au Soudan, au Zaïre, au Pakistan, en Inde, en Asie Centrale, les conflits confessionnels et les guérillas diverses dégénérèrent en une nouvelle flambée de violence en cascades, guerres civiles et inter-États, entrecroisées par les divisions ethniques et religieuses. La contagion gagna la Chine du Sud et de l'Ouest dès la première semaine de janvier, avec les événements que vous connaissez tous aujourd'hui. À Rio et à Mexico les festivités tournèrent en rixes et scènes de pillage d'une violence incroyable qui enflammèrent les deux grandes villes sud-américaines durant toute la nuit du réveillon.

D'autre part, des actes isolés, mais en quantités invraisemblables, commencèrent à submerger les forces de police de toutes les cités de la planète. Des suicides, des viols, des meurtres, des actes de sabotage, des records interdits genre passage en avion sous l'Arc de Triomphe ou entre les jambes de la tour Eiffel, dingueries de toutes sortes, comme Hans Veermaans, qui à Bruxelles s'immola devant l'Atomium pour protester contre la prolifération nucléaire et annoncer l'Apocalypse, ou l'aiguilleur du ciel de Roissy qui se jeta du haut de sa tour de contrôle en se prenant pour le Concorde. Sans compter les fêtes sauvages un peu partout, des bacchanales surprises comme à Barcelone, Amsterdam et Budapest, aux «raves» émeutières de la banlieue de Paris...

Le chaos se propageait autour de nous, comme une épidémie qui couvait depuis longtemps.

La spirale s'est accélérée dans la soirée du 30.

Le Doctor Schizzo m'a prévenu qu'un appel était en cours sur le réseau vid-com. Il m'a dit de qui il s'agissait et d'où provenait l'appel et j'en suis resté scié.

Il a pris en charge la communication et l'écran s'est allumé d'un gris bleu monochrome caractéristique. Il n'a pas pris la peine de doper le système des Télécoms de ses habituelles innovations.

La tête de Svetlana s'encadrait dans la fenêtre cathodique, à dix-huit images-seconde.

— Bonsoir Dark, a-t-elle fait d'entrée de jeu. Autant vous le dire tout de suite, je suis à la gare Saint-Charles, à Marseille. J'attends un train pour

Monaco. Et ensuite, je me rendrai jusqu'à votre motel en taxi.

Je l'ai regardée intensément, interloqué.

— Svetlana? Comment vous avez fait pour me retr...

Je me suis arrêté en pleine course.

Mahoney, évidemment. Elle avait demandé une nouvelle fois à Dick Mahoney d'intervenir avec sa propre neuromatrice, pour nous retrouver. Svetlana possède tous les arguments nécessaires pour convaincre un mâle normalement constitué de lui rendre service.

J'ai poussé un vague soupir. J'essayais de cacher le réel bonheur que me procurait sa venue. Fallait pas disjoncter. C'était extrêmement dangereux.

— Je viendrai vous chercher à la gare de Monaco, Svet. J'espère que vous savez ce que vous faites.

Un petit éclat s'est allumé dans son regard, perceptible malgré l'imperfection de l'image.

— Je sais très exactement ce que je fais, a-t-elle répondu, en me fixant avec une intensité qui aurait pu faire exploser le tube.

Mon cœur s'est emballé pour de bon. Son visage venait de se figer sur une rémanence de l'écran et les codes indiquant la fin de la transmission y dessinaient des idéogrammes que je ne cherchais même pas à comprendre.

Avant de partir pour la gare de la Principauté, j'ai demandé à la gérance du motel de me commander un repas pour deux, pour le soir, au meilleur traiteur de la région, ainsi qu'un autre pour la nuit du réveillon. J'ai refilé quelques billets afin de m'assurer d'un bon suivi des opérations.

Je l'ai attendue au bout du quai avec la nervo-

sité d'un adolescent à son premier rendez-vous.
Je l'ai repérée de loin. Sa chevelure blonde, sa
silhouette unique, son imper mastic, son irréduc-
tible aura slave, comme si elle descendait du
Transsibérien.

Je ne me souviens même pas de la gare de
Monaco, nous aurions pu être à Juvisy, elle serait
restée aussi nette dans ma mémoire.

Nous avons roulé vers la frontière italienne
sans nous dire un mot. Une sorte de vibration
magnétique emplissait l'espace entre nous, juste
une fréquence en dessous de l'éclat orange des
projecteurs de l'autoroute. Mes lèvres étaient
sèches. Ma gorge nouée. Je ne lui ai jeté que deux
ou trois coups d'œil à la dérobée durant le trajet.
J'ai fini par allumer la radio, en lui présentant un
léger sourire, presque une excuse.

Elle me l'a renvoyé d'une façon si lumineuse,
si incroyablement désarmante que j'ai failli en
oublier que je tenais un volant.

Je suis arrivé au motel avec les jambes d'un
convalescent.

Svetlana a pris un bungalow voisin, le 12, et
elle m'a demandé de l'attendre dans le mien. Elle
voulait prendre une douche et se changer. Elle
venait de se taper plus de mille bornes dans la
journée et je comprenais ça.

Une fois dans mon bungalow, j'ai demandé à
l'accueil d'apporter le dîner dans une demi-heure.

Svetlana est arrivée avec la jeune femme de
service qui poussait le chariot.

Nous avons dîné et je lui ai fait le point de la
situation. J'ai résumé très grossièrement ce qui
s'était produit avec la neuromatrice.

Elle m'a raconté son Noël humanitaire, le
grand festival international du Millénaire pour la
Paix, qui s'était tenu à Paris le 24 au soir, devant

les caméras de plusieurs centaines de chaînes de télévision. Son portrait n'était pas tendre, et il était irrésistible de drôlerie. Les Russes savent se moquer des institutions et des bureaucraties depuis leurs origines, ils en connaissent un rayon sur le sujet.

Svetlana est allée se coucher vers onze heures, avant que j'aie pu me décider à entreprendre quelque chose. Elle était crevée de toute façon, me suis-je donné comme excuse.

Je me suis couché un peu avant minuit, tout en regardant d'un œil morne la télévision de la chambre.

Quand allais-je me décider, nom de Dieu ?

Mais la situation était devenue si complexe, si folle, si incroyable, que je n'arrivais plus à discerner les bons comportements à adopter. Quelque chose d'énorme gonflait en moi, mais était stoppé par un barrage parfaitement étanche. Le cas typique de la situation conflictuelle, critique.

Je pressentais curieusement que la déferlante allait tout emporter sur son passage.

35

Je venais à peine d'éteindre la lumière et je matais les images des conflits en cours aux confins du Tadjikistan (ce qui allait devenir la Première Guerre Pan-Asiatique). Je sombrais en fait dans un demi-sommeil comateux alors que les envoyés de la CNN se tenaient micros en main, qui suivant une colonne de l'armée ouzbèque, qui avec un commando de snipers tadjiks, qui avec un groupe de mercenaires afghans, qui devant un convoi aéroporté de l'armée russe.

L'armée iranienne en alerte. Les menaces turques. Les Pakistanais et les Kazakhs qui haussaient le ton, les premiers soubresauts en Inde et en Chine occidentale... Le vingt et unième siècle démarrait sur les chapeaux de roue.

Le feulement de la machine m'a brutalement réveillé de mon hypnose télévisuelle.

— Dark... bon Dieu, ça y est, ils ont bougé, ils ont passé la frontière... Ils viennent juste de rallumer leur télé... Ils sont remontés vers le nord-est, à travers les Alpes, par Larche sans doute. Ils roulent en direction de Turin, quatre-vingt-dix kilomètres-heure...

Putain. Branle-bas de combat.

Je me suis jeté vers le lavabo et j'ai envoyé ma tête sous le robinet d'eau froide.

J'ai passé un pull et tout ébouriffé, je me suis éjecté jusqu'à la porte de Svetlana.

J'ai frappé une première série, relativement discrètement. Puis une autre, à peine plus appuyée.

— Svet, ai-je soufflé, la bouche collée à la porte. Svet, réveillez-vous !

J'ai refrappé, un poil plus fort.

J'ai entendu un mouvement, puis une voix, chuchotée elle aussi.

— Darquandier, c'est vous ?

— C'est d'une très grande probabilité, je dirais...

— Seigneur... Qu'est-ce que vous voulez ?... il est plus d'une heure du matin.

— Ouvrez, je vous en prie, c'est important, me suis-je contenté de lui répondre.

Un bruit métallique de verrou qu'on pousse. Le loquet s'est mis à tourner et la porte s'est entrouverte sur la pénombre.

Mes yeux sont lentement remontés le long d'une silhouette diaphane, enveloppée d'un sari de soie. Ses cheveux dessinaient des arabesques blondes se mêlant aux motifs sombres du batik. On aurait dit une seconde peau, plus troublante encore.

Quelque chose s'est délicatement ouvert en moi, comme une de ces fleurs nocturnes qui s'offrent au ballet pollinisateur des chauves-souris.

J'ai pénétré dans la pièce obscure comme sous une voûte sacrée. Je ne savais déjà plus ce que je faisais vraiment.

Nos regards se sont vrillés, à travers l'obscurité. Ses yeux ressemblaient à deux cristaux de gel qui luisaient dans le noir. Une petite voix, une minuscule voix, perdue dans la tempête, me criait que je refaisais la même connerie que six ans auparavant, et que ce n'était vraiment pas le moment approprié, mais un événement plus puissant encore que mon orage cérébral l'a définitivement fait taire.

Elle a chuchoté mon nom, dans un souffle qui attendait depuis des siècles, cette vérité me frappa de plein fouet.

Sa main s'est enroulée autour de mon bras et je me suis retrouvé soudé à elle.

L'amour ressemble à s'y méprendre au mécanisme des bombes atomiques, deux morceaux de matière fissile rassemblés brusquement pour atteindre la masse critique.

Réaction en chaîne.

Haute énergie.

L'obscurité a tournoyé autour de nous et le contact du lit m'est parvenu dans un signal lointain. Nos bouches ne pouvaient plus se séparer. Mes mains couraient comme des animaux sauvages sur sa peau, s'infiltrant sous le tissu. Une bulle de chaleur unissait nos corps, déjà couverts de notre propre humidité. La présence de sa chair, palpitant sous le mince voile de soie, est devenue la seule réalité de cet univers.

Le voile en question n'a pas tenu bien longtemps.

— 52 minutes, Dark. Qu'est-ce que tu as bien pu foutre pendant 52 minutes?

Le visage du Doctor Schizzo m'observait, perplexe et réprobateur. La neuromatrice connaît évidemment un certain nombre de choses sur la sexualité humaine mais je n'ai pas su trouver les mots pour lui expliquer la situation. Svetlana buvait une tasse de thé devant la fenêtre, silencieuse, faisant semblant de ne rien entendre.

— Nous avons fait un bilan, lui ai-je répondu, et nous avons mis au point un plan d'action.

Svetlana s'est retournée vers moi et m'a envoyé un sourire complice, et assez torride.

Évidemment, je n'avais aucun plan précis, les 52 minutes écoulées ayant été utilisées à des stratégies plus savantes encore. Je devais compter sur mes dons d'improvisation.

— Qu'est-ce qu'on fait, maintenant ? a demandé le Doctor Schizzo.

— Tu les as repérés avec précision ?

— Oui. Ils contournent Turin et roulent maintenant en direction de Novare et de Milan... Vitesse approximative : quatre-vingt-dix-huit kilomètres-heure.

— Affiche-moi une carte et localise-les-moi.

Une carte satellite de la Lombardie s'est assemblée sur l'écran. De Turin, une rosace d'autoroutes s'épanouissait dans tous les sens. Une petite tache dorée clignotait sur un des axes. L'A4, qui traçait nord-est, vers Milan, mais où plusieurs embranchements à mi-chemin menaient droit à la région des lacs.

Les lacs.

Ils allaient vers les lacs.

— Je les repère avec une précision de moins de dix kilomètres, ça devient de plus en plus compliqué à partir de maintenant, limite théorique...

— Je sais, ai-je sifflé. Agrandis la carte en nous y englobant.

L'image s'est restructurée aussitôt, nous montrant le quart nord-est de l'Italie et la bande orientale des Alpes françaises.

Une petite icône fractale s'est mise à palpiter, à la frontière de la France, de l'Italie, des eaux et des terres.

— Combien entre Monaco et les lacs ? ai-je demandé.

— Combien en quoi ?

— À ton avis, en kilotonnes par centimètre-
carré ?

— Entre trois et quatre cents kilomètres, a-t-il
maugréé, ça dépend des lacs.

J'ai regardé la carte plus attentivement.

J'ai aperçu Svetlana qui se dirigeait vers moi et
mes yeux n'ont pu rester sur l'écran.

Lorsqu'elle s'est assise à mes côtés, ses cuisses
se sont collées aux miennes et mon cœur s'est
transformé en dameuse pneumatique.

— Pour lequel vous opteriez ? lui ai-je demandé,
dans un souffle.

Svetlana scrutait la carte, penchée en avant.

— Je ne sais pas... peut-être le lac Majeur.

Le lac Majeur.

Ça sonnait bien. L'Arcane Majeur...

Mais ça pouvait être tout aussi bien le lac de
Garde.

Les Gardiens de la Force.

Oui... Ou une tout autre association d'idées,
nos « amis » n'étaient pas à cours d'imagination...

Mais le lac Majeur était nettement plus proche.
Son extrémité nord se trouvait en territoire suisse.
Il était situé presque pile poil à l'intersection des
droites, tirées depuis les domiciles avérés ou sup-
posés de nos Joueurs.

Et puis la neuromatrice les pistait sans relâche
désormais. Un quart d'heure plus tard, elle nous
avertissait que la Famille venait de quitter l'A4 et
qu'ils roulaient sur la route d'Orta San Giulio.
D'après l'activité électronique qu'elle percevait,
ils venaient de se brancher sur un jeu téléchar-
geable. Un jeu de rôle sadomasochiste légal. Je ne
sais pourquoi, mais j'étais presque certain qu'ils
ne débrancheraient plus leur matériel, désormais. Nous étions le 31 décembre, deux heures

trente du matin. D'ici ce soir, minuit, la Porte 999 serait apparue dans le réseau.

La Famille s'était offert un détour par la Côte d'Azur et les Alpes du Sud, c'était son genre. Elle aimait sinuer, dériver, prendre son temps. Elle entamait désormais sa dernière ligne droite vers le lieu de rendez-vous.

Je n'avais aucune idée de l'endroit où se trouvaient les deux autres, mais ils n'étaient pas très loin, eux non plus, j'aurais parié toute la Réserve Fédérale là-dessus.

— Bien, ai-je fait. Trois ou quatre cents bornes... On peut y être au matin...

Mon visage s'est recombiné sur l'écran, dans un chuintement de silice.

Svetlana s'est dirigée vers la porte.

— Je vais chercher mes affaires, a-t-elle simplement dit.

Le soleil se levait au moment où nous arrivions en vue du lac, par le sud. De hauts nuages majestueux, blancs et moutonneux, s'élevaient dans le gaz azur, comme des champignons atomiques. Les sommets alpins étaient tapissés de neige.

La neuromatrice avait pisté la Famille durant la totalité du trajet et elle les localisait sur la rive occidentale, au nord du lac, lorsqu'elle perdit le contact. Ils venaient de tout éteindre à nouveau. Ils dormiraient pendant la journée, attendant la nuit pour bouger, comme les authentiques vampires qu'ils étaient. Des vampires psychiques, se nourrissant de matériel phantasmatique humain.

Nous roulions sur la nationale 9, vers Stresa. Nous suivions la rive sud-ouest et le pâle soleil du matin venait frapper la surface des eaux, irisée par le vent. La machine trônait dans son box, reliée aux batteries photovoltaïques et à l'ordinateur de bord, entre Svetlana et moi. L'écran montrait le bouillonnement fractal coutumier de ses rêves neurosimulés. J'ai tourné la tête vers le décor des montagnes et du lac au bleu si intense. Un spectacle encore plus fascinant s'interposait devant mes yeux. La lumière dorée jouait avec ses cheveux et les méplats de son visage, la tempe posée contre la vitre, à demi endormie. Une moue enfantine relâchait l'arc de ses lèvres.

Une forme d'harmonie secrète baignait toute l'atmosphère, non, elle m'envahissait de l'intérieur, comme un virus sacré. Une plénitude que je n'avais pas connue depuis longtemps. J'étais relié, à mon tour, relié au réseau perdu, à la jungle arasée des origines, relié au monde qui formait un tout insécable, l'unité de tout cela, des montagnes, du ciel, du lac, de la lumière et du vent, et de nous au milieu, la neuromatrice y compris, et jusqu'au gros 4×4 japonais, et le ruban de béton noir, oui, tout cela n'était qu'une recombinaison fractale de l'unité primordiale, cette vérité avait la force d'un cataclysme.

À la sortie d'Arona nous nous sommes arrêtés pour déjeuner, dans un café, un peu en retrait de la route bordière. Une petite route secondaire sinuait jusqu'au Colosse de San Carlone, une statue de plus de trente mètres de haut qui dominait les rives.

La végétation était d'une diversité inouïe et le coin semblait jouir d'un microclimat particulièrement hospitalier.

Nous avons passé la journée à faire le tour du lac, mais sans repérer de mobil-home suspect. J'ai failli abandonner. Ils étaient vraiment trop forts.

L'après-midi était bien entamé et la course du soleil déclinait déjà vers l'horizon barré par les puissants contreforts alpins, au loin.

Nous nous sommes arrêtés près du lac et nous sommes sortis dans l'air froid, Svetlana et moi.

— Ils frapperont cette nuit, une de ces jolies villas au bord du lac... ai-je lâché au bout d'un moment.

Je n'arrivais pas vraiment à imaginer la chose, qu'une de ces grandes et luxueuses maisons serait, ce soir, transformée en abattoir.

Svetlana n'a rien répondu. Elle a fait quelques pas devant moi, puis s'est plantée devant le décor. Les eaux du lac fabriquaient un cocktail géant à base de curaçao et d'une liqueur aurifère.

Elle s'est retournée vers moi et j'ai été frappé par la dureté du rictus qui retroussait le coin de ses lèvres, la grimace de quelqu'un qui s'apprête à tuer un insecte venimeux.

— Quel dommage... laissa-t-elle tomber, il nous reste si peu de temps.

Je l'ai regardée un bon moment, sans rien dire, j'étais pétrifié par sa beauté et son intelligence, toutes deux acérées comme des lames.

J'ai ordonné à mon cerveau de revenir à nos préoccupations du moment.

— Je vous écoute, vous pensez bien. Qu'est-ce que vous voulez dire par là ?

Sa grimace s'est muée en un drôle de petit sourire, sauvage et irrésistible.

— Vous appelleriez ça le chaos, sans doute... Vous vous souvenez d'Henry Lee Lucas et de son pote Ottis Toole, et la petite amie du premier, qui était la nièce du second ?...

— Oui, oui, ai-je marmonné, ils font partie des cas que j'ai consignés avec Gombrowicz, à l'époque...

— Vous vous rappelez comment leur histoire s'est terminée ?

J'ai fait travailler mes méninges.

— Oui… Henry a supprimé Lorraine «Becky» Powell, sa petite amie, lors d'une dérive tueuse en couple. Ensuite, j'crois qu'lui et Ottis se sont fait chopper…

— C'est ça… Vous savez, on constate souvent la même chose avec les tueurs en série qui opèrent en groupe… Leur sens de la solidarité est extrêmement réduit. Le groupe n'est qu'un objet, comme le reste, comme leurs victimes, la bagnole, la télé, les canettes de bière, ou pour ceux qui nous occupent un PC portable. S'il ne fonctionne plus, ou s'il est devenu inutile, il doit disparaître…

— Vous voulez dire quoi, là?

— Rien d'autre. Si nous avions eu le temps, nous aurions pu jouer avec ça. Provoquer l'éclatement du groupe, la dissension… Propager le chaos à l'intérieur.

Je l'ai scrutée, comme si un démon tranquille se cachait sous l'enveloppe angélique.

— Vous venez d'ouvrir la boîte de Pandore, lui ai-je dit.

Nous avons fait quelques pas en direction de la petite crique que nous dominions. Quelque chose voulait prendre forme dans mon esprit, un embryon d'idée encore instable et qui cherchait irrésistiblement à voir le jour. Je me suis mis à marmonner un truc du genre:

— J'sais pas encore comment, mais nous devons agir… faire un bilan de la situation…

— Rapide à établir, m'a-t-elle répondu du tac au tac. Nous ne pouvons strictement rien faire, et vous le savez aussi bien que moi, nous arrivons *beaucoup* trop tard…

Je l'ai regardée sévèrement.

— Il nous reste quelques heures…

Un pouffement dédaigneux.

— Dark… qu'est-ce que vous comptez faire?

674

Nous n'avons aucune preuve formelle, toutes les polices du monde sont débordées, elles auront d'autres chats à fouetter que d'écouter nos...

— Svetlana, l'ai-je sèchement interrompue, je ne vous parlais pas des flics, je disais «nous», et dans ce «nous» j'incluais la neuromatrice...

Son haussement d'épaules était significatif.

— ... Et j'y incluais aussi la boîte de Pandore, ai-je repris n'éveillant qu'incompréhension de sa part. Votre scénario, Svet, votre histoire de chaos, de division...

— Qu'est-ce que vous racontez, Dark? Il faudrait des mois à un flic rôdé pour les infiltrer, et nous n'avons que jusqu'à ce soir, arrêtez de phantasmer, nous avons perdu la partie, il faut l'admettre...

— Non. Vous commettez une erreur.

— Quelle erreur?

— Nous avons quelqu'un qui est en train de s'introduire. Quand ils brancheront leur putain de messagerie virtuelle, la neuromatrice les contaminera tous ensemble, à la même microseconde...

— Les contaminera? Mais Seigneur, à quoi voulez-vous que ça nous serve concrètement, hein?

Une rafale de vent a meublé mon silence, mon très long silence. Je n'entrevoyais encore que les contours d'une possibilité. Je me suis jeté à l'eau et, devant les vagues irisées du lac, la métaphore semblait prendre tout son sens.

— Faisons-nous passer pour un Club concurrent, ai-je laissé tomber, le plus froidement possible.

Cette fois, c'est son silence que les bourrasques ont meublé.

*

— Du billard, avait promis la neuromatrice.

Créer un programme de réalité virtuelle susceptible d'être injecté au cœur de leur propre cybermonde ne lui prendrait pas une heure, nous affirma-t-elle. Avec tout l'équipement viral nécessaire, ajouta-t-elle aussitôt, comme pour s'excuser.

Nous avons donc passé le temps à mettre au point notre identité factice, Svetlana et moi.

Un couple de joueurs. Désirant confronter ses expériences. Experts en informatique et en intrusion high-tech. De quoi susciter leur intérêt. J'ai demandé au Doctor Schizzo de me confectionner quelques faux films à partir d'éléments divers en sa possession. Il fallait que tout soit cohérent, et fasse preuve d'une imagination dont la Famille et les autres pourraient s'avérer friands.

C'est ainsi que Svetlana et moi, sans oublier le Doctor Schizzo, sommes devenus *Les fleurs du mal*, un ordre privé spécialisé dans l'enlèvement et le sacrifice d'enfants. La neuromatrice nous a conçu un univers flamboyant et diabolique, fleurs vénéneuses et telluriques pour Svetlana, métal noir, carbone et substances radioactives pour moi.

— Ça claque, ai-je simplement fait à la machine.

Nous étions garés quelque part aux abords du lac et la nuit était tombée depuis longtemps. Svetlana et moi étions revêtus de nos combinaisons cyberspace et la cabine du Toyota avait été configurée selon nos besoins. Au-dessus de nous, sur le toit, l'antenne satellite ronronnait en continu.

Dans l'écran la neuromatrice se fabriquait un visage à sa façon, elle aussi.

Une créature solaire, palpitant d'un feu thermonucléaire et s'enroulant sur elle-même comme un dragon de plasma pur, dans un tonnerre infra-grave. Très impressionnant.

— Ils vont attaquer une maison... puis ils sacrifieront leurs habitants quelque part sur le lac... ai-je ruminé.

— Oui, ils viennent d'ailleurs de se remettre en mouvement, je suis les mouvements de leur ordinateur de bord... Ils roulent à la frontière italo-suisse, un peu plus au nord...

— Ils ne communiquent toujours pas entre eux ?

Un silence, peuplé de stridulations magnétiques.

— Non... mais je dois te signaler une chose : j'ai intercepté une communication haut débit entre les services de police de Vérone et ceux de Milan, y'a pas cinq minutes... J'ai été attiré par la soudaine amplification d'activités...

— Ouais, bon et alors ?

— Je crois qu'il vaut mieux que je te montre de quoi il s'agit. Attends, j'assemble ça en alpha-numérique...

Un petit frottement de silice, qui n'a pas duré une demi-seconde.

Avant de nous montrer de quoi il s'agissait, le docteur Schizzo a laissé échapper, glacial :

— Tu te souviens de ce que je t'ai dit, un jour ? À propos du mécanisme autodestructeur qu'ils allaient eux-mêmes engendrer ? Ben... ça a commencé pour de bon, il me semble.

Ce dont parlait le Doctor Schizzo, et qu'il avait intercepté sur le réseau de la police italienne, tenait en quelques pages, tout au plus. Mais ces quelques pages étaient noyées sous la montagne de rapports, procès verbaux et notes d'experts qui les accompagnaient. Occupé à traquer les membres du Club, il lui avait fallu quelques minutes pour détecter l'essentiel.

Personne n'en savait rien, à l'époque, sauf les individus et les services concernés, mais depuis plusieurs jours, dans toute l'Italie du Nord, et jusqu'à Pérouse, un certain nombre de familles avaient reçu du courrier, par la poste.

D'après ce que je sais, une des mères s'est suicidée très peu de temps après.

Voici une des lettres que le Doctor Schizzo avait interceptée dans la transaction des Procuratures de la République, une lettre destinée à l'origine à monsieur et madame Messada, résidant dans la banlieue de Bologne :

Quelque part,
Année Grand Zéro moins quatre jours

Très chère madame,
Le 19 juillet de l'année 1995, je me trouvais en villégiature près de Viareggio, sur la côte Méditerranée, pas très loin de Florence. À cette époque de l'année, l'immense plage est prise d'assaut par les nombreuses familles qui, comme moi, profitent du cadre, des établissements de bains et de tout ce que la vie peut offrir comme attractions.

C'est pour cette raison que j'ai tout de suite été attiré par l'harmonie de votre petite famille, et par la grâce de votre petite Angelina.

Je ne peux résister à la tentation de vous décrire exactement ce qui s'est passé ce 19 juillet.

Tout d'abord il faut vous dire que vous m'avez côtoyé, et que vous m'avez peut-être vu, voire croisé à quelques reprises sur cette plage du bain Neptunio, mais je sais me faire discret, voire invisible, et beaucoup plus que vous ne pourriez l'imaginer.

À un moment donné, le téléphone GSM de votre mari a sonné et il vous a dit qu'il devait rentrer à l'hôtel, son ami Mario était arrivé. Votre mari vous a quittée et vous êtes restée seule un bon moment avec votre fillette.

J'ai remarqué que de nombreux mâles alentour vous dévoraient du regard, mais je n'avais d'yeux, pour ma part, que pour votre petite Angelina, et vous allez comprendre pourquoi.

Votre fillette s'est baignée, et moi aussi, j'ai nagé près d'elle, sous l'eau, en restant à distance pour ne pas éveiller son attention. Ça m'a amusé. J'ai pu admirer ses jolis petits membres comme dans un aquarium.

Ensuite, alors que je regagnais ma place sur ma chaise longue, je l'ai entendue vous demander de l'argent pour acheter une boisson fraîche au bar ambulant. Elle s'est éloignée et c'est à ce moment que j'ai décidé d'agir.

J'ai remballé mes affaires et me suis nonchalamment dirigé à sa suite.

Près du bar ambulant, il y a un espace de jeux, avec un toboggan, des échafaudages et un aspergeur automatique pour se rafraîchir.

Votre fille s'est dirigée dans cette direction pour rejoindre un groupe d'enfants avec qui elle est restée environ cinq minutes.

Elle s'est ensuite rendue sur la Passeggiata, en sirotant son Coca. Elle est entrée dans un magasin et s'est acheté une paire de lunettes en plastique

C'est à la sortie de ce magasin que je l'ai abordée. Il faisait très chaud, le magasin était désert, et la Passeggiata aussi.

Je lui ai dit que je travaillais à l'hôtel et que son papa m'avait demandé de l'accompagner jusqu'à la gare, où il l'attendait avec son ami Mario qui avait une surprise pour elle. Je lui ai montré une carte bidon, aux armes de l'hôtel, un simple carton promotionnel et elle m'a cru.

Nous sommes montés dans ma voiture et là, je l'ai emmenée hors de la ville.

Évidemment, quand elle a vu que nous n'allions pas à la gare, elle a eu peur et m'a demandé où nous allions. Je lui ai répondu que nous nous rendions à un endroit secret convenu avec son père, mais elle ne m'a pas cru. Elle s'est mise à pleurer. Je lui ai offert un chewing-gum mais elle l'a refusé. Je lui ai alors donné une bonne paire de claques et ça l'a calmée.

Arrivé dans ma maison, je lui ai dit de jouer un peu dans l'arrière-cour, que son père n'allait pas tarder à arriver.

Je suis monté dans la chambre et là, j'avais déjà tout préparé. Je l'ai observée un petit moment par la fenêtre en vérifiant les derniers préparatifs.

Elle s'est amusée à cueillir des fleurs sur des buissons et je l'ai vraiment trouvée parfaite.

Quand je l'ai fait monter, elle se demandait ce qui allait lui arriver, mais elle n'a pas mis long-temps à comprendre.

Voici ce que je lui ai fait :

D'abord, je l'ai enfermée dans un placard. Je l'y ai gardée plusieurs jours, pendant que la police passait la ville et les environs au peigne fin.

Je me suis rendu plusieurs fois au bain Neptunio ces jours-là, mais je ne vous y ai pas vue, ni votre mari. La disparition de votre fille n'a fait que quelques lignes dans les journaux de la presse locale.

J'ai commencé le véritable traitement deux ou trois jours plus tard.

Vous devez d'abord comprendre que tout cela est une stricte affaire d'énergie. C'est vrai que je suis forcé d'avaler l'énergie de leurs petits corps, mais en retour je leur offre moi aussi l'Illumination Éternelle. La plupart d'entre elles brillent de tous leurs feux, comme votre fille, dont la tête me sert en ce moment même de lampe d'intérieur. Je ne suis que l'agent d'une force qui me dépasse.

Au bout d'une semaine à ce rythme, j'ai décidé qu'elle était prête. Osiris me demandait enfin d'accomplir la transmutation. Alors j'ai descendu votre fille dans la cuisine et j'ai allumé le four. Elle m'a demandé pourquoi je faisais cela et quand je le lui ai expliqué, elle s'est mise à hurler et à pleurer en se débattant sur sa chaise.

Je l'ai tuée assez rapidement, mais j'ai fait en sorte de pouvoir récupérer un peu de son sang, pour la sauce.

Je l'ai découpée en plusieurs morceaux et j'ai commencé par ses petites fesses rondes. Je les ai accompagnées d'une sauce au vin et au sang de ma confection, avec des tranches de lard, des champignons et des oignons. C'était rudement bon.

J'en ai eu pour trois jours, au total, pour tout manger. J'ai fini par perfectionner notablement ma recette de sauce.

Ne vous inquiétez pas, elle vit en moi désormais et son âme brille chaque soir, grâce à la Divine Électricité.

J'espère sincèrement que vous avez eu, ou que vous aurez bientôt d'autres enfants...

SunSet, Celui Qui Marche avec Osiris.

Les flics italiens étaient convaincus de la véracité des lettres, parce qu'à chaque fois l'expéditeur mystérieux donnait des détails qui n'avaient jamais été révélés par la presse. À la fin du mois de décembre 1999, une bonne demi-douzaine de familles, à Turin, Gênes, Milan, Vérone, Bologne, Florence et Pérouse furent ainsi contactées par SunSet. Le contenu des autres lettres variait très peu par rapport à celui envoyé aux Messada. Les lettres avaient été postées un peu partout en Italie du Nord, de Vérone à Milan, entre le 20 et le 29.

Lui aussi il s'était baladé, ai-je pensé, saturé d'une rage bouillonnante et nauséeuse.

Svetlana ne pipait mot. Le silence de la nuit nous enveloppait et le courrier de SunSet nous laissait un sale goût dans la bouche.

— Putain... ai-je marmonné, quand est-ce qu'ils vont se décider à se brancher?

Doctor Schizzo a émis un petit rictus. Il y a eu un petit frottement de silice puis son regard m'a traversé de part en part.

— Je crois que ça y est, Dark, la Porte 999 est en train d'apparaître dans le réseau.

Enfin.

J'ai machinalement jeté un coup d'œil à l'horloge du tableau de bord.

Vingt-deux heures trente. Un rendez-vous parfaitement réglé.

J'ai regardé Svetlana et lui ai transmis un faible sourire complice qui se voulait chaleureux, comme la gorgée d'alcool avant de sortir de la tranchée.

— Bien, je crois que c'est aux *Fleurs du mal* d'entrer en scène.

La créature solaire s'est aussitôt déchaînée dans l'écran, avec un feulement de satisfaction.

Nous avons actionné nos optiques d'un même mouvement, Svetlana et moi.

La machine nous a transportés directement face à l'entrée de la Porte.

Nous n'avons pas frappé avant d'entrer.

36

La Porte 999 était une version améliorée de l'univers des Granada-Bartel.

D'après ce que m'expliqua le Doctor Schizzo il s'agissait en fait d'un piège redoutable. Un assemblage de labyrinthes emboîtés les uns dans les autres comme des poupées gigognes.

Nous faisions face à un univers de béton et d'acier noir. Un cube dont la paroi du fond donnait l'apparence d'un énorme portail métallique, aux formes étranges, hybride de systèmes mécaniques et biologiques. D'énormes pistons suintants saillaient de la surface, au rendu très réaliste, avec sa peinture écaillée par endroits. Tout donnait l'impression d'une crypte millénaire, dédiée à une divinité biomécanique endormie, mais néanmoins menaçante. En haut de la porte, un dispositif à cristaux liquides était enclavé dans une machinerie semi-organique qui palpitait doucement, comme un cœur rempli d'encre. Trois grands neufs, en leds violacées, y scintillaient doucement.

Une fréquence infragrave battait doucement à nos oreilles, comme le souffle et le pouls mélangés d'un animal chimérique, à la fois machinique et carnivore.

Au-dessus de l'écran à cristaux liquides, miroitait un étrange disque de mercure. J'ai fini par réaliser qu'il s'agissait d'un modéliseur de fractales haut de gamme, analogue à ce qui façonnait les différents visages de la neuromatrice. À l'intérieur du disque de mercure, se modifiaient en continu les contours d'un visage lisse et tournoyant.

De la 3-D complexe, qui témoignait de la virtuosité de son concepteur, Shade-La-Machine, Minox, le minotaure du cybermonde.

Comme me l'expliqua le Doctor Schizzo, quiconque tentait d'ouvrir la Porte 999 de manière illégale entrait en fait dans un dédale aux dimensions infinies, et complètement factice. Un véritable univers-leurre, un simulacre parfait de celui qu'il était chargé de protéger de toute intrusion. Ainsi, on pouvait perdre des heures à se balader dans l'univers artefact, alors que le «véritable» cybermonde, dans lequel ils communiquaient, restait hors d'atteinte.

Pendant ce temps-là, la Porte 999 avait contaminé vos propres systèmes et détruisait peu à peu vos mémoires. Vous finissiez inévitablement coincé au cœur du piège.

— Extrêmement subtil, en ai-je conclu. Et quasiment imparable.

— Très jolie architecture, susurra la machine, une sorte d'hypercube fractal. On croit briser ses défenses et on s'enfonce de plus en plus dans le trou... On y va?

J'ai acquiescé en cliquant sur le viseur tête haute et j'ai vu les trois leds géantes changer l'une après l'autre, formant le nombre 666, en chiffres de feu. Le visage tournoyant et lisse dans le disque de mercure s'est transformé en la figure rayonnante de Schizzo/Schaltzmann. Il a ouvert un large sourire et la porte a disparu.

Furtifs à cent pour cent, selon la neuromatrice, nous avons traversé les cercles concentriques de l'enfer.

Ça n'a pas tardé à apparaître sur les murs du labyrinthe, sur des colonnes, au plafond, un peu partout autour de nous. Des tableaux vivants, victimes à demi emmurées, enclavées dans la pierre suintante d'une humidité toute synthétique, ou suspendues au plafond, à des crocs de boucher. Le réalisme était parfait. Le sang semblait chaud, les plaintes et les gémissements se répondaient d'un bout à l'autre des couloirs de la mort.

Des fontaines de chair, où le sang jaillissait de la bouche des jeunes femmes empalées. Des mains tendues, momifiées, dépassant d'une chape de ciment, sur le sol. Des biomachineries de torture, s'infiltrant comme des pieuvres dans le ventre, la gorge ou les organes génitaux. . La Porte 999 cachait un véritable Palais Virtuel des Horreurs.

À un moment donné, la machine nous a prévenus, nous franchissions la dernière enceinte...

Ils étaient là. Tous les cinq. Cinq clones électroniques dans un monde virtuel luxueux, la reproduction parfaite d'un vaste palais minoen.

Une haute silhouette dans une robe de cérémonie religieuse, analogue à celle, authentique, que j'avais trouvée dans leur cave secrète, la tête recouverte d'une haute cagoule, style Ku Klux Klan.

Une femme en uniforme nazi se tenait près d'un faux pilier minoen, dans un fauteuil virtuel dont le dossier se terminait en tête de Méduse. Notre chère Irène.

À ses côtés, un type plus jeune revêtu d'un costume évoquant un oiseau, un grand rapace aux couleurs orange sur fond gris anthracite, le

Condor, sûrement le jeune Granada. Sa main gauche était munie d'une prothèse de synthèse scintillante, hybride d'Edwards aux mains d'argent et de Freddy Kruger.

Je voyais également un homme visiblement plus âgé, gras comme un cochon de lait, dont la nudité était à peine camouflée par un méchant cloning que je n'identifiais pas. Sa tête était enserrée dans une sorte de diadème qui se profilait vers l'avant, comme la proue d'un bateau, et où scintillait l'or virtuel d'une divinité égyptienne.

Un autre personnage était assis sur un trône de verre fractal. Entièrement revêtu d'une combinaison couleur amiante terne, un signe violet étrange barrant sa poitrine, une sorte de rune compliquée en forme de tête de taureau. Son visage n'était qu'un masque lisse, de couleur argent. Notre ami Minox, le «Minotaure des réseaux».

Tous en cercle autour d'une immense table de pseudo-métal sombre, avec un trou en son centre d'où dépassait la tête d'une femme, servant de pilier. Un pal luisant dardait de sa bouche comme une langue de métal.

Partout sur les murs autour d'eux, des écrans diffusaient en silence des scènes plus abominables les unes que les autres.

Nous arrivions en plein milieu de la conversation.

— ... Il serait plus urgent de régler ces problèmes de communications, elles sont de moins en moins stables et vot'histoire de journaliste indique que nos conversations sont piratées et que quel-qu'un connaît notre existence.

C'était Minox qui venait de parler.

L'homme en robe de cérémonie s'agita :

— On a réglé définitivement cette affaire de journaliste, nous n'avons plus rien à craindre...

— J'crois pas. J'détecte des trucs bizarres depuis un moment...

Le silence électrique, seul, lui a répondu. Nous venions d'apparaître dans leur cybermonde.

En une microseconde, la créature solaire a envahi leurs systèmes. Leur univers pseudo-minoen a subi l'assaut fulgurant d'une jungle proliférante, un réseau de métastases biomécaniques qui s'est emparé des piliers et des coupoles, recouvrant tout, et y compris leurs propres clones virtuels.

— Il suffisait de pousser la logique de leur univers jusqu'au bout, a murmuré la machine à mes oreilles, J'AI DÉCLENCHÉ UN PROCESSUS CANCÉRIGÈNE DANS LE MOTEUR LOGICIEL, ÇA MARCHE AU POIL.

Nous trônions, Svetlana et moi, au cœur de la jungle cyborg, concentrés sur nos rôles. Maître et Maîtresse des *Fleurs du mal*, adorateurs d'un Dieu fou, dragon solaire au visage ricanant, hybride du mien et du Vampire de Vitry.

La machine m'a prévenu qu'elle pouvait alors passer à la seconde phase.

Son image s'est imposée en rugissant dans leurs optiques, sur leurs écrans, jusqu'à leurs combinés vid-phone, dans une attaque de bruit blanc pur. Elle rayonnait de toute sa puissance.

— VOIS, m'a-t-elle fait.

Et ébahi, j'ai vu la réalité prendre corps dans mes optiques. Comme pour Byron, la machine me montrait ce qu'elle captait par le processeur-caméra du vid-phone, et elle complétait les informations manquantes avec ce qu'elle puisait dans l'ordinateur de bord des véhicules.

La Famille, autour du gros central Unimédia, dans leur mobil-home dont la machine scannait toute la structure énergétique.

Minox dans sa propre voiture, une sorte de monospace, ébahi devant ce qu'il voyait. SunSet, à moitié nu au volant de son véhicule, surpris lui aussi, un sourire rigolard aux lèvres, et les mains autour du sexe, enfoncé dans une prothèse cybersex hérissée de câbles et de capteurs.

À côté de lui scintillaient un pistolet injecteur et un tas de capsules de métal, éparpillées sur le siège passager.

Ils ne se voyaient plus les uns les autres, l'expérience devait être troublante.

J'ai prévenu Svetlana et la machine que je passais alors à la troisième phase. J'ai demandé à la neuromatrice de faire ce que nous avions prévu. Couper nos communications avec les deux éléments «extérieurs» et établir le contact avec la Famille.

C'était déjà fait, me répondit-elle.

— Salut, ai-je alors lancé, c'est pas mal chez vous, mais on y entre vraiment comme dans un moulin… J'm'attendais à un peu mieux, j'dois dire…

Il y a eu une bonne demi-minute de silence puis une voix glaciale a résonné. La voix d'Irène Granada.

— Qui êtes-vous? Qu'est-ce que vous faites ici? C'est un réseau privé.

— Je sais. Nous sommes également un réseau privé.

Un silence.

— Qu'est-ce que vous voulez? Comment êtes-vous entrés?

J'ai laissé échapper un petit rire.

— Un jeu d'enfant, chère madame, votre ami Minox multiplie les imprudences depuis un certain temps. Nous pouvons d'ailleurs discuter tranquilles, il ne nous entend plus du tout, je puis vous l'affirmer. Ni l'autre, d'ailleurs.

Dans mes optiques la neuromatrice s'ingénie à me montrer les trois points de vue différents en plans successifs ou en triptyque, dans un micro-écran que je perçois dans le coin supérieur de mon champ de vision.

J'ai du mal à enregistrer toutes les informations, ça va trop vite.

Dans sa voiture, Minox grimace en tapotant comme un fou sur son clavier : qu'est-ce que c'est que ces conneries ? hurle-t-il à l'adresse de personne si ce n'est d'une créature de feu électronique.

Dans sa voiture crapote, encombrée d'objets épars et de détritus, SunSet regarde d'un air ahuri le dragon solaire dans son écran. Il est revêtu d'une combinaison cybersex dégoûtante et maculée de matières indéfinissables. Ce n'était même pas du cloning, il est simplement à poil sous cette combinaison usée jusqu'à la corde et lacérée de toutes parts.

Mon cerveau semble dopé par l'afflux strobo-scopique d'informations. J'entre peu à peu dans une sorte de transe, la sueur me recouvre et je me rends compte que je ne fais qu'un avec l'univers artificiel, qu'il est comme une extension hal-lucinée et ultrarapide de moi-même, comme si mon système nerveux essayait d'entrer en com-pétition avec les neuroprocesseurs, je comprends que c'est normal, et ça me frappe comme une révélation : c'est très exactement ce qu'il fait, il cherche à s'adapter, c'est sa nature.

L'idée que mon cerveau s'ingénie à apprendre les modes de perception de la neuromatrice, alors que nous évoluons dans un univers purement numérique, me fait entrevoir, avec une sérénité glacée, les diverses applications futures de notre invention.

Mon cerveau est un synchrotron balayé d'électrons, qui ne demandait qu'à être mis en route... Une bizarre sensation de puissance absolue m'envahit.

— Qu'est-ce que vous sous-entendez par «Minox multiplie les imprudences?» demande sèchement Irène Granada.

Mon plan est encore plus vicelard qu'elle ne peut se l'imaginer.

— Je ne sous-entends rien. Je décris les choses telles qu'elles sont. Votre ami se prend pour un champion toutes catégories en matière d'informatique clandestine, alors il commet des erreurs. Ses assassinats par cybersex sont repérés et il laisse son empreinte quantique partout.

— Sa quoi?

— Disons son empreinte électronique, si vous voulez, c'est comme ça que nous l'avons repéré. Ensuite, nous nous sommes introduits dans sa messagerie haut de gamme, un jeu d'enfant j'vous disais, pour de vrais spécialistes...

Ce que je lisais sur leurs visages formait une trilogie incomparable.

Le visage de Minox défiguré par la rage et la colère, secouant son matériel de tous côtés, actionnant toutes les commandes de sa station, dans une vaine tentative de reprendre le contrôle de son système et de renouer contact avec les autres.

SunSet, avachi sur son siège devant son terminal portable, se bidonnait grassement, sous les effets de la drogue, sa bedaine tressautant comme des pneus dégonflés entre les plis de MetaLatex.

La Famille, aux visages fermés et imperturbables, surtout Irène, dont je pouvais percevoir l'intense perplexité.

— C'est toujours comme ça, ai-je repris pour enfoncer le clou, à force de se croire invincible, on commet des fautes fatales... Voyez, vos systèmes de sécurité sont plus inoffensifs que des toutous de défilés... Votre Minox, c'est tout simplement un amateur, vous feriez mieux de vous brancher avec nous.

— Qui c'est, nous?

Toujours Irène, c'est elle qui mène la barque, sans contestation.

— Nous, *Les fleurs du mal*, ma compagne et moi. Nous aussi, nous nous préparons pour le Millénaire...

Une vague lueur d'intérêt.

— Ah, ouais? fait Bartel, et c'est quoi vot'spécialité? L'enculage de machines à laver?

— En tout cas nous, nous n'envoyons pas de courrier à la police, comme votre copain italien.

Je vois nettement l'incompréhension et l'inquiétude s'installer dans les trois visages.

— Du courrier? Qu'est-ce que vous voulez dire?

— Je vais vous montrer.

Je viens de cliquer sur le viseur tête haute. Leur imprimante intégrée se met en route, déclenchant une angoisse encore plus mesurable. La neuromatrice envoie un violent coup de turbo dans les processeurs de l'imprimante et le courrier de SunSet est imprimé en moins de dix secondes. Les feuilles sont éjectées violemment les unes après les autres et elles tournoient à leurs pieds, comme des avions de papier. L'expression que je discerne sur leurs traits est indescriptible.

— Jetez un coup d'œil et dites-moi ce que vous en pensez. Notez bien qu'on l'a suivi à la trace de Vérone jusqu'ici.

Leur visage indique la plus totale consternation quand ils reposent les feuillets dans un coin.

Le regard d'Irène Granada est d'une intensité exceptionnelle lorsqu'il se lève à nouveau vers l'écran.

— Qu'est-ce que vous voulez exactement ? Pourquoi tout ça ?

Je laisse passer un petit silence bien chuintant d'électricité cathodique.

— Nous aussi, nous recherchons des partenaires à la hauteur.

Le silence retombe aussitôt, encore plus électrique.

Ça n'a pas été si difficile que ça, tout compte fait.

J'ai d'abord fait valoir qu'avec nos systèmes de contre-mesure, nos communications seraient à l'abri de toute intrusion, garantie que ne pouvait plus offrir Minox. Il était dépassé par la dernière révolution technologique, ai-je calmement affirmé. Quant à l'Italien, en leur montrant l'image que nous percevions, ils purent se rendre compte qu'il était visiblement hors contrôle, bourré de drogue et oublieux des consignes de sécurité les plus élémentaires.

J'ai laissé entendre à plusieurs reprises que nous ne pourrions entrevoir une quelconque collaboration ou compétition que si les «éléments indésirables» étaient mis *hors jeu*.

J'ai lu sur leurs visages que j'avais été parfaitement compris.

Mais Irène Granada s'est montrée d'une prudence inflexible et son argument fut imparable : je ne pouvais pas lui reprocher d'user de la même sagesse que moi. Elle m'a simplement indiqué que les membres du Club plus deux nouveaux Disciples allaient opérer ce soir à minuit dans le coin et qu'ils sacrifieraient une vierge aux Forces du Lac dans la nuit, mais que, selon les règles du Club, l'entrée de nouveaux membres dépendait d'un vote démocratique. Il fallait de plus suivre les Commandements de l'Initiation, une procédure à la fois magique et sécuritaire.

J'ai poussé un soupir.

— Vous ne m'avez pas compris, je crois. Nous ne désirons pas adhérer à votre Club, nous souhaiterions que votre Club entre en compétition avec le nôtre, comme une sorte de championnat si vous préférez. Dites-nous où vous allez opérer, vos contraintes, le nombre de victimes et nous comparerons demain matin...

La lueur d'intérêt s'est nettement intensifiée dans la prunelle d'Irène Granada.

Mais je n'appris rien de plus. Elle est restée muette et j'ai compris que le lieu de leur intervention avait été choisi à l'avance.

Quelque part dans le coin. Repéré de longue date.

Irène Granada n'était pas née de la dernière pluie et j'ai bien senti qu'elle se méfiait tout le temps, même après que je lui eus montré certaines des fausses images confectionnées par la machine.

Nous avons conclu une sorte d'accord avec la Famille.

Elle «réglait» ses «problèmes internes» et nous reprenions contact plus tard.

Irène Granada nous a demandé un délai jusqu'à l'expiration du Gambit du Millénium et j'ai bien été forcé d'accepter. J'espérais de toutes mes forces que ma manipulation psychologique fasse effet dès ce soir.

Je leur ai promis que nous allions sortir sans faire de dégâts ni laisser de virus derrière nous, mais bien évidemment j'ai demandé à la neuro matrice tout le contraire.

En particulier l'aspect vraiment vicelard de mon plan. Je lui ai demandé de laisser quelque chose en plus dans le système de Minox. Un bout de notre conversation avec la Famille. Un passage où l'allusion au danger qu'il représentait pour leur sécurité était palpable et se terminait sur un sous-entendu voilant à peine la menace.

Comme si son système avait récupéré par miracle un échantillon de notre communication. La neuromatrice a parfaitement su lui donner l'apparence de l'authentique.

Ils ont tous été extrêmement prudents. La Famille a fait passer le truc pour une interférence de type accidentel et n'a pas dit un mot de notre conversation. Ils ont éteint leurs systèmes les uns après les autres et se sont dirigés vers leur point de rendez-vous.

Mais les réseaux parasites de la neuromatrice se trouvaient toujours à l'intérieur de leurs ordinateurs de bord et les avaient détournés de leur usage. Désormais leurs trois véhicules émettaient un signal radio-numérique complexe qui permettait à la machine de les situer dans l'espace-temps avec une microseconde par mètre de précision.

Tous se mirent en route vers onze heures et des poussières. La neuromatrice les localisait aussi nettement que s'ils avaient surgi devant nous.

J'ai quitté mon bazar à toute vitesse et me suis glissé au volant.

— Je crois que le dernier acte se profile, ai-je cru bon d'ajouter.

J'ai démarré et nous avons lentement roulé au bord du lac. Notre succès dans l'opération de piratage de leur cybermonde me laissait un arrière-goût bizarre. Je devinais avec anxiété que ce qu'avait prédit Svetlana avait toutes les chances de s'avérer par trop exact. Le temps nous manquait, il nous manquait depuis le début. Ma stratégie, fondée sur l'approche camouflée et l'injection du chaos dans le groupe, prendrait des semaines. Notre réussite dans le monde «virtuel», si facile que c'en était déconcertant, me montrait toutes les limites de mon entreprise. Quelque chose me soufflait que ce serait plus ardu dans le monde réel.

Les étoiles me semblaient tout à coup plus intenses, au-dessus de nous

37

> *Les saints voient et savent que les moyens ne*
> *sont qu'un prétexte et que celui qui agit n'est*
> *autre que l'instrument, que les moyens ne sont*
> *qu'un voile dressé face au commun des mor-*
> *tels pour qu'ils en prennent la charge.*

DJALÂL-UD-DÎN RÛMI,
Fîhi-mâ-fîhi (Le livre du dedans)

Il y avait une tache orange dans la nuit. Une tache orange qui luisait sous la lune. Sous la tache, une masse laiteuse qu'on distinguait à peine derrière les arbres.

La main de Svetlana s'est agrippée à mon poignet.

— Qu'est-ce qu'on fait? m'a-t-elle chuchoté.

Je l'ai regardée un instant. Elle était incomparablement belle. Puis j'ai tourné les yeux en direction de la tache orange.

Un silence total baignait la forêt, mis à part le vol froufroutant des oiseaux nocturnes. Aucune activité humaine dans les parages. Le coin était absolument désert. Nous apercevions quelques points lumineux, disséminés au loin sur les rives alentour, ainsi que les traces météoriques laissées par de lointains feux d'artifice, dont les corolles s'épanouissaient au sud, accompagnés d'une lourde percussion, qui évoquait le tir d'une artillerie et semblait un écho des conflits qui ensanglantaient toute la planète autour de nous. J'avais l'impression d'être dans l'œil d'un cyclone.

— Il n'y a personne, leur mobil-home est vide, on dirait...

Elle a acquiescé sans un mot.

Nous étions accroupis derrière un épais massif de buissons et nous scrutions l'obscurité.

La route de terre descendait à nos côtés, vers le lac dont nous apercevions la mouvante irisation, derrière les frondaisons. Le chemin forestier menait jusqu'au bord de la petite falaise que nous dominions et au bord de laquelle miroitait la tache orange, derrière un mur d'arbres. J'apercevais une rambarde de bois peinte en blanc qui luisait sous la lumière tombée des astres. Comme le début d'un escalier plongeant de la falaise vers la surface du lac.

Il faisait très froid. J'ai pris Svetlana par le bras et je l'ai entraînée vers le haut du chemin, où j'avais laissé la Toyota.

Le Doctor Schizzo était en train de se brancher sur toutes les maisons du coin, à ma demande, mais il ne discernait aucune activité suspecte, aucune tentative d'intrusion via cybersex, et pas plus d'éventuelle irruption sauvage, captée par des caméras de surveillance ou un terminal vid-phone.

Je ne trouvais pas ça normal. S'ils s'étaient arrêtés ici, c'est qu'il y avait une maison à attaquer, pas loin. Il était plus de minuit. Ça aurait déjà dû commencer.

Svetlana s'est tournée vers moi en tordant ses lèvres dans un petit rictus.

— Jusqu'où vous lui avez demandé de surveiller à votre mach... à votre neuromatrice ?

— Dans un rayon de cinq kilomètres autour d'ici, quand elle a détecté leur arrêt et leur position exacte, tout à l'heure... Les voitures de Sun-Set et de Minox sont à un kilomètre d'ici, un peu plus au nord... C'est par ici que ça se passe.

— Vous devriez quand même lui demander d'étendre son champ d'action.

Le Doctor Schizzo a embrayé avant même que je ne dise quelque chose.

J'ai finalement lâché :

— À quoi vous pensez ?

— Je pense au lac, m'a-t-elle répondu.

— Au lac ?

— Oui. N'oubliez pas qu'ils veulent sacrifier une vierge au lac cette nuit.

— D'accord, mais j'vois pas comment une maison pourrait se trouver sur le...

Je me suis arrêté en pleine course. J'étais suffoqué par ce que j'étais en train de comprendre.

— Putain de nom de Dieu ! Doctor Schizzo, envoie-moi la carte du lac !

Il s'est exécuté aussitôt. Quatre points isolés au milieu d'une tache bleue ont attiré mon attention.

Les îles Borromées : Madre, Bella, Dei Pescatori, San Giovanni.

Quatre petites îles. Où ça ? Allez, à peine sept-huit kilomètres au sud.

J'ai instantanément compris pourquoi le mobil-home était garé à cet endroit précis, sur cette falaise, avec cet escalier qui plongeait vers les flots.

Je ne l'avais pas vu, mais j'en étais sûr. L'escalier menait à un petit embarcadère, ou une crique accessible. Un bateau les y attendait. Et les connaissant, sûrement pas un simple canot avec une paire de rames.

Vu l'heure, ils avaient accosté depuis un moment.

Les îles Borromées font partie de tout périple touristique qui se respecte dans la région des Lacs. Elles sont la possession de princes locaux depuis des siècles et ne sont peuplées que de villages ou hameaux de pêcheurs, de la résidence d'été de la famille princière et de quelques luxueuses propriétés.

J'ai demandé au docteur Schizzo de se concentrer dessus en toute priorité.

Il n'a d'abord discerné que les nombreuses télévisions branchées sur la retransmission de la Messe de Minuit, l'armada de terminaux vidphone envoyant leurs vœux d'un bout à l'autre du monde, et souvent d'un simple hameau à son homologue de l'île voisine. La machine perçut aussi l'activité de consoles multimédia haut de gamme, branchées sur des banques de films, ou des univers virtuels vous transportant au sommet de l'Empire State Building ou au pied des Pyramides, où les cérémonies du Millénaire se déroulaient dans un faste d'effets spéciaux dernier cri. Par les canaux vid-com la machine percevait souvent l'activité régnant dans les maisons, fêtes, alcools, musiques, drogues diverses, déguisements, confettis, paillettes, feux de Bengale, sexe, toutes les activités humaines censées rompre l'ennui et la solitude.

Mais aucun déchaînement de violence, nulle part. L'énorme partie qui battait son plein dans la résidence princière se déroulait sans anicroche, les centraux de surveillance nous montraient la galaxie chatoyante des invités encadrés par plusieurs gorilles, aux vêtements sombres, aux téléphones GSM bien en main et aux reliefs particuliers sous les aisselles.

J'avais envisagé un instant leur intrusion dans

le palais. Voilà qui était à la hauteur de leur foutu Gambit. Mais rien, donc.

J'étais extrêmement perplexe.

C'est Svetlana qui a touché le truc du doigt.

— Dark ? je pense à quelque chose... Nous savons que Minox est un spécialiste de l'intrusion informatique, est-ce qu'on ne pourrait pas envisager qu'il ait pu agir un peu comme vous avec votre machine ?

J'ai pris conscience méthodiquement de ce qu'elle était en train de me dire.

— Attendez... Vous voulez dire qu'il aurait pu introduire un virus à retardement ? Et qu'la maison en question soit en fait déjà coupée du monde ? Ou pire, avec une simulation qui fait croire que tout va bien ?... Oh putain, Svetlana, ai-je gémi, j'crois que vous venez de taper dans le mille.

C'était clair. J'avais gravement surestimé mes capacités.

Je crois que c'est à ce moment-là que le désespoir m'a tout à fait envahi. Un désespoir glacé, presque serein. J'ai regardé Svetlana, le Doctor Schizzo qui bouillonnait dans un nuage de fractales, et je suis sorti prendre l'air.

Quand je suis revenu, les choses avaient notablement changé.

C'était le visage de Schaltzmann qui rayonnait sur l'écran.

Celui de Svetlana n'exprimait qu'une inquiétude communicative.

— Ça vient d'arriver, m'a-t-elle annoncé, comme si cela avait une quelconque importance.

*

— Les Temps sont venus, psalmodiait l'entité Schaltzmann... Comme le disait Ézéchiel, parlant au nom du Dieu saint : « Je manifesterai ma puissance contre les prophètes qui affirment que tout va bien quand tout va mal. Votre ruine se prépare et je vais donner libre cours à ma fureur. »

La voix de Schaltzmann grondait, pleine d'une redoutable intensité.

Svetlana m'a soufflé :

— Dites, j'croyais que votre truc était enfin stabilisé…

Je n'avais rien à lui répondre.

À la fois consterné, anxieux et fasciné, j'observais l'entité qui venait de supplanter la mienne dans la machine, sans aucun signe annonciateur. L'embryon d'une intuition a germé dans mon esprit.

— Sa Parole n'a pas été entendue et vous vous plaignez des maux qui vous accablent, a-t-il repris. Pourquoi ne savez-vous pas lire ce qui est écrit, pourquoi ne voyez-vous pas ce qui vous est donné à voir ?

Le silence seul répondait à l'entité psychotique.

L'embryon d'idée a pris forme, dans ma tête.

— Schaltzmann ? ai-je soufflé, vous nous avez abusés, n'est-ce pas ? Vous avez pris le contrôle du Doctor Schizzo, lors de l'explosion psycho-fractale sur l'autoroute… Et vous m'avez fait croire à la réussite de l'antivirus et à votre fusion avec mon..

— Pauvre créature ! Elle a devant elle l'expression de Sa Toute-Puissance et son cœur refuse toujours de s'ouvrir… Pourquoi refuser à ce point d'admettre l'évidence ?

Le regard de Schaltzmann, foudroyant, me hurlait de comprendre.

— Schaltzmann n'a rien à voir là-dedans, reprit la créature. Ou plus exactement il a servi d'intercesseur providentiel… L'essentiel vient de vous, évidemment, comment pouvez-vous être aveugles à ce point ?

— De moi ?

Un long soupir, d'une profondeur incommensurable.

— De vous, oui, *de vous tous*... NeuroNext, Biosphère 2000, vous tous, habitants humains de ce petit grain de sable dans le Sahara de l'univers...

Il voyait bien que je ne comprenais rien, et de sa fougue rayonnante il est passé à une forme de compassion peinée qui m'a horriblement vexé.

— Ne comprenez-vous pas que ce qui vous a créé puisse se perpétuer par ce que vous engendrez vous-mêmes, que vous n'êtes que des instruments d'un dessein qui vous dépasse, quand donc commencerez-vous à acquérir un soupçon d'humilité ?

Sa voix s'aiguisait à nouveau, tranchante comme une lame.

Je me suis souvenu avoir eu une intuition de cet ordre, quelque temps auparavant. Le monde était-il un emboîtement infini d'instruments ? Mais au service de qui ?

La neuromatrice allait-elle nous échapper pour de bon ? Et n'était-ce pas la logique même de la création, et en particulier de la première forme d'intelligence artificielle digne de ce nom ? Allait-elle nous supplanter définitivement, nous rejetant sans peine dans les musées d'anthropologie ? Homo sapiens sapiens, primate évolué ayant disparu au début du troisième millénaire de son «ère chrétienne», éliminé par la plus aboutie de ses productions...

C'est comme si l'entité avait lu dans mes pensées.

— Sa Puissance est infinie mais Sa Mansuétude aussi... Je ne suis là que pour vous donner un signe. Le tout dernier. Ce qui viendra après moi n'est pas du domaine de votre entendement.

Du coin de l'œil, j'ai pu discerner une transformation radicale dans l'attitude de Svetlana. Ça devait durer depuis un moment.

Un état de fascination béate devant le visage de Schaltzmann.

Une sensation neuve et étrange m'emplissait peu à peu, moi aussi.

— Un signe de quoi? me suis-je borné à demander.

— Un signe de feu. Qui marquera vos mémoires, je l'espère.

Je sentais qu'on ne rigolait pas du tout. Quelque chose allait se produire.

— Qu'allez-vous faire?

— Accomplir ce que je suis venu accomplir. Et dans un premier temps, vous montrer ce que, vous, vous allez faire.

Je n'allais pas y couper, me suis-je dit. J'allais être son instrument.

*

La tache orange s'est découpée dans le champ de vision de mes optiques.

Une boule d'appréhension se développait dans mon estomac, l'obscurité la plus totale drapait la forêt. La tache est devenue une masse laiteuse sous la lumière de la lune et des étoiles, alors que j'arrivais en vue de la rambarde blanche. Puis un gros véhicule, long de sept ou huit mètres, sur d'énormes roues Bridgestone, dont le logo tout neuf brillait sur le pourtour des pneumatiques, noirs et luisants comme des chaussures cuir cousues main.

Je me suis dirigé vers la porte d'entrée de la

partie habitable. J'ai aperçu le bloc sombre d'un central de surveillance, avec sa petite diode rougeoyante, ainsi que l'œil noir et froid d'une caméra multifréquences. Un marchepied. La diode rouge est passée au vert. J'ai entendu un déclic derrière la paroi blindée et un code a basculé dans mon viseur tête haute. OUVRE, m'a dit la voix de Schaltzmann dans les microécouteurs.

Je n'ai eu qu'à pousser sur le battant.

— Nous allons faire ce que nous avons prévu, n'aie aucune crainte, je vais te redonner la marche à suivre, pas à pas…

Je me suis retrouvé au centre du salon, plongé dans les ténèbres.

J'ai fait un tour sur moi-même et les codes ont basculé dans le viseur tête haute, pendant que les neuroprocesseurs scannaient tout le bazar, pour le compte d'une personnalité de synthèse dérangée, qui avait pris possession de ma créature et qui m'avait montré comment Schaltzmann concevait ses bouteilles de «napalm». Il est très facile de transformer un cocktail Molotov de base en un engin incendiaire et détonant à haute capacité destructive. Durant la Libération de Paris, en 1944, Joliot-Curie, physico-chimiste et résistant mit au point la bouteille qui porte son nom. Schaltzmann l'améliora à partir des recettes utilisées par les mercenaires du Biafra et du Katanga, ou les troupes viêt-cong, dans les années soixante.

Le mobil-home contenait tout ce dont nous avions besoin.

Des bouteilles de bière et de whisky que je vidai dans l'évier de la kitchenette. Deux jerricans d'essence de dix litres, dans une sorte de débarras, côté cabine, sous un établi recouvert d'outils de mécanique et d'électricité. Des paquets de Mini-Mir en quantité industrielle. De l'acide sulfurique et chlorhydrique dans de petites bonbonnes, acides qui servaient à leurs injections mortelles, sans doute.

Je n'ai jamais su comment l'entité qui habitait la neuromatrice avait fait pour savoir à l'avance que le mobil-home contenait tous les ingrédients nécessaires.

— Je te rappelle le dosage initial : trois parties d'essence, deux d'émulsifiant, une d'acide, m'a transmis l'entité Schaltzmann. N'oublie pas de bien agiter pour dégager les gaz.

J'ai patiemment exécuté la tâche.

— Bien, maintenant, tu dois trouver quelque chose qui ressemble à du chlorate de potasse.

J'ai mis cinq bonnes minutes avant de dégotter par miracle une grosse boîte de fer blanc contenant le produit en question, dans une armoire remplie de substances chimiques en tous genres. J'en ai barbouillé des sacs de papier et de plastique, que j'ai encollés d'Araldite à l'intérieur, et dans lesquels j'ai fourré la douzaine de bouteilles, que j'ai ensuite regroupées sur le sol, avant de les boucher. J'ai vidé ensuite ce qu'il restait d'essence sur le plancher et un peu partout sur les murs. Au-dessus de l'évier, j'ai trouvé deux bouteilles de white-spirit, et elles ont rejoint le paquet compact disposé au centre de la pièce. C'est seulement après avoir fait tout ça que j'ai décidé de rapidement fouiller le mobil-home.

Et c'est complètement à l'arrière, dans une salle à peine moins grande que leur salon que j'ai trouvé leur dispositif. La salle était divisée en deux. Disons plutôt qu'un réduit, une sorte de cage avait été érigée tout au bout.

La première chose que j'ai vue, c'est un trépied de caméra, rangé dans un coin, mais sans aucun caméscope installé dessus. Puis, juste à côté, la brillance laiteuse de plusieurs bouteilles de plongée, avec leurs détendeurs chromés, aux reflets durs.

Tout était propre, immaculé, fraîchement nettoyé, ça sentait le Saint-Marc ou un truc comme ça, mais derrière les barreaux de la cage j'ai aperçu une serpillière tachée de rouge, une vieille paillasse dont n'aurait pas voulu un chien. En zoomant sur divers endroits de la cloison, la machine a détecté des traces étranges.

Des griffures.

Une sorte de tentative désespérée pour creuser un trou dans la cloison.

L'image qui m'a assailli, celle de jeunes femmes en train d'être exécutées, successivement, et certainement les unes devant les autres, m'a fait pivoter sur moi-même et c'est là que je suis tombé sur la première machine.

Un four japonais ultramoderne, à vitrocéramique, capable d'atteindre des températures de plus de onze cents degrés centigrades, un truc pour faire de la fonderie chez soi, à petite échelle. On pouvait facilement y enfourner un corps humain en pièces détachées. J'ai aperçu des sacs-poubelles, sous le four. Des sacs de polyuréthane noir, remplis de je ne savais quoi, et recouverts d'une fine pellicule de cendres. Mon cœur s'est détaché.

J'ai pivoté une seconde fois, et un autre objet m'a transi d'horreur, pendant de longues minutes. J'en avais le vertige.

Dans un réduit obscur, sur ma droite, se dessinait la nervure métallique d'un siège de dentiste trafiqué, avec des bracelets de métal et des entraves en cuir disposés un peu partout. Une sorte de masque inhalateur pendouillait par-dessus le repose-tête. Du masque, un tuyau partait pour courir sur le sol et disparaître par un trou dans la cloison en direction du salon et de la kitchenette.

Quelque chose de glacé courait dans mes veines. Quelque chose dont mon cerveau conserverait la trace en mémoire, pour toujours.

Lorsque j'ai suivi le tuyau, il m'a conduit jusqu'à la cuisinière à gaz. Dans la cache réservée à la bouteille de propane, j'ai trouvé une seconde bouteille, type plongée, sans aucune inscription mais où le tuyau mortel venait se raccorder. La neuromatrice a détecté des particules de cyanure et de molécules chlorées en proportion suffisante pour diagnostiquer un mélange, sans doute artisanal, proche du Zyklon B.

Je me suis assuré que la bouteille de propane était pleine et dûment branchée à la cuisinière, je devrais ouvrir les feux juste avant de partir.

Pour la mise à feu, m'avait indiqué l'entité, je devais juste m'assurer que les ordinateurs étaient branchés aux prises de courant. J'avais tout trouvé éteint en entrant aussi je lui ai demandé s'il voulait que j'allume un des systèmes, ne serait-ce que le vid-phone. J'avais compris qu'il voulait provoquer un court-circuit pour initier l'incendie.

Mais je ne devais pas m'occuper de ça. Je devais m'assurer des derniers détails. Déjà, que le véhicule soit hermétiquement clos, afin que l'odeur de gaz n'éveille pas leurs soupçons et que la pression soit maximum. J'ai vérifié chaque vélux.

Je savais que Svetlana suivait tous mes faits et gestes, derrière ses propres optiques. Je savais aussi qu'elle captait la moindre de mes respirations.

— Svet? ai-je soufflé. Rien à l'horizon?
— Tout va bien, Dark... Sortez maintenant!

— Ce n'est pas tout à fait fini, a répliqué Schaltzmann.

Il m'a patiemment expliqué comment bidouiller le central pour qu'après mon départ, la prochaine ouverture de la porte provoque un court-circuit général. Tous les outils nécessaires se trouvaient dans l'établi de Bartel. Ça m'a pris vingt bonnes minutes, au moins, et je suais comme dans une étuve derrière les optiques. Avant de sortir, une impulsion m'a fait saisir deux des bouteilles Joliot-Curie que j'avais confectionnées et je les ai précautionneusement glissées dans les poches de mon blouson.

J'ai ouvert à toute vitesse les trois feux de la cuisinière et je me suis précipité au-dehors. La porte s'est claquée dans un déclic sourd.

J'ai marché à pas vifs sur dix bons mètres avant de me retourner. La petite diode rouge brillait de nouveau.

Une petite réplique artisanale des Fuel Oil Bombs utilisées par l'armée américaine se créait inexorablement derrière cette belle cloison d'aluminium, me suis-je dit.

Déjà, un bourdonnement d'insecte me provenait, de très loin. Un bruit tenace, persistant, qui enflait tout doucement.

Un insecte qui serait venu du lac, rasant les flots à sa vitesse de croisière.

*

Le bruit d'insecte a gonflé puis s'est tu brusquement.

J'ai écarté de la main un buisson qui me cachait la vue et Svetlana m'a soufflé d'être prudent.

Je me suis retourné vers elle et j'ai contemplé son visage mi-ange mi-démon, avec les optiques noires qui masquaient ses yeux, et les broches de carbone aux coins de sa bouche.

Elle avait insisté pour m'accompagner et je n'avais pu lui résister. Elle avait même exigé une des bouteilles Joliot-Curie et je la lui avais prudemment tendue, en lui expliquant comment elle fonctionnait, c'est-à-dire qu'il suffisait de la briser pour la faire détoner, le chlorate de potasse engendrant l'explosion au contact de l'acide. Plus besoin de mèche à allumer, donc, mais la plus grande prudence dans son maniement était de rigueur.

Nous avions repris position un peu au-dessus du mobil-home cent mètres à tout casser et nous nous sommes tendus simultanément, j'ai relâché la branche qui a sifflé dans l'air.

Des voix nous parvenaient. Plusieurs voix. Une grosse voix, une voix de femme, ainsi que des pleurs et des gémissements.

Une tête est apparue de l'autre côté de la rambarde blanche. Une tête bizarre. Puis un corps entier. J'ai reconnu Bartel dans une de ses robes pourpres d'apparat, masqué d'une tête de démon rutilante. Il tenait un pistolet mitrailleur ultra-court, style Mac 10 ou Micro-Uzi et il s'est retourné en le braquant en direction de l'escalier, où une deuxième puis une troisième têtes sont apparues.

Les voix se faisaient plus fortes et j'ai peu à peu compris la scène.

Juste derrière Bartel venait Irène Granada, armée d'un Lüger et déguisée en cheftaine nazie. Elle portait un masque noir à la mode vénitienne ; juste derrière celle-ci se profilait une jeune femme. C'est cette jeune femme qui gémissait, les mains liées en croix sur le ventre. Un homme que j'identifiai comme Minox, un masque en tête de taureau, la poussait brutalement, et lui aussi tenait une arme, une arbalète à répétition noire et à l'aspect redoutable, avec sa pompe et le chargeur oblong d'où dépassaient les pointes luisantes.

Ensuite venait une autre femme, qui tenait solidement une fillette de dix ans par la main, et dans l'autre un petit automatique à canon court. Cette femme que je ne connaissais pas portait une combinaison violette et une cape noire, toutes deux couvertes de signes cabalistiques dorés et son visage était outrageusement maquillé, les yeux cachés derrière d'énormes lunettes papillon aux couleurs criardes. Elle était accompagnée d'un homme très jeune, au visage recouvert de marques fluos, façon peintures de guerre indiennes, et d'une grosse paire de lunettes d'aviateur. Il était armé d'un fusil de chasse dont les deux canons juxtaposés étaient sciés. Je me suis souvenu en un éclair des clichés dans l'escalier de la Maison de la Mort. Des disciples... ils ordonnaient des disciples.

Juste derrière venait Guillaume Granada dans son costume de Condor, chargeant un automatique sombre. SunSet fermait la marche, dans une toge romaine, le visage peinturluré de rouge, coiffé de son diadème bizarre, avec la tête d'Osiris en proue, un revolver voyant, crosse de nacre et enluminures western, passé à la ceinture.

La jeune femme prisonnière s'est soudainement mise à hurler.

— Pitié! Je vous en supplie, ne faites pas de mal à mon enfant! Je ferai tout ce que vous voudrez...

Sa voix s'est éteinte dans une plainte continue, elle s'est agenouillée devant Irène Granada, espérant sans doute faire naître en elle une forme de compassion maternelle.

— Je vous en prie, madame...

Mais Irène Granada s'est figée dans une attitude de dédain cruel et elle a envoyé un violent coup de pied dans la poitrine de la jeune femme qui s'est effondrée en arrière.

La petite fille s'est mise à hurler, hystérique.

— Faites taire cette mioche! a hurlé Bartel, et la femme maquillée s'est empressée de bâillonner la fillette avec l'aide de son compagnon. La fillette s'est débattue frénétiquement, mais l'homme l'a violemment frappée avec la crosse de son fusil.

La femme s'est mise à ramper dans la poussière, en ne poussant plus qu'une vague plainte.

— Je vous en prie, suppliait-elle, ne nous faites pas de mal...

Les mots qui me parvenaient, délités par le vent, s'enfichaient d'une façon atroce dans mon cerveau. J'étais totalement paralysé, dépassé par la situation. Je n'avais pas prévu qu'ils ramènent des otages et je comprenais que la femme et son enfant étaient les victimes désignées du Sacrifice. Je n'osais même pas me demander ce qui s'était passé dans la maison qu'ils avaient attaquée. Une question plus cruciale irradiait mon cerveau.

Si quelqu'un ouvrait la porte du mobil-home maintenant, j'aurais peut-être exterminé le Club du Millénium mais j'aurais, par la même occasion, causé la mort de deux êtres innocents. D'un autre côté, pour elles, cela valait sans doute mieux, cette mort éclair.

J'ai failli hurler à l'entité qui habitait ma machine ce qu'elle avait prévu à ce sujet. En chuchotant le plus bas possible, je lui ai quand même demandé s'il pouvait interrompre de quelque façon que ce soit le fatal engrenage que nous avions mis en route. Mais il m'a fait comprendre que j'avais établi une dérivation «physique» et que la seule chose qu'il pouvait faire, c'était d'anticiper le déclenchement de l'explosion en provoquant lui-même le court-circuit, mais certainement pas le retarder ou l'interrompre.

Je n'étais même plus désespéré. C'était de l'azote liquide qui coulait dans mes veines.

Tout ce que j'avais entrepris ne menait à rien. Que pouvions-nous faire avec nos deux cocktails Molotov améliorés, face à sept personnes armées jusqu'aux dents et tenant deux otages ?

Je me suis résigné à assister à la suite.

C'est Minox qui a mis le feu aux poudres, si je puis dire. Ils étaient tous en cercle autour de la jeune femme prostrée et de son enfant.

— Bien, a fait Irène Granada, emmenons-les au lieu du Sacrifice.

La jeune femme a poussé une plainte suraiguë.

J'ai compris qu'ils n'allaient pas les exécuter ici, mais qu'ils devaient se rendre ailleurs.

C'est là que Minox a réagi.

— Une seconde, nos véhicules sont à une borne d'ici, j'vous signale qu'on avait prévu d'aller les récupérer avant.

— Inutile, a répondu sèchement Irène Granada, nous pouvons tous y aller avec le mobil-home. Vous les reprendrez au retour.

Minox a eu l'air de réfléchir quelques instants.

— J'vois pas pourquoi…

— Parce que c'est plus simple, a répliqué Irène Granada.

— J'vois pas en quoi c'est plus simple…

Là, c'est Bartel qui s'y est mis.

— Putain, on va pas rester des siècles à discuter ici, l'heure tourne. Alors on prend le mobil-home et on fait comme Irène a dit…

Minox s'est vaguement dandiné, mal à l'aise.

— Je n'suis pas d'accord, c'était pas ce qui était prévu...

Irène lui a fait face, on sentait l'intensité de son expression sous le masque vénitien.

— Vous commencez à nous les gonfler, Minox...

Il a eu un geste de recul et sa main s'est crispée sur la crosse de son arbalète à pompe, je l'ai perçu malgré la distance et l'obscurité.

— Ça va comme ça... C'était pas ce qui était prévu, alors j'suis pas d'accord. Vous nous ramenez à nos bagnoles, vous gardez la pute et son mouflet et on s'rejoint au lieu du sacrifice, comme convenu...

— Dites, vous trouvez pas que ça sent bizarre ?

C'était Guillaume Granada qui venait de parler et j'ai tressailli. Le jeune tueur était en train de détecter l'odeur de gaz. Mais sa phrase s'est perdue dans celle de Bartel.

— J'commence à en avoir plein le cul, Minox, l'aube est dans deux heures et on est à la bourre... Qu'est-ce que ça change ?

— Ça change tout et vous le savez bien... On devait se séparer et vous emmeniez la pute, c'était ce qui était prévu, bordel, alors c'est vous qui commencez à me les gonfler !

— Dites donc, vous trouvez pas que ça sent vraiment biz...

Mais Guillaume le Condor s'est interrompu.

Minox remontait le museau de son arbalète dans la direction d'Irène et de Bartel.

La femme en uniforme nazi ne bronchait pas.

— Vous prenez énormément de risques en faisant cela, Minox.

— J'en prendrais encore plus si je montais avec vous.

Il s'est éloigné du cercle, pas à pas, en braquant son arme vers le groupe Granada-Bartel.

— Vous m'prenez pour un con... J'sais pas exactement ce que vous ont raconté les autres débiles de cet après-midi, mais j'en ai une petite idée, voyez-vous... mes talents d'informaticien vous réservent encore des surprises...

Irène Granada a pouffé, dédaigneusement.

— Qu'est-ce que vous racontez, Minox ?

Ça l'a énervé, cette attitude hautaine.

— Pauvre naine ! a-t-il jeté. J'ai réussi à pirater un bout de votre conversation avec l'aut'guignol, là, *Les fleurs du mal*, tu parles ! J'ai pas l'intention de faire les frais d'un changement de règle impromptu, alors moi, en tout cas, je vais repartir et j'vais conseiller aux autres d'en faire autant, s'ils veulent pas passer dans vot'chambre à gaz, ou crever noyés dans leur bidon sous-marin, comme l'aut'conne et son moutard...

Une plainte horrible est sortie des lèvres de la jeune femme allongée par terre.

J'ai perçu un flottement dans l'ensemble du groupe. Les deux nouveaux venus se tournaient lentement vers le groupe Granada-Bartel, Sun-Set semblait se désintéresser complètement de tout ça, il se bidonnait en silence, son ventre gras et livide tressautant entre les plis du drapé.

— Qu'est-ce qui s'passe, nom de Dieu, a demandé un des nouveaux Disciples, l'homme aux peintures de guerre... J'aime pas ça du tout.

Il ne savait visiblement pas où braquer son fusil. Sa compagne n'en menait pas large non plus.

C'est Irène qui a explosé, sans crier gare.

— Sous-homme de mes fesses ! a-t-elle hurlé, tu vaux pas mieux que l'aut'plein de soupe qui sème son courrier débile à tout vent ! Ce gros tas de merde a laissé sa trace de chez lui à ici et toi, tu t'crois l'as des computers, mais t'es qu'une merde !

Minox s'est figé, sans comprendre. Il s'est tourné vers SunSet.

Celui-ci continuait de se bidonner en silence, un sourire jovial aux lèvres, mais comme figé.

— De quoi vous parlez? a grommelé Minox.

— Vous n'êtes que des tarés! Vous mettez en péril l'ensemble du Club! Des tarés! Jamais nous n'aurions dû vous faire confiance! Vous ne méritez que l'élimination!

La tension montait, à toute vitesse. Irène Granada frôlait l'hystérie.

Bartel était celui qui se tenait le plus près du mobil-home. Quinze mètres, environ. Il a fait un pas en arrière et je crois que c'est ça qui a tout déclenché.

Minox a fait feu, instinctivement, sous la pression du stress. Son carreau a fusé avec un sifflement sourd et s'est fiché en plein dans la cuisse de Bartel qui a poussé un hurlement en vacillant en arrière. Il tenait son Ingram Mac 10 vers le sol et une courte rafale est partie, labourant la rocaille à ses pieds.

— Nom de Dieu, ai-je laissé échapper malgré moi.

Mais tout s'enchaînait très vite, déjà.

La Disciple en robe d'astrologue s'est jetée à terre, son compagnon, pétrifié, s'est crispé sur son fusil sans rien entreprendre. Granada le Condor extirpait son automatique, alors que Minox réenclenchait sa pompe d'un coup sec. Irène Granada effectuait un roulé boulé, très professionnellement, son arme déjà en main. La main crispée sur le carreau fiché dans sa chair, Bartel râlait doucement, le cul dans la poussière. SunSet rigolait toujours mais il empoignait son gros Colt brillant.

Et les premiers coups de feu ont éclaté. Je n'ai même pas eu le temps d'avoir peur qu'un des projectiles ne fasse exploser le camping-car.

Il y a eu de la fumée, des éclairs et une succession de coups de tonnerre.

Je ne sais trop dans quel ordre qui a mouché qui. J'ai vu Minox vaciller et tituber en arrière, tirant par réflexe un carreau en plein dans le bassin d'Irène Granada qui a poussé un terrible gémissement de douleur, tout en continuant de plomber l'air en direction de Minox.

Guillaume Granada faisait feu, touchant Sun-Set de plein fouet alors que celui-ci venait de tirer plusieurs fois au jugé sur tout le monde, et surtout sur Irène, son rire de dément s'étranglant dans sa gorge. Sa grosse masse s'affaissait comme une éponge. Puis je crois que Granada le Condor a vidé son chargeur sur Minox qui s'effondra en émettant des gargouillements indistincts. Irène Granada était allongée face contre terre, dans une posture bizarre, totalement immobile.

Mais quelque chose se produisait, d'encore plus dingue...

La jeune femme et sa fillette, profitant du chaos, venaient de se relever et s'enfuyaient, chacune de leur côté, je n'ai jamais su si cela était volontaire ou non.

La jeune femme est venue percuter de plein fouet l'homme au fusil de chasse et s'est précipitée vers l'escalier. Sa fille se ruait le long de la falaise.

C'est Bartel qui a hurlé. Quelque chose comme :

— Putain, Guillaume, rattrape la gosse ! en indiquant la fillette qui détalait en trébuchant dans l'obscurité.

Pendant ce temps, sa mère arrivait à la rambarde et s'apprêtait à se jeter dans les escaliers. La rafale l'a touchée car son cri a accompagné le bruit de sa chute dans l'escalier. Mais la rafale s'est également étoilée sur le thorax du jeune mec au fusil de chasse et aux peintures de guerre, le fauchant au passage.

À la même seconde, Granada le Condor se ruait à la poursuite de la fillette, le long d'un vague sentier qui courait au sommet de la falaise, disparaissant à ma vue derrière les arbres.

Mon cerveau surchauffait, saturé d'informations, comme si dix mille alarmes s'étaient allumées en même temps.

— Ne bougez pas, ai-je finalement lâché à Svetlana.

Et avant qu'elle ait pu dire quelque chose, je m'enfonçais déjà dans la forêt.

Au même moment, j'ai aperçu la femme-astrologue qui hurlait comme une folle après Bartel en se saisissant du fusil de chasse.

— Espèce de dingue, vociférait-elle, t'as tué Kurt !

Et à cette seconde, abasourdi, j'ai compris que la femme-astrologue n'était pas une femme, mais un homme travesti. Un homme dont je reconnus la voix, dans ces instants fatidiques.

Wurtz-Byron.

Nom de Dieu... Le flic-astrologue avait rejoint le Club, avec un de ses compagnons. Il hurlait :

— Enfant de putain, j'vais t'régler ton compte !

Il a eu le temps d'épauler et de faire feu une fois mais simultanément, la rafale de Bartel l'a fauché dans le bas-ventre et il s'est affaissé avec une plainte sonore et pathétique.

Mes optiques me montraient déjà le travelling insensé d'arbres verdâtres, au milieu d'un déluge de codes.

Je me suis efforcé de concilier prudence et rapidité, du mieux que j'ai pu.

Le travelling d'arbres verts défilait en continu

dans mes optiques et j'aperçus bientôt le bord de la falaise, et le sentier couleur de cendre qui serpentait entre la rocaille et les buissons.

Je me suis mis à suivre le sentier et je n'ai pas tardé à le voir.

Sur le moment, je n'ai ressenti qu'une profonde perplexité.

Il était assis sur le bord de la falaise, scrutant le lac, parfaitement immobile, calme, serein.

Puis il a mis la main à l'intérieur de son accoutrement et l'a ressortie armée d'une fiasque d'alcool dont il a englouti le contenu bruyamment, avant de la balancer au loin, dans les eaux noires.

Je ne voyais trace de la fillette nulle part. Il était à une cinquantaine de mètres. Ma main s'est resserrée sur la bouteille graisseuse, dans ma poche.

J'ai marché très calmement dans sa direction. Sa silhouette a grandi derrière l'écran de mes optiques.

Il ne m'a pas entendu, ou a fait comme si.

Je me suis arrêté à une dizaine de mètres et j'ai commencé à extirper la bouteille de ma poche.

C'est alors qu'il a hoché la tête et qu'il a dit :
— C'est beau.

Je n'ai rien répondu, mais cela a gelé mon geste, un instant.

Il s'est lentement retourné vers moi et son regard m'a fixé comme si je n'étais qu'un objet un peu incongru dans le paysage. Je me suis dit sur le moment que ses yeux étaient drôlement brillants, mais que ça devait être un effet de l'amplification optique.

Puis il a de nouveau fait face aux eaux du lac.
— C'est vraiment beau, trouvez pas ?

Je ne savais quoi répondre. Allez, m'a fait une petite voix, balance-lui la bouteille sur la tronche, et qu'on n'en parle plus. Mais son inaction me paralysait. Je n'arrivais pas à le tuer de sang-froid, là, comme ça.

Il s'est relevé, en poussant un soupir dans l'effort.

— Allez... faut bouger.

Il m'a de nouveau observé.

J'ai pu détailler les traits de son visage, son masque était rejeté en arrière, sur la nuque. Son pistolet était passé dans son étui de cuir, à la ceinture.

Il ne semblait même pas inquiet.

Ses pupilles étaient dilatées, veinées de sang, un film brillant recouvrait le cristallin.

— Z'êtes le zigue d'hier soir... Les pirateurs de réseau, c'est ça ?

Je l'ai d'abord scruté sans rien dire, hagard. Mais il fallait que je réagisse, nom d'un chien. Je me suis mentalement ébroué.

— Ouais, *Les fleurs du mal*, ai-je répondu, on vous a suivis jusqu'ici... Nous sommes en mission pour notre Club, on devait s'assurer de votre fiabilité. On a été servis, je crois...

Mes lèvres se tordaient d'elles-mêmes dans un rictus diabolique.

— *Les fleurs du mal*, a-t-il marmonné, c'est un nom à la con, vot'truc.

Je n'ai pas fait allusion à Baudelaire, je n'étais pas sûr de me faire comprendre. Alors j'ai répondu ça :

— *Les fleurs du mal*... c'est parfois l'antidote de la racine.

— Quoi ? a-t-il fait en rembrayant sa chemise.

— Rien. Où est passée la fillette ?

Il ne m'a rien répondu, se contentant de remettre son costume en place et de nettoyer la poussière sur ses bottes.

— J'crois qu'tout l'monde y est passé, là-bas, s'pas ? Même le Bartel ?

Il me montrait du menton l'endroit d'où je venais, invisible derrière les contours cisaillés de la côte.

J'ai acquiescé vaguement, mais à cet instant, Svetlana m'a envoyé un message, via la neuro-matrice.

NON.

BARTEL EST VIVANT.

IL SE DIRIGE VERS L'ENTRÉE DU MOBIL-HOME

JE M'ÉLOIGNE. FAITES ATTENTION À VOUS.

— Ouais, ai-je répondu nonchalamment. Tout le monde est mort. L'astrologue et Bartel se sont tués mutuellement…

Puis, pris d'une violente saute de curiosité toute maladive :

— Dites, deux victimes pour sept personnes, même en une seule nuit, ça fait un peu maigre, non ?

Je voulais savoir, savoir absolument ce qui s'était passé sur le lac…

Granada junior a émis un maigre sourire, ses yeux étincelaient et semblaient fixés sur un écran situé derrière les os de son crâne.

— La prophétie s'accomplit, nous avons offert leurs âmes aux Éléments Sacrés : Eau, Terre, Feu, Vent… Le Grand Serpent des Ténèbres nous habite désormais…

Je le contemplais fixement, comme hypnotisé.

— Dix-sept personnes d'un coup, m'a-t-il fait tout à trac. Dix-sept, deux grandes familles au complet, vous pouvez dire mieux ?

Sa main montrait vaguement un point, quelque part au milieu du lac.

J'avalais ma salive, comme autant de blocs de ciment, je ne pouvais détacher mon regard du sien, qui paraissait à peine prendre conscience de mon existence.

— Et la fillette, qu'est-ce que t'en as fait?

Il a haussé les épaules et a fait un geste vers le bord de la falaise.

— Elle s'est envolée au-dessus des eaux elle aussi, comme un ange, son âme a été avalée par les forces du lac... Comme toujours.

Ses yeux scintillaient comme des gyrophares. Écarquillés, ils se posaient sur l'univers sans vraiment le voir, tournés vers une puissante énergie intérieure.

Je me suis alors souvenu d'allusions à l'usage de champignons magiques, dans les bases de données de la Famille... Bon Dieu, ai-je réalisé, le mec était en plein trip de psylocybine.

Je suis resté pétrifié quelques instants.

Il est passé devant moi sans même m'accorder un regard.

— Putain, j'ai une de ces faims, moi, a-t-il grommelé en entamant sa marche.

J'ai hésité devant la marche à suivre et devant son dos offert.

Une rage glaciale m'envahissait, mais un verrou refusait obstinément de sauter, je n'arrivais pas à me décider à l'exterminer comme la vermine qu'il était.

Je l'ai suivi alors à faible distance, me disant que peut-être il serait soufflé par l'explosion du mobil-home. Je m'arrêterais pour pisser sur le bord du sentier pendant qu'il continuerait sa route.

— Dites voir, m'a-t-il fait, z'avez pas dit que vous cherchiez des partenaires à la hauteur hier soir?

J'ai acquiescé d'un borborygme. Je me tenais

presque à ses côtés. J'aurais pu le tuer d'un seul geste, et lui aussi, réciproquement.

— Ben, d'une certaine manière, c'te nuit, ç'aura été un test... Seuls les meilleurs survivent, non ?

Je n'ai rien répondu à cela, sauf que ma main a de nouveau enserré la bouteille poisseuse, dans une crispation réflexe.

Nous avons fait une centaine de mètres, à tout casser, avant de voir se profiler le mobil-home.

Dans mes optiques, j'ai aperçu une silhouette qui se traînait vers le véhicule. Il n'était plus qu'à un mètre du marchepied. Oh putain, ai-je pensé, Bartel allait ouvrir la porte trop tôt, ça ne faisait pas un pli. Granada le Condor allait survivre à l'explosion.

J'ai vu la silhouette se hisser péniblement sur le marchepied et enfoncer un objet brillant dans la serrure électronique.

À cet instant, Granada l'a vu lui aussi et toujours sans se retourner, il a soufflé.

— Putain... L'a la peau dure l'Bartel, y a pas...

Je suis sûr d'avoir vu la petite diode rouge passer au vert, lançant un éclair fugitif, une fraction de seconde.

J'ai eu le temps de proférer un « Oh, merde » désespéré.

Juste après, c'est une énorme boule orange qui s'est expansée dans l'univers. Une boule de feu qui a détoné dans un vacarme de fin du monde, pulvérisant l'énorme caravane de métal comme une vulgaire boîte d'allumettes, éjectant la cabine par-dessus la falaise, faisant sauter des éléments du châssis jusqu'à vingt mètres de haut, alors qu'un champignon de flammes s'élevait, carbonisant buissons et arbustes tout autour, et élevant une corolle de fumée noire et à l'odeur de caoutchouc brûlé largement au-dessus des grands arbres de la forêt. Son souffle nous a embrassés comme un sirocco toxique.

Bon sang, ai-je pensé, qu'est-ce que j'allais faire, maintenant ?

Un nuage de poussières et de débris calcinés est retombé sur nous, en une grêle chaude et fumante.

Granada regardait ça avec un œil amusé, un éclair froid qui prenait possession de son regard.

Un gros cratère fumant était apparu là où se trouvait le mobil-home. Tout avait été volatilisé dans l'atmosphère. Il ne subsistait de tout ça qu'une vague structure chaotique de métal et de plastique fumante, autour du cratère.

— Putain... a-t-il sifflé, admiratif, ça, c'est du feu d'artifice...

Il s'est retourné vers moi, son regard de serpent brillait d'un feu vif.

— C'est vous qu'avez fait ça ?

Je me sentais désormais à l'aise dans mon rôle, c'était en train de devenir une seconde peau.

— Ouais, c'est ma spécialité dans le Club, avant-hier soir on a fait sauter une usine de gants en caoutchouc près de Milan...

Le vague souvenir d'une info vue à la télé quelques jours auparavant.

— Putain... a-t-il refait, admiratif. Ah ça... c'était drôlement beau. .

J'ai senti un rictus contracter mes lèvres, ma main fit de même autour de la bouteille.

— Ah ouais, vraiment, ça t'a plu ?

Il allait me répondre quand notre attention a été attirée vers le haut du chemin forestier qui menait à la route. La route où j'avais laissé le Toyota, et la machine. Et Svetlana.

J'ai tout de suite su que ça avait un rapport avec la neuromatrice.

Des lumières palpitaient dans la nuit. Violemment. Un halo tournoyant de lumière blanche et des éclairs, ainsi que des faisceaux qui traversaient les frondaisons des arbres.

Granada a aussitôt mis la main à son flingue.

— Putain! a-t-il craché, les flics!

Il s'est tourné vers moi et j'ai tout de suite compris qu'il me jaugeait en tant qu'otage. Sa main tenait fermement un automatique noir et trapu.

— T'affole pas, ai-je improvisé, c'est juste mon système de piratage. Y'm'prévient...

— Y't'prévient de quoi?

— Qu'il faut pas tarder à y aller, le jour va bientôt se lever.

Il a de nouveau fait face aux lumières.

Puis il s'est retourné vers moi, l'arme toujours bien en main.

— Bon, ben c'est ce qu'on va faire, on va y aller... Tu vas passer devant... Où elle est ta gonzesse?

— Elle m'attend, avec d'autres membres du Club, qui nous observent. Nous sommes des gens efficaces et prudents, tu as pu le constater.

Le contraste entre ce *nous* et ce *tu* était censé renforcer son sentiment d'isolement.

Il n'a eu l'air d'y croire qu'à moitié. Mais il a fait une grimace de contrariété, réfléchissant à toute vitesse à la suite des opérations.

Il ne lâchait toujours pas son pistolet

— Relax, ai-je fait... regarde... la nuit est belle. Le troisième Millénaire vient de commencer et tout se déroule au mieux...

Il m'a scruté, intrigué, puis il s'est détendu, imperceptiblement.

— Putain, mec, ai-je poursuivi en tournoyant sur moi-même, regarde ça, regarde, bon Dieu, regarde un peu… L'an 2000, nous sommes les maîtres de la nuit…

Son pistolet est mollement retombé le long de sa jambe.

Ses yeux brillaient d'une lueur extatique.

Il a replacé l'automatique dans son étui.

— Ouaaais… a-t-il rugi, le troisième Millénaire, c'est c'que disait tout le temps Irène… pauvre Irène, elle en aura pas vu beaucoup de son millénium adoré…

— Seuls les plus forts survivent… ai-je laissé tomber, froidement.

— Ouais… Et p'is moi, j'ai accompli la prophétie. La métamorphose va bientôt commencer…

Je ne comprenais pas très bien et je lui ai adressé un rictus, le priant d'être plus clair.

— Ouais, a-t-il repris… le Sacrifice… Il a été accompli dans les règles, vous m'suivez ? C'est ça qu'est génial, malgré toute cette foirade…

Il voyait très bien que je ne le suivais pas et ça a accentué l'éclat de son regard.

— Ah putain, c'est pas croyable cette Nuit du Millénium, tout aura été fidèle à la Prophétie d'Irène… Sauf sa mort, mais p'têt qu'elle pouvait pas l'prévoir ça, s'pas ?

— En effet, ai-je répondu pour qu'il poursuive.

— La pute et sa gosse ont été sacrifiées comme il se devait. Elles ont été avalées par les eaux du lac. Net et sans bavure. Conforme aux Règles du Sacrifice, voyez ?

Un large sourire a fendu son visage. Puis il s'est de nouveau retourné en direction des lumières palpitantes. Je ne pensais même plus à ce qui pouvait bien se produire de nouveau avec cette putain d'entité psycho-fractale dérangée..

Je regardais Granada sans ciller, un rictus de répulsion retroussait mes lèvres, sans que je n'y puisse rien. Une injustice ultime s'ajoutait à tous les crimes de la nuit. Elles étaient mortes selon leur bon vouloir, malgré tout le chaos que j'avais provoqué. Et malgré leur mort, à eux tous, ou presque. Cela ne pouvait être.

Je crois que c'est à ce moment-là que ma cuirasse s'est lézardée pour de bon. Des larmes ont perlé à mes paupières et la rage est venue refermer mes mâchoires, comme les deux battants d'une porte magnétique. Ma salive formait des boules de billards lourdes et compactes à chaque déglutition.

Allez, putain, vas-y, une vague à l'odeur de pourriture et de kérosène, sans doute un effet des fumées toxiques, m'a submergé de l'intérieur. Moi aussi, je pouvais retourner à l'état de boue, c'était facile, au bout du compte, il suffisait de considérer l'autre comme un vulgaire objet...

La vague fut atrocement réelle. Je l'ai perçue comme un dragon de feu, à l'odeur toxique et épouvantable, une créature tchernobylienne qui me dominait et me donna la force d'agir.

Je n'avais pas grand-chose à faire. Sinon le faire.

— Putain, ai-je lâché, un truc comme ça, ça s'arrose... Quelle nuit, décidément.

Je me suis délicatement positionné à dix bons mètres de lui. J'étais tout au bord de la rambarde qui dominait le point de vue. J'ai extirpé délicatement la bouteille encollée dans le sac papier. Elle puait le pétrole, mais l'odeur d'essence et de plastique brûlé nous enveloppait.

— Quelle nuit! Et quel spectacle! Allez, fêtons ça dignement!

— Qu'est-ce que c'est? a-t-il demandé.

Il a fait un petit pas dans ma direction.

Vite, vite avant qu'il ne soit trop près...

— Glenfiddich, pur malt, ai-je machinalement répondu... Tiens, à ta santé !

Et je lui ai envoyé la bouteille en la faisant tournoyer de telle façon qu'elle retombe pile à ses pieds. Un geste d'une simplicité effrayante. Je l'ai effectué sans l'ombre d'un remords, aucune émotion, comme dans un rêve délicieusement plat.

Il s'est instinctivement penché en avant pour tenter de la rattraper, et putain, j'ai bien cru qu'il allait l'arrêter. Mais ses doigts ont glissé sur le goulot.

La bouteille s'est fracassée à ses pieds, le chlorate est entré en réaction avec l'acide. Tout s'est enflammé en détonant. Je me suis accroupi en me protégeant du mieux que je pouvais, mais j'ai senti des scories incandescentes de toutes sortes me fouetter le visage et je les ai vues trouer le tissu de mon blouson et de mon pantalon. Des flammèches se sont entortillées autour de mes chaussures.

Granada s'est instantanément transformé en une torche vivante, hurlante et tournoyante, toupie de feu humaine devenue folle, derviche incendiaire et pathétique. Il tourbillonnait au centre d'une colonne de feu qui s'évasait sur l'herbe rase, alentour.

Il a poussé un horrible hurlement en mettant les mains à son visage. Mais toutes les parties de son corps brûlaient.

Il a tournoyé comme un robot détraqué, s'extirpant du foyer en suivant un parcours erratique, une plainte prolongée sortait de sa bouche, trou noir et bleu sous une peau de flammes orange.

Il a foncé vers moi, dans un ultime réflexe kamikaze.

J'ai vu venir une sorte de bélier humain, couronné de feu.

Je me suis jeté à terre et il est venu percuter de plein fouet la rambarde, qui a cédé sous son impact.

Sa plainte a continué, se teintant de surprise lorsqu'il a basculé dans le vide. Un pantin enflammé a disparu de ma vue.

Lorsque je me suis redressé et que j'ai jeté un coup d'œil par-dessus les débris de la rambarde, j'ai vu les eaux noires du lac, et une forme sombre qui flottait, les bras en croix, entre deux rochers, pas loin des restes tordus et calcinés du mobil-home.

Je n'ai vu trace nulle part de la mère et de la fillette.

Je ne sais trop ce qui a ouvert la vanne en moi.

Je me suis accroupi et un chagrin étrange m'a secoué, une crispation périodique, sans larmes, si ce n'est quelques perles au bord des yeux.

J'ai à peine perçu le bruit du Toyota qu'on démarrait, puis qui se rapprochait, lentement, par le chemin forestier. Je discernais juste comme un ballet de lumière mouvant à travers le rideau des arbres, et de mes yeux embrumés.

*

— Pourquoi avez-vous fait ça ?

Svetlana se dressait face à moi, en contre-jour devant le gros 4 × 4 qui semblait irradier comme un bloc d'uranium.

Autour de nous, les restes fumants parsemés sur un rayon de cinquante mètres dégageaient leurs vapeurs toxiques ; je discernai des débris d'un genre différent, aussi, sur lesquels je ne m'attardai pas, paquets de chair et de linge agglomérés, de-ci de-là, sur le terre-plein d'herbe rase où s'entortillaient des flammèches d'essence, qui brûlaient jusqu'aux pierres elles-mêmes.

Je savais pertinemment à quoi elle faisait allusion, à mon assassinat froid et calculé, mais je n'ai rien répondu.

— Quel gâchis, a-t-elle lâché en s'approchant de l'escalier. Vous l'avez tué parce qu'il a tué la fillette ?

Je m'enfermais dans un silence autistique.

Je ne savais vraiment pas quoi lui répondre, pourquoi ne se taisait-elle donc pas ? Je n'étais même plus sûr que Granada avait vraiment tué la fille, je ne l'avais pas vu le faire, je l'avais juste retrouvé au bord de la falaise, allumé aux champignons, et proférant des formules ésotériques qui m'avaient paru étrangement explicites...

Une drôle de lueur s'est mise à poindre, en moi.

Je n'avais entendu aucun cri, aucun bruit de lutte, rien de suspect, et tout semblait indiquer que Granada avait très vite interrompu sa course. Et si le champignon hallucinogène lui avait fait voir ce que son esprit voulait voir ? La fillette s'envolant au-dessus du lac tandis que son âme était avalée par les eaux ? Une simple illusion engendrée par la molécule psychotrope ?...

Je me suis redressé dans l'intense lumière que dégageait la machine, dans l'habitacle du Toyota, comme si un faisceau de projecteurs au xénon éclaboussait le paysage.

Svetlana se tenait en haut de l'escalier, un pied en avant sur la première marche et elle scrutait l'obscurité.

— Et la mère ? me fit-elle, je ne vois pas son corps...

Je me suis propulsé en vacillant jusqu'à la rambarde.

Je pouvais voir les restes tordus et encore fumants de la cabine du mobil-home, inextricablement mêlés à la petite vedette utilisée pour l'attaque sur le lac, brisée en deux, ainsi que le cadavre de Guillaume Granada, flottant comme une épave entre les rochers. Mais le corps de la mère ne se trouvait nulle part, en effet.

— Regardez ça, a lâché Svetlana, en pointant du doigt le bas de l'escalier.

Je me suis posté à ses côtés et dans la lumière lunaire qui parvenait jusque-là, j'ai réussi à discerner des traces de sang, qui s'écoulaient ensuite sur la mince bande de terre qui faisait office de plage.

Elle s'est engouffrée dans l'escalier et je l'ai suivie, comme dans un rêve.

Arrivée à la dernière marche, elle s'est agenouillée et a tamisé un peu de sable entre ses doigts. Elle s'est redressée et a fait face au lac puis aux rochers qui plongeaient dans les eaux noires, de part et d'autre de la minuscule plage. Elle a marché sur le sable, suivant des traces qu'elle repérait en silence et je l'ai suivie, à nouveau. Cela nous a conduits jusqu'aux rochers, qu'elle a scrupuleusement inspectés, avant de se retourner vers moi.

— Ça s'arrête ici, me fit-elle, elle est arrivée jusqu'ici...

Je scrutais les ténèbres et les eaux dormantes du lac.

— Et après ? ai-je fait, où elle est allée après ?

— Je ne sais pas, m'a-t-elle répondu, elle a peut-être essayé de nager... j'espère qu'elle s'en est tirée...

Je me suis contenté d'exhaler un long soupir.

— Et la fillette, reprit-elle, vous l'avez vu se faire tuer ?

Je me suis vaguement dandiné, mal à l'aise.

— Non, ai-je marmonné... Mais Granada a fait allusion à leur Sacrifice et il m'a dit un truc comme quoi l'âme de la fille avait été avalée par le lac...

Je me suis arrêté, mais le regard de Svetlana dardait deux rayons bleus et froids en plein là où ça faisait mal, là où s'élaborent les mensonges et les vérités.

— Il était en plein trip, acide ou champignon sûrement... Il n'est pas exclu qu'il s'agisse d'une hallu, en fait... Je n'ai rien entendu, ni coups de feu, ni cris...

Ma voix s'éteignait doucement.

— Venez, ai-je dit pour faire bonne figure, essayons de la retrouver...

J'ai remonté l'escalier, Svetlana sur mes talons et nous nous sommes retrouvés devant le cratère fumant. Nous avons cherché loin au-delà de l'endroit où j'avais retrouvé Granada, et nous avons découvert un bandeau de petite fille, pris dans des buissons, ainsi qu'un mouchoir taché de sang, mais pas beaucoup, juste comme si on avait soigné à la va-vite une grosse égratignure... Le chemin menait droit à travers la forêt, à l'opposé du lac.

Un sentiment de légèreté s'emparait de moi tout à coup, la mère avait peut-être bien pu s'en tirer, et la fille, c'était presque certain, non ?

Jamais Granada n'aurait eu le temps de faire le trajet aller-retour, tuer et planquer le corps de la fillette, ou la ramener pour la balancer dans le lac, pas dans l'intervalle de temps écoulé avant que je le surprenne au bord de la falaise. J'essayais de m'en persuader, le plus profondément possible.

Nous avons fait demi-tour jusqu'au Toyota, qui

continuait de pulser de sa lumière sauvage, comme un phare devenu fou à force d'attendre.

J'ai contemplé la scène. La carcasse calcinée du châssis, le vaste trou fumant, les débris de pneus en flammes. Svetlana à quelques mètres devant moi.

Une idée s'entortillait dans mon cerveau, insidieusement. Quel qu'ait été le sort de la fille et de sa mère, j'avais quand même perdu.

Si, dans le meilleur des cas, elles avaient survécu, cela signifiait que j'avais tué Granada de sang-froid, sans plus aucune excuse valable.

Dans le plus mauvais scénario, ça signifiait que je n'avais pu empêcher leur sacrifice, en dépit de tous mes efforts.

Mais pire que tout, le doute enfichait ses pointes vénéneuses dans mon esprit Ne pas voir de cadavres ne signifie pas qu'il n'y en a pas, j'avais eu tout le loisir de le constater, au long de cette histoire. Après tout, peut-être que la femme, blessée, s'était noyée en essayant de fuir par le lac, et peut-être aussi que la fille avait été rattrapée par Granada, ou qu'elle était tombée d'elle-même de la falaise et que l'esprit de Granada, dopé par l'hallucinogène, avait simplement appréhendé cette chute accidentelle comme un signe de leurs divinités funestes…

Je crois que ça faisait vraiment trop pour la nuit, cette séquence ininterrompue d'émotions contradictoires.

Je me suis dirigé vers un bosquet et j'ai commencé à gerber un repas que je n'avais pas fait.

38

Je n'ai repris pleinement conscience que plus tard.

Nous roulions sur une route déserte.

L'aube se levait.

J'étais allongé sur la banquette arrière. Svetlana conduisait. Dans son box, côté passager, la machine pulsait d'une lumière sauvage.

— Quand est-ce que ça a commencé exactement ? ai-je demandé d'une voix sourde.

— Juste après l'explosion, a répondu Svetlana. Le visage de Schaltzmann a disparu et les lumières sont apparues... Et ça aussi, ça dure depuis.

Elle me montrait l'horloge de bord, dont les leds basculaient à toute vitesse, comme si quelque chose accélérait le temps, là.

Nous avons roulé un ou deux kilomètres, pas plus, avant de tomber en panne.

Plus rien. Plus d'énergie électrique. Plus de batterie. Plus de radio.

Plus rien, sauf la machine qui rayonnait d'une lumière aveuglante.

En sortant pour jeter un coup d'œil sous le capot, j'ai pu me rendre compte que le ciel était traversé par des radiations bizarres, des taches laiteuses et des éclairs, des zébrures pâles et des nuages aux formes ectoplasmiques. Comme une aurore boréale, là, au sud de l'Europe...

Je me suis demandé quel light-show était en mesure de produire un effet aussi grandiose.

— Bon, y a rien à faire visiblement, ai-je dit. On n'a qu'à rester là, on verra plus tard.

Elle est venue se blottir à mes côtés et j'ai refermé l'écran de la machine pour que ses pulsations lumineuses ne nous empêchent pas de dormir.

Les rais de lumière passaient néanmoins entre les interstices, comme si le soleil lui-même y était prisonnier.

Le sommeil nous a happés par surprise.

La machine ne pulsait plus quand nous nous sommes réveillés.

Il faisait plein jour. L'horloge de bord était coincée sur un chiffre aberrant, son processeur avait grillé. Comme le reste du tableau de bord.

Je suis repassé au volant, j'ai relevé l'écran de la machine et je n'y ai vu qu'une surface noire, palpitant doucement.

J'ai essayé de mettre le Toyota en route et ça a marché presque tout de suite. J'ai poussé un râle de satisfaction.

J'ai rapidement constaté que la radio ne fonctionnait pas, on ne captait que du screech, partout. Idem pour la mini-parabole, qui ne localisait plus aucun satellite. C'était drôlement bizarre.

J'ai passé la première et je me suis réengagé sur la nationale.

Au fil des kilomètres, des villes et des villages traversés, l'impression de désolation s'amplifiait. Des maisons et des voitures incendiées, des pompiers luttant encore contre les flammes, des ruines fumantes, des magasins et des centres commerciaux pillés, des cadavres allongés sur la chaussée, la tension et parfois l'affolement qui se lisaient sur les visages des *carabinieri*, débordés par la situation.

La nuit avait été chaude, visiblement.

Nous avons roulé jusqu'à la frontière que nous avons passée au ralenti, dans une marabunta de véhicules de la police et de l'armée des deux pays, perdant des heures entre Vintimille et Monaco.

En traversant la principauté, j'ai pu me rendre compte que l'immense 2000 de néon avait explosé et qu'il formait une œuvre de land-art obscène au sommet du Rocher.

C'est vers Aix-en-Provence qu'un message alphanumérique s'est imprimé sur l'écran noir et vibrant, avec un petit bip.

DARK?

J'ai observé l'écran un bon moment avant de répondre, à haute voix :

— Doctor Schizzo?

OUI. MA CONSCIENCE VIENT DE S'ÉVEILLER. QUE S'EST-IL PASSÉ? JE NE ME SOUVIENS DE RIEN.

Je n'ai su quoi lui répondre. Pas facile à synthétiser.

— Tes mémoires sont détruites?

Un long silence.

Un bip.

NON. CERTAINES DONNÉES EFFACÉES C'EST TOUT. OU SOMMES-NOUS?

— Qu'est-ce qui s'passe, t'arrives plus à te repérer avec les satellites GPS, en plus?

Un long silence.

DARK, PLUS AUCUN SATELLITE NE FONCTIONNE EN ORBITE TERRESTRE, UNE VÉRITABLE CATAS-TROPHE SPATIALE. SEULS LES SYSTÈMES DE

J'ai commencé à me douter de quelque chose.

— Est-ce que tu détectes des flots d'informations faisant état de paralysie des systèmes électriques et informatiques, un peu partout sur la planète ?

Un long silence.

OUI, JE CROIS QU'ON PEUT DIRE ÇA.

Alors c'était ça, me suis-je dit.

C'était bien la neuromatrice qui avait provoqué une bonne part du chaos que nous traversions, en remontant la vallée du Rhône.

Un effet EMP.

Putain, l'entité qui avait pris possession de la neuromatrice s'était étoilée dans les réseaux mondiaux et elle avait provoqué une formidable secousse électromagnétique, comme celles qu'engendrent les bombes nucléaires en éclatant dans l'atmosphère. Tout avait disjoncté à la surface de la planète. Les logiciels avaient buggé, les mémoires s'étaient vidées, les composants avaient claqué, les ondes et les fréquences étaient devenues folles, provoquant courts-circuits et pannes de courant généralisées, d'un bout à l'autre du Globe.

Plus tard, nous eûmes confirmation de la chose. Quand les services publics furent opérationnels, dans les jours qui suivirent, lorsque la radio et la télé se mirent à fonctionner de nouveau, les experts scientifiques parlèrent en effet d'un effet EMP de grande amplitude et d'origine inconnue, qui aurait frappé la planète vers cinq heures trente du matin, GMT, le 1er janvier 2000. Ce séisme électromagnétique avait engendré une myriade de catastrophes, accidents ferroviaires ou crashes aériens, incendies, pannes informatiques et électriques, sans compter la mise en alerte maximum de toutes les armées du monde, du Strategic Air Command au quartier général nord-coréen. On parla peu après dans toute la presse de «guerre nucléaire généralisée moins une». Les réseaux financiers et les grandes Bourses n'échappèrent pas au fléau, le krach de janvier 2000 fut en effet imputé au chaos électronique qui les paralysa et les aveugla pendant des jours. Certains accusèrent la Mafia, les Triades, le Yakuza ou les Narcos. D'autres, les groupes islamistes.

De nombreux terminaux personnels implosèrent, d'un bout à l'autre de la planète, causant des centaines de milliers d'accidents domestiques. Tous les témoignages s'accordèrent pour affirmer qu'à chaque fois, les chaînes de télévision ou les écrans informatiques avaient été parasités par une lumière aveuglante, mais qui imprimait une image curieuse sur les rétines : celle d'un Christ rayonnant, s'embrasant comme un soleil. J'appris aussi que cet effet EMP avait causé la perte d'une fusée Proton et de son satellite ATT, tirés depuis Cap York, en Australie. La fusée était retombée dans l'océan Indien après que toutes les communications avec la base eurent été coupées, l'ordinateur de bord grillé à point.

Je me suis dit que le comble était atteint. J'avais provoqué l'échec de la première mission des pionniers de Cap York, avec un peu de chance l'effet EMP avait effacé toutes les données de Neuro-Next et de Biosphère 2000.

Nous avons bouffé à la va-vite dans un routier, où les clients se plaignaient de tous ces programmes écologiques qui détraquaient la télé, puis nous avons repris la route.

La nuit était tombée.

Je me faisais presque à mon état dépressif.

Je crois que c'est alors que nous arrivions en vue de Paris que le docteur Schizzo a retrouvé la parole.

Il m'a expliqué qu'il ne se souvenait de rien, de rien concernant la Nuit du Millénium et des jours, voire des semaines précédant cette date. Rien de la mémoire de Schaltzmann, rien non plus de l'identité, ni de l'existence d'éventuels Tueurs du Millénaire (ma question n'engendra qu'une expression ébahie), rien de rien, sinon quelques listings de meurtres et des rapports d'autopsie dont il ne s'expliquait pas très bien l'origine. Ah, et aussi d'étranges fichiers MicroSoft passablement abîmés.

Mais il y avait un message clair, très particulier, un message profondément implanté au cœur de sa mémoire.

Ce message était simplissime. On devait détruire la matrice où subsistait un agrégat résiduel de l'entité Schaltzmann.

L'idéal étant de la jeter à la mer, du sommet de la pointe du Hoc.

Voilà pourquoi nous avons poussé jusqu'en Normandie, dans un état de fatigue et de sérénité incroyable.

À l'aube du 2 janvier 2000, nous nous sommes arrêtés sur le parking du mémorial de la Pointe. Il faisait froid, gris, et un crachin désagréable nappait l'atmosphère et s'infiltrait partout.

J'ai marché jusqu'à la plaque des Rangers et j'ai jeté le gros composant pseudo-neuronique vers les flots, comme un vulgaire galet.

*

Le 5 janvier 2000, comme convenu, mais avec un vol de retard sur le groupe de chercheurs et le reste de mon équipe, j'ai embarqué de Londres pour Sydney.

J'étais dans un état second.

Je n'arrivais pas à m'habituer au goût que j'avais sur la langue, le même goût que six ans auparavant, le goût d'une vie de cendres.

Nous le savions bien, elle et moi, après ce que nous avions vécu, il était impossible d'envisager quoi que ce soit de durable. Et pour elle, de toute façon, hors de question de s'expatrier en Australie dans les trois jours. Pas plus d'ailleurs dans les trois mois. La Nuit du Millénaire sonna le glas de mon existence : je pouvais me considérer comme indirectement responsable de la mort de Chellay, j'avais tué deux hommes, dont l'un directement et de sang-froid, et j'avais provoqué le carnage collectif d'une dizaine de personnes. Je n'avais pu empêcher le massacre d'une famille et si ça se trouvait, je n'avais même pas pu sauver les deux victimes désignées du sacrifice. Dans le cas contraire, j'avais cramé Granada, sans même la preuve tangible de sa culpabilité pour ce crime-là. Nous avions fui les lieux. L'entité psychotique avait causé une avalanche de désastres.

On ne construit pas une vie sur d'aussi lourds secrets. J'avais pourtant mille arguments contre ça. Des exemples innombrables nous montraient le contraire, l'amour est plus fort que tout, etc., etc. Mais je savais dans le même temps qu'ils sonnaient faux.

Nous nous sommes quittés à Roissy, alors que j'attrapais un vol pour Heathrow.

Nous ne nous sommes rien dit, ou presque, abrégeant le calvaire.

J'ai combattu de toutes mes forces la vague de désespoir qui m'assaillait et son image persistante, douloureuse, insupportable, si belle, accompagnée de la terreur atroce devant son inéluctable altération, au fil du temps, dans les replis de ma mémoire.

Je me suis à peine rendu compte que nous atterrissions à Heathrow.

En errant dans l'aéroport, à la recherche de mon terminal d'envol, j'ai fini par me dire que je ne pouvais pas partir comme ça, avec une histoire même pas terminée, à aucun point de vue. Quelque chose demandait à être clos, c'était impératif.

En passant devant une cabine vid-phone, je me suis arrêté net et je n'ai pas hésité plus longtemps. J'ai connecté la neuromatrice au réseau et je lui ai demandé de me simuler vite fait un appel en provenance d'une cabine d'Orléans, ou de Châteauroux, d'où elle voulait, et j'ai faxé un rapport à la cellule interservices de Wiesenmayer, à Grenoble. Ça me plaisait moyennement, cette entreprise de délation, je n'arrivais pas vraiment à me sentir bien dans ma peau, un sentiment qui n'allait plus me quitter pendant longtemps.

Il subsistait très peu de documents exploitables dans la mémoire de la machine, alors je lui ai tapé un message concis et très anonyme, dans lequel je lui expliquais qu'une série de corps retrouvés au bord du lac Majeur devait pouvoir le conduire jusqu'à divers domiciles, un situé près du lac de Constance, en Suisse, un autre dans le nord-est de l'Italie, et enfin, pour les trois derniers, à une vaste maison située près d'Allevard. J'expliquais aussi que les restes du mobilhome devraient les mener à la même maison. Pour terminer, j'ai donné un plan détaillé de la cave de la Famille et du passage secret qui y conduisait.

Je suis sorti de la cabine vid-phone sans même l'impression d'avoir bonne conscience.

L'avion pour Sydney a eu du retard au décollage, conséquence sans doute des dégâts occasionnés par l'effet EMP, quatre jours auparavant.

Je n'arrivais à me concentrer sur rien.

J'ai fait semblant de lire le *Herald Tribune* acheté à l'aéroport. J'ai parcouru les titres. Ça ne m'inspirait rien de bon. On parlait toujours du mystérieux effet électromagnétique qui avait causé tant de dégâts, mais aussi de la guerre civile qui venait de démarrer en Chine.

J'avais également quelques journaux italiens, mais depuis la nuit du Millénaire, rien n'avait jamais filtré dans la presse transalpine au sujet de morts violentes au bord du lac Majeur, ou dans les îles Borromées, et ce jour-là pas davantage. Les journalistes n'avaient sans doute sélectionné que les carnages les plus massifs, ce qui donnait une idée assez précise de la situation (à moins qu'on ne leur eût ordonné de la boucler).

Mais à cet instant, dans cet avion cloué au sol, je m'en foutais éperdument, en fait, plus rien ne semblait avoir d'importance.

C'est l'attente, insupportable, qui a certainement eu raison de mes nerfs

Le flot d'images que mon cerveau retenait depuis des jours s'est brutalement déversé. Le souvenir des dernières semaines a défilé, comme un film incroyablement malade.

Ça m'a laissé pantelant, a posteriori. Il m'a fallu des mois, je n'ose dire des années, pour que l'expérience puisse être convenablement assimilée par mon cerveau.

Car quelque chose suintait de tout cela, comme

une menace encore imprécise, mais dont j'entre-voyais la signification, avec une angoisse crois-sante : j'avais vu plusieurs clichés de couples différents sur les murs de la Maison de la Mort. Au cœur de l'action, j'avais ensuite identifié ces nouveaux venus à «Byron» et à son mignon, lors de la tuerie du 1er janvier. Mais les souvenirs que je conservais des photos étaient encore assez clairs pour qu'une voix se mette à hurler, au beau milieu de ma tête.

Ils avaient eu le temps de former d'autres Dis-ciples.

Les Joueurs étaient peut-être morts, mais sûre-ment pas le Jeu.

Et si les Disciples des années précédentes n'étaient pas en service cette nuit-là, ça ne pou-vait signifier qu'une chose : ils étaient en service, *mais ailleurs*.

Les Joueurs des Ténèbres ne formaient pas leurs Disciples pour qu'ils rejoignent leur Club, mais tout comme je l'avais imaginé moi-même, avec *Les fleurs du mal*, ils les initiaient, puis les laissaient prendre en charge à leur tour un nou-veau Chapitre, un autre Club, comme une Ligue sportive qui se constituerait peu à peu, au fil des ans.

Le monde s'est effondré autour de moi, dans le plus total silence.

D'où venaient-ils ? Où étaient-ils désormais ? Sous quelles identités factices se baladaient-ils dans les réseaux ? Quelle forme prendrait bientôt la Porte 999, peu après la remise en fonction des messageries cybersex ?

Quelles seraient leurs prochaines victimes ? Quels enfants perdus au coin d'une rue ? Quelles jeunes femmes seules dans leurs maisons isolées ? Quelles familles sacrifiées, à quels cultes absurdes ?

Je sentais le sang refluer de mon visage, je me savais blême.

Quel sens pourrais-je donner à tout cela ? À quoi avait donc servi mon intervention, sinon à amplifier le chaos ?

J'ai regardé la neuromatrice, ou plus exactement la valise anonyme dans laquelle je la trimballais, posée dans son box de fonction, comme les dizaines d'autres portables autour de moi Je n'ai pas allumé la machine.

L'image de Schaltzmann s'est lentement cristallisée en moi.

Je me suis souvenu du jeune homme au visage lunaire, le jeune homme psychotique qui n'avait pas voulu voir le xxie siècle. Le Vampire de Vitry-sur-Seine et son obsession paranoïaque : cette planète était-elle autre chose que la planète du Mal ? Ne nous avait-il pas indiqué quelque chose d'indistinct, mais dont la réalité semblait s'avérer plus pressante à chaque seconde ?

J'ai poussé une sorte de soupir, presque une plainte, qui a fait se retourner une grosse dame américaine, dans l'autre rangée.

Je n'ai jamais plus entendu parler des Joueurs des Ténèbres, je veux dire : de leurs éventuels successeurs. S'ils existent, s'ils agissent, ou ont agi, en Europe, ou ailleurs, je n'en sais foutre rien. Mais peu de temps après mon arrivée, un Français qui nous a rejoints à Cap York m'a raconté que les polices française, suisse et italienne avaient, « à ce qu'il en savait », découvert les domiciles de plusieurs tueurs en série, après qu'on eut réussi à identifier leurs restes et leurs véhicules, retrouvés « quelque part au bord du lac Majeur », selon ses propres mots. Je lui ai posé négligemment une petite volée de questions, et j'ai ainsi appris que la

Maison de la Mort du clan Granada-Bartel avait été fouillée par la police de Grenoble et que les découvertes mises au jour dans la cave faisaient les choux gras de la presse nationale. Les conditions de leur mort ainsi que les causes exactes de l'explosion du camping-car ne furent jamais élucidées et de nombreux experts criminels se sont perdus en conjectures, à ce qu'on m'a dit. Certains d'entre eux soutinrent la thèse selon laquelle les Granada-Bartel avaient été pris à partie par une bande adverse, lors des émeutes du Millénaire.

Je ne sais trop quand l'idée m'est venue, mais je me suis peu à peu persuadé que «Byron» n'était peut-être pas devenu leur complice. Après tout, peut-être était-il en train de s'introduire, grâce à ses connections sur les réseaux cybersex et à ses propres talents d'informaticien. Peut-être voulait-il simplement prendre une éclatante revanche sur l'administration policière en contribuant de manière essentielle à leur arrestation ? Ça n'excusait pas sa trahison et le meurtre par procuration de Chellay, mais l'homme cachait de multiples facettes que je n'ai jamais eu le temps d'explorer.

De toute façon, l'identité de Wurtz-Byron et sa présence sur les lieux sont restées secrètes, d'après ce que je sais.

Maintenant que je vous écris ça, devant les moutonnements de la Mer de Corail, je me sens obligé de vous avouer que depuis cette époque, je n'ai jamais vraiment cessé de pister leur trace, dans les réseaux de la presse européenne, ou mondiale. Ce qui m'a inévitablement conduit à me pencher sur d'autres affaires. Je me suis par exemple intéressé de très près au cas du «Kamikaze d'Osaka», qui terrorisa l'archipel nippon pendant des mois, entre 2013 et 2014, ainsi qu'à Manuel Giulini, le «touriste» argentin qui fut arrêté l'année suivante, en Indonésie, alors qu'il venait de tuer deux femmes dans la journée, et qui fut accusé de vingt-sept meurtres, au total, commis sur trois continents en deux ou trois ans. J'ai même coopéré avec les forces de police locale, pour l'identification de deux cas de tueurs en série, ici dans le Queensland, et en Nouvelle-Zélande. Le phénomène est international, comme tous les autres désormais...

Aussi, l'année dernière je suis revenu en Europe, afin de retrouver quelques témoins en vue d'écrire ce livre. Mon Livre Noir à moi, mon Livre des Ténèbres, mon *Traité de démonologie à l'usage des prochaines générations*. C'est ainsi que j'ai pu interviewer Martin Duval, un des trois gosses qui découvrirent le corps de la fille de Villard-Bonnot en 1994, Stéphane Peyrebaure, qui pénétra le premier dans la maison Willer, après le massacre. J'ai également pu rencontrer l'inspecteur Le Goff qui s'occupa de l'affaire Schaltzmann à ses débuts, peu avant sa mort à l'hôpital Paul Brousse, à Villejuif, ainsi qu'une des amies de Marie Sfeitz, qui prévint la police de la disparition de cette dernière. Wiesenmayer avait, semble-t-il, pris une retraite méritée quelque part aux Baléares et je n'ai pu renouer contact avec lui.

Je ne suis jamais parvenu à savoir ce qui était vraiment survenu aux deux victimes, sur les rives du lac Majeur. Les services italiens se montrèrent assez peu coopératifs et tout le monde m'affirma que ce qui était arrivé à la maison des Pasqualini, sur l'île San Giovanni, avait été attribué à une bande de pillards, lors des Émeutes du Millénaire. Personne n'avait, semble-t-il, jamais entendu parler de plaintes consécutives à une prétendue tentative d'enlèvement et de sacrifice rituel, sur les bords du lac.

Je ne suis pas resté très longtemps en France, les sécessions se succédaient à un rythme soutenu, et lorsque je suis parti, le gouvernement légitime de la République ne contrôlait plus qu'un gros tiers du territoire.

Stefan Gombrowicz était déjà mort, en juillet 2006, et je ne l'ai donc jamais revu, sinon pour son modeste enterrement, cette année-là, dans la terre du Roussillon, où je me suis rendu avec d'autres scientifiques du monde entier. Je n'ai plus de nouvelles de Svetlana Terekhovna depuis cette époque. Elle venait de se marier avec un romancier de science-fiction.

Les neuromatrices n'ont cessé d'évoluer, comme vous le savez, et elles nous aident désormais à affronter l'avenir. Je termine ces lignes alors qu'un Delta Clipper *SuperTwin* vient de décoller du pas de tir numéro deux, emportant à son bord une neuromatrice dernière génération, une bio-sphère 2000 et une vingtaine de pionniers pour Camp Armstrong, dans la mer de la Tranquillité. L'équipage international de l'*U.N.S.S. (United Nations Space Ship) Youri Gagarine* s'approche jour après jour de l'orbite martienne. On dit que le nouveau télescope spatial «Stephen Hawking» vient de détecter une planète habitable de type proto-terrestre autour d'un soleil aussi anodin que le nôtre, à environ cinquante mille années-lumière de la Terre...

Ça va, pour moi. Pas trop mal. Mieux en tout cas que ce soir du 5 janvier 2000, il y a un peu plus de vingt ans...

J'ai posé ma tempe contre le hublot et j'ai regardé les lumières de l'aéroport d'Heathrow. Je ne ressentais plus rien, sinon un vide sans limite. Le commandant de bord a enfin annoncé l'imminence du départ, en nous priant d'excuser la compagnie pour le retard.

L'avion a décollé alors que la nuit tombait sur l'Europe.

Cap York, le 13 juin 2020.

ÉPILOGUE

Dans le Bus des ténèbres tout le monde disparaît
sans laisser plus de traces
que des pas dans la glace
dans la Maison des Miroirs
mêmes les ombres supplient qu'on les tue
de peur de voir ce qu'il y a en face.
Le monde est le cauchemar
d'un champignon qui rêve d'étoiles et d'ordures,
Nos rêves sont des livres en feu
Mais nos chemises sont raidies par la glace
Nous pissons contre des vitrines vides
Où un mannequin solitaire nous regarde,
Nous sommes des machines de viande
Déjà prêtes pour l'abattoir,
Mais le soir, quand le soleil décline
sur l'horizon en feu,
Nous barbotons comme des gosses
Dans la lumière et nous essayons
De percer les secrets de notre condition,
Parfois il nous arrive même de saisir
la nuance entre la vérité et le mensonge.

Cité par le Modèle Schaltzmann,
d'après les poésies du damné.

C'est à peine s'il eut conscience de la chose. En fait, ce fut plutôt comme un rêve, une bouffée d'images et de sensations qui perça la nuit dans laquelle il était plongé depuis toujours, et à jamais. Sa conscience se ranima, hésitante, lointaine, comme le message radio d'une sonde interplanétaire oubliée depuis longtemps. Des éclats de lumière, des images brouillées, sur un drôle de canal de télévision déréglé. Des odeurs en chapelets, de merde, de pourriture et de mort, et les images saccadées d'un monde sur le point d'exploser.

Des montagnes de corps s'entassant aux abords d'une jungle, juste à côté des empilements de machettes oxydées par les litres de sang qu'elles avaient fait jaillir. Des corps agglomérés entre eux dans un bunker, calcinés comme des allumettes dans leur boîte après le passage dévastateur d'une tête à double charge, des corps, des corps toujours, charriés par une rivière aux eaux noires et grasses, violacés, boursouflés, flottant comme des bouées difformes et pathétiques, des corps roulant dans les fosses communes, creusées dans la terre spongieuse en énormes bouches voraces, ouvertes vers les bennes basculantes remplies à ras bord comme des marmites obscènes, des corps momifiés par une drôle de poussière jaune et brillante, poussés en grappes par la lame du bulldozer, dans un désert vu à l'amplification optique, codes digitaux en calligraphie luminescente sur les sables millénaires. Des corps d'enfants brûlés par le napalm, au bord d'une rizière asiatique, ou sur de hauts plateaux désertiques rougis par le soleil et les nuages de défoliants. Il vit des corps crucifiés sur des portes d'églises et les corps, encore des corps, de soldats anonymes et égaux dans la mort, coupés en deux comme de vulgaires morceaux de viande, leurs intestins se déroulant en serpentins foireux sur l'asphalte d'une petite route de montagne fraîchement bombardée. Entre deux interférences de bruit blanc, il entr'aperçut des villes en flammes, des centres commerciaux livrés à des pillages d'une violence inouïe, dans le ballet en pointillés fluos des balles traçantes, il discerna des hélicoptères survolant les zones incendiées, trouant la nuit de leurs projecteurs au xénon, des mosquées détruites à coups de canons, des synagogues et des temples dynamités, des ponts qui s'effondraient dans un nuage de poussière, de débris et de fumée, des missiles rayonnant de leur fureur, sur leurs rampes de lancement, Orgues de Staline, Tomahawks, Sams, Scuds, Exocets, comme autant d'anges exterminateurs joliment fuselés, en route vers des ciels de nuit. Il vit la lumière au bout de leurs tuyères, et il vit les ténèbres au-delà.

Au bout de ce qui aurait pu être un moment, si toute notion du temps n'avait été curieusement abolie, quelque chose s'anima au cœur de cette subconscience plate, sans plus de consistance qu'une image vidéo. Il ne comprit jamais ce que c'était, car cela échappait à tout ce que sa petite bribe d'identité connaissait. Ce n'était ni une sensation, ni une lumière, ni un quelconque objet, vibration ou quoi que ce soit d'autre, c'était tout cela, et rien de cela, et ça n'avait aucune importance, jamais il ne s'était — *senti* ? — senti, oui, aussi bien. Quelque chose s'accomplissait enfin. Il devint cette lumière-chaleur-sensation et il comprit qu'il était là pour embraser le monde. Il se souvint que cela avait toujours été son rêve de gosse le plus précieux, lorsque le feu de la cheminée, puis des incendies qu'il allumait, devenait la seule figure possible de l'amour en ce monde, l'unique protection que celui-ci était en mesure d'offrir.

Alors le feu devint livre. Ou l'inverse, cela n'avait aucune importance. Un livre à l'échelle de l'univers, et qui brûlait comme le cœur d'une étoile. Il comprit que c'étaient les mots contenus dans le livre qui délivraient toute cette énergie, le code génétique de l'univers-livre se déroula en lui et un ultime souvenir de sa vie personnelle se cristallisa dans sa mémoire embrasée. L'image de sa mère brûlant tous ses livres, et la bibliothèque avec, après avoir aspergé le tout d'essence, alors qu'il allait vers ses neuf ans. Les flammes s'étaient élevées à des mètres de hauteur au milieu de la cour. La réminiscence de cette bribe d'existence lui fit comprendre que toute sa vie durant, il avait recherché dans les brasiers qu'il allumait la forme ultime, désespérée et introuvable, de tous ces livres détruits par le feu, et par la main de ce qui fut sa mère.

Mais ce feu-là, ce feu qui irradiait sa conscience désormais, celui dont il devenait à cet instant l'instrument aveugle, ce feu rayonnait bien plus que tous les pauvres incendies dont il avait été l'initiateur, dans cette microvie dont ne subsistait que quelques connaissances clés. Il était d'une puissance infinie, dont il ne saisissait qu'une décimale, un au-delà-de-la-lumière dont il ne percevait que les radiations fossiles.

Mais ça n'avait aucune importance.

Le monde allait s'embraser.

La grande lumière émettait dans une plage de fréquences comprise entre courroux cosmique et colère divine. Mais en fait, c'était plutôt un rire énorme qui venait secouer jusqu'aux fondations de l'univers.

Ce rire happa sa conscience et ce fut comme

s'il avait toujours attendu cet instant qui se figea pour l'éternité.

Et il s'entendit rire, étonné de ce simple miracle, rire, dans un écho qui se répercuta d'un bout à l'autre du cosmos, avant que l'infini ait enfin la mansuétude d'éteindre sa conscience.

*

Paris, le 15 novembre 1994.

DU MÊME AUTEUR

Aux Éditions Gallimard

LA SIRÈNE ROUGE (Série Noire, *n° 2326* ; Folio Policier, *n° 1*).

LES RACINES DU MAL (Série Noire, *n° 2379* ; Folio Policier, *n° 63*).

BABYLONE BABIES (La Noire ; Folio science-fiction, *n° 47*).

LE THÉÂTRE DES OPÉRATIONS. Journal métaphysique et polémique 1999 (Folio, *n° 3611*).

LABORATOIRE DE CATASTROPHE GÉNÉRALE. Le théâtre des opérations 2000-2001 (Folio, *n° 3851*).

VILLA VORTEX (La Noire ; Folio science-fiction, *n° 189*).

COLLECTION FOLIO POLICIER